alyna

ISABELLE
VON FALLOIS

DER BRIEF DER MAGDALENA

aLYna

Jegliche scheinbare Ähnlichkeit mit lebenden oder verstorbenen Personen ist rein zufällig. Die Charaktere des Buches sind ausschließlich der Fantasie der Autorin entsprungen …

ALYNA ist ein Imprint der Europa Verlag GmbH & Co. KG,
herausgegeben von Michael Görden

MIX
Papier aus verantwortungsvollen Quellen
FSC® C014889
FSC www.fsc.org

Berlin · München · Zürich · Wien
Umschlaggestaltung: Weiss Werkstatt, München
Layout & Satz: Danai Afrati & Robert Gigler
Druck: Pustet, Regensburg
ISBN 978-3-95890-139-1

Für Gero,
meinen geliebten Vater,
der mich gelehrt hat,
die Wahrheit zwischen den Zeilen zu entdecken.

PROLOG

SALZBURG

19. JULI 2013

Noch Sekunden nach Verklingen des Schlussakkords herrschte Stille im Saal des Großen Festspielhauses. Die betörende Musik von Wagners »Tristan und Isolde« hatte die Zuhörer in ihren Bann geschlagen.

Als Maestro Jean Chevalier, der berühmteste Wagner-Dirigent seiner Zeit, die Hände wie zum Gebet an die Stirn legte und sich vor den Sängern und dem Orchester verneigte, wagte sich noch immer niemand zu rühren.

Erst als der Dirigent sich anschickte, seinen Platz im Orchestergraben zu verlassen, ertönten Bravorufe über die Beifallsalven des Premierenpublikums hinweg, das der Eröffnung der Salzburger Festspiele beigewohnt hatte.

Kaum abgegangen, lief Jean Chevalier hinter den Kulissen durch den engen Gang, um rechtzeitig für den Applaus auf die Bühne zu gelangen. Ein seltsames Gefühl hatte von ihm Besitz ergriffen. Ob es daran lag, dass seine Tochter Marie endlich einmal wieder in einer Opernaufführung zugegen gewesen war? Er wusste es sich nicht zu erklären. Jedoch fehlte ihm die Zeit, weiter darüber nachzudenken, denn Tristan und Isolde waren schon an der Reihe. Er selbst würde der Nächste sein. Doch zunächst brandete der Beifall frenetisch auf. Maestro Chevalier beobachtete voller Freude von der Seite aus, wie sein Tristan, alias Christian Dannenberg, und seine Isolde, im richtigen Leben Greta Nordeng, gefeiert wurden.

Und dann erhob sich, als er selbst ins Licht der Scheinwerfer trat, das gesamte Publikum und jubelte, wie Jean Chevalier es noch nie erlebt hatte. Seine Augen suchten die seiner Tochter, die in der ersten Reihe saß, und da war es um seine Contenance geschehen. Still liefen ihm Tränen über das Gesicht.

Tief bewegt trat er von der Bühne ab, um sich wie immer nach einer Aufführung in seine Garderobe zurückzuziehen und ein Gebet zu sprechen. In seinem Herzen wusste er, dass er sich kurz fassen musste. Gott würde das verstehen. Denn es gab wichtige Dinge mit seiner Tochter zu besprechen. Die Angelegenheit duldete keinen Aufschub.

Beschwingt lief er die Stufen empor, die ihn in sein Dirigentenzimmer führten. Aufrecht setzte er sich auf den Stuhl vor dem erleuchteten Spiegel, schloss die Augen und begann zu beten.

Da öffnete sich die Tür fast unhörbar leise, aber für das feine Ohr des Maestro laut wie nur ein Sakrileg: Wer wagte es, ihn zu stören? Nicht einmal Marie hätte sich das erlaubt, und es war allseits bekannt, warum er sich nach einer Aufführung zurückzog. Er musste sich geirrt haben.

Doch da war das Geräusch wieder wie von fremdem Atmen. Unwillkürlich öffnete Maestro Chevalier die Augen und erblickte unweit der Tür einen Mann, den er nie zuvor gesehen hatte. Das Schild an seiner Brust wies ihn eindeutig als Angestellten der Salzburger Festspiele aus. Seltsam war nur, dass der Mann Handschuhe anhatte.

»Wissen Sie nicht, dass ich nach einer Aufführung fünf Minuten lang nicht gestört werden möchte?«, fragte Jean Chevalier mit leiser und doch tragender Stimme.

»Entschuldigen Sie bitte, verehrter Maestro«, antwortete der Fremde mit falscher Ehrfurcht und deutete eine Verbeugung an.

»Ich habe hier etwas, das dringend in die Hände Ihrer Tochter gelangen muss.«

»Also gut«, erwiderte der Maestro etwas versöhnlicher, »dann geben Sie schon her.«

Im gleichen Moment zog der Fremde eine Waffe aus dem Hosenbund, zielte auf Chevaliers Herz und drückte ab. Ohne einen Laut brach der Maestro tot zusammen.

Der Angreifer schob die mit einem Schalldämpfer versehene Pistole unter das Sakko und eilte aus dem Zimmer.

Marie Chevalier hoffte, dass ihr Vater sein Gebet beendet hatte. Sie hatte sich auf dem Weg zu ihm ein wenig Zeit gelassen. Doch als sie um die Ecke bog, den Blick suchend auf die Schilder der Türen gerichtet, beobachtete sie erstaunt einen Mann, der aus dem Dirigentenzimmer kam und zügigen Schritts davonging. Wer das wohl war, der so vertraut mit ihrem Vater sein musste, dass er ihn direkt nach der Vorstellung aufgesucht hatte?

Neugierig geworden, drückte sie die Klinke herunter und stieß die Tür auf. Vor ihr saß ihr Vater blutüberströmt auf dem Stuhl vor dem Spiegel. Ihr entrang sich ein Schrei, der laut durch die Gänge hallte. Marie riss sich zusammen und stürzte auf ihn zu, von der Hoffnung beherrscht, sein Leben noch retten zu können. Was sollte sie nur tun? Eilende Schritte im Gang zeigten ihr, dass Hilfe nahte. Eine Stimme in ihrem Hinterkopf aber hatte längst entschieden: Hier kam jede Hilfe zu spät. Bitterlich weinend sank Marie neben ihrem Vater zu Boden.

MARIE

PARIS, 27. AUF DEN 28. AUGUST 2013

Ein sommerlicher Gewitterregen prasselte auf das Dach von Maries Wohnung im obersten Stockwerk, und sie hoffte, dass die alten Fenster des leicht heruntergekommenen Hauses dicht hielten. Als sie am Montmartre dieses gemütliche Appartement entdeckt und gemietet hatte, waren ihr solche Überlegungen vollkommen fremd gewesen. An Schlaf war vorerst nicht zu denken. Marie war indes nicht nur traurig. Seit ihrer Kindheit quälten sie Albträume, die seit der Ermordung ihres Vaters wenige Wochen zuvor schlimmer geworden waren.

Eingehüllt in den viel zu großen blauen Samtbademantel ihres Vaters, beschloss Marie, sich einen japanischen Tee zu kochen, ihre Lieblingsmethode, um dem Grauen der Träume zu entkommen. Sie hätte niemandem eingestanden, dass sie kaum noch wusste, wer sie war. Was war nur aus ihr geworden? Wohin war die erfolgreiche junge Kunstprofessorin verschwunden, die noch vor zwei Monaten einen internationalen Preis erhalten hatte? Konnten sie und diese selbstbewusste Frau ein und dieselbe Person sein?

Marie wagte es nicht einmal, sich ihrer besten Freundin Véronique anzuvertrauen. Während der Kessel beruhigend summte, setzte sie sich auf die Bank am Küchentisch, zog die Knie an die Brust, barg den Kopf in den Armen und ließ den Tränen freien Lauf. Erst als das Pfeifen des Teekessels sie wieder in die Realität zurückbrachte, gab Marie sich einen Ruck und brachte ihn zum Schweigen. Wenn doch nur die Stimmen in ihrem Kopf genauso leicht zum Verstummen gebracht werden könnten. Gedankenverloren starrte sie auf das Foto ihres Vaters, das ihr auf dem Küchentisch Gesellschaft leistete. Damals in seinen besten Jahren war sein volles dunkles Haar nur von wenigen silbernen Fäden durchzogen gewesen, und seine stahlblauen Augen schienen sie gleichzeitig liebevoll und wissend anzusehen. Ihr Vater war ihr so nah und doch so ein Rätsel gewesen. Warum nur hatte er, der immer auf alles eine Antwort wusste, sich nur geweigert, sie zu unterrichten. Warum war ihr der Zugang zu den höheren Mächten verwehrt geblieben? War es wirklich so schlimm, dass sie auf Wissenschaft und Forschung vertraut hatte statt auf seine spirituellen Halbwahrheiten?

Wie oft sie sich seinetwegen geschämt hatte! Aber wie hätte sie verstehen sollen, dass ein derart erfolgreicher Musiker und weltberühmter Dirigent zuweilen solchen Nonsens von sich gab. Dabei wirkte ihr Vater stets so gleichmütig, auf sie hatte das fast provozierend gewirkt, eine solche Selbstbeherrschung, nein, darüber würde sie niemals verfügen. Jetzt, da sie ihn nie wieder sprechen konnte, bedauerte sie, dass sie ihm in den letzten Jahren ausgewichen war. Zu unterschiedlich waren ihre Denkweisen. Und zu spät war ihr bewusst geworden, mit welcher Liebe er sie in Gedanken stets begleitet hatte, egal, wohin ihn seine Reisen geführt hatten.

Damals hätte sie nie gedacht, dass er ihr so fehlen könnte. Erst nach seinem Tod war ihr bewusst geworden, dass sie mit ihrem Schmerz, der sie wie ein Dolch durchbohrte, unweigerlich allein war. Sie würde ihn nie mehr wiedersehen, nie wieder mit ihm sprechen können.

Als Marie sich an den Tee erinnerte, war er längst kalt und bitter geworden, und sie beschloss, dass es Zeit war, schlafen zu gehen. Einmal nicht zu träumen, das war ihr größter Wunsch. Sie kuschelte sich unter die Bettdecke, rollte sich zusammen wie ein Embryo und sandte ein Stoßgebet zum Himmel, mit der Bitte um eine ruhige, erholsame Nacht.

Für sie waren nur Sekunden vergangen, als sie sich ängstlich umblickte und erstaunt die Fassade einer großen Kathedrale vor sich aufragen sah. Es war finstere Nacht, und doch hatte Marie das untrügliche Gefühl, von unzähligen in der Dunkelheit verborgenen Gestalten beobachtet zu werden. Ein kalter Schauer ließ sie zittern wie Espenlaub.

Da erhellte ein Blitz die Nacht, zeichnete ein Kreuz an den Himmel. Das konnte kein Zufall sein. Ein Zeichen war es, ein Zeichen nur für sie, Marie war das sofort klar, es musste so sein, ein Gewitter hatte sich nicht angekündigt. Doch sie war noch immer in Gefahr. Das wusste sie instinktiv. Sie musste ein Versteck finden, und fast unerträglich langsam schlängelte sie sich im Schatten der Mauern vorsichtig zu einer Seitenpforte. Sie würde nicht verschlossen sein, das wusste sie. Ein Stoßgebet, hoffentlich würde das Knarren der Tür sie nicht verraten. In der Ferne bellte ein Hund, und Marie zog mit einem Ruck die Pforte auf. Das Quietschen drang nur ihr ins Mark, das Hundegebell übertönte es für alle lauschenden Ohren. Flink schlüpfte sie durch den schmalen Spalt in das kühle Innere der Kirche, es musste hier sein. Was auch immer sie suchte. Mit einer Verzweiflung, die sie sich ebenso wenig erklären konnte wie diese Gewissheit, dass es so war, suchte sie etwas. Marie duckte sich zwischen die Bankreihen, kniete vor einer wunderschönen Statue der Madonna mit dem Kind nieder. Ein Auftrag. Diese Suche war ein Auftrag, den sie erfüllen musste. Wer aber hatte ihn erteilt? Was war diese rätselhafte Aufgabe? Was suchte sie? War sie einfach zu blind? Und warum war sie so schrecklich sicher, dass sie in Gefahr war?

Marie vergrub das Gesicht in den Händen und wiegte sich sanft, bis ein Geräusch sie aufschrecken ließ. Mit vor Schreck geweiteten Augen starrte sie in die Dunkelheit, ihre Ohren verrieten ihr, dass sich jemand auf sie zubewegte. Nicht nur ein paar Schritte, es waren mehrere. Bevor Marie reagieren konnte, war sie umzingelt von dunkel gekleideten Gestalten, deren Gesichter von schwarzem Tuch verhüllt waren, und eine schneidende Stimme fragte: »Was suchst du hier, Unwürdige? Oder hast du bereits entwendet, was eigentlich uns gehört?« Unsichtbare Hände hielten sie von hinten gefasst. Marie bekam keinen Ton heraus.

Die Stimme wurde drohender: »Sprich oder wir werden dich das Fürchten lehren!«

Doch Marie war wie gelähmt. Die Hände griffen fester, sie wurde an den Armen durch die Kathedrale geschleift, ein Mann warf sie sich grob über die Schulter. Und dann ging es weiter durch unterirdische Gänge. Wie ein nasser Sack wurde sie auf den nackten Erdboden geworfen. Ein heiserer Aufschrei, dann biss sie die Kiefer fest aufeinander, erfüllt von Angst und Mutlosigkeit. Doch das Grauen nahm kein Ende, sie wurde gepackt und auf einen eiskalten Tisch geschnallt. Dann riss man ihr die Hose vom Leib.

Einer der Männer zerschnitt mit einem kalten Dolch das Spitzenhöschen, sodass der verletzlichste Teil ihres Körpers für alle sichtbar wurde.

Ein Schluchzen stieg in ihr auf und drohte Marie zu ersticken, als ein leises Flüstern zu ihr durchdrang: »Wenn du uns nicht sagst, was wir wissen wollen, du kleine Hure, werden wir deinen

Körper zerstören, dass du deines Lebens nie mehr froh wirst! Hast du mich verstanden?«

Da löste sich ein gellender Angstschrei aus Maries Kehle und riss sie aus dem Schwarz der Katakomben. Panisch setzte sie sich in ihrem Bett auf und versuchte verstört herauszufinden, wo sie sich befand.

Der vertraute Klang von Glocken verriet es ihr: Das Geläut der nahe gelegenen Basilika von Sacré-Cœur verkündete die Mitternacht – und Marie erkannte ihre kleine Dachwohnung und neben sich das vertraute Blau des Bademantels ihres Vaters.

Ihr Atem beruhigte sich. Auch wenn sie seit dem Tod ihres Vaters unterschiedliche Versionen des immer gleichen Themas heimgesucht hatten, war doch keiner der Träume so fürchterlich realitätsnah gewesen wie der gerade eben. Marie spürte sie noch, die Scham darüber, dass so viele Männer ihren intimsten Körperteil gesehen hatten. Wie nur sollte sie das verstehen? Schlummerten in ihrem Unterbewusstsein verquere Sehnsüchte? War das der Grund, warum sie es nie länger mit Männern ausgehalten hatte?

Marie war erschüttert. Kein Wunder, dachte sie, dass sie es nicht wagte, ihrer besten Freundin Véronique von den nächtlichen Heimsuchungen zu erzählen. Zumal ihr der Schrecken, auf eine derartig perfide Art und Weise gefoltert zu werden, so lebhaft vor Augen stand, dass sie sich nicht vorstellen konnte, ihn durch Worte neu zu beleben.

Atmen, sie brauchte Luft. Als Marie sich endlich wieder bewegen konnte, trat sie ans Fenster und streckte ihr Gesicht in die Nachtluft hinaus. Wie gut das tat. Und doch fühlte sie sich einsam unter dem Bogen des Himmels.

Mit weit geöffneten Augen blickte Marie zum Nachthimmel empor, als eine Sternschnuppe mit lichtem Blitz ihre Bahn über sie hinweg zog. Das war bestimmt ein Zeichen, es musste einfach ein Hinweis sein. Und im selben Moment überkam sie eine Erkenntnis. Das war vielleicht der Grund: Ihr Unterbewusstes wollte, dass sie das Rätsel löste, das sie seit dem Tod ihres Vaters quälte – das Geheimnis des goldenen Schlüssels! Des Schlüssels, den sie beim Durchsehen der Unterlagen im Safe seines Hauses gefunden hatte. Eingehüllt in seidiges Papier hatte er dagelegen, und auf dem Papier standen diese Worte zu lesen:

Geliebte Tochter,
mit diesem Schlüssel hinterlasse ich Dir ein unendlich kostbares, dabei ebenso gefährliches Vermächtnis.
Sobald bekannt wird, dass Du die neue Hüterin dieses himmlischen Schatzes bist, wirst Du Deines Lebens nicht mehr sicher sein.
Es tut mir von Herzen leid, dass mir keine Zeit mehr bleibt, Dich darüber aufzuklären, welche Bewandtnis es mit diesem Schlüssel hat. Auch kann ich Dich leider nicht beschützen, aber was mir an Kraft bleibt, wird in Dir weiterleben.
Pass bitte gut auf Dich auf, mein geliebtes Kind! Glaub mir, vergessen ist, was zwischen uns stand. Vergiss bitte nie:
Der Schlüssel muss unbedingt beschützt werden.
Und vertrau mir ein letztes Mal.
Je t'embrasse fort,
Dein Vater

Nachdenklich betrachtete Marie die Sterne am Himmel. Sie konnte sich des Gefühls nicht erwehren, dass sie ausnahmsweise einmal um Unterstützung bitten sollte. Ob ihr Vater das Gebet hören würde? Oder eine andere Macht? So recht daran glauben, nein, das konnte sie auch jetzt nicht. Aber eins war klar: Die offizielle Version der Polizei erklärte keineswegs den Tod ihres Vaters.

Es hieß, ein Psychopath habe Jean Chevalier umgebracht, der Grund sei eine krankhafte Obsession mit Richard Wagner. Marie wusste natürlich, dass von »Tristan und Isolde« oder vielmehr der »Handlung in drei Aufzügen«, wie Wagner selbst dieses große Werk bezeichnet hatte, eine sehr spezielle Wirkung ausging. Es hieß, dass manche Seelen durch diese einzigartige Musik erhöht würden, während andere in einen gefährlichen Wahn gerieten. Das hatte Marie immer mit einem Achselzucken abgetan, wie sie überhaupt alles Übersinnliche von sich gewiesen hatte. Und gewiss hatte es nichts mit dem Mord an ihrem Vater zu tun, dahinter musste etwas ganz anderes stecken. Sie erinnerte sich noch gut an diesen Unbekannten, der das Dirigentenzimmer verlassen hatte. Und sie war felsenfest davon überzeugt, dass er sich nicht wie ein psychisch kranker Mensch bewegt hatte, sondern mit der abgeklärten Kühle eines gedungenen Mörders. Das konnte sie natürlich niemandem eingestehen. Wie verrückt das geklungen hätte. Nein, das musste sie für sich behalten.

Aber sie sehnte sich nach Verständnis und nach Hilfe.

Ein Schauer überlief sie, als sie im Angesicht der Sterne an den Albtraum denken musste. Mutig richtete sie den Blick gen Himmel und rief mit zaghafter Stimme: »Ihr lichten Wesen da draußen, wer auch immer ihr seid, bitte helft mir, die Albträume zu überwinden und das Geheimnis des goldenen Schlüssels zu ergründen. Schickt mir bitte auch weiterhin Zeichen, ich will mit aufmerksamem Blick durch die Welt gehen. Bitte helft und zeigt mir den Weg, den ich gehen muss. Und bitte beschützt mich vor dem Bösen, das in der Dunkelheit meiner Träume lauert und vor dem mich mein Vater warnt!«

Kaum hatte sie die Worte in die Nacht hinaus gesprochen,

fühlte Marie sich eingehüllt in einen Kokon aus Liebe und Geborgenheit. Verwundert und seltsam beruhigt, wandte sich Marie vom Fenster ab und legte sich, ohne zu zögern, schlafen, denn sie war für den Moment im Reinen mit sich und der Welt.

JULIEN

PARIS, 28. AUGUST 2013

Es war früher Morgen, als Julien aus einem intensiven Traum erwachte. Fast atemlos horchte er in sich hinein und sah sie wieder vor sich, die von Licht umgebene Gestalt einer ungemein reizvollen Frau. Instinktiv wusste er, es war nicht seine Mutter. Dankbar dachte er an sie, denn sie hatte ihn gelehrt, Träume wichtig zu nehmen. Und sich nicht von Gefühlen wie diesem Begehren, das ihn erfüllte, bei der Deutung ablenken zu lassen. Julien war seiner Mutter sehr dankbar dafür, dass sie ihn seit der Kindheit auf seine wahre Mission vorbereitet und seine Gesangsausbildung darüber nicht vernachlässigt hatte. Oft fragte er sich, ob sie damals geahnt hatte, dass sie ihn nicht mehr lange würde durchs Leben begleiten können.

Wer sie wohl war, die Frau in seinem Traum? Dass es einen realen Bezug gab, eine Frau in der Wirklichkeit, daran zweifelte er nicht eine Sekunde. Allerdings – damit konnte doch nicht – Juliens Blick fiel auf den jungen, nackten Frauenkörper im Bett neben sich. Nein, gewiss nicht. Die Gefährtin neben ihm, mit der er seine Lust geteilt hatte, nein, sie war niemand von Bedeutung. Das spürte er instinktiv. Traum hin oder her: Sie war sehr real, und er war durchaus gewillt, sich erneut von seiner Lust in andere Gefilde tragen zu lassen. Er beugte sich über die schlafende Schöne und begann, ihre festen Brüste sanft mit seinen Lippen zu liebkosen. Giulia reagierte sofort, er bemerkte, dass sie erwachte und sich nur zu gerne der Erregung hingab, in die er sie versetzte. Aus schlaftrunkenen Augen betrachtete sie ihn mit einer Andacht, als sei er eine griechische Statue. Julien aber spürte gewiss, dass er nicht aus Marmor war – und die Art, wie Giulia auf ihn einging, verriet ihm, dass sie begierig war, sich ihm erneut hinzugeben.

Nachdem ein Höhepunkt den anderen gejagt hatte, fielen die beiden erschöpft zurück in die Kissen des riesigen Betts, und Giulia hauchte Julien ins Ohr: »Ti amo caro«, was Julien völlig unvorbereitet traf. Er hörte selbst, dass es aufgesetzt klang, als er erwiderte: »Ich mag dich auch sehr, Giulia.« Sein Blick fiel auf die Uhr, und er fügte hinzu: »Halb sieben. Ich muss jetzt aufstehen«, bevor er sich schwungvoll erhob.

»Was? Jetzt schon?«, rief Giulia entsetzt und versuchte, ihn zurück ins Bett zu ziehen.

Doch Julien hatte sich abgewandt, sodass es Giulia auch nichts half, sich erneut lustvoll im Bett zu rekeln, was normalerweise die gewünschte Wirkung bei Männern erzielte.

Julien schnappte sich noch schnell ein T-Shirt und seine Boxershorts, bevor er das Schlafzimmer verließ.

Im Musikzimmer grüßte ihn Sonnenlicht, und er war froh, dass der Raum, der ihm nicht nur zum Singen und für die Musik diente, sondern auch den allmorgendlichen Yogaübungen, nach Osten hinausging.

Er rollte die blaue Yogamatte neben dem glänzenden Steinway-Flügel auf dem Parkettboden aus, band das schulterlange schwarze Haar zurück und faltete die schlanken Finger vor der Brust zum Namaste-Gruß.

Er intonierte den heiligen Laut »OM« und kam innerlich zur Ruhe.

Als Julien spürte, wie sich sein Atem beruhigte und die gerade noch empfundene Lust abebbte, widmete er sich voller Konzentration dem anspruchsvollen Sonnengruß, wie er ihn gern praktizierte. Auch wenn sein linkes Knie ihn Tag für Tag mit schmerzhaften Stichen an einen Bühnenunfall vor einigen Jahren erinnerte, ließ er sich davon nicht abhalten, seine spezifische Variante zu üben. Er wusste, dass sein Körper davon profitierte, er fit und schlank blieb. Und er genoss es sehr, sich dieser Disziplin zu unterziehen, auch die schönste und verführerischste Frau hätte ihn nicht von seinem täglichen Morgentraining abhalten können und von dem Gefühl, eins zu sein mit dem Universum.

Er musste sich zwingen, mit dem Yoga aufzuhören, aber er wollte Giulia nicht unnötig reizen. Julien wusste, sie mochte es nicht, von ihm vernachlässigt allein im Bett zu liegen.

Er sprang noch schnell unter die Dusche, genoss den heißen Wasserstrahl auf seinem Körper, und wusch den letzten Rest von allem ab, was ihn belastet hatte.

Erfüllt von Gelassenheit, trocknete er sich ab und schlüpfte in sein Lieblingshemd, dazu die eng anliegende Jeans, die seine durchtrainierte Figur so gut betonte, und widmete sich dann seinem glänzend schwarzen Haar. Schmunzelnd registrierte er die silberne Strähne in Scheitelnähe. Ein wenig Eitelkeit, das wusste er, stand ihm bei seinem Gesangstalent zu – und verschaffte ihm Erfolg bei den Frauen.

Vorsichtig streckte er den Kopf durch die Schlafzimmertür, Giulia schlief wieder tief, und so beschloss er, ein Frühstück zu zaubern und es ihr ans Bett zu bringen. Summend schnitt er Obst in mundgerechte Stücke und legte sie in Form eines Mandalas auf zwei Teller aus zartem Porzellan. Dann goss er vorsichtig Sencha auf und freute sich schon auf den Genuss seines Lieblings-Grüntees. Kritisch betrachtete er schließlich die Obstteller und die beiden hauchdünnen Tassen auf dem edlen Lacktablett und nickte bedächtig.

Als Giulia die Augen aufschlug, wollte sie ihm im ersten Moment die kalte Schulter zeigen. Doch angesichts des liebevoll arrangierten Frühstücks setzte sie sich mit leuchtenden Augen im Bett auf. Mit raschem Griff hüllte sie sich in das durchscheinende Negligé, das sie am Abend offenbar achtlos auf den Boden geworfen hatte, und widmete sich den Köstlichkeiten. Als Julien ihr ein Stück Mango in den Mund schob, verwandelte sich ihr Lächeln in ein Strahlen. Sie kannte nur zu gut seinen Ruf als Tenor, doch dass er auch solche Qualitäten hatte! Ein guter Fang, das war Julien de la Tour, so viel war ihr bereits während der Proben in Salzburg klargeworden, aber dass der gefragteste Tenor der Welt sich zudem als ein solcher Liebhaber entpuppen würde, das hatte sie nicht geahnt. Er war mehr als ein positiver Einfluss auf ihre noch junge Karriere als Opernsängerin. Und sie beschloss, dass sie keine seiner berühmt-berüchtigten Affären sein, sondern ihn für längere Zeit an sich binden wollte.

MARIE

PARIS, 28. AUGUST 2013

Marie sprang mir einem Satz aus dem Bett. Der kurze, aber traumlose Schlaf hatte sie erfrischt. Zudem waren Semesterferien, nichts hinderte sie daran, es sich gut gehen zu lassen. Zugegeben, ein Blick in den Badezimmerspiegel wies sie darauf hin, dass die Albträume ihre Spuren hinterlassen hatten. So dunkle Augenringe hatte sie noch nie zuvor gehabt. Allmählich sah man ihr den wochenlangen Schlafentzug an. Ein guter Schluck Tee würde ihr bestimmt helfen, beschloss sie, zumindest würde sie sich besser fühlen.

Doch das Foto ihres Vaters auf dem Küchentisch rief den Schmerz in ihrem Herzen wieder wach. Tränen stahlen sich ihr in die Augen. Wenn sie nur das Rätsel des Schlüssels lösen könnte. Jean Chevalier war nicht mehr da, um ihr die Antwort zu geben.

Ehe sie wusste, wie ihr geschah, hatte sich ihr Blick in den blauen Augen auf dem Foto verloren, und sie hörte sich laut sagen: »Salut Papa, ich vermute, dass du mich hören kannst, auch wenn ich nicht wirklich an Überirdisches glaube. Bitte vergib mir, dass ich deine Unterstützung so oft nicht zu schätzen wusste und dich so selten angerufen habe. Aber wenn du mich jetzt hörst, weißt du ja, wie sehr ich das bedaure!

Falls es die sogenannte andere Seite hinter dem Schleier tatsächlich gibt, von der du immer gesprochen hast: Hilf mir bitte und gib mir Antwort. Ich will auch Ausschau halten nach Symbolen, das verspreche ich. Nach Mutters Tod hast du zu mir von solchen Zeichen gesprochen. Wie eindeutig sie für dich waren, und auch mir waren sie damals ein leiser Trost. Sprich zu mir! Bitte! Ich flehe dich an!«

Marie atmete durch, ein Gefühl der Zufriedenheit in ihrem Inneren. Da vernahm sie ein leises Rauschen und blickte zum Küchenfenster. Auf dem Fensterbrett hatte sich eine schneeweiße Taube niedergelassen, in ihrem Schnabel eine zartrosafarbene Rosenknospe. Marie wurde es ganz warm ums Herz, denn sie spürte, der Vogel war das von ihr ersehnte Zeichen.

Aber was wäre, wenn die Taube nicht nur zum Trost gekommen war? Wollte ihr Vater ihr zugleich eine Art Symbol schicken, das ihr helfen würde, das Rätsel des Schlüssels zu lösen? Marie starrte das Tier an, und auf einmal wusste sie, dass es so war: Ihr Vater hatte ihr einen Hinweis gesandt.

Noch immer in den Anblick des strahlend weißen Tieres vertieft, begann Maries Gehirn auf Hochtouren zu arbeiten. Hatte ihr Vater nicht einmal davon gesprochen, dass die weiße Taube nicht nur ein Symbol des Heiligen Geistes war, sondern in Verbindung mit einer rosafarbenen Rose ein Zeichen für die göttlich-reine Liebesverbindung zwischen Jesus Christus und der anderen Maria, »seiner« Maria Magdalena?

War ihr Vater tatsächlich tief in das sogenannte Mysterium um die Blutlinie, die angeblich von Jesus Christus und Maria Magdalena ausging, eingeweiht gewesen? Hatte sie ihm Unrecht getan, als sie ihn belächelte, weil er die Überzeugung vertreten hatte, dass Jesus Christus, der Sohn Gottes, ein Meister der Liebe auf allen Ebenen gewesen sei? Oder hatte er ihr seine Verstrickung in diese Dinge verschwiegen, weil dieses Wissen mit großer Gefahr verbunden war? Sie hätte endlos weitergrübeln und doch nicht erfahren können, was ihn wirklich bewegt hatte.

Als das Telefon läutete, war Marie fast dankbar, dass sie sich einem anderen Thema und damit der Realität zuwenden konnte. Gleich beim ersten Läuten war die Taube aufgeflogen, und jetzt war nichts mehr auf dem Fensterbrett, was ihr bestätigt hätte, dass sie das alles nicht nur geträumt hatte. Und wenn, eine Friedenstaube war ihr so oder so ein willkommeneres Zeichen als der dunkle, beklemmende Albtraum der Nacht.

Marie war erleichtert, als sie am anderen Ende die vertraute, lachende Stimme ihrer besten Freundin vernahm: »Salut, ich bin's, Véronique! Wie geht es dir, ma chère?«

Ihr Herz klopfte noch bis zum Hals, so sehr hatte das Telefon sie aus ihren Gedanken gerissen. Sie druckste etwas herum: »Ich bin … Also ich bin etwas verwirrt.«

»Verwirrt? Weshalb?«

»Tja, ehrlich gesagt weiß ich nicht einmal, ob ich mit dir darüber sprechen darf, und vermutlich schon gar nicht am Telefon.«

»Was meinst du damit? Bist du in Gefahr? Soll ich zu dir kommen?«

»Wenn ich das wüsste. Aber ich würde dich wirklich gerne sehen. Wenn ich nur wüsste, was …« Ihr fehlten die Worte.

»Hast du die Engel schon um Hilfe gebeten?«, fragte Véronique vorsichtig, denn sie kannte ihre Freundin nur allzu gut.

»Ach, Véronique, du weißt doch, dass ich an so etwas nicht glaube!«

Véronique lächelte. »Ja, das ist mir durchaus bewusst. Doch

manchmal ist es einen Versuch wert. Wenn man auf andere Weise nicht weiterkommt …« Véronique ließ nicht locker.

»Hm, vielleicht hast du ja recht«, überlegte Marie. »Weißt du, vorhin erst habe ich meinen Vater um ein Zeichen gebeten. Und wenig später war da tatsächlich etwas. Vielleicht sollte ich es auch mal mit den Engeln versuchen.«

»Und du wirst sehen, es funktioniert«, lachte Véronique ins Telefon. Es war ihr anzuhören, wie sie sich darüber freute, dass sich ihre Freundin endlich dazu durchgerungen hatte, ihrem Rat zu folgen und das zu versuchen, was ihr in ihrem eigenen Leben schon so sehr geholfen hatte.

»Chérie, ich brauche noch etwas Zeit für mich, aber ich melde mich später bei dir, okay?«

»Alles klar, Marie! Bis nachher! Ich freue mich.«

»Ich mich auch! Je t'embrasse.«

»Ich dich auch! A bientôt!«

Kaum hatte sie aufgelegt, horchte Marie in sich hinein. Ein Gebet. Die Engel um Hilfe bitten. Marie wusste auf einmal, wo sie das tun wollte. Sie würde zur Basilika von Sacré-Cœur gehen. Seit ihrer Kindheit hatte sie sich seltsam zu Hause gefühlt in dieser Kirche, obwohl sie nicht wirklich an Gott, Jesus Christus und dergleichen glaubte.

Schnell schlüpfte sie in ihr Lieblings-Sommerkleid und in ein Paar ihrer geliebten High Heels, bändigte die langen kastanienbraunen Locken. Dann warf sie sich einen Paschmina-Schal über, in Sacré-Cœur konnte es kühl sein, und für den Weg dorthin schnappte sie sich ihre Sonnenbrille samt Handy. Pfeifend lief sie die schiefen Stiegen hinunter und wäre fast gegen eine dunkle Limousine gelaufen, die wenige Meter vor ihrem Hauseingang geparkt war. Im letzten Moment konnte sie ausweichen und registrierte verwundert, dass wohl Touristen bis in diesen Winkel der Gassen von Montmartre vorgedrungen waren, so lebhaft, wie der Fotoapparat im Innern blitzte. Verrückte Touristen. Amüsiert stellte sie fest, dass Außenstehende sie wohl ebenso für verrückt erklärt hätten, als sie die ersten Stufen der langen Treppe hinauf zur Sacré-Cœur nahm – auf ihren High Heels.

JULIEN

PARIS, 28. AUGUST 2013

Julien spürte dem Geschmack der Mango nach, während sein Blick auf Giulia ruhte. Sie war nicht nur attraktiv, sie war schön, erfolgreich, nur ein wenig exaltiert – und insgesamt eine gute Partie. Doch er wurde das schale Gefühl nicht los, dass sie noch nicht die Frau war, die er aus ganzem Herzen lieben konnte. Die alte Beklemmung, seine Angst vor Nähe und vor allem vor einer festen Beziehung, lebte in ihm auf. Er schüttelte unwillkürlich den Kopf. Bisher hatte er nur eine einzige Frau getroffen, die nicht diese Art von Gefühl in ihm auslöste. Sie hieß Véronique und war eine Kollegin von der Opéra Bastille, der Oper von Paris. Véronique war keine Sängerin, sondern eine Primaballerina, die er zufällig bei den verschiedensten Veranstaltungen getroffen und dadurch näher kennengelernt hatte. Sie war eine der wenigen Frauen, die ihm nie irgendwelche Avancen gemacht hatte. Eine durch und durch besondere Frau. Einerseits erinnerte sie ihn mit ihrer sanften Art an einen Engel, andererseits hatte sie jedoch eine so kraftvolle Ausstrahlung, dass sie mit dem durchtrainierten Körper wie eine ätherische Göttin in Menschengestalt wirkte. Ungemein reizvoll – und dennoch hatte sich Julien seltsamerweise nie in sie verliebt. Er wusste selbst, wie ungewöhnlich das war. Mit ihr zu sprechen wäre eine Erleichterung. Julien, der gelernt hatte, auf sein Bauchgefühl zu hören, zögerte nicht, sondern griff nach seinem Smartphone, während er Giulia erklärte, dass eine alte Freundin seinen Anruf erwarte; wohl wissend, dass sie der französischen Sprache nicht wirklich mächtig war.

Er hatte Glück, schon nach dem ersten Klingelzeichen nahm Véronique ab, und ihr fröhliches »Hallo!« machte, dass er sich sogleich unbeschwerter fühlte. Er bemerkte, dass er unwillkürlich lächelte.

»Salut Véronique, ich bin es, Julien. Schön, dass ich dich gleich erreiche!«

»Oh, hallo Julien! Mit dir hatte ich nicht gerechnet.«

»Wie soll ich das verstehen? Wartest du etwa auf den Anruf von einem Verehrer?«, scherzte Julien.

»Aber nein! Ich freue mich wirklich, dich zu hören.«

»Das weiß ich doch, ma chère«, erwiderte Julien lächelnd.

»Es ist nur so, dass es meiner besten Freundin Marie nicht gut geht, und ich warte auf einen Rückruf von ihr, aber sie kann mich zur Not auf dem iPhone erreichen.«

Plötzlich registrierte Julien, dass es sich bei Marie womöglich um die Tochter des kürzlich ermordeten Jean Chevalier handeln könnte. »Sag mal, redest du von Marie Chevalier?«

»Ja, wieso?« Véronique wusste, dass sich die beiden nie persönlich begegnet waren.

»Ich meine, dann ist es kein Wunder, dass es ihr nicht gut geht, wenn schon ich so sehr betroffen bin von diesem schrecklichen Verlust«, seufzte Julien.

»Ja, das ist wahr. Doch das ist mit Sicherheit nicht der Grund, weshalb du mich angerufen hast, richtig?«

»Richtig. Ich wollte dich einfach nur fragen, ob du Lust und Zeit hättest, mich auf einen Kaffee oder auf einen Tee zu treffen.«

»Sehr gerne, Julien. Heute?«

»Warum nicht!«

»Und wo?«

»Ich denke, es wäre schön, mal wieder im Café de Flore zu sitzen. Was meinst du?«

»Gute Idee. Heute Nachmittag um fünf? Wäre das okay für dich?«

»Ja, prima! Dann sehen wir uns dort. Ich freue mich!«

»Ich mich auch. Bis nachher, Julien.«

Nachdem Julien aufgelegt hatte, führte er das Gespräch im Kopf weiter, erzählte Véronique, was er in Wahrheit nicht so leicht zugeben konnte: dass er bei den »Carmen«-Proben für die Salzburger Festspiele eine junge italienische Sängerin kennengelernt, sich mit ihr in eine leidenschaftliche Affäre gestürzt hatte und sie am liebsten gleich wieder losgeworden wäre. Und erst in diesem Gedankengespräch wurde ihm klar, dass es genauso war.

MARIE

PARIS, 28. AUGUST 2013

In einer Traube von Touristen bewegte sich Marie langsam hinein in diese Kirche, die ihr so viel bedeutete. Zielstrebig suchte sie sich einen Sitzplatz in der Mitte der Basilika, um einen freien Blick auf das große Christusmosaik in der Apsis zu haben. Sie atmete tief durch und wollte gerade auch innerlich ganz zur Ruhe kommen, da spürte sie, dass sie beobachtet wurde. Ihr Herz klopfte bis zum Hals, hatte nicht auch so ihr Albtraum begonnen? Marie sah sich suchend um, und ihr Blick fiel auf einen jungen Mann am anderen Ende ihrer Bank. Sie schluckte, denn er schien ihr überirdisch schön. Für sie sah er mit dem schulterlangen blonden Haar aus wie der leibhaftige Erzengel Michael. Und sosehr sie versuchte, den Blick abzuwenden, wurde er doch wie magnetisch von ihm angezogen. Ist dies ein Mensch aus Fleisch und Blut? Oder sehe ich wahrhaftig einen Engel neben mir?, fragte sich Marie beklommen. Sie gab sich einen Ruck und betrachtete ihn genauer. Konnte das sein? Trug er Motorradkleidung?

Als hätte dieser Gedanke sie von dem Bann erlöst, ihn ständig anstarren zu müssen, wandte sie den Blick hoch zum Mosaik. Da war er, der Jesus, ihr Vertrauter aus Kindertagen. Damals hatte sie eine ganz besondere Liebe zum Sohn Gottes verspürt. Sie war sogar vollkommen davon überzeugt gewesen, ihn persönlich zu kennen. Vielleicht war es kein Zufall, dass sie an einem Karfreitag geboren war. Doch die Tage, da sie vor diesem Mosaik Zuflucht gesucht hatte, lagen lange zurück. Genauso lange wie die Qualen, die sie jeden Karfreitag gebeutelt hatten, als sie regelmäßig krank geworden war. Damals hatte sie im Fieber des Öfteren Visionen der Kreuzigungsszene gehabt, ganz so, als wäre sie selbst dabei gewesen. Und nur ihr Vater hatte es vermocht sie in diesen Momenten zu trösten und ihren Tränen Einhalt zu gebieten. Ach, sie hätte ihn nur zu gerne danach gefragt.

Marie hob ihre Augen auf zu dem Bild Jesu mit dem flammenden, dornenumkränzten Herzen und den weit ausgebreiteten Armen. Der Heiligenschein war durchwirkt von einem gleichschenkligen Kreuz, dessen unterer Teil von Jesu Haupt verdeckt war, was ihm jedoch eine ganz besondere Wirkung verlieh. Es war, als würde er aus dem Blau heraustreten, so perspektivisch, als könnte sie ihm persönlich begegnen. Natürlich hatte sie die Daten im Kopf, den Künstler Luc-Oliver Merson, der schon Anfang des 20. Jahrhunderts in der Lage war, auf diesem riesigen Mosaik diesen 3-D-Effekt zu erzielen, diese starke, lebendige Präsenz.

Endlich gelang es Marie, in stiller Andacht zu versinken, die Gegenwart dieses engelsgleichen Mannes in Motorradkleidung zu verdrängen. Die Unruhe und die Fragen aber blieben präsent samt dem Rätsel um den Tod ihres Vaters und den Schlüssel.

Aus diesem Gefühl heraus – und weil sie sich an das Versprechen erinnerte, das sie Véronique gegeben hatte, es einmal damit zu versuchen – wandte sie sich direkt an den Jesus des Mosaiks und sprach wie im Gebet zu ihm. »Auch wenn ich viele Jahre lang nichts mehr von dir wissen wollte, lieber Jesus, bin ich mittlerweile so verzweifelt, dass ich dich um deine Hilfe bitten möchte. Wenn du wirklich existierst, weißt du, wie sehr mich meine Albträume quälen, und ich habe Angst, den Verstand zu verlieren. Ich vermute, dass all dies mit dem goldenen Schlüssel zusammenhängt, den mir mein Vater nach seinem Tod vermacht hat. Ich bitte dich, hilf mir, das Geheimnis des goldenen Schlüssels zu lüften! Damit ich meinen inneren Frieden wiederfinden kann.«

Flehend rang Marie die Hände und nahm nicht wahr, dass der blonde Mann sie nicht eine Sekunde aus den Augen ließ, die alles andere als tugendhaft über ihren Körper glitten.

Marie seufzte, und das Geräusch ließ sie zusammenfahren. Mit einem Mal wurde sie sich des unablässigen Touristenstroms gewahr, des Geraschels, Geraunes und Getrappels. Als sie die Bankreihe verließ, bemerkte sie erneut den engelsgleichen jungen Mann, der gleichzeitig mit ihr aufstand. So blieb er vor ihr auf dem Weg zum Ausgang, wo er sich, kaum hatten sie die Kirche verlassen, zu ihr umdrehte und fragte: »Hast du Lust, mit mir einen Kaffee zu trinken?«

Irgendwie kam ihr das ziemlich dreist vor, doch er sah so außergewöhnlich gut aus, dass sie die Augen nicht von ihm abwenden konnte.

»Nun, was ist, ma belle?«, und sein charmantes Lächeln konnte sie fast körperlich spüren.

Da hörte sie sich mit seltsam belegter Stimme antworten: »Warum nicht? Wo wollen wir hingehen?«

»Wie schön! Ich bin übrigens Lucius. Und wie heißt du?«

»Ich heiße Marie. Nun, hast du eine Idee?«

»Lass uns ins Café des Deux Moulins gehen.«

»Gute Idee!«

»Bist du mutig?«

»Ich denke schon. Warum?«

»Traust du dich, Marie, dich hinter mich auf mein Motorrad zu setzen, ja?«

Sie musste unwillkürlich lachen, sie fuhr seit Jahren Motorrad. So sagte sie: »Seit wann braucht man dafür Mut? So wie ich das sehe, braucht man nur einen Helm. Hast du einen zweiten?«

Überrascht sagte er: »Ja, habe ich. Dann lass uns die Treppen runter und los.«

Marie wunderte sich über sich selbst, als sie nebeneinander auf der Treppe waren. Da hatte sie sich richtig überrumpeln lassen. Er sah aber auch zu gut aus. Sonst hätte sie nie im Leben Ja gesagt. Aber die Neugier siegte über das leichte Unbehagen, und beherzt schwang sie sich hinter Lucius auf die diamantschwarze Ducati Diavel, die ihrer BMW-Roadster in nichts nachstand.

Ohne jegliche Vorwarnung preschte Lucius los, sodass Marie nichts anderes übrigblieb, als die Arme um seine Taille zu schlingen und sich mit ihm in die Kurven zu legen. Rasant steuerte er durch den engen Verkehr, nur haarscharf an Stoßstangen vorbei, und mehr als einmal spürte Marie, dass sie sich instinktiv an ihn presste, verwundert darüber, wie gut sich sein fester Körper anfühlte.

Als die beiden am Café des Deux Moulins von der schweren Maschine stiegen, spürte Marie, wie erhitzt sie war, und entledigte sich nur zu gerne ihres Helmes. Sie fanden draußen einen kleinen Tisch mit zwei freien Stühlen vor, ganz so, als wäre dieser extra für sie beide reserviert worden.

Marie fühlte sich nicht wirklich wohl in ihrer Haut, als sie sich mit Lucius an dem Tisch niederließ. Irgendwie verwirrte sie dieser Mann – und noch viel mehr ihre eigene Reaktion. Normalerweise wurde sie in der Nähe eines gutaussehenden Mannes nicht unsicher. Sie kannte diese Wirkung, schließlich übte sie selbst manchmal wohl eine ähnliche auf das männliche Geschlecht aus, was sie nur zu oft aus dem Gestotter der Männer und ihrem hilflosen Gefuchtel geschlossen hatte. Doch als sie hinter ihm auf dem Motorrad gesessen hatte, war ihr erst bewusst geworden, wie sehr männliche Nähe in ihrem Leben fehlte und wie groß ihre Sehnsucht nach Berührung war. Die Signale ihres Körpers waren unmissverständlich gewesen.

Nicht erst seit dem Tod ihres Vaters hatte sie sich nicht auf etwas einlassen mögen, auch davor war sie länger als Single durchs Leben gegangen. Da war niemand, der ihr interessant genug erschienen wäre, um ihre Freiheit aufzugeben.

»Was ist nur mit mir los, dass ich mich auf einmal wie ein unreifer Teenager fühle?«, fragte sich Marie besorgt. »Ein paar Worte von Véronique fehlen mir, sie würde mir schon den Kopf geraderücken. Ich wollte mich doch heute mit ihr treffen!«

Marie war froh, als Lucius sie kurz verließ, um zur Toilette zu gehen. Sofort zückte sie ihr Handy. Höchste Zeit, der Freundin zu schreiben.

So schnell sie konnte, tippte Marie in ihr Smartphone:

Ma chère,
es ist was Komisches passiert!
Ich war in Sacré-Cœur, um zur Ruhe zu kommen,
und habe dort einen Mann getroffen, der aussieht
wie der leibhaftige Erzengel Michael …
Überirdisch schön!
Nun sitze ich mit ihm im Café des Deux Moulins.
Können wir uns gegen 15:00 Uhr treffen?
Kommst du zu mir?
Wäre schön!
Bisous
Marie

Sie war gerade mit dem Schreiben fertig, als Lucius zurückkam, und brauchte die Nachricht nur noch abzusenden. Lucius schaute sie fragend an, und Marie antwortete lächelnd: »Ach, du kennst das doch! Frauentalk.«

»Verstehe.« Lucius grinste wie ein Lausbube.

Doch Marie bemerkte, dass sein Lächeln nur den Mund umspielte, die Augen jedoch nicht erreichte, und plötzlich war sie auf der Hut.

Wer war dieser Mann, und was wollte er von ihr?

Auf einen Schlag war sie hellwach.

Lucius schaute sie aus seinen stahlblauen, doch irgendwie kalten Augen forschend an. Jetzt aber konnte Marie seinen Blick gelassen erwidern und war wieder ganz bei sich – eine junge Frau, ihrer selbst sicher.

Lucius winkte einen Kellner herbei, und Marie bemerkte, dass er unter irgendeiner Art von Druck stand.

Unverfänglich fragte sie ihn: »Wie kamst du eigentlich darauf, mich anzusprechen?«

»Na ja, du musst mir sicherlich recht geben, dass weder du noch ich aussehen wie die typischen Touristen. Ich habe mich jedenfalls gefragt, was so eine wunderschöne Frau in der überfüllten Basilika will.«

»Spannende Frage! Und was tut ein attraktiver junger Mann, der auf einer schnellen Maschine durch Paris braust, in Sacré-Cœur?«

»Ma chère, ich habe zuerst gefragt! Also?«

Marie musste lachen. »Ganz einfach – Sacré-Cœur ist für mich ein Ort zum Nachdenken und Innehalten. Und für dich?«

»Hm, so habe ich das bisher nicht gesehen. Ich recherchiere gerade für ein Buch über Kirchensymbole. Daher habe ich Sacré-Cœur besucht – und dich getroffen.«

»Das ist ja interessant! Was für Kirchensymbole denn?«

»Kennst du dich mit so was aus? Oder warum fragst du?«

»Das kann man wohl sagen: Ich bin Professorin für Kunstgeschichte und Malerei an der École nationale supérieure des Beaux-Arts hier in Paris.«

»Wow! Wie alt bist du denn?«

»Fragt man so etwas eine Frau?«, erwiderte Marie schmunzelnd.

»Na, sieh es doch als Kompliment an, wenn ich dich für so jung halte, dass ich mir nicht vorstellen kann, dass du bereits Professorin bist!«

»Da muss ich dir allerdings recht geben«, lachte Marie. »Ich bin dreißig. Und du?«

»Ich bin achtunddreißig.«

»Und was machst du, außer Bücher zu schreiben?«

»Ich arbeite für eine Kulturstiftung, die meine Kunstkenntnisse zu schätzen weiß.«

»Das bedeutet, wir sind sozusagen vom gleichen Fach.«

»Das kann man wohl so sagen«, meinte Lucius und zeigte sich amüsiert, weil er sie fast wörtlich wiederholte.

»Wenn das mal nicht Schicksal ist, dass wir uns getroffen haben«, warf Marie ein.

»Mag sein«, lautete Lucius' knappe Antwort.

Marie spürte, dass Lucius plötzlich zurückhaltender war, seit sie das Wort »Schicksal« in den Mund genommen hatte, und fragte ihn: »Glaubst du nicht an das Schicksal?«

»Das ist ein weites Feld … Ich will nicht drüber reden. Bitte versteh das! Es hat nichts mit dir zu tun.«

»Alles gut! Ich wollte dir nicht zu nahetreten.«

»Ganz im Gegenteil! Komm mir ruhig zu nahe.« Lucius' Lächeln erreichte wieder nur die Augenwinkel.

Marie hielt automatisch innerlich Abstand und trank nachdenklich den Café au lait. Lucius beobachtete sie, aber sie wusste nicht, wie sie auf diese Direktheit eingehen sollte. Hoffentlich meldete sich Véronique bald, Marie zog ihr Handy hervor.

Wunderbar, ma chère!
Das geht in Ordnung. Ich bin nur um fünf
schon mit Julien, dem Tenor,
im Café de Flore verabredet.
Du kannst aber sicherlich gerne mitkommen,
da er dich schon immer kennenlernen wollte.
Soll ich ihn fragen?
Je t'embrasse
Véronique

Was für ein seltsamer Tag. Wochenlang hatte sie keine interessanten Männer mehr zu Gesicht bekommen. Und nun sollte ihr gleich ein zweiter besonders attraktiver vorgestellt werden. Ihr Vater hatte von diesem Julien gesprochen, aber sie hatte diese selbstgefälligen Typen nie gemocht, denen die Frauen reihenweise zu Füßen lagen. Daher hatte sie es vermieden, ihn kennenzulernen, obwohl sowohl ihr Vater als auch Véronique Partei für ihn ergriffen hatten. Vielleicht war es an der Zeit, ihr Urteil zu revidieren.

»Alles okay?«, fragte Lucius.

Er musste gesehen haben, dass sie nachdenklich geworden war. Sie sagte: »Ja, alles bestens. Ich muss nur bald los.«

»Verstehe. Wollen wir unsere Unterhaltung ein anderes Mal fortsetzen? Magst du mir deine Handynummer geben?«

Marie zögerte nicht, sondern diktierte ihm ihre Nummer ins Smartphone.

Kaum war er fertig, stand sie auf und wollte sich ohne jegliche Berührung von ihm verabschieden. Doch sie hatte nicht mit Lucius gerechnet. In Sekundenschnelle zog er sie fest an sich, sodass sie seinen männlichen Körper deutlich spüren konnte. Ihr stieg die Röte ins Gesicht. Das ging eindeutig zu schnell. Fühlte sich aber gut an.

Marie machte sich los und wollte zu ihrem Motorrad, als sie realisierte, dass sie mit Lucius gekommen war. Schon stand er neben ihr und fragte: »Kann ich dich noch irgendwo hinbringen?«

Völlig überrumpelt antwortete sie: »Ja, nach Hause bitte!«

VÉRONIQUE

PARIS, 28. AUGUST 2013

Marie musterte zufrieden ihre Freundin. Wie gut das getan hatte, ihr alles zu erzählen. Véronique kannte nicht nur ihre Schwierigkeiten mit den Vorstellungen ihres Vaters, sondern sie hatte alle Jahre unverwandt trotzdem weiter selbst auf Engel und die Kraft des Glaubens vertraut, auch als Marie gezweifelt hatte. Das hatte nach dem Unfalltod ihrer Mutter begonnen, doch zum Glück hatte es ihre Freundschaft nie getrübt. Und nun hatte sie Véronique endlich alles eingestanden: den Fund des Schlüssels, die Albträume, sogar die Sache mit dem Messer. Véronique hatte sie in den Arm genommen, sie gedrückt, und auf einmal konnte Marie nachvollziehen, dass geteiltes Leid halbes Leid sein sollte, wie das Sprichwort es behauptete. Zu ihrer großen Erleichterung hatte Véronique ihre Empfindungen respektiert, als Marie ihr eingestanden hatte, dass auch sie jetzt Zuflucht zu Gebeten nahm und Zeichen erhielt. Noch nie hatte das Wort Schicksal ihr so viel bedeutet – und nun hatte sie eine Schicksalsfreundin, auch aus dieser Blutlinie, von der ihr Vater einmal gesprochen, sie auf ihr Zögern hin jedoch nie mehr erwähnt hatte. Unwillkürlich lächelte sie Véronique an, und diese erwiderte herzlich das Lächeln und den strahlenden Blick. Das erinnerte sie an diesen Lucius. Marie zögerte nur kurz, dann erzählte sie Véronique auch von diesem wunderschönen Mann in Motorradkluft. Und genau als sie endete, klingelte Maries Smartphone. Es war eine Nachricht von Lucius:

Liebe Marie,
es war mir eine Freude, dich heute
kennenzulernen, und ich möchte dich so bald
wie möglich wiedersehen.
Hast du heute Abend schon etwas vor?
Bises
Lucius

»Den scheint es ja wirklich erwischt zu haben«, schmunzelte Véronique, als sie ihr den Text vorgelesen hatte.

»Meinst du? Ich bin mir da nicht so sicher, denn irgendwie war er seltsam. Sein Lächeln reichte nie bis zu den Augen.«

»Was willst du nun tun?«

»Ich weiß es nicht. Was würdest du mir raten?«

»Hat er dir denn gefallen?«

»Wie soll einem ein Mann, der aussieht wie ein Engel, nicht gefallen? Du stellst vielleicht Fragen!«, rief Marie kopfschüttelnd aus.

»Verstehe! Aber hat er dir auch als Mensch zugesagt?«

»Das weiß ich nicht so genau, wir haben auch gar nicht viel gesprochen. Er hat mich einfach extrem verwirrt. Mir ist nicht klar, woran das liegt.«

Marie konnte sich nicht vorstellen, wie sie vermitteln sollte, was sie empfunden hatte auf der Dukati hinter ihm, sein Körper so nah an ihrem.

»Na, dann solltest du ihn auf jeden Fall wieder treffen. Doch nicht heute, damit er sich nicht in allzu großer Sicherheit wiegt, was dich betrifft«, unterbrach Véronique Maries Gedanken.

»Das ist wahr! Also ist es auch sinnvoll abzuwarten, bevor ich ihm zurückschreibe«, überlegte Marie.

»Auf jeden Fall!«, stimmte Véronique zu. »Doch nun lass uns überlegen, wie du weiter vorgehen kannst, was das Vermächtnis deines Vaters betrifft.«

»Ja, richtig! Wie konnte mich Lucius nur so vom Wesentlichen ablenken!«

»Tja, schöne Männer haben eine gewisse Wirkung …«, säuselte Véronique mit einem übertrieben klimpernden Augenaufschlag, sodass sich Marie vor Lachen bog.

»Ich wusste gar nicht, dass du so gut schauspielern kannst!«

»Als Balletttänzerin lernt man so manches.«

»Das kann ich mir denken!«, erwiderte Marie mit einem Zwinkern. »Aber weißt du was? Es tut so gut, endlich wieder in Ruhe mit dir zu sprechen. Ich danke dir von Herzen, dass du mir einfach zugehört hast, ohne mich mit Ratschlägen zu bombardieren, wie es die meisten Menschen an deiner Stelle getan hätten. Ich fühle mich um so vieles besser! Merci!«

Daraufhin stand Marie vom Küchentisch auf, trat hinter den Stuhl der Freundin und legte ihre Arme sanft um sie. Schweigend verweilten sie in dieser Haltung, um diesen Moment inniger Verbundenheit vollkommen auszukosten.

Schließlich wandte sich Véronique mit Tränen in den Augen zu Marie um. Wie in Trance sagte sie leise: »Unsere Seelen haben lange Zeit vor unserer Geburt beschlossen, gemeinsam durch dieses Leben zu gehen. Um die wesentlichen Augenblicke miteinander zu teilen, einander zu unterstützen und auch um einander zu tragen, wenn es notwendig ist, sodass wir erneut lernen, dass die reine Liebe uns wahrhaftig hilft, jeglichen Schmerz zu überwinden, und wir uns wieder erinnern, wer wir in Wahrheit sind.«

Bei diesen Worten begannen auch Maries Augen verräterisch zu glitzern, jedes Wort war so wahr, und sie wurde überwältigt von unendlicher Liebe. Es war ein Gefühl der Zugehörigkeit, das sie so stark miteinander verband. Konnte ihre gemeinsame Verbindung zur Blutlinie so etwas bewirken? Marie ließ sich wieder auf ihren Stuhl sinken und gab sich diesem Gefühl vollkommen hin, denn sie wusste intuitiv, dass ihr Heilung zuteilwurde. Und auch wenn sie nie zuvor eine ähnliche Erfahrung gemacht hatte, war ihr bewusst, dass sich etwas in ihr verwandelt hatte. Als hätte sich eine Tür in ihr aufgetan. Ein Fenster zu einem Licht.

Dankbar schaute sie Véronique an, die auch ohne Worte verstand, was mit Marie geschehen war. Gleichzeitig standen beide auf und umarmten sich fest. Sie wussten, was auch immer kommen sollte, gemeinsam würden sie es durchstehen.

Nachdem Marie und Véronique bei einer Schale grünem Tee wieder in der Realität angekommen waren, fragte Marie: »Und was schlägst du jetzt vor?«

»Während du dich zu Sacré-Cœur hingezogen fühlst, habe ich diese enge Verbindung zu Saint-Sulpice. Ich finde, wir sollten auch diese Kirche aufsuchen.«

»Gut!«, antwortete Marie. »Gibt es dort auch so etwas Besonderes, wie es mein Christus-Mosaik für mich ist?«

»Ich denke schon. Im Gegensatz zu vielen anderen Gotteshäusern spüre ich dort die Präsenz von Maria Magdalena ebenso stark wie die von Mutter Maria.«

»Das reicht mir als Grund, weshalb wir dorthin gehen sollten.«

Marie spürte selbst, dass sie noch vor einem Tag nie im Leben so reagiert hätte, doch das löste nur ein Lächeln bei ihr aus und eine tiefe Zufriedenheit, dass sie inzwischen gelernt hatte, auf Zeichen zu vertrauen.

Wenig später machten sie sich auf den Weg zu Maries BMW Roadster, die im Hinterhof geparkt war. Véronique setzte sich hinter Marie auf die königsblaue Maschine, und schon düsten die beiden durch den Hof auf die Straße hinaus.

Aus dem Augenwinkel nahm Marie wieder die dunkle Limousine wahr, die aus einem Parkplatz ausscherte und ihnen zu folgen begann. Eine Gänsehaut überlief sie, und sie konnte sich des Gedankens nicht erwehren, dass von dem schwarzen Mercedes Gefahr ausging. Doch jetzt war nicht der Moment, sich damit zu beschäftigen. Sie hatten ein Ziel vor Augen und suchten den Rat der Maria Magdalena.

MARIE / VÉRONIQUE

PARIS, 28. AUGUST 2013

Ehrfürchtig schweigend betraten Véronique und Marie die Kirche Saint-Sulpice, gefangen in der Stille nach dem Dröhnen des Motorrads. Beide spürten sie, dass sie sich an einem ganz besonderen Ort befanden, einem Ort der Geborgenheit. Hier war ein heiliger Platz des göttlich Weiblichen. Die Kirche war nicht nur von der jungfräulich reinen Energie von Mutter Maria durchdrungen, sondern auch der ungleich erdigeren Energie der Maria Magdalena, das war ihnen beiden bewusst.

Innerlich berührt nahmen die beiden Freundinnen nebeneinander auf zwei Stühlen in der Mitte der Kirche Platz und schlossen die Augen in Erwartung dessen, was kommen würde.

Während Marie einfach nur versuchte, ruhig zu werden, begann Véronique auf vielfach geübte Art und Weise zu atmen, um in einen tiefen Zustand der Entspannung und Empfänglichkeit zu gelangen, der es ihr vielleicht ermöglichen würde zu verstehen, weshalb sie das dringende Gefühl verspürt hatte, diesen heiligen Ort aufzusuchen.

Es dauerte nicht lange, und Véronique nahm die ihr seit vielen Jahren vertraute Gegenwart von Mutter Maria wahr.

Im Kern ihres Wesens vernahm sie folgende Worte:

»Geliebte Tochter, wie schön, dass ich zu dir sprechen kann. Es ist von tiefer Bedeutsamkeit, was ich dir zu sagen habe. Marie Madeleine, deine Herzensschwester, hat für dieses Leben eine übergroße Mission auf sich genommen, die sie alleine nicht zu bewältigen vermag. Doch ward sie bereits vor langer Zeit ausgewählt, diese zu erfüllen, als sie in diesem Land als Jeanne d'Arc starb.

Ihr ist jedoch noch nicht bewusst, welch große Kraft ihr innewohnt, so ist es an dir, ihr beizustehen und ihr zu helfen, sich wieder zu erinnern. Bist du bereit, geliebtes Kind?«

Voller Inbrunst nickte Véronique.
Und Maria fuhr fort:

»Wie du bereits erkannt hast, schwebt Marie Madeleine in ernsthafter Gefahr. Eine Vereinigung dunkler Seelen hat es sich zur Aufgabe gemacht, Marie Madeleine daran zu hindern, ihren Auftrag für dieses Leben zu erfüllen.

Natürlich werden wir himmlischen Mächte tun, was uns erlaubt ist zu tun, um sie vor größerem Schaden zu bewahren, doch ist es auch an dir, die Augen offen zu halten für die lichten und die dunklen Zeichen, sodass ihr beide unter unserer Führung eure Schritte planen könnt.

Ich danke dir, meine Tochter, für deine große Reinheit, die es dir ermöglicht, so leicht mit den himmlischen Wesen zu kommunizieren. So sei gegrüßt und grüße auch Marie Madeleine von mir! Und nun sei in meinen Mantel des Lichtes gehüllt, auf dass du noch heller strahlen mögest.«

Véronique konnte deutlich spüren, wie Maria ihr den aquamarinblauen Mantel um die Schultern legte und ein überirdisch strahlendes Licht sie durchströmte. Ruhe überkam sie und die Gewissheit, dass alles, was geschehen musste, geschehen würde.

Marie und sie waren Teil von etwas Größerem, und sie beide würden alles tun, was in ihrer Macht stand, um ihren Auftrag für die Welt zu erfüllen.

Voller Dankbarkeit versprach Véronique, dass sie Marie unter allen Umständen bei ihrer Mission unterstützen wollte. Und das Licht, das sie daraufhin blendete, war kein irdisches. Da wusste Véronique, dass Maria ihren Dank erhalten hatte und dass die Botschaft wirklich galt.

Als sie die Augen wieder öffnete, schaute sie zu Marie hinüber, die in sich versunken, aber offenbar eins mit sich dasaß. Liebevoll betrachtete sie Marie, dankbar, dass ihre Freundin, die so verstört gewesen war, nun so friedlich aussah.

Marie schien den auf sich ruhenden Blick zu spüren, denn sie begann zu blinzeln und drehte ihr Gesicht langsam Véronique zu. In ihren leuchtenden Augen konnte Véronique lesen, dass auch sie eine tiefe Erfahrung gemacht haben musste. Ohne Worte umarmten sich die beiden Freundinnen, in voller Kenntnis und erfüllt von Verständnis für das Erleben der anderen. Sie erhoben sich und strebten dem Ausgang zu.

Plötzlich hielt Marie in ihrer Bewegung inne, da sie von der Pietà von Jean-Baptiste-Auguste Clésinger in Bann gezogen wurde. Im Gegensatz zu anderen bekannten Darstellungen dieser Art lag der geschundene Christus zwar in den Armen seiner Mutter, diese hielt jedoch auch Maria Magdalena umschlungen, die völlig in sich zusammengesunken vor Marias Füßen saß und mit ihrem Kopf Jesu Haupt berührte. Der unendliche Schmerz und zugleich die tiefe Innigkeit, die von dieser Skulptur ausgingen, trafen Marie ins Herz. Unwillkürlich begann sie zu weinen, und untröstlich sah sie die Kreuzigungsszene vor sich mit einer solchen Intensität wie zuletzt in den Träumen, die sie an Karfreitag heimgesucht hatten. Angesichts des innigen Erlebens dieses Karfreitagstraumes begann ihr Körper unkontrolliert zu zittern.

Véronique schlang die Arme um die Freundin und versuchte, sie zu beruhigen. Sie war aufgrund ihres langjährigen Trainings in den verschiedensten Mysterien-Schulen in der Lage, sich auf der Seelenebene mit Marie zu verbinden und in deren Visionen einzutauchen. Als sie die Szene wahrnahm, die Marie durchstand, tat sie endlich das, was schon längst hätte geschehen sollen: Mithilfe von Erzengel Raziel, dem Magier unter den Erzengeln, sowie der Göttin Isis befreite sie Marie von dem Trauma, das sie in ihrem alten Leben zu Zeiten von Jesus Christus erlitten hatte.

Ihre Anteilnahme war so groß, dass Véronique förmlich spüren konnte, wie der Schmerz Marie verließ und sie sich innerlich und äußerlich aufzurichten begann.

Nach einigen tiefen und bewussten Atemzügen, die Marie ins Hier und Jetzt zurückbrachten, drückte sie Véronique dankbar an sich, denn ihr war bewusst, dass ihre Freundin ihr mit ihrem spirituellen Wissen geholfen hatte. Sie nickten einander zu und setzten den Weg zum Ausgang der Kirche fort.

Da öffnete sich die Kirchentür, und mit einem Mal stand Lucius vor ihnen. Leichten Schrittes kam er ihnen entgegen. Vor Schreck verschlug es Marie die Sprache. Woher wusste er, dass sie hier war?

Lucius schien weniger verwundert zu sein und meinte lächelnd: »Was für ein Zufall! So begegnen wir uns heute schon zum zweiten Mal.«

»Was machst du denn hier?«, entfuhr es Marie, dann schlug sie sich erschrocken mit der Hand vor den Mund, etwas in der Stille der Kirche hatte ihr vermittelt, dass sie in Gefahr war.

»Du weißt doch, dass ich für mein Buch recherchiere und Symbole in Kirchen untersuche.«

»Ach ja, richtig«, versuchte Marie ihre Furcht in den Griff zu bekommen. Sie erinnerte sich daran, wie hilfreich Routinen sind, wenn Gefühle einen zu übermannen drohen. Und so sagte sie: »Das ist übrigens meine Freundin Véronique«, und zu Véronique gewandt: »Das ist Lucius, den ich heute in Sacré-Cœur getroffen habe.«

Erstaunt registrierte sie, dass Lucius ihre Freundin mit einem Blick höchster Bewunderung betrachtete. Sie selbst konnte ihren Augen kaum trauen, so sehr sprang sie die physische Ähnlichkeit der beiden an. Wenn sie es nicht besser gewusst hätte, wäre sie davon überzeugt gewesen, Geschwister vor sich zu haben. Beide sahen aus wie leibhaftige Engel, die vom Himmel herabgestiegen waren.

Was es wohl damit auf sich hat?, fragte sich Marie im Stillen, während Lucius und Véronique sich freundlich begrüßten.

Da wandte sich Lucius wieder an Marie: »Hast du meine SMS nicht bekommen?«

»Doch, ich hatte nur noch keine Zeit zu antworten.«

»Also, was ist? Hast du heute Abend Zeit?«

»Nein, das habe ich nicht, denn Véronique und ich haben bereits eine Verabredung. Auf ein anderes Mal.«

»Schade! Aber gut, man kann schließlich nicht davon ausgehen, dass eine schöne Frau wie du nur darauf gewartet hat, mich kennenzulernen«, flirtete Lucius.

»Tja, da magst du wohl recht haben«, erwiderte Marie mit einem leicht spöttischen Lächeln. »Véronique, lass uns gehen, sonst kommen wir zu spät. Au revoir, Lucius«, und schon fasste sie Véronique am Arm und zog sie mit sich aus der Kirche.

Marie taumelte ein wenig, als sie wieder in der Welt jenseits der Kirche stand, noch in Gedanken mit der unvermuteten Begegnung beschäftigt. Sie genoss den wärmenden Strahl der Sonne, ließ den Blick schweifen – und zuckte zusammen. Erschrocken entdeckte sie die schwarze Limousine, die ihnen zuvor bis zur Kirche gefolgt war. Eine Erklärung hätte unnötig Zeit gekostet, und so sagte sie: »Lass uns so schnell wie möglich zu Fuß von hier verschwinden, aber nicht auf dem direkten Weg zum Café de Flore, denn wir werden verfolgt, meine ich. Mehr erkläre ich dir später!«

Véronique begriff augenblicklich und folgte der Freundin, die sich eilig, aber ohne offensichtliche Hast in Bewegung gesetzt hatte.

MARIE

PARIS, 28. AUGUST 2013

Nach einigen Umwegen gelangten Marie und Véronique zum Café de Flore, zuletzt nicht nur von Angst vorangetrieben. Sie verständigten sich mit einem Blick und gingen erst einmal zur Toilette, um sich frisch zu machen. Beide waren sich einig, in der Gegenwart von Julien nichts von dem Erlebten zu erwähnen. Als Marie ihrer Freundin erklärte, warum ihr der schwarze Mercedes Angst gemacht hatte, war das Gefühl nicht mehr so stark. Doch Véronique war besorgt und warnte sie, sich solche Ängste zu Herzen zu nehmen.

Als sie wieder ins Sonnenlicht hinaustraten, um sich draußen einen Tisch zu suchen, fiel Maries Blick auf einen Mann, von dem eine Art leuchtender Schein auszugehen schien. Sogar das schwarze Haar wirkte eher wie ein heller Umhang. Sie konnte sich das nicht erklären, musste aber zugeben, dass er Lucius an Schönheit in nichts nachstand. Nur war er nicht blond. Marie starrte ihn wie gebannt an, denn sie war sich auf Anhieb sicher, dass es Julien sein musste.

Julien blickte ihnen unverwandt entgegen, und auch ihm schien es bei ihrem Anblick die Sprache verschlagen zu haben, denn als Véronique ihn begrüßen wollte, reagierte er nicht, ganz so, als hätte er sie überhaupt nicht bemerkt, sondern nur noch Augen für Marie.

Véronique blickte von einem zum anderen und fragte sich, was da gerade geschah. Die Zeit schien stillzustehen.

Als Véronique ihm schließlich die Hand auf die Schulter legte, fasste Julien sich wieder, er stand auf, umarmte Véronique freundschaftlich. Dann aber wandte er sich Marie zu, schaute ihr voller Wärme in die Augen, nahm ihre Hand in seine Hände und sagte: »Salut Marie, was für eine Freude, dich endlich persönlich kennenzulernen!«

Juliens Gegenwart verwirrte Marie mehr, als sie hätte beschreiben können. Sie spürte gleichzeitig tiefen Schmerz und eine ungekannte Sehnsucht. Er war ihr unbekannt und vertraut zugleich. Nie zuvor war ihr ein männliches Wesen mit dem ersten Blick derart nahegekommen. Sie versuchte, sich zusammenzureißen, und antwortete doch erst nach einer halben Ewigkeit: »Ich freue mich auch, dich zu treffen, denn mein Vater hat nur in den höchsten Tönen von dir und deiner Stimme gesprochen.«

Julien, der ihre Hand noch festhielt, erwiderte warm: »Oh, wie schön ist es, das zu hören! Das freut mich aus ganzem Herzen, denn dein Vater war mir der liebste aller Dirigenten, mit denen ich bisher arbeiten durfte. Mein herzliches Beileid. Glaub mir, das ist keine Floskel: Ich teile den Schmerz über deinen Verlust.«

Marie versuchte, ebenfalls zu lächeln, und sagte tapfer: »Merci, deine Worte hätten ihn sicherlich glücklich gemacht.«

Da machte sich Véronique bemerkbar und schlug vor: »Wollen wir uns nicht setzen?« Julien sagte mit einem herzlichen Lachen: »Aber natürlich! Ich war nur so überwältigt, endlich Jeans Tochter zu treffen, dass ich alles um mich herum vergessen habe.«

Marie war indessen ganz still geworden. Konnte es wirklich sein, dass es Julien ähnlich ergangen war wie ihr? Was hätte ihn sonst dazu gebracht, in dieser Weise über ihren Vater zu sprechen? Oder war er einfach nur charmant?

Nachdem der Ober die Bestellungen aufgenommen hatte, fragte Julien direkt: »Marie, was hast du denn in deinen Semesterferien vor, nach allem, was passiert ist?«

Marie zuckte zusammen, warum nur erinnerte diese Frage sie an Lucius und seine Art, ihr mit Fragen zuzusetzen?

Véronique beobachtete verwirrt, dass das Gespräch der beiden gleich zu Anfang stockte, daher sagte sie in die entstandene Stille: »Julien, was sind denn die nächsten Rollen, die du singst?«

Lächelnd wandte sich Julien Véronique zu und antwortete: »Da 2013 das Jahr von Wagners zweihundertstem Geburtstag ist, singe ich sehr viel Wagner. Meine nächsten Verpflichtungen sind ›Parsifal‹ und ›Lohengrin‹ – zwei meiner absoluten Lieblingsrollen, und so bin ich mehr als glücklich.«

Marie durchzuckte es, als sie dies hörte, denn diese beiden Opern hatten auch ihrem Vater besonders viel bedeutet. Sie schaute Julien an und versuchte zu verstehen, was nur an diesem Mann war, dass er einerseits ihrem Vater so wertvoll gewesen war und nun mit einem Blick scheinbar ihr Innerstes zu sehen vermochte.

Sie hörte Véronique antworten: »Wie schön! Und wo wirst du auftreten?«

»Zuerst singe ich ›Parsifal‹ an der Wiener Staatsoper und anschließend ›Lohengrin‹ an der Semperoper in Dresden. Ende des Jahres bin ich dann noch mit ›Lohengrin‹ an der Met in New York.«

»Wow! Das ist ja fantastisch!«, entfuhr es Véronique, sie sagte zu Marie: »Wir sollten uns auf einen Termin einigen, damit wir zusammen in eine der Aufführungen gehen können, denn ich garantiere dir, derzeit gibt es niemanden, der diese mystischen Charaktere besser mit Leben erfüllen kann als Julien.«

»Also gut! Du hast mich überzeugt, denn mein Vater hat immer dasselbe gesagt: ›Dieser Julien hat einen besonderen Zugang zur Mystik.‹«

»Jetzt macht ihr zwei mich aber verlegen«, mischte sich Julien mit einem strahlenden Lächeln ein. »So viele Komplimente in so kurzer Zeit ...«, er strich mit der Linken eine Strähne zurück, die ihm ins Gesicht gefallen war, und Marie bemerkte, dass sie silbern schimmerte. Sie starrte ihn fasziniert an.

»Komm schon, Julien, das bist du doch gewohnt, dass man so über dich spricht, nach den Menschenmassen zu urteilen, die nach jeder Vorstellung auf dich warten«, rief Véronique aus.

»Das ist etwas ganz anderes, denn das sind Fans. Aus deinem Mund und dem der Tochter von Jean Chevalier bedeutet mir ein solches Kompliment ungleich mehr. Denn ich weiß, dass auch ihr, wie Jean und ich, von der Blutlinie abstammt, und dass es Wagner ein großes Anliegen war, in seinen Werken, insbesondere im ›Parsifal‹, im ›Lohengrin‹ und auch in ›Tristan und Isolde‹ versteckt auf die Zusammenhänge aufmerksam zu machen.«

Da wurde Marie hellhörig. »Was erzählst du da von der Blutlinie?«

Kaum hatte sie die Frage ausgesprochen, biss sie sich auf die Lippen. War es nicht gefährlich, einen Fremden danach zu fragen? Wie oft hatte ihr Vater ihr schon als Kind eingeschärft, dass manche Themen nichts für Außenstehende waren!

»Marie, ma chère, das ist eine längere Geschichte. Du ahnst nicht, wie leid es mir tut. Véronique, das konnte ich nicht vorhersehen, doch ich muss jetzt leider schon wieder gehen, da ich noch eine Verabredung habe. Verzeiht mir bitte.«

Juliens Worte versetzten Marie einen Stich. War er etwa mit einer anderen Frau verabredet? Einer seiner vielen Verehrerinnen? Ihr Vater hatte immer erzählt, dass Julien sich kaum vor Liebesbriefen seiner Fans retten konnte. Und irgendwoher wusste sie, dass er wie so viele Künstler wohl auch die körperliche Zuneigung genoss.

Juliens Feingefühl signalisierte ihm, dass etwas an seinen Worten Marie betroffen gemacht hatte. Er reagierte sofort: »Wir können gerne ein anderes Mal weiter über die Musik und die Mystik sprechen, Marie. Vielleicht magst du mir deine Handynummer geben, dann kann ich mich bei dir melden, und wir machen etwas aus.«

»Hm, ich weiß nicht«, lautete Maries Antwort, die selbst nicht hätte erklären können, warum es ihr bei Lucius leichtgefallen war und sie jetzt bei Julien zögerte. Auch der entsetzte Blick von Véronique änderte daran nichts. Marie war allerdings entgangen, dass Julien zusammenzuckte angesichts ihrer ablehnenden Haltung.

Und so sagte sie nach kurzem Zögern: »Du kannst mir ja deine geben. Dann kann ich mich bei dir melden.«

»Gerne«, Julien war die Freude über ihr Einlenken anzumerken, und er diktierte ihr seine Nummer. »Wir sehen uns hoffentlich bald wieder«, sagte er noch und nickte Véronique zu, dann erhob er sich.

Zuerst wandte er sich Véronique zu, die auf sein Nicken hin aufgestanden war. Er umarmte sie herzlich, bevor er auf Marie zutrat, ihr mit einem sehr ernsten Blick tief in die Augen schaute und sie schließlich mit zarten Küssen auf die Wangen verabschiedete.

»Hoffentlich bis bald!«, hörten sie noch, er steckte dem Kellner einen Schein zu, und schon war er fort.

Fast gegen ihren Willen sah Marie ihm hinterher, und erst als Véronique sie ansprach, bemerkte sie, dass sie die Luft angehalten hatte.

JULIEN

PARIS, 28. AUGUST 2013

Als Julien in seiner Wohnung ankam, war er in Gedanken bei dem Treffen mit Véronique und Marie. Wie gut, dass Giulia noch unterwegs war. Hoffentlich würde sie länger wegbleiben, denn er hatte etwas vor, bei dem ihre Anwesenheit mehr als unerwünscht war: Er wollte Klarheit in seine Gefühle bringen.

Dazu musste er zuerst innerlich zur Ruhe kommen. Mit einer Tasse Tee in der Hand setzte sich Julien auf einen der hohen Hocker vor seiner weiß schimmernden Küchentheke und schloss die Augen.

Sofort hatte er sie wieder vor sich, diese faszinierende Frau, er hörte ihre Stimme und sah ihr Lächeln: Marie. Nie zuvor hatte ihn eine Begegnung mit einem weiblichen Wesen derart aufgerüttelt wie die Begegnung mit Marie. Konnte es sein, dass diese Frau ihm von seiner Mutter angekündigt worden war? Sie hatte häufig zu ihm davon gesprochen, dass er seine Auserwählte vor einer großen Gefahr würde beschützen müssen. Hoffentlich würde sich diese Prophezeiung als unwahr herausstellen. Dann seufzte er und nahm einen Schluck aus seiner Teetasse. Ja, er war sich absolut sicher, dass Marie die Angekündigte war. Sie und keine andere.

Ein Schauer lief ihm über den Rücken, als er sich daran erinnerte, was seine Mutter ihm kurz vor ihrem Tod anvertraut hatte, ihre Worte schon schwach und dadurch umso eindrücklicher: »Mein geliebter Sohn, sobald du das Mädchen getroffen hast, das für dich seit langer Zeit vorherbestimmt ist, musst du mein Tagebuch lesen, aber auf keinen Fall früher! Vor allem, wenn du Zweifel hast, ob du die Richtige für dich gefunden hast. Versprich mir das: Mein Buch wird dir die Sicherheit geben, nach der du suchst.«

Diese Worte hatte er jedes Mal wieder in seinem Kopf gehört, wenn die Versuchung groß wurde, das Tagebuch seiner Mutter zu öffnen. Diesmal aber war er sich sicher: Marie war es. So machte er sich bereit zu lesen, was seine Mutter für ihn aufgeschrieben hatte. Wie seltsam, er horchte in sich hinein, er zweifelte nicht für eine Sekunde, dass sie tatsächlich die Zukunft hatte sehen können. Sie hatte über die seltene Gabe der göttlichen Vorhersehung verfügt. Wie oft er Zeuge gewesen war, dass sie, noch bevor ein unvorhergesehenes Ereignis die Menschen auf der ganzen Welt erschütterte, zu Hause davon sprach, weil sie es in ihren Visionen vorausgesehen hatte. Er lächelte in sich hinein, war sich der Zuneigung seiner Mutter gewiss. Sie würde ihm die Kraft geben, mit den Worten umzugehen, die sie für ihn aufgeschrieben hatte.

Erfüllt von diesem Vertrauen ging er ins Musikzimmer zu einer antiken Truhe, in der er das Tagebuch seiner Mutter aufbewahrte. Andächtig hob er den hölzernen Deckel an und nahm das kostbare Buch heraus. Wie in Trance legte er seine Lieblingsaufnahme der Oper »Lohengrin« mit Wolfgang Windgassen in der Hauptrolle auf und ließ sie im Hintergrund laufen. Erst als die ersten Töne des Vorspiels des ersten Aufzuges verklungen waren, öffnete Julien behutsam das kostbare Tagebuch.

Bei den einleitenden Zeilen durchfuhr es ihn wie ein elektrischer Schlag:

Paris, 19. Januar 1990
Mein geliebter Sohn,
nun ist es also so weit. Du hast SIE getroffen, die Frau, welche dir von Anbeginn vorherbestimmt war, deren Name in diesem Leben Marie Madeleine Chevalier lautet!

Wie war es möglich, dass seine Mutter den Namen von Marie bereits 1990 gekannt hatte? Sein Herz setzte für einen Schlag aus, dann durchströmte ihn die Wärme der Gewissheit. Wie sehr wünschte sich Julien, seine Mutter in diesem Moment der Enthüllung und der emotionalen Verwirrung an seiner Seite zu haben, um ihr all die Fragen stellen zu können, die ihm auf dem Herzen lagen.

Erst als er sich wieder gefasst hatte, wagte er es, mehr zu erfahren, tief überzeugt, dass auch die folgenden Worte nur die Wahrheit verkünden würden:

Übergroße Dankbarkeit durchströmt mich, dass es endlich an der Zeit ist, dir die Geheimnisse zu enthüllen, die ich vor meinem Tod nicht mit dir teilen durfte.
Glaube mir, mein Sohn, dies war nur zu deinem Wohl!
Du weißt, dass ich vor deiner Geburt als Sängerin gearbeitet habe.
Folge mir in diese Vergangenheit, so will ich dir anvertrauen, woher ich den Namen deiner Zukünftigen kenne: Vor vielen Jahren hatte ich die Gelegenheit, unsere heilige Frau, Maria Magdalena, im gleichnamigen Oratorium »Marie-Magdeleine« von Jules Massenet unter der Leitung des aufstrebenden jungen Dirigenten Jean Chevalier zu singen. Du weißt ja, dass es eines der wenigen musikalischen Werke ist, die offiziell Maria Magdalena ehren. Ich war im siebten Himmel, denn ich hatte

mir immer gewünscht, ihr mit meiner Stimme zu dienen. Auch empfand ich es als eine große Ehre, mit Jean Chevalier arbeiten zu dürfen, der dabei war, Weltruhm zu erlangen. Was ich nicht ahnte: Jeans Verbundenheit mit Maria Magdalena war tief, und wir waren Geistesverwandte. Jetzt sag nicht, ich könnte nicht dazu stehen, dass er mich vom ersten Moment an für sich einnahm. Das war selbstredend der Fall, und ich genoss jeden Moment seiner Gegenwart. Dann nahm er mich eines Tages während der Proben beiseite und vertraute mir an, er wisse ohne Zweifel, dass ich die Mutter des vorausgesagten Kindes sein würde, welches am Maria-Magdalena-Tag, dem 22. Juli, im Jahre 1970 geboren werden sollte.

Ich war sprachlos. Einmal, ich war gerade zur Frau gereift, hatte mir meine eigene Mutter im Geheimen davon gesprochen. So fragte ich ihn, woher er dies wisse, denn es war ein streng gehütetes Geheimnis. Nie werde ich seine Antwort vergessen: »Meine Liebe, so wie du die Mutter des vorausgesagten Sohnes sein wirst, bin ich der Vater der vorausgesagten Tochter, welche am Karfreitag, dem 1. April 1983 geboren werden wird. Unsere beiden Kinder sind dazu auserwählt, die jahrtausendealte Prophezeiung zu erfüllen.«

Mein lieber Sohn, ich kann mir vorstellen, wie erschüttert du bist, ich war es in dem Moment auch. Unsere Familie hatte das Geheimnis unseres Erbes verborgen gehalten – und auch ich muss dich nun bitten, dich keinesfalls zu verraten. Bitte lies nicht weiter, um die Zukunft nicht zu beeinflussen, die doch so ungemein wichtig ist für die gesamte Menschheit. Du wirst wissen, wann es an der Zeit ist, auch den Rest meines Tagebuchs zu lesen.

Sei innig umarmt und wisse, dass ich immer an deiner Seite weilen werde, wo du auch bist!

Julien spürte, wie ihm stille Tränen die Wangen hinunterliefen. Die Worte seiner Mutter hatten ihn tief in seiner Seele berührt, dennoch fühlte er sich überfordert, wenn er daran dachte, was für eine Mission da wohl auf Marie und ihn wartete. Kurz fühlte er sich versucht, weiterzulesen, etwas über seine Zukunft heraus zu finden. Eine leise Furcht machte sich in seinem Herzen breit, ob er der Aufgabe gewachsen war.

Zum Glück erinnerte er sich daran, dass seine Mutter ihn beständig vor Angst gewarnt hatte. Jegliche Angst bringt uns davon ab, klar zu denken. Davon war sie überzeugt gewesen. Und sie hatte ihn gemahnt, in beängstigenden Situationen auf Erzengel Michael zu vertrauen. Er atmete durch und rief Erzengel Michael an seine Seite. Es war nach langer Zeit das erste Mal, dass er ihn mit den von der Mutter gelernten Worten bat, ihn mit seinem Schwert der Liebe, des Lichts und der Wahrheit von seinen Ängsten zu befreien.

Unvermittelt fühlte Julien sich besser. Gleich der nächste Gedanke galt Marie. Wie nur sollte er Kontakt zu ihr aufnehmen? Sie hatte ihm nicht einmal ihre Nummer hinterlassen. Er konnte schlecht Véronique danach fragen, sie war dabei gewesen, als Marie so zögerlich auf seine Frage reagiert hatte.

Wie immer, wenn Zweifel ihn bedrängten, tat er, was seine Seele am meisten liebte. Er begann zu singen. Die Arie »Toute mon âme est là!« aus Jules Massenets Oper »Werther«, denn sie drückte am besten aus, was er gerade fühlte … Kaum sang er, durchströmten ihn neue Stärke und die Gewissheit, dass Gott schon alles fügen werde.

MARIE

PARIS, 28. AUGUST 2013

Kaum war Julien außer Sicht, ließ sich Marie auf den Stuhl fallen und sah ihre Freundin fragend an: Wie sollte sie mit ihren Gefühlen umgehen? Sie einigten sich darauf, zusammen in der Stille von Maries Wohnung eine Tasse Schokolade zu trinken und ganz für sich und in Ruhe über das zu sprechen, was gerade vorgefallen war.

Véronique und Marie verließen das Café und schwangen sich dann auf das Motorrad. Mit ihrer Maschine unter sich und der Möglichkeit, über ihren eigenen Weg zu entscheiden, fühlte sich Marie gleich wohler. Sie genoss es, ihr Motorrad durch den engen Verkehr zu steuern, und lächelte in sich hinein: gleich zwei faszinierende Männer an einem Tag.

Doch plötzlich überholte sie ein gelber Chevrolet Camaro, rauschte so dicht an ihnen vorbei, dass Marie ungläubig hinterher starrte, während sie mit aller Kraft versuchte, die Maschine wieder unter Kontrolle zu bekommen. Das Auto vor ihr hatte ein kanadisches Kennzeichen, registrierte Marie und riss die Maschine hoch, die bei dem Ausweichmanöver in heftige Schieflage geraten war Mehr noch als die Gefahr machte ihr die Erkenntnis zu schaffen, dass ihr die Situation nicht neu war. Und das war doch eine Fleur de Lys, da, neben dem Kennzeichen, ihr Gehirn spulte automatisch alles Wissen darüber ab: In Insiderkreisen war dies ein Symbol für die geheimen Wissensträger, für Menschen wie ihren Vater. Und unter der französischen Lilie erkannte sie Buchstaben und Zahlen. Marie kniff die Augen zusammen und las: »MMM 722« sowie die Worte »Je me souviens«, »Ich erinnere mich.«

Das war selbst für die rationale Marie zu viel, dass konnte kein Zufall sein. Sie hatte Mühe, nicht die Kontrolle über ihre BMW zu verlieren. Kaum wusste sie, wie ihr geschah, aber auf einmal waren sie da, die Erinnerungen, abgespeichert in ihrem Unterbewusstsein. Marie lenkte das Motorrad zum Straßenrand, hielt so schnell wie möglich an, bevor die Bilder auf sie einstürmten. Ein schwarzer Camaro, der genau so aussah wie das Fahrzeug mit der Fleur de Lys, der immer näherkam. Sie saß wieder in dem Fahrzeug ihres Vaters, war wieder Kind, beobachtete, wie der Camaro sie von der Straße abzudrängen versuchte. Da hörte sie plötzlich einen ohrenbetäubenden Knall, sie riss unwillkürlich die Hände schützend nach oben und hielt sich die Ohren zu, als sie langsam und wie in Zeitlupe registrierte, wie der Wagen aufprallte und sie und ihr Vater herauskatapultiert wurden. Nur wenige Sekunden später ging das Fahrzeug vor ihren Augen in Flammen auf und ihre Mutter starb in dem Feuer, angeschnallt auf ihrem Sitz.

In diesem Augenblick entrang sich ihr ein markerschütternder Schrei, der sie selbst wachrüttelte. Marie sah sich um und wusste mit einem Mal, dass ihre Mutter vor vierundzwanzig Jahren keinem Unfall zum Opfer gefallen war, sondern dass sie ermordet worden war; ein schwarzer Chevrolet war es gewesen, der sie getötet hatte bei dem versuchten Anschlag auf ihrer aller Leben. Und mit dieser Erkenntnis wurde Marie schlagartig bewusst, dass ihr Vater recht gehabt hatte, als er sie ausbilden wollte, ihr alles erklären wollte – sie warnen wollte. Sie sandte ein Stoßgebet zu ihm, dankte ihm für seine Beharrlichkeit.

In ihren Gedanken verloren, bekam sie nicht mit, dass sie laut aufschrie, sich eine Menschentraube um sie und das Motorrad bildete, um die beiden Frauen auf der schweren Maschine.

Véronique atmete tief durch, übte sich in ihrer Selbstkontrolle, und so vermochte sie es, die Menschen zu beruhigen, die sie mit Fragen bestürmten: Warum ihre Freundin aufgeschrien hatte. Ob sie einen Arzt rufen sollten. Mit ihrer klaren, unaufgeregten Stimme erklärte sie, dass ihre Freundin noch unter Schock stand, weil sie beide gerade unter wundersamen Umständen mit dem Leben davongekommen waren. Dass ein Auto sie gezielt von der Straße abgedrängt hatte, verschwieg sie lieber. Sie ahnte ja nicht, dass ihre Freundin sich das Kennzeichen gemerkt hatte – Marie war noch immer nicht ansprechbar. Da ihre Schilderung der Vorgänge jedoch nüchtern und sie eindeutig Herrin ihrer Kräfte blieb, löste sich die Menschenansammlung schnell wieder auf, und Véronique konnte sich endlich um ihre noch immer unkontrolliert zitternde Freundin kümmern. Véronique war darin ausgebildet, Menschen aus einem Schockzustand in eine Phase der Ruhe zu überführen, und so gelang es ihr, Marie zum Weiterfahren zu ermutigen.

Doch in der vertrauten Umgebung ihrer Wohnung brach erneut das Erlebte über Marie herein. Sie war erschüttert von den Ereignissen und Enthüllungen der vergangenen Tage und Nächte, war emotional vollkommen überfordert. Véronique, die dies nur allzu gut nachfühlen konnte, beförderte Marie in die Küche und machte ihr eine starke Schokolade.

Die dampfend heißen Becher in der Hand, wanderten sie ins Wohnzimmer und setzten sich auf das Sofa, das sie mit seiner Gemütlichkeit willkommen hieß. Véronique empfand sofort, dass sie sich hier fallen lassen konnte und hoffte, dass auch ihre Freundin in der gewohnten Umgebung rasch wieder zu sich selbst finden würde.

Als Marie ein wenig zur Ruhe gekommen war, wagte sich Véronique an die Frage, die ihr schon vor einer Weile in den Sinn gekommen war: »Sag mal, seit wann hast du das Gefühl, verfolgt zu werden?«

»Ehrlich gesagt, erst seit heute. Als ich am späten Vormittag aus dem Haus ging, ich wollte zu Sacré-Cœur, da ist mir eine schwarze Limousine aufgefallen, die ganz nah bei meiner Wohnung parkte, was mir irgendwie merkwürdig vorkam, da in dieser Gegend selten teure Autos herumstehen. Und kaum verließen wir den Hinterhof, parkte der schwarze Mercedes aus und kam hinter uns her bis zur Place Saint-Sulpice. Ich habe gedacht, das wären Touristen, die nur zufällig denselben Weg hatten wie wir. Aber der Wagen war noch vor der Kirche, als wir sie verließen.«

Véronique runzelte die Stirn. Das gefiel ihr alles gar nicht. Sie sagte nachdenklich: »Das ist allerdings sehr merkwürdig, passt aber zu dem, was mir Mutter Maria in der Kirche verkündet hat: Du bist in Gefahr.«

»Wie bitte? Maria persönlich hat zu dir gesprochen? Dir was über mich gesagt«, fragte Marie mit großen Augen, als hätte sie sich verhört.

»Ja, ma chère, das hat sie«, antwortete Véronique ruhig. »Wie du weißt, bin ich viele Jahre darin ausgebildet worden, mit Wesen höherer Ebenen zu kommunizieren. Ich habe nur fast nie davon gesprochen, weil du immer deutlich gemacht hast, dass du davon nichts wissen willst. Ich denke jedoch, dass sich das geändert hat.«

Marie nickte automatisch, schließlich hatte sie sich gerade erst Vorwürfe gemacht, weil sie ihrem Vater nicht geglaubt hatte.

Die frischen Erinnerungen aber bestätigten seine Vorahnungen, seine Schlüsse, überhaupt alles, was sie nie hatte hören wollen. »Véronique«, forderte sie ihre Freundin auf: »Erzähl mir bitte alles, was Mutter Maria dir aufgetragen hat.«

»Das wird nicht so einfach«, Véronique zögerte, »es handelt sich um keine einfache Botschaft. Mach dich darauf gefasst, dass es nicht leicht für dich wird, die Botschaft zu akzeptieren.«

Véronique konnte Marie ansehen, dass sie tief bewegt war.

»Hat Maria mehr über die Mission verlauten lassen?«, fragte sie trotzdem neugierig.

»Nein, nicht wirklich, außer dass du in Gefahr schwebst, denn offensichtlich hat es sich eine Vereinigung von Menschen zur Aufgabe gemacht, dich daran zu hindern, deinen Lebensauftrag auszuführen. Ich nehme an, dass er etwas mit dem goldenen Schlüssel zu tun hat, den dir dein Vater vermacht hat.«

»Puh, das klingt ja alles andere als beruhigend«, stöhnte ihre Freundin.

»Auch wenn es unglaublich klingt: Maria verkündete mir, dass du viel stärker bist, als du annimmst, wenn du dir selbst vertraust.«

»Du würdest darauf bauen, oder?«

»Ich denke schon«, erwiderte Véronique lächelnd, »denn bisher habe ich die Erfahrung gemacht, dass alle Botschaften, die ich empfangen habe, am Ende der Wahrheit entsprachen.« Sie hoffte, dass ihre Freundin gestärkt in die Zukunft sehen würde. Sofort kamen ihr jedoch die Worte »größeren Schaden abwenden« in Erinnerung, und sie seufzte unwillkürlich.

»Verstehe«, Marie nickte, zögerte dann und sagte: »... doch irgendetwas verschweigst du mir noch, richtig?« Véronique zuckte zusammen. Wie gut ihre Freundin sie kannte!

»Du hast Recht«, gab sie zu und überlegte sorgfältig, wie sie formulieren wollte, was sie auf dem Herzen hatte. »Nur weiß ich nicht, ob du dieses Puzzleteil annehmen willst.«

»Nun sag schon! Ich werde nicht gleich ohnmächtig werden«, versuchte Marie wieder ein wenig Leichtigkeit in die Unterhaltung zu bringen.

»Also gut! In einer anderen Inkarnation bist du Jeanne d'Arc gewesen, und damals wurdest du bereits einmal von diesen vereinigten Kräften des Bösen überwältigt.«

Wie Véronique befürchtet hatte, verschlug es Marie die Sprache. Wortlos starrte sie ihr in die Augen. Sie rieb sich fröstelnd die Oberarme, als hätte sie eine Gänsehaut. Dann aber begann Marie von selbst, bewusst zu atmen, als wollte sie sich entspannen und ein Echo in ihrem Inneren wahrnehmen; eine Methode der Achtsamkeit, die Véronique nur zu gut kannte.

Marie schloss die Augen, und als sie sie wieder aufschlug, blickte sie Véronique dankbar an. »Das – war sehr beeindruckend, weißt du, die Worte von Maria, sie – als hätten sie ein Echo in meinem Innern ausgelöst, voller Wärme und Geborgenheit war ich auf einmal. Merci, dass du mir die Zeit gegeben hast, zu mir selbst zu kommen. Was für eine Behauptung, Jeanne d'Arc! Und doch – ich glaube, ich kann das verarbeiten.« Sie lächelte ihre Freundin unwillkürlich an. »Hast du eine Idee, um welche Vereinigung es sich handeln könnte?«, fragte sie schließlich.

»Ehrlich gesagt, weiß ich das nicht wirklich, aber ich werde meinen Bruder Richard fragen, er kennt sich viel besser aus. Er hat sich schon als Kind mit diesen Dingen beschäftigt«, versprach Véronique.

Marie war zwar beruhigt, aber in dem Zustand der Leichtigkeit konnte sie besser über die Gefahr nachdenken, in der sie schwebte. »Was denkst du, verfolgt mich Lucius auch? Es ist doch seltsam, dass ich in Saint-Sulpice auf einmal das Gefühl hatte, in Gefahr zu sein, und prompt tauchte Lucius genau in dem Moment auf. Meinst du, da könnte es einen Zusammenhang geben?«

»Ehrlich gesagt, könnte ich mir das vorstellen, dass er zu der Vereinigung dunkler Seelen gehört, von der Maria gesprochen hat. Du musst vorsichtig sein, was ihn betrifft.« Véronique fühlte sich schlecht, dass sie über den neuen Bekannten im Leben ihrer Freundin so negativ urteilte. Umso erleichterter war sie, als diese durchaus differenziert über ihre Gefühle sprach.

»Da gebe ich dir vollkommen Recht! Irgendwie ist es seltsam. Einerseits finde ich ihn sehr anziehend, andererseits hat er etwas Kaltes, beinahe Berechnendes an sich.« Maries Augen blitzten, als sie Véronique fragte: »Aber sag mal, wie findest du ihn denn? Du hast ihm offensichtlich sehr gefallen, und eure Ähnlichkeit ist einfach verblüffend! Ihr seht aus wie zwei blonde Engel, die vom Himmel herabgestiegen sind.«

»Wirklich? Mach mal halblang.«

»Nein, wirklich! Also, wie findest du ihn?«

»Irgendwie seltsam. Er kam mir merkwürdig vertraut vor, gleichzeitig blinkte mein inneres Warnsystem auf, was bedeutet, dass ich mich fernhalten sollte«, meinte Véronique nachdenklich. »Aber gefallen hat er mir schon irgendwie …«

Marie lachte auf: »Das kann ich verstehen. Er ist wirklich attraktiv, also ich meine, es geht eine starke Anziehungskraft von ihm aus. Was denkst du, soll ich mich noch einmal mit ihm treffen? Vielleicht erfahre ich mehr über ihn.«

»Die Frage ist, ob man aus so jemandem wie ihm schlau werden kann, er scheint ein wirklich guter Schauspieler zu sein.«

»Apropos Schauspieler«, Marie druckste verlegen: »Ich meine: apropos Sänger: Dein Julien hat mich völlig durcheinandergebracht.«

Véronique beobachtete vergnügt die Röte, die der Freundin in die Wangen stieg. »Das habe ich durchaus bemerkt.«

»Wie, das hast du bemerkt?«

»Naja, es war nicht zu übersehen, sonst wärst du nicht den halben Tag lang wie angewurzelt dagestanden.«

»Wie bitte? Ich habe ihn eine halbe Ewigkeit nur angesehen?«, fragte Marie vollkommen entsetzt.

»Oh ja, chérie. So etwas habe ich bei dir noch nie zuvor erlebt, unabhängig und stark wie du sonst immer bist.«

»Das ist nicht dein Ernst! Das ist mir jetzt irgendwie richtig peinlich, dass ich mich wie so ein Groupie verhalten habe.«

»Er konnte ja auch keinen Finger mehr bewegen. Also entspann dich.«

»Ist das wahr? Du meinst, ich hätte ihn auch verwirrt?«

»Ja, ganz bestimmt. Ich weiß doch, wie er sonst auf Frauen reagiert. «

»Gott sei Dank!«, rief Marie aus, als sei ihr ein Stein vom Herzen gefallen.

Véronique streichelte ihr über den Arm und sagte: »Außerdem brauchst du dir bei Julien keine Sorgen zu machen. Bei aller Berühmtheit ist er absolut bescheiden geblieben. Das war mit Sicherheit ein Grund, warum dein Vater ihn geschätzt hat.« Dann schickte sie noch hinterher: »Und für seinen Erfolg bei Frauen kann er schließlich nichts. Er singt nun einmal wie ein junger Gott und sieht auch so aus.«

Marie nickte wortlos.

»Er hat dir wirklich gefallen. Dass es dir selbst jetzt die Sprache verschlägt.«

»Ja, schon, aber vor allem hat er mich verwirrt wie niemand zuvor. Wie soll ich dir das beschreiben, weißt du, ich habe im selben Augenblick einen bohrenden Schmerz und eine tiefe

Sehnsucht verspürt. Er war gleichzeitig unbekannt und vertraut. Ich hatte den Eindruck, dass er mir gleich mit dem ersten Blick nähergekommen ist als je zuvor ein anderer Mann. Ich habe keine Ahnung, wie ich damit umgehen soll. Mit dieser Art von Gefühlen kenne ich mich nicht aus. Im Gegenteil, sie machen mich hilflos«, bekannte Marie.

»Da hilft nur eins: Du solltest ihn bald wieder treffen.«

»Aber ich habe doch so viel anderes zu tun! Du hast mir doch gerade selbst gepredigt, dass ich mich wie Jeanne d'Arc um meinen Auftrag kümmern muss.«

»Wer sagt dir denn, dass Julien nicht etwas damit zu tun hat?«

»Du meinst, er könnte mit diesen Mysterien vertraut sein?«

»Ja.«

»Aber ...« Marie überlegte laut: »Er könnte uns wie Lucius gefährlich werden.«

»Das glaube ich nicht! Ich kenne Julien seit Jahren, und er war immer ausgesprochen loyal.«

»Warst du in all der Zeit, die du ihn kennst, nie in ihn verliebt?«

Véronique schaute sie verblüfft an und erkannte, dass Marie tatsächlich eine Antwort auf diese Frage hören wollte. So ernst war es also? Zum Glück fiel ihr die Antwort nicht schwer: »Nein, ich habe ihn von Anfang an als Mensch und nicht als Mann geliebt.«

»Und umgekehrt? Ich meine, du bist eine wunderschöne Frau.«

»Ich denke, ihm geht es wie mir. Wir sind einfach Freunde, die einander blind vertrauen.«

»Verstehe«, antwortete Marie, und ihr Lächeln offenbarte ihre Erleichterung.

»Also, melde dich bei ihm. Schließlich hast du ihm ja die

Handynummer nicht verraten. Warum eigentlich nicht?« Véronique hatte das von Anfang an nicht verstanden. Neugierig sah sie ihre Freundin an.

»Offensichtlich waren zwei schöne Männer an einem Tag zu viel des Guten.«

Véronique lachte auf, dann schwiegen die beiden und genossen es, dass sie einander alles anvertrauen konnten.

Marie nahm, eingehüllt in diese behagliche Zuversicht, plötzlich wahr, dass sie tatsächlich in ihrem Wohnzimmer saßen, in der geliebten Umgebung. Ihr Blick fiel auf ihr Lieblingsbild, und sie freute sich einmal mehr, dass ihr Vater ihr diesen hochwertigen Druck von der »Beweinung Christi« von Sandro Botticelli einst in München gekauft hatte. Wie oft sie sich die dargestellte Szene angesehen hatte. Da traf es sie wie ein Blitz, ein großer Schmerz durchzuckte sie. Hilfesuchend schaute sie ihre Freundin an, doch auch Véroniques Blick hing wie gefesselt an dem Gemälde, die Hände waren im Schoß ineinander verkrallt. Instinktiv wusste Marie, dass Véronique fühlte wie sie: Dies war der Schmerz, den Maria Magdalena und Maria empfunden hatten, als sie Jesu Christi Tod betrauerten. Marie starrte erneut auf das Gemälde, als sähe sie es zum ersten Mal. Mit welch großer Zartheit Maria Magdalena den Kopf Jesu in ihren Händen hielt. Mit einem Schlag verstand sie, dass ihre Ahnung wahr sein musste: Zwischen Maria Magdalena und Jesus Christus hatte eine weit tiefere Verbindung bestanden, als offiziell bekannt war. Dies war nicht eine Jüngerin, die das Haupt ihres Meisters umschlungen hielt, sondern sie hatte vor sich die Frau, die Jesus Christus näherstand als irgendjemand sonst neben seiner Mutter.

In diese Erkenntnis versunken, traf es Marie plötzlich wie eine himmlische Eingebung: Ihr Gemälde hing schief, es war bewegt worden!

Aus tränenfeuchten Augen sah sie Véronique an und hörte sich sagen: »Lass uns das Gemälde von der Wand nehmen. Es hängt anders als sonst.«

Véronique erwiderte ihren Blick: »Etwas ist anders heute, das habe ich im Gefühl.«

Vorsichtig hoben sie das Bild von der Wand, drehten es um – und da war er, ein zusammengefalteter Zettel, der an der Rückseite befestigt war.

Wieder tauschten sie einen Blick. Marie löste ihn ab und faltete ihn auseinander. Da waren sie, Zeilen in der Handschrift ihres Vaters:

Paris, 6. Januar 2013

»Geliebte Tochter,
es tut mir so leid, doch wenn du dies liest, bin ich vermutlich nicht mehr bei dir und kann dir nicht den Schutz geben, den du in dieser gefahrvollen Zeit benötigst. Wie gerne hätte ich dir alles erzählt, doch es war besser, dich im Unklaren zu lassen. Ich wollte dich nicht der Gefahr aussetzen, die deine Mutter das Leben gekostet hat. Sie ist leider keines natürlichen Todes gestorben. Ja, es war ein Autounfall, wie ich dir gesagt habe, doch sie ist mit Absicht angefahren worden. Dies sollte mir als Warnung dienen, als Abschreckung, damit ich ablasse und keine weiteren Nachforschungen anstelle über Maria Magdalena und ihr Geheimnis.
Du kennst mich, ich hätte mich durch nichts und niemanden davon abhalten lassen, meinen Weg zu gehen – nicht nur in der Musik als Dirigent. Und doch wollte ich dich so lange wie möglich aus allem heraushalten.
Wenn du diese Zeilen liest, bin ich bereits tot – und leider

glaube ich zu wissen, dass ich keines natürlichen Todes sterben werde. Das ist kein Grund zur Trauer, denn sei gewiss, hinter allem steht ein höherer Plan, der sich dir enthüllen wird.
Deine Aufgabe aber will ich dir offenbaren, denn nun bist du die Hüterin des goldenen Schlüssels und hast Zugang zu den heiligen Botschaften von Maria Magdalena und Jesus Christus, die an verschiedenen Plätzen auf der Welt verborgen sind.
Damit verbunden ist der Auftrag, solche Botschaften zu finden und den Menschen zu offenbaren.
Ganz sicher stehen dir Gefährten zur Seite, die alles tun werden, dich zu schützen. Vertrau auf deinen Instinkt.
Du hast die Kraft, das Gute vom Bösen zu unterscheiden.
Sei deshalb nicht verzweifelt, wenn du erkennen musst, dass mein Tod gezielt herbeigeführt wurde von einer perfiden Geheimgesellschaft, deren Angehörige die geheimen Schriften der Maria Magdalena vor der Welt verbergen, ja sie sogar endgültig vernichten wollen.
So wähle deine Freunde weise, und mache dich zuallererst auf den Weg nach Wien. Dort wirst du weitere Hinweise finden.
Mehr darf ich dir leider nicht auf diesem Wege enthüllen, denn es besteht die Gefahr, dass meine Nachricht in die falschen Hände gerät. Allein, ich weiß, dass dich dein geliebter Freund Jesus Christus jeden Moment deiner Suche über begleiten und behüten wird. Und wem sonst sollten wir vertrauen, wenn nicht ihm.
So grüße ich dich mit all meiner Liebe.
Wie deine Mutter werde auch ich dich immer lieben – bis in alle Ewigkeit.
Je t'embrasse fort
Dein Vater

Mit tränenfeuchtem Gesicht reichte Marie wortlos die Nachricht an Véronique weiter. Sie selbst konnte und wollte nicht sprechen, denn sie war zutiefst erschüttert.

Offensichtlich war nicht nur ihr Vater, sondern auch ihre Mutter ermordet worden. Hatten ihr die Bilder ihrer Erinnerung doch die Wahrheit gezeigt. Sie versuchte sich vorzustellen, wie ihr Leben noch vor wenigen Wochen ausgesehen und wie sie damals gedacht hatte. Es war, als trennten Welten ihr altes und ihr neues Ich. Dann setzte sie sich aufrecht hin. Sie würde ihr Schicksal annehmen. Gespannt verfolgte sie die Regungen, die sich auf dem Gesicht ihrer Freundin abzeichneten, während sie den Brief ihres Vaters las. Auch sie war offensichtlich nicht fähig, zu sprechen, sondern drückte Marie nur fest, nachdem sie den Brief sorgfältig auf den Wohnzimmertisch gelegt hatte. Ihre Umarmung war warmherzig, und Marie spürte deutlich, dass sie nicht allein war. Véronique seufzte und sagte: »Mögen die Engel deinen Schmerz lindern.«

Als Marie sich gestärkt fühlte, befreite sie sich aus Véroniques Umarmung. Sie wusste, dass sie einen Entschluss gefasst hatte – und nach den letzten Stunden, in denen ihr Herz wie zerrissen gewesen war, herrschte in ihr eine große Ruhe.

»Ich denke, ich habe einiges zu tun!«, sagte sie gefasst.

»Ja, es scheint so«, erwiderte Véronique.

»Dann sind sie beide ermordet worden, Mama und Papa. Meinst du, sie haben leiden müssen?«

»Ach, Marie, versuch besser nach vorn zu sehen, die Engel des Herrn werden an ihrer Seite gewesen sein.« Marie nickte. Noch vor vierundzwanzig Stunden hätte sie über die Worte ihrer Freundin gelächelt, nun aber erfüllten sie sie mit einer Zuversicht, die ihr den Mut verlieh, sich der Vergangenheit zu stellen: »Weißt du, als uns heute dieser gelbe Chevrolet überholt hat, kamen plötzlich die Erinnerungen an den Unfall meiner Mutter zurück. Jahrelang haben Ärzte und Psychotherapeuten alles versucht, mir zu helfen. Doch der Schock war zu groß, ich konnte mich nicht an das kleinste Detail erinnern. Es war wie ein dunkles, schwarzes Loch in meiner Erinnerung.

Aber das gelbe Auto und das Kennzeichen mit der Fleur de Lys, haben Erinnerungsfetzen losgerüttelt. Auf einmal habe ich alles wieder vor mir gesehen, wie in Zeitlupe. Es war furchtbar. Aber jetzt geht es mir seltsamerweise besser. Seit ich weiß, was wirklich passiert ist.«

Mitfühlend streichelte Véronique Maries Arm, während diese von dem schwarzen Chevrolet erzählte, der das Auto ihres Vaters absichtlich von der Straße abgedrängt hatte. Marie begann zu zittern, als sie schilderte, wie das Fahrzeug in Flammen aufgegangen war, die Maries Mutter verschlungen hatten. Zögernd sagte sie: »Das ist einfach furchtbar. Kennst du den Roman ›Das Magdalena-Evangelium‹ von Kathleen McGowan? Es ist, als hätte mich jemand in die Handlung dort versetzt. Nie hätte ich auch nur gedacht, dass ich sowas erlebe. Und nun werde ich selbst von irgendwelchen Typen verfolgt, die vermutlich einer finsteren Geheimgesellschaft angehören und mit allergrößter Wahrscheinlichkeit meine Eltern auf dem Gewissen haben. Und dann die Sache mit den Schriften von Maria Magdalena und Jesus Christus. Ist das nicht vollkommen verrückt? Ich dachte, meine Aufgabe ist es, möglichst vielen Menschen meine geliebte Welt der Kunst zugänglich zu machen …«

»Das scheint wohl nur ein Teil deines Seelenplans zu sein«, meinte Véronique nachdenklich. »Wenn ich mich richtig erinnere, war das Nummernschild des gelben Camaro auch eine Botschaft für uns.«

»Du meinst, das Auto hat nicht nur dazu gedient, mich an den wahren Unfallhergang zu erinnern? Ich habe einen Filmriss, ich sehe nur das Auto – und dann setzen die Erinnerungen ein wie aus dem Nichts.«

Kaum hatte sie die letzten Worte ausgesprochen, wurde sie erneut zurückgeworfen in den Film aus erinnerten Bildern, als tauche sie in sie ein.

Véronique handelte sofort, rieb ihre Hände und holte sie heraus aus diesem Zustand, indem sie mit glasklarer Stimme sagte: »Atme tief ein und aus und öffne sofort deine Augen!«

»Oh mein Gott! Hört das denn gar nicht mehr auf!«, stöhnte Marie.

»Doch, ganz bestimmt«, versuchte Véronique die Freundin zu beruhigen. »Du musst nur ein wenig Geduld mit dir haben.«

Es dauerte lange, bis sich Marie wieder aufrichtete. Sie sah Véronique aufmerksam an:

»Was war denn nun die Botschaft auf dem Nummernschild?«

»MMM 722.«

»Ja, und?«, fragte Marie. Dann fiel es ihr wie Schuppen von den Augen.

»Allein die Fleur de Lys war ein Hinweis, aber nur der erste. Dann dieses MMM, das sind die Initialen von Maria Magdalena. Und die 722, das ist das Datum ihres Feiertags, der 22. Juli, allerdings auf amerikanische Art festgehalten, mit dem Monat zuerst und dann dem Tag. Wenn das keine Botschaft für uns war! Und noch dazu war es ein Camaro wie damals, als der Autounfall passiert ist als Drohung an meinen Vater, damit er mit seinen Nachforschungen über Maria Magdalena und die Nachfolge aufhört«, sinnierte Marie. »Eindeutig, sie wollten uns davon abhalten, die Spuren von Maria Magdalena zu verfolgen.«

»Ja, das glaube ich auch«, stimmte Véronique zu. »Außerdem standen unter MMM 722 die Worte ›Ich erinnere mich‹! Das hast du ja jetzt auch.« Bei sich fügte sie hinzu: »Und du wirst dich noch an vieles mehr erinnern ...« Véroniques Herz war schwer für den Moment.

»Was soll ich denn nur als erstes tun?«

»Lucius schreiben.«

»Wie bitte?«, Marie glaubte, sich verhört zu haben.

Doch Véronique wiederholte ungerührt: »Lucius schreiben und ihn um ein Treffen bitten. Nur so finden wir heraus, ob er irgendwie mit der Sache zu tun hat.«

»Ich kann mir gar nicht vorstellen, wie er da reinpasst ...« Marie sah Véronique ungläubig an.

»Nun, es kann doch kein Zufall sein, dass er in beiden Kirchen am selben Tag und zur selben Zeit wie du aufgetaucht ist.«

»Meinst du, er ist Teil dieser Geheimgesellschaft, von der mein Vater geschrieben hat?

»Das sollten wir herausfinden! Es kann lebenswichtig sein.«

»Lebenswichtig? Jetzt sei nicht so dramatisch!« Maries Augen funkelten.

»Hier geht es um Leben und Tod, ist dir das noch nicht bewusst geworden? Ich weiß, Marie, du hast in deiner Welt gelebt, aber jetzt musst du lernen, dich in dieser Wirklichkeit zurecht zu finden, in die du hineingeboren worden bist.«

Marie schrieb eine kurze SMS an Lucius, und die Art, wie sie auf Senden drückte, zeigte Véronique, dass ihre Freundin noch immer mit ihrem Schicksal rang. Wie nur sollte sie Marie ein wenig Mut einflößen. »Weißt du, sie brach ab, dann fasste sie sich ein Herz: »Du solltest auch Julien schreiben.«

»Wie jetzt, soll ich ihn etwa auch wiedersehen?«

»Ich denke schon«, meinte Véronique vorsichtig, »denn er weiß bestimmt etwas. Ich bin mir allerdings ziemlich sicher, dass er zu den Guten gehört, zu den Gefährten, die dein Vater erwähnt hat.«

»Meinst du?«

»Ja, das glaube ich.«

»Wenn du das sagst, schicke ich ihm morgen eine SMS«, beschloss Marie und lächelte Véronique zaghaft an.

»Gute Entscheidung«, Véronique erwiderte ihr Lächeln, froh, dass ihre Freundin tatsächlich Mut gefasst hatte.

»Chérie, würde es dir etwas ausmachen, heute bei mir zu übernachten? Irgendwie ist mir etwas mulmig zumute nach allem, was in den letzten vierundzwanzig Stunden passiert ist.«

»Selbstverständlich.«

»Du bist ein Schatz!«, Marie umarmte ihre Freundin, dann bezog sie schnell das Bett im Dachzimmer und als sie in den Betten lagen und ratschten wie in alten Schulzeiten, waren alle negativen Gedanken vertrieben.

Doch auch die Gegenwart von Véronique bewahrte Marie nicht vor einer weiteren Albtraumnacht.

Auch in diesem Traum befand sie sich im Dunkel einer Kathedrale, die ihr irgendwie vertraut vorkam. Sie war auf der Suche, sie wusste, sie musste es finden. Aber da war diese Drohung in der Dunkelheit, und so wagte sie es irgendwann nur noch, auf allen Vieren vorwärts zu krabbeln, während ihre Hände nervös über den schwarz-weißen Marmorboden tasteten. Plötzlich war sie umringt von Männern in schwarzen Gewändern, die mit ihren Messern auf sie einstachen. Verzweifelt versuchte sie, die Messer abzuwehren und spürte, wie ihre Lebenskraft sie allmählich verließ. Da nahm Marie auf einmal eine schemenhafte Gestalt wahr, in ihrem Hinterkopf entstand ein Bild, war es Erzengel Michael oder Lucius? Er musste doch zu ihr hersehen, ihr zu Hilfe kommen. Ein Angstschrei entrang sich ihr – und sie wachte auf.

Da hörte sie Véroniques Stimme, die beruhigend auf sie einredete: »Marie, ich bin es, Véronique. Das war nur ein Traum.

Alles ist gut!« Als Marie sie verwirrt anstarrte, nahm Véronique sie in den Arm und wiegte sie sachte hin und her, bis sie spürte, dass sich ihre Freundin wieder beruhigt hatte.

Nach einer Weile fragte sie vorsichtig: »Möchtest du mir erzählen, was du gesehen hast?«

»Ja«, flüsterte Marie und begann, ihr von dem entsetzlichen Traum zu berichten.

»Du sagst, die Kirche kam dir bekannt vor? Warst du schon einmal dort?«

»Ja, doch das muss lange her sein«, meinte Marie grübelnd.

»Wie lange?«

»Sehr lange. Ich glaube, ich war als Kind mit meinem Vater dort. Es muss …« Ihr Blick war wie ein Ausrufezeichen: »Das war der Stephansdom, ich war in Wien. Und in Vaters Brief stand doch, ich solle nach Wien gehen.«

»Da kümmern wir uns morgen drum. Vielleicht sollten wir ja wirklich hinfahren. Aber für jetzt – lass uns schlafen, Ruhe ist der beste Berater, vor allem, wo anscheinend große Aufgaben vor uns liegen.«

«Große Gefahren«, korrigierte Marie, die wieder die scharfen Messer vor sich sah. Trotzdem legte sie sich widerspruchslos hin. Kaum hatte sie die Augen geschlossen, wanderte eine weiße Taube durch ihre Träume und schenkte ihr Schlaf.

LUCIUS

PARIS, 28. AUF 29. AUGUST 2013

Nachdem Lucius zu Hause in seinem Loft noch ausführlich über Sacré-Cœur und Saint-Sulpice recherchiert hatte, fuhr er zur »Société Arts et Culture de Paris«, der Kulturstiftung, für die er seit seinem Studium der Kunst- und Kulturwissenschaften arbeitete. Sie befand sich in einem alten, prachtvollen Hôtel particulier, einem der Stadtpaläste des Adels, im Marais-Viertel. Ursprünglich war es eine Sumpflandschaft gewesen, die im 13. Jahrhundert jedoch von Angehörigen des Templerordens trockengelegt worden ist.

Wie jedes Mal, wenn er die marmornen Stufen zu den Räumen der Stiftung nach oben lief, genoss Lucius das Gefühl, sich in einem geschichtsträchtigen Umfeld zu bewegen, denn nach dem frühen Tod seiner Eltern war es für ihn umso wichtiger, etwas von Bedeutung zu tun und zu sein. Und sein Maître, Maurice de la Fontaine, der auch eine Art Ziehvater für ihn war, gab ihm genau die Anerkennung, die er brauchte.

Innerhalb kürzester Zeit hatte er Lucius zu seinem höchstbezahlten Kulturmanager ernannt. Lucius wusste, dass er dies nicht ihrer persönlichen Beziehung verdankte, sondern einzig und allein seinen Fähigkeiten. De la Fontaine hatte ihn immer strenger behandelt als seine anderen Angestellten, denn er wollte sich selbst im Licht seines Protegés sonnen.

Höflich, aber bestimmt klopfte Lucius an die Tür und trat erst ein, als er ein deutliches »Entrez!« vernahm.

Monsieur de la Fontaine war wie immer in teuerstes italienisches, schwarzes Tuch gekleidet, und seine Frisur saß ebenso perfekt wie sein elitär zurecht gestutzter Bart, der ebenso wie der uralte Siegelring am kleinen Finger seiner linken Hand zu seinen Markenzeichen gehörte. Seine Erscheinung war als äußerst stattlich zu bezeichnen, hatte er doch immer noch die durchtrainierte Figur eines jungen Athleten sowie die aristokratische Haltung, die seine adelige Herkunft verriet. Sein Alter war nur schwer zu erahnen. Nur eines war sicher, er war sich seiner Wirkung bewusst und sah weit jünger aus, als er war.

Seit Lucius erwachsen war, ließ er sich nicht mehr von all diesen Äußerlichkeiten täuschen, denn er hatte längst festgestellt, dass de la Fontaine zwar zur französischen Elite gehörte, jedoch leicht degeneriert war und keinesfalls mit seiner eigenen Intelligenz mithalten konnte. Maurice de la Fontaine verdankte seinen Status einzig und allein dem Namen seiner Familie, von der er auch nach dem Tod seines Vaters die berühmte Kulturstiftung geerbt hatte. Etwa gleichzeitig war er auch vom französischen Präsidenten zum Staatssekretär mit besonderem Aufgabenbereich ernannt worden. Außerdem fungierte er als dessen Kulturberater und sorgte dafür, einzigartige Projekte in die Welt zu bringen.

Aus genau diesem Grunde hatte er auch Lucius ausgesendet, sich der faszinierenden Symbole in den Kirchen der französischen Hauptstadt zu widmen, denn ihm war bewusst, dass diese noch immer nicht ausreichend erforscht worden waren.

Erwartungsvoll blickte er Lucius an, während er noch immer

wie ein Herrscher hinter seinem schweren Eichenschreibtisch thronte.

»Und hast du neue Erkenntnisse gewonnen, mein Teurer?«

»Ja, das habe ich, Maître«, antwortete Lucius mit einem süffisanten Lächeln, ehe er sich mit einer nahezu unverschämt lässigen Eleganz auf dem Sofa niederließ, das sich unweit des Schreibtisches befand, und Maurice de la Fontaine ausführlich über seine Eindrücke und Erkenntnisse sowie das Zusammentreffen mit Marie Chevalier informierte.

»Das klingt doch alles sehr vielversprechend.« Zufrieden verschränkte de la Fontaine seine Hände vor seinem Bauch. »Und wie sehen deine nächsten Schritte aus?«

»Ich werde mich mit Marie zum Essen verabreden.« Lucius lächelte siegesgewiss und wusste, dass Maurice, der für seine ungeheure Wirkung auf das weibliche Geschlecht bekannt war, ihn mittlerweile als größten Konkurrenten ansah.

De la Fontaines Miene verzog sich für den Bruchteil einer Sekunde, ehe er sich wieder in der Gewalt hatte. Doch Lucius war dies nicht entgangen, denn seit dem tödlichen Anschlag auf seine Eltern, war er ständig auf der Hut. Auch wenn er äußerlich noch so entspannt zu sein schien, war er innerlich auf alle Eventualitäten gefasst. Und dies machte ihn zu einem gefährlichen Gegner. Ehe sich sein Gegenüber seiner Emotionen bewusst war, wusste Lucius schon, wie er oder sie sich weiter verhalten würde.

Und so wunderte es ihn nicht, dass genau in diesem Moment sein Smartphone vibrierte. Ohne auf das Display zu schauen, sagte er: »Marie hat schon angebissen.«

De la Fontaine wunderte sich nicht weiter über den sechsten Sinn seines Protegés, denn seit dieser als Teenager von einem Kampfkunst-Meister trainiert worden war, gehörte dies zur Tagesordnung.

»Das läuft ja wie am Schnürchen.« Maurice grinste. »Du hast ja auch bei den Besten gelernt.«

»Das ist wohl wahr!« Lucius wusste nur zu gut, was der Maître hören wollte. »Doch jetzt muss ich los.«

Lucius sprang vom Sofa auf, drückte de la Fontaine kurz und war schon zur Tür hinaus.

JULIEN

PARIS, 29. AUGUST 2013

Nicht nur Marie träumte in dieser Nacht, sondern auch Julien. Unruhig wälzte er sich in seinem Bett hin und her. Während des Traums aber war er so eingesponnen in das Geschehen, dass er sich seiner selbst nicht mehr bewusst war. Und doch erschütterten ihn die Bilder: Er konnte erkennen, dass Marie in großer Gefahr war, bedrängt von Männern in schwarzen Gewändern. Und er wusste, er durfte nicht versagen, musste ihr Leben retten, egal, was es ihn persönlich kostete. Erinnerungsfetzen drängten sich zwischen die Traumbilder, und er war wieder René d'Anjou, der zu feige war, um Jeanne d'Arc zu retten. Nie wieder durfte er sie in dieser Weise im Stich lassen. Sein Herz war schwer von dieser Last. Doch bevor er wusste, ob er, der »gute König« von damals, es nun geschafft hatte, seine Marie aus der Lebensgefahr zu retten, erwachte Julien schweißgebadet.

Er versuchte sich zu beruhigen, atmete mehrmals tief ein und aus, um wieder klar denken zu können. Was sollte er nur tun? Er hatte nicht einmal Maries Handynummer, um mit ihr in Kontakt zu treten. Ihm blieb nichts anderes übrig, als auf das zu vertrauen, was ihn Erzengel Michael über viele Jahrhunderte hinweg gelehrt hatte. Denn ein Teil von ihm war sich sicher, dass dies eine Vision gewesen war und nicht nur ein Traum.

Er ging kurz in die Küche, um ein Glas Wasser zu trinken, bevor er sich wieder ins Bett legte. Es dauerte eine ganze Weile, bis er soweit zur Ruhe gekommen war, dass er wieder einschlafen konnte.

Zum Glück bemerkte Giulia von alledem nichts, denn sie hatte einen Schlaf wie ein Murmeltier.

Vogelgezwitscher aus dem Garten vor dem Haus weckte ihn. Er musste länger geschlafen haben als sonst. Ein Blick auf sein Handy bestätigte ihm dies – und er sah die Nachricht, die er mit wachsender Begeisterung las:

Lieber Julien,
es hat mich sehr gefreut,
dich gestern endlich einmal persönlich
kennenzulernen, nachdem ich so viel
von dir gehört hatte.
Was meinst du? Hättest du Lust und Zeit,
mich irgendwann einmal wiederzusehen?
Alles Liebe
Marie

Juliens Herz machte einen Satz beim Lesen dieser Zeilen. Konnte es sein, dass Marie ihn etwa doch ein bisschen mochte? Er hatte insgeheim gehofft, sie bei einer Soirée zu treffen, die von der Wagner-Gesellschaft zu Ehren ihres Vaters organisiert wurde für diese Woche. Gleichzeitig aber musste er sichergehen, das sagte ihm sein Gefühl, er wollte einen Termin mit ihr fix haben. Oder nagte es nur an ihm, dass sie ihm nicht die Handynummer und damit die Initiative überlassen hatte? Verwundert musste er sich eingestehen, dass

es bisher keine Frau geschafft hatte, sein männliches Selbstbewusstsein derart ins Wanken zu bringen. Er musste einfach darauf vertrauen, dass sie die Frau der Prophezeiung war – und ein Teil von ihm war gespannt darauf, auf welche Weise sie auch in der Wirklichkeit zu einander finden würden. Sollte er ihr sofort antworten? Oder lieber taktisch handeln und etwas abwarten?
»Schreibe ihr augenblicklich zurück!«, tönte seine innere Stimme klar und deutlich. *»Du willst doch nicht aus gekränktem Ego heraus handeln, wenn dein Herz eine so deutliche Sprache spricht. Und du siehst, sie hat sich wirklich bei dir gemeldet!«*

> Liebe Marie,
> wie schön, von dir zu hören!
> Sehr gerne möchte ich dich wiedersehen.
> Ich bin jedoch nur noch diese Woche in Paris,
> denn nächste Woche geht es nach Wien zu den
> »Parsifal«-Proben.
> Wann hast du Zeit?
> Freue mich aufs Wiedersehen!
> Julien

Kaum hatte er die SMS abgeschickt, sprang er erfüllt von dieser Freude aus dem Bett und summte auf dem Weg in die Küche vor sich hin. Nur wenig später antwortete Marie, und nach einem kurzen SMS-Wechsel, einigten sie sich darauf, sich in wenigen Tagen zu treffen.

Julien war froh, dass er auf diese Weise noch Zeit genug hatte, mit Giulia Schluss zu machen. Seit dem Augenblick, in dem Marie Madeleine Chevalier ihm in Fleisch und Blut gegenüber getreten war, wusste er, dass er nicht mehr in der Lage sein würde, das Bett mit einer anderen Frau zu teilen.

MARIE

PARIS, 29. AUGUST 2013

Bald würden sie sich also wiedersehen. Marie war sehr froh, dass sie den Mut gehabt hatte, Julien zu kontaktieren, und sie wertete es als gutes Zeichen, dass er sofort geantwortet hatte. Begeistert berichtete sie Véronique davon, als ihr Handy wieder Ping machte. Rasch überprüfte sie die eingehende Nachricht. Hoffentlich wollte Julien nicht wieder absagen? Aber es war Lucius, der ihr geschrieben hatte. Er lud sie zu sich nach Hause ein, und weil er so gerne koche, war es eine Einladung zum Abendessen, was sie las. Marie horchte in sich hinein. Ihr war das alles andere als recht.

»Was soll ich nur tun?«, fragte sie Véronique, nachdem sie ihr Lucius' SMS vorgelesen hatte. »Irgendwie ist das gar nicht so, wie ich mir das wünschen würde. Es ist viel zu intim für ein erstes Treffen. Was meinst du?«

»Ich verstehe dich gut. Aber … andererseits kannst du bei ihm zu Hause viel mehr über ihn herausfinden als an einem neutralen Ort.«

»Das stimmt natürlich. Heißt das, du rätst mir, seine Einladung anzunehmen?«

»Ja, auf jeden Fall, das ist viel unverfänglicher. Wenn er wirklich zur Geheimgesellschaft gehört und dir schaden will, dann wird er das auch woanders tun können. Hast du ja gestern gesehen, als das Auto dich abgedrängt hat. Und wenn er harmlos ist – hast du einen schönen Abend vor dir.«

Véronique lächelte sie so munter an, dass Marie gleich leichter ums Herz wurde. »Richtig. Dann werde ich also in den sauren Apfel beißen …«

»Vielleicht ist er ja ganz süß«, fügte Véronique schmunzelnd hinzu.

Marie konnte das nicht auf die leichte Schulter nehmen. Sie war in Gefahr. Nur aus welcher Richtung ihr diese drohte, wusste sie nicht.

Véronique, die ihr Zögern offenbar bemerkte nahm sie in den Arm: »Erzengel Michael wird schon auf dich aufpassen«, sagte sie beruhigend. Und nach kurzem Zögern fügte sie hinzu: »Chérie, ist es in Ordnung, wenn ich dich jetzt alleine lasse, denn auch wenn ich gerade Ferien habe, muss ich dringend trainieren. Zum Saisonbeginn wird viel von mir gefordert, für »Manon« muss ich richtig fit sein …«

»Aber natürlich! Ich schaffe es schon alleine. Außerdem habe ich einiges zu recherchieren – und dann noch ein Abendessen mit Lucius vor mir.« Ihr lief ein Schauer über den Rücken. Gefährlich oder nicht, sie konnte ja nicht einfach aufhören zu leben.

»Alles klar! Dann mache ich mich jetzt auf den Weg und melde mich später wieder.«

»Wundervoll.«

Wie immer umarmten sich die beiden Freundinnen innig, bevor sie sich trennten. Doch kaum war Véronique aus dem Haus, verließ Marie der Mut. Sollte sie es wirklich wagen, Lucius zu treffen? Nach Wien zu fahren? Am liebsten hätte sie sich in ihrer

Wohnung verbarrikadiert. Zum Glück war es gar nicht nötig, das Haus zu verlassen, erst einmal konnte sie alles Nötige am Laptop recherchieren und auch ihre Reise buchen.

Um sich abzulenken, öffnete sie ein paar Reiseseiten über Wien. In Gedanken schon am Stephansdom, zuckte sie zusammen, als ihr Handy klingelte.

Sie wusste sofort, wer es war und sagte, ohne die Nummer abzugleichen: »Alles ok, Véronique?«

»Nicht wirklich. Mir ist irgendein Typ gefolgt.«

»Oh nein!«, rief Marie aus. »Wie sah er aus?«

»Ich habe ihn nicht bewusst gesehen, nur gespürt.«

»Woher weißt du dann, dass es ein Mann war?«

»Weil ich eindeutig eine männliche Energie wahrgenommen habe«, antwortete Véronique bestimmt.

Marie war nicht sicher, was sie davon halten sollte. Dann fiel ihr ein, dass sie sich ja vorgenommen hatte, den Ahnungen ihrer Freundin gegenüber aufgeschlossen zu sein, sie sagte. »Verstehe! Das bedeutet wohl, dass wir vermutlich von jetzt an beide beschattet werden, richtig?«

»Ja, ich wollte dich nur warnen, falls du später auch aus dem Haus gehst.«

»Ich danke dir, ma chère.« Marie gruselte es ein wenig bei dem Gedanken an einen Verfolger. Da fiel ihr Blick wieder auf das geliebte Gemälde und Zuversicht nistete sich in ihrem Herzen ein. »Trainiere schön!« Hoffentlich hatte Véronique verstanden, dass sie damit fertig werden würde – egal, mit was.

»Merci et à bientôt!« Doch, die Stimme aus dem Hörer klang erleichtert, Véronique hatte wie immer herausgehört, wie sie sich fühlte.

Ein wenig aufgemuntert, surfte Marie durch die Wien-Seiten, die ihr der Laptop zeigte. Der Stephansdom, den hatte sie sich gerade anschauen wollen. Je länger sie die Fotos aus dem Netz betrachtete, umso sicherer war sie: Die Bilder im Traum hatten ihr den Stephansdom gezeigt. Konnte es sein, dass ihr Traum und die Nachricht ihres Vaters ihr sagen wollten, dass sie dort suchen musste? Gab es eine Verbindung zu dem Geheimnis des goldenen Schlüssels aus dem Vermächtnis ihres Vaters?

Nachdenklich starrte Marie weiter auf den Bildschirm ihres Laptops, als ihr ein Schrei der Überraschung entfuhr. Was für ein Zeichen!

Wie ferngesteuert hatte sie als nächstes »Stephansdom Wien + Maria Magdalena« in Google eingegeben, und schon las sie, dass es neben dem Stephansdom eine kleine Kapelle gegeben hatte, die der heiligen Maria Magdalena gewidmet gewesen war. Ein Rascheln auf dem Fensterbrett, ein Gurren, sie hob den Blick. Da war sie wieder, die weiße Taube auf dem Fensterbrett ihres Wohnzimmerfensters. Marie entfuhr ein Schrei, und die Taube flatterte auf und verschwand.

Sie musste dorthin, unbedingt. Ein Flug, sie musste einen Flug buchen, und sie wollte ein Hotel buchen, das nicht weit vom Stephansdom entfernt lag und ihrem Stil entsprach.

Zufrieden lehnte sie sich zurück. Wie schade, dass Véronique nicht würde mitkommen können, die Proben für Manon fielen genau in den Zeitraum. Aber allein zu fahren? Sie wählte Véroniques Nummer. Vielleicht war sie schon mit dem Training fertig.

Véronique antwortete gleich nach dem ersten Klingeln, noch ein wenig außer Atem, sagte sie: »Hallo Marie, wir sind gerade fertig, hast du richtig geahnt.«

Hatte sie das geahnt? Sie hatte es einfach versucht. Marie nickte trotzdem und sagte: »Ich habe Flug und Hotel gebucht und fahre nach Wien. Ich muss einfach mehr herausfinden.« Sie erzählte der Freundin von der Kapelle neben dem Stephansdom.

Véroniques Antwort nahm ihr ein wenig den Wind aus den Segeln – und doch war genau dies der Grund, warum sie die Freundin angerufen hatte. Der nächste Satz überraschte sie denn auch gar nicht: »Ehrlich gesagt, gefällt es mir gar nicht, Marie, dich alleine ziehen zu lassen.«

»Es bleibt uns keine andere Wahl, wenn ich meine Mission erfüllen soll, denn bis du wieder weg kannst, vergeht zu viel Zeit. Außerdem haben wir ja Erzengel Michael auf unserer Seite«, fügte Marie hinzu, und ihr Lachen klang schon wieder munterer.

»Also gut! Du hast mich so gut wie überzeugt. Aber ich werde mir etwas überlegen, damit du jemanden in der Nähe hast, der dir zur Not helfen kann«, so leicht gab sich Véronique offenbar nicht geschlagen. Die beiden vereinbarten, dass Marie anrufen würde, sobald sie nach dem Abendessen bei Lucius wieder zu Hause war.

LUCIUS

PARIS, 29. AUGUST 2013

Lucius betrachtete das Zitronengras, froh, dass er auf dem Markt frisches hatte kaufen können. Er war sehr zufrieden mit sich, dass er Marie zu sich nach Hause eingeladen hatte, denn er liebte es zu kochen, umso mehr, wenn sein Gegenüber eine interessante Frau war. Und diese war, weiß Gott, mehr als nur interessant. Sie war ausgesprochen attraktiv, dazu intelligent und selbstbewusst. Genau der Typ von Frau, der Lucius gefiel. Und er wusste, er wollte mehr über sie in Erfahrung bringen. Sie ließ ihm keine Ruhe mehr, und das hatte etwas zu bedeuten. Irgendwie reizte es Lucius, dass sie darüber hinaus die Freundin der zauberhaften Véronique war. Für einen Moment erlaubte er es sich, Träumen von einer inspirierenden Beziehung mit einer der beiden Frauen nachzuhängen, als der Klingelton seines Telefons ihn unterbrach.

Es war Maurice de la Fontaine. Er zögerte nur kurz, aber de la Fontaine war niemand, den man einfach am Telefon hängen ließ. Sofort hatte er das Bild des Mannes vor Augen, der ihn gleichzeitig inspirierte und in einer Weise für sich einnahm, dass er schon wieder zurückscheute. Allmählich kam ihm jedoch der Verdacht, dass der Maître nicht immer mithalten konnte, wenn Lucius ihm von seinen Entdeckungen berichtete. Auf der anderen Seite wusste er nie, wann er tatsächlich freiwillig berichtete, der Maître konnte einfach alles aus ihm hervorlocken, und inzwischen kannte er wohl jede Kleinigkeit auch über sein Liebesleben. Lucius schüttelte sich unwillkürlich und hielt sich an dem Gedanken fest, dass de la Fontaine nicht der Hellste war. Egal, Lucius zuckte die Achseln, seine Arbeit war abwechslungsreich und sehr gut bezahlt und erlaubte ihm, den Lebensstil weiterzuführen, den er in seiner Zeit im Hause de la Fontaines zu schätzen gelernt hatte. Und das war in Paris ein durchaus kostspieliges Unterfangen. Umso besser: Sein neuestes Projekt, bei dem er neue Erkenntnisse über die Symbolsprache alter Kunstwerke und Zusammenhänge zum Neuen Testament der Bibel aufzeigen sollte, insbesondere zu den Motiven um Jesus und seine Jünger und Maria Magdalena und die anderen Frauen im Umkreis Jesu, begeisterte ihn besonders. Von Zeit zu Zeit beauftragte ihn der Maître auch, sich wie ein Spion auf die Fersen von Menschen zu setzen, die sich für Kunst in diesem Zusammenhang interessierten – eine Facette seiner Arbeit, die Lucius gut gefiel und die er wie ein gefährliches Spiel betrachtete. Er liebte es, allen anderen immer einen Schritt voraus zu sein. Er lächelte grimmig.

»Guten Abend, Lucius. Wie sieht es aus? Hättest du Zeit, heute Abend mit mir Essen zu gehen? Ich würde gerne mehr über deine Recherchen erfahren.«

»Das freut mich sehr, Maurice, doch ich kann beim besten Willen nicht, denn ich bekomme gleich Besuch.« Ein wenig wollte er ihn zappeln lassen, den Maître, der so gern alles über jeden wusste …

»Oh, wie schade«, Monsieur de la Fontaine klang enttäuscht und neugierig zugleich. »Wer kommt denn, wenn ich fragen darf?«

»Marie Chevalier.« Lucius staunte selbst, dass er nicht hatte schweigen können.

»Die Marie? Äh, die Chevalier? Die Tochter des berühmten Dirigenten?«

»Genau«, so wortkarg gefiel er sich schon besser.

»Das ging ja schneller als erwartet!«

Lucius grinste.

»Du bist ein Glückspilz! Sie scheint eine sehr schöne Frau sein, wenn man den Pressefotos Glauben schenken darf.«

»Ja, aber nicht nur das.«

»Wie meinst du das, Lucius? Ich habe vermutlich das Vergnügen, sie auch ganz bald kennenzulernen. Welche Themen interessieren sie denn?«

Als sollte er ihm auch noch Konversationsstoff liefern, Lucius scheute zurück und überlegte sorgfältig, was er als nächstes sagte: »Sie ist selbstbewusst, und sie weiß, was sie will. Das mag ich sehr!« Eine junge Frau dem Maître zu beschreiben, das hinterließ ein ungutes Gefühl, er wusste nur zu gut um de la Fontaines Verhalten gegenüber Frauen. »Wo wirst du sie treffen?«, fügte er hinzu und ärgerte sich über sich selbst, dass er nachfragte.

»Bei einem Dinner der privaten Richard-Wagner-Gesellschaft Paris zu Ehren ihres Vaters, der ja definitiv vor seinem grässlichen Tod der größte lebende Wagner-Dirigent war.«

»Verstehe! Und wann findet dieses Essen statt?«

»Schon morgen.«

»Das ist ja wirklich ein interessanter Zufall, dass wir sie beide innerhalb von drei Tagen kennenlernen.«

»Das kann man wohl sagen, aber nun will ich dich nicht länger aufhalten. Genieße den Abend!«

Lucius zögerte. Hatte der Maître aufgelacht, nach diesem »Das kann man wohl sagen«? Also doch, er hatte richtig vermutet. De la Fontaine hatte sein und Maries Zusammentreffen von langer Hand geplant. Ohne sich etwas anmerken zu lassen, sagte er: »Merci und bis bald«, aber er war sich nicht sicher, ob der Maître die Abschiedsworte noch gehört hatte. Wieder einmal hatte er so schnell aufgelegt, als wüsste er schon vorher, wann Lucius ein Gespräch beenden wollte.

Bei anderen Gelegenheiten hatte Lucius dieses Verhalten seines Maître als amüsant empfunden, doch heute kam es ihm reichlich versnobt vor, irgendwie überheblich.

Vermutlich ärgerte ihn, dass Maurice »seine« Marie auch bald treffen würde. Er kannte dessen Wirkung auf das weibliche Geschlecht nur allzu gut und hoffte, dass Marie nicht zu den Frauen gehörte, für die Geld und Namen alles waren.

Nachdenklich wandte sich Lucius wieder den Töpfen auf der Kochinsel zu, rührte und kostete. Er konnte definitiv zufrieden mit dem Ergebnis sein, jetzt noch alles auf kleiner Flamme köcheln lassen und ein wenig aufräumen, damit die Küche edelstahlblitzend sauber war, wenn Marie kam.

Kurz darauf klingelte es an der Tür, und Maries rehbraune Augen lächelten ihn durch den Monitor an. Augenblicklich war sein Ärger verflogen, und er drückte auf die Gegensprechanlage, sodass er den Türöffner bis zu sich in die Wohnung summen hörte.

Als er die Wohnungstür öffnete, trat Marie gerade aus dem Aufzug. Sie sah bezaubernd aus in ihrem langen, smaragdgrünen Kleid, über dem exotischer Schmuck baumelte, und den High Heels, die ihre weibliche Figur vollendet zur Geltung brachten.

»Was für eine Frau«, dachte Lucius erfreut, und ging auf sie zu. Er umarmte sie herzlich zur Begrüßung, was sie ohne Zögern erwiderte, sodass er ihren schlanken Körper auf seinem fühlte.

»Ich freue mich riesig, dass du gekommen bist, Marie«, und er wusste, dies war die Wahrheit. Dann erwischte er sich dabei, dass er auch den nächsten Gedanken laut aussprach: »Du siehst hinreißend aus.«

Marie entspannte sich sichtlich. »Merci für das Kompliment und die Einladung. Ich freue mich, hier zu sein«, antwortete sie, und ihr Lächeln erreichte ihre Augen, als wollte sie die seinen abtasten. Es war ein Leichtes, ihre Freude zu erwidern.

»Na, dann komm herein«, sagte Lucius und führte sie in sein Loft.

Er ließ Marie nicht einen Moment aus den Augen, denn er wollte genau sehen, wie sie seine Wohnung fand. Was er sah, gefiel ihm, denn Marie betrachtete die kostbaren Kunstwerke und Antiquitäten eindeutig wohlwollend und mit Kennerblick.

Voller Bewunderung drehte sie sich zu Lucius um und erklärte enthusiastisch: »Schon lange habe ich keine so großartige Wohnung mehr gesehen. Du verstehst es wirklich, die unterschiedlichsten Stile so zu kombinieren, dass sie sich zu einem großen Ganzen fügen. Ich bin beeindruckt.«

»Das aus dem Munde einer Kunstprofessorin zu hören, schmeichelt mir natürlich ganz besonders«, erwiderte Lucius. »Aber nun lass uns essen, ich habe Angst, dass es nicht mehr schmeckt, wenn es zu lange vor sich hin köchelt.«

»Was hast du denn gemacht?«

»Meine Lieblingsgerichte der balinesisch-indonesischen Küche.«

»Das klingt ja großartig! Wo hast du das gelernt?«

»Ich habe einige Monate auf Bali gelebt, da mir die Energie bei einem Besuch dort sehr gut getan hat. Dabei habe ich auch balinesisch zu kochen gelernt.«

Er rückte Maries Stuhl zurecht und verschwand in der Küche. Mit einer großen Platte voll Gado-Gado-Salat kehrte er zurück, gespannt, ob auch Marie ihn so lecker finden würde wie er selbst.

Marie war sichtlich beeindruckt, denn nicht nur der Salat schmeckte hervorragend, sondern auch der Tisch war liebevoll gedeckt. »Du hast ein gutes Auge, was Wirkung erzielt«, sagte sie zu Lucius und deutete auf beides, das auf der Platte angerichtete Essen und die Tischdekoration samt dem antiken siebenarmigen Leuchter aus schwerem Silber, in dem sieben weiße Kerzen ein warmes Licht verströmten. »Und du magst Chopin?«

Lucius freute sich, dass sie eines der Konzerte für Klavier und Orchester erkannt hatte und hoffte, dass er nicht zu stark aufgetragen hatte. Die Musik sollte den Abend untermalen, nicht dominieren, und in Gesprächspausen dafür sorgen, dass sie sich wohl fühlten.

Nachdem die beiden den Salat mit Genuss und ohne viele Worte verzehrt hatten, stand Lucius auf, um die Teller einzusammeln. Als er sich an Maries Seite vorbeugte, um ihren Teller an sich zu nehmen, berührte er zufällig ihren Arm, und sie beide zuckten zurück, denn die Berührung hatte eine elektrisierende Wirkung auf sie. Augenblicklich suchte er ihren Blick, um darin zu lesen und zu verstehen, ob ihr das etwas bedeutet hatte.

Während er in der Küche ein paar Schälchen auf dem Tablett arrangierte, darin weitere Köstlichkeiten, versuchte er, sich darüber klar zu werden, was Marie ihm bedeutete. Er war sehr neugierig auf sie, so viel stand fest.

»Wie sollen wir das alles nur essen? Du hast ja für eine ganze Compagnie gekocht!«, rief Marie aus.

»Ich wusste doch nicht, was dir schmeckt. Also habe ich verschiedene Gerichte mit und ohne Fleisch und Fisch gekocht.«

»Unglaublich! Schon lange bin ich von keinem Mann mehr so verwöhnt worden«, sprudelte es aus Marie hervor.

»Dann wird es aber Zeit! Heißt das, du bist Single?«, fragte Lucius, der hoffte, dass sie ihm das unverhohlene Interesse nicht gleich von den Augen ablas.

»Ja, und du?«

»Ich auch. Aber wie ist es möglich, dass eine so schöne Frau wie du alleine ist?«

»Gegenfrage: Wie kommt es, dass ein so attraktiver Mann wie du solo ist?«

Daraufhin musste Lucius schallend lachen. »Du hast Recht. Das war eine dumme Frage. Doch ernsthaft, wie kommt es, dass du keinen Mann an deiner Seite hast?«

»Ich bin ziemlich wählerisch«, antwortete Marie lächelnd. »Und du?«

»Ich auch«, erwiderte Lucius und staunte, als sein Gesicht sich unwillkürlich zu einem breiten Grinsen verzog. Nicht so direkt, ermahnte er sich, doch sein Mund war schneller: »Dann haben wir ja schon einmal etwas gemeinsam. Außerdem interessieren wir uns beide für Kunst und Kirchen, wie wir gestern mehrfach feststellen durften. Das ist doch ein guter Anfang! Was meinst du?«

»Das kann man durchaus so sagen«, meinte Marie, und schon entspann sich zwischen beiden ein anregendes Gespräch über Kunst, Kultur und innere Werte.

Sie verstanden sich blendend, und erst als die Glocken der nahegelegenen Kirche Saint-Séverin Mitternacht schlugen, bemerkte Lucius, wie schnell die Zeit verflogen war, seit sie sich nach dem Essen mit dem Wein in der Hand auf sein Ledersofa gesetzt und es sich gemütlich gemacht hatten.

Erschrocken sprang Marie auf und sagte: »Ich muss nach Hause.«

»Warum denn?«, fragte Lucius erstaunt. »Du hast doch Semesterferien, nehme ich an.«

»Das ist richtig, dennoch wartet in den nächsten Tag eine Menge Arbeit auf mich, ich will schließlich noch verreisen«, entfuhr es Marie.

»Was hast du denn vor?« Langsam, ermahnte er sich wieder.

»Das ist eine längere Geschichte«, erklärte Marie, und Lucius fragte sich, warum sie so ausweichend antwortete. Da steckte doch mehr dahinter. Er musste unbedingt herausfinden, was sie meinte – und wohin sie fahren wollte.

»Ich habe Zeit«, sagte Lucius und klopfte einladend auf das Sofa, damit Marie sich wieder hinsetzte.

Irgendwie alarmiert starrte sie ihn an, mit einem fragenden Ausdruck auf dem Gesicht. »Es tut mir leid, Lucius, aber ich muss jetzt wirklich gehen. Ein anderes Mal vielleicht, okay?«

»Alles klar! Darf ich dich noch nach Hause fahren?«, er kniff die Augen zusammen, weil er genau sehen wollte, wie sie reagierte. Würde sie ihn noch mit zu sich bitten?

»Da muss ich dich leider enttäuschen. Ich bin mit dem Motorrad da.«

»Du fährst auch Motorrad?«, fragte Lucius amüsiert.

»Oh ja«, erwiderte Marie.

»Na, dann kann ich dich doch trotzdem nach Hause fahren, und du holst dein Motorrad einfach morgen ab.«

»Das ist lieb von dir, Lucius, doch ich brauche mein Motorrad morgen früh und möchte gerne selbst fahren.«

»Na, einen Versuch war es zumindest wert«, flirtete Lucius, der nachrechnete, ob sie auch wirklich nicht zu viel getrunken hatte. Nicht mehr als er selbst, musste er sich eingestehen. Wie magisch angezogen, nahm er sie zum Abschied in den Arm. Erst ließ sie sich darauf ein, dann entzog sie sich ihm, was sollte er nun davon halten? Eine Einladung zum Kuss sah anders aus, aber er konnte es nicht anders, als seinen Kopf dem ihren zu nähern.

Da löste sie sich sanft, aber energisch aus seinen Armen und bedankte sich herzlich für den schönen Abend und das köstliche Essen.

Lucius hoffte, dass sie ihm die Enttäuschung nicht anmerkte. Warum nur blieb sie so rätselhaft für ihn, als umwehte sie ein Geheimnis, das er unbedingt lüften musste.

Beim Motorrad angekommen, zog er die nur leicht widerstrebende Marie in eine freundschaftliche Umarmung, strich ihr zart durchs Haar und wünschte ihr eine gute Nacht. Da fiel ihm eine schwarze Limousine auf, in der ein Schatten saß und sie irgendwie zu beobachten schien. »Also doch!«, dachte er alarmiert. Marie hingegen schien davon nichts zu bemerken. Daher rief er ihr noch hinterher, als sie sich bereits auf ihr Motorrad geschwungen hatte: »Schick mir bitte eine SMS, wenn du gut zu Hause angekommen bist!«

»Mache ich. Versprochen!«, erwiderte sie munter, und schon preschte sie auf ihrer Maschine durch die sanfte Pariser Nachtluft davon.

JULIEN

PARIS, 29. AUGUST 2013

Julien zündete die Kerzen auf dem Tisch an und ließ den Blick schweifen. So war es stimmig, und so sollte es sein. Egal, welche Frau er aus seinem Leben verabschiedet hatte, er hatte darauf geachtet, es auf stilvolle Weise zu tun. Eine Geliebte per Handy abzuservieren, wenn die Zeit mit einer von ihnen vorüber war, kam ihm unverzeihlich vor. Er überlegte kurz, ob dies der Einfluss seiner Mutter war, die ihn von Kindheit an gelehrt hatte, Frauen als diejenigen Geschöpfe Gottes zu verehren, die in der Lage waren, eine göttliche Frucht auszutragen und Leben zu schenken. Und der Gedanke überzeugte ihn erneut, dass es an der Zeit war, sich von Giulia zu verabschieden. Aber er wusste, wie wichtig sie für ihn gewesen war in Salzburg und am Anfang in Paris, wo sie gemeinsam stundenlang in der Küche gestanden hatten. Es hatte Spaß gemacht, sich mit ihr neue Sushi-Variationen auszudenken, frische, zarte Fischstreifen auf die Maki zu legen und die mit zarten Blüten dekorierten Lacktabletts vorsichtig Richtung Bett zu balancieren. Hoffentlich interpretierte sie es nicht in diesem Sinne, dachte er und trug vorsichtig ein mit Essen beladenes Tablett zum Esstisch. Er wusste, dass gerade sie, die Italienerin, es nicht gewöhnt war, von einem Mann verwöhnt und bekocht zu werden.

»Heirate mich, Julien!«, entfuhr es ihr bei seinem Anblick, und er ahnte an ihrem schiefen Lächeln, dass sie durch ein paar Gläschen Alkohol ermutigt wurde, sodass er den Satz mit einem schallenden Lachen quittierte.

»Warum lachst du?«, empörte sich Giulia. »Ich meine das vollkommen ernst!«

»Ach, Giulia, du kennst mich doch gar nicht«, Julien strahlte sie an. »Auch wenn wir ein paar aufregende Wochen miteinander verbracht haben, heißt das noch lange nicht, dass wir zueinander passen.«

»Wieso nicht?«, ereiferte sie sich und blickte ihn erzürnt an, als wäre jeder Blick ein Teller, den sie zu zerschmettern drohte. »Wir sind beide junge, schöne Sänger, und nicht nur unsere Stimmen passen ausgezeichnet zusammen, wenn ich dich an die Nächte erinnern darf. Wir können gemeinsam durch die Welt reisen und auf den wichtigsten Bühnen der Welt Musikgeschichte schreiben.«

Julien hoffte, dass sie ihm nicht ansah, wie amüsiert er über die Bemerkung war. Wenn sie auch ein aufstrebender Stern am Opernhimmel war, würde sie wohl kaum Geschichte schreiben, denn so außergewöhnlich war ihr Mezzosopran wirklich nicht. Die phänomenalen »Carmen«-Kritiken, auf die sie unendlich stolz war, verdankte sie zu einem nicht geringen Anteil der Tatsache, dass sie hinreißend aussah und eine äußerst temperamentvolle und verführerische Darstellerin war. Für die Kritiker war ihre Stimme meist von nicht so großer Bedeutung.

»Cara, ich binde mich nicht gern. Aber du wusstest von Anfang an, wie kostbar mir meine Freiheit ist. Natürlich freue ich mich schon jetzt darauf, wenn wir mal wieder am selben Haus engagiert sind. Aber es ist sogar den Medien bekannt, dass mich keine Frau länger halten kann. Darauf bin ich nicht stolz, aber ich bin viel zu ehrlich, als dass ich das nicht selbst wüsste: Ich liebe die Freiheit – und die Frauen.«

»Und jetzt willst du mich einfach so abservieren?«, echauffierte sich Giulia.

»Ich liebe deinen Sinn für Dramatik, aber mach jetzt keine Szene, wir sind beide erwachsene Menschen.«

Doch Giulia hörte nicht, was er sagte, sondern sprang mit einem Ruck vom Stuhl auf, dass dieser mit einem lauten Krachen umfiel. Und ehe sich Julien versah, stand sie vor ihm und verabreichte ihm eine schallende Ohrfeige.

Damit hatte er nun wirklich nicht gerechnet, er wusste, sein Training erlaubte ihm schnelle Reaktionen, es war nicht leicht, ihn auf diese Weise zu überrumpeln oder gar anzugreifen. Nun starrte er Giulia vollkommen fassungslos an. In dieser Weise hatte noch keine Frau auf einen freundlichen Abschied reagiert. Und kurz kam er sich vor, wie einer dieser Machos, die er so verabscheute. Er schüttelte sich unwillkürlich und machte sich frei von solchen Selbstzweifeln. Seine Wange brannte.

»Ich verlasse dich noch heute!«, verkündigte Giulia und verließ hoch erhobenen Hauptes das Zimmer.

Diese Diva wusste, wie man einen effektvollen Abgang hinlegte. Julien hatte seinen Humor wiedergefunden. Unglaublich. Sie hatte es so hingedreht, dass sie ihn verlassen konnte und nicht damit fertig werden musste, dass er sie hier gerade aus seinem Leben verabschiedet hatte. Gut, er hatte sie wohl unterschätzt. Julien ging ins Bad und prüfte im Badezimmerspiegel die sich ausbreitende Röte auf seiner Wange, die, wie er fast anerkennend feststellen musste, tatsächlich einen Abdruck von Giulias Fingern auf seiner rechten Backe abbildete. Er konnte sich nicht erinnern, dass ihm jemals etwas Ähnliches widerfahren war.

»Eigentlich habe ich erreicht, was ich wollte«, sagte er laut zu sich und blickte sich ernst in die vom Schmerz verdunkelten blauen Augen, deren Farbton ihn an eine über dem Meer heraufziehende Wolkenwand erinnerte. »Ich wollte auf keinen Fall mehr mit ihr schlafen. Und dazu wird es jetzt wohl kaum mehr kommen.«

Vorsichtig massierte er seine Wange mit ein wenig Mandelöl, um die Rötung zu lindern. Als er ins Schlafzimmer kam, begegnete er Giulia, die zornig ihre unzähligen Kleidungsstücke in ihre Koffer schmiss.

»Kann ich dir irgendwie helfen?«, versuchte Julien verlegen, den Frieden und einen Rest des Gefühls zu retten, das sie verbunden hatte. »Es tut mir leid, Giulia. Ich habe die Zeit mit dir wirklich genossen.«

Giulia starrte ihn mit großen Augen an, starr wie ein erschrecktes Kaninchen. War sie sich jetzt erst ihres kindischen Verhaltens bewusst geworden?

Julien redete weiter, als bemerkte er ihre wachsende Verstörtheit nicht: »Weißt du, ich habe gerne etwas Leckeres für dich gekocht, weil ich mich bei dir bedanken wollte für eine schöne Zeit, immerhin einen Teil deiner Lebenszeit, den du mit mir geteilt hast. Ich weiß, dass ist nicht selbstverständlich, und es macht eine Trennung nicht zu so einem Knall-auf-Fall-Wir-sind-jetzt-Feinde-Angebot, wie du es vielleicht erwartet hast, aber das liegt mir nicht. Ich bleibe gerne mit den Frauen befreundet, die ich mag. Und dass ich dich mag, ist dir nicht verborgen geblieben.« Etwas verloren zuckte er mit den Schultern und bewegte sich langsam auf Giulia zu, um sie in den Arm zu nehmen, was sie willenlos geschehen ließ.

Schließlich hob sie den Kopf, blickte Julien aus tränenfeuchten Augen an und schniefte: »Du bist doch trotzdem ein Arschloch! Weil du mir jetzt auch noch beweist, dass ich dich nicht verlieren will. Du hättest mir wenigstens meinen Zorn gönnen können.«

Julien lächelte sie an und strich ihr eine Strähne aus dem Gesicht, die sich aus ihrer Frisur gelöst hatte: »Das wird schon wieder! Wir können doch Freunde bleiben. Was meinst du?«

»Mal sehen, ob ich das schaffe!«, ein wenig widerwillig, wie ihm schien, drehte sie ihm den Rücken zu und tat so, als würde sie weiter packen. Ihm war bewusst, dass sie weinte.

Julien zog sich ins Esszimmer zurück, und erst als sie ihre Koffer in den Flur zu bugsieren begann, fasste er mit an. Dann aber machte er sie darauf aufmerksam, dass sie für den Rest der Nacht keine Unterkunft hatte, und schon ein wenig friedfertiger einigten sie sich darauf, dass Giulia noch eine Nacht in Juliens Schlafzimmer verbringen würde, während er auf dem Sofa im Musikzimmer schlafen wollte, damit Giulia nicht mitten in der Nacht in ein Hotel umziehen musste.

Julien aber genoss es, im Musikzimmer seine Ruhe zu haben. So tat er nun das Einzige, was ihm immer half, wenn ihn eine Situation aus dem Gleichgewicht gebracht hatte: Er machte Yoga, um seinen Körper zu spüren und seinen Geist zu beruhigen. Anschließend chantete er den heiligen Laut »OM«, bis er sicher war, dass er sich gebührend auf alles Kommende vorbereitet hatte. Er begann zu meditieren.

Durch tiefes, langsames und bewusstes Atmen leerte er seinen Geist öffnete sein Bewusstsein. Ein Gedanke galt seinem himmlischen Beistand, denn er hoffte Erzengel Michael würde ihm helfen, seine Gefühle für Marie richtig einzuordnen. Kaum hatte er das Hilfeersuchen innerlich formuliert, erhielt Julien eine Antwort. Ein Gedanke festigte sich in ihm, und auf einmal war er gewiss, dass er weiter im Tagebuch seiner Mutter lesen wollte, um sich auf ein Treffen mit Marie vorzubereiten.

Dankbar erhob sich Julien nach einer Weile von seinem Meditationskissen, spürte dem Ziehen in den Beinen nach, das ihm anzeigte, er hatte wirklich lange in der Position verharrt, und mit beschwingtem Schritt ging er zu der antiken Truhe und holte das Tagebuch seiner Mutter hervor. Er nahm es mit in die Küche, denn er wollte sich einen japanischen Tee kochen, bevor er weiterlas. Mit klopfendem Herzen nahm er den Schatz vor und fühlte sich seiner Mutter dabei ganz nah, die ihn zeitlebens in ihre wärmenden und liebevollen Gedanken gehüllt und so beschützt hatte.

Vorsichtig blätterte Julien zu der Seite mit dem nächsten Eintrag und die glatte Zartheit des alten Papiers unter den Fingerspitzen versetzte ihn in eine andächtige Stimmung. Im Licht der Lampe erkannte er die Fleur de Lys, das Wasserzeichen vieler europäischer Königshäuser, was auch seine Mutter stets verwendet hatte, denn für sie wie die anderen Eingeweihten war es das Symbol für die Blutlinie um Maria Magdalena und Jesus Christus. Der Anblick des vertrauten Symbols stärkte ihn und gemahnte ihn, die Bedeutsamkeit der Botschaften seiner Mutter nicht zu unterschätzen.

Kaum hatte er die gesuchte Seite gefunden, hörte er die melodische Stimme seiner Mutter, und ein Schauer überlief ihn, während die ihm folgende Zeilen vorlas:

Paris, 22. Januar 1990

Geliebter Julien,
vermutlich steht in Kürze dein nächstes Treffen mit Marie Madeleine bevor, deswegen suchst du meinen Rat. Wie gerne

würde ich jetzt persönlich zu dir sprechen und dir die Fragen beantworten, die dir auf der Zunge liegen.

Wie konnte es sein, dass seine Mutter in der Lage gewesen war, bereits vor dreiundzwanzig Jahren zu wissen, was heute in ihm vorging? War sie tatsächlich eine der Seherinnen gewesen, die nicht nur in der Lage waren, vergangene Inkarnationen von Menschen zu erkennen, sondern auch weit in die Zukunft zu sehen?

Julien traf diese Erkenntnis wie ein Schlag. Was hätte er darum geben, seine Mutter in diesem Augenblick an seiner Seite zu haben! Immerhin, sie war auch so bei ihm. Denn wie durch ein Wunder hörte er seine Mutter weitersprechen, ohne dass er mit den Augen die nächsten Zeilen mitlas:

Wie ich dir bereits als Kind erzählt habe, war die Dame deines Herzens in alter Zeit niemand anders als Jeanne d'Arc. Du warst ihr ein enger Freund, doch hattest du nicht den Mut, treu zu ihr und ihren Worten zu stehen, die sie von höchster Ebene empfing. Deine Seele aber weiß, dass du sie hättest vor dem Scheiterhaufen retten können, allein, dir fehlte einst die ritterliche Kraft, es zu tun.
Auch Marie Madeleines Seele erinnert sich nur allzu gut an diese Inkarnation, deswegen mag es sein, dass sie zu Beginn eurer Bekanntschaft Schwierigkeiten haben wird, dir zu vertrauen.
Hab Geduld mit ihr, denn eines ist gewiss: So, wie deine Seele sie erkannt hat, spricht auch ihre Seele in deutlichen Worten zu ihr über deine Bedeutung für sie früher und in Zukunft. Dennoch hat sie Angst vor der Macht eurer Wiederbegegnung, und böse Kräfte sind bereits jetzt am Werk, damit ihr einander nicht erkennt.

Gib ihr Zeit, mein geliebter Sohn, und vertraue in allem auf den Höchsten!
Denn wie du weißt, was wahrhaft geschrieben steht, wird geschehen …
So viel für heute, und nun gehe hin und siehe zuversichtlich eurem nächsten Treffen entgegen. Bereite dich vor, wie ich es dich gelehrt habe.
Ich umarme dich, du weißt, ich bin bei dir, wo auch immer du sein magst!

Als die Stimme seiner Mutter verstummte, war es für Julien, als müsse er erneut Abschied nehmen, doch die Worte, die er vernommen hatte, schenkten ihm Zuversicht und Mut. Er vertraute auf die Weisheit seiner Mutter und war ihr dankbar, dass sie tatsächlich einen Weg gefunden hatte, aus der Vergangenheit in seine Gegenwart hinein zu wirken und ihm ihre Liebe zu beweisen. Er hoffte inständig, dass er in dieser Weise gestärkt, Marie Madeleine nicht erneut enttäuschen würde. Er schwor sich, sie vor allem Übel zu bewahren. Und doch nagten Zweifel an ihm, die ihn eine Weile fesselten, bis ihn das regelmäßige Atmen, wie es ihn die Yoga-Übungen gelehrt hatten, hinübertrugen in einen tiefen Schlaf. Die Träume, die ihn beherrschten, fügten die Ereignisse des Abends neu zusammen – und irgendwie war es Maries und nicht Giulias Gesicht, das er am Morgen beim Aufwachen vor sich sah. Er wusste, er würde sie an diesem Tag wiedersehen und hoffte, dass sie ebenfalls zu der Soiree der privaten »Richard-Wagner-Gesellschaft Paris« kommen würde, welche diese zu Ehren der Verdienste Chevaliers für Richard Wagner, dessen 200. Geburtstag in diesem Jahr anstand, veranstaltete. Julien jedenfalls konnte es kaum erwarten, sie dort wiederzusehen.

MARIE

PARIS, 30. AUGUST 2013

Unschlüssig stand Marie vor ihrem Kleiderschrank. Dieses verflixte Essen der Wagner-Gesellschaft zu Ehren ihres Vaters belastete sie sehr. Nicht nur, dass ihr Vater ihr unendlich fehlte, sie würde bei dieser Soiree bestimmt auch Julien wiedertreffen – und vielleicht sogar Lucius, sie hatte nicht gewagt, ihn danach zu fragen. Nur war der inzwischen so etwas wie ein Teufelchen, das sie aus einer kleinen dunklen Kiste ansprang; es war nie gewiss, dass sie vor ihm sicher war. Beim besten Willen wusste sie nicht, was sie anziehen sollte. Sie musste sich eingestehen, dass sie schön sein wollte – für beide Männer.

Eigentlich hätte sie es sich denken können, dass Julien eingeladen war, denn schließlich war er einer der bekanntesten Wagner-Tenöre der Welt. Irgendwie hatte sie gehofft, der Soiree dadurch zu entgehen, dass sie sich mehr mit Wien beschäftigt hatte. Und doch sehnte sie sich in ihrem Herzen danach Julien so schnell wie möglich wiederzusehen. Warum nur musste es ausgerechnet bei so einem öffentlichen Termin sein, wo sich alle Augen auf sie, die Tochter von Jean Chevalier, richten würden. Für die Presse aber, das wusste sie nur zu gut, wäre jede Begegnung von ihr und dem bekannten Star-Tenor Julien, gefeierter Womanizer und ständig neben einer anderen Frau abgebildet, ein gefundenes Fressen. Nicht auszumalen, wie die Journaille reagieren würde, wenn sie erst ihn anlächelte und dann Lucius in ihrem Blickwinkel auftauchte mit diesem unwiderstehlichen Lächeln – unwiderstehlich war es jedenfalls, wenn es bis zu den Augen vordrang, musste sie sich eingestehen.

In Gedanken bei den beiden Männern, hatte Marie den halben Inhalt ihres antiken Kleiderschranks auf ihr Bett geladen, dass es mittlerweile so farbenfroh aussah wie die Auslage auf einem orientalischen Basar. Sie war jedoch nicht in der Lage, sich für etwas zu entscheiden. Also griff sie zum Telefon und rief Véronique an. Hoffentlich wusste sie Rat. Zu ihrer großen Erleichterung hob Véronique sofort ab: »Wie schön, dich noch zu hören, bevor du aus dem Haus gehst! Na, was hast du an?«

»Noch gar nichts!«, stöhnte Marie. »Deswegen rufe ich dich ja an. Was zieht man denn als Tochter des gefeierten Jean Chevalier an? Ich muss gleichzeitig elegant genug aussehen für die Wagnerianer – und jetzt lach nicht: Ich möchte auch etwas anhaben, das weiblich genug ist für Julien. Oh Gott, und wenn dann noch Lucius wieder auftauchte …«

»An deiner Stelle würde ich das royalblaue Kleid von Armani anziehen, das dir wie auf den Leib geschneidert ist. Damit schlägst du alle Fliegen«, entgegnete Véronique lächelnd.

»Oh merci, chérie!« Marie fischte das Kleid aus dem Berg und hielt es sich an. »Das ist eine wundervolle Idee. Ein blaues Kleid: Dann kann mich Erzengel Michael noch viel besser beschützen. Das ist doch seine Farbe, oder?«

»Ja. Das ist einfach perfekt! Ich kann dich förmlich vor mir sehen«, freute sich Véronique. »Und sag ehrlich: Wie fühlst du dich? Wirst du den Trubel überstehen?«

»Ehrlich gesagt bin ich ziemlich nervös. Ich weiß nicht, ob es mir wirklich gefällt, Julien als erstes in aller Öffentlichkeit wieder zu treffen.«

»Mach dir keine Sorgen. Julien ist ein absoluter Gentleman und wird mit dieser Situation bestens umgehen«, versuchte Véronique Marie zu beruhigen.

»Ich hoffe, du hast recht!«

»Ganz sicher! Und bitte, wenn du magst, ruf mich doch heute Nacht noch an, ich werde sterben vor Neugierde, bis du dich meldest.« Der Gedanke, wie sie der Freundin hinterher alles kommentieren würde, hielt Marie aufrecht, als sie rasch in das königsblaue Kleid schlüpfte. Sie war froh, sich dafür entschieden zu haben, denn ihr Paar schwindelerregend hoher, schwarzer High Heels würde richtig gut dazu aussehen. Ein letzter Blick auf das Make-up, sie zog den Lippenstift nach und schnappte sich ihre Lederjacke samt einem eleganten Seidenschal, bevor sie die Wohnung verließ. Ihr Taxi wartete schon, aber im Armani-Kleid aufs Motorrad zu steigen, die High-Heels auf den Fußrasten, das brachte selbst sie nicht fertig. Der Gedanke amüsierte sie königlich und so stand sie die Fahrt in das 16. Arrondissement durch, wo die Soiree in einer wunderschönen Villa unweit des Bois de Boulogne stattfand. Wie gerne wäre sie in den Bois de Boulogne geflohen und hätte sich unter den Bäumen auf einer der Bänke ausgeruht und innerlich für den Abend gewappnet. Neidisch schielte sie durch das Wagenfenster auf ein junges Pärchen, das vergnügt in Richtung des Parks schlenderte.

Doch ihr war kein Moment der Ruhe vergönnt. Kaum war sie aus dem Taxi gestiegen und stand vor der Villa, da entstieg ein auffallend gepflegter Mann mit einem sorgfältig gestutzten Bart einer Limousine und hatte sie augenblicklich erkannt. Raschen Schrittes kam er auf sie zu und grüßte sie.

»Guten Abend, Mademoiselle Chevalier«, schon hatte er nach ihrer rechten Hand gegriffen und sich elegant über sie gebeugt. Es war ein Handkuss in Perfektion, und Marie fühlte sich geschmeichelt. Die alten Formen zu wahren, hatte ihr Vater sie unermüdlich gelehrt, und so sank sie in einen formvollendeten Knicks. Ihr Körper tat, was ihm antrainiert war, während ihr Geist sich fragte, wo nur in diesem Moment die Marie war, die gern auf dem Motorrad durch Paris brauste.

Der Fremde interpretierte das Lächeln, das unwillkürlich auf ihren Lippen auftauchte, für sich und sagte: »Darf ich mich vorstellen: Mein Name ist Maurice de la Fontaine, und ich bin einer der glühendsten Verehrer der Kunst Ihres begnadeten Vaters.« Bei dem Wort glühend schweifte sein Blick einmal über ihren Körper, dass die Wärme auch sie erfasste.

Monsieur de la Fontaine hatte sie überrumpelt, Marie schnappte nach Luft und hoffte, dass dieser de la Fontaine es nicht bemerkte, wie ihr Blick hilfesuchend über die Menschen glitt, die sich nun in großer Zahl der Villa näherten. Gleichzeitig formte ihr Mund die passenden Begrüßungsfloskeln, sodass sie beinahe verpasst hatte, als der Fremde sie fragte, ob er davon ausgehen dürfte, dass sie seine Tischdame sein wollte. Dazu schenkte er ihr einen intensiven Blick aus seinen fast schwarz erscheinenden Augen, als wollte er sie hypnotisieren.

Marie zuckte erschrocken zurück und riss innerlich einen Schutzwall hoch, kurz kam ihr die weiße Taube in den Sinn, und als habe ihr Gurren ihr Mut geschenkt, suchte sie schon nach einer passenden Antwort. Doch das war nicht nötig, denn im selben Augenblick spürte sie eine warme Hand auf ihrer Schulter, die ihr ein gutes Gefühl schenkte. Dazu hörte sie überaus willkommene Worte.

»Verehrter Monsieur de la Fontaine, ich muss Sie leider enttäuschen, aber Marie Chevalier ist heute Abend mir versprochen.«

Voller Erleichterung, dass sie Juliens klangvolle Stimme erkannte, drehte sich Marie um und umarmte den Mann, der hinter ihr stand, spontan, was Julien nur allzu gerne zuließ.

Nicht annähernd so wohltönend war denn auch die Antwort, die Maurice de la Fontaine ihm gab, er konnte die leichte Verstimmung nicht verbergen und auch nicht, dass er nichts von Julien de la Tour hielt. Hatte dieser Emporkömmling ihm Marie Madeleine Chevalier abspenstig gemacht? War er sich seiner Wirkung zu gewiss gewesen? Ein leichter Zweifel schlich sich in seine Worte: »Verstehe, Monsieur de la Tour! Sie sind mir also zuvorgekommen.

»Ja, mein Herr, das bin ich«, antwortete Julien betont charmant. »Und nun darf ich Ihnen Marie entführen.«

Ohne auf eine Antwort zu warten, nahm Julien mit sicherer Hand Maries Arm und führte sie die Stufen zum Eingang der Villa empor, wo der Gastgeber des Essens, Justin Lacroix, sie an der Tür herzlich begrüßte. Mit lauter Stimme verkündete er ihre Namen, und Marie wurde wieder einmal bewusst, wie angesehen Julien de la Tour unter Kennern war.

»Einen wunderschönen guten Abend, Mademoiselle Chevalier. Darf ich Ihnen noch einmal persönlich mein herzliches Beileid aussprechen. Wir alle haben einen großen Verlust erlitten, als Ihr Vater von uns gegangen ist. Und Monsieur de la Tour, was für eine Freude, dass auch Sie es möglich gemacht haben und uns hier in Paris Gesellschaft leisten. Wie schön, Sie beide gemeinsam begrüßen zu dürfen!«

Marie spürte deutlich, wie eine kalte Welle aus Emotion sie von hinten überrollte, und sie wusste instinktiv, dass Maurice de la Fontaine alles andere als glücklich war zu hören, wie sehr sich Monsieur Lacroix über ihr gemeinsames Erscheinen mit Julien freute. Was für ein seltsamer Mensch dieser de la Fontaine doch war. Wie gut, dass es ihr Gastgeber so verstand, das Eis zu brechen und sie aus ihrer Trauer zu reißen. Sie würde sich auch durch einen de la Fontaine nicht davon abhalten lassen, Monsieur Lacroix für den freundlichen Empfang zu Ehren ihres Vaters zu danken. Doch ehe sie ein Wort sagen konnte, hatte Julien bereits reagiert und dem Gastgeber für die freundlichen Begrüßungsworte gedankt, mit einer souveränen Herzlichkeit, die Marie an ihren Vater erinnerte. Was für ein Segen, dass Julien ebenfalls zu diesem Essen eingeladen war. Sie griff nach Juliens Arm und schritt an seiner Seite in die Villa, als sei dies genau richtig so. Hinter sich hörte sie, wie Maurice de la Fontaine den Hausherrn salbungsvoll begrüßte. Irgendetwas stimmte nicht mit diesem Mann. Sie beschloss, in seiner Gegenwart auf der Hut zu sein. Als ein bekannter Name fiel, scheute sie zurück: Das war doch Lucius' Stiftung, dort arbeitete er. Und mit Schrecken wurde ihr bewusst, dass dieser de la Fontaine Lucius' Arbeitgeber war. Auch in seiner Nähe also würde sie demnächst achtsam sein. Wo nur durfte sie endlich sie selbst sein? Musste sie Angst haben, dass sich die ganze Welt gegen sie verschworen hatte? Als sie nachdenklich den Kopf hob und sich umsah, fand ihr Blick den von Julien. Wie aufmerksam, er musste gespürt haben, dass sie Halt brauchte, denn genau diesen Halt vermittelte ihr in dem Moment sein strahlendes Lächeln und ein fester Blick aus diesen himmelblauen Augen. Sie hatte das Gefühl, als würde sich die Welt um sie herum auflösen, so sehr berührte sie dieser Blick. Ihr war, als würden sie auf einer anderen Ebene ohne Worte kommunizieren. Nie zuvor hatte sie etwas Ähnliches mit einem Mann erlebt. Und es brauchte eine

Weile, bis sie sich plötzlich wieder daran erinnerte, wo sie sich befand. Hoffentlich hatte niemand diesen innigen Blick bemerkt. Sie näherte ihren Kopf dem von Julien und flüsterte: »Julien, merci, dass du mich vorhin gerettet hast! Ich bin so erleichtert, den Abend nicht an Monsieur de la Fontaines Seite verbringen zu müssen.«

Julien legte seine Hand auf ihre, mit der sie seinen Arm umklammerte, und sagte: »Da bin ich aber froh, denn meine Behauptung, du seist mir für den Abend versprochen, war dreist. Ich weiß nicht, was ich getan hätte, wenn du mir widersprochen hättest …«, antwortete Julien lachend. »Aber ich hatte das unbestimmte Gefühl, dass du auf keinen Fall neben unserem Monsieur de la Fontaine sitzen wolltest. Und ich habe gelernt, auf mein Gefühl zu hören.«

»Wie recht du damit hattest.« Marie war ihm wirklich dankbar. »Wer ist er überhaupt? Ich meine, er ist der Vorstand dieser seltsamen Stiftung. Aber muss man ihn kennen in der Musikwelt?«

»Ehrlich gesagt, kann ich dir das nicht so genau beantworten«, meinte Julien nachdenklich. »Er ist selbst kein Musiker, sondern nur einer dieser Musikkenner, dazu schwerreich und ein gewandter Wichtigtuer. Das hast du ja bemerkt. Und wenn ich schon einen Ruf als Frauenheld habe, dann weiß ich nicht, wie ich ihn bezeichnen soll.

Vor nicht allzu langer Zeit hat er nach dem Tod seines Vaters die bekannte Kulturstiftung »Société Arts et Culture de Paris« geerbt. Etwa gleichzeitig wurde er auch vom französischen Präsidenten zum Staatssekretär für besondere Aufgaben ernannt. Man munkelt außerdem, dass er der Geheimdienstkoordinator der französischen Sondereinheit »Service Action« für Auslandseinsätze des Präsidenten ist.

Dein Vater kannte ihn übrigens auch, hat mich jedoch vor ihm und seinen Machenschaften gewarnt. Ich weiß allerdings nicht, was genau er damit gemeint hat.«

»Du scheinst meinem Vater ja wirklich sehr nahe gestanden zu haben, wenn er dir so etwas anvertraut hat.«

»Ja, wir waren Freunde ...«, Juliens Stimme brach. Und Marie spürte deutlich, dass dies nicht aufgesetzt war. Der Tod ihres Vaters war auch für Julien ein großer persönlicher Verlust. Soweit zu ihren Vorurteilen ... Er war alles andere als ein arroganter, selbstverliebter Schönling. Und sein Satz über die Frauen bewies ihr, dass er mit sich selbst ehrlich umging. Für den Augenblick abgelenkt, bekam sie nur noch den Rest von Juliens letztem Satz mit:«... dass ich nun endlich das Vergnügen habe, seine wunderschöne Tochter kennenzulernen.«

»Merci!«, antwortete Marie berührt.

Julien strich ihr behutsam über den Arm, und sie fragte sich, ob sie nicht endlich aufhören sollte, ihm zu misstrauen, als ihr Körper mit einer Gänsehaut antwortete. Wie schön es wäre, sich unbefangen auf jemanden einlassen zu können. Doch die Warnung vor einer Gefahr hatte sich ihr tief ins Bewusstsein gegraben, und so zwang sie sich, ihre Aufmerksamkeit dem Geschehen in dem Saal zuzuwenden, indem sie beide inzwischen angelangt waren. Sie standen zwischen einer ganzen Reihe anderer Gäste, die Damen in ihren langen Kleidern, kostbare Geschmeide hatten sie angelegt, hier waren sie zu Hause, die Reichen und die Schönen – und ein paar echte Kunstliebhaber waren bestimmt auch darunter. Denn hier handelte es sich um Wagner, und nicht um die Salzburger Festspiele. Der kleine Saal war eine Art Musikzimmer, was ein wunderschöner alter Flügel bewies, der wie für ein spontanes Konzert bereitstand. An den Wänden hingen Gemälde, die Richard Wagner oder Szenen aus seinen Opern zeigten. Hier war ein Sammler am Werk gewesen, und Marie wusste, wie sehr ihrem Vater dieses Musikzimmer gefallen hätte. Sie suchte Juliens Blick, um diesen Gedanken mit ihm auszutauschen, da bemerkte sie, dass der Gastgeber soeben neben den Flügel trat und anhob, seine Gäste zu begrüßen. Er gedachte als erstes Maries Vater und rühmte ihn als den größten Wagner-Dirigenten des Jahrhunderts. Marie spürte, dass Juliens Hand sich wieder auf ihre legte, und sie war ihm dankbar für die Geste.

»Was für ein entsetzlicher Verlust ist sein Tod – für uns Wagnerianer und alle anderen auf dieser Welt. Der große Dirigent Jean Chevalier ist nicht friedvoll von uns gegangen, sondern er musste sein irdisches Leben aufgrund dramatischer Umstände unerwartet beenden. In unserem Herzen aber lebt er weiter, der geniale Musiker – und ein besonderer Mensch, dessen Warmherzigkeit und Menschlichkeit ihn auszeichneten in dieser schnelllebigen Zeit wie zu jeder anderen Zeit. Er war sich bewusst, dass seine große Gabe keine Selbstverständlichkeit war, sondern ihm von Gott gegeben und uns allen ein großes Geschenk war.«

Bei diesen Worten spürte Marie, wie plötzlich der Boden unter ihren Füßen wankte. Die Ereignisse der letzten Wochen, die Schlaflosigkeit und ihre Ängste und die durch die Worte wach gerüttelte Trauer überwältigten sie.

Julien, der spürte, dass sie wie ein Halm im Wind wankte, konnte Marie gerade noch auffangen, bevor sie das Bewusstsein verlor. Als Marie wieder zu sich kam, lag sie auf Juliens Armen, der sie vorsichtig aus dem Musikzimmer trug, um die Rede von Justin Lacroix nicht zu stören. Er brachte Marie in den Nebenraum, legte sie in dem opulent eingerichteten Wohnzimmer auf die cremefarbene Chaiselongue, und allmählich konnte sie ihre Umgebung wieder klarsehen. Wie gut es tat, von Julien gehalten zu werden. Er hatte sich mit ihr zusammen auf der Couch niedergelassen, und so protestierte sie, als er aufstehen wollte. Er aber schob sie weg, wenn Marie auch den Eindruck hatte, dass er es unwillig tat. Dann sagte er: »Bitte bleib noch und ruh dich aus, ich habe versprochen, auch ein paar Abschiedsworte zu Ehren deines Vaters zu sprechen. Das schulde ich ihm, bei allem, was er für mich getan hat.«

Dann stand Julien auf und verließ den Raum.

Ein paar Minuten später, Marie hatte gerade wieder ein Gefühl für sich und den Abend entwickelt, drang der tragende Klang seiner Stimme bis an ihr Ohr, und sie beeilte sich, aufzustehen, um sich unter das Publikum zu mischen. Leicht schwankend zunächst, wurde sie allmählich stabiler und lehnte sich im Hintergrund des Musikzimmers an die Wand.

Wie verzaubert lauschte sie Juliens Vortrag.

»Bis ans Ende meiner Tage werde ich unendliche Dankbarkeit für Jean Chevalier in meinem Herzen tragen, denn er hat mich nicht nur gefördert und mit mir viele neue Rollen auf der Bühne erarbeitet, sondern er hat mich gelehrt, die sphärischen Schwingungen meiner Seele mit meiner Stimme auszudrücken …«

Er entführte sie in eine andere Welt, die Melodie seiner Sprechstimme schenkte ihr Trost und half ihr, mit den überwältigenden Gefühlen der Erinnerung und der Trauer fertig zu werden. Als Julien endete, lehnte sie zwar noch an der Wand, aber sie hatte ihr inneres Gleichgewicht wiedergefunden.

Sie blieb nicht lange allein dort. Cosima Lacroix, die Gastgeberin, gesellte sich zu ihr und erkundigte sich besorgt, ob sie die Rede ihres Mannes verarbeitet habe. Dann bat sie Marie zu Tisch, die automatisch folgte, gespannt, ob sie wirklich neben Julien zu sitzen kommen würde. Die Hausherrin öffnete die Flügeltür an der kurzen Seite des Raumes, und die gesamte Gesellschaft begab sich hinüber in das geräumige Esszimmer, wo eine opulente Tafel gedeckt war, kostbares Leinen, schimmerndes Silber. Maries Kunstverstand genoss den Anblick, als auch der Hausherr neben ihr auftauchte.

»Ist wieder alles gut bei Ihnen, meine Liebe?«, fragte er sie besorgt.

»Ja, Monsieur Lacroix, entschuldigen Sie. Die letzten Wochen waren nicht einfach. Mein Vater war der letzte enge Verwandte. Aber ich möchte ihnen für Ihre Worte danken, die mich tief im Herzen berührt haben. Herzlichen Dank für diese wunderbare Soiree.«

»Julien de la Tour hat den Abend gerettet«, sagte Lacroix und deutete mit einem Nicken auf den Sänger, der auf Marie zusteuerte. Sie war erleichtert, dass er sein Versprechen nicht vergessen hatte, sich bei Tisch zu ihr zu gesellen. »Merci, alter Freund, dass Sie Marie zu Tisch geleitet haben, ich übernehme nun gerne«, sagte Julien, und seine Stimme trug weit. Marie entging nicht, dass Monsieur de la Fontaine innerlich kochte, dass Julien ihm schon wieder zuvorgekommen war.

In ihre Beobachtung hinein, platzte dessen Stimme, laut und eindrucksvoll, dabei unmelodisch: »Julien de la Tour, das war eindrucksvoll gesprochen, wie gut, kleine Räume schmeicheln Ihnen.« De la Fontaine nickte Julien zu und legte seine Hand auf Maries Schulter, dass sie unwillkürlich zusammenzuckte.

Juliens Stirn legte sich in Falten. Hatte auch er den versteckten Seitenhieb herausgehört, Juliens Stimme eigne sich nicht dazu, große Opernhäuser zu füllen, sondern brauche die Enge des kleinen Musikzimmers, um Wirkung zu entfalten? Welch eine Unverschämtheit, dabei in so anständige Worte verpackt, dass Marie erschauerte. Wie unverfroren, ihr auch noch die Hand auf die Schulter zu legen!

De la Fontaine aber drehte sie unter seiner Hand so, dass sie ihm in die Augen sehen musste. Sein Blick funkelte im Licht der Kerzen, und es fiel ihr nicht leicht, ihren Gedanken weiter zu verfolgen, so starrte er sie an, wie fasziniert und erobernd und – eine Alarmsirene schrillte in ihrem Kopf. Sie tastete hoch zu seiner Hand und streifte sie ab, doch den Blick von seinem abzuwenden –

»Komm, Marie«, hörte sie da Julien leichthin sagen, er hatte nichts auf de la Fontaines Kommentar erwidert. »Komm, wir wollen uns setzen.«

Nur zu gerne folgte Marie ihm, noch immer wie weggetreten, ohne einen klaren Gedanken im Kopf. Was war nur an diesem de la Fontaine?

Als sie sich umsah, nachdem sie Platz genommen hatte, begann sie bei Juliens vertrauter Gestalt. Sein Blick schien sie zu necken, und sie lächelte ihn an und sagte leise: »Merci.« Er aber zwinkerte nur und sagte: »Monsieur de la Fontaine urteilt scharf, aber nicht immer ist sein Urteil so treffend wie bei der Wahl seiner bevorzugten Tischdame.«

Was wollte er ihr damit sagen? Marie drehte sich um und musste feststellen, dass Monsieur de la Fontaine an ihrer rechten Seite Platz genommen hatte. Zwar war Julien an ihrer linken ihr Tischherr, doch nun saß sie ausgerechnet zwischen diesen beiden Männern. Der Abend versprach, ein Seiltanz zu werden. Da kam ihr eine Idee und sie drehte sich zu de la Fontaine um: »Entschuldigen Sie bitte, ich möchte nicht unhöflich sein, aber ich bin gestern auf dem Motorrad von einem Wagen fast in den Straßengraben abgedrängt worden, seither ist mein Nacken auf der rechten Seite etwas verspannt, es fällt mir schwer, das Gesicht nach rechts zu wenden. Sie verstehen: Es ist nicht persönlich gemeint, wenn ich mein Hauptaugenmerk heute nach links wende.« Sie wartete nicht ab, was er antwortete, bekam aber noch mit, dass er ganz blass wurde, eine Zornesfalte bildete sich in der Mitte seiner Stirn, und er wischte mit der Hand darüber, als wollte er sie ungeschehen machen. Marie aber hatte gesehen, dass dieser Mann es nicht leiden konnte, wenn etwas nicht nach Plan lief. Nach seinem Plan. Warum nur sollte sie in seinen Plänen eine Rolle spielen? Maries Hirn arbeitete auf Hochtouren, wie nur sollte sie ihn einschätzen, diesen Mann, der seine Macht über Frauen auszukosten schien? Sie wandte sich betont entschlossen zu Julien de la Tour um.

Da vernahm sie hinter sich erneut diese Stimme, die wie Kreide auf einer Tafel an ihren Nerven zerrte: »Mademoiselle Chevalier, Sie haben uns allen ja einen gehörigen Schrecken eingejagt. Sie sind doch nicht etwa schwanger, ma chère?«

Entsetzt schaute Marie den Mann zu ihrer Rechten an, vergessen waren ihre eigenen Worte, dass sie den Kopf nicht wenden könne. Ein Zucken neben ihrer Hand machte ihr bewusst, dass Julien die Worte sehr wohl vernommen hatte und ebenso plötzlich reagierte wie sie.

Kein Gedanke mehr an sorgfältiges Überlegen, Marie schleuderte de la Fontaine entgegen: »Ich bin nicht schwanger, Monsieur, und ich denke auch nicht, dass Sie das etwas angehen würde.«

Sie fühlte, dass Julien seine Hand wie beruhigend auf die ihre legte. Ihre Augen aber waren wieder gescheitert an dem Versuch, den rätselhaften Blick de la Fontaines zu durchdringen. Ihr Zorn schien ihn nur zu amüsieren, wollte sie seinen Augen glauben, doch seine Worte waren die eines besorgten älteren Mannes: »Oh, aber, Mademoiselle, ich wollte Ihnen keinesfalls zu nahetreten. Ich habe mich so oft mit Ihrem Vater über Sie und Ihre Zukunft ausgetauscht, Sie werden verstehen, dass mich allein die Sorge trieb …« Er ließ den Rest des Satzes in der Schwebe, während sein Blick sie allmählich wie mit einem Dolch zu durchbohren schien. Dieser Mann verletzte mit Absicht. Oder hatte er doch nur nett sein wollen? Marie wusste einfach zu wenig darüber, wen ihr Vater in den letzten Jahren seines Lebens ins Vertrauen gezogen hatte. Gedankenverloren starrte sie und konnte den Blick nicht mehr abwenden.

Da hörte sie neben sich Julien sagen: »Monsieur, mir scheint, euer Blick ist so wenig geschult wie euer Gehör, ich habe selten gesehen, dass ein Kleid eine schlanke Taille so vorteilhaft betont hat. Marie«, riss er sie aus ihrer Trance, und sie drehte den Kopf zu ihm, »du siehst heute Abend einfach bezaubernd aus.« Dazu die warme Hand, mit der er ihre umfing. Maries Herz beschleunigte sich. Zum Glück wurde nun der erste Gang aufgetragen, und Marie durfte ihre Aufmerksamkeit auf den Teller lenken, während Monsieur de la Fontaine sich laut fragte, wie es nur möglich sei, dass ihm die Bekanntschaft zwischen Marie und Julien entgangen sei. Soweit er wisse, sei Maries Vater davon ausgegangen, dass Julien seiner Tochter nicht gefährlich werden könne. Und dann wieder so eine dezent verpackte Unverschämtheit, die Marie die Röte ins Gesicht trieb: »Mein Freund sagte immer, seine Marie werde nie einem Frauenhelden auf den Leim gehen, dazu sei sie sich – und ihm – zu kostbar.« Und dann fragte de la Fontaine direkt: »Monsieur de la Tour, habe ich Sie nicht erst kürzlich in Gesellschaft der verführerischen Giulia Mangano gesehen? Mir schien, sie hing nicht nur an Ihrem Arm, sondern auch an Ihren Lippen?«

Marie nahm noch einen Löffel Suppe und hoffte, dass sie sich wenigstens entscheiden konnte, ob sie die Consommé mochte oder doch eher nicht. Sie hätte versinken mögen in der Brühe, einfach abtauchen.

»Marie, wann fliegst du denn nach Wien?«, fragte Julien sie aus heiterem Himmel.

Marie schreckte hoch, der Löffel tunkte ein und verursachte eine kleine Welle. »Woher weißt du denn davon?«

»Véronique hat mir davon erzählt.«

Marie schloss für eine Sekunde die Augen. Das sollte doch geheim bleiben. Wie sollte sie dieser ominösen Gefahr entgehen, wenn halb Paris davon wusste, wie ihre nächsten Schritte aussahen.

Julien hatte wohl ihre Irritation bemerkt, denn er versuchte augenblicklich, das Thema zu wechseln und fragte nach Véroniques Proben, den geplanten Auftritten als »Manon«.

Maurice de la Fontaine war dem Wortwechsel offenbar gefolgt und sagte mit süffisantem Lächeln: »Oh, Wien, die richtige Stadt, um romantische Gefühle aus Paris weiterzuverfolgen. Sie fahren mit ihr, Monsieur de la Tour?« Eine Antwort aber wartete Maurice de la Fontaine nicht ab, sondern verwickelte Marie in ein Gespräch über Wagners Opern und die Aufführungspraxis in Wien.

Ein Auflachen jenseits des Tischs lenkte Marie ab. Sie hatte sich gerade fast entspannt, hatte vermittelt zwischen de la Fontaines Eindruck über eine Aufführung von Parsifal und Julien de la Tours Plänen in Wien, sodass fast so etwas wie ein Gespräch zwischen ihnen möglich geworden war. Doch das Lachen hatte etwas so mitreißendes, dass Marie einfach hinblicken musste: Es war Cosima Lacroix, die sich so prächtig amüsierte. Als sie Maries neugierigen Blick bemerkte, zwinkerte sie ihr zu und bezog sie mit ein. Von da an war der Abend wie ein Gewitter aus persönlichen Erinnerungen und lustigen Anekdoten über ihren Vater, und Marie vergaß allmählich, dass sie den beiden Männern nicht traute, weder Julien noch de la Fontaine.

So flogen die Stunden vorbei, und als die große Uhr im nebenan gelegenen Musikzimmer Mitternacht schlug, fand sich Marie so verwandelt in eine attraktive Unterhalterin, dass sie sich wie Aschenbrödel fragte, ob der Zauber nun vorbei sei. Erleichtert beobachtete sie, dass sich immer mehr Gäste verabschiedeten, und so erhob sie sich, als der letzte Schlag der Uhr verklungen war. Was sie befürchtet hatte, geschah: Beide Männer boten sich an, sie nach Hause zu bringen. Und schon wieder sah sie sich zerrissen zwischen dem vereinnahmenden de la Fontaine und dem besorgten Julien ... De la Fontaine aber ließ es sich nicht nehmen, Marie weiter in ein Gespräch zu ziehen, aus dem sie sich nicht zu lösen vermochte, ohne gleichzeitig die Gastgeber zu düpieren, die neben de la Fontaine standen. Am Ende war sie froh, als de la Fontaine sie mit gnädigem Nicken in die Nacht hinaus entließ und ihr noch seine Visitenkarte mit den Worten in die Hand drückte: »Passen Sie gut auf sich auf, Marie. Sie sind sehr wichtig für uns, nicht wahr, Lacroix? Und besonders für Sie, oder, Monsieur de la Tour?«, und ohne eine Antwort von Julien abzuwarten, fügte er noch hinzu: »Sollten Sie sich jemals bedroht fühlen, Marie, zögern Sie nicht, mich jederzeit um Hilfe zu bitten.«

Wieder zuckte das Wort »Gefahr« durch Maries Kopf, und sie erwiderte unwillkürlich das Nicken. Dann drückte ihr de la Fontaine einen Kuss auf die Hand, dass der Bart kitzelte auf ihrem Handrücken, bevor er endlich in seine Luxuslimousine abtauchte und verschwand.

Vereint in gemeinsamer Sprachlosigkeit blickten Marie und Julien ihm nach. Dann löste sich Julien aus der Erstarrung und winkte eines der in der Reihe wartenden Taxis heran. »Du wirst kaum zu Fuß gehen wollen – in deinem Zustand?«, und das blitzende Lachen in Juliens blauen Augen nahm Marie den letzten Rest ihrer Schwere. Befreit von der Last, zwei Männer unterhalten zu müssen, und entlassen aus den Fängen de la Fontaines, registrierte sie erleichtert, dass sie tatsächlich allein mit Julien im

Taxi Platz nahm, ein wenig befangen, und doch in ihrem Inneren unendlich erleichtert.

Urplötzlich sprudelte es aus ihr heraus: »Das haben wir hinter uns.«

Und auch Julien lachte wie befreit. Da fasste sich Julien ein Herz und rückte näher an sie heran, legte den Arm um sie, und als der Wagen um die nächste Kurve bog, drückte er Marie an sich, die glücklich war darüber – und über seine taktvolle Annäherung.

Marie noch immer im Arm, flüsterte Julien zärtlich: »Ich bin so glücklich, dich endlich wieder gefunden zu haben!«

Was war das jetzt wieder? Der Abend sollte nicht so enden, mit neuen Rätseln, weiteren Fragen. Sie hielt ihre Verwunderung nicht zurück: »Wie meinst du das? Wir kannten uns doch früher gar nicht. Oder habe ich etwas vergessen? Bin ich dir schon einmal begegnet? Vor dem Nachmittag im Café?«

Julien schien belustigt, doch er antwortete mit großer Ruhe, als hätten sie alle Zeit der Welt, sich über die gemeinsame Vergangenheit bewusst zu werden: »Das ist eine lange Geschichte. Und ich würde mich freuen, sie in Wien mit dir zu entdecken. Lass uns dort treffen. Einverstanden? Véronique war ganz besorgt, dass du allein hinfahren möchtest.«

»So, war sie das? Hat sie dir deshalb ohne mein Wissen verraten, dass ich nach Wien fliege?« Maries Stirn lag in Falten, wie immer, wenn sie nachdachte.

»Ja, so ist es.« Verlegen strich sich Julien durch die Haare. »Und es tut mir sehr leid, dass ich so unachtsam war und es vorhin ausgeplaudert habe.«

Marie schaute ihn mit einem durchbohrenden Blick an. Konnte sie ihm glauben?

Andererseits hätte Véronique Julien nie in ihre Pläne eingeweiht, wenn sie ihm nicht hundertprozentig trauen würde. Doch warum hatte sie selbst immer wieder solche Angst, sobald sie darüber nachdachte, sich emotional auf Julien einzulassen?

»Vergibst du mir?«, unterbrach Julien ihre Gedanken, der deutlich spürte, dass Marie ihm nicht wirklich vertraute.

Marie horchte in sich hinein und war froh, dass auch ihr Bauchgefühl zustimmte: »Ja, das tue ich, und ich bin glücklich, dass du vorschlägst, dass wir uns in Wien treffen.« Und ihr strahlendes Lächeln kam von Herzen.

Erleichtert drückte Julien Marie erneut an sich. »Und ich erst, ma chère!«

Sanft strich er eine Strähne zurück, die ihr ins Gesicht gefallen war und berührte dabei ihre Wange so zärtlich, dass Marie aufseufzte. Julien näherte sich ihrem Gesicht, und sie wünschte sich in diesem Moment nichts sehnlicher, als dass er sie küsste. Es verstrichen kostbare Sekunden.

»Wir sind da!«, verdarb ihnen der Taxifahrer die Stimmung.

»Dann sehen wir uns also in Wien.« Maries Enttäuschung war deutlich herauszuhören.

Julien versuchte die Situation zu retten und hauchte ihr noch einen zarten Kuss auf die Stirn. Er wartete im Taxi, bis sie sicher und wohlbehalten in ihrem Haus angekommen und die Tür hinter sich geschlossen hatte.

VÉRONIQUE

PARIS, 31. AUGUST 2013

Mit anmutigen Schritten lief Véronique die Stufen zur Basilika von Sacré-Cœur hinauf. Der Anblick der weißen, in der Morgensonne schimmernden Kirche begeisterte sie immer wieder aufs Neue. Sie hielt in ihrem Lauf inne und genoss den Augenblick. Véronique wusste, wenn sie das Rätsel um den goldenen Schlüssel lösen wollten, mussten sie in sich ruhen, um die Zeichen zu erkennen, die sie führen würden.

Marie stand unterhalb des Reiterstandbildes von Jeanne d'Arc und schien ungeduldig zu sein. Verwundert schaute Véronique auf ihre Armbanduhr, denn sie war sich sicher, pünktlich am vereinbarten Treffpunkt zu erscheinen.

»Da bist du ja endlich!«, begrüßte Marie die Freundin atemlos und fiel ihr um den Hals. »Ich habe dir so viel zu erzählen.«

Véronique strich ihr beruhigend übers Haar. »Immer schön der Reihe nach, chérie! Jetzt gehen wir erst einmal in die Basilika und du sprichst mit deinem Freund Jesus Christus, wie du es dir gewünscht hattest.«

»Du hast ja recht! Merci, dass du gekommen bist.«

Marie löste sich aus der Umarmung und betrat vor Véronique

das Gotteshaus. Schweigend setzten sie sich in eine der vorderen Bankreihen und blickten hoch zu dem einzigartigen Christus-Mosaik, dem »Mosaik des Heiligsten Herzens« an der Decke. Beide versenkten sich in den Anblick dieses besonderen Kunstwerkes, dessen intensiver blauer Hintergrund eine geradezu beruhigende Wirkung auf sie zu haben schien.

Véronique, deren Sinne seit dem Erlebnis auf dem Motorrad vor drei Tagen ausgeprägter zu sein schienen, spürte eine Veränderung in ihrer Umgebung und war versucht, sich umzudrehen. Doch ihr Gefühl sagte ihr, dass dies keine gute Idee war. Daher ließ sie es bleiben.

Marie hatte inzwischen die Augen geschlossen und befand sich offensichtlich in Zwiesprache mit Jesus Christus. So gerne sich Véronique auch in Meditation begeben hätte, wusste sie dennoch, dass sie ihre Antennen offen halten musste, denn sie war sich sicher, dass Marie und sie selbst schon wieder in irgendeiner Weise beschattet wurden, und sie wollte für alle Eventualitäten gewappnet sein. So behielt sie ihre Augen offen und betrachtete das Mosaik eingehender.

Es war, als würden die Gestalten, die Jesus umgaben, zu ihr sprechen. Zuerst schien es nur ein Flüstern zu sein. Doch die Stimmen von Maria, Erzengel Michael und Jeanne d'Arc verstärkten sich mit jeder Wiederholung und sprachen wie im Chor zu ihr. Sie musste Marie unbedingt mitteilen, was sie soeben erfahren hatte.

Véronique wandte ihren Blick Marie zu, die im selben Moment die Augen öffnete und sie voller Frieden anschaute. »Lass uns gehen, ma chère«, flüsterte sie.

Véronique nickte zustimmend, und die beiden erhoben sich. Véronique konnte kurz einen Blick auf den Mann erhaschen, der sich hinter sie gesetzt hatte. Er hielt den Kopf gebeugt und schien im Gebet versunken zu sein, sodass Véronique sein Gesicht nicht wirklich sehen konnte. Dennoch bekam sie eine Gänsehaut bei seinem Anblick, was nichts Gutes verhieß.

Gemeinsam strebten die beiden Freundinnen dem Ausgang zu, und Véronique war heilfroh, dem Mann entronnen zu sein.

Das Sonnenlicht blendete derartig, dass sie beinahe mit Lucius zusammenstießen, der gerade im Begriff war, die Basilika zu betreten.

»Was für ein schöner Zufall!«, rief Lucius aus, als er Marie und Véronique vor sich stehen sah.

»Ob das wirklich ein Zufall ist?« fragte sich Véronique augenblicklich. »Zuerst der Mann in der Kirche und jetzt Lucius. Irgendwie kommt mir das seltsam vor.«

»Ja«, antwortete Marie freudig, während Lucius sie umarmte. »Bist du wieder am Recherchieren?«

»Ja, das bin ich«, erwiderte Lucius und wandte sich Véronique zu, um sie mit Küsschen zu begrüßen.

»Merkwürdig«, dachte sie, »heute ist Lucius' Aura strahlend weiß. Wie kann das sein? Das letzte Mal sah sie vollkommen anders aus. Vielleicht liege ich mit meinen Verdächtigungen doch falsch?«

Während Véronique ihren Gedankengängen nachhing, hatte Lucius Marie längst in ein Gespräch verwickelt, sodass beide Freundinnen nicht mitbekamen, dass der Mann, der in der Kirche hinter ihnen gesessen hatte, ebenfalls herauskam und verschwand, ohne sie noch eines Blickes zu würdigen.

»Na, ihr zwei Hübschen, habt ihr noch Zeit für einen Kaffee oder dergleichen? Meine Recherchen können noch ein bisschen warten«, fragte Lucius charmant.

»Eigentlich gerne, doch fehlt mir im Moment die Ruhe, da ich viel zu organisieren habe. Wie sieht es bei dir aus, Véronique?« beantwortete Marie die Frage mit einer Gegenfrage.

»Tut mir leid, Lucius, auch ich habe keine Zeit, da ich einen Termin habe. Aber vielleicht ein anderes Mal?«, erwiderte Véronique lächelnd.

»Sehr gerne, Véronique, nur bin ich demnächst erst einmal auf Reisen.«

»Wo geht es denn hin, Lucius?«, fuhr Marie dazwischen.

»Nach Wien.«

Die beiden Freundinnen tauschten einen erstaunten Blick.

»Nach Wien?«, fragte Marie verwundert. »Was tust du denn da?«

»Das gleiche wie hier, die Symbole verschiedener Gotteshäuser untersuchen.«

»Wie spannend«, sagte Marie mit einem Lächeln, wusste jedoch nicht, ob sie ihm mitteilen sollte, dass sie selbst ebenfalls nach Wien flog.

Véronique begann indessen zu erzählen, wie sehr sie Wien liebte. Sie hatte einige Jahre als Solistin an der Wiener Staatsoper getanzt, bevor sie als Primaballerina an die Opéra Bastille berufen worden war. Lucius lauschte ihr sichtlich gebannt und schien Maries Anwesenheit für einen Moment vollkommen zu vergessen. Marie hingegen beobachtete ihn aufmerksam. Er schien vollkommen anders zu sein als bei ihrem ersten Aufeinandertreffen am selben Ort. Sein Blick, der auf Véronique ruhte, war alles andere als kalt.

»Wie soll ich nur aus diesem Mann schlau werden? Gehört er nun der geheimen Gesellschaft an oder ist er einer der Gefährten?«, fragte sich Marie wohl zum zigsten Male in den letzten 72 Stunden.

Schließlich fiel Lucius auf, dass sie sich gar nicht mehr an dem Gespräch beteiligte und schaute sie fragend an: »Ist alles ok mit dir?«

»Ja, alles bestens! Ich war nur in Gedanken versunken«, log Marie, was äußerst untypisch für sie war, doch sie wusste einfach nicht, ob sie diesem Mann vertrauen konnte oder nicht.

»Ich will euch nicht länger aufhalten. Es war jedoch sehr schön, euch kurz zu sehen!«, sagte Lucius mit einem strahlenden Lächeln, das sowohl seine Augen als auch seinen Mund umspielte, wie Marie wahrnahm.

Er umarmte sie beide herzlich und verschwand im Inneren der Basilika.

Nachdenklich blickte Marie ihm nach, während sich Véronique zu ihr wandte und feststellte: »Es ist nicht alles in Ordnung, richtig? Ich kenne dich doch!«

»Wie recht du hast!«, stöhnte Marie. »Ich weiß einfach nicht, ob er Gefährte oder Feind ist.«

»Das wird sich über kurz oder lang herausstellen«, erwiderte Véronique trocken. »Hör einfach auf, dir den Kopf darüber zu zerbrechen! Das bringt überhaupt nichts.«

»Das sagst du so leicht!«, reagierte Marie leicht genervt. Sie konnte nicht anders, sie musste die Augen verdrehen, was Véronique einfach nur mit einem Grinsen quittierte.

Kaum in Maries Wohnung angelangt, sprudelte es schon aus Véronique heraus. »Weißt du, wo wir noch suchen müssen, um dem Geheimnis deines Vaters auf die Spur zu kommen?«

Marie lächelte amüsiert, während sie in die Küche ging. »Ich nehme an, du wirst es mir gleich verraten.«

»Wir sollen die berühmte Grotte von Maria Magdalena in Südfrankreich aufsuchen.«

»Das klingt logisch«, erwiderte die Kunstprofessorin trocken. »Du meinst die im Massif de la Sainte Baume, richtig?«

»Genau die! Denn dort soll Maria Magdalena die letzten 33 Jahre ihres Lebens verbracht haben …«

»… und somit ist klar, dass es in der Grotte etwas für uns zu entdecken gibt«, vollendete Marie den Satz.

»Ja!« Erleichtert sank Véronique auf einen Küchenstuhl. »Wir können allerdings erst reisen, wenn ich die ›Manon‹-Vorstellungen hinter mir habe.«

»Das ist doch kein Thema! Zuerst muss ich sowieso nach Wien.«

Während sie Tee tranken, machten sie sich an die Recherche und merkten gar nicht, wie die Zeit verging.

Als die Glocken von Sacré-Cœur zu Mittag läuteten, sprang Marie auf.

»Vielleicht sollte ich mir langsam Gedanken machen, was ich nach Wien mitnehmen möchte, denn morgen beginnt das große Abenteuer.«

»Das solltest du, chérie!«, lachte Véronique. »Und denk daran, auch schöne Sachen einzupacken, denn wie es aussieht, wirst du die beiden attraktiven Herrn auch in Wien nicht los.«

LUCIUS

PARIS/WIEN, 1. SEPTEMBER 2013

Lucius saß in der Business Class der Air France und betrachtete gedankenverloren die Wolken, die an ihm vorbeizogen. Er konnte sich noch immer keinen Reim auf seine Gefühle in Bezug auf Marie machen. Bisher war er jeglichen Gefühlsregungen gegenüber Frauen immun gewesen … Was war nur los mit ihm? Wo war seine allseits bekannte emotionale Unabhängigkeit hingeraten? Er war doch immer so stolz gewesen, sich mit nichts und niemandem zu involvieren.

»Lieber Gott, was soll ich nur tun?«, fragte er ins Nichts. Er, der so viele Jahre lang nichts mehr von Gott hatte wissen wollen.

Just in diesem Augenblick teilten sich die Wolken und ein überirdisch schönes, strahlendes Licht erschien, erhellte sein Herz. Das konnte einfach kein Zufall sein. Seine Gedanken wanderten weiter, und allmählich verfinsterte eine dicke und dunkle Wolkenfront die Aussicht. Lucius zögerte unwillkürlich: Was wollte Maurice nur von Marie? Mit Grausen dachte er zurück an den Moment, als de la Fontaine ihm den Auftrag erteilt hatte, Marie Chevalier in Wien unauffällig zu folgen und ihm einen minutiösen Bericht von ihrem Tun zu geben. Nicht, dass es ihn störte, dieser attraktiven Frau, die ihn auf rätselhafte Weise betörte, bis in die Stadt der Musik hinterher zu reisen. Und er stellte sich vor, dass auch Véronique mit von der Partie wäre. Beruhigt lehnte er sich in seinem Sitz zurück und schloss die Augen, als ihm das zauberhafte Bild von Véronique erschien. Nicht nur Marie, sondern auch sie war ihm seltsam vertraut. Er fragte sich, wie es möglich war, dass Véronique und er sich derart ähnlich sahen. Jeder Außenstehende hätte sie zweifellos für Geschwister gehalten. Seltsam ... Bilder von de la Fontaine im Büro erschienen aus dem Nirgendwo, von diesem Mann wollte er nun wirklich nicht träumen. Stattdessen tauchte Marie vor seinem inneren Auge auf, wie er sie ein zweites Mal in Montmartre getroffen hatte, und er ließ sich einfach von den Bildern treiben.

Umso erstaunter schreckte er auf, als er über die Lautsprecher eine Stimme aus dem Cockpit vernahm, die ankündigte, dass die Landung in Wien in Kürze bevorstand. Die Zeit war tatsächlich wie im Flug vergangen. Lucius schmunzelte in sich hinein und fuhr sich mit den Fingern durch das blonde, leicht gewellte Haar. Sonne, der Kapitän hatte von Sonnenwetter gesprochen, und so, setzte Lucius seine Sonnenbrille auf, sich der Tatsache sehr wohl bewusst, dass es schon Abend wurde. Doch er genoss es, hinter den dunklen Gläsern seiner Brille alles beobachten zu können. Als sie am Gate angekommen waren, erhob er sich von seinem Sitz, schnappte sich seine edle Laptoptasche aus dem Fach für das Handgepäck und verließ als einer der Ersten das Flugzeug. Wenig später hatte er auch seinen Koffer vom Gepäckband genommen, und vor dem Ausgang stand wie verabredet ein ehemaliger Assistent von Maurice de la Fontaine, der in Wien für die Kulturstiftung arbeitete. Sie wechselten ein paar Worte, und mit dem Händedruck zum Abschied wechselte auch ein Autoschlüssel zu Lucius. Als er ihn auf dem Parkplatz betätigte, blinkten die Lichter eines schwarzen Maserati auf. Lucius' Mund verzog sich zu einem breiten Lächeln. Wenn er schon kein Motorrad fahren konnte, so war dies gewiss die beste Wahl. Das Navi lieferte ihm die Daten für die Fahrt zum Hotel Ritz-Carlton, und mit sicherer Hand lenkte er den Wagen, der wie zufrieden leise schnurrte durch das nächtlich erleuchtete Wien.

MARIE

WIEN/PARIS, 1. SEPTEMBER 2013

Marie sah sich glücklich in ihrem Zimmer im Radisson Blue Style Hotel um, das quasi vis-à-vis des berühmten Literatencafés »Café Central« lag. Hatte ihr Instinkt doch eine gute Wahl getroffen. Nach dem Flug hatte es ihr gutgetan, sich ein wenig auf dem Bett auszuruhen. Aber sie war in Wien, es war noch nicht sehr spät, und ein milder Abend lockte. Nein, auch dieser Stadt wollte sie nicht auf flachen Schuhen begegnen, und so wählte sie bewusst das Paar High Heels aus ihrem Koffer, das sie für besondere Abende mitgenommen hatte. Sie hoffte, dass diese Schuhwahl den Tag auf die Weise beeinflussen würde, die sie erhoffte. Sie versuchte vergeblich den Gedanken an Julien de la Tour zu unterdrücken, an das vertraute Gespräch auf der Taxifahrt, an seinen Arm, den er um sie gelegt hatte. Natürlich war dies ihr eigentliches Ziel, sie wollte ihn vom Theater abholen. Eine ungefähre Vorstellung davon, wann seine Proben enden würden, lieferte ihr die jahrelange Erfahrung – wie oft sie doch auf ihren Vater gewartet hatte vor Bühneneingängen und in engen Gassen hinter den berühmten Opernhäusern der Welt.

Frohen Mutes trällerte sie vor sich hin, während sie durch die

Gassen von Wien wanderte und so tat, als bemerke sie selbst nicht, wie ihre Füße unwillkürlich auf die Arkaden der Oper zusteuerten. Sie verweilte bei den Auslagen des »Arcadia Opera Shops« und blickte sich wie zufällig immer wieder um, da sie sichergehen wollte, dass sie den Bühneneingang nicht aus dem Blick verlor.

Eines der Schaufenster war mit einem Plakat von »Parsifal« dekoriert, dazu fanden sich CDs und DVDs von Julien in der Auslage. Sie betrachtete neugierig die Sammlung und erkannte, dass Julien zahlreiche Aufnahmen unter dem Dirigat ihres Vaters bestritten hatte. Ihr wurde das Herz warm. Sie schaute genau in dem Moment hinüber zum Künstlereingang, als Julien herauskam. Sie wollte schon auf ihn zustürmen, angetrieben von einem überwältigenden Gefühl der Zugehörigkeit, als sie realisierte, dass eine bildschöne Blondine ihn begleitete. Der Figur nach zu schließen, musste sie Balletttänzerin sein. Ja, auch die Bewegungen stimmten, die Marie so gut von Véronique kannte. Doch dies war eine fremde Frau, und Marie war wie vor den Kopf gestoßen. Sie drehte sich rasch um und behielt das Spiegelbild der beiden im Blick, das langsamen Schritts und in vertrauter Unterhaltung über die Auslage der Geschäfte zu wandern schien. Als sie dann noch mit ansehen musste, mit welch' strahlenden Augen Julien sich seiner Begleiterin zuwandte, war es mit ihrer Fassung vorbei. Hatte er ihr etwas vorgemacht, ihr eine wachsende Nähe nur vorgespielt? Oder hatte sie sich von ihren Gefühlen davontragen lassen. War etwa er der Böse, vor dem Maria sie in Véroniques Vision gewarnt hatte? Marie zitterte und fühlte sich, als habe ein Dolch ihr Herz durchbohrt. Sie kannte Julien doch kaum, aber konnte sie ihn so falsch verstanden haben? Was nur sollte sie tun? Jetzt gleich wären die beiden auf ihrer Höhe, und Julien würde sie bemerken. Marie streifte die High-Heels ab und raschen Fußes lief sie schräg über den Platz. Als die Türen des »Starbucks« sich hinter ihr schlossen, atmete sie tief durch. Und als wäre es ganz natürlich, schlüpfte sie wieder in ihre Schuhe, bevor sie sich in die Schlange vor dem Tresen einreihte und vollkommen automatisch einen Café Latte mit Sojamilch bestellte. Wie ferngesteuert, setzte sie sich an einen Tisch und nahm nicht wahr, dass zwei Männer hinter ihr in das Café kamen und am Nebentisch Platz nahmen. In einem anderen Moment wäre ihr nie entgangen, dass die beiden sie offensichtlich beobachteten – und dass nicht nur, weil sie sie attraktiv fanden.

Marie hatte Augen für niemanden. Sie fühlte eine tiefe Einsamkeit. Véronique, ja, die hätte ihr jetzt geholfen …

Mit leerem Blick starrte sie durch die Fensterscheibe nach draußen zur Staatsoper hinüber und konnte keinen klaren Gedanken fassen. Der Schmerz, Julien mit einer anderen Frau derartig vertraut zu sehen, hatte sie überrumpelt, mehr als sie es sich zuvor hatte vorstellen können. Überhaupt hatte sie so eine Verlustangst noch nie verspürt. Marie fühlte sich gleichzeitig hilflos und mutterseelenallein auf der Welt.

Wie gerufen, begann Maries Handy zu vibrieren, und sie sah glücklich die vertraute Nummer ihrer besten Freundin.

Als sie die vertraute Stimme hörte, die sagte, »Chérie, irgendwie hatte ich das Gefühl, dass du mich brauchst. Ist das so?«, liefen ihr Tränen der Dankbarkeit über die Wangen.

»Ja, so ist es!« Maries Stimme war die eines kleinen verstörten Mädchens.

»Was ist passiert? Erzähl. Ich bin bei dir.« Die Worte hüllten Marie ein in die vertraute Gegenwart von Véronique und ihr war, als säße die Freundin gleich neben ihr im Wiener Café.

»Julien hat eine andere!«, stieß Marie voller Verzweiflung aus und überraschte sich selbst mit der Vehemenz ihrer Gefühle.

»Wie? Julien hat eine andere? Wie kommst du denn darauf?«, fragte Véronique verdutzt.

»Heute Morgen im Flieger hatte ich das untrügliche Gefühl, dass ich ihn treffen würde. Also lief ich zur Staatsoper und betrachtete die Schaufenster des Opera Shops, als Julien mit einer atemberaubend schönen Frau zum Bühneneingang herauskam.«

»Verstehe. Aber was ist das Problem? Hast du mit ihm gesprochen?«

»Nein! Er kam Arm in Arm mit ihr heraus! Wie sollte ich ihn da ansprechen? Ich hätte mich doch lächerlich gemacht. Es hätte so ausgesehen, als wäre ich ein Fan von ihm und hätte mich so lange vor der Oper herumgedrückt, bis er herauskam«, rief Marie verzweifelt.

»Hm, verstehe. Hast du da nicht zu viel hineininterpretiert? Weil du selbst dich so gar nicht kennst, als Frau, die auf einen Mann wartet, der ihr etwas bedeutet? Kannst du das eigentlich vor dir selbst zugeben, wenn es so wäre – oder dass es so ist? Jedenfalls bedeutet das, was du gesehen hast, doch noch lange nicht, dass Julien mit dieser Frau in irgendeiner Weise liiert ist. Ich muss der Tochter deines Vaters ja wohl nicht erklären, dass man in Künstlerkreisen einander sehr nahe kommt, ohne dass eine irgendwie geartete Beziehung existieren muss.«

»Das kann ja sein.« Jetzt hörte Marie, dass sie fast quengelig klang, wie ein kleines Kind, das man eines Fehlers beschuldigt, und sie rief sich zur Ordnung. »Ach, Véronique, du kennst mich so gut. Ich habe mich so erschreckt, weil – weil es mir so wehgetan hat. Dass er bei einer anderen war. Und nicht an meiner Seite …«

»Du wirst eine Lösung finden, ma chère. Was machst du jetzt, hast du noch andere Pläne?«

»Ich würde ihn sooo gerne eifersüchtig machen …«

»Wieso denn das, Marie?«

»Weil ich Julien am liebsten genau auf die gleiche Weise verletzen möchte«, erwiderte Marie trotzig.

»Das ist doch absurd!«, rief Véronique aus. »Das passt überhaupt nicht zu dir.«

»Ist mir doch egal. Weißt du, ich habe irgendwie gedacht, er freut sich auf mich, und jetzt …«

»Dennoch, ma chère, lass das bitte bleiben! Eifersucht ist kein guter Berater«, flehte Véronique die Freundin an. »Du kennst ja den Spruch: »… mit Eifer sucht, was Leiden schafft«. Und das schlägt am Ende auf dich zurück. Du kannst ja gerne einen anderen treffen, aber lass Julien bitte aus dem Spiel.«

»Du hast ja recht«, lenkte Marie ein. »Irgendwie sind meine Emotionen gerade mit mir durchgegangen. Es war einfach zu viel zu bewältigen in den letzten Wochen.«

»Das versteh ich nur zu gut. Wo bist du überhaupt?«

»Bei »Starbucks« gegenüber von der Oper.«

»Oh, da war ich oft zu meinen Wiener Zeiten.«

»Ja, das kann ich mir vorstellen.«

»Was willst du nun tun? Hast du schon Pläne, wo du mit deiner Suche beginnen willst?«, versuchte Véronique ihre Freundin auf das eigentliche Ziel der Reise zu bringen.

»Wenn ich das nur wüsste«, seufzte Marie nachdenklich. »Ich muss auflegen, du glaubst es nicht!« Und ihre Hand hatte schon den Knopf gedrückt, der das Gespräch beendete, während ihr Blick an dem Mann hing, der soeben das »Starbucks« betreten hatte. »Lucius!«, sie winkte ihm. Und als habe er nichts anderes vor in Wien, setzte sich Lucius zu ihr und überwältigte sie mit diesem ansteckenden Lachen.

JULIEN

WIEN, 2. SEPTEMBER 2013

Julien lag angezogen auf seinem Bett im Méridien am Opernring und fühlte sich vollkommen zerschlagen, als ihn die frühe Morgensonne weckte. Natürlich, er hatte gar nichts mehr fertiggebracht nach der anstrengenden Probe. »Parsifal« hatte das an sich, dass er sich verausgabte. Und er war froh, dass ihn Tatjana Svetlanova, eine der Ersten Ballettsolistinnen der Wiener Staatsoper, zu seinem Hotel zurück begleitet hatte am Vorabend. Sie kannten sich seit Jahren, und außer einem jahrelangen Flirt, der der freundschaftlichen Haltung ihrer Beziehung nichts anhaben konnte, war sie eine der wenigen Frauen, die sich vor einem Hotel von ihm verabschiedeten, ohne darauf zu spekulieren, ob er sie noch zu sich mit hinaufnehmen würde. Juliens Blick fiel auf sein Handy. Oh Gott, Marie war am Vorabend eingetroffen, und er hatte sich nicht wie verabredet bei ihr gemeldet. Er verfluchte, dass er seinem Gelöbnis, sie in diesem Leben keinesfalls im Stich zu lassen, nicht hatte nachkommen können. Seine innere Stimme mahnte, dass Wagner schon ein Grund sei, wenn auch keine Entschuldigung, und seine Stimmung hob sich entsprechend.

Er wählte ihre Kurzwahlnummer, hörte das Freizeichen, und

wurde auch schon weggedrückt. Julien versuchte es zwei weitere Male, und jedes Mal geschah das Gleiche. Er konnte sich beim besten Willen nicht vorstellen, dass Marie so etwas tun würde.

Erst beim vierten Mal hatte er schließlich Glück, und er erreichte Maries Mailbox. Er sprach ihr aufs Band, dass er inzwischen seinen genauen Plan hatte und es nicht erwarten könne, sie endlich wieder zu sehen! Zufrieden, sein Versprechen zumindest mit Verspätung gehalten zu haben, ließ er sich nochmals in die Kissen fallen und war auch schon eingeschlafen.

Gerade noch rechtzeitig für die nächste »Parsifal«-Probe wurde Julien wach und griff in freudiger Erwartung nach seinem Handy. Doch Marie hatte sich noch immer nicht gemeldet. Julien spürte die Enttäuschung wie einen herben Schlag.

Wie war es möglich, dass Marie nichts von sich hören ließ? Sie hatte die bei der Taxifahrt entstandene Nähe doch bestimmt so gefühlt wie er. Konnte es sein, dass sie in Wien zu beschäftigt war, um sich bei ihm zu melden?

Ein Blick auf die Uhr verriet ihm, dass es höchste Zeit war, unter die Dusche zu springen und zur Staatsoper zu eilen, denn er war bereits mehr als knapp dran.

Wie es der Zufall wollte, lief er im Gang zum Probenraum Tatjana über den Weg, die ihn scherzend fragte: »Na, wann siehst du denn deine Angebetete? Ist sie schon in Wien angekommen?«

Julien antwortete mit einem traurigen Lächeln: »Wenn ich das wüsste! Marie geht nicht an ihr Handy. Ich verstehe das einfach nicht! Sonst lässt sie nicht so lange auf eine Antwort warten.«

»Alle Achtung, mein Lieber! Dich hat es ja richtig erwischt! So kenne ich dich gar nicht.«

Julien schaute sie überrascht an.

»In all den Jahren, die du hier an der Wiener Staatsoper zu

Gast warst, lagen dir die Frauen in Scharen zu Füßen, und keine konnte dich derart fesseln, dass du länger über sie nachgedacht hast. Wie lange kennst du sie eigentlich, deine Marie?«

»Eine knappe Woche!«, erwiderte Julien erregt und fuhr sich dabei mit der linken Hand durch die Haare, wie immer, wenn er nervös war oder ihn etwas sehr berührte. Die silberne Strähne hob sich dadurch noch mehr vom zerzausten Haar ab als sonst.

»Ich hatte recht. Du bist Hals über Kopf verliebt, Julien! Schön, dass dir das auch einmal passiert«, schmunzelte Tatjana und verschwand in ihrer Garderobe.

Nachdenklich öffnete Julien die Tür zum Probenraum, aus dem ihm die bedeutenden Worte der »Gurnemanz-Erzählung« aus dem erster Aufzug entgegen klangen:

»… ihr wisst, dass nur dem Reinen vergönnt ist,
sich zu einen den Brüdern, die zu höchsten Rettungswerken
des Grals Wunderkräfte stärken …«

Die bekannten Worte berührten Julien tief im Herzen. Doch etwas hatte sich verändert. Bisher waren es mehr oder weniger Zeilen einer bedeutungsvollen Oper für ihn gewesen, doch seit er die ersten Seiten im Tagebuch seiner Mutter gelesen hatte, war ihm bewusst geworden, dass er selbst so rein wie möglich werden musste, um gemeinsam mit Marie die Mission erfüllen zu können, die wohl bereits seit Jahrtausenden auf sie beide wartete. Und er schwor sich, alles zu tun, um Marie ein ebenbürtiger Partner bei der Erfüllung der Prophezeiung zu sein. Innerlich beruhigt, gelang es ihm, sich zu sammeln und sich auf die Probe vorzubereiten, auf die ersten Worte des »Parsifal«, die er bald zu singen hatte …

»Gewiss! Im Fluge treff' ich, was fliegt!

MARIE

WIEN, 2. SEPTEMBER 2013

Marie rief sich den Vorabend in Erinnerung, alles kam ihr ganz zerfasert vor, nur Fetzen des Abends, das Lachen von Lucius, seine Hand auf ihrer, wie sie gemeinsam durch die Straßen geschlendert waren, wie er sie aufgefangen hatte, als sie sich mit ihren Absätzen in einem Gitter verfangen hatte. Die Wärme seiner Umarmung, und wie sie sich mit unerwarteter Leichtigkeit im Herzen von ihm getrennt hatte, als sie wieder vor ihrem Hotel angekommen waren. Die Enttäuschung, die sie über Juliens Verhalten empfunden hatte, war zu groß gewesen, als dass sie auf Lucius' unausgesprochene Aufforderung eingegangen wäre, ihn mit zu sich nach oben zu bitten. Und sie hatte auch die Ermahnung Véroniques im Ohr, sich auf die Sache zu konzentrieren, allein, der Abschied von Lucius hatte sie mehr Kraft gekostet, als sie es sich eingestehen mochte.

Trotzdem hatte sie in der Nacht kaum geschlafen. Zum Glück war sie so von weiteren Alpträumen verschont geblieben. Im Gegenteil, sie war Julien in einem intensiven Traum nähergekommen. Sie hatte seine Hände noch immer auf ihrem Körper gespürt, als sie mitten in der Nacht aufgewacht war. Enttäuscht musste sie realisieren, dass sie alles nur geträumt hatte. Und die Bilder von Julien mit der Unbekannten waren unbarmherzig wieder in den Vordergrund getreten.

Sie hatte sich den Kopf zermartert, ob sie Julien weiterhin trauen konnte. Und ob sie nicht endlich Lucius trauen wollte.

Gerädert vom nächtlichen Wälzen im Bett, hatte sie sich unter die Dusche begeben, und ein wenig erfrischter und durch die Müsli-Auswahl des Frühstücksbuffets gestärkt, plante sie, das Touristenziel Nummer Eins anzusteuern. Sie war froh, dass es auch guten japanischen Tee gegeben hatte. Ihr Herz und auch ihr Verstand fühlten sich in der Lage, im Stephansdom nach Antworten auf das Rätsel zu suchen, dass das Vermächtnis ihres Vaters darstellte. Ob sie wohl im Dom endlich erkennen würde, wozu der goldene Schlüssel passte, den ihr der Vater hinterlassen hatte? Sie schlüpfte in ein paar flache Schuhe, schick genug für die Großstadt waren sie, aber auch sportlich, ganz wie es derzeit Mode war, wo die Trennung zwischen Sportschuh und feinem Lederhalbschuh Vergangenheit geworden war und sie sich auch in Sneakers ganz weiblich fühlen durfte.

Als sie aus dem Hotel trat, wanderte sie zielstrebig und wie von einer überirdischen Kraft gezogen, geradewegs auf den Stephansdom zu, dessen buntes Dach in der Vormittagssonne von innen zu leuchten schien. Ein so heiterer Gruß war es, dass Marie unwillkürlich lächelte. Vielleicht war ja noch nicht alles verloren zwischen ihr und Julien. Und bestimmt würde sie einen Hinweis finden.

Auf dem Platz vor dem Dom spazierte eine Schar Tauben, und als Marie hindurch schritt, flogen sie nicht auf, wie sie es bei den Touristengruppen beobachtet hatte, sondern sie näherten sich ihr vertrauensvoll und drängten sie seitlich ab.

Als Marie plötzlich vor ihrer Nase die roten Umrisse der Maria-Magdalena-Kapelle entdeckte, umgeben von den weißen Linien der Virgilkapelle, durchzuckte es sie wie von einem elektrischen Schlag, und sie wusste intuitiv, ohne auch nur eine Sekunde nachzudenken, was sie zu tun hatte. Sie bewegte sich langsam innerhalb der Linien des Grundrisses der 1781 abgebrannten Kapelle, und es war, wie sie es sich bei ihren Recherchen im Internet vorgestellt hatte.

Vorsichtig tasteten ihre Füße den Boden ab, als würden sie etwas suchen, und sie war froh, dass sie Schuhe mit dünnen Sohlen gewählt hatte, denn ihre Füße spürten da etwas, ja, Marie spürte ganz deutlich, dass sie am richtigen Ort war. Wie in Trance, befand sie sich in einer anderen Zeit, ihre Hände ertasteten das Mauerwerk des Magdalenenkirchleins, und sie atmete tief und bewusst, den Geschmack von Feuer und Unrat auf der Zunge, als habe sie auch die Luft eines anderen Zeitalters um sich, da erschien ihr auf einmal Maria Magdalena, eine zarte Gestalt, eingehüllt in einen tiefroten Mantel. Maries Herz machte einen Sprung, und sie konnte nicht anders, sie musste die andere einfach umarmen. Es war ein mystischer Moment tiefster Verzückung, wie ihn Marie nie zuvor erlebt hatte. Sie spürte, wie sich mit einem Mal all ihre Sinne öffneten, als legte sie Schicht um Schicht alles ab, was sie belastete, was sie je belastet hatte, und sie wusste instinktiv, dass sie von diesem Augenblick an nicht mehr dieselbe sein würde. Eine tiefe Zuversicht erfüllte den Kern ihres Wesens.

Als Marie bewusst wurde, mit welcher Warmherzigkeit Maria Magdalena ihre Umarmung erwiderte, entspannte sie sich. Doch sie überlief ein Schauder. Sollte sie, die Verstand und Wissen seit dem Tod der Mutter vor sich her getragen hatte, als müsse sie sich vor allem Durchgeistigten schützen, nun plötzlich eine Vision haben, einen Moment erleben, der ihren Verstand und Geist hinwegschwemmte? Marie atmete tief durch und war erneut überwältigt von der Fremdartigkeit der Luft, dann aber war es, als strömte eine frische Luft in ihr Inneres und nahm den mittelalterlichen Gestank mit sich fort, der Maries Nase erfüllt hatte an diesem Ort und in dieser Kirche aus der Vergangenheit.

Und so erfrischt, begann Marie in Gedanken zu sprechen: »Liebe Maria Magdalena, wie du weißt bin ich hier, um weitere Hinweise zu finden. Kannst du mir bitte Rat geben? Wo nur soll ich suchen?«

Marie konnte es nicht fassen, als sie wenige Sekunden später eine liebliche Stimme vernahm, die eindeutig aus Maria Magdalenas Mund zu kommen schien, obwohl ihr bewusst war, dass sie nicht mit den Ohren hörte, sondern mit all ihren Sinnen vernahm, was Maria Magdalena ihr mitteilen wollte.

»Geliebte Schwester, erinnere dich an deinen Traum.
Was hat er dir gezeigt?«

»Den Stephansdom«, antwortete Marie verwundert.

»Und was hast du dort gesehen? Versuche bitte, dich auch
an die Einzelheiten zu erinnern, sie sind von großer Wichtigkeit
für dich.«

Marie war wie vor den Kopf geschlagen. Nie hätte sie gedacht, dass sie ein Wesen in einer Vision in dieser Weise verstehen könnte. Als wäre sie dadurch besser in der Lage, sich in den Traum zurückzuversetzen, kniff Marie die Augen zusammen; und schon tauchten die Bilder vor ihrem geistigen Auge auf. Sie sah sich auf den Knien vor dem Hochaltar einer riesigen Kirche, sah den Boden vor sich, die schwarz-weißen, rautenartig angeordneten Marmorkacheln, fühlte ihre Kühle unter den Fingern. Und fragend blickte sie Maria Magdalena an.

»Es ist an der Zeit. Gehe nun in den Stephansdom. Dort wirst du wertvolle Hinweise finden. Alles enthüllt sich dir zur rechten Zeit. Du wirst sehen, was nur der sehen kann, dessen Gedanken rein sind.«

»Das ist leichter gesagt, als getan«, rief Marie in Gedanken aus, und der Schmerz über Juliens vermeintlichen Verrat traf sie erneut mit voller Wucht.

Mitfühlend legte Maria Magdalena einen Arm um Marie:

»Meine kleine Schwester, so verstehe doch, die Dinge sind oft nicht so, wie sie scheinen. Böse Kräfte versuchen, Julien in ein schlechtes Licht zu tauchen. Vertraue auf die Macht der Liebe, die alle Schranken zu überwinden weiß.«

»Und das soll auch für … mich und Julien gelten?«

»Oh ja, gerade für ihn gilt es!«

Marie wurde hellhörig. »Wie meinst du das?«

»Alles zu seiner Zeit, kleine Schwester, hab ein wenig Geduld. Und vergiss nie: Deine Mission braucht all deine Aufmerksamkeit. Ein nächster Schritt führt dich in den Stephansdom!«

Ein heller Sonnenstrahl drang ihr in die Augen, und Marie erwachte aus ihrer Trance. Sie beschattete ihr Gesicht mit der Hand und sah, dass die frühe Morgensonne sich auf den Kacheln des Dachs spiegelte und bunte Strahlen hinabschickte bis zu ihr, die sie neben dem Stephansdom in einer ewig dunklen Ecke des Platzes stand.

Verwundert stellte Marie fest, dass sich eine Menschenmenge um sie herum gebildet hatte und sie anstarrte, als sei sie nicht ganz bei Sinnen. Da fiel ihr ein, wie merkwürdig es wohl ausgesehen haben musste, als sie die für alle anderen unsichtbaren Wände des Magdalenenkirchleins abgetastet hatte und eine scheinbar nicht anwesende Person umarmt hatte.

Verschämt zog sie die Schultern hoch und sagte schüchtern lächelnd: »Es ist alles in Ordnung, keine Sorge. An heiligen Orten überfällt mich manchmal eine Art Trance. Ich will mich in den Stephansdom begeben und mich dort ein wenig ausruhen«, und schon war sie in der Menge untergetaucht.

LUCIUS

WIEN, 2. SEPTEMBER 2013

Lucius beobachtete fasziniert, wie sich die Menschentraube um Marie auflöste. Hatte er noch vor wenigen Sekunden gedacht, er müsse ihr zu Hilfe eilen, war sie nun so schnell im Dunkel des Stephansdoms verschwunden, dass er kaum hinterher kam, ohne aufzufallen. Aber das wollte er nun wirklich nicht: Die Aufmerksamkeit auf sich zu ziehen, das wäre furchtbar gewesen. Marie sollte nie wissen, dass er sie beschattete und dass er de la Fontaine berichtete und auch eine Version der Ereignisse des Vorabends an den Maître abgeliefert hatte. Wie kühl Maurice reagiert hatte auf seine Erwähnung der Tatsache, dass sie beide Hand in Hand durch die Straßen geschlendert waren. Sollte der Frauenheld sich doch schmutzige Gedanken machen, Lucius fühlte, wie eine tiefe Empörung in ihm widerhallte. Er musste sich von solchen Vorstellungen freimachen. War es nicht das, was ihn sein alter Meister gelehrt hatte? Er dachte an dessen Studio im Pariser Stadtteil Marais. An Xiao Lin, der ihn Shaolin Kung-Fu unterrichtet hatte, als er, Lucius, von dem Gefühl bedrängt wurde, kämpfen zu lernen, weil er nach dem grausamen Tod seiner Eltern befürchtete, irgendwann selbst in die Situation zu kommen, sich wehren zu müssen. Maurice de la Fontaine hatte ihn unterstützt bei dieser Entscheidung. Nur aus anderen, weniger selbstlosen Gründen, wie er mittlerweile wusste.

Stattdessen hatte er bei Xiao Lin diese Ruhe gefunden, die ihn in dessen Gegenwart durchströmte. Lucius verglich ihn automatisch mit de la Fontaine und dessen unverfrorener Neugier. Irgendetwas hatte sich verändert. Marie zu verfolgen, nun, das tat er nicht ungern, aber das Gefühl wuchs in ihm, dass es Unrecht war, was er tat. Er erinnerte sich nur zu gut an den Moment, als er seinem Meister voller Begeisterung von seiner Anstellung bei der Kulturstiftung erzählt hatte. Davon, dass er es sich jetzt leisten konnte, in Paris so zu leben, wie er es sich immer gewünscht hatte: in einer luxuriösen Wohnung und mit einem Beruf, den er eigentlich liebte. Kunst war für ihn wie die Luft zum Atmen. Nun war er zwar ein gut bezahlter Kulturmanager –, aber er war nicht allein in Wien, um Kunstschätze zu bewundern, sondern er verfolgte eine junge Frau durch die engen Gassen – eine Frau, die, wenn er es richtig einschätzte, soeben eine Vision gehabt hatte.

Es war ein beeindruckender Moment gewesen. Maries Gesicht hatte förmlich geleuchtet vor Andacht, und ihr Schritt war so anders gewesen hinterher, so beschwingt und leicht und zuversichtlich. Nicht unsicher und zögerlich wie am Vorabend, als er ihre Hand gehalten hatte, um ihr über die Unebenheiten des Bodens hinweg zu helfen. Ihr leuchtender Blick hatte ihn daran erinnert, wie Xiao Lin ihn angesehen hatte, durchgeistigt und voller Liebe, und wie rein er sich gefühlt hatte, wenn er neben dem Meister meditiert und selbst tatsächlich so etwas wie innere Ruhe gefunden hatte.

Wie von unsichtbaren Fäden gezogen, folgte Lucius Marie in den Dom.

JULIEN

WIEN, 2. SEPTEMBER 2013

Julien wurde wie jedes Mal aufs Neue von Wagners Musik in den Bann gezogen. Diese Klänge hatten eine Wirkung auf ihn, wie nichts sonst auf der Welt. Er vergaß sofort alles um ihn herum. Natürlich wusste er, dass es kein Zufall war, und genauso wenig war es Zufall, dass er ausgerechnet in dieser Phase seines Lebens die Rolle des Parsifal zu singen hatte. Alles verlief nach einem höheren Plan. Wenn er nur mehr darüber gewusst hätte. Julien lauschte den Klängen und beschloss, dass er Geduld haben musste.

Aufmerksam lauschte er dem Dialog zwischen dem Zauberer Klingsor und der Verführerin Kundry, dann trat er selbst von hinten auf die Bühne und stellte sich den ihn abtastenden Händen der Blumenmädchen. Die Musik dominierte all seine Empfindungen, und doch hoffte er zum ersten Mal, die Szene bald überstanden zu haben. Noch vor einem halben Jahr hatte es ihm gefallen, im Zentrum der Aufmerksamkeit aller Chordamen zu stehen, genau wie diese es offensichtlich genossen, ihn, Julien de la Tour, den begehrten Tenor, an allen möglichen und unmöglichen Stellen berühren zu können. Vielleicht hatten sie gewettet, dass sie ihn aus dem Takt brächten. Es hatte ihn stets kalt gelassen. Nun aber war es ihm, als geschähe alles zum ersten Mal, und als sich Elisabeth Silberstein alias Kundry mit ihm am Boden wälzte, um ihn zu verführen und ihm einen Kuss zu stehlen, damit er abgelenkt würde von seiner Mission, erkannte er das Ausmaß und die Absicht hinter der Verführung: Sie galt ihm, Parsifal, und sie galt ihm, Julien. Er, der all die Jahre über selbst Frauen verführt hatte, um unbewusst sein Ziel zu erreichen, bewundert und geliebt zu werden, erkannte nun, dass er nie begriffen hatte, was die Musik ihm mitteilen wollte. Überhaupt hatte er bis zur Begegnung mit Marie nicht den leisesten Schimmer von der Bedeutung des Wortes Liebe gehabt. Wie sehr er die Lehren seiner Mutter falsch gedeutet und als Aufruf zur Vorsicht missdeutet hatte. Sie hatte ihn nicht von den Frauen fernhalten wollen – sie hatte ihn die Bedeutung wahrer Liebe zwischen Mann und Frau lehren wollen. Eine heilige Liebe war es, die er für Marie nun empfand …

Nie zuvor hatte er die Worte:

»Erlöser! Heiland! Herr der Huld!
Wie büß' ich Sünder solche Schuld?«,

mit solcher Inbrunst gesungen wie in diesem Moment, da er an Marie dachte und an das, was sie beide verband. Der Klang verhallte, und in die Stille hinein, drang ein Klatschen an seine Ohren: Der berühmte Dirigent Arnold Scherenberg hatte den Taktstock auf das Pult gelegt und begonnen, ihm aus vollem Herzen zu applaudieren. Die anderen Anwesenden fielen ein in den Applaus, und während für Julien die Zeit stillstand, fand die Musik ihr Echo in den Herzen der Menschen rund um Julien. Er drehte sich verwirrt um die eigene Achse, doch es war tatsächlich so, dass der Beifall allein ihm selbst galt. Arnold Scherenberg aber, immerhin einer der bedeutendsten Wagner-Dirigenten des 21. Jahrhunderts, sagte leise, während er wie als Kontrapunkt weiterklatschte: »Julien, ich habe in meiner langen Laufbahn schon mit allen grandiosen Wagner-Tenören der verschiedensten Generationen zusammengearbeitet, doch nie zuvor hat es einer von ihnen vermocht, mich mit den Worten ›Erlöser! Heiland! Herr der Huld! Wie büß' ich Sünder solche Schuld?‹ ins Herz zu treffen, wie es dir soeben gelungen ist. Mein Lieber, ich denke, du singst nicht Parsifal, sondern du BIST Parsifal!«

Erstaunt beobachtete Julien, wie der Dirigent sich mit dem Handrücken der linken Hand Tränen wegwischte, bevor er den Dirigentenstab hob und die Musiker zur Ordnung rief, bis sie auf sein Dirigat wieder reagierten, als sei nichts geschehen.

Julien begriff, dass sich in ihm etwas Grundlegendes verändert haben musste. Und er wusste, dass sich die Prioritäten in seinem Leben verschoben hatten. Von nun an stand an erster Stelle, die gemeinsame Mission mit Marie zu erfüllen. Und das würde ihm nur gelingen, wenn er die Liebe zu ihr einstweilen hintanstellte. Denn er musste reinen Herzens sein, wollte er seiner Aufgabe gerecht werden …

Dieses Wissen verbarg er in seinem Herzen, und er versenkte sich tief in den Gesang. Julien spürte, wie jedes Wort, dass er sang, den tiefsten Quellen seiner Seele entsprang. Es war kein Text mehr, den er irgendwann auswendig gelernt hatte, sondern die Worte waren in ihm, als wären sie sein.

MARIE

WIEN, 2. SEPTEMBER 2013

Marie blickte sich ein wenig desorientiert im Dom um. Wo sollte sie anfangen zu suchen? Gerade kam eine Gruppe an ihr vorbei, die den Worten eines Reisebegleiters lauschte und erklärt bekam, welche Schätze der Stephansdom barg. Sie mischte sich einfach unter die Touristen und hoffte so, auf einer Tour durch die Domkirche einen Hinweis zu erhalten, der für ihre Suche von Bedeutung sein konnte. Ein redegewandter Wiener hatte das Wort, und Marie war verblüfft, wie viel Vergnügen es ihr machte, ihm zuzuhören, obwohl sie doch den kunsthistorischen Hintergrund der meisten Details seit langem kannte. Doch diesmal interpretierte sie vieles aus einem anderen Blickwinkel, forschte nach, ob sich etwas »in ihrem Sinne« interpretieren und auf ihr Erbe beziehen ließ.

Zuerst leitete der Domführer die kleine Gruppe durch das Frauenschiff zum berühmten Neustädter Altar. Marie wusste, dass ein doppelter Flügelaltar wie dieser selten angefertigt worden war. Datiert auf das Jahr 1447 war er sogar der älteste erhaltene Doppelflügelaltar in Österreich und sie staunte, wie sorgfältig er gearbeitet war. Im unteren Mittelteil fanden sich acht kleine

Türchen, und über den beiden mittigen erkannte Marie die berühmte Inschrift »AEIOU«, die schon unzählige Fachleute ins Grübeln gebracht hatte. Ob dieses Monogramm des Habsburgerkaisers Friedrich III. aus dem Jahr 1437 etwas mit ihr zu tun haben konnte? Mit dem goldenen Schlüssel? Es wurde häufig als »Austria-Code« oder »Mystisches Motto Österreichs« bezeichnet. Konnte es sein, dass sich darin nicht nur etwas politisch Bedeutsames verbarg, sondern war dies der Hinweis, auf den Maria Magdalena sie hatte aufmerksam machen wollen?

Sie horchte in sich hinein, doch sie spürte keinerlei Resonanz in ihrem Inneren, die sie veranlasst hätte, stehenzubleiben, und so folgte sie der Gruppe weiter durch den Stephansdom zum Hochaltar in der Apsis des Mittelchores.

Je näher Maria dem Altar kam, umso stärker pochte ihr Herz, und sie erkannte verwirrt, dass dies der Altar war, den sie in ihrem Albtraum gesehen hatte. Sie starrte gebannt das Altarbild von Tobias Pock an, auf dem die Steinigung des Heiligen Stephanus abgebildet war. Doch er war es nicht, der diese Unruhe in ihr auslöste. Sie ließ den Blick weiterschweifen – und da war sie, die Gestalt von Jesus Christus, die an einer Himmelsöffnung bereits auf Stephanus' Ankunft wartete. Maries Herz setzte einen Schlag aus, denn in diesem Augenblick durchbrach ein Sonnenstrahl das wunderschöne Glasfenster rechts neben dem Hochaltar und schickte einen Lichtmoment in das Dunkel der Kirche. Wie zur Antwort, leuchtete eine der weißen, rautenartigen Marmorfliesen links neben dem marmornen Altar kurz auf. Marie blickte um sich, doch außer ihr schien niemand dieses wundersame Schauspiel wahrgenommen zu haben. Ganz im Gegenteil, den Erklärungen folgend, starrten alle Touristen gebannt auf das Gemälde von Tobias Pock. Marie war sich sicher, dass dieses Zeichen einzig und allein für sie bestimmt gewesen war. Sie versuchte, sich in

Erinnerung zu rufen, welche Raute genau von dem Lichtstrahl getroffen worden war, und merkte sich die siebte Marmorplatte von rechts. Was es wohl mit dieser Platte auf sich hatte? Was sollte ihr das alles sagen? Marie ließ die Touristengruppe weiterziehen und setzte sich in eine der Kirchenbänke, um in der Stille einen Moment nachzudenken.

Als sie aufblickte, sah sie plötzlich Lucius vor sich, der, wie die Touristen eben, kurz vor dem Bild verharrte und dann weiterging. Marie ließ ihn nicht aus den Augen und sah, dass er ausgerechnet auf den Ausgang auf der rechten Seite zusteuerte, dorthin, wo Maries Lieblingsaltar stand, den sie seit ihrem ersten Besuch in der Stadt als Kind nicht hatte vergessen können. Es war der sogenannte »Herz-Jesu-Altar«, und als Marie beobachtete, wie Lucius davor niederkniete, erstarrte sie und wagte es kaum zu atmen. War er doch von guten Geistern beseelt? Ihre Vorsicht hatte ihr geraten, ihn nicht zu nah an sich heranzulassen. Schließlich arbeitete er für de la Fontaine. Kaum hatte sie an den Mann gedacht, an seine schleimige Art, wurde ihr leicht übel, und sie konnte keinen klaren Gedanken mehr fassen. Auf keinen Fall aber wollte sie Lucius schon wieder in einer berühmten Kirche begegnen, und so erhob sie sich und verließ in Windeseile den Stephansdom, um im Gewühl der Menschen unterzutauchen, die sich auf dem Vorplatz drängten.

Doch kaum hatte sie aufgeatmet, spürte sie eine Hand auf ihrer Schulter, und da war er wieder, dieser intensive Blick aus blauen Augen. Während Lucius ihre Reaktion erforschte, lachte er lauthals auf und sagte: »Ich dachte, ich sehe nicht richtig. Du im Dom, dich schickt das Schicksal, das war mein erster Gedanke. Darf ich dich entführen? Du scheinst in der Stimmung, auf den Pfaden der Touristen zu wandeln. Wie wäre es. Komm doch mit mir in die ›Wiener Schatzkammer‹, kennst du die? Das ist das Kunsthistorische Museum hier in Wien, und dort soll es eine Achatschale mit einer Inschrift geben, die ich mir schon lange ansehen wollte. Du bist doch an Kunstschätzen interessiert, was hältst du davon: Angeblich ist auf dieser Achatschale eine Inschrift, die nur Auserwählte wahrnehmen, weshalb man sie als ›Heiliger Gral‹ bezeichnet. Die schauen wir uns an, und dann gibt es noch viel mehr ›Schätze‹«, wieder so ein Auflachen, bevor er fortfuhr: »Es gibt dort den Zahn eines Narwales, den man in früheren Zeiten für das Horn eines Einhorns gehalten hat, und noch mehr Schätze des berühmten Ordens des Goldenen Vlieses, außerdem das Schweißtuch der Heiligen Veronika und die berühmte Heilige Lanze. Komm einfach mit, es wird dir gefallen!«

»Der Gral?« entfuhr es Marie, und ihr Herz machte einen Sprung, als sie unwillkürlich an Julien dachte, an seinen Auftritt als Parsifal. Sie trat einen Schritt zurück und betrachtete Lucius aus zusammengekniffenen Augen, froh darum, dass ihr die Sonne ins Gesicht schien und es so aussehen musste, als sei sie geblendet.

»Oh ja! Da wollte ich eigentlich morgen Nachmittag hingehen, bevor ich die Kirchen Wiens unsicher mache«, erwiderte Lucius grinsend. »Aber für dich ändere ich gerne meine Pläne. Bestimmt hast du Lust mitzukommen?«

»Ja, warum nicht«, meinte Marie, die mit dem Herzen noch nicht bei der Sache war.

»Ist alles okay mit dir?«, fragte Lucius.

»Ja, alles bestens«, antwortete Marie und machte eine wegwischende Handbewegung.

»Wunderbar! Wer hätte das gedacht, dass ich in Wien gleich mehrmals die Gelegenheit bekomme, etwas mit der wundervollen Marie Chevalier zu unternehmen!

»Na, na, Lucius, nun übertreibe mal nicht«, schalt Marie Lucius amüsiert. Grinsend klimperte er mit einem Autoschlüssel, und dann führte er Marie zu seinem Maserati, bevor sie es sich anders überlegen konnte.

Marie starrte ihn an, dann das Auto, und plötzlich brach sie in ein Gelächter aus, wie sie es zuletzt in ihrer Teenagerzeit von sich vernommen hatte. Sie schlug sich mit der Hand vor den Mund und sagte ernst, während ihre Augen noch vor Freude blitzten: »Das ist kein Motorrad, genau genommen. Ich habe mich gerade gefreut, dass ich heute flache Schuhe anhabe. Aber dieses Auto hier hätte schon High Heels vertragen.«

Lucius blickte sie über das Fahrzeugdach hinweg an: »Wie gut, dass du meine Begeisterung für schnelles Fahren verstehen kannst. Andere Frauen haben da weniger freudig reagiert«, er drückte auf die Schlüsseltaste, und schon war Marie im Auto verschwunden und hatte auf dem Beifahrersitz Platz genommen.

In rasanter Fahrt und so schnell es die Verkehrsregeln bei großzügiger Auslegung zuließen, ging es zur Wiener Hofburg. Als hätte jemand für Lucius einen Platz freigehalten, fanden sie sofort einen Parkplatz der sogar ausreichend Raum ließ für die breiten Türen des Maserati. Bevor Lucius ihr öffnen konnte, war Marie leichten Fußes herausgehüpft. Auf einmal konnte sie es kaum mehr erwarten, endlich die berühmte Achatschale wieder zu sehen, die ihr Vater ihr schon als Kind gezeigt hatte, als er die »Zauberflöte« an der Wiener Staatsoper dirigiert hatte. Warum nur hatte sie das vergessen? Erst gerade, beim Anblick der Hofburg, war die Erinnerung wieder da gewesen, und die Einzelheiten hatten sie fast überwältigt, sie wusste noch jedes Detail: Wie sie damals mit großen Augen vor der prächtigen Schale gestanden hatte, wie ihr Vater sie hatte weiterdrängen müssen, weil sie das Gefühl gehabt hatte, die Schale sei für sie bestimmt. Und hatte ihr Vater ihr nicht schon damals erzählt, dass es sich dabei nicht um die Schale vom letzten Abendmahl handele? Marie fasste sich ans Herz, dann sah sie Lucius an und überlegte, ob jemand, der bösen Mächten diente, sie ausgerechnet an einen für sie so bedeutsamen Platz führen würde. Was wohl de la Fontaine davon hielt? Oder führte Lucius eine Idee seines Maître aus? Warum würde de la Fontaine sie hier mit der Schale konfrontieren wollen?

Bevor Marie reagieren konnte, hatte Lucius wie selbstverständlich den Eintritt für sie beide bezahlt. Sie konnte sich des Gefühls nicht erwehren, dass sie es eigentlich mochte, wenn jemand sie so verwöhnte. Aber wenn er einen finsteren Plan verfolgte – dann war er erheblich unverfrorener, als sie es ihm zutraute. Er erschien ihr gegenüber so offen. Ach, wenn es doch mit Julien ebenso einfach wäre!

Während sie die ersten Räume der Hofburg durchwanderten und den Ausstellungsstücken kaum einen Blick schenkten, zwang Marie jeden Gedanken an Julien aus ihrem Kopf. Jetzt und hier war sie mit Lucius unterwegs. Punkt.

Die ersten prunkvollen Räume der Schatzkammer, in denen kostbare Gewänder, Juwelen und dergleichen Pretiosen ausgestellt waren, nötigten ihr trotzdem nur ein Achselzucken ab. Ihr Vater war mit ihr in unzähligen Museen gewesen. Und sie wusste: Einzig und allein der zu einem Gefäß gehöhlte funkelnde Achat vermochte ihre Aufmerksamkeit auf sich zu ziehen.

Lucius bremste sie ständig, er nutzte die Gelegenheit, um ihr sein in jeglicher Hinsicht fundiertes Wissen zu offenbaren. Marie nickte andächtig, sie kannte die Männer inzwischen soweit. Wie gerne sie mit einer intelligenten Frau ausgingen, doch sobald sich herausstellte, dass sie belesener, gebildeter und erfolgreicher war als der besagte Herr der Schöpfung, sah die Lage gleich anders aus. Exemplare wie ihr Vater, der ihre kluge Mutter über alles geschätzt hatte, waren wohl seltener, als sie in ihrer Jugend gedacht hatte.

Bisher aber hatte Lucius ihr noch nicht eine einzige Neuigkeit präsentieren können. Sie lächelte in sich hinein. Erst als sie beide vor dem 243 cm langen Narwalzahn, der lange als »Ainkhürn«, das Horn des fabelhaften Einhorns, gegolten hatte, konnte Lucius punkten. Er drehte sich zu Marie um, und seine Bemerkung schien ihr zunächst wie aus dem Zusammenhang gerissen: »Ma chère, wusstest du, dass gemäß der Gematria die Worte ›der Messias‹ und ›Einhorn‹ auf Hebräisch fast exakt denselben Zahlenwert ergeben? Für den, der was darauf baut, ist also die Energie von Jesus Christus sehr verwandt mit der eines Einhorns.«

Erstaunt blickte Marie Lucius an. Hatte sie ihm irgendwann mal erzählt, dass sie seit Jahren in Kunstwerken nach den geheimen Botschaften forschte, die sich in den berühmten mittelalterlichen Einhorn-Wandteppichen verbargen? »Kannst du mir das genauer erklären? Ich habe mich schon immer für Einhörner in der Kunst interessiert, aber diese Idee ist mir nie zuvor begegnet.«

»Natürlich«, antwortete Lucius sichtlich erfreut, dass es ihm endlich gelungen war, Marie etwas Neues aufzutischen. »Nur brauche ich dafür ein Papier und einen Stift, dann kann ich dir die Buchstaben und die dazugehörigen Zahlen aufmalen.«

Marie nickte und war selbst ganz erstaunt, warum es sie so enttäuschte, nicht ad hoc mehr zu erfahren. Überhaupt: Wie war es möglich, dass Lucius derart in der Kabbala bewandert war und scheinbar sogar Hebräisch konnte? War es ein gutes Zeichen, und stand er auf Seiten von Jesus Christus und Maria Magdalena? Immerhin wusste er einen Zusammenhang zwischen Jesus und der Einhornenergie. Oder hatte er sich einfach nur der Zahlenmystik verschrieben? Wie sollte sie sich auf ihn einen Reim machen, ohne zu viel von sich selbst zu verraten?

Nachdenklich drehte sie sich um, und da lag sie vor ihr in einer Vitrine die antike bläulich-honigfarben schimmernde Achatschale. Sie wusste, dass es sich dabei nicht um den »Heiligen Gral« handelte, soweit glaubte sie fest an die Worte ihres Vaters. Dennoch handelte es sich bei diesem einzigartigen Gefäß, das mit Handhaben ganze sechsundsiebzig Zentimeter breit und aus einem Stück geschliffen war, mit Sicherheit um einen ganz besonderen Schatz. Nicht umsonst sollte es sogenannten Auserwählten gelungen sein, den Namen Christi aus der honigfarbenen Maserung herauszulesen, der als Teil des Musters weder geritzt noch hinein geätzt war. Allein von der Natur geschrieben war es nur sehr wenigen vergönnt, ihn mit bloßem Auge zu sehen. Ob sie ihn entdecken würde, den Namen Jesu? Als Kind hatte sie an diesem Gedanken festgehalten und war deshalb dem Vater jedes Mal böse gewesen, wenn er sie weggezogen hatte, um seine Runde durch die Hofburg fortzusetzen. Sie wusste, dass sie damals zu jung gewesen war. Eine Stimme in ihrem Innern riet ihr, zur Ruhe zu kommen. Sie verdrängte den Gedanken an Lucius wie zuvor jeden an Julien und an die Touristen, die sich an ihr mit lauten Rufen vorbeischoben. Marie hörte auf einmal Véroniques Stimme, die ihr riet, bewusst fließend ein und aus zu atmen, wie die Freundin es sie gelehrt hatte. Sie spürte, wie sie sich mit jedem Atemzug tiefer entspannte.

Plötzlich kribbelte es sie auf der Stirn, genau dort, wo Véronique zufolge ihr Drittes Auge saß. Es war, als habe die Erscheinung der Maria Magdalena den Zugang zu ihren eigenen Kräften erleichtert. Intuitiv stellte sich Marie auf Zehenspitzen – und da sah sie etwas schimmern, zunächst nur schwach, dann, je mehr sie den Blick schärfte, fügte sich das Leuchten zu Buchstaben –

XCRISTO –, während ihr Körper von einem heftigen Schauer heimgesucht wurde.

Als sie begriff, was soeben geschehen war, durchfuhr sie ein tiefes Glücksgefühl, und nur wenige Sekunden darauf sah Marie vor ihrem inneren Auge die Worte »san graal«, und ihr Verstand deutete sofort um in »san gréal«, die altfranzösische Bezeichnung für: »Heiliger Gral«, und wenn sie es anders las, die Bedeutung im Kopf verschob, als drehte sie den Blick und wendete ihn hin und her, dann hieß das »sang réal«, was bezeichnenderweise »königliches Blut« hieß. Konnte das noch Zufall sein? Den Worten ihres Vaters zufolge, stammten sowohl Jesus Christus als auch Maria Magdalena aus einer königlichen Linie, nämlich Jesus Christus aus dem Hause Davids und Maria Magdalena aus dem Geschlechte Benjamins, und all ihre Nachfahren wurden als Abkömmlinge der sogenannten »Blutlinie« bezeichnet. Hatte Julien mit ihr darüber sprechen wollen, als er in Paris von der »Blutlinie« sprach? Nein, sie wollte jetzt nicht an Julien denken. Aber seine Präsenz in ihrem Kopf rief ihr in Erinnerung, was sie eigentlich in der Hofburg vorgehabt hatte: Sie hatte den goldenen Schlüssel in irgendeinen Zusammenhang bringen wollen. Nur dass dieser bestimmt nicht zu den Vorkehrungen passte, die zur Sicherung des »Heiligen Grals« angebracht waren. Und gewiss hätte ihr Vater sie nicht zu einem Diebstahl aufgefordert, also musste dieser Schlüssel ganz anderen Zwecken dienen. Sie rief sich noch einmal den Sonnenstrahl in Erinnerung, der die siebte Kachel zum Leuchten gebracht hatte. Marie war sicher, dies alles hatte mit etwas viel Gewaltigerem zu tun. Sie musste unbedingt mit Véronique darüber sprechen. Eine Hand stupste sie vorsichtig an und Lucius fragte: »Ist alles okay mit dir, Marie?«

Erschrocken blickte Marie ihren Begleiter an, den sie für den Moment vollkommen vergessen hatte. Dann rang sie sich zu einem bemühten Lächeln durch: »Ja, ich bin okay. Die Geschichte vom ›Heiligen Gral‹ rührt das kleine Mädchen in mir an, das noch immer gerne an Märchen glauben möchte.« Sie zuckte betont gleichgültig mit den Achseln.

»Verstehe«, erwiderte Lucius. »Apropos ›Heiliger Gral‹: Weißt du, dass ab Samstag ›Parsifal‹ mit Julien de la Tour in der Hauptrolle in der Staatsoper läuft?«

Während er seine genau abgezielte Frage stellte, ließ Lucius Marie keine Sekunde aus den Augen, als wollte er feststellen, ob sie irgendeine Reaktion auf Juliens Namen zeigte. Doch Marie zeigte sich völlig ungerührt und meinte: »Ja, klar, ich weiß, dass er in der Stadt ist. Ich gehe auf jeden Fall hin und sehe mir das an.«

»Darf ich fragen, welche Pläne du sonst noch hast?«, tastete sich Lucius vorsichtig voran.

Marie hatte sich längst überlegt, was sie auf eine derartige Frage antworten würde, und so erwiderte sie unbefangen: »Ich untersuche verschiedene Christus-Darstellungen und Objekte für ein neues Kunstprojekt. Das ist unglaublich zeitintensiv, aber du kannst dir das sicher vorstellen.«

»Dann solltest du dir unbedingt noch Veronikas Schweißtuch, den Nagel sowie das Holzstück vom Kreuz anschauen, bevor die Schatzkammer geschlossen wird«, und ohne zu fragen, hakte Lucius, der sich mit einem Blick bei ihr vergewisserte, ob ihr das willkommen war, Marie unter und führte sie durch zwei weitere Räume, bis sie die Vitrine mit dem Schweißtuch der Veronika erreicht hatten.

Wieder durchfuhr ein starker Schauer ihren Körper, und Marie wusste sofort, dass dieses Schweißtuch echt sein musste. Die Stärke der Empfindung signalisierte ihr, dass sie sich erneut in Trance versetzen sollte. Nur war ihr Lucius so nahe, sie schob ihn von sich und stellte sich so hin, dass ihr Atem frei fließen konnte.

Wie so oft als Kind wurde sie in der Zeit zurück katapultiert und sah sich wieder am Fuße des Kreuzes. Doch zum ersten Mal erblickte sie Veronika, die mit dem Schweißtuch in Händen, ganz in ihrer Nähe kniete. Sie fühlte eine nicht geahnte Vertrautheit zwischen sich und dieser jungen Frau, die Jesus Christus von einem langjährigen Blutfluss geheilt hatte, und wusste, dass sie einst Freundinnen gewesen waren. Nur schwer konnte Marie die Tränen zurückhalten, die von hinten gegen ihre Lider drückten.

»Langsam ist es wohl an der Zeit, dass wir gehen«, vernahm sie plötzlich Lucius' Stimme ganz nah an ihrem Ohr. »Es wurde schon mehrmals angekündigt, dass die Schatzkammer in Kürze geschlossen wird.«

Marie sah ihn hilflos an: »Oh, ich war so in Gedanken versunken, dass ich gar nichts davon mitbekommen habe.«

Lucius musterte sie interessiert, und sein Gesichtsausdruck bewies, dass er sich Sorgen um sie machte.

»Doch bitte lass uns noch den Nagel und das Holzstück von Christi Kreuz ansehen«, bat Marie so inbrünstig, dass Lucius sie wortlos durch den Raum zum Kreuznagelreliquiar geleitete. Darin war der Nagel gefasst, der das rechte Handgelenk von Jesus Christus durchbohrt haben sollte. Obwohl das Kunstwerk, das den Nagel enthielt, von außergewöhnlicher Schönheit war – ein von zwei goldenen Engeln gehaltenes und von Edelsteinen geschmücktes Glasgefäß –, galt Maries Andacht dem Nagel allein, schon der Anblick bewirkte, dass sie erneut zitterte. Lucius nahm dies wohl als Zeichen, sie möglichst schnell durch die angrenzenden Räume zu schleusen, um ihr vor der Schließung noch das Holzstück von Christi Kreuz zu zeigen. Als Marie erneut bebte, hielt Lucius sie ein Stück weit von sich weg, aber sein Blick war eher beruhigend als fragend und er sagte: »Marie, ich glaube, wir sollten jetzt gehen, damit du dich von deinen intensiven Empfindungen erholen kannst.«

Ein durchdringender Blick der Museumswärterin, die ganz in ihrer Nähe stand, verriet ihm, dass es ohnehin längst an der Zeit war zu gehen.

Marie aber blieb stumm, denn noch immer fluteten sie Erinnerungen, und erst, als die beiden die Hofburg verlassen hatten, kam sie wieder zu sich. Nur allzu gern ließ sie sich von dem besorgten Lucius zurück ins Hotel bringen, wo er sich, ganz Gentleman, in der Lobby von ihr verabschiedete.

MARIE / JULIEN

WIEN, 2. SEPTEMBER 2013

Zurück im Hotel wählte sie als erstes Véroniques Telefonnummer und erzählte ihr alles. Gemeinsam entschieden sie, dass Marie am nächsten Tag im Schutze der Dunkelheit des frühen Abends in den Stephansdom zurückkehren sollte. Sie hofften, dass dann der stete Strom der Touristen versiegt wäre und Marie Zeit und Gelegenheit fände, sich die betreffende Kachel näher anzusehen. Véronique war besorgt, das konnte Marie deutlich heraushören, aber sie ließ sich nicht davon beirren. Sie würde am nächsten Tag versuchen, im Stephansdom herauszufinden, warum ihr diese Fliese gezeigt worden war, erleuchtet von himmlischem Licht.

Erschöpft ließ sie sich auf ihr Bett fallen und schaffte es gerade noch, die Sneakers abzustreifen, dann fiel sie in einen unruhigen Schlaf.

Zur selben Zeit lag Julien, den die Proben eher inspiriert, denn erschöpft hatten, bäuchlings auf seinem Bett im Méridien. Er rang mit sich, dann aber holte er das sorgsam verpackte Tagebuch seiner Mutter hervor. Sollte er tatsächlich wieder und wieder versuchen, Marie anzurufen? Sie ging nicht an ihr Handy und das vereinbarte Treffen in Wien ließ auf sich warten. Die innere

Unruhe war bei den Proben vergessen gewesen, denn dann »lebte« er als Parsifal, zurück im Hotel aber war er wieder der suchende Julien, und obwohl es ihm widerstrebte, hoffte er Hilfe bei seiner Mutter zu finden.

Paris, 24. Januar 1990

Mein geliebter Julien,
ich weiß, dass es nicht einfach ist, sich zurückzuhalten, wenn man endlich den Menschen seines Herzens getroffen hat.
Doch genau das musst du lernen, mein geliebter Sohn.
Du bist gewöhnt, dass dir die Frauenherzen zu Füßen liegen, wo auch immer du auftauchst, aber genau dies wird Marie Madeleine nicht tun, denn sie ist sich ihres Wertes bewusst (wenn auch unbewusst), so wie es auch ihre Namensvetterin war.
Es ist an dir zu lernen, wahrhaft reinen Herzens zu sein und voller Hingabe an deine große Aufgabe zu glauben. Im rechten Moment aber musst du handeln.
Beschäftige dich eingehend mit Wagners »Parsifal«, den du vermutlich in der Zwischenzeit singen wirst, und du wirst verstehen, was ich dir sagen möchte.
Reinen Herzens zu sein und reine Liebe zu leben, bedeutet auch, klare Worte zu sprechen, um die Wahrheit ans Licht zu bringen, so wie es unser geliebter Bruder Jesus Christus getan hat und wie es auch Erzengel Michael tut, von dem es nicht umsonst heißt, dass er wie Gott ist.
Auch wenn ich auf der anderen Seite des Schleiers weile, wenn du diese Zeilen liest, ist es dennoch meine Aufgabe, dich weiterhin zu leiten, denn darauf wurde ich mein ganzes Leben vorbereitet.

Halte deine Tränen nicht zurück, geliebter Sohn! Auch Jesus Christus hat Tränen vergossen, denn er wusste, dass sie kein Zeichen der Schwäche sind. Nur wer in der Lage ist, sich verletzlich zu zeigen, ist wahrhaftig stark.

Fassungslos starrte Julien auf die Worte vor sich, die er tatsächlich durch einen Schleier aus Tränen wahrnahm. Hatte er sich all die Jahre über nur eingebildet, ein liebevoller Mann zu sein? Waren diese Beziehungen, die er stets einvernehmlich beendet hatte, nichts als Eroberungen gewesen, mit denen er sich wahrlich nicht schmücken sollte? Seine Gefühle für Marie bewiesen ihm, dass Liebe ganz andere Dimensionen hatte, und er hoffte, dass auch Marie für ihn so empfand. Allein die Spannung war so groß, und nach Tagen des Wartens auf ein positives Zeichen von der Geliebten, der er sich noch nicht hatte offenbaren dürfen, war er wie zermürbt. Er ließ seinen Tränen freien Lauf, und als sie schließlich versiegten, hob er seinen Blick gen Himmel und sang händeringend mit erstickter Stimme ein weiteres Mal an diesem Tag, nur leiser, damit seine Stimme die Verzweiflung und Erkenntnis nicht über die Wände des Hotelzimmers hinaustrug:

»Erlöser! Heiland! Herr der Huld!
Wie büß' ich diese Schuld?«

Wie zur Antwort drang plötzlich eine Stimme an sein Ohr, und er spürte ein Licht von unendlicher Macht in seinem Zimmer, das ihn hielt und einhüllte und alle Seinsebenen durchrang:

»Geliebter Bruder, alles wird gut, so du reinen Herzens bist und handelst. Vertrau auf Gott und schöpfe Mut.«

Julien spürte eine sanfte Berührung an der Stirn, wie ihn seine Mutter zur Nacht geküsst hatte. Und sofort war die Präsenz verschwunden. War dies tatsächlich ein Bote Jesu gewesen? Jesus selbst? Eine Antwort würde er nie finden, das wusste er. Doch er war gewiss: Soeben war ihm eine unendliche Gnade zuteilgeworden. Und von unendlicher Dankbarkeit erfüllt, fiel er in einen tiefen, traumlosen Schlaf.

MARIE

WIEN, 2. AUF 3. SEPTEMBER 2013

Von einem gellenden Schrei aus dem Tiefschlaf gerissen, blickte Marie sich dumpf in ihrem Hotelzimmer um. Sie selbst hatte geschrien. Und noch lebendig waren die Bilder, ihr Erleben. Sie war Jeanne d'Arc gewesen, ganz unzweifelhaft. Noch immer hatte sie die grauenvollen Bilder vor Augen, spürte die Hitze der Flammen, die sich auf dem Marktplatz von Rouen um sie herum schlossen und sie verzehrten. Ihr erster Blick hatte dem geliebten Bruder gegolten, ihrem Pierre, der sie auf dem Schlachtfeld begleitet hatte. Nun kniete er betend und mit vor Entsetzen geweiteten Augen vor dem Scheiterhaufen, und sie spürte förmlich seine tiefe Verzweiflung darüber, dass er aus der Kerkerhaft entlassen worden war, während sie den Flammen übergeben wurde.

Und dann, als ihr das Feuer an den Kleidern leckte, hatte sie einen letzten Blick geworfen auf René d'Anjou, ihren vertrauten Freund, der, innerlich gebrochen und wie gelähmt da stand angesichts des Horrors, der sich ihm bot. Sein Anblick aber schmerzte sie, und Jeanne wusste, dass der Schmerz des Verlassenseins stärker war als jede Feuerflamme. Wie entsetzlich, dass René nicht mutig genug gewesen war, für sie einzustehen. Die Tränen bitterer Enttäuschung brannten in ihr heißer als das Feuer, und Jeanne empfahl ihre Seele Gott.

Voller Demut neigte sie betend ihr Haupt und sprach an gegen das Brausen der Flammen, ein letztes »Vater unser«. Dann hob sie den Kopf, reckte ihn gen Himmel und rief voller Inbrunst: »Jesus! Jesus! Jesus! Ich bin keine Ketzerin! Oh Heilige im Himmel! Sankt Michael! Heilige Katharina! Heilige Margaretha! Meine Stimmen waren von Gott. Alles, was ich tat, war von der Ordnung Gottes. Meine Offenbarungen waren von Gott. Jesus!«

Verzweifelt griff Marie ins Leere und riss dabei ihre Nachttischlampe um. Der Lärm bewies es ihr: Sie war wieder im Hier und Jetzt. Und doch, etwas war anders: Sie musste mit der Erkenntnis leben, dass Julien de la Tour René d'Anjou war wie sie Jeanne d'Arc. Ihr zerbrach fast der Schädel vor Schmerz, denn die Erkenntnis trug weit, auf einmal verstand sie, warum es ihr so schwerfiel, Julien zu vertrauen.

Wie gerade noch als Jeanne, rang Marie voller Verzweiflung die Hände und flehte um Hilfe. Sie hatte kaum Atem geholt, da verwandelte ein strahlend helles Licht alles um sie her, und sie fühlte sich erinnert an ihre Kindertage, als Jesus Christus ihr ein allgegenwärtiger Freund gewesen war. Nun trat er an das Fußende ihres Bettes, und unter seinem mitfühlenden Blick verwandelte sich der Zweifel in ihrem Herzen in Zuversicht. Sie vernahm deutlich eine Stimme in ihrem Kopf, in ihrem Herzen, ja in ihrem ganzen Sein.

»Geliebte kleine Schwester,
Was du im Namen meiner und Maria Magdalenas durchleben und durchleiden musstest, tut mir von Herzen leid. Doch dies ist dein göttlicher Lebensplan auf Erden, und so wie ich habe am

Kreuze dahinscheiden müssen, kann ich dir dein Schicksal nicht ersparen.
Unsere Mission ist wahrlich groß, so auch in diesem Leben, geliebte Marie Madeleine. Du musst René d'Anjou alias Julien ein weiteres Mal vergeben, um deine wahre Stärke zu erlangen.«

Das Licht wurde schwächer, nur die Gewissheit in ihrem Herzen blieb, dass sie ihre Mission erfüllen musste und worin der erste Schritt bestand: Sie musste dem Lichtstrahl folgen, den Hinweis ernst nehmen, und unter der Kachel im Stephansdom nachsehen, ob dort etwas verborgen war.

Nachdenklich blieb sie auf dem Bett sitzen, eingekuschelt in die Bettdecke, gewärmt von der Stärke, die ihre Vision ihr geschenkt hatte.

JULIEN

WIEN, 3. SEPTEMBER 2013

Julien fühlte sich wie gerädert am nächsten Morgen. Waren die Erkenntnisse der letzten Nacht Wirklichkeit? Was nur sollte er tun? Marie eine weitere SMS schreiben? Ihr auf den AB sprechen? Es fühlte sich nicht richtig an, in dieser Weise unterstützt von technischen Mitteln zu ihr durchdringen zu wollen.

Da brummte sein Handy, und Julien schaute auf das Display, weil er hoffte, ein Lebenszeichen von Marie zu erhalten. Doch es war nur eine weitere SMS einer Journalistin der Zeitschrift »WOMAN«, die es wohl nicht erwarten konnte, ihn am Vormittag zu interviewen.

Schlaftrunken schlurfte er ins Bad und fand, dass man ihm die heftige Nacht deutlich ansah.

»Perfekt!«, dachte er amüsiert, »dann findet mich die Journalistin nur halb so attraktiv und stellt vielleicht ein paar interessantere Fragen.«

Doch kaum hatte er sie in der Hotellobby begrüßt, wurde ihm klar, dass sie sich gezielt auf die Begegnung vorbereitet und sich eindeutig für ihn herausgeputzt hatte. Munter hakte sie ihn unter, als ob sie beste Freunde wären.

Eveline steuerte ihn zum berühmten »Café Palmenhaus«, das ganz in der Nähe lag, und wählte den Platz, der ihr viel Publikum versprach. Julien war froh, als der Kellner ihre Komplimente und wenig tiefsinnigen Fragen für einen Moment unterbrach. Dann aber rüttelte ihn eine Bemerkung von ihr auf: »Ist es nicht so, dass Sie Ihrer Mutter den rasanten Aufstieg zum unumstrittenen Shooting-Star der Opernszene zu verdanken haben? Sie war es doch, die so manche Beziehungen mit den Großen des Musikgeschäfts wie auch Jean Chevalier pflegte!

Julien starrte sie verblüfft an: »Nein, meine Mutter hat damit absolut nichts zu tun, denn sie starb, als ich kaum zwanzig war.«

»Oh, das tut mir leid! Das wusste ich nicht«, erschrocken schlug sich die junge Journalistin vor den Mund.

»Ist schon gut«, beruhigte sie Julien. »Sie müssen ja nicht meine ganze Lebensgeschichte kennen.«

Als hätte dieser Fauxpas das Eis gebrochen, war die junge Frau auf einmal wie verwandelt. Ihre Sitzhaltung, ja ihre Körpersprache änderte sich.

»Jean Chevalier entdeckte mich bei einem Einspringen als Tamino in der ›Zauberflöte‹ an der Opéra Bastille«, erklärte Julien. »Das war wirklich ein großes Geschenk für mich. Denn er interessierte sich über die Musik hinaus für die Entstehungsgeschichte jedes Werkes und hat mir als jungem Sänger sehr viel vermitteln können. Nie werde ich vergessen, wie ich meinen ersten ›Parsifal‹ unter seiner Leitung einstudiert habe. Das war wie eine Einweihung!« Julien spürte, dass seine Augen voller Enthusiasmus funkelten, was Eveline mit einem schwach flirtenden Blick erwiderte, den er sich noch vor kurzem zu Nutze gemacht hätte, um sie weiter in seinen Bann zu ziehen.

»Sind Sie mit der Geschichte des Parsifal vertraut?«, fragte er stattdessen.

»Ich muss gestehen, dass ich sonst eher für Society News zuständig bin«, erwiderte Eveline kleinmütig, aber ehrlich und mit einem geraden Blick. »Bitte erzählen Sie!«

»Parsifal selbst ist ein reiner Tor, der sich plötzlich in einem Kreis von Gralsrittern wiederfindet, ohne zu wissen, wie er diesen Ort, den man eigentlich nicht einfach so betreten kann, erreicht hat. Auch versteht er nicht, was es mit dem heiligen Gral auf sich hat, selbst als dieser vom amtierenden Gralskönig Amfortas vor seinen Augen enthüllt wird. Einzig und allein berührt ihn das Leid des Amfortas', der eine äußerst schmerzhafte, scheinbar unheilbare und unentwegt blutende Wunde in Nähe des Herzen trägt, die ihm mit der Lanze, die einst den Leib Jesus Christi durchstoßen hatte, von einem Zauberer mit Namen Klingsor zugefügt worden ist. Parsifal wird wieder fortgeschickt, ohne zu wissen, wohin ihn sein Weg führen mag. Er fühlt sich verloren, denn scheinbar hat er noch nicht wirklich etwas vom Leben verstanden.« Julien bemerkte, dass er sich in Hitze geredet hatte, aber noch sah Eveline interessiert aus. In seine Pause hinein sagte sie: »Erzählen Sie weiter, wenn Sie das erzählen, klingt es gleich spannender, als das, was ich mir bei Google vorhin rasch angelesen habe.«

Julien lächelte. »Nach einiger Zeit gelangt Parsifal in das Reich des Zauberers Klingsor, dessen Blumenmädchen ihn, den reinen Toren, zu verführen versuchen, was ihnen nicht gelingt. Doch Parsifal war nicht für die Blumenmädchen bestimmt, sondern für Kundry, eine Frau, die die Welt seit Jesu Zeiten durchwandern muss, da sie den Heiland am Kreuz verlacht hat. Sie sucht Erlösung, steht jedoch unter der Macht von Klingsor und ist gezwungen, die reinen Gralsritter und nun auch Parsifal zu verführen. Kundry beginnt also, Parsifal nach allen Regeln der Kunst zu umgarnen, was zu Parsifals erstem Kuss in diesem Leben führt.«

»Und was geschieht dann?«, fragte Eveline aufgeregt. »Schafft Kundry es, ihn zu verführen?«

»Nein, es gelingt ihr nicht«, antwortete Julien »Ganz im Gegenteil. Dieser Kuss macht ihn ›welt-hellsichtig‹ – und er ›erwacht‹.«

»Was bedeutet das?«, unterbrach ihn Eveline ein weiteres Mal.

»Nun, von dem Moment an hat sich Parsifals innere Sicht geöffnet, und er erkennt Zusammenhänge, die allen Dingen zugrunde liegen. Er ist mit einem Mal von absoluter Klarheit sowie tiefstem Mitgefühl durchdrungen, denn er hatte eine Vision vom blutenden Christus am Kreuze. Gleichzeitig begreift er, dass er dazu auserkoren ist, Amfortas zu erlösen. Kundry versucht alles, ihn davon abzubringen, doch Parsifal ist wie immun dagegen.«

»Das ist ja beeindruckend, wo Männer doch immer so leicht zu manipulieren sind, sobald es um Sex geht.« Evelines Blick sprach von Erfahrungen, blieb aber leicht, als habe sie das gesagt, um mit ihm zu flirten.

»Da haben Sie nicht unrecht, aber auch Frauen lassen sich verführen«, erwiderte Julien und lachte schallend, wusste er doch nur zu gut, dass er sich das immer gerne zunutze gemacht hatte.

»Da Ihre Verführungskünste bekannt sind: Darf ich davon ausgehen, dass der Parsifal in Ihnen noch nicht erwacht ist?«

Julien stutzte. Wie ehrlich wollte er sein bei diesem Interview? »Hm, ich würde es ein bisschen anders ausdrücken. Vor Wien dachte ich, ich wäre so weit. Aber ich kann sagen, dass mich eine erneute Begegnung mit der Musik etwas anderes gelehrt hat.«

»Mit der Musik? Oder eine Begegnung mit einer Frau?«, hakte Eveline nach.

»Das sollte ich mit der Opernhandlung beantworten, ich habe ja noch lange nicht alles erzählt. Klingsor bedroht Parsifal mit der Lanze und will ihn vielleicht sogar töten, doch die Lanze bleibt über Parsifals Haupt schweben, sodass er sie ergreifen kann. Die Macht von Klingsor ist gebrochen, doch Kundry verflucht ihn, damit er Amfortas nie finden möge. Nach vielen Irrfahrten gelangt der verwundete Parsifal endlich doch zum heiligen Ort der Gralsritter, wo er zuerst wieder auf Kundry und Gurnemanz, den weisen Ritter, trifft.

Beide wissen mit einem Mal, dass er der sogenannte »reine Tor, durch Mitleid wissend« ist – der Erlöser, auf den sie alle seit langer Zeit gewartet haben. So reinigen sie ihn vom Staub der Reisen, und Kundry wäscht Parsifal die Füße und trocknet sie mit ihren Haaren, wie es einst Maria Magdalena für Jesus Christus getan hat, während Gurnemanz ihn voller Liebe segnet und zum neuen Gralskönig ernennt.«

»Den Zusammenhang hat Google mir nicht geliefert, aber darf ich das so verstehen, dass Kundry sinnbildlich steht für Maria Magdalena, die Sünderin, und Parsifal gleichzusetzen wäre mit Jesus Christus, dem Erlöser?«

»Diese Deutung existiert. Ich bin jedoch der Meinung, dass es so ist, wie es Richard Wagner 1865 einst Ludwig II. von Bayern geschrieben hat; nämlich, dass Amfortas und Kundry gedanklich mit Adam und Eva in Zusammenhang gebracht werden können, wohingegen Parsifal tatsächlich als Erlöserfigur gedacht ist. Außerdem war Richard Wagner durchaus bewusst, dass Maria Magdalena alles andere als eine Sünderin war und Jesus Christus keineswegs am Kreuz verlacht hatte.«

»Sie kennen Ihren Wagner wirklich«, erwiderte Eveline anerkennend.

»Aber Sie kennen noch nicht den Schluss des Werkes: Bevor Parsifal Amfortas erlöst, tauft er Kundry. Wenig später erscheinen die leidenden Gralsritter mit dem blutenden Amfortas, den sie mahnen, zu Ehren seines Vaters Tod, ein letztes Mal den heiligen Gral zu enthüllen. Doch Amfortas weigert sich. Er will nur mehr sterben. Da tritt Parsifal vor und berührt mit der Lanze, dem heiligen Speer, an welchem Christi Blut haftet, die Wunde des Amfortas, die sich augenblicklich schließt. Das Werk endet daraufhin mit den Worten: ›*Höchsten Heiles Wunder: Erlösung dem Erlöser!*‹«

»Das ist ja sehr berührend!«, rief Eveline. »Es muss eine unglaubliche Erfahrung sein, diesen Parsifal zu verkörpern.«

»Ja, das ist es«, antwortete Julien leise, tief nach innen gewandt. »Es ist wie eine transzendente Reise, aus der man als ein anderer hervorgeht.«

Eveline blickte ihn mitfühlend an. Sie schien vollkommen vergessen zu haben, dass sie aus dem Interview einen Artikel würde stricken müssen. Jeder Gedanke an Berufliches war vergessen, als Julien ihr nun einen Blick aus schimmernden, blauen Augen zuwarf, dessen Tiefe Eveline anrührte. Sie hatte den Eindruck, dass ein höheres Wesen sie durch Juliens Augen betrachtete. Es war, als habe dieses Wesen ihr ganzes Sein erkannt und verstanden.

In die entstandene Stille hinein sagte Julien:

»Ich dachte immer, ich müsse nur genug meditieren und mit mir selbst möglichst im Reinen sein, um Parsifal gerecht zu werden. Doch hier in Wien habe ich erkannt, dass Parsifal in aller Ernsthaftigkeit zu verkörpern bedeutet, wahrhaftig reinen Herzens zu werden und Mitgefühl für alle lebenden Wesen zu empfinden, egal welch Geistes Kind sie sind. Zudem ist es sehr wichtig, bei allem sogenannten ›Erwachen‹ immer demütig zu bleiben. Sonst haben wir rein gar nichts verstanden. Ein wahrhaftig erleuchteter Mensch wird sich selbst nie zum Meister stilisieren.«

»Wow!«, rutschte es Eveline heraus, »mir war gar nicht bewusst, dass diese Oper so aktuell ist, ich meine, sie sprechen da

Dinge an, für die viele Menschen spirituelle Führer oder Gurus suchen, um sie zu verstehen.«

»Ja, das mag sein. Natürlich gibt es großartige Lehrer da draußen. Ich selbst war bei einigen. Doch es gibt genauso viele, die große Worte machen, aber nicht danach leben. Aber lassen wir das. Ich möchte über niemanden etwas Schlechtes sagen, denn ein jeder hat seine Geschichte.«

»Julien, Sie erstaunen mich«, sagte Eveline, und Julien merkte, wie ehrlich verblüfft sie war. »Ich war darauf vorbereitet, den Startenor zu treffen, von dem die Frauen schwärmen. Und jetzt stellt sich heraus, dass Sie ein Mensch sind, der ernsthaft versucht, ein spirituelles Leben zu führen.« Jetzt konnte Julien heraushören, wie in Eveline die Journalistin begonnen hatte, den Artikel über ihn zu schreiben, und er sah sie belustigt an, als sie den Spannungsbogen ihres Textes an ihm ausprobierte:

»Kann es sein, dass Sie mit Ihrer begnadeten Stimme die Menschen auffordern möchten, den Blick nach innen zu richten und sich auf die wahren Werte zu besinnen?«

»Ich will so viel sagen: Gerade heute sollten wir Wagners Parsifal auf uns wirken lassen.«

»Herzlichen Dank für dieses Interview«, Evelines Augen versicherten ihm, dass sie ihre Worte ernst meinte.

»Ich muss danken, dass Sie mir Gelegenheit gegeben haben, meine Gedanken mit Ihnen zu teilen.«

Die beiden standen auf, und Julien überraschte sich dabei, dass er Eveline zum Abschied herzlich umarmte.

LUCIUS

WIEN/PARIS, 3. SEPTEMBER 2013

Lucius balancierte den Laptop auf den Knien. Er arbeitete gerne sitzend im Bett und war froh, dass sein Zimmer im Ritz-Carlton ihm diese Freiheit ermöglichte: Die Steckdose für das Ladekabel war in Reichweite. Seit er gesehen hatte, wie Marie andächtig vor den Ausstellungsstücken verharrt hatte, ließ ihm der Gedanke an ihre Reaktion keine Ruhe mehr. Er wollte unbedingt mehr herausfinden – und was er im Netz las, bestätigte ihn in seinem Eindruck, dass Marie ein ganz besonderer Mensch war.

Sein Handy, das er im Museum am Vorabend stumm geschaltet hatte, vibrierte und riss ihn aus der virtuellen Welt. Ein Blick genügte, und Lucius erstarrte. Wollte er tatsächlich dieses Gespräch? Er wusste, es war unvermeidbar: Der Anruf kam von Maurice de la Fontaine, der bestimmt über den Stand der Dinge informiert werden wollte. Was nur sollte er ihm erzählen?

De la Fontaines unmelodische Stimme drang schnarrend aus dem Hörer: »Bonjour Lucius, na, wie kommst du mit deinen Nachforschungen voran?«

»Ich denke, ich bin auf einem guten Weg«, erwiderte Lucius verhalten.

»Aber du möchtest noch nicht darüber sprechen. Sehe ich das richtig?«

Dass Maurice aber auch immer in ihn hineinzusehen schien. Lucius rieb sich mit der linken Hand über das Gesicht. Dann sagte er: »Absolut, aber ich denke, du wirst mit mir zufrieden sein.«

»Das ist alles, was ich hören wollte. Ich will dich nicht lange aufhalten. Lucius, ich muss sichergehen, dass du Marie nicht aus den Augen lässt, du musst ihr folgen, wo immer sie auch hingeht. Bericht erstatten kannst du mir später noch, mir ist nur wichtig, dass ich über jeden ihrer Schritte informiert bin.« Ein Auflachen des Maître jagte Lucius einen Schauer über den Rücken. »Gleich beginnt eine Pressekonferenz an der Opéra Bastille, die ich nicht verpassen möchte. Aber erst einmal wollte ich hören, wie es dir in Wien ergeht, bevor ich mich der Premiere des Balletts »Manon« von Kenneth MacMillan widme, obwohl du sicher verstehen wirst, dass ich es kaum erwarten kann, Véronique Valois wiederzusehen. Sie tanzt neben Jan van der Walt die Hauptrolle. Hast du sie schon einmal auf der Bühne gesehen? Sie ist wahrhaftig eine tanzende Göttin.«

Lucius sah ihn förmlich vor sich, den Gesichtsausdruck, den Maurices Gesicht bei diesen Worten zeigte, und seine Eingeweide zogen sich zusammen bei dem Gedanken, de la Fontaine könne sich mit Véronique vergnügen. Er kannte die Tänzerin doch gar nicht näher, aber er wusste, dass Maurice nahezu unaufhaltsam war, wenn dieser Jagdinstinkt erst einmal geweckt war. Lucius schluckte und bemerkte, dass er schon eine Weile nichts mehr gesagt hatte. Gar nicht schlecht, de la Fontaine schien zumindest Marie und Lucius' Auftrag aus den Augen verloren zu haben.

Doch Lucius hatte sich zu früh gefreut, denn Maurice de la Fontaine hakte nach: »Ist alles in Ordnung bei dir, Lucius? Du bist auf einmal so still?«

»Ja, alles bestens.«

»Gut, aber verlier mir nicht Marie aus den Augen!«

Lucius zuckte schuldbewusst zusammen. Wieder einmal schien de la Fontaine seine Gedanken gelesen zu haben. Erfreut registrierte er, dass ein »Dann bis zum nächsten Anruf!« aus dem Hörer drang. Der Maître hatte das Gespräch längst unterbrochen, bevor Lucius auch nur daran dachte, sich zu verabschieden.

Nachdenklich starrte Lucius auf sein Smartphone.

Was war nur in ihn gefahren? Er hatte dem Maître weder von Maries seltsamer Reaktion in der Hofburg berichtet noch konnte er sich erklären, warum ihn dessen Bemerkungen über Véronique Valois derart irritiert hatten. Unruhig rutschte er auf dem Bett hin und her, dann klappte er den Laptop zu. Wenn nur Xiao Lin dagewesen wäre. Eine Lektion mit ihm, die seinen Körper so richtig gefordert hätte, ja, das wäre etwas, das ihn wieder einigermaßen zur Ruhe bringen könnte. Xiao Lin aber war in Paris – und er in Wien.

MARIE / VÉRONIQUE

WIEN/PARIS, 3. SEPTEMBER 2013

»Ma chère, wie geht es dir? Ich bin heute Nacht plötzlich aufgewacht, weil ich das Gefühl hatte, dass bei dir irgendetwas nicht stimmt.« Véroniques Stimme klang besorgt, und Marie presste ihr Handy automatisch fester ans Ohr.

Dann gab sie sich einen Ruck. Véronique durfte ruhig von ihrem Traum erfahren. Sie seufzte unwillkürlich und sagte: »Ich hatte einen absolut grauenvollen Albtraum, in dem ich auf dem Scheiterhaufen verbrannt wurde. Ich habe gespürt, wie die Flammen auf mich übergriffen, es war einfach grauenvoll. Die Schmerzen, aber auch die gesamte Atmosphäre, es war alles so realistisch. Ich bin von meinem eigenen Schrei aufgewacht.«

Véronique schwieg, als wüsste sie, dass noch etwas kam. Marie lächelte, die Freundin wusste immer, was in ihr vorging. »Weißt du, im Traum war ich Jeanne d'Arc, und Julien war René d'Anjou. Ist das nicht Wahnsinn? Kein Wunder, dass ich mir so schwertue, ihm zu vertrauen.«

»Wie meinst du das?«

»Ach komm, ohne dich würde ich ja gar nicht auf so einen Gedanken kommen – aber wenn da was dran ist, dann ist tief in meine Seele eingebrannt, dass er damals nicht zu mir gestanden hat, weil er«, Marie machte eine Pause und entschied sich erneut, bei den Tatsachen zu bleiben, »na ja, weil er zu feige war. Vielleicht wäre ich sonst nicht verbrannt.«

»Und du ziehst diese Verbindung zwischen dem Geschehen früher und heute, weil du beginnst, an meine Deutung zu glauben. Dann bitte folge mir auch bei dem nächsten Schritt: Ich versichere dir, heute ist Julien ein Anderer.«

»Das hat der Bote des Lichts auch gesagt!«, rief Marie aus. »Der Bote des Lichts.« Véronique lächelte in sich hinein, hatte ihre Freundin sich tatsächlich auf den Pfad begeben, den sie ihr vorgezeigt hatte. »Du meinst, du hast die Stimme Jesu vernommen?«

»Ja, mir bleibt keine andere Deutung, auch wenn es seltsam kling, das laut auszusprechen«, und in wenigen, kurzen Sätzen erzählte Marie, was in der Nacht genau geschehen war, während Véronique atemlos lauschte.

»Und du willst dennoch heute Nacht allein in den Dom gehen, um herauszufinden, was es mit der weißen Fliese auf sich hat? Bist du denn vollkommen verrückt geworden?«, fragte Véronique bestürzt.

»Ach, Véronique, ich werde nicht daran zweifeln, dass dies mein Auftrag ist. Ich kann die Botschaft Jesu nicht anders verstehen. Ich werde das schaffen.«

»Ernsthaft, Marie ich mache mir Sorgen. Am liebsten würde ich mich sofort ins nächste Flugzeug setzen und zu dir kommen. Verflixt, hätte ich doch nur nicht die Verpflichtung mit »Manon« angenommen …«

»Véronique, das ist dein Beruf. Genieß es bitte, du wolltest schon immer dieses Stück tanzen. Trotzdem: Nimm dir nicht alles so zu Herzen. Ich gebe ja zu, dass ich Angst habe, aber es wird schon alles gutgehen.«

»Chérie, ich werde um Hilfe für dich bitten.«

»Was meinst du?«

»Und Marie, warum fragst du nicht Julien, ob er dich begleitet?«

»Bist du verrückt? Er würde mir nie im Leben glauben.« Als sie es laut aussprach, verstand Marie, wie sehr sie noch in ihrem Traum gefangen war, der vielleicht einmal ihr Leben gewesen war.

Prompt hörte sie, wie Véronique kurz auflachte, es war ein hartes, trockenes Lachen, wie es so gar nicht die Art ihrer Freundin war, und Marie bemühte sich, ihre Worte abzumildern: »Ich kann einfach mit niemandem drüber sprechen. Es – Weißt du, Véronique, es klingt einfach zu verrückt.«

»Du solltest mehr Vertrauen haben.«

»Dann will ich auf die Worte vertrauen, die Jesus Christus mir gesandt hat. Du wirst sehen, Véronique, es wird schon alles gutgehen.«

MARIE

WIEN, 3. SEPTEMBER 2013

Es war noch früh am Morgen, als Marie das Hotel verließ. Sie hatte bewusst ein Paar High Heels für ihre Unternehmung am Morgen gewählt, sie wollte sie selbst sein, bevor sie im Dunkel der Nacht und auf flachen Sohlen in den Stephansdom aufbrechen würde. Sie ließ sich ein wenig treiben, und verwundert bemerkte sie, dass ihr Weg sie an all den Geschäften vorbeiführte, nach denen sie gezielt gesucht hätte, wenn sie sich zuvor einen Plan gemacht hätte. Erst drückte sie die Nase an einem Laden für Künstlerbedarf platt und erkannte, dass sie dort für die Nacht fündig würde. Dann wanderte sie in den Hof eines Steinmetzes. Der Morgen verging auf diese Weise entspannt und doch wie von ungeahnter Hand geleitet. Sie gönnte sich einen großen Salatteller, und nachdem ein Mittagsschlaf die Müdigkeit der vom Alp bedrückten Nacht vertrieben hatte, folgte sie ihrem inneren Trieb und machte ihr Yoga-Workout. Die abschließende Meditation erfrischte sie, und zum ersten Mal an diesem Tag hatte Marie das Gefühl, dass ihre Worte an Véronique, es werde schon alles gutgehen, sich bewahrheiten könnten. Das bewusste

Chanten des Mantras »Ong Namo Guru Dev Namo« schenkte ihr weitere Ruhe, und das Vertrauen in die eigenen Fähigkeiten vertiefte sich.

Marie fand Vergnügen daran, wieder in die flachen Treter zu schlüpfen. Ihr war, als legte sie eine Verkleidung an, die ihr Glück verhieß. Es amüsierte sie, dass sie einmal nicht ihre weibliche Figur betonte, sondern sich bewusst androgyn kleidete. Da sie auch in Wien immer wieder das Gefühl gehabt hatte, verfolgt zu werden, ging sie nicht auf dem direkten Weg zum Stephansdom. Sie kannte die Stadt inzwischen ein wenig und konnte sich ein Mäandern erlauben. Staunend betrachtete sie das Haupttor des Doms, ehe sie hineinging. Die kraftvolle Darstellung des Christus als Weltenrichter war ihr doch tatsächlich bisher entgangen. Dem Anschein nach war sie nur eine Touristin, die im Schatten der Nacht den Stephansdom etwas genauer betrachten wollte, eben nicht in der Schar der Reisenden, sondern allein, als wollte sie Zwiesprache halten mit ihrem Gott. So steuerte sie als erstes auf den Herz-Jesu-Altar zu, setzte sich davor hin und betete. Noch war es nicht wirklich spät, und sie schloss sich einem Menschenstrom an, der das Hauptschiff ansteuerte. Dann verbarg sie sich in einer Nische, als Kirchendiener die Touristen aufforderten, für die Nacht den Dom zu verlassen.

JULIEN

WIEN, 3. SEPTEMBER 2013

»Jetzt gibt es kein Zurück mehr«, dachte Julien bestürzt, als die elektrische Beleuchtung ausgeschaltet wurde. Mit einem lauten Knall wurde auch das vordere Portal verriegelt, und Julien wusste, er war im Stephansdom eingeschlossen. Véroniques Anruf hatte ihn alarmiert. Und er hatte ihr versprochen, Marie überall hin zu folgen an diesem Abend. Aber dass es auf so etwas hinauslaufen würde … Er duckte sich hinter die Säule, die ihm vor den Kirchendienern Schutz gewährt hatte. Und er war froh, dass er sich trotz der Sonnenwärme draußen, für den dicken Pullover entschieden hatte – das einzige schwarze Kleidungsstück in seinem Koffer. Es wäre doch auch zu schade, wenn eine Erkältung ihn von der Premiere des Parsifal abhalten würde.

Nichts rührte sich in der stillen Kirche. Trotzdem unterdrückte Julien das Bedürfnis, sich zu räuspern. Er versuchte, sich so gut wie möglich zu entspannen. Fast kam es ihm vor wie bei einer Meditation. Er atmete bewusst und öffnete sich den Schwingungen, die seine Umgebung ausstrahlte. Selbstvergessen starrte er in die Dunkelheit. Da, war da nicht – ja, dort hinten war er: Ein schwacher Lichtschein wie von einer Taschenlampe. Das Licht kam aus der Nische, in der er Marie hatte verschwinden sehen – vor Urzeiten, wie ihm schien. Atemlos beobachtete Julien, wie sie, sich immer wieder umschauend, als habe sie bemerkt, dass jemand über sie wachte, sich in Richtung des Hochaltars bewegte. Am liebsten wäre Julien aus seinem Versteck hervorgekommen und hätte sich ihr zu erkennen gegeben, doch er wusste, damit würde er Maries Pläne zunichtemachen. Fast hielt er den Atem an und versuchte zu erkennen, ob sich außer Marie und ihm noch jemand im nächtlichen Dom aufhielt. Es blieb jedoch alles weiterhin still, bis auf einmal ein leises Klopfen durch den Kirchenraum schallte. Gleichzeitig nahm er eine Bewegung ganz in seiner Nähe wahr. Julien erschrak. Hatte sich dort jemand versteckt? Alle Fasern seines Körpers waren in Alarmbereitschaft, als vom Altar ein lautes Geräusch, wie das Zerschellen von etwas, zu ihm durchdrang. Nichts konnte ihn mehr halten, als er wahrnahm, dass sich plötzlich mehrere Gestalten Marie näherten. Er rannte wie von der Tarantel gestochen nach vorne. Doch die Gestalt neben ihm war schneller, und plötzlich wimmelte es um ihn her von dunkel gekleideten Männern, ein Dolch blitzte, begleitet von irren Worten, und er musste hilflos mit ansehen, wie das scharfe Metall in Maries Körper gestoßen wurde. Hatte er die Worte wirklich gehört? »Du Hure, endlich bekommst du, was du verdienst! Du sollst an derselben Wunde wie unser geliebter Herr elendig krepieren!«

Maries gellender Schrei ließ Julien das Blut in den Adern gefrieren. Ein letzter Schwung, getrieben von raschem Lauf, und er warf sich zwischen Marie und den Mann mit dem Dolch. Wie von guten Geistern besessen, entwaffnete er den Irren und setzte erfolgreich drei weitere Männer außer Gefecht, die es auf Marie abgesehen hatten. Doch er war zu spät, Marie sank vor seinen

Augen blutend zu Boden. Julien kniete sich neben sie, und seine tastenden Hände fühlten neben der blutigen Wunde die harten Umrisse eines hölzernen Kästchens, das Marie krampfhaft an sich gedrückt hielt und das wohl der Auslöser der ganzen Katastrophe war.

Gleichzeitig spürte er eine Bewegung in seinem Rücken und schnellte herum. Offensichtlich hatte sich der Mann, der Marie so gefährlich geworden war, wieder von seinem Schock erholt, denn er richtete nun eine Pistole auf sie.

»Nun rück die Kiste schon raus, bevor ich es mir anders überlege und dich und deinen Freund einfach abknalle!«

»Nein!«, kam es unmissverständlich aus Maries Mund, obwohl sie von dem großen Blutverlust, den sie erlitten hatte, unendlich geschwächt sein musste, »Nur über meine Leiche bekommst du, was mir und meiner Familie gehört.«

Aus der Kehle des Unbekannten erklang ein grässliches Lachen, was auch den abgebrühtesten Menschen das Fürchten gelehrt hätte. Julien warf sich über Maries Körper, um sie im Notfall mit seinem eigenen Leben zu schützen.

Er blickte den grobschlächtigen Mann aus seinen klaren stahlblauen Augen unentwegt an und sagte mit schneidender Stimme:

»Wenn du die Kiste haben willst, musst du zuerst mich töten!«

Fasziniert beobachtete Julien, wie sich wie in Zeitlupe hinter dem Mann eine dunkel gekleidete Gestalt erhob, dessen helles Haar schwach schimmerte. Zwei, drei Bewegungen brauchte der junge Mann nur, dann war der Gegner entwaffnet und mit einem Schlag zu Boden geschickt. Er war bewusstlos wie auch die anderen drei.

»Lucius, du hier?«, hörte er Maries Flüstern.

»Oui, ma chère.« Lucius kniete sich neben sie. »Maurice de la Fontaine hat mich nach Wien geschickt, um ein Auge auf dich zu haben.«

Obwohl der Mann, der offensichtlich Lucius hieß, vermutlich ihm und Marie das Leben gerettet hatte, überkam Julien ein seltsames Gefühl bei dessen Worten. Doch er hatte keine Zeit, weiter darüber nachzudenken. Er musste handeln. Er tastete nach seinem Smartphone und wählte die Notrufnummer. Schnell nahm er das Kästchen an sich und verbarg es unter seinem Pullover. Dann drückte er mit der Hand auf die klaffende Wunde unterhalb ihres Herzens. Doch Marie wurde vor seinen Augen immer schwächer.

»Drück fester, sie verblutet sonst!«, stammelte Lucius.

Julien aber wusste, dass er mehr nicht für sie tun konnte. Er schickte ein Stoßgebet gen Himmel und flüsterte: »Marie, bitte! Bleib bei mir.« Immer wieder flehte er sie an: »Du darfst mich nicht wieder verlassen.««

Er bemerkte den fragenden Blick nicht, den Lucius ihm bei diesen Worten zuwarf. Julien blickte erst auf, als die Sirenen der Krankenwagen durch die Kirchenmauern bis zu ihnen drangen. Gleich darauf hörten sie, wie eines der Portale geöffnet wurde, das Licht flammte auf. Lucius stellte sich hin, um dem Rettungsteam den Weg zu weisen. Erleichtert ließ Julien es zu, dass der Arzt seinen Platz an Maries Seite einnahm. Er blieb neben ihr, als sie aus dem Stephansdom getragen wurde. Lucius nickte ihm zu und versprach, sofort nachzukommen, sobald im Dom alles erledigt war.

JULIEN

WIEN, 3. SEPTEMBER 2013

Julien lief unruhig im Gang vor dem Operationssaal auf und ab. Es war, als würde er gegen alle Wände anrennen, gegen innere, gegen äußere, und auf keinem Weg kam er weiter. Er war ausgeliefert: seinen Gefühlen für Marie, den Fähigkeiten der Ärzte, dem Gefühl, unzulänglich gewesen zu sein. Wieder einmal hatte er Marie alias Jeanne d'Arc nicht vor Schaden bewahren können.

Als das Handy klingelte, nahm er den Anruf dankbar entgegen. Es war Véronique, die entsetzt stammelte: »Ich habe ein schlechtes Gefühl, sag mir, dass es Marie gut geht!«

Véronique! Die hatte er ganz vergessen in seiner Sorge um Marie. Dabei hatte er ihr doch versprochen auf die Freundin aufzupassen. Er hatte Véroniques Augen und Ohren sein wollen. Und er hatte versagt. Julien versuchte, ihr die Nachricht schonend beizubringen, doch Véroniques nahm gefasst auf, was er ihr berichtete. Ihre Vorahnung hatte sie bereits auf das Schlimmste vorbereitet, versicherte sie ihm. Natürlich versprach er ihr, sich sofort bei ihr zu melden, sobald er Neuigkeiten über Maries Zustand hatte. Er schob das Smartphone in die Hosentasche, und mit einem Seufzer ließ er sich auf einen Stuhl im Wartesaal fallen.

Der Gedanke ließ ihm keine Ruhe, dass er wohl nicht reinen Herzens genug gewesen war, denn er hatte es nicht vermocht Marie vor dem Dolchstoß zu bewahren.

So blickte er den Arzt, der gefühlt nach Stunden auf ihn zukam, mit einer Verzweiflung an, dass dieser ihm beschwichtigend die Hand auf die Schulter legte und mit der beruhigend tiefen Stimme eines ungeschulten Basses sagte: »Wenn ich es recht verstehe, sind Sie der Begleiter der jungen Frau, die ich gerade im OP behandelt habe. Keine Sorge, Ihre Freundin hatte Glück im Unglück, kein wichtiges Organ ist verletzt. Die junge Dame wird sich bald wieder erholt haben.« Dann kniff er die Augen zusammen und musterte Julien verwundert: »Kennen wir uns?«

Julien aber war so erleichtert, er hätte die ganze Welt umarmen können, und so drückte er den widerstrebenden Arzt kurz an sich. Dann sagte er: »Nein, aber Sie haben vermutlich ein Foto von mir in den Medien gesehen. Ich bin Julien de la Tour und singe den Parsifal in Wien. Sie sind – Dr. Weiß?«, las Julien den Namen auf dem Schild am Kittel.

»Ich liebe die Oper, wissen Sie, und bei aller Theatralik, mit Verlaub, ich arbeite hier im Herz-Jesu-Krankenhaus, und dann so etwas, ein Dolchstoß, fast ins Herz. Das sehen wir heutzutage nur selten. Ich habe es zuletzt tatsächlich im Theater gesehen, dass jemand auf diese Weise niedergestochen wurde. Zum Glück erinnert nichts an die Schicksalshaftigkeit eines Amfortas. Trotzdem: Was für ein merkwürdiger Zufall!«

Julien starrte den Arzt entsetzt an. So eine makabre Parallele.

»Das ist in der Tat merkwürdig«, antwortete er und versuchte, sich nicht anmerken zu lassen, wie sehr es ihn verwunderte, dass jemand so einen Vergleich zog. »Doch ich entnehme Ihren Worten, die Wunde ist weniger folgenreich für Marie als die von Amfortas für den Armen?«

»Natürlich, natürlich, ich wollte Sie keineswegs ängstigen. Oh weh, jetzt komme ich Ihnen bestimmt vor wie einer dieser Opernfans, die mit ihren Kenntnissen angeben wollen, sobald Sie dem Startenor begegnen.«

»Sie wollten mir berichten, wie es mit Marie weitergehen wird«, hakte Julien nach. Er kannte dieses Herumlavieren nur zu gut, selten blieb jemand ungerührt von der Tatsache, dass er in manchen Kreisen ein sehr bekannter Mann war. Vielleicht mochte er Véronique deshalb so? Er beschloss, sie gleich als nächstes anzurufen und ihr die guten Nachrichten mitzuteilen.

»Abgesehen von der Narbe sollten keine Spätfolgen bleiben«, beruhigte ihn der Arzt weiter, der ihn jetzt neugierig ansah und fragte: »Was ist denn eigentlich vorgefallen? Man hat mir erzählt, der Überfall habe sich im Stephansdom zugetragen. Hoffentlich kein wie auch immer motivierter Täter, sondern ein verwirrter Mensch?«

»Ich kann Ihnen nichts Genaues sagen«, begann Julien, und dann gelang es ihm, den nächtlichen Dombesuch als romantisches Stelldichein eines verliebten Paares darzustellen, das von einer Gruppe von Rowdies überfallen worden war. Er schloss die Frage an, ob er über Nacht bei Marie bleiben könne, doch diese war längst auf die Intensivstation gebracht worden, wo man sie unter Beobachtung halten würde.

»Ein Hinweis noch, Monsieur de la Tour, Sie sollten die blutige Kleidung ausziehen, bevor Sie rausgehen. Journalisten haben Wind von der Sache bekommen, und Sie werden bestimmt erkannt, wenn sie das Krankenhaus verlassen.«

Julien bedankte sich und zog den schwarzen Pullover aus, auf dem die Blutflecken zwar nicht hervorstachen, doch trotzdem unübersehbar waren. Das Holzkästchen hätte er fast vergessen. Zum Glück veranlasste ihn ein Schamgefühl, sich umzudrehen und dem Arzt den Rücken zuzuwenden, sodass er den Schatz unbemerkt unter dem Pullover versteckt in der Hand halten konnte. In seinem T-Shirt fröstelte er zwar leicht, da sich auch die Müdigkeit immer stärker bemerkbar machte. Aber er wusste, Véronique würde es ihm nie verzeihen, wenn er sie nicht sofort anrief. Seine Stimme hatte schon fast wieder den gewohnten Klang, als er ihr die guten Neuigkeiten mitteilte, und er spürte körperlich ihre große Erleichterung, sodass er am Schluss des Telefonats nicht nur vor Kälte zitterte. Trotzdem stand er auch noch eine erste Vernehmung eines Polizisten durch, der seine Version der Ereignisse aufnehmen wollte. Julien zögerte nicht, und erst, nachdem er alles auf unbekannte Männer geschoben hatte, fragte er sich, was wohl Lucius den Polizisten erzählt hatte, die bestimmt auch ihn im Dom noch befragt hatten. Hoffentlich war er ebenfalls so dicht an der Wahrheit wie möglich geblieben.

Leider bot ihm seine Geschichte keinen Grund, Marie auch im Krankenhaus überwachen zu lassen. Er erkundigte sich nach den Öffnungszeiten des Hospitals und beschloss, rechtzeitig selbst vor Ort zu sein, noch bevor Marie von der Intensivstation auf eine normale Station verlegt würde. So lange würde er Marie in der Obhut des Arztes lassen müssen. Daher drehte er sich, bevor er ging, noch einmal zu Dr. Weiß um und sagte eindringlich: »Marie Chevalier ist die Frau meines Lebens. Sie bedeutet mir mehr als alles andere auf dieser Welt. Bitte haben Sie ein Auge auf sie.«

»Selbstverständlich, Monsieur de la Tour, selbstverständlich«, und mit einem fast väterlichen Lächeln war Julien entlassen.

MARIE

WIEN, 3. AUF 4. SEPTEMBER 2013

Als Marie mitten in der Nacht erwachte, dachte sie zuerst, sie hätte wieder einen ihrer schon vertrauten Albträume gehabt, bis sie realisierte, dass sie an Schläuchen hing, unter höllischen Schmerzen litt und eine Krankenschwester vor ihrem Bett stand.

Erschrocken blickte sie sich um und fragte, als sie kein bekanntes Gesicht in ihrer Nähe sah: »Wo bin ich hier?«

»Sie befinden sich im Herz-Jesu-Krankenhaus in Wien auf der Intensivstation, nachdem Sie brutal niedergestochen wurden«, antwortete die Schwester voller Mitgefühl. »Mein Name ist Klara und ich helfe gern, wenn Sie noch etwas brauchen. Rufen Sie einfach nach mir, ich bin heute nur für Sie zuständig.«

»Klara, herzlichen Dank.« Und nach einer Pause fügte sie hinzu: »Wer hat mich eigentlich hergebracht?«

»Ihr Freund hat den Rettungsdienst und die Polizei verständigt.«

»Mein Freund?«, fragte Marie verständnislos, dann dämmerte ihr, dass Lucius oder Julien gemeint sein musste, denn sie erinnerte sich verschwommen daran, die beiden im Kampfgetümmel gesehen zu haben.

»Julien de la Tour«, antwortete Klara mit schwärmerischer Stimme.

»Geht es ihm gut?«, hakte Marie nach und versuchte, sich darüber klar zu werden, warum die beiden Männer im Stephansdom gewesen waren, und – wo war das Kästchen?

»Oh ja, ihm ist wohl nichts passiert. Er war Ihr rettender Engel!«

»Das war er! Wo ist er jetzt? Ich muss ihn unbedingt sehen!«, rief Marie und hätte selbst gern gewusst, warum er sie verfolgt hatte. Um das Schatzkästchen an sich zu nehmen im rechten Augenblick? Nein, das konnte nicht sein. Er hätte sie sonst nicht mit seinem eigenen Leib verteidigt. Oder war es ihm dabei nur um das Kästchen gegangen und nicht um sie? Oder hatte Lucius es jetzt? Marie war ganz wirr im Kopf. Sie musste dringend mit den beiden sprechen. Aber lieber war ihr, das sagte ihr Herz ganz deutlich, wenn Julien käme und sie daran glauben durfte, dass er auf ihrer Seite war – und ein wenig mehr für sie empfand, als er bisher gezeigt hatte.

»Dr. Weiß hat ihn zurück ins Hotel geschickt, nachdem klar war, dass Sie überleben würden. Ich hoffe sehr, dass er sich gut erholt, denn er hat ja in wenigen Tagen Premiere. Mein Mann hat uns die Karten zum Hochzeitstag geschenkt, und ich kann es kaum erwarten, Julien de la Tour als Parsifal zu erleben. Er war sehr in Sorge um Sie!«

»Wissen Sie, wo mein Handy abgeblieben ist?«, unterbrach Marie die Schwester.

»Das ist hier in Ihrer Nachttischschublade«, erwiderte Klara, zog die Lade auf und reichte Marie ihr Smartphone.

»Ich muss dringend Julien und meiner besten Freundin Bescheid geben, dass ich aufgewacht bin. Ich bin sicher, dass Julien sie über den Vorfall informiert hat«, meinte Marie entschuldigend, denn ihr war bewusst, dass Mobiltelefone im Krankenhaus alles andere als erwünscht waren.

»Sie sind heute die Einzige auf der Intensiv, da will ich mal eine Ausnahme machen.« Klara zwinkerte ihr zu und bog um die Ecke hinter ihre Überwachungsgeräte.

»Ich danke Ihnen«, flüsterte Marie. Dann durchfuhr sie ein heftiger Schmerz, und Klara, die bemerkte, wie sie mitten in der Bewegung innehielt, warf einen prüfenden Blick auf die Geräte. »Brauchen Sie vielleicht noch ein weiteres Schmerzmittel, meine Liebe?«

»Nein, es geht schon wieder«, und Marie tippte rasch eine Nachricht für Julien:

Mein rettender Engel,
soeben bin ich aufgewacht. Ich danke dir sehr,
dass du dich in Gefahr gebracht hast, um mich zu retten …
Du weißt nicht, WIE dankbar ich dir bin …
MERCI de tout mon cœur!
Wie geht es dir? Ist alles gut bei dir?
Wirst du die Premiere singen können?
Ich wünsche es mir von ganzem Herzen!
Und sag, hast du das hölzerne Kästchen gesehen,
das ich in der Kirche bei mir hatte, als die Kerle über mich herfielen?
Ich muss aufhören, die Schwester drängt,
je t'embrasse
Marie Madeleine

Gleich im Anschluss daran verfasste sie eine weitere SMS an Véronique, deren besorgten Blick sie auf sich ruhen fühlte:

Meine Liebste,
es war schrecklich! Schlimmer als in meinen grauenvollsten Albträumen,
doch auf einmal waren Julien und Lucius da,
und beide haben im Dom für mich gekämpft.
Sie müssen einfach auf unserer Seite sein!
Aber ich will dir doch zeigen, dass es mir gut geht,
obwohl ich noch auf der Intensivstation die Nacht verbringen muss.
Ja, es tut noch weh. Aber mach dir nicht zu viele Sorgen!
Je t'embrasse, ma chérie,
Marie

Sie musste kurz weggedämmert sein, denn als es neben ihr Ping machte, weil eine erste Antwort eingetroffen war, blickte sie sich desorientiert um. Es war eine Nachricht von Julien:

Mein Engel,
denn das bist du! Wie gut, dass du schon so schnell wieder aufgewacht bist!
Ich bin gerade erst im Hotel angekommen.
Ich danke dem Himmel, dass er mir dabei geholfen hat,
dein Leben zu schützen, wenn es auch Lucius war,
der uns beide letztlich gerettet hat.
Ich hoffe sehr, dass du mir vertraust,
denn wir haben eine gemeinsame Mission zu erfüllen.
Zu deiner Beruhigung: Ich habe das Kästchen unentdeckt
an mich genommen und werde es dir mitbringen,
sobald ich dich besuchen darf.
Je t'embrasse
Dein Julien

»Ob Julien mich wirklich liebt? Er hat ›dein Julien‹ geschrieben!«, dachte Marie überglücklich und wählte, ohne auch nur eine Sekunde zu zögern, Juliens Nummer.

»Marie? Bist du es?«, hörte sie Juliens ungläubige Stimme am anderen Ende.

»Ja, ich bin es«, flüsterte Marie leise, um die Krankenschwestern im Flur nicht auf den Plan zu rufen. »Ich kann nicht laut sprechen, da ich ja eigentlich nicht mit dem Handy telefonieren darf.«

»Verstehe! Aber wie geht es dir?«, fragte Julien.

»Ehrlich gesagt, ich habe höllische Schmerzen, doch ich möchte nicht mit noch mehr Schmerzmitteln vollgepumpt werden. Ich muss klar denken. Außerdem hoffe ich auf Véroniques Heilfähigkeiten.«

»Ja, das kann ich gut nachvollziehen. Aber du weißt, sie ist in Paris, lass dir hier auch helfen, auf konventionelle Weise mit Schmerzmitteln, sei nicht zu tapfer, dann wirst du dich bestimmt ganz bald besser fühlen.«

»Das hoffe ich«, und wieder stach der Schmerz so zu, dass ihr die Tränen in die Augen stiegen.

»Ist alles gut bei Ihnen, Marie?«, hörte sie Klara besorgt fragen.

»Ja, ich musste nur schnell Juliens Stimme hören und mich überzeugen, dass bei ihm alles gut ist«

»Marie, bist du noch dran?« Sie konnte Juliens Besorgnis deutlich spüren.

»Ja, ich musste kurz der Schwester antworten. Aber Julien, wie gut, dass du das Kästchen hast.« Marie war sehr erleichtert zu wissen, dass er es offensichtlich für sie in Sicherheit gebracht hatte.

»Ich weiß nur nicht, wie du es öffnen sollst, ohne es zu zerstören, denn es war kein Schlüssel dabei«, sprach Julien weiter.

Da fiel es Marie wie Schuppen von den Augen: »Es könnte sein, dass der dazu passende bei mir im Hotel liegt. Mein Vater hat mir einen Schlüssel vererbt. Aber Julien, wer waren diese Männer?«

»Ich hoffe, wir hören bald von Lucius, vielleicht hat er mehr herausgefunden.«

»Gib mir sofort Bescheid, sobald du mehr weißt, bitte!«

»Natürlich, ma chère, dann versuchen wir beide jetzt, so gut wie möglich zu schlafen. Ich umarme dich und wünsche dir von Herzen gute Besserung, eine erholsame Nacht und süße Träume.«

»Ich danke dir! Du ahnst nicht wie sehr«, erwiderte Marie, der es bei Juliens Worten ganz anders geworden war. »Gute Nacht und träum süß.«

JULIEN

WIEN, 4. SEPTEMBER 2013

Als Julien in den Frühstücksraum des Hotels kam, sprangen ihn die Schlagzeilen der ausliegenden Tageszeitungen an:

»Star-Tenor in mysteriösen Überfall verwickelt.«
Daneben hieß es: »Julien de la Tour rettet Tochter von Star-Dirigenten Jean Chevalier vor grausamem Mord.«

Julien erbleichte und fragte sich, wie das so schnell in die Presse hatte gelangen können. Vorsichtig schaute er sich um. Hoffentlich konnte er wenigstens in Ruhe frühstücken. Er zögerte kurz, dann nahm er sich zwei, drei verschiedene Zeitungen. Er musste informiert blieben und wissen, ob Lucius eine andere Geschichte in Umlauf gebracht hatte als er.

Seltsamerweise stand in allen Artikeln, dass die Täter nicht verhaftet werden konnten, sondern dass diese im Getümmel der Rettungskräfte, die sich zunächst um Marie Chevaliers Leben bemüht hatten, aus dem Dom verschwunden waren.

Julien fragte sich, wie das möglich war. Schließlich waren es mindestens vier Männer gewesen, die er allein niedergeschlagen hatte – und er dankte Erzengel Michael, dass er ihm die Kraft dazu geschenkt hatte. Und dann war Lucius über ihnen gewesen. Julien konnte sich nicht vorstellen, wie diese vier Männer und alle Spuren von ihnen innerhalb so kurzer Zeit hatten beseitigt werden können. Es sei denn – er wollte ihn ja nicht verdächtigen, aber wer außer Lucius hätte Gelegenheit gehabt, den Kerlen bei der Flucht zu helfen. Was für ein Spiel spielte dieser Kerl? War er also tatsächlich eine Marionette dieses de la Fontaine, wie Julien befürchtet hatte. Er musste in Ruhe mit Marie und vor allem auch mit Véronique über seinen Verdacht sprechen. Auf jeden Fall aber mussten die vier unbekannten Männer Beziehungen in die höchsten Kreise in Wien gehabt haben, Lucius allein konnte diesen Trick kaum vollbracht haben.

Er nickte, als eine junge Kellnerin fragte, ob sie Kaffee nachgießen solle. Nur allmählich konnte er sich aus der Erinnerung an die Horror-Nacht lösen. Etwas Positives hatte es ja, dass keinerlei Spuren gefunden worden waren: Offenbar hatte niemand bemerkt, was Marie getan hatte. Und niemand hatte sich über einen Hammer und einen Meißel gewundert …

Gleich nach dem Frühstück verließ er das Hotel – durch den Hinterausgang. Er hatte für den Premierentag bereits diese Möglichkeit erkundet, denn er wusste aus Erfahrung, dass er dann wieder von der Presse verfolgt werden würde. Jetzt leistete ihm dieses Wissen gute Dienste. Er musste unbedingt ungesehen zu Marie kommen. Zumindest ihrer beider Version des Geschehens sollte vor der Wiener Polizei Bestand haben. Sicher würden nicht alle die Sache so nüchtern aufnehmen, wie der junge Polizist im Krankenhaus. Immerhin war eine Frau niedergestochen worden. Und gewiss hatte weder Lucius zugegeben, einen Dolch in den Dom mitgebracht zu haben, noch hatte Julien vor, sich selbst zu belasten. Wer aber waren diese Kerle …

Julien winkte einem Taxifahrer, und so gelangte er zügig zum Herz-Jesu-Krankenhaus, wo er sich durch einen Seiteneingang ins Gebäude stahl. Die Traube Journalisten vor dem Haupteingang bereitete ihm Sorgen. Aber noch viel mehr drängte es ihn danach, sich selbst davon zu überzeugen, dass es seiner Marie gut ging und dass sie außer Gefahr war.

Eine freundliche Schwester erklärte ihm, dass Marie von der Intensivstation auf die Innere verlegt worden war, er könnte zu ihr. Dann nannte sie ihm die Zimmernummer, und Julien wurde ganz heiß, als ihm bewusst wurde, dass jeder, der in das Krankenhaus marschierte, ganz einfach zu Marie vorgelassen würde. Der Schreck beschleunigte seinen Schritt. Und seine Sorge wuchs weiter, als er Dr. Weiß aus Maries Krankenzimmer kommen sah, nein, er trat nicht langsam heraus, er lief, und wenn Ärzte laufen, dann – Julien klopfte das Herz bis zum Hals, als Maries Bett vor seinen Augen mit hoher Geschwindigkeit durch die Gänge geschoben wurde. Er versuchte, an ihrer Seite Schritt zu halten, ihre Hand zu ergreifen, und mit Schrecken sah er, dass sie nicht bei Bewusstsein war. »Was ist passiert? Wie geht es ihr?«

Dr. Weiß bemerkte erst jetzt, dass Julien de la Tour neben ihm hereilte. Er blieb stehen und sagte: »Es ist zu einer Nachblutung gekommen, die Ihre Freundin geschwächt hat. Wir müssen erneut operieren. Setzen Sie sich in den Wartesaal, ich komme zu ihnen, sobald wir Ihre Freundin gerettet haben.«

Hatte er das wirklich gehört? Juliens Herz setzte einen Schlag aus: Die Ärzte versuchten gerade, Marie zu retten! Er flehte Gott an, ihm diesen Engel, der ihm erst jetzt geschenkt worden war, nicht wieder zu entreißen.

Im stillen Gebet sagte er: »Was auch immer ich tun muss, damit Marie am Leben bleiben kann, ich werde es tun! Ich verspreche dir, wahrhaftig reinen Herzens zu werden, um ihrer würdig zu sein!« Da hallte eine tiefe Stimme in ihm wieder, und es wurde ihm licht ums Herz, als er die Worte vernahm:

»Geliebter Sohn, verzage nicht. Ich bin bei dir, und du bist niemals, wahrhaftig niemals, allein. Dennoch ist es an dir, das Leben von Marie ein weiteres Mal zu retten. Sobald Marie für dich erreichbar ist, musst du zu ihr gehen. Folge deiner inneren Stimme, und lass dich durch niemanden abhalten, nach ihr zu sehen. Hab Geduld und vertraue!«

Stunden vergingen, zumindest kam es Julien so vor. Doch eine innere Wärme trug ihn durch das Warten. Dann stand Dr. Weiß vor ihm und berichtete, die OP sei erfolgreich gewesen. Marie könne bald das Aufwachzimmer verlassen und werde auf Station gebracht. Er könne dort auf sie warten.

Julien wankte durch die Flure, und als befände er sich in einem Traum, langte er fast gleichzeitig mit Marie dort an. Mitten in dem Gewusel aus Helfern, Schwestern und Dr. Weiß im Hintergrund, eilte er an ihre Seite und hauchte ihr einen zarten Kuss auf den Mund.

Wie im Märchen schlug Marie die Augen auf, sie schlang die Arme um Juliens Hals und zog ihn zu sich heran.

Berührt von der tiefen Liebe, deren Zeuge er soeben geworden war, verließ Dr. Weiß unauffällig den Raum. Julien de la Tour war bestimmt die beste Medizin, die Marie Chevalier in diesem Augenblick bekommen konnte.

So vergingen Stunden, Julien wachte über Maries Schlaf, und als sie aufwachte, erkannte er ein wenig von ihrer gewohnten Kraft in ihrem Blick.

»Véronique«, sagte sie leise.

Julien nickte. Er schrieb rasch eine SMS und bat Véronique,

ihrer Freundin all ihre Heilkräfte zu senden, denn Marie war noch immer schwach. Wenige Sekunden später machte sein Smartphone Ping, und Julien erkannte, dass Véronique nur ein Emoticon zur Antwort geschickt hatte. Es war ein rotes Herz. Im selben Moment aber wurden Maries Atemzüge entspannter, und sie lächelte Julien an: »Die Schmerzen sind fort.« Sie beide sahen einander wissend in die Augen.

Véroniques heilende Gedanken wirkten über einen langen Zeitraum, und allmählich kam Marie zu Kräften. Ungeduldig drängte sie Julien dazu, den Schlüssel aus ihrem Safe zu holen. Denn sie hatte Sorge, dass einer dieser ominösen Männer auf die Idee käme, ihre Sachen im Hotel zu durchsuchen.

Julien aber trennte sich nur ungern von ihr. Doch da sie beharrlich darauf bestand und weil er sie nicht weiter schwächen wollte, nickte er und schenkte ihr einen Blick, in dem seine Sorge, aber auch seine Liebe zu lesen stand.

Julien näherte sich ihr zum Kuss, als es klopfte. Er wich zurück und sagte: »Herein!«, und dann ein: »Ach, du bist es!«

Es war Lucius, und Julien hoffte, dass Marie und Lucius es ihm nicht angehört hatten, wie wenig begeistert er von der Idee war, dass ausgerechnet dieser gutaussehende Typ, dem sie beide so viel verdankten, seinen Kuss unterbrochen hatte.

»Das ist ja eine schöne Überraschung!«, hörte er Marie sagen, und Lucius lachte sein breites Lachen, als sie hinzufügte. »Jetzt kann ich dir endlich persönlich dafür danken, dass du uns das Leben gerettet hast.«

»Ach, nicht doch«, Lucius wirkte irgendwie bedrückt, als könne er den Dank nicht ehrlich annehmen. Julien horchte auf. Ganz war er noch nicht ausgeräumt, der Verdacht, dass Lucius etwas mit den dunklen Kerlen zu tun gehabt hatte oder dass de la Fontaine sie geschickt hatte, um Maries Fund an sich zu nehmen.

Doch Julien machte gute Miene zum Spiel, von dem er nicht wusste, ob es ein böses war: »Ja, Lucius, ich danke dir auch, ohne dein Eingreifen wären wir vermutlich beide nicht mehr am Leben. Ich sehe noch die auf uns gerichtete Pistole vor mir.«

Marie wurde ganz blass bei seinen Worten, und Julien schalt sich, weil er so wenig aufmerksam gewesen war. Er musste ablenken, aber wie? Dann sagte er:

»Erzähl mal, was ist eigentlich noch im Dom passiert, als wir weg waren. Wie konnten die Kerle entkommen?«, stellte Julien die Frage, die ihm seit dem Frühstück auf der Zunge lag.

»Das ist eine längere Geschichte«, antwortete Lucius, woraufhin er Marie einen schnellen Blick zuwarf. »Doch um Marie zu schonen, würde ich sie dir lieber ein andermal erzählen.«

»Dann wird es heute wohl leider nichts, ich muss zur Generalprobe und wollte vorher kurz bei Marie im Hotel vorbei und ihr ein paar Sachen holen.«

Lucius wirkte verlegen, als er vorsichtig fragte: »Meinst du, es wäre vielleicht möglich für mich, mir die Probe anzuschauen? Die Vorstellungen sind alle ausverkauft, und ich würde den Parsifal zu gerne einmal sehen.«

»Selbstverständlich! Ich besorge dir eine Karte und lasse sie für dich am Bühneneingang auf deinen Namen hinterlegen. So kann ich mich wenigstens ein bisschen für deine Hilfe gestern erkenntlich zeigen.«

Lucius lachte erfreut: »Wunderbar, dann sehe ich dich nachher dort«, und er klopfte Julien freudestrahlend auf den Rücken.

»Avec grand plaisir«, erwiderte Julien lächelnd. »Vielleicht können wir ja danach noch gemeinsam Essen gehen.«

»Gute Idee!«

»Wir könnten uns einfach nach der Generalprobe am Bühneneingang treffen.«

»Alles klar et à bientôt!«

»Bis dann.« – Julien zögerte, wie er von Marie Abschied nehmen sollte unter Lucius Augen. So beugte er sich nur zu Marie hinunter und drückte ihr einen zärtlichen Kuss auf den Mund, ehe er das Zimmer verließ.

LUCIUS

WIEN, 4. SEPTEMBER 2013

Wie von Julien versprochen, lag am Bühneneingang beim Pförtner eine Karte für ihn bereit. Dieser drängte Lucius, sich zu beeilen, denn die Generalprobe sollte bereits in wenigen Minuten beginnen. Er erklärte Lucius noch schnell den Weg zu der Loge, in der sich sein Platz befand, ehe dieser mit langen Schritten durch die Gänge und die Treppen hinaufeilte.

Lucius betrat die Loge und war verwundert, dass sich niemand außer ihm in dem kleinen Raum mit den rot ausgeschlagenen Wänden befand. Kaum hatte er sich auf seinen Platz gesetzt, einen mit rotem Samt überzogenen Stuhl direkt an der Brüstung der Loge, erklangen die ersten Töne der Streicher aus dem Orchestergraben. Die Musik schien aus einer anderen Welt zu kommen. Lucius spürte, dass die Klänge seine Seele berührten und die Schranken überwanden, die er wie einen Panzer nach dem Tod seiner Eltern um sich errichtet hatte. Ihm war, als würde er vollkommen zerfließen, als gäbe es keinen Halt mehr, und für eine Sekunde verspürte er Angst vor dieser Macht der Gefühle, denn er war es doch gewohnt, stets die Kontrolle zu behalten.

Als folgende Worte des Gurnemanz, des ältesten der Gralsritter, erklangen, zerriss es Lucius beinahe das Herz:

»Dem Heiltum baute er das Heiligtum.
Die seinem Dienst ihr zugesindet auf Pfaden,
die kein Sünder findet, ihr wisst, dass nur
dem Reinen vergönnt ist sich zu einen,
den Brüdern, die zu höchsten Rettungswerken
des Grales heil'ge Wunderkräfte stärken:«,

Denn er erkannte, dass er diese heiligen Pfade nicht mehr finden würde. Zu viele Sünden hatte er sich in den letzten Jahren aufgeladen. Und all das in dem Bewusstsein, im Recht zu sein, denn er hatte das perfide Verhalten seines sogenannten Ziehvaters nach seinem Studium ohne nachzudenken übernommen. Aus dem tiefen Bedürfnis heraus, von Maurice de la Fontaine bewundert zu werden.

Wie weit war es nur mit ihm gekommen? Voller Erschütterung barg er sein Gesicht in den Händen und war nicht mehr in der Lage, dem Geschehen auf der Bühne zu folgen. So sehr plagte ihn die Erkenntnis, dass er in gewissem Sinne zur Hölle gefahren war, seit er sich vor einigen Jahren von Xiao Lin und seinen Lehren verabschiedet hatte.

Erst als Julien alias Parsifal erschien, war es, als würde ein elektrischer Stoß durch Lucius' Körper gehen, und er hob seinen Kopf. Er war wie geblendet von dem Licht, welches Parsifal umgab, als dieser voller jugendlichem Enthusiasmus sang:

»Gewiss! Im Fluge treff' ich was fliegt.«

In diesem Moment wurde Lucius von Kindheitserinnerungen übermannt, als er selbst voller Begeisterung auf einem Pferderücken gemeinsam mit seinen geliebten Eltern, seiner engelsgleichen Mutter und seinem liebevollen Vater, durch Wälder und Auen in der Provence geritten war. Er spürte nach langer Zeit wieder die Glückseligkeit, die er damals als einziges Gefühl gekannt hatte, und beugte sich über die Brüstung der Loge im ersten Rang, um der Bühne näher zu sein. Just in dieser Sekunde sang Parsifal alias Julien inniglich von seiner Mutter Herzeleide und blickte nach oben, sodass sich wie durch Zufall die Augen von ihm und Lucius trafen. Lucius sah, wie Julien fast unmerklich zusammenzuckte, als er ihn erkannte, doch sogleich wieder Herr der Lage war.

Je länger Lucius dem Geschehen auf der Bühne folgte, umso mehr verstand er, warum Julien de la Tour derzeit weltweit als der beste Tenor galt. Wenn man ihm zuhörte und gebannt seinen Bewegungen folgte, vergaß man vollkommen, dass man nur ein musikalisches Werk anschaute, denn die Inbrunst, die Hingabe, die Demut, mit welcher sich dieser vollends in den Dienst seiner Rolle stellte, musste seinesgleichen suchen.

Lucius spürte, dass Julien wie von einem mystischen Licht durchdrungen war, das nach außen abstrahlte und die Hörer verzauberte.

Lucius konnte nicht anders, er musste sich selbst hinterfragen. Was war geworden, aus dem Jungen, der er einst gewesen war in der Gesellschaft seiner Eltern. Hatten Menschen wie de la Fontaine ihn unwiderruflich auf die Seite des Bösen ziehen können. In seine Gedanken hinein, ertönte Parsifals Klage:

»Erlöser! Heiland! Herr der Huld!
Wie büß’ ich Sünder solche Schuld?«

Lucius hatte das Gefühl, als zerrisse es ihm das Herz. Wie hatte er sich nur in einen gefühlskalten Agenten verwandeln können?

»Wenn mir doch nur geholfen werden könnte!«, rief Lucius innerlich in tiefer Verzweiflung.

Und für einen Moment trat das Geschehen auf der Bühne in den Hintergrund, denn er spürte bei sich eine Präsenz, seltsam licht und tröstlich. Dazu vernahm er in seinem Innern eine Stimme, die zu ihm sagte:

»Fürchte dich nicht, Lucius. ICH BIN Erzengel Azrael, der Engel des Trostes und des Todes. Du hast Grund, tiefen Schmerz zu empfinden. Doch selbst wenn du viel Ungutes getan hast, so hast du auch Marie und Julien das Leben gerettet. Wirf diese Taten in die Waagschale, und du wirst sehen, dass dir geholfen werden kann. Die bösen Mächte sind dir nahe, aber vertraue auf Gott, mein Freund, denn die Gnade des Erlösers vermag dich zu erlösen, wenn du deiner wahren Mission voller Hingabe und Demut folgst.«

»Was ist denn meine wahre Mission?« Lucius erhielt keine Antwort mehr. Und doch war er überzeugt, dass ihm wahrhaftig ein Engel erschienen war.

Wie als Kontrapunkt erschien auf der Bühne vor ihm Parsifal mit der heiligen Lanze in der Hand vor Amfortas, dessen Wunde ohne Unterlass blutete. Parsifal berührte die Wunde und sang voll strahlender Herrlichkeit:

»Nur eine Waffe taugt: –
die Wunde schließt der Speer nur,
der sie schlug.
Sei heil, entsündigt und gesühnt!

Denn ich verwalte nun dein Amt,
Gesegnet sei dein Leiden,
das Mitleids höchste Kraft und
reinstes Wissens Macht dem
zagen Toren gab.«

In diesem Moment trafen sich Juliens und Lucius' Augen, und Lucius wusste, dass Gott ihm mithilfe von Parsifal vergeben, ihn von seiner Schuld erlöst hatte.

Tränen der Dankbarkeit rannen über Lucius' Gesicht, denn er erkannte, dass Juliens Seele, die in diesem Moment EINS mit Parsifal war, ihm hatte zeigen wollen, dass sie sein Leid und seine Schuld verstanden hatte und ihm die Tür für ein neues Leben öffnete.

»Welche Gnade ist dieser Sänger, dieser Mensch für die Welt!«, dachte Lucius und hätte am liebsten lauthals Bravo gerufen, als die letzten Töne der Generalprobe verklungen waren. Doch wagte er es nicht, da er keinesfalls auffallen wollte.

Julien, dessen Gesicht vollkommen verklärt schien, verbeugte sich voller Demut, obwohl sowohl das anwesende Publikum, die Orchestermusiker, als auch der gesamte Chor sowie die anderen Solisten und der Dirigent Arnold Scherenberg ihn mit Beifallsbekundungen überschütteten; ganz so, als weilte er noch in einer anderen Welt.

Lucius blieb noch eine geraume Weile sitzen, um das so tief transformierende Erlebnis nachklingen zu lassen.

Schließlich wurde er von einem Mann gebeten, die Loge zu verlassen, da die Oper geschlossen werden sollte. Ohne nachzudenken, stand er auf und machte sich auf den Weg zurück zum Hotel, packte seine Sachen und buchte den nächstmöglichen Flug zurück nach Paris, denn er wusste nun, was er zu tun hatte.

JULIEN

WIEN, 4. AUF 5. SEPTEMBER 2013

Julien war erschöpft, als hätte er Parsifals Schicksal selbst durchlebt. In seinem Inneren hatte sich eine Stille ausgebreitet, die er vom Meditieren kannte. Er fühlte sich leicht und grenzenlos und eins mit der Natur und den Menschen. Hatte er in dieser Stimmung wirklich Lucius in die Augen geblickt? Um ihn hatte ein Licht geleuchtet, das für einen Moment in Julien einen tiefen Eindruck hinterlassen hatte. »Ist Lucius am Ende doch auf der Seite des Guten? Wenn ich nur sicher sein könnte.« Und er beschloss Lucius ein wenig auf den Zahn zu fühlen. Doch dieser wartete nicht wie verabredet am Bühneneingang…

»Seltsam«, dachte er, ging aber zur Sicherheit einmal um das Gebäude der Staatsoper herum. Doch Lucius war auch nicht an der anderen, weniger bekannten Pforte. Eine SMS konnte er ihm auch nicht schicken, denn er hatte seine Handynummer nicht. Es war inzwischen nach Mitternacht, da konnte er auch Marie nicht fragen. Siedend heiß fiel ihm ein, dass er vor der Generalprobe ganz vergessen hatte, in ihrem Hotelzimmer nach dem Schlüssel zu schauen. Ihm war ganz elend bei dem Gedanken, jemand könnte das Zimmer durchwühlt und ihn an sich genommen haben. Zum Glück hatte Marie ihm ihre Zimmerkarte anvertraut, sodass er keine Probleme haben würde, in ihr Zimmer zu gelangen.

Kaum betrat Julien das »Radisson«, begrüßte ihn auch schon der Portier mit Namen. Denn wie ganz Wien hatte auch er von dem mysteriösen Anschlag auf das Leben von Marie Chevalier gelesen und konnte sich keinen Reim darauf machen. Er war immer ein glühender Bewunderer ihres Vaters gewesen. Wenn es seine wenige Zeit zugelassen hatte, hatte er sich stundenlang an der Oper angestellt, um einen der heiß begehrten Stehplätze zu ergattern. Wenn Jean Chevalier dirigiert hatte, war es noch schwieriger als sonst gewesen. Umso mehr nahm ihn das Schicksal von dessen Tochter mit.

»Sehr verehrter Herr de la Tour, darf man fragen, ob Marie Chevalier inzwischen außer Lebensgefahr ist?«

»Natürlich dürfen Sie fragen, mein Herr«, antwortete Julien freundlich, denn er spürte, dass der Nachtportier wirklich Anteil nahm. »Ehrlich gesagt: Ich weiß es nicht.«

»Oh, mein Gott!«, rief dieser aus, indem er die Hände rang. »Dann bleibt uns allen nur übrig zu beten, dass der Herr sie verschonen und sie noch nicht zu ihrem Vater holen möge.«

»Ja, so ist es. Ich danke Ihnen, dass Sie sich unserem Gebet für sie anschließen.«

»Selbstverständlich, Herr de la Tour. Es ist mir ein Herzensbedürfnis, habe ich doch ihren Herrn Vater so verehrt. Doch nun gehen Sie schnell und holen Sie, was Mademoiselle Chevalier braucht.«

»Ja, das mache ich. Ich danke Ihnen.«

Zögernd betrat Julien das Zimmer. Es fühlte sich nicht richtig an, in dieser Weise in ihre Privatsphäre einzudringen, auch wenn er ihre Erlaubnis dazu hatte. Vorsichtig schaute er sich um und erkannte, dass sich niemand dort zu schaffen gemacht hatte … Auf dem Nachtisch stand ein Foto von Marie und ihrem Vater, vor dem Fenster lag eine lavendelfarbene Yogamatte, und im Badezimmer atmete er den blumigen Duft ihres Parfums. Sehnsucht drohte ihn zu überwältigen. Er zog sein Handy aus der Hosentasche und tippte wie im Fieber:

Mein geliebter Engel,
es tut mir so leid, dass ich es nicht geschafft habe,
mich in einer der Pausen zu melden.
Ich hoffe sehr, dass es dir weiterhin immer besser geht!
Jetzt stehe ich in deinem Zimmer und spüre förmlich
deine Anwesenheit. Was würde ich dafür geben,
dich jetzt hier gesund in meinen Armen halten zu können!
So bleibt mir nichts Anderes übrig, als dir auf diesem Weg
einen zarten Kuss zu schicken.
Je t'aime …

Erschöpft sank er auf ihr Bett und fragte sich ein weiteres Mal, wie es möglich war, dass sich alles innerhalb kürzester Zeit so sehr veränderte. Aber er hatte eine Mission, war mit einer Absicht hier. Er trat an den Schrank, um den Hotelsafe zu öffnen. Er tippte die von ihr genannten Zahlen ein – sein Geburtsdatum – wie er verwundert feststellte, und die kleine Safetür öffnete sich. Zwischen verschiedenen Schmuckstücken lag der goldene Schlüssel auf einem dunkelroten Samtbeutel. Am besten, er tat ihn dort wieder hinein. Dann zögerte er kurz, sein Blick flog über die Schmuckstücke, und dann griff er nach einem Armband, das ihm Marie beschrieben hatte, bevor er den Safe wieder sorgsam verschloss.

Er packte ein paar Kleidungsstücke zusammen, und als er das Zimmer verließ, zeugte nichts von seinem Besuch.

LUCIUS

PARIS, 5. SEPTEMBER 2013

Lucius dachte nicht eine Sekunde an das verpasste Treffen mit Julien. Er zögerte nicht, sondern nahm das erste Flugzeug zurück nach Paris. Er musste dem Maître in die Augen sehen. Oder war es besser, dessen Spiel mitzuspielen. Lucius haderte den ganzen Flug über mit sich. Für äußere Betrachter saß er da und blickte fasziniert auf die Wolken unter sich. Hatte er wirklich einen Engel gesehen? Mit ihm gesprochen? Tief in seinem Innern war sie da, die Gewissheit, und doch: Was genau war seine Mission? Sollte er Marie und Julien unterstützen? Er wusste doch gar nichts darüber, was die beiden eigentlich vorhatten. Dass sie zusammen waren, hatte ihm der kurze Moment im Krankenhaus bewiesen, die Art, wie ihre Köpfe zurückgeruckt waren, als er den Raum betreten hatte. Lucius lachte laut auf, und sein Sitznachbar musterte ihn befremdet. Aber das war noch sein geringstes Problem. Wer aber konnte ihm jetzt helfen, das Gute vom Bösen zu trennen? Der Maître hatte zu viele Gesichter, wenn er ihn als erstes in Paris träfe – Lucius wusste nicht, ob er dann noch aus dem eigenen Willen heraus würde handeln können und nicht doch wie eine Marionette das tun würde, was de la Fontaine von ihm verlangte. Er seufzte.

»Haben Sie Flugangst?« Die Stimme des Mannes auf dem Sitz neben ihm klang besorgt.

Lucius lächelte ihn an. »Nein, keine Sorge. Und ich habe auch schon eine Lösung für mein Problem gefunden.« Genau in diesem Moment nämlich hatte er erkannt, was er tun wollte: Auf dem Platz neben ihm im Flugzeug saß ein Asiat mittleren Alters, und die Art, wie er Lucius ansah, hatte ihn an seinen alten Shaolin-Meister erinnert. Lucius stellte zu Hause in seiner Pariser Wohnung nur das Gepäck ab, dann aber schwang er sich auf seine Ducati und brauste durch die im morgendlichen Sonnenlicht schimmernden Straßen seiner geliebten Stadt zum Dojo von Meister Xiao Lin im Marais.

»Du wurdest mir bereits angekündigt, mein Sohn«, sagte Xiao Lin zu Lucius, als er ihn zur Begrüßung umarmte. Lucius sah ihn verwundert an. Doch er machte keine Bemerkung dazu. Xiao Lin hatte schon oft seltsame Hinweise auf höhere Mächte von sich gegeben. Ob auch Xiao Lin mit Engeln sprach? Was der Meister wohl dazu sagte, wenn er ihm anvertraute, was ihm widerfahren war …

Lucius folgte Xiao Lin über den Hinterhof in die kleine Halle, die er seinen »heiligen Raum« nannte. Dort warteten tatsächlich bereits zwei Schälchen mit duftendem Tee auf einem kleinen Tischchen zwischen den Trainingsmatten. Hatte sich Xiao Lin auf seinen Besuch vorbereitet? Die beiden Männer setzten sich in aufrechter Position gegenüber, und Lucius genoss das Schweigen, das sich ausbreitete. Schon immer hatte Xiao Lin dem Schweigen viel Raum gegeben, und so betrachtete Lucius das hauchdünne Porzellan der Teeschälchen und den rauchigen Duft des gerösteten grünen Tees.

»Dir liegt etwas auf dem Herzen«, sagte Xiao Lin, und sein freundlicher Blick war wie eine Aufforderung, loszulassen und zu erzählen.

Jetzt verspürte er keine Scheu mehr, sondern berichtete alles, was sich in Wien und auch zuvor zugetragen hatte.

Xiao Lin lauschte aufmerksam und fragte nur an zwei Stellen nach: Er ließ sich den Kampf schildern, jede der Bewegungen, die Lucius verwendet hatte, um den Gegner zu entwaffnen. Und er fragte, ob Lucius den Männern im Anschluss geholfen hatte, die Kirche unerkannt zu verlassen.

Er stellte diese Frage – und dann sagte er: »Mein lieber Sohn, du musst mir nicht antworten. Ich sehe, dass gute und böse Kräfte an dir zerren. Ich will dir hier für einen Moment Frieden gewähren. Doch die Entscheidung, auf welcher Seite du weiterleben möchtest, musst allein du fällen. Nur eines will ich dir verraten: Der Vater von Marie Chevalier war mir ein guter Freund. Und ich danke dir, dass du seiner Tochter das Leben gerettet hast.«

Lucius starrte ihn an. War denn in seinem Leben alles miteinander verwoben? Wem sollte er denn jetzt noch trauen, wenn auch Xiao Lin für eine Seite Partei ergriff?

Es klang wie ein Vorwurf, als er zu Xiao Lin sagte: »Warum hast du mir nie davon erzählt?«

»Weil du nicht bereit warst.«

Lucius starrte den Mann an, den er als seinen Freund und Mentor gekannt hatte. Ein so hartes Urteil. Wenn Xiao Lin ihn nicht für fähig hielt, wer dann? Lag es daran, dass er ihn so viele Jahre gemieden hatte und auf Abwege geraten war?

»Auch wundert es mich nicht, dass Julien in der Lage war, die vier Männer außer Gefecht zu setzen, denn auch er war mein Schüler.«

Lucius fühlte Eifersucht aufflammen. Wieder so eine Verbindung, von der er nichts gewusst hatte. Er durfte dem Meister nicht zeigen, wie sehr ihm diese Neuigkeit zusetzte:

»Du hast gesagt, er war dein Schüler«, hakte Lucius nach. »Warum ist er es nicht mehr?«

»Vor einigen Jahren hatte Julien einen folgenreichen Bühnenunfall, bei dem er sich am linken Knie verletzt hat. Heute praktiziert er ausschließlich Yoga.«

»Er war jedenfalls fit genug, um den einen oder anderen auszuschalten.«

»Nur dem Reinen ist es vergönnt sich zu einen mit den Brüdern, die zu höchsten Rettungswerken des Grals heilige Wunderkräfte stärken«, zitierte Xiao Lin aus Wagners Bühnenweihfestspiel.

»Willst du damit sagen, Julien dient dem heiligen Gral ebenso, wie es Parsifal einst tat? Und dass ihm deshalb wundersame Kräfte verliehen sind, um Maries Leben zu schützen?« Beinahe hätte Lucius hinzugefügt: »Und was ist dann mit mir?«, aber er verkniff es sich.

»Meditiere darüber, mein Sohn, und du wirst es erkennen.«

Lucius wusste, Xiao Lin war nicht bereit, ihm mehr zu enthüllen. Dennoch musste er eine weitere Frage stellen: »Und was rätst du mir nun zu tun?«

»Suche das Dossier über deine Eltern. Du kennst nur die halbe Wahrheit über ihren Tod.«

»Weißt du das oder ahnst du es?«, fragte Lucius bestürzt.

»Es ist mehr als nur eine Ahnung.«

»Verstehe! Gut! Ich werde es suchen.«

»Ich muss noch eine Warnung aussprechen, Lucius, dein Leben lang hast du gegen die Eifersucht angekämpft, die Teil deines Wesens zu sein scheint. Ich bin sicher, wenn es darauf ankommt, wirst du sie überwinden. Sei gewarnt. Doch nun lass uns ein wenig trainieren, du wirst deine Fähigkeiten nur zu bald brauchen, wenn ich das richtig sehe.«

Bevor Lucius gehen durfte, legte ihm Xiao Lin noch seine eigene Gebetsmala aus heiligen Hölzern um den Hals.

»Möge sie dich schützen, wohin auch immer du gehst, mein Sohn! Erinnere dich daran, die Dinge sind oft nicht so, wie sie zu sein scheinen …«, und schon war er wieder im Inneren seines heiligen Ortes verschwunden, ohne Lucius' Antwort abzuwarten. Lucius wusste, dass er gehen musste.

JULIEN / VÉRONIQUE

WIEN/PARIS, 5. SEPTEMBER 2013

Völlig verwirrt blickte sich Julien in seinem Hotelzimmer um, als ihn das Klingeln seines Handys aus dem Tiefschlaf riss. Es war Véronique, und sie sprudelte sofort los, ohne ihn zu Wort kommen zu lassen. Das war gar nicht ihre Art, und Julien war gespannt, warum sie anrief. »Ich habe gerade im Internet gelesen, dass heute früh vier unbekannte Männer aus der Donau gezogen worden sind. Die Medien erkennen Parallelen zu dem Überfall im Stephansdom. Wie aber kommen die Kerle in die Donau? Ihr habt mir erzählt, sie lagen bewusstlos da, als Ihr mit dem Rettungswagen fortgebracht worden seid!«

»Der Einzige, der mehr wissen könnte, ist Lucius, aber er ist gestern nicht wie verabredet nach der Generalprobe aufgetaucht, dabei war er dabei, ich habe ihn von der Bühne aus gesehen. Und ich kann ihn nicht anrufen, denn ich habe seine Handynummer nicht.« Julien verschwieg Véronique, dass er vermutete, dass Lucius mehr in die ganze Sache verwickelt war, als ihnen allen lieb war, denn er hoffte inständig, dass »Parsifal« auch bei Lucius seine Wirkung getan hatte.

»Zu dumm, da kann dir nur Marie helfen, aber zu früh kannst

du im Krankenhaus auch nicht auftauchen«, unterbrach Véronique seinen Gedankengang.

»Ja, aber sobald ich von Lucius gehört habe, melde ich mich bei dir. Véronique«, Julien machte eine Pause: »Véronique, sei unbedingt vorsichtig. Hier haben wir es mit einem unbekannten Gegner zu tun, und ich befürchte, dass wir nur allzu gut wissen, worauf sie es abgesehen haben. Ich gehe gleich zu Marie ins Krankenhaus, dann wissen wir vielleicht bald mehr!«

»Und grüße sie von mir, ich bin in Gedanken bei ihr.«

»Ja, das hat sie gespürt. Deine Gebete haben ihr sehr gut getan, und bitte, wenn du neben den Proben Zeit findest, sie kann alle Heilkraft gebrauchen. Ich mache mir große Sorgen, sie ist noch so schwach nach diesem Blutverlust.«

»Versprochen. Julien, pass bitte gut auf dich auf! Marie braucht dich.«

Er hatte kaum aufgelegt, da klingelte sein Handy erneut. Es war Marie, und nachdem er sich vergewissert hatte, dass es ihr gutging, erzählte er ihr von Véroniques Anruf und seinen Befürchtungen, was Lucius betraf.

Marie aber hatte andere Pläne. Sie sagte: »Erst einmal sollten wir uns um das Kästchen kümmern. Ich gebe dir gleich per SMS Lucius' Handynummer, aber – wir sollten nicht länger zögern. Du hast doch den Schlüssel?«

Julien bejahte.

»Und du hast das Kästchen.«

»Ja, ich habe beides hier im Hotel.«

»Dann bitte, versuch einmal, ob der Schlüssel passt. Wir müssen wissen, ob wir des Rätsels Lösung haben und unsere Mission bald beendet ist. Weißt du, ich fühle mich so schwach, und ich möchte, dass das alles ein Ende hat …«, sie zögerte, dann sagte sie: »… und wir ein wenig mehr Zeit haben nur für uns.«

»Ich verstehe dich, ma chère! Auch ich wünsche mir nichts sehnlicher, als Zeit mit dir zu verbringen.« Julien zögerte.

»Ich denke, es ist kein Zufall, dass du das Kästchen jetzt alleine öffnen wirst.« Ohne es zu ahnen, befreite Marie Julien von seiner Sorge. »Vermutlich ist ein höherer Plan am Werk, wie mein Vater so schön zu sagen pflegte.« Marie lächelte. »Du musst mir nur versprechen, dass du mich sofort anrufst, wenn du das Geheimnis gelüftet hast.«

»Das mache ich!«

Julien öffnete den Hotelsafe, in dem er Schlüssel und Kästchen verwahrt hatte. Es war das erste Mal, dass er das Kästchen bei Tageslicht sah, und er staunte, dass ihm zuvor entgangen war, dass es über und über mit Edelsteinen besetzt war. Egal, was darin war: Dies war ein kostbarer Schatz. Behutsam setzte er ihn auf dem Tischchen vor der Chaiselongue ab. Dann griff er nach dem goldenen Schlüssel, dem Vermächtnis von Maries Vater. Er hielt kurz inne und dankte Erzengel Michael für seine Hilfe und Führung. Und als er den Schlüssel in das Schloss steckte, passte er wie angegossen. Julien drehte ihn mit sanftem Druck und klappte den Deckel auf. Die Schatulle war innen ganz mit dunkelrotem Samt ausgeschlagen, und darin befand sich ein Symbol, wie Julien es nie zuvor gesehen hatte. Es war alt, und es schien eine mächtige Wirkung davon auszugehen. Daneben lag eine Art Schriftrolle, die von einem Ring mit demselben Symbol darauf zusammengehalten wurde.

Julien wagte kaum zu atmen. Er scheute sich, dass dünne Pergament in seine Hände zu nehmen, aus Angst, es könnte zerfallen.

Doch dann erinnerte er sich an Maries Worte, dass es wohl seine Aufgabe war.

Behutsam nahm er die Schriftrolle in die Hände, streifte den Ring ab und entrollte sie. Sie war in wunderschönen Lettern beschrieben, und Julien erkannte, dass es sich um Altokzitanisch handelte. Wie gut, dass ihn seine Mutter diese Sprache gelehrt hatte.

Als Julien die ersten Worte las, glaubte er seinen Augen nicht zu trauen:

Geliebter Leser,
denn das bist du, sonst hieltest du jetzt nicht meine Zeilen in deinen Händen, die über viele Jahrhunderte darauf gewartet haben, in deine göttlichen Hände zu gelangen.

Tränen begannen über Juliens Gesicht zu laufen, so tief berührten ihn diese Worte. Doch er wusste noch immer nicht, von wem dieser Brief stammte. So entzifferte er die nächsten Zeilen:

ICH BIN Maria Magdalena und sage dir, nur ein Sänger von Gottes Gnaden, einer der letzten wahren Troubadoure, wird in der Lage sein, mein Rätsel zu entziffern und somit den Schatz von Jesus Christus zu bergen, für den ich Vieles, sehr Vieles hinter mir gelassen habe, um ihn mit all der mir zur Verfügung stehenden Macht zu schützen.

Juliens Herz drohte zu zerspringen, als ihm bewusst wurde, dass diese Worte einzig und allein für ihn bestimmt waren. Im selben Augenblick fiel er in eine tiefe Trance und fand sich wieder an Eleonore von Aquitaniens Hof, wo er vor einer großen Hofgesellschaft seine Minnelieder zum Besten gab, in welchen er in Wahrheit der heiligen Maria Magdalena und der reinen Liebe zwischen dieser und Jesus Christus huldigte. Seine strahlend helle Stimme erfüllte die ganze Halle mit überirdischem Licht – und er konnte erkennen, dass ihm nicht alle Anwesenden so wohl gesonnen waren wie die Königin der Troubadoure selbst. Es fühlte sich an, als würden sich Dolchspitzen in seinen Körper bohren, doch er sang weiter, noch berührender als zuvor, sodass der Reihe nach Damen vor seinen Füßen in Ohnmacht fielen.

Schließlich gebot Eleonore selbst dem Spektakel Einhalt, indem sie in ihre reich beringten Hände klatschte: »So lasst uns dem holden Troubadour danken für seine segensreiche Kunst und uns anderen Sinnesfreuden widmen. Das Bankett sei hiermit eröffnet!«

Und schon betraten Reihen von Dienern den Raum und verwöhnten die Gäste mit den herrlichsten Gaumenfreuden.

In diesem Moment erwachte Julien wieder aus der Trance, noch immer Maria Magdalenas Brief in Händen haltend, und seine Augen bohrten sich fest an den Worten:

»… ein Sänger von Gottes Gnaden, einer der letzten wahren Troubadoure, wird in der Lage sein, mein Rätsel zu entziffern und somit den Schatz von Jesus Christus zu bergen …«

Hatte Maria Magdalena schon damals gewusst, dass einst Eleonore von Aquitanien ebenfalls die wahre Macht ihrer Weiblichkeit annehmen würde und die Welt mittels der Gesänge und Schriften der Troubadoure auf subtile Art und Weise mit dem Wissen und den Lehren der Blutlinie vertraut machen würde? Und dass er selbst einer dieser Troubadoure sein würde? War es tatsächlich möglich, dass ein Mensch aus Fleisch und Blut in der Lage war, so weit in die Zukunft zu blicken?

Julien hing noch seinen Gedanken nach, als er plötzlich eine Veränderung in seinem Zimmer wahrnahm. Er hob den Blick und erkannte eine überirdisch schöne Gestalt, gehüllt in einen tiefroten Mantel, die wenige Meter vor ihm über dem Boden zu schweben schien. Als er in ihre Augen blickte, wusste er, um wen es sich handelte.

Julien wollte etwas fragen, doch ehe er sich versah, war die Erscheinung wieder verschwunden.

Da fiel sein Blick erneut auf das Pergament, und er sah einen Satz, der ihm bisher entgangen war:

»Denke daran, singend wird sich dir die Lösung meines Rätsels offenbaren!«

Hiermit bestätigte sich Maries Ahnung, dass er derjenige war, der das Kästchen hatte öffnen müssen. Gerührt wischte er sich die Augen und griff zu seinem Smartphone.

»Und? Was hast du gefunden?«, Maries Stimme zitterte vor Aufregung.

»So manches, chérie ...«

Juliens Stimme klang ganz rau, als er Marie von seinen Entdeckungen erzählte. Sie lauschte atemlos, um ja kein Wort zu verpassen.

»Das ist ja unglaublich!«, rief Marie aus, als Julien geendet hatte. »Damit ist nun endgültig bewiesen, dass wir eine gemeinsame Mission haben. Ich hatte den Schlüssel, um die Schatulle zu finden, deren Inhalt offensichtlich für dich bestimmt ist.«

Marie hatte wie immer bereits ihre Schlüsse gezogen. Julien musste schmunzeln.

»Scheint so. Marie, ich komme so schnell wie möglich zu dir und zeige dir den Ring. Das Kästchen und den Brief aber schließe ich in einer Bank sicher weg. Es hat keinen Sinn zu glauben, dass der Safe hier im Hotel sicher ist. Auf dem Weg zu dir komme ich bestimmt an einer Bank vorbei, und den Schlüssel wirst du tragen, ich besorge eine Kette, dann ist er nah bei dir.«

Maries Rührung war spürbar, als sie sagte: »Komm so schnell wie möglich!«

LUCIUS

PARIS/WIEN, 5. SEPTEMBER 2013

Lucius legte die Finger auf die Tasten und atmete tief durch. Er würde es wirklich tun: Er würde de la Fontaine hintergehen, der ihn wie ein Pate unter seine Fittiche genommen hatte nach dem Tod seiner Eltern. Und er würde alle Regeln der »Société Arts et Culture de Paris« brechen und somit seinen Arbeitgeber hintergehen. Aber Xiao Lins Aussage, es würde ihm helfen, wenn er mehr über den Tod seiner Eltern wüsste, hatte etwas in ihm verändert. Er war entschlossen, nicht mehr nur zu tun, was andere ihm sagten. Er wollte endlich sein Leben in die eigenen Hände nehmen und für sich selbst entscheiden. Ein wenig gespannt war er schon, ob er richtig vermutete, dass de la Fontaine alles Geheime ganz normal zwischen den Unterlagen der Stiftung abgespeichert hatte. Aber er erinnerte sich daran, dass einer der Lieblingssätze des Maître lautete: Einen Baum musst du im Wald verstecken.

Lucius durchsuchte eine Dateistruktur nach der anderen auf verräterische Hinweise. Die Namen seiner Eltern waren unauffindbar, aber das wäre ja auch zu dilettantisch gewesen. Also war er darauf gekommen, sich die Art und Weise anzusehen, wie die

Société Akten aufbewahrte. Irgendwo musste sich doch ein Hinweis verbergen.

Als es allmählich dunkler wurde im Raum und er bemerkte, dass das Licht des Bildschirms alle anderen Lichtquellen an Helligkeit übertraf, rieb er sich resigniert über die Stirn. So einfach war das nicht. Stundenlang suchte er nun schon, doch er hatte nichts über seine Eltern entdeckt. Wie in Trance tippte er die Worte »Wien« und »Stephansdom« in die Suchmatrix, und als sich gleich mehrere Fenster öffneten, erstarrte er. Es gab tatsächlich einige Dokumente, die unter Verwendung dieser Namen abgespeichert waren. Ein brandneues Dokument öffnete er als erstes, und was er las, ließ ihm das Blut in den Adern stocken. Vier Männer waren da erwähnt, und während er den Text überflog, brannten sich einige Passagen in seine Seele ein, darunter die Worte »Versagen«, »tödlicher Ausgang« - und was stand dort: »Sollten wir die Angelegenheit nunmehr Tatjana Menkowa überlassen«, »eingetroffen in Wien«, »soll schnellstmöglich ins Krankenhaus und Marie Chevalier zum Reden zwingen, egal, mit welchen Mitteln …«.

Lucius' Finger waren schweißnass, als er weiterscrollte. Alles, was er sah, bewies ihm, dass Maurice de la Fontaine offensichtlich noch tiefer in die ganze Sache verwickelt war, als er bisher angenommen hatte. Dies ging eindeutig zu weit! Und nun war Marie in Gefahr. Eine Killerin hatte der Maître auf sie angesetzt! Lucius checkte die Daten. Er musste handeln. Diese Menkowa musste längst in Wien eingetroffen sein. Was nur konnte er aus dieser großen Entfernung unternehmen, um Maries Leben zu schützen?

Fieberhaft tippte er den Namen der Klinik ein und suchte die Telefonnummer aus dem Verzeichnis. Dann griff er zu seinem privaten Handy. Es klingelte, und er hörte sich stammeln: »Hallo!

Ich kann Ihnen meinen Namen nicht verraten, doch Marie Chevalier befindet sich in großer Gefahr. Eine junge Frau wird kommen oder ist bereits in ihr Zimmer gelangt und hat den Auftrag, Marie außer Gefecht zu setzen und vielleicht sogar zu töten. Unternehmen Sie bitte sofort etwas!« Vollkommen verzweifelt legte Lucius auf, er spürte, dass dies nicht genug war, wer reagierte schon auf Drohanrufe. Er konnte nur hoffen, dass die Mitarbeiter in der Klinik mitbekommen hatten, warum Marie dort eingewiesen worden war ... Hoffentlich war er nicht zu spät dran. Seine Gedanken überschlugen sich fast: Maurice de la Fontaine plante kaltblütig Morde. Er selbst musste sich entscheiden, sollte er auf der Seite der Gesellschaft bleiben, wie der Ziehsohn des Maître handeln und Marie Chevalier ausspionieren, da sie augenscheinlich der Schlüssel zu allem war – oder wollte er weiter auf der Spur jenes Lucius wandeln, den ihm Julien und sein Gesang aufgezeigt hatten. Konnte er das sein: ein guter Mensch? Lucius wusste nicht, was er tun sollte. Einerseits hätte er Julien oder Marie am liebsten informiert, auf welch gefährliches Spiel sie alle sich da eingelassen hatten. Andererseits wusste er nicht, ob nicht doch Anhänger der Blutlinie um Maria Magdalena und Jesus Christus seine Eltern heimtückisch ermordet hatten, solange er das Dossier über seine Eltern nicht fand. Seufzend raufte sich Lucius die Haare. Was sollte er nur tun? Offensichtlich war er nur eine Schachfigur in den Händen des Maître. Nein, er wollte seine eigenen Züge planen. Doch wenn er weiter an der Quelle sitzen und herausfinden könnte, was die von Maurice de la Fontaine sorgfältig arrangierten nächsten Schachzüge waren ... Das war es, er musste de la Fontaine glauben machen, dass er weiter auf der Seite der Gesellschaft handelte. Er durfte sich keinerlei Fehler erlauben, geschweige denn auffliegen, denn sonst war es um ihrer aller Leben geschehen. Lucius schloss die Augen und schickte ein

Stoßgebet gen Himmel, in dem er inbrünstig darum bat, dass sich alle himmlischen Mächte um Maries Rettung bemühen sollten, sofern dies Gottes Wille war.

JULIEN

WIEN, 5. SEPTEMBER 2013

Schwester Klara musterte ungläubig den Hörer, den sie noch immer mit zittrigen Fingern hielt. Einen anonymen Anruf hatte sie noch nie entgegengenommen. Da ging neben ihrer Schwesternstation die Fahrstuhltür auf, und sie starrte den Mann wie hypnotisiert an, der eintrat. Es war dieser Star-Tenor. In ihrer Panik wusste sie zunächst seinen Namen nicht, stotterte nur: »Sie ist in Gefahr!«, dann aber rannte sie los, so schnell sie konnte, im Hinterkopf noch die Stimme ihrer Oberschwester, die ihr eingetrichtert hatte, dass eine Schwester nie und um nichts in der Welt rannte, um die Menschen im Krankenhaus nicht zu verunsichern. Aber diesmal, das wusste Klara, wäre auch die Oberschwester mit laut hallenden Schritten losgespurtet. Hinter sich hörte sie ein zweites Paar Schuhe den Gang entlangeilen.

Die Tür zum Krankenzimmer stand offen, auch so eine Unmöglichkeit. Und vom eigenen Schwung getrieben, stürmte Klara in das Zimmer und prallte gegen eine Frau, riss sie um, und beide gingen zu Boden. Ein harter Gegenstand traf neben Klara auf, und dann schlitterte eine Waffe neben ihr über das Linoleum. Klara griff danach, und als hätte sie beim Krimis-Gucken mit geübt, donnerte sie der liegenden Frau die Waffe gegen den Schädel. Die Frau erschlaffte, lag da wie ohnmächtig.

Julien bot sich ein erschreckender Anblick, als er hinter der Schwester in Maries Zimmer stürmte. Sein erster Blick galt Marie, die ihn aus schreckgeweiteten Augen anstarrte, eine Hand auf die Wunde in der Brust gepresst. Sein zweiter Blick galt der Frau am Boden, dunkelhaarig, und zwischen den Haaren quoll Blut aus der Kopfhaut. Daneben kniete die Schwester, die sich so liebevoll um Marie gekümmert hatte und an die Julien sich gut erinnerte. Klara, der Name war Klara, und so sprach er sie an: »Klara, ist alles in Ordnung?« Er wartete die Antwort nicht ab, denn etwas forderte seine Aufmerksamkeit: Auf Maries Nachthemd breitete sich ein großer Blutfleck aus. Er hatte doch keinen Schuss gehört? Ein Schalldämpfer? Konnte die Angreiferin tatsächlich auf Marie geschossen haben? Wenn er doch nur mehr Ahnung von solchen Dingen gehabt hätte. Julien wusste, er hatte sich stets nur mit den eigenen Händen verteidigen wollen. Aber jetzt hätte er gerne mehr gewusst über dieses grausige Ding, diese kalte Waffe auf dem Boden des Krankenzimmers. Und dankbar registrierte er, dass Dr. Weiß zur Tür hereinkam, beschwingten Schritts und erfüllt von dieser Gleichmut, die ihm so angenehm an dem Arzt aufgefallen war.

»Marie«, stammelte Julien, »… ihre Wunde, Sie müssen sie retten!«

Julien hatte das Gefühl, als würde sich der Boden vor ihm auftun und er darin versinken, als er sah, wie Dr. Weiß nur kurz zögerte und mit großem Schritt über die liegende Killerin hinweg trat. Bei Marie angekommen, zögerte er nicht eine Sekunde, sondern ordnete, ohne Klara einen Blick zu schenken, mit drängender Stimme an, Marie für den OP fertig zu machen.

Juliens Knie zitterten so stark, dass er befürchtete, jeden Moment umzufallen und ohnmächtig zu werden. Er konnte sich gerade noch rechtzeitig an die Wand lehnen, bevor er langsam nach unten rutschte.

Als er wieder zu sich kam, beugte sich ein Mann in der Uniform eines Polizisten gerade über die Frau am Boden und legte ihr Handschellen an. Daneben stand Schwester Klara, und es sprudelte nur so aus ihr heraus, was ihr passiert war, wie das Telefon auf der Station geklingelt hatte und was danach passiert war. Als sie bemerkte, dass Julien sie beobachtete, kniete sie sich neben ihn.

Sie fühlte nach seinem Puls und sagte: »Monsieur de la Tour, sie waren ohnmächtig. Aber das kann ich Ihnen auch nicht verdenken, mir war ja auch ganz anders, eine Frau mit einer Pistole, die Polizei vermutet eine Auftragskillerin. Wer will denn dieser netten Frau …«, Julien unterbrach sie mit vor Angst geweiteten Augen: »Lebt Marie noch?«

»Ja, sie wird gerade operiert, die Wunde war aufgerissen, sie muss sich zu schnell bewegt haben, als sie die Frau mit der Waffe plötzlich vor sich sah. Dadurch hat sich wohl die Wunde wieder geöffnet, aber ich konnte kurz mit Dr. Weiß sprechen, es wird alles in Ordnung kommen.«

Julien spürte, dass ihm Tränen der Freude über die Wangen liefen, und er erwiderte ungerührt den verwunderten Blick der jungen Schwester. Er ergriff ihre Hand, doch die Stimme versagte ihm, obwohl er ihr gerne versichert hätte, wie glücklich er war, dass seine Marie überleben würde. Der bewundernde Blick der Schwester aber galt dem Star-Tenor, und es dauerte einen Moment, bis ihre Routine die Oberhand gewann: Sachte strich sie ihm über das glänzende Haar und erwiderte den Druck seiner Hand.

Schließlich hatte sich Julien so weit gefasst, dass er sie dankbar anlächeln konnte. Er bat sie, ihm beim Aufstehen behilflich zu sein. Als er wieder auf seinen beiden Füßen stand, legte er ihr die Hände auf die Schultern und sagte mit belegter Stimme: »Ich danke Ihnen, dass Sie meine Marie gerettet haben, Klara. Können Sie mich wohl zu ihr bringen? Es wäre nett, wenn Sie mich begleiten würden, ich bin noch immer etwas wackelig auf den Beinen.« Doch egal, wie er sich fühlte, er konnte sich keinen schöneren Platz vorstellen, als an Maries Seite – und sei es an ihrem Bett im Aufwachraum.

VÉRONIQUE

PARIS, 5. SEPTEMBER 2013

Von einer tiefen Panik erfasst, versuchte Véronique seit einer guten Stunde, Julien zu erreichen, doch er ging weder an sein Handy noch nahm jemand im Krankenhaus ab. Véroniques Verzweiflung wuchs, denn ein Bauchgefühl sagte ihr, dass das Leben ihrer Freundin Marie an einem einzigen seidenen Faden hing. Warum nur konnte sie niemanden erreichen? Mit jeder Sekunde, die verging, ohne dass sie irgendjemand erreichte, wurde Véronique noch unruhiger. Sie atmete tief, wie sie es für Situationen wie diese geübt hatte. Und als sie wieder etwas klarer denken konnte, hob sie einer Eingebung folgend den Blick. Sie erkannte das strahlende Licht von Mutter Maria, und sie fühlte sich augenblicklich ruhiger. Natürlich war es weitaus sinnvoller, sich hinzusetzen und Marie Energie zu schicken, als sich weiter den Kopf mit quälenden Gedanken und schrecklichen Bildern zu zermartern, was wohl gerade in Wien geschah.

So machte sie es sich in ihrer Meditationsecke bequem und begann erneut, sich durch ihre Atmung auf Marie einzustimmen. Sie begann von tiefer Zuversicht erfüllt mit der energetischen Fernbehandlung, und ihr Körperscan bestätigte ihr, dass ihre innere Stimme ihr aus gutem Grund panische Gefühle geschickt hatte: Maries Lebenslicht war so gut wie erloschen. Véronique schloss für einen Moment die Augen und besann sich wieder auf den kurzen Moment des Erscheinens von Maria und auf die Hoffnung, die sie erfüllt hatte beim Anblick des Lichts. Ermutigt verwendete sie all ihre Aufmerksamkeit darauf, Marie zu unterstützen, so gut es ihr möglich war. Während sie von Minute zu Minute ruhiger wurde, sagte ihr die Erfahrung, dass ihr Energieimpuls die Freundin erreicht hatte und deren Licht langsam wieder zu leuchten begann.

Véronique wischte sich mit der Hand über die Stirn. Sie war so weit weg von ihr, das fühlte sich nicht richtig an, sie musste ihr näherkommen. Oder ihr zumindest helfen bei ihrer Suche nach dem Schlüssel zum Erbe ihres Vaters. Mit einem Seufzer erinnerte sie sich an die Diskussion, die sie mit Marie gehabt hatte. Und sie wusste, ihre Freundin hatte recht gehabt, die Rolle der Manon war eine einmalige Gelegenheit in ihrem Leben. Sie durfte sich nicht von den Kräften des Bösen davon abhalten lassen, den Menschen das Glück zu schenken, das ein Ballettabend auslösen kann. Und sie wusste um die Energie, die dann in den Menschen zu fließen begann. Auch sie hatte ihre Lebensaufgabe. Doch Maries Leben war ernsthaft in Gefahr gewesen. Véronique ging wieder zum Tisch, auf dem sie ihr Handy zurückgelassen hatte und tippte eine Nachricht für ihn:

Mon cher Julien,
ich habe, erfüllt von Sorge um Marie, gerade darüber
nachgedacht, mich in den nächsten Flieger zu setzen,
doch ich muss zuerst mit der Ballettdirektion sprechen.
Falls es keinen Ersatz für mich gibt, kann ich
nicht die ganze Compagnie im Stich lassen;

auch wenn es mir noch so schwer fällt, hier
untätig herumzusitzen, während Marie um ihr
Leben kämpft …
Bitte informiere mich über ihren Zustand,
du weißt, meine Gedanken sind bei ihr – bei euch …

JULIEN

WIEN, 5. SEPTEMBER 2013

Julien war dankbar, dass er bei Marie im Aufwachraum bleiben durfte. Er wusste, dass man es ihm nur gestattete, weil Dr. Weiß sich persönlich schon davon hatte überzeugen können, dass sie einander gut kannten. Womit er nicht gerechnet hatte, war, dass Maries Zustand den Ärzten solche Sorge bereitete. Er versuchte, ihnen bei ihren Bemühungen möglichst nicht im Weg zu sein, presste sich auf dem benachbarten Krankenhausbett an die Wand und beobachtete alles, was sie taten, doch tief in seiner Seele flehte er Jesus Christus um Hilfe an. Die Ärzte mühten sich, Marie aus ihrer Betäubung zu wecken, sie blieb völlig abwesend, und Julien sah mit Schrecken die Blässe auf ihrem Gesicht. Wenn doch nur Véronique hier wäre – oder mein Meister, wenn doch nur jemand mit spirituellen Kräften bei ihr wäre. Und er atmete tief, wie seine Mutter es ihn gelehrt hatte. Seine Gedanken füllten sich mit liebevoller Energie, und er breitete sie in sich aus, ließ sie überfließen, bis sie Marie erreichte.

Vor seinen Augen lief auf einmal ein Zittern durch ihren Körper, und beglückt beobachtete Julien, wie sie aus ihrer Erstarrung erwachte.

Ihr Blick war suchend, das Zimmer fremd, doch dann erkannte sie Julien, und sie schien sich augenblicklich zu beruhigen. Ein zaghaftes Lächeln stahl sich auf ihr von den durchlittenen Strapazen ausgezehrtes Gesicht.

»Julien«, sagte sie.

Erleichtert sprang Julien von seinem Bett auf und setzte sich neben sie, nahm sie in die Arme, wiegte sie sanft hin und her und flüsterte ihr ins Ohr: »Mein geliebter Engel, bitte verlass mich nicht! Das würde ich nicht noch einmal überleben. Bitte bleib bei mir!«

Da fing Marie bitterlich an zu weinen, und sie sah ihm fragend in die Augen, als sie sagte: »Diese Frau, sie, sie, sie wollte mich töten?« Voller Angst klammerte sie sich an Julien fest, ganz so, als wollte sie ihn niemals mehr loslassen.

Eine Weile ließen die Ärzte Marie und Julien gewähren. Doch sie wussten, dass Marie dringend Ruhe brauchte und baten Julien zu gehen.

»Julien, bitte bleib!«, flehte Marie ihn an, als er sich von ihrem Bett erhob.

»Chérie, ich lasse dich nicht im Stich, doch du musst jetzt ruhen.«

Da gab Marie klein bei und ließ sich von einer Schwester aus dem blutgetränkten Nachthemd helfen. Sorgsam löste diese auch den Verband. Als Juliens Blick auf die blutende Geschwulst fiel, wäre er fast erneut in Ohnmacht gefallen, so sehr erschreckte ihn der Anblick und noch mehr eine Ahnung der Schmerzen, denen Marie ausgesetzt war.

Marie nahm das Entsetzen in seinen Augen wahr und schlang die Arme schamhaft um den nackten, verwundeten Oberkörper, als würde ihr soeben bewusst, dass der Mann, den sie liebte, ihre Brüste alles andere als glücklich betrachtete.

Julien aber wendete den Blick nicht ab, sondern ließ ihn zu ihren Augen wandern und sagte: »Ich werde dich immer lieben.« Sie aber erwiderte, und ihre Stimme war rau vor Müdigkeit und Mutlosigkeit:

»Julien, bitte verlass das Zimmer.«

Er schloss für einen Moment die Augen, dann nickte er und trat hinaus auf den Gang. Ein wenig konnte er es nachvollziehen, dass sie allein sein wollte. Hätte er so eine Wunde gehabt, er hätte nicht ertragen, wenn Marie ihn so gesehen hätte. Und doch war da das Verlangen, ganz nah bei ihr zu sein. Ablenkung, das war es, was er jetzt brauchte. Ruhe und andere Gedanken. Wie aus Gewohnheit zog er sein Handy heraus und lehnte sich im Gang vor dem Aufwachraum an die Wand. Er konnte sich nicht vorstellen, weit zu gehen, sie wirklich zu verlassen, seine Marie.

Er antwortete Véronique, erkannte, welche Sorge sie zerriss. Auch er hätte das Theater, in welchem er verpflichtet war, nicht einfach verlassen. Sie alle waren nicht nur Arbeiter, sie folgten ihrer Berufung. Ihm fiel siedend heiß ein, dass am nächsten Tag die »Parsifal«-Premiere war. Wie sollte er unter diesen Umständen singen? Er musste unbedingt noch einmal mit Marie sprechen. Ihr seine Liebe versichern.

Julien ging nervös im Gang auf und ab. Es war ein fremder Arzt, der ihn ansprach: »Sie sind Julien de la Tour? Ich denke, Sie sollten noch einmal nach Marie Chevalier sehen. Ich an Ihrer Stelle hätte auch Angst nach so einem Attentat, allein zu sein, aber wir können keine Schwester entbehren, damit sie sich zu ihr setzt. Wollen sie das übernehmen?«

Julien nickte stumm. Das Zimmer war erfüllt von Maries Gegenwart, und Julien saß eine ganze Weile schweigend neben ihr.

MARIE

WIEN, 5. SEPTEMBER 2013

Marie spürte auf einmal Juliens Präsenz. Hatte sie ihm nicht gerade noch gesagt, er solle das Zimmer verlassen? Sie war zu erschlagen, als dass sie sich dazu hätte aufraffen können, ihn erneut fortzuschicken. Sie lag stattdessen völlig teilnahmslos in dem Bett, das so fremd roch und so sehr nach Medizin und Verzweiflung. Marie atmete und hatte das Gefühl, dass ihr mit jedem Atemzug das Leben immer mehr entglitt.

Wie sollte sie weiterleben, wo jemand es auf sie abgesehen hatte. Niemand konnte ihr versprechen, dass nicht ein weiteres Attentat auf sie geplant war, geschweige denn, sie davor schützen. Sie hatte weder Vater noch Mutter mehr, Véronique war unerreichbar weit weg, und Julien hatte sie vermutlich gerade ebenfalls verloren. Sie seufzte unwillkürlich und spürte auf einmal seine Hand auf ihrer. Ach, was wollte ein Mann wie er, dem Hunderte oder wahrscheinlich sogar Tausende von Frauen zu Füßen lagen, mit einer verstümmelten Frau wie ihr?

Sie fühlte sich hundeelend und ihr sank der Lebensmut. Immer mehr zog sie sich in das Schneckenhaus ihrer Gedanken zurück, wich dem Schmerz aus, der sie quälte, und hörte und sah nichts von der Diskussion der Ärzte an ihrem Krankenbett oder der Verzweiflung auf Juliens Gesicht.

Marie spürte den eigenen Körper kaum noch, als sie plötzlich eine sanfte Berührung fühlte, Lippen, die sich ihr auf die Stirn drückten, und sie zuckte zusammen. Als sie die Augen öffnete, sah ihr Julien mit solch seelenvollem Blick in die Augen, dass es ihrem Herzen einen Stich versetzte. War er wirklich kurz davor, sie aufzugeben? War das ein Abschiedskuss gewesen?

Er bemühte sich sichtlich, ihr seine Angst um sie nicht zu zeigen und sprach so sanft auf sie ein, dass sie ihren Ohren kaum traute.

»Meine geliebte Marie, vermutlich habe ich nicht die leiseste Ahnung, wie es dir geht und was in dir vorgeht. Doch bitte sei gewiss, ich bin bei dir und gehe mit dir durch dick und dünn, koste es, was es wolle.«

Bei Juliens letzten Worten horchte sie auf, schaute ihn fragend an, und ihr ging durch den Kopf: »Weißt du überhaupt, was du da sagst und was das bedeutet?« Doch ihr fehlte die Kraft, auch nur ein Wort herauszubringen. Als hätte er sie verstanden, fuhr Julien fort: »Ich weiß, du kennst mich nicht wirklich und hast vermutlich nicht nur Gutes über mich gehört, dennoch sind die Dinge nicht immer so, wie sie zu sein scheinen. In dem Moment, in welchem ich dich das erste Mal gesehen habe, hat sich mein ganzes Leben verändert. Mir war, als hätte ich mein Leben lang einzig und allein auf diesen einen Augenblick gewartet.«

Marie sog jedes seiner Worte in sich auf.

»Wenn du es zulässt, werde ich nicht mehr von deiner Seite weichen, denn ich weiß, dass wir füreinander bestimmt sind.«

»Bist …«, brachte sie heraus.

»Ob ich mir sicher bin?«, fragte er zurück und strahlte sie an, als er sagte: »Ja, das bin ich!«

Der Klang seiner Stimme durchdrang sie. Doch ihre Gedanken rasten, und sie flüsterte leise: »Auch wenn meine Brust für immer entstellt ist?« Tränen liefen ihr über die Wangen, und sie hätte sich selbst nicht eingestanden, dass es nicht die Erschöpfung war, sondern Kleinmut. In Juliens Blick stand zu lesen, wie sehr er sie verstand. »Ich werde diese Brust ganz besonders zärtlich streicheln und liebkosen, sodass du weißt, dass ich jeden einzelnen Millimeter an dir liebe, mit oder ohne Narbe.«

Da konnte Marie nicht mehr an sich halten, schluchzte bitterlich auf, und Julien nahm sie tröstend in die Arme. Sie konnte nicht aufhören zu weinen. All ihr Leid und ihre Schmerzen brachen sich Bahn.

Julien drückte sie an sich, streichelte ihr liebevoll übers Haar und murmelte leise Liebesworte in ihr Ohr.

Allmählich begann sich Marie zu beruhigen. Noch immer unter Tränen schaute sie ihn an und murmelte: »Habe ich es wirklich verdient, dass ausgerechnet du mich liebst?«

»Womit habe ich es verdient, dass ausgerechnet die wundervolle Tochter von Jean Chevalier mich liebt?«, antwortete Julien geistesgegenwärtig mit einer Gegenfrage, sodass sie beide unwillkürlich auflachten. Dieses Lachen tat so gut, und sie konnten gar nicht mehr aufhören, bis ihnen schließlich Tränen der Rührung über die Wangen liefen, und sie hätten nicht gewusst, ob sie lachten, weinten oder einfach nur glücklich waren.

Hinter Julien tauchte auf einmal Dr. Weiß im Türrahmen auf, doch er sah sie nur zufrieden an, wie ein Arzt, der weiß, dass es seiner Patientin besser geht. Er blieb dort, wartete geduldig, bis sie die Gefühle wieder im Griff hatten.

Dann sagte Dr. Weiß:

»Lieber Monsieur de la Tour, Sie sind und bleiben einfach die beste Medizin für Marie. Am liebsten würde ich Sie Tag und

Nacht hier im Krankenhaus behalten, doch ich weiß, dass dies nicht geht, denn Sie würden halb Wien ins Unglück stürzen, wenn Sie den ›Parsifal‹ nicht singen könnten.«

Marie schob Julien mit beiden Händen von sich, hielt aber seine Schultern fest umfasst und sagte todernst: »Das kannst du beim besten Willen nicht tun. Das würde ich mir im Leben nicht verzeihen, wenn du den »Parsifal« nicht singst. Denk nur an all die Menschen, an … ihre spirituellen Erfahrungen …«

Julien blickte sie fragend an …

»Doch, ich meine das wirklich ernst, mon cher«, beantwortete Marie seine unausgesprochene Frage, froh, dass ihre Stimme so fest klang wie es ihre Überzeugung war: »… denn ich weiß, wie mein Vater über deinen ›Parsifal‹ gesprochen hat. Er hat mich regelrecht geschimpft, dass ich meine eigenen Termine wichtiger fand, als dafür in die Oper zu gehen.«

»Das hat er wirklich getan?«, hakte Julien nach.

»Oh ja, du hast keine Ahnung, wie sehr er immer von dir geschwärmt hat! Doch nun genug davon! Ich will alles tun, um gesund zu werden, und du bringst den Menschen die wichtige Botschaft von Parsifal.«

»Ganz wie du wünschst«, antwortete Julien lächelnd und verabschiedete sich liebevoll von Marie.

JULIEN

WIEN/PARIS, 6. SEPTEMBER 2013

Erschrocken blickte Julien auf die Schlagzeile der Zeitung, die vor ihm auf dem Frühstückstisch lag:

Gefürchtete Killerin Tatjana Menkowa
tot in Zelle aufgefunden

Eine innere Stimme sagte ihm augenblicklich, dass es sich mit Sicherheit nicht um einen Fall von Selbstmord handelte, sondern dass Tatjana umgebracht worden war, damit sie auf keinen Fall den oder die Auftraggeber des erneuten Attentats auf Marie verraten konnte. Bei dem Gedanken wurde es ihm speiübel. Schreckten diese Menschen denn vor nichts zurück? Doch wenn sie über Leichen gingen, schwebte Marie in höchster Lebensgefahr. Ein tiefes Grauen erfasste ihn, denn er wusste, er konnte an diesem Tag nicht über sie wachen. Er würde lange meditieren müssen, um ernsthaft bereit zu sein, seine ›Parsifal‹-Premiere an der Wiener Staatsoper zu singen. Wie schade, dass er Lucius' Handynummer noch immer nicht hatte. Und Véronique war weit weg in Paris. Aber er musste ihr unbedingt mitteilen, in welcher Gefahr

Marie schwebte. Und es war wichtig, dass sie weiterhin all ihre Heilungskräfte mobilisierte, um Marie zu helfen. Nachdenklich wählte Julien ihre Handynummer und lächelte unwillkürlich, als er ihre Stimme hörte.

»Bonjour, Julien!«, begrüßte sie ihn herzlich, sodass er ihr Lächeln förmlich vor sich sehen konnte. »Hast du meine SMS erhalten?«

»Ja, ich konnte nur gestern nicht antworten, es ist einfach zu viel passiert. Aber ich glaube, ohne deine Hilfe würde Marie nicht mehr leben«, und Julien erzählte ihr, was im Krankenhaus vorgefallen war. Zu seinem Erstaunen fand er sogar Worte, um zu beschreiben, wie er sich gefühlt hatte, als er Marie seine Liebe gestand.

»Ich freue mich so für euch, aber sag, hat sie geantwortet, dass sie deine Liebe erwidert?«, fragte Véronique voller Hoffnung.

»Ich wäre der glücklichste Mensch auf Erden. Aber sie war zu schwach. Und ich mache mir solche Sorgen!« Julien berichtete ihr von dem Angriff und der Tatsache, dass es sich bei der Frau mit der Waffe tatsächlich um eine Killerin gehandelt hatte. »Stell dir vor, auch sie ist inzwischen tot! Ich glaube, wir haben nicht die geringste Ahnung, mit welchen Leuten wir uns da eingelassen haben.« Julien seufzte bedrückt.

»Wie können wir Marie nur beschützen?«

»Bitte Véronique, du musst Marie weiterhin Energie und Schutz schicken. Ich bin heute nicht in der Lage dazu, es hilft nichts. Ich brauche heute alle meine Kräfte für Parsifal. Es ist doch so wichtig, dass es mir gelingt, auch die in der Musik versteckte Botschaft zu transportieren.«

»Ich weiß, und ich wäre liebend gern bei euch in Wien. Ich habe alles versucht, damit jemand anders an meiner Stelle tanzt, du weißt ja, wie sich die Solistinnen der Pariser Oper normalerweise darum reißen würden, mich zu ersetzen. Hast du eine Ahnung, wie beliebt gerade die Rolle der ›Manon‹ von Kenneth McMillan ist? Aber es ist wie verhext, alle Tänzerinnen, die in der Lage wären, mich mit so wenig Tagen Probezeit zu vertreten, sind verletzt.«

»Weißt du, Véronique, ich glaube, wir sollten auf Gott vertrauen. Vielleicht steckt ein höherer Plan dahinter, den wir im Augenblick nicht erkennen können.«

»Ich gäbe so viel dafür, wenn ich wenigstens für einen Tag hinfliegen könnte, an dem ich keine Vorstellung habe. Doch fast alle Flüge waren schon ausgebucht. Und dann der Stress, ich kann es mir nicht erlauben, zu nachtschlafender Zeit aufzustehen, wenn ich gleich am nächsten Abend wieder auf der Bühne stehen muss, aber wem sage ich das?«

Julien beruhigte sie und bat sie, im Krankenhaus anzurufen. Er konnte sich gut vorstellen, wie sich Marie fühlte, allein gelassen, und wie es ihr dann einen Energieschub versetzte, allein dadurch, dass sie Véroniques Stimme hörte. »Mir geht es auch besser, seit ich mit dir alles durchgesprochen habe. Véronique, merci für deine Freundschaft.«

Ein fröhliches Lachen war die Antwort, und dann überließ er es Véronique, über Marie zu wachen. In dieser Weise erleichtert, gelang es ihm sogar, sich zur Meditation zu sammeln.

VÉRONIQUE

PARIS/WIEN, 6. SEPTEMBER 2013

»Ich bin's, Véronique. Wie geht es dir, chérie?« Véronique versuchte, so viel positive Energie wie möglich in diese Worte zu legen.

»Oh, wie schön, deine Stimme zu hören!«, freute sich Marie. »Den Umständen entsprechend bin ich ziemlich schwach, aber ich habe das Gefühl, dass ich es schaffen werde. Erzähl, wie war deine Premiere? Ich habe so sehr an dich gedacht!«

»Das ist doch nicht wichtig, sag mir erst ganz ehrlich, wie es dir geht. Julien hat mir erzählt, was passiert ist, aber ich muss es einfach von dir hören.«

»Nein, nein, erst musst du mir berichten, wie sich das für dich anfühlt, endlich die ›Manon‹ tanzen zu können. Ich weiß doch, dass du seit Jahren hoffst, dass Jules Massenets ›Manon‹ aufgeführt wird, wo er doch ebenfalls mit der Blutlinie verbunden war. Bestimmt ist es kein Zufall, dass du diese Rolle genau jetzt tanzt, wo selbst ich an das alles anfange zu glauben. Also, ich will es doch so gerne wissen: Wie war deine Premiere?« Marie ließ nicht locker.

Véronique konnte sich ein Grinsen nicht verkneifen, denn wenn Marie sich bereits wieder als sturer Widder erwies, war sie definitiv auf dem Weg der Besserung. »Also schön, ma chère, ganz wie du willst! Es war eine wundervolle Erfahrung, insbesondere mit Jan van der Walt als Des Grieux an meiner Seite. Ich habe vollkommen vergessen, dass ich auf einer Bühne stand. Ich war nur noch Manon und spürte all ihr Erleben, ihre Zerrissenheit, ihren Schmerz, ihre Liebe zu Des Grieux und dann ihre Verzweiflung zu sterben, das habe ich dadurch am eigenen Leib erfahren. Danach fühlte ich mich völlig ausgelaugt.«

Véronique verschwieg allerdings, dass sie nie zuvor eine Sterbeszene so tief empfunden hatte. Zumal sie fast davon überzeugt gewesen war, dass sie davorstand, Marie zu verlieren … »Weißt du, es war der schönste und der schrecklichste Tag meines bisherigen Lebens zugleich.«

»Und wie hat das Publikum reagiert?«, fragte Marie, die Véroniques Schilderung atemlos gelauscht hatte.

»Standing Ovations, beinahe von Anfang an. Jan und ich waren dermaßen überwältigt, dass wir erst begreifen mussten, wie uns geschah.«

»Das ist ja absolut großartig! Ich freue mich so für dich! Und wie war die Premierenfeier? Hast du jemand Nettes kennengelernt?«

»Nein, nur jemanden wieder getroffen, auf den ich gerne hätte verzichten können. Ich musste den ganzen Abend über neben Monsieur de la Fontaine sitzen, der mich am liebsten auf der Stelle mit zu sich nach Hause genommen hätte. Es war widerlich!« Véronique wand sich bei dem Gedanken an die dunkle Energie, die von diesem Mann ausgegangen war und beschloss, nicht mehr mit Marie über ihn zu sprechen, solange diese geschwächt war. Aber Marie sagte nachdenklich: »Weißt du Véronique, ich meine ihn jetzt in einer Vision gesehen zu haben, im Kerker, in Rouen, und … ich bekomme den Gedanken nicht aus dem Kopf, dass er irgendwie beteiligt ist an den Angriffen auf mich. Aber das kann doch nicht sein, oder?«

Véronique wurde ganz flau bei dem Gedanken und sie war sich sicher, dass Marie die wahre Realität erkannt hatte.

»Was ist los? Warum bist du so schweigsam?«, hakte Marie nach. »Denkst du etwa, ich spinne?«

»Nein, ganz im Gegenteil. Ich glaube, du könntest recht haben. Ich bin gerade in Gedanken noch einmal den letzten Abend durchgegangen, und weißt du, er war irgendwie abgelenkt. Zwei Mal hat er übrigens dich erwähnt, dass du in Wien bist ... Wie sollen wir uns vor diesem Mann schützen, der diese Macht hat, und dazu verfügt er über Verbindungen, die bis in die höchsten Kreise reichen, du weißt doch, er arbeitet sogar im Auftrag der Regierung!«

»Im Moment werde ich immerhin von zwei starken Polizisten bewacht. Das müsste doch reichen. Ein Kommissar war vorhin auch schon hier. Alles klar, Herr Kommissar«, versuchte Marie zu scherzen, der jedoch alles andere als leicht ums Herz war.

»Sag nur, du kennst Falco?« Véronique war verwundert, dass Marie sich so rasch erholt hatte. Vielleicht erübrigte sich ja der Gedanke, sie in Wien zu besuchen. Véronique sagte: »Bitte sei ehrlich, Marie! Möchtest du, dass ich zu dir nach Wien komme?«

»Natürlich möchte ich das, doch ich weiß, dass du fast jeden Tag die Manon tanzen musst. Das ist ein höherer Plan, und außerdem habe ich Julien, der jeden Tag nach mir schaut.«

»Bist du wirklich sicher?«

»Ja, Véronique, das bin ich. Ich weiß, dass du von Paris aus alles für mich tust, was dir möglich ist. Julien hat es mir bestätigt, dass es gestern deine Fernheilung war, die mich wieder aus der Erstarrung nach dem großen Schock zurückgeholt hat. Ich danke dir aus tiefstem Herzen! Also bleibe dort, sende mir Energie, wann immer du kannst. Und solange ich nicht fit bin, musst du eben allein nach Südfrankreich reisen, genau wie wir es geplant hatten. Wir lassen uns nicht unterkriegen, versprich mir das. Diese Reise wird uns allen neue Erkenntnisse liefern, und dann bringst du unsere Mission weiter voran. Versprichst du mir das?«

»Natürlich.« Véronique war erleichtert, dass Marie in Wien auch ohne sie zurechtkam. Ein wenig unwohl war ihr allerdings bei dem Gedanken, alleine zu Maria Magdalenas Grotte hinauf zu steigen. »Mir wird ganz schwer ums Herz, dass ich nicht mit dir zusammen hinfahren kann. Aber ich weiß, dass du recht hast, wir werden Magdalenas Spuren verfolgen, egal, ob diese Kerle dich außer Gefecht gesetzt haben. Und dann diese Killerin!«, Véronique kroch ein Schauer über den Rücken. »Ein anderes Thema. Marie, erzähl mir alles über dich und Julien. Ich bin doch so neugierig. Liebst du ihn wirklich?«

JULIEN

WIEN/PARIS, 6. SEPTEMBER 2013

Julien war erleichtert, dass er mit Véronique hatte sprechen können. Und doch wollte es ihm nicht gelingen, in einen meditativen Zustand hinüberzugleiten. Zwar ahnte er, dass es an seiner Sorge um Marie lag, an den negativen Gedanken, die ihn beherrschten. Dabei wollte er sie so gerne beschützen.

Voller Verzweiflung warf er sich auf den Boden, rang die Hände und flehte Gott an, ihm zu helfen:

> Lieber Gott,
> um Maries und der Zuschauer willen hilf mir bitte,
> aus diesem dunklen Loch herauszusteigen,
> sodass ich Marie die Unterstützung geben kann,
> die sie so dringend braucht, und heute Nachmittag
> in der Lage bin, den Parsifal zu singen.
> Hilf mir! BITTE! Ich schaffe es alleine nicht …

Tränen liefen ihm die blassen Wangen hinab, und er begann heftig zu schluchzen. Wie nur sollte er sich beruhigen. Das war nur seiner Mutter gelungen, früher, wenn er als Kind so verzweifelt gewesen war. Er sah sie vor sich, und mit einem Mal wusste er, was zu tun war. Er stand auf, um das Tagebuch seiner Mutter aus dem Safe zu holen. Das kostbare Stück in den Händen, ließ er sich vorsichtig auf der Matte nieder, die er für seine Meditation auf dem Fußboden ausgebreitet hatte. Er blätterte vorsichtig um und las den Eintrag:

Paris, 27. Januar 1990

Mein geliebter Julien,
immer wieder wirst du dir wünschen, mich an deiner Seite zu haben, wenn deine Mission gar zu schwer auf deinen Schultern lastet. Sei gewiss, ICH BIN bei dir, nur auf andere Art und Weise.

Julien, der erkannte, dass seine Bitte an Gott erhört worden war, schickte einen raschen Dank an den Himmel, bevor er weiterlas:

Marie wird in Lebensgefahr schweben, denn das ist Teil der Prophezeiung, die davon spricht, dass ihr eine Wunde zugefügt wird wie einst Jesus Christus. Du darfst unbesorgt sein:
Sie wird es überleben, wenn du den himmlischen Mächten vertraust und in deiner Kraft bleibst. Ich weiß, wie schwer das ist, denn ich habe miterlebt, wie sehr Jean Chevalier unter dem Mord an seiner geliebten Frau gelitten hat. Dennoch hat er die Kraft besessen, Marie in Liebe zu schützen. Auch dir wird dies gelingen, mein Parsifal, denn das bist du, mein geliebter Sohn.
Ich umarme dich in tiefer Liebe, so wie es einst Herzeleide mit ihrem geliebten Sohn Parsifal getan hat …

Julien war erfüllt von einem Gefühl der Gnade, die er empfangen hatte. Seine Mutter hatte alles vorher gewusst. Diese Erkenntnis machte, dass er auch nicht mehr zweifelte, dass geschehen würde, was sie schrieb: Marie würde überleben, wenn er in dieser Kraft blieb, die ihm der Glaube schenkte. Er seufzte.

Innerlich viel ruhiger war er endlich in der Lage zu meditieren und sich geistig auf die »Parsifal«-Premiere vorzubereiten.

Eine Stunde später machte er sich auf den Weg zur Staatsoper, wo er routiniert und doch erfüllt von dieser Macht, in die für ihn bereitgelegten Kleider schlüpfte. Er ließ sich schminken, sang sich ein und lauschte den Klängen, die über den Lautsprecher in seine Garderobe übertragen wurden. Wie immer zog ihn Richard Wagners Musik in einen Sog, der ihn alles andere vergessen ließ.

Julien betrat die Bühne nicht mehr als Julien de la Tour, sondern als junger Tor, der verwundert war über die Anklage, die man gegen ihn vorbrachte. Was sollte daran schlimm sein, einen Schwan zu erschießen? Menschen pflegten doch zu jagen, oder nicht? So wurde er von Gurnemanz, dem ältesten der Ritter, zu den anderen Gralsrittern gebracht, da diesem ein Tor angekündigt war, der »reine Tor, aus Mitleid wissend«. Parsifal, dieser Tor, verstand nichts von der Zeremonie des Abendmahls, das vor seinen Augen gefeiert wurde, auch erkannte er nicht die eigentliche Bedeutung von Amfortas' Leiden. So schickt ihn Gurnemanz enttäuscht fort, und Parsifal irrt lange ziellos durch die Lande, bis er an einen verwunschenen Ort gelangt, den Garten des Zauberers Klingsor, der ihn wie magisch anzieht.

Als er diesen betritt, ist er umgeben von unzähligen wunderschönen Mädchen, die ihn zu liebkosen beginnen, was ihm äußerst wunderlich erscheint. Doch da tritt eine junge Frau von höchster Schönheit, Kundry, auf ihn zu, und als sie seinen Namen nennt, antwortet sein Inneres:

»Dich nannt' ich, tör'ger Reiner,
›Fal parsi‹,–
Dich, reinen Toren: ›Parsifal‹.«

Die verführerische Frau vor ihm verwirrt ihm allerdings die Sinne so sehr, dass er sich kurz darauf in ihren Armen wiederfindet. Sein ganzes Sehnen bricht sich Bahn, als er sich mit ihr in seinem allerersten Kuss vereint. Doch zeitgleich spürt er einen übergroßen Schmerz in seiner Brust, der ihm das Herz beinahe zerspringen lässt, sodass er Kundry von sich stößt und erkennend in höchster Not singt:

»Amfortas!
Die Wunde! – Die Wunde! –
Sie brennt mir zur Seite. –
Oh, Klage! Klage!
Furchtbare Klage!
Aus tiefstem Innern schreit sie mir auf.
Oh! – Oh! –
Elender! –
Jammervollster! –
Die Wunde sah ich bluten: –
Nun blutet sie mir selbst –
hier – hier!«

Voller Entrücktheit spricht die Seelenpein aus Parsifal, der nun die Hände gen Himmel reckt und singt:

»Des Heilands Klage da vernehm' ich,
die Klage, ach! die Klage
um das verrat'ne Heiligtum: –

›Erlöse, rette mich
aus schuldbefleckten Händen!‹
So – rief die Gottesklage
furchtbar laut mir in die Seele.
Und ich? Der Tor, der Feige?
Zu wilden Knabentaten floh ich hin!«

Auf Knien flehend:

»Erlöser! Heiland! Herr der Huld!
Wie büß ich Sünder meine Schuld?«

Er nimmt nicht wahr, wie Kundrys Bewunderung für ihn wächst, sondern stößt sie heftig von sich, als sie ihn weiter zu verführen versucht, denn er hat seine wahre Aufgabe erkannt: Er wird Amfortas' Wunde heilen, was keinesfalls den Liebesakt mit Kundry erlaubt. Sie jedoch versucht ihm zu erklären, dass ihr volles Liebes-Umfangen ihn selbst zur Gottheit machen würde, wie allein ihr Kuss ihn welt-hellsichtig gemacht habe. Doch Parsifal bleibt standhaft, sodass Kundry erzürnt Hilfe herbeiruft und die Wege verwünscht, die ihn von ihr fortführen könnten. Da erscheint Klingsor, der Zauberer, und schleudert einen Speer auf Parsifal, der ihn jedoch nicht verwundet, sondern über Parsifals Haupt schweben bleibt.

In tiefer Erkenntnis ergreift Parsifal die Waffe und zeichnet in höchstem Entzücken die Gestalt des Kreuzes, während die Worte aus seinem Munde erklingen:

»Mit diesem Zeichen bann' ich deinen Zauber:
wie die Wunde er schließe,
die mit ihm du schlugest,–

in Trauer und Trümmer
stürze die trügende Pracht!«

Zur gleichen Zeit versinkt alles in seiner Umgebung, denn der Zauber ist wahrhaftig gebrochen. Und nach Abschiedsworten an Kundry verlässt Parsifal den unseligen Ort, worauf Julien sich hinter der Bühne wiederfindet. Auch diesmal ist er wie herausgerissen aus dem anderen Leben, das er gerade verkörpert hat, ein Gefühl, das er nur zu gut kennt. Doch das Geschehen auf der Bühne gerade bedeutet ihm diesmal mehr als nur Worte und eine schöne Hülle. Einen Versuch ist es wert, beschließt er.

Mit höchster Konzentration stellte sich Julien daraufhin mit geschlossenen Augen in die Mitte seiner Garderobe und sammelte alle seine Kräfte, bevor er in sich die Überzeugung wachsen ließ, dass er den heiligen Speer in Händen hielt. Und als er ihn wie eine physische Kraft *wahrnahm*, zeichnete er dreimal ein Kreuz in die Luft und rief voller Inbrunst: »Mit diesem Zeichen bann' ich jeglichen Zauber, der nach Maries Leben trachtet! Auf dass jegliche teuflische Energie umgehend von diesem heiligen Speer zurückgesandt werde zu dem Absender – nicht aus Rache, sondern auf dass er oder sie erkennen möchten, welch Schuld sie dabei auf sich laden.«

Langsam ließ Julien den Arm wieder sinken und dachte bei sich: »Gnade dem-, der- oder denjenigen Gott, die Marie all das angetan haben, denn das Karma, das aus diesen Taten entstanden ist, möchte ich nicht in mehreren Leben ausbaden müssen …«

Gleich darauf ist Julien wieder verwandelt in Parsifal. Der Speer in seiner Hand ist ihm diesmal fürwahr heilig, und so schreitet er auf Gurnemanz zu, und gibt ihm zu verstehen, dass er ihm nach langen Wegen des Irrens den heiligen Speer zurückbringt, um Amfortas Heilung zu ermöglichen.

Tief gerührt, den »reinen Toren, aus Mitleid wissend« vor sich zu haben, reinigen Kundry und Gurnemanz Parsifal vom Staub der Reise, worauf er von Gurnemanz zum neuen Gralskönig ernannt wird.

In tiefster Demut und dennoch im vollen Bewusstsein der Kraft seiner Mission schreitet Parsifal nach der Erlösung Kundrys durch die Reihen der Gralsritter hindurch auf Amfortas zu und berührt dessen Wunde sanft mit der heiligen Lanze:

»Nur eine Waffe taugt: –
die Wunde schließt
der Speer nun, der sie schlug.«

Tief in seinem Herzen und während der Klang der Worte ihn durchfloss aber wuchs in Julien die Überzeugung, dass er diesmal nicht nur Amfortas' Wunde innerhalb eines einzigen Augenblicks wundersam durch die Berührung mit der heiligen Lanze heilte, die einst das Fleisch von Jesus Christus, dem Erlöser, berührt hatte. Nein, diesmal galt die Kraft des Heilsbringers auch Marie, und so sang er mit Inbrunst.

»Sei heil, entsündigt und gesühnt!
Denn ich verwalte nun dein Amt.
Gesegnet sei dein Leiden,
des Mitleids höchste Kraft
und reinstes Wissens Macht
dem zagen Toren gab
Den heil'gen Speer –
ich bring' ihn euch zurück. –
Oh! Welchen Wunders höchstes Glück! –
Die deine Wunde durfte schließen,

ihr seh' ich heil'ges Blut entfließen
in Sehnsucht dem verwandten Quelle,
der dort fließt in des Grales Welle!
Nicht soll der mehr verschlossen sein:
enthüllt den Gral! Öffnet den Schrein!«

Alle Anwesenden werden von höchstem Entzücken erfasst, und die letzten Worte des Chores erklingen voll überirdischer Schönheit:

»Höchsten Heiles Wunder:
Erlösung dem Erlöser!«

Julien war, als habe mit dem letzten Ton auch eine Energie seine Seele verlassen, die ihn zuvor durchströmt hatte. Und als das Publikum vor dem Vorhang in Bravorufe ausbrach und der Boden zu beben schien, so tobte es, da war dies wie ein willkommenes Echo der Wellen, die ihn zuvor erfasst hatten, als er als Parsifal sang und handelte. So war seine Rührung echt und nur ein wenig dem Wiener Opernpublikum geschuldet, als er vor diesem auf die Knie sank und das Haupt neigte. Julien aber wusste, sein Dank galt einem Höheren als den begeisterten Zuschauern, die ihn mit minutenlangen Ovationen feierten.Taumelnd vor Schwäche, ließ sich Julien ein ums andere Mal wieder vor den Vorhang schieben, als die Beifallssalven partout kein Ende nahmen. Doch er befand sich noch immer wie in einer anderen Welt, und war dankbar, als Arnold Scherenberg, der Dirigent, ihn endlich erlöste und hinter die Bühne schob.

Und genauso nahm er nur wie durch einen Nebel wahr, dass dieser ihm sanft die Hände auf die Schultern legte und auf ihn einsprach: »Lieber Julien, ich weiß nicht, was du getan hast, um heute so zu singen. Doch eines weiß ich gewiss, mit deinem heutigen Parsifal hier in Wien hast du Weltgeschichte geschrieben. In meiner ganzen, langen Dirigentenlaufbahn habe ich nicht ein einziges Mal etwas auch nur annähernd Ähnliches erlebt. Es schien mir, als würde ich nicht mehr dirigieren, sondern als wäre ich selbst einer der Gralsritter, die voller Bangen darauf hofften, dass jegliche Erlösung nicht zu spät kommen möge. Und als du schließlich mit dem heiligen Speer in der Hand erschienst, nahm eine Glückseligkeit von mir Besitz, welche nicht mehr von dieser Welt war. Ich danke dir, mein Sohn, aus tiefstem Herzen dafür, dass du mir heute dieses Erleuchtungserlebnis geschenkt hast, das ich nimmermehr vergessen werde.«

Mit Tränen in den Augen und voll tiefer Rührung umarmte er Julien väterlich, bevor er ihn ermahnte, sich umzuziehen und nun ein wenig an sich zu denken und sich zu stärken, um sich von den Strapazen dieser transzendenten Reise zu erholen.

Wie in Trance ging Julien zu seiner Garderobe und ließ sich auf den Stuhl fallen. Seine Gedanken brauchten eine Weile, um wieder bei sich selbst anzukommen, und als sein Blick auf den geschminkten Parsifal im Spiegel vor sich fiel, wurde ihm bewusst, dass er noch immer er selbst war. Hatte er wirklich das Ritual vollzogen zum Schutz von Marie? Vor dem Spiegel auf dem Tisch lag sein Handy, und wie automatisch griff er danach und wählte ihre Nummer. Er musste unbedingt erfahren, wie es ihr ging.

Schon nach dem ersten Klingelzeichen hob sie ab, und dann spürte er ihre Neugier, die mehr war als das Interesse an der Aufführung. Sie wollte wissen, wie es ihm ging, davon war er überzeugt: »Und wie war deine Premiere, Julien?«

»Wundervoll! Ich bin noch ganz – doch das tut überhaupt nichts zur Sache. Marie, bitte, ich muss es wissen: Wie geht es dir, meine Liebste?«

»Erstaunlich gut, denn niemand hat mehr versucht, mich zu erschießen.« Doch dann sagte sie ernst: »Mir geht es besser, vorhin noch dachte ich, die Wunde würde wieder zu bluten beginnen, dann aber, es war wie ein Wunder, durchströmte mich eine Kraft, und seither bin ich überzeugt, dass ich heile.«

»Das macht mich sehr glücklich – kein Mordanschlag, das ist doch schon mal was!«, versuchte Julien auf ihren Ton einzugehen. »Dennoch möchte ich ehrlich von dir hören, ob du mich lieber noch heute sehen möchtest oder ob es für dich in Ordnung ist, wenn ich mich jetzt aus meiner Parsifal-Kleidung schäle und zur Premierenfeier auf die Bühne gehe. Aber dir geht es wirklich besser?«

»Natürlich gehst du zur Feier! Das wäre ja noch schöner, wenn die Hauptperson, die alle sehnsüchtig erwarten, nicht erscheinen würde. Zieh dich um und lass dich feiern; und morgen erzählst du mir alles in Ruhe.«

»Ich danke dir, mon cœur. Und ich weiß: In Gedanken bist du an meiner Seite, und ich freue mich schon heute auf das nächste Mal, wenn du es tatsächlich bist. Ich kann es nicht erwarten, der Welt die Dame meines Herzens zu zeigen«, Julien lächelte glücklich.

»Das freut mich! Doch nun geh. Wir sehen uns morgen. Ich liebe dich!«

»Und ich liebe dich, meine Prinzessin!«

Als Julien schließlich in seiner engen dunklen Jeans, dem royalblauen Hemd, schwarzem Jackett und handgenähten blauen Lederschuhen auf der Bühne erschien, war ihm richtig zum Feiern zumute. Seine Marie war auf dem Weg der Besserung. Und auf der Bühne war die Premierenfeier bereits in vollem Gange. Er versuchte, sich unbemerkt unter die anderen zu mischen, doch kaum hatten sie ihn bemerkt, wurde es mucksmäuschenstill und alle hielten in ihren Bewegungen inne, als habe er sie in einen Dornröschenschlaf versetzt. Julien blickte sich verwundert um, bis der Intendant der Wiener Staatsoper, François Leroux, sich aus der Erstarrung löste und betont langsam zu klatschen anfing, bis alle einstimmten, und erst als die erste Welle der Begeisterung über Julien hinweggebrandet war, trat wieder etwas Ruhe ein. Doch Leroux war noch nicht fertig, er hielt eine Rede auf Julien, den größten Tenor des Jahrhunderts, wie er Julien nannte, dann hob er das Glas, und nachdem alle auf sein Wohl getrunken hatten, ging die ausgelassene Feier weiter. Denn auch von allen anderen war die Spannung der letzten Tage abgefallen, sie konnten wieder frei atmen und wussten sich der Begeisterung des kritischen Wiener Opernpublikums sicher. Nicht nur Julien war glücklich in diesem Moment, obwohl niemand so gefragt war wie er: Er wurde sofort von zahlreichen Frauen und Männern umringt, die sich bereits Erlösung davon versprachen, wie sie es nannten, wenn sie ihm nur die Hände schütteln durften. Julien ließ sich das eine Weile gefallen, er wusste um die Wirkung solcher Momente und war in dieser Hinsicht allerlei gewöhnt. An diesem Abend fand die Begeisterung kein Ende, und irgendwann, nachdem auch er dazu gekommen war, den anderen Mitwirkenden seinen Dank auszusprechen, die so wundervoll an seiner Seite agiert hatten, stahl er sich davon.

VÉRONIQUE

PARIS/WIEN, 7. SEPTEMBER 2013

Véronique eilte zum Probenraum und richtete gedankenverloren die Träger ihres Hemdchens. Hatte sie ihre Schuhe dabei, ja, sie baumelten an ihrer Seite, und sie schüttelte den Kopf. Es war so viel, was sie gleichzeitig bedenken musste, Maries Wohlergehen kam an erster Stelle, die Reisevorbereitungen für ihren Ausflug nach Südfrankreich, dazu die Frage, die sie noch mit Marie besprechen wollte: Sollte sie ihren Bruder einbeziehen? Er wohnte in Südfrankreich und war ebenfalls eingeweiht in ihr Erbe. Aber bisher hatte sie es vermieden, ihm haarklein alles zu berichten, was Marie und Julien betraf. Vielleicht musste es jetzt sein. Fast wäre sie über eine Stufe gestolpert, und Véronique rief sich zur Vernunft. Aber da war auch noch die begeisterte SMS von Julien nach seiner Premiere, das Geständnis, er habe Marie womöglich geheilt, das Ritual werde er ihr noch beschreiben, er wisse nun, wie er dies vollbringen könne. Sie lächelte, als sie sich vorstellte, wie er hinter der Bühne mit dem Speer herumgefuchtelt hatte, denn sie wusste, dass dies keine leeren Gesten gewesen waren. Es war eine heilige Handlung, die er vollbracht hatte. Hoffentlich konnte Marie diese eines Tages mit eigenen Augen verfolgen. Wie gut ihrer Freundin dies tun würde. Véronique schüttelte sich unwillkürlich. Wenn sie nur gewusst hätte, was es mit den Mordanschlägen auf Marie auf sich hatte. Wer nur steuerte diese furchtbaren Vorgänge?

Eine Hand legte sich ihr auf die Schulter, und Véronique bemerkte erst jetzt, dass Jan an ihrer Seite war und auf sie einsprach. Jan tanzte den Des Grieux und erzählte gerne, was er dabei dachte, sodass sie oft nur nickte, wenn er etwas erzählte, doch nun schnitt er ein ganz anderes Thema an. Was sie zu den Neuigkeiten sage?

Véronique starrte ihn fragend an.

»Jetzt sag doch«, wiederholte Jan, »... ist das eine Überraschung oder nicht? Ausgerechnet Maurice de la Fontaine ist im Krankenhaus, ein Leberriss, er schwebt in Lebensgefahr, flüstern die anderen.«

Véronique sah ihn vor sich, den Mann, dessen schleimige Blicke sie fast ausgezogen hatten bei ihrem letzten Treffen, sie stellte sich vor, wie er sich mit schmerzverzerrtem Gesicht die Seite hielt – wie nach einem Dolchstoß. Oder verletzt durch die Spitze eines Speeres. Nein, die Gedanken gingen mit ihr durch, sie war wohl noch zu sehr bei Julien und Marie. Bei Juliens Ritual.

»Jetzt sag schon, ausgerechnet Mr. Perfect ist krank! Wie findest du das?«

Véronique riss sich zusammen. »Bei der Premierenfeier saß er noch neben mir, ganz gesund, und wenn du mich fragst, ein wenig zu energiegeladen ...«, entfuhr es ihr.

»Hat sich an dich rangemacht. War ja unübersehbar. Aber wie man sowas kriegt? Ich habe keine Ahnung, wie man an so eine Krankheit kommt von jetzt auf gleich. Ein Leberriss. Hat ihm mal einer eine reingehauen. Vielleicht eine Frau, an der er sich vergriffen hat?« Jan lächelte sie an. Als sie sein Grinsen nicht erwiderte, fuhr er fort: »Seit heute Morgen verbreitet sich die Nachricht hier wie ein Lauffeuer. Unser wichtigster Sponsor krank, mal sehen, wie es weitergeht.«

»Ich komme gleich rüber zum Aufwärmen, entschuldige mich bitte kurz!«, dann drehte sich Véronique um und verschwand in einer Nische. Sie musste unbedingt Marie und Julien darüber informieren. Mit flinken Fingern tippte sie den beiden eine SMS, um sie über den erstaunlichen Sachverhalt zu informieren. Hing denn alles mit Marie zusammen und ihren Nachforschungen? Es konnte kaum ein Zufall sein, aber sie war froh, dass der Mann ausgeschaltet war, von dem diese seltsame Gefahr ausging, die sie an seiner Seite gespürt hatte.

Juliens Antwort ließ nicht lange auf sich warten:

Véronique, meinst du, das könnte etwas mit dem Speer
von Parsifal zu tun haben? Weißt schon, was ich meine?
Bises
Julien

Véronique schrieb rasch zurück:

Cher Julien, vertrau auf deine Kräfte!
Sieh nach Marie und hilf ihr, wieder ganz gesund zu werden.
Lass dir von ihr erzählen, was ich auf meiner Reise
nach Südfrankreich vorhabe. Ich halte euch auf dem
Laufenden.
Heute noch die Vorstellung, dann haben wir ein wenig Pause
mit »Manon«.
Melde mich noch mit meinen Flugdaten – und ich rufe
heute vor der Vorstellung noch Marie an, versprochen,
je t'embrasse
Véronique

JULIEN

WIEN, 7. SEPTEMBER 2013

Julien war froh, dass ihn das Vibrieren des Handys aus dem Tiefschlaf gerissen hatte. Er hatte ganz vergessen, sich einen Wecker zu stellen, doch das Handy hatte er bewusst neben sich gelegt, damit ihn Marie zu jeder Zeit erreichen konnte. Als er Véroniques Antwort las, stahl sich ein Lächeln auf sein Gesicht. Hatte sein Ritual mit dem Speer weniger Maries Gesundung gedient und etwas bewirkt, mit dem er gar nicht gerechnet hatte? Nun, Véronique war sicher, dass er etwas mit Maurice de la Fontaines Zustand zu tun hatte. Irgendwie war er froh, diesen gefährlichen Mann vorerst außer Gefecht gesetzt zu haben. Vielleicht war seine Marie so aus der Schusslinie …

Als Julien aus der Dusche trat und sich den Anfragen widmete, die ihm sein Manager per Email weitergeleitet hatte, war er froh, dass Véronique per SMS an ihn herangetreten war. Unter all den Interviewanfragen wäre ihre Nachricht untergegangen. Julien zögerte nur kurz, dann bat er seinen Manager, sich um alles Weitere zu kümmern. Er aber wollte nichts anderes, als an Maries Seite im Krankenhaus sein. Erst noch ein Frühstück im Hotel, ihm schwebte etwas Leichtes vor, vielleicht ein Müsli vom Büffet.

Doch der Tag begann anders als geplant. Kaum trat er aus dem Aufzug, wurde er von einer Meute von Photographen und Presseleuten in Empfang genommen. Er kam kaum zu Wort, sie alle redeten gleichzeitig auf ihn ein. Erzählten von Anfragen. Von einer regelrechten Welle der Spiritualität, die sein Auftritt ausgelöst habe. Eine ganze Gruppe von Menschen warte noch vor dem Hotel auf ihn, die in ihm eine Art »Neuen Messias« sahen, dazu auserkoren die Menschen an die wahren Werte des Seins zu erinnern. Was er davon halte?

Endlich gelang es ihm, einen Satz dazwischen zu bekommen: »Ich bitte Sie alle, möglichst reinen Herzens und gottesfürchtig zu leben. Und auf die Botschaft der Musik zu vertrauen, denn als solchen verstehe ich mich, als Botschafter der Musik.«

Sie fragten ihn, ob er schon daran gedacht habe, ein Buch über den Erleuchtungsweg des Parsifal zu schreiben? Sein Auftritt könne nur auf fundierten Erkenntnissen fußen …

Julien lächelte in die Runde, dann erinnerte er sich, wie er zum Hinterausgang des Hotels gelangen konnte, er nickte kurz und tauchte ab hinter die Tür zum Treppenhaus gleich neben dem Fahrstuhl. Puh, er war gerade so entwischt, hoffentlich war der Hinterausgang nicht auch so umlagert.

Als Julien eine gute Viertelstunde später in Maries Krankenzimmer trat, war er froh, dass sie ihn blass, aber mit leuchtenden Augen anstrahlte.

»Wie schön, dass du da bist!«, rief sie mit dünner Stimme und reckte die Arme sehnsüchtig nach ihm, als wollte sie ihn darum bitten, sie in den Arm zu nehmen.

Julien setzte sich auf die Kante ihres Bettes und zog sie vorsichtig an sich. Da hörte er sie leise sagen: »Bitte küss mich mit all der Leidenschaft, die du vielleicht für mich empfindest, damit ich spüre, dass ich noch lebendig bin.«

Das ließ sich Julien nicht zweimal sagen. Sanft löste er sich ein klein wenig von ihr, schaute ihr tief bewegt in die Augen und berührte ihren wunderschönen herzförmigen Mund mit den Lippen. Sie öffnete wie zur Antwort den Mund gerade so weit, als wolle sie ihn einladen, und der Kuss wurde derart leidenschaftlich, dass Julien sich zusammenreißen musste, denn schließlich war Marie erst in der Nacht zum Vortag operiert worden.

Die Wangen ein wenig gerötet, löste sich Marie von Julien und sprudelte hervor: »Jetzt weiß ich mit allen Fasern meines Seins, dass ich am Leben bin und dass ich alles dafür tun werde, es auch zu bleiben, denn ich möchte von dir auf allen Ebenen geliebt werden, mon Julien!«

Julien erwiderte beglückt: »Und wie ich das will, aber zuerst musst du dich vom Blutverlust erholen. Vergiss nicht, dass du noch im Krankenhaus bist«

»Du hast doch auch die SMS von Véronique gelesen. Solange mir niemand mehr nach dem Leben trachtet, sollte ich das Hospital hier bald verlassen können.«

»Ja, das hoffe ich von ganzem Herzen!«

»Lass dich anschauen, mon cher«, meinte Marie, und als sie sein Gesicht in die Hände nahm, klopfte sein Herz bis zum Hals. »Du siehst sehr erschöpft aus. Hast du überhaupt schon etwas gegessen heute?«

Julien schüttelte den Kopf und versuchte ihr zu beschreiben, wie die Presse sich auf ihn gestürzt hatte, sodass er gar nicht bis zum Frühstücksraum des Hotels gekommen, sondern gleich geflohen war.

»Das geht ja gar nicht. Jetzt werde ich mich um dich kümmern!« Während Marie das sagte, läutete sie bereits nach den Schwestern.

Es dauerte nicht lange, und Klara streckte ihren Kopf durch

die Tür. »Was kann ich für Sie tun, Marie? Oh, guten Tag, Monsieur de la Tour.«

»Meine Liebe, stellen Sie sich vor, unser Star-Tenor hier hatte heute noch keine Zeit, irgendetwas zu essen! Könnten Sie bitte dafür sorgen, dass er etwas zwischen die Zähne bekommt. Ich kann nicht verantworten, dass er auch noch zusammenbricht und Sie ihm ein Bett freiräumen müssen«, fügte Marie mit einem Augenzwinkern hinzu.

»Nein, das geht beim besten Willen nicht! Monsieur de la Tour, geben Sie mir einen Moment, um die Küche zu informieren. Ich hoffe, sie werden zu Ihren Ehren etwas anrichten. Ein Festmahl wird sicher nicht daraus, wir sind eine Klinik, aber hungern müssen Sie hier nicht.«

»Davon möchte ich aber auch etwas!«, rief Marie scheinbar entrüstet.

»Aber selbstverständlich, meine Liebe!«, freute sich Schwester Klara. »Das ist ein gutes Zeichen, wenn Sie nach der Narkose so bald schon wieder Lust zu essen haben.«

Die beiden hatten gerade jeweils ein Tablett mit Essen vor sich, da kam Dr. Weiß im Kreis der Schwestern zur Visite.

»Ich sag's ja, Monsieur de la Tour, Sie sind die beste Medizin für Marie Chevalier! Doch erst einmal muss ich Ihnen von ganzem Herzen gratulieren, denn ich war gestern in der Premiere. Ich bin noch immer zutiefst bewegt.«

»Das haben Sie mir tatsächlich bis jetzt verschwiegen!«, empörte sich Marie zum Spaß.

»Nur weil ich gar nicht weiß, wie ich das formulieren soll, so etwas habe ich während einer Opern-Aufführung noch nie empfunden, dabei habe ich den ›Parsifal‹ schon häufiger gesehen. Gestern aber war mir, als wäre ich selbst die ganze Zeit mit Ihnen auf dieser transformierenden Reise. So vieles durfte ich begreifen, dass ich mich heute wie ein neuer Mensch fühle. Sie sind wahrlich ein Geschenk des Himmels für uns alle.« Dankbar ergriff er Juliens Hände und drückte sie fest.

Julien war ehrlich gerührt, ein Publikum wie in Wien, das gab es nirgends auf der Welt. »Das ist das schönste Kompliment, das mir ein Zuhörer nur machen kann. Ich danke Ihnen. Aber noch viel mehr muss ich Ihnen dafür danken, dass es Marie schon so viel besser geht.«

MARIE / VÉRONIQUE

PARIS/WIEN, 7. SEPTEMBER 2013

In der Zwischenzeit buchte Véronique einen Flug nach Nizza, um sich alleine auf die Reise auf den Spuren Maria Magdalenas zu machen. Marie selbst hatte das vorgeschlagen, nachdem sie Véroniques SMS über Maurice de la Fontaines Zustand erhalten hatte.

»Na, wenn er selbst in Lebensgefahr schwebt, wird er wenigstens sonst niemand mehr nach dem Leben trachten«, hatten Maries lakonische Worte gelautet. »So kannst du dich getrost alleine auf die Reise machen, denn wer weiß, wie lange es noch dauert, bis ich wieder fähig bin, etwas Derartiges zu unternehmen. Und ich nehme an, dass die Zeit drängt.«

Bevor Véronique mit dem Packen begann, wollte sie unbedingt nochmals Maries Stimme hören.

Bereits beim ersten Klingelzeichen hob Marie ab. »Du bist unglaublich Véronique! Niemand timt Anrufe so perfekt wie du. Julien hat gerade mein Zimmer verlassen.«

Véronique konnte Maries Strahlen regelrecht durchs Telefon spüren. Erleichtert ließ sie sich auf ihr weißes Ledersofa sinken.

»Du kennst doch meine Intuition«, antwortete Véronique lachend.

»Allerdings! Und hast du schon einen Flug?«

»Ja, in einer Woche geht es an die Baie des Anges. Zu schade, dass du nicht mitkommen kannst.«

»Stimmt.« Marie seufzte leise. »Dieses Mal hätte ich vielleicht sogar die Engelenergie an dieser nach ihnen benannten Bucht gespürt …«

»Da bin ich mir sicher! Es ist wirklich ein ganz besonderer Ort.«

Nachdenklich rieb sich Véronique die Stirn. »Vermutlich sind mir die Engel so nah, weil ich dort aufgewachsen bin.«

»Das mag schon sein. Auf jeden Fall bin ich froh, dass du in Nizza deinen Bruder an der Seite hast. So muss ich mir keine Sorgen um dich machen.«

»Ehrlich gesagt glaube ich nicht, dass es um mich geht. Diese Leute sind offensichtlich dir auf den Fersen. Leider …«

Véronique verzog das Gesicht.

»Da wäre ich mir nicht so sicher. Aber sag mal, weißt du was Neues über Maurice de la Fontaines Zustand?«

»Nicht wirklich, außer dass er sich noch im Krankenhaus befindet und sich von dort schon wieder in die Geschicke des Balletts einmischt.«

»Verstehe.« Marie konnte nur hoffen, dass er noch nicht fit genug war, neue Attentate auf sie zu planen. Sofern er überhaupt der Mann war, den sie hinter seiner aalglatten Maske vermuteten.

Véronique spürte, dass Maries Gedanken sich verdüstert hatten. Schnell versuchte sie vom Thema abzulenken.

»Stell dir vor, selbst hier überschlagen sich die Zeitungen über Juliens Erfolg als Parsifal. Ist das nicht großartig?«

»Ja, das ist es!« Marie lachte glücklich. »Aber kannst du dir vorstellen, dass es hier inzwischen spirituelle Gruppen gibt, die versuchen, Erlösung durch die Parsifals-Kraft zu erlangen? Ist das nicht verrückt? Sie wollten Julien sogar als Redner gewinnen.«

»Wie bitte?« Véronique langte sich an den Kopf. »Ich fasse es nicht! Aber wie ich Julien kenne, hat er abgelehnt.«

»Natürlich!«

»Und wie sieht es aus? Meinst du, du schaffst es noch, dir den ›Parsifal‹ anzuschauen?«, fragte Véronique vorsichtig.

»Das hoffe ich sehr! Eigentlich fühle ich mich schon ganz fit. Doch Julien meint, die Ärzte müssen zustimmen …«

»Da hat er nicht ganz unrecht. Ich werde dir auf jeden Fall geballte Energie aus Nizza schicken!«

»Merci, chérie.«

VÉRONIQUE

PARIS/NIZZA, 14. SEPTEMBER 2013

Das Flugzeug hob pünktlich ab, und Véronique war froh, dass sie noch einen Platz am Fenster erwischt hatte. Wenn sie schon ohne ihre Freundin nach Nizza fliegen musste, statt gemeinsam mit ihr wie ursprünglich geplant, war es schön, dass ihr die Wolken Gesellschaft leisteten. Sie fühlte sich dem Himmel und den Engeln gleich wieder ganz nah und auch ihre Energie schien wie neu aufgeladen durch ihren Körper zu strömen. Wenn da nur diese Sorge um Marie nicht gewesen wäre. Zum Glück ging es ihr besser, aber sie war in Lebensgefahr gewesen, und Véronique war froh, dass sie hatte gerettet werden können. Noch immer konnte sie kaum begreifen, dass tatsächlich diese Killerin auf Marie angesetzt worden war und ungehindert in ihrem Krankenzimmer gestanden hatte. Ein Glück, dass Julien und sie mit vereinten Kräften Schlimmeres hatten verhindern können. Und dann war da noch die Frage, wer hinter diesem anonymen Anruf steckte, der das Krankenhaus rechtzeitig alarmiert hatte. Véronique schickte Schwester Klara eine Welle des Dankes, und sie konnte sich lebhaft vorstellen, wie die junge Krankenschwester auch gerade lächelnd aus dem Fenster blickte.

Vor Véroniques Augen allerdings war nicht der schlichte Innenhof eines Hospitals, sondern direkt vor ihren Augen öffnete sich ein strahlendes rosa-golden-farbenes Lichtportal zwischen den Wolken. Es war, als würde sich der Himmel für sie öffnen. Véroniques ganzes Wesen schien mit einem Mal zu vibrieren, bis sie sich leicht wie eine Feder fühlte. Wie gut das tat, einmal wieder das Urvertrauen zu spüren, das schon immer in ihrem Herzen und Teil ihrer Seele gewesen war. Sie nahm sich fest vor, es nicht wieder erschüttern zu lassen, egal, was noch passieren sollte. Das Gute würde siegen …

Véronique schloss die Augen und überließ sich dem Bliss, mit Allem-was-ist eins zu sein.

»Wir sind im Landeanflug auf Nizza«, kam quäkend die Stimme des Kapitäns über die Lautsprecher und riss sie aus ihren Gedanken. Véronique öffnete die Augen, richtete sich auf und machte sich bereit, in Kürze in der zauberhaften »Baie des Anges« anzukommen, der ersten Station ihrer Reise. Sie liebte die letzten Minuten eines Anfluges, ganz besonders aber genoss sie es, wenn sich das Meer bereits in leuchtenden Blautönen unter ihr auftat. Sie konnte die Meeresenergie förmlich spüren und den salzigen Duft riechen. Und bald würde sie sich wieder bewegen können. Sie war zu groß für diese Flugzeugsitze, das stellte sie immer wieder fest, und ihr Körper war es nicht gewohnt, so lange still zu sitzen. Sie konnte es kaum erwarten, das Gepäck vom Band zu nehmen, durch die Schleuse zu gehen – und ihren kleinen Bruder endlich wieder einmal in die Arme zu schließen.

Genau dort stand er, wo sie ihn vor sich gesehen hatte: Ihr Bruder, der sie mit seiner lässigen Körperhaltung schon immer an einen durchtrainierten, wagemutigen d'Artagnan erinnert hatte, lehnte an dem Silberrohr der Absperrung.

Ihre stürmische Umarmung erwiderte er mit liebevollem Druck und den Worten: »Geliebtes Schwesterherz! Wie schön, dass dich dein Weg mal wieder zu mir führt!« Seine Augen leuchteten, dann trat ein ernster Ausdruck hinein: »Lieber noch hätte ich allerdings Marie an deiner Seite gesehen. Du hast angedeutet, dass ihr etwas Schlimmes zugestoßen ist? Lass uns ganz schnell nach Hause fahren, ich muss unbedingt mehr wissen. Auch wenn du mir nicht glaubst, aber ich hatte ein ganz schlechtes Gefühl, wenn ich an euch beide gedacht habe in der letzten Zeit, und ich hoffe, du hast bemerkt, dass ich dir ein wenig positive Energie geschickt habe.« Er lächelte nun doch: »Deine Erfolge als Manon hast du natürlich nur mir zu verdanken«, und er lachte sie an.

Véronique nickte. »Marie ist zum Glück nicht mehr in Lebensgefahr, aber sie ist noch nicht wieder auf dem Damm. Stell dir nur vor, plötzlich steht eine Frau mit einer Waffe in der Hand vor dir. Wenn die Schwester nicht gekommen wäre – ich darf gar nicht daran denken.«

»Marie ist wie eine weitere Schwester für mich, das weißt du«, sagte Richard und wischte sich über die Augen.

»Ich weiß, mon cher.« Véronique stupste ihn an: »Doch ich bin vollkommen sicher, dass sie wieder gesund werden wird, denn die Engel und Jesus Christus wachen über sie, damit sie ihre Mission in diesem Leben erfüllen kann.« Erneut durchströmte sie die Zuversicht, die sie angesichts des leuchtenden Wolkenportals wiedergefunden hatte.

»Ja, da hast du mit Sicherheit recht! Wir werden sie in unseren Gedanken als geheilt betrachten.«

»Wie weise du doch bist, mein kleiner Bruder.« Véronique strahlte ihn an und versetzte ihm einen liebevollen Nasenstüber. »Genau das machen wir! Aber jetzt will ich meine geliebte Baie des Anges sehen.«

Richard schnappte sich Véroniques kleinen Koffer, hakte sie unter und lief mit ihr zu seinem Jeep. »Es geht am Meer entlang, versprochen«, sagte er, bevor er den Motor startete.

Richard wählte seinen Lieblingsweg entlang der Bucht der Engel. Als sie in Sicht kam, warf er Véronique einen Blick zu, den sie erwiderte, und sie spürte wie sie von innen heraus leuchtete, sobald das im Sonnenlicht glitzernde Meer in Sicht kam. Dies war ihre Seelenlandschaft. Sie liebte diesen Ort, an dem sie ihre Kindheit verbracht hatte, über alles.

»Willst du gleich ans Wasser oder zuerst zu mir nach Hause?«

»Ich werde mich erst etwas frisch machen und umziehen, bevor ich mich in die Fluten stürze, auch wenn ich es kaum erwarten kann«, antwortete Véronique, obwohl sich jede Faser ihres Körpers nach dem Bad sehnte.

»Dann aber musst du mir alles erzählen. Versprochen?«

»Versprochen.«

Das Haus, das Richard und Véronique von den Großeltern geerbt hatten, lag in der Nähe des Hafens und oberhalb des »Coco Beaches«, und obwohl Véronique gern stundenlang dagestanden und den Ausblick genossen hätte, lief sie zuerst in Richards Atelier, um seine neusten Bilder zu betrachten. Seine Gabe war mit ein Grund gewesen, ihm das Haus zu überlassen – und natürlich die Tatsache, dass sie nach Paris gehörte, dorthin, wo das Ballett ebenfalls Zuhause war. Richard war ein begnadeter Maler, und Véronique scherzte gerne, mit ihm sei Sandro Botticelli wieder auferstanden, so gut verstand er es, seinen Figuren Leben einzuhauchen.

Das Atelier war von hellem Sonnenlicht erfüllt, und Véronique erfasst mit einem Blick, dass ihr Bruder sehr fleißig gearbeitet hatte. Zahlreiche Leinwände standen rundum, doch auch auf der Staffelei sah sie eine, die er mit einem Tuch vor Blicken schützte. Sie wusste, wie wenig er es mochte, ein unfertiges Werk der Öffentlichkeit zu präsentieren, doch sie hatte darauf noch nie Rücksicht genommen. »Wer bin ich denn? Ich bin doch nicht die Öffentlichkeit«, hatte sie immer zu ihm gesagt und ihn daran erinnert, dass Balletttänzer eigentlich bei jedem Prozess ihres Schaffens fremden Blicken ausgesetzt waren, beim Üben, bei den Proben … »Ich laufe ja auch nicht unter einem Tuch herum, bis ein Stück einstudiert ist.«

Nun zog sie behutsam das Tuch von dem Gemälde und glaubte ihren Augen nicht zu trauen, denn vor ihr enthüllte sich ein Bild, das geradezu von himmlischer Schönheit war und das Maria Magdalena und Jesus Christus in dem Moment zeigte, in welchem Jesus Christus vor seinem Grab der Maria Magdalena erscheint und sie sanft ihre Hände nach ihm ausstreckt. Ihrem Bruder war es gelungen, die Liebe einzufangen, die aus jeder Geste und jedem Blick sprach, dazu den Zwiespalt, der in der Geste steckte, denn so wie es Jesus darum ging, Maria Magdalena nicht zurückzustoßen, wollte sie ihn doch bei sich behalten – und er durfte nicht im Hier und Jetzt bei ihr bleiben.

Die Emotionen erfassten Véronique, und ihr liefen die Tränen über das Gesicht, so sehr berührte sie dieses neue Werk ihres Bruders.

»Das ist Marie, du – du hast Marie als Vorbild für deine Maria Magdalena genommen«, stammelte sie.

Leise trat Richard neben sie und legte sanft seinen Arm um ihre Schultern. Er wusste genau, was in seiner Schwester vorging, denn auch wenn sie sich nur selten sahen, bestand eine tiefe Seelenverbindung zwischen ihnen.

»Als ich von Maries lebensgefährlicher Verletzung hörte, blieb mir nichts Anderes übrig als sie zu malen, um wieder meinen inneren Frieden zu finden. Ich habe mir die Hand führen lassen, sei versichert, ich habe mich nicht bewusst dazu entschieden, aber, du siehst es ja, dies hier kam dabei heraus«, sagte Richard, und Véronique wurde klar, wie sehr ihn die Erkenntnis beeindruckt hatte, dass auch er nur ein Werkzeug war.

Schweigend und in tiefem Einverständnis drückte Véronique seinen Arm und konnte ihren Blick nicht von dem Bild vor ihr wenden, als sie erkannte, dass Jesus Christus große Ähnlichkeit mit Julien hatte, obwohl sie wusste, dass ihr Bruder Julien de la Tour nie persönlich kennengelernt hatte. Nach Fotos aber malte er nie. Kein Zweifel, ihr Bruder hatte ihr die große Wahrheit anvertraut, dass dieses Werk nicht allein von ihm geschaffen worden war, sondern von einer höheren Macht.

VÉRONIQUE

BAIE DES ANGES, 14. SEPTEMBER 2013

Véronique fiel es schwer, sich von dem Anblick loszureißen. Aber sie war bestärkt in dem Gedanken, dass es um so viel mehr ging. Die Suche von Marie nach dem Sinn ihres Erbes, die Todesgefahr, all dies gehorchte einem höheren Plan.

Nach einer raschen Dusche setzte sie sich zu ihrem Bruder ins Esszimmer. Mit Blick auf das Meer erzählte sie ihm, was alles passiert war, und warum sie diesmal seine Hilfe brauchte. »Marie hätte mich nie allein hierher kommen lassen, wenn ich dich nicht hätte.«

»Ich will alles tun, was in meiner Macht steht, um euch zu helfen.« Richards Gesicht war so ernst, wie sonst nur beim Malen, fast entrückt kam er ihr vor, und sie schwiegen für einen Moment.

Dann riss sich Richard aus den Gedanken los und forderte Véronique auf: »Erst einmal wolltest du ins Wasser. Los, komm!« Er führte sie zu seinem Motorrad, und ohne Gedanken an Böses oder Verfolger, brausten sie zurück zur »Baie des Anges«.

Véronique genoss es in vollen Zügen, hinter Richard auf seinem Motorrad zu sitzen, zu fühlen, wie ihr der Wind durch das

Haar fuhr. Derselbe Wind, der die kraftvollen Wellen ans Ufer trieb.

Kaum hatte Richard an einer Stelle angehalten, die sie besonders liebte, lief sie die Treppen hinunter und über die Steine zum Wasser, das im Sonnenlicht wie Millionen von Diamanten schimmerte. Voller Überschwang begrüßte sie die Engel des Meeres und bat sie umgehend, Marie bei ihrer Heilung zu unterstützen. Als Zeichen dafür, dass sie Véroniques Bitte vernommen hatten, wurden die Wellen höher und spritzen Véroniques Füße nass. Lachend bedankte sie sich für die prompte Antwort, streifte das Kleid ab und lief im Bikini hinein in die sie liebevoll umfangenden Wogen aus türkisfarbenem Wasser.

LUCIUS

PARIS, 14. SEPTEMBER 2013

Lucius lag noch im Bett, als sein Handy klingelte. Mit einem Blick sah er, dass es der Maître war. Sogar aus dem Krankenhaus behielt er alle Fäden im Griff, und Lucius wusste, er würde ihm jedes Zögern anmerken. Rasch nahm er den Anruf an und sagte das Ehrlichste, was ihm durch den Kopf ging: »Ich lieg noch im Bett, sorry, hat einen Moment gedauert …«

Die Stimme von Maurice de la Fontaine klang nicht nur unmelodiös, sondern streng: »Verlier deine Aufgabe nicht aus dem Blick. Marie ist in Wien, aber es gibt auch hier in Paris jemanden, den du im Blick behalten solltest.«

Lucius setzte sich unwillkürlich auf: »Ja, klar, Véronique. Aber die tanzt ja noch ›Manon‹.«

»Du hast die Pläne nicht im Kopf, in dieser Woche gibt es keine Aufführungen. Solche Nachlässigkeiten mag ich gar nicht.«

Lucius fasste sich an die Kehle und schluckte. »Das ist mir entgangen, ich hatte so viel um die Ohren, es wenden sich alle an mich mit ihren Anliegen, seit du im Krankenhaus bist, Maurice.«

»Véronique Valois ist heute früh nach Nizza geflogen, und das kann keine Vergnügungsreise sein. Sonst wäre sie als erstes zu ihrer Freundin«, Lucius konnte förmlich hören, wie der Gedanke den Maître anwiderte, er könnte mit jemandem befreundet sein, »… Marie Chevalier geflogen.«

»Das klingt plausibel«, meinte Lucius. »Das heißt, du gehst davon aus, dass Véronique diese Reise macht, um weitere Informationen zu sammeln, richtig?«

»Absolut richtig!«, pflichtete ihm der Maître bei. »Aus diesem Grund möchte ich, dass du dich so schnell wie möglich auf den Weg nach Nizza machst. Wir sollten es nicht verpassen, Véronique zu folgen. Sie ist nicht ohne …, also, in ihr steckt mehr, als nur eine Balletttänzerin, das lass dir gesagt sein.«

»Verstehe«, sagte Lucius und überlegte, wie lange es wohl noch dauerte, bis Véronique beim Maître im Bett landen würde. Im Stillen hoffte er, dass das nie passieren würde … Er selbst hatte sich schon halb aus dem Schlafanzug befreit. »Ich nehme den nächsten Flug nach Nizza.« Lucius war froh, dass er Ordnung hielt in Wohnung und Schrank. Kleidung für eine spontane Reise lag immer bereit.

»Perfekt! Zwei meiner Männer sind vor Ort und haben beobachtet, dass Véronique mit ihrem Bruder an den Strand gefahren ist. Ich bin jedoch sicher, dass sie da unten mehr vorhat, als Verwandte besuchen und Muscheln schubsen. Halte mich über alles auf dem Laufenden. Über alles.«

Und ehe Lucius ein Wort erwidern konnte, war die Leitung tot.

RICHARD / VÉRONIQUE

NIZZA, 14. SEPTEMBER 2013

»Ich war auch nicht untätig«, sagte Richard und trocknete sich das Haar. Nur wenige Momente nach Véronique hatte er sich ebenfalls ins Wasser gestürzt und stand nun vor seiner Schwester, als wolle er sie vom Ufer abschirmen. »Bitte bleib in meinem Windschatten, ich traue dieser Tage nichts und niemandem. Mein Bauchgefühl sagt mir, dass wir in Gefahr sind. Jeder von uns. Nicht nur Marie. Jeder, der etwas weiß über das geheime Erbe der Christenheit, ist heute in ständiger Lebensgefahr. Schwester, und genau darum geht es.«

Véronique musterte ungläubig ihren Bruder. Er war doch sonst der unaufgeregte, der d'Artagnan in ihrem Leben, der mit einem Scherz auf den Lippen jede Situation zu nehmen wusste. »Was ist denn passiert?«

»Noch ist nichts passiert. Aber das heißt nicht, dass es so bleiben wird.« Er sah sich um, dann aber trat er näher an sie heran, und während er ihr das lange Haar mit seinem Handtuch trocknete, sprach er hastig mit beinahe unverständlicher Stimme auf sie ein.

»Wie du weißt, habe ich mir schon als Kind vorgestellt, wer

unsere Gegner sein könnten. Nein, jetzt nichts sagen, ich bin sicher, dass wir hier nicht beobachtet oder abgehört werden können. Selbst bei mir zu Hause habe ich längst nicht mehr diese Sicherheit. Nicht, seit ich ahne, wer unser Gegner ist.«

»Hast du was rausgefunden? Vor allem Großvater hast du schon mit deinen unzähligen Fragen regelrecht gelöchert.«

»Ja, das stimmt!« Jetzt musste Richard doch lächeln. »Jedenfalls ist es so, dass ich auf meiner Suche bereits vor längerer Zeit auf etwas gestoßen bin, das mich dazu bringt, dich zu warnen. Und bitte, gib diese Warnung an Marie weiter.«

»Ich höre.«

»Ich bin mir sicher, unser Gegner ist eine geheime Gesellschaft, die sich selbst Octavianer nennen und die es sich unter anderem zur Aufgabe gemacht haben, alle Schriften und Werke zu vernichten, die den Gedanken der Blutlinie weiter an die Öffentlichkeit tragen. Vor Kurzem bin ich auf verborgene Schriften unseres Großvaters gestoßen, in denen er sie erwähnt. Und dann habe ich eins und eins zusammengezählt.«

Véronique stellten sich die Nackenhaare auf.

»Der Ursprung der Octavianer lässt sich weit zurückführen. Ich habe Spuren von ihnen gefunden, die auf das römische Reich des Kaisers Augustus deuten, der immerhin bereits dreiundsechzig vor Christus in Rom geboren wurde. Damals hieß er noch Gaius Octavius und scharte eine Gruppe junger Männer aus bestem Hause um sich. Damals ging es ihnen darum, jegliche weibliche Macht zu zerstören. Habe ich erwähnt, dass er sogar die eigene Frau verstoßen hat? Nun, sie hatten wohl erkannt, dass die Urkraft, die dem Geschlecht der Frauen innewohnt, weit stärker ist als ihre eigene. Allein die Tatsache, dass nur Frauen in der Lage waren, Kinder zu gebären, hob sie über die Männer hinaus. So beschlossen sie, alles zu tun, um die Kraft der Frauen zu brechen und sie nur als schmückendes Beiwerk der Männer oder als Gebärmaschinen einzusetzen. Sie sollten natürlich männliche Nachkommen produzieren. Die Octavianer waren streng hierarchisch organisiert. Belohnt wurde man für jede Schwächung der Frauen-Blutlinie. Das zieht sich durch die Jahrhunderte, und glaube mir, es gibt Anzeichen dafür, dass die gesamten Hexenverfolgungen von ihnen initiiert wurden. Auch der Fall von Montségur im Jahr 1244 geht mit großer Sicherheit auf das Konto der Octavianer. Jedenfalls bin ich sicher, dass wir es genau mit ihnen zu tun haben.«

»Das ist grauenvoll«, Véronique zitterte.

»Ja, absolut grauenvoll«, Richard legte ihr schützend die Hand auf die Schulter, dann wickelte er sie in sein Badehandtuch, als könne er sie so vor seinen weiteren Worten schützen.

»Du kannst dir vorstellen, dass dieser machtbesessenen Männertruppe jemand wie Maria Magdalena ein Dorn im Auge war. Und du weißt, dass Maria Magdalenas Spuren nach Südfrankreich führen, sodass der französische Hauptsitz der Octavianer von vornherein eine wichtige Rolle innerhalb der Organisation spielte. Du tanzt im Maul des Löwen, kleine Schwester. Andere Städte wie Rom, New York, London, Wien und Moskau sind nicht so wichtig. Aber wenn du dich fragst, wer in Wien die Spur der Attentäter verwischte, dann kannst du sicher sein, dass sie ihre Hände im Spiel hatten, die österreichischen Octavianer. Du und ich ahnen es seit langem, dass Marie Madeleine Chevalier zur Blutlinie gehört und eine wichtige Mission zu erfüllen hat. Jetzt ist sie ins Schussfeld geraten.«

Atemlos hatte Véronique ihrem Bruder gelauscht und war zu dem Schluss gekommen, dass er mit seiner Vermutung richtig lag.

»Dann ist eingetreten, wovor sich unsere Eltern fürchteten. Sie also haben Jean Chevalier auf dem Gewissen. Endlich kennen wir den Namen unserer Gegner, aber sie operieren verdeckt, hast du eine Ahnung, wer eigentlich dahinter steckt? Wie können wir herausfinden, wer zu ihnen gehört?« Véronique dachte kurz an Lucius, an Jan, ihren Tanzpartner, an all die anderen Menschen, denen sie vertraute und auch wieder nicht vertraute.

»Nein, nicht wirklich«, gestand Richard unglücklich. »Diese Männer arbeiten im Verborgenen, und ich habe lange forschen müssen, um ihnen überhaupt auf die Spur zu kommen. Gib das mal ein in eine Suchmaschine, da findest du kaum etwas.«

»Das ist ja unglaublich!«

Nachdenklich kaute Véronique an ihrer Unterlippe, ein untrügliches Zeichen dafür, dass ihr eine Idee kam.

»Was denkst du, Schwesterherz? Ich sehe doch, dass du irgendwelche Vermutungen darüber hast!«, fragte Richard ungeduldig.

»Wie gut du mich kennst!«, erwiderte Véronique lächelnd, bevor sie wieder ernst wurde. »Ich habe tatsächlich eine Vorstellung, wer unter anderem dahinter stecken könnte.«

»Und der wäre?« unterbrach sie ihr Bruder, der sich nicht mehr bremsen konnte.

»Maurice de la Fontaine.«

»Wie kommst du denn auf den Mann?«, fragte Richard verblüfft.

»Vorhin habe ich dir nur die Tatsachen berichtet, alles, was mit Marie passiert ist, dazu die Geschichte mit Julien. In Wirklichkeit gibt es noch viel mehr, und es gibt auch diesen Verdacht, den ich einfach nicht untermauern kann.« Véronique gestand ihm, dass sie de la Fontaine auch wegen seiner selbstbewussten Unverschämtheiten verdächtigte, weil er so auffällig war, dass man ihm nie Geheimes unterstellen würde, und doch …

»Das darf doch nicht wahr sein, dass ich darauf nicht selbst gekommen bin! Dieser Mann besitzt tatsächlich alle Voraussetzungen, um eine derartige Organisation zu leiten. Er ist schließlich der Geheimdienstkoordinator der französischen Sondereinheit »Service Action« für Auslandseinsätze des Präsidenten. Außerdem wird gemunkelt, dass er mit von der Partie war, als am 10. Juli 1985 das Greenpeace-Schiff ›Rainbow Warrior‹ im neuseeländischen Auckland versenkt wurde.«

»Du siehst, wir haben es mit einem äußerst gefährlichen Gegner zu tun, der sich gemeinsam mit seinen Helfershelfern, oder sollte ich besser sagen, mit seinen Agenten hinter der Fassade einer edlen Kulturstiftung verbirgt.« Véronique überlegte, ob sie ihrem Bruder auch von Lucius erzählen sollte, aber dann hielt ein Instinkt sie zurück. Er hatte im Stephansdom alles darangesetzt, ihre Freundin zu retten. Eigentlich sollte sie ihn von der Liste der Verdächtigen streichen.

Richard interpretierte ihr Schweigen als zunehmende Verunsicherungen. »Schwesterherz, wir wollen jetzt erst einmal etwas warmes Essen, und wir wollen uns den Glauben daran bewahren, dass die himmlischen Mächte stärker sind als alle menschlichen Wesen zusammen.« Er deutete auf die leuchtende Sonne über dem Meer.

»Ach, Richard, das ist wahr! Und sie werden mit Sicherheit alles tun, um Marie und Julien bei ihrer Mission zu unterstützen.«

VÉRONIQUE

NIZZA/SAINT-MAXIMIN-LA-SAINTE-BAUME, 15. SEPTEMBER 2013

Nach dem wunderschönen und erholsamen Tag am Strand, den abenteuerlichen Enthüllungen und einem inspirierenden Abend mit ihrem Bruder am Place Garibaldi holte Véronique am nächsten Morgen den reservierten Leihwagen am Flughafen ab, um weiter nach Saint-Maximin-la-Sainte-Baume zu fahren. Als sie in das Auto stieg, zeigte das GPS exakt 10:44 Uhr an. »Was für ein schönes Zeichen der Engel«, dachte sich Véronique.

Doch leider musste sie feststellen, dass das GPS nicht funktionierte. Sie blieb jedoch vollkommen gelassen, da sie sich aufgrund des Zeichens der Engel sicher war, dass alles genauso war, wie es sein musste. So lief sie noch einmal die Treppen zum Schalter der Autoverleihung hinunter, um zu erfahren, was sie tun sollte.

Als sie schließlich, mit einem neuen GPS ausgerüstet, endlich startete, war es genau 11:11 Uhr. Véronique wusste, es konnte einfach kein Zufall sein, dass sich in dem Moment, wo sie losfuhr, zeitlich ein Portal zeigte. Was diese Reise auf den Spuren von Maria Magdalena wohl mit sich bringen würde?

Sie genoss die Fahrt durch die schöne Landschaft. Wie vielfältig sie doch war, Gottes Natur. Sie liebte die rote Erde, die Pinien, die rötlich schimmernden Felsen und die Hügel der Provence, denen sie entgegensteuerte.

Da klingelte ihr Handy. Es war Julien, der sie wie jeden Tag über Maries Zustand informierte.

Er berichtete ihr ganz aufgeregt: »Stell dir vor, ich habe doch tatsächlich gestern von den Ärzten die Erlaubnis bekommen, Marie heute in die Staatsoper zu entführen, sodass sie die letzte Vorstellung sehen und vielleicht Heilung erfahren kann. Nun ist meine Bitte an dich, dass du mich während dieser Zeit mithilfe der Engel unterstützt, sodass ich im Dritten Aufzug mit dem Göttlichen EINS sein kann, um diese große Aufgabe zu vollbringen.«

»Mon ami, ich werde alles in meiner Macht Stehende tun, um dich dabei so gut wie möglich zu unterstützen«, versprach Véronique mit feierlicher Stimme.

Die beiden besprachen noch schnell den zeitlichen Ablauf, dann aber verabschiedete sich Véronique, die sich auf die Strecke konzentrieren musste, als sie die Ausfahrt nach Saint-Maximin-la-Sainte-Baume vor sich sah. Angekommen in dem malerischen kleinen Städtchen, das sie ihrem Bruder gern gezeigt hätte – sie sah schon die Häuser und Gärten im Hintergrund eines Portraits – parkte sie das Auto auf dem Touristenparkplatz. Genau das war sie ja genau genommen auch, eine Touristin aus Paris, die sich umschauen wollte. Und natürlich würde sie als erstes etwas essen. Sie schlenderte durch das Städtchen und entschied sich für das »Restaurant La Renaissance« in der Nähe eines Brunnens. Gedankenverloren ließ sie den Blick schweifen, sah sich die Gesichter der Menschen an und überlegte, was wohl in ihren Köpfen vorgehen mochte. Hatten auch sie Angst vor Killern? Vor Octavianern? Véronique lächelte in sich hinein, es war ihr Schicksal, und sie hatte es bereits vor langer Zeit angenommen. Dann aber blieb ihr Blick hängen an zwei schwarz gekleideten Gestalten. Wie seltsam, im pastellfarbenen Licht der Provence mutete dieses Schwarz an wie ein schlechtes Omen. Die furchtbare Erkenntnis traf sie wie ein Blitz. Wie hatte sie nur so naiv sein können zu denken, dass sie unbemerkt den Spuren Maria Magdalenas folgen könnte, nach allem, was Marie geschehen war und was sie am gestrigen Tag von ihrem Bruder erfahren hatte?

Véronique versuchte, tief durchzuatmen, um wieder einen klaren Gedanken fassen zu können. Waren die beiden Kerle hinter ihr her? Sie flehte Erzengel Michael an, sie von ihrer Angst zu befreien, die sie wie eine eiserne Klaue gepackt hatte. Obwohl die Sonne vom Himmel brannte, breitete sich in ihrem Inneren eine Eiseskälte aus. Schwebte sie am Ende auch in Lebensgefahr? Was sollte sie bloß tun? Sie hatte doch Marie und allen Engeln versprochen, ihren Auftrag in diesem Leben zu erfüllen und war dafür mit Zuversicht beschenkt worden. Zuversicht, das war es: In diesem Augenblick gewann ihre Entschlossenheit wieder die Oberhand über die Angst, und Véronique spürte deutlich Mutter Maria neben sich. Auf einmal war sie eingehüllt in die Wärme ihres aquamarinblauen Mantels und hörte die Stimme von Mutter Maria, die zu ihr sprach: »*Geliebte Tochter, fürchte dich nicht. Auch wenn die dunklen Mächte all ihre Kräfte entfalten, um die Erfüllung der Prophezeiung zu unterbinden, schützen wir lichten Wesen euch mit der reinsten Macht und mit der göttlichen Liebe, welche in der Lage ist, alles zu verwandeln. Glaube mir, du bist beschützt, auch wenn es nicht immer so scheinen mag …*«

Erfüllt von Vertrauen, bezahlte sie die Rechnung und machte sich auf zur berühmten Basilika der Heiligen Maria Magdalena, ganz wie es jede Touristin auch getan hätte. Auf Schritt und Tritt aber spürte sie hinter sich die Verfolger, sodass sie kaum einen

Blick hatte für die malerischen Häuser. Dann entdeckte sie endlich auf der Place de l'Hôtel de Ville ein Schild mit der Aufschrift »Basilique Sainte Marie Madeleine«. Dies war der Ort ihrer Bestimmung, ihr Herz machte einen Satz.

Erfüllt von einem Gefühl der Achtsamkeit schritt sie durch das hölzerne Portal und betrat durch eine weitere Holztür die Kirche. Eine Infobroschüre, die dort auslag, informierte sie darüber, dass die Kirche von Charles II d'Anjou im Jahre 1295 zu Ehren von Maria Magdalena erbaut worden war. Sie wusste das, und doch war ihr danach, in den einfachen Handgriffen einer Touristin so etwas wie Sicherheit zu finden, eine Rolle, nach der sie durch diesen schwierigen Tag tanzen wollte. Doch die Basilika war kein Ort der Leichtigkeit für sie. Dünnhäutig und verletzlich kam sie sich vor, und dann fiel ihr Blick auf eine Bildtafel mit der atemberaubenden Skulptur von Maria Magdalena und Engeln in der Grotte de Sainte Marie Madeleine à la Sainte Baume. Ein tiefes Erkennen ging durch ihren Körper, und sie sah ihre Umwelt nur noch durch einen Tränenschleier. Das Erkennen erschütterte sie zutiefst. Jede Faser ihres Wesens signalisierte ihr, dass sie selbst einst vor langer Zeit gemeinsam mit Maria Magdalena dort gewesen war. Und im selben Augenblick erkannte sie, dass es ihre Bestimmung war, genau in diesem Moment an genau diesem Ort zu sein. Später konnte sie die Empfindungen Marie kaum beschreiben, die sie in dieser Sekunde erfassten: Glückseligkeit, wieder in dieser Energie zu sein; unendliche Traurigkeit über den Verlust der geliebten Freundin aus alten Zeiten; tiefe Dankbarkeit, diese und auch Jesus Christus aus der Nähe erlebt zu haben; Entsetzen darüber, dass Marie nicht an ihrer Seite sein konnte; Furcht vor den Verfolgern … Der Gedanke riss sie aus der Versenkung, und sie blickte sich um. Waren sie ihr in das Gotteshaus gefolgt?

Sie versuchte, die Angst abzuschütteln und ihre Aufmerksamkeit auf Julien zu richten, wie sie es versprochen hatte. Sie rief die Engel, Mutter Maria, insbesondere jedoch Jesus Christus und Maria Magdalena an Juliens Seite und bat sie inbrünstig, ihn zu befähigen und dabei zu unterstützen, das angekündigte Heilungswunder an Marie während der letzten Aufführung des »Parsifal« vollbringen zu können. Maries Wunde sollte sich endgültig schließen. Véronique verband sich mit Marie und Julien und versank in tiefe Meditation.

VÉRONIQUE

SAINT-MAXIMIN-LA-SAINTE-BAUME,
15. SEPTEMBER 2013

Véronique wusste nicht, wie spät es geworden war. Ihre Verbindung zu den Freunden in Wien hatte sie herauskatapultiert aus ihrer Umgebung, aus ihren Sorgen, die sie nun erneut überfielen, als sie sich in der Basilika umsah. Doch von schwarzgekleideten Männern war keine Spur mehr, und sie ließ sich ein wenig treiben, stieg die Stufen zur Krypta hinab, fasziniert von der anmutigen, marmornen Statue der Maria Magdalena zu ihrer linken. Der Anblick löste ein Gefühl der Verbundenheit aus, wie sie es eben noch Marie in Wien gegenüber gefühlt hatte. Zutiefst getröstet lächelte sie und ging weitere Stufen hinunter, die sie zu den Sarkophagen von St. Maximin, St. Sidonius und Maria Magdalena brachten. Hier aber brach das Gefühl mystischer Verbundenheit ab, und Véronique wusste, dass sich in diesen Särgen nie und nimmer die wahren sterblichen Überreste verbargen: Maria Magdalena hatte ihre letzte Heimstatt nicht in dieser Krypta gefunden oder aber ihre Reliquien waren woandershin gebracht worden.

Dieser Eindruck verstärkte sich bei ihrem anschließenden Rundgang durch die Basilika. Auch wenn es hier deutlich mehr

Gemälde und Hinweise auf Maria Magdalena und ihr Leben gab als in den meisten anderen Gotteshäusern, hatte Véronique dennoch das Gefühl, sie werde eher stiefmütterlich behandelt. Zeichen des Verfalls waren überall vorhanden und deuteten darauf hin, dass der größten gotischen Basilika der Provence, dem Wahrzeichen der Gemeinde Saint-Maximin-de-Sainte-Baume, von Seiten der Kirche nur wenig Wertschätzung entgegengebracht wurde. War Maria Magdalena noch immer weniger wert, als sie den Mitgliedern der Blutlinie wichtig war?

Diese Gedanken erschöpften sie regelrecht, doch als sie die Kirche verließ und ihr Blick auf eine Uhr fiel, wurde ihr bewusst, dass sie Stunden in der Kirche verbracht hatte. Es war Abend geworden, und ein frisch gebrühter Thé Vert à la Menthe in einem kleinen Restaurant gegenüber der Basilika half ihr ein wenig über ihre Müdigkeit hinweg. Tief in ihrem Innern wusste sie, dass sie ihrer eigenen Bestimmung folgte.

Mit neuem Schwung fand sie den Weg zum Auto zurück, und dann erlaubte sie sich, jeden Gedanken an Verfolger zu verdrängen. Sie war froh, dass sie für die Nacht einen angenehmen Schlafplatz gebucht hatte im »Château de Nans« in Nans-le-Pins. Je später es wurde, umso tiefer atmete sie die Luft unter den Pinien und genoss das Leuchten des Lichts der Provence. Ihre Seele aber verband sich wieder mit der ihrer Freundin und mit Julien, denn sie wusste, um diese Zeit musste er auf der Bühne stehen, der Dritte Aufzug des »Parsifal« hatte in Wien begonnen.

MARIE

WIEN, 15. SEPTEMBER 2013

Marie seufzte auf, als sie im Taxi Platz nahm. Wie lieb sich Dr. Weiß und die Schwestern um sie gekümmert hatten. In einem fahrbaren Stuhl hatten sie sie bis zur Pforte gebracht. An ihrer Seite saß ein Polizist, der über sie wachen würde. Und in ihrem Herzen trug sie die Liebe zu dem Mann mit sich, der gleich auf der Bühne stehen würde. Ein guter Freund ihres Vaters nahm sie am Bühneneingang in Empfang. Es war François Leroux, der Intendant der Wiener Staatsoper, der sie sofort zu Juliens Garderobe geleitete. Wie schön von ihm, sie dort sehen zu wollen. Zu dritt liefen sie durch den Gang zum Aufzug und wurden von den Umstehenden beinahe ehrfürchtig begrüßt, denn alle erkannten die Tochter des berühmten Maestro Chevalier wieder, die bekanntermaßen die zukünftige Verlobte des derzeitigen Stars am Opernhimmel war. Marie wusste nicht recht, wie ihr geschah und grüßte mit scheuem Lächeln zurück, war jedoch froh, als sich die Aufzugtür hinter ihr und ihren Begleitern schloss.

Schließlich langten sie in dem Geschoss an, in dem sich Juliens Garderobe befand. Energisch klopfte Monsieur Leroux an die angelehnte Tür, und schon erklang die vertraute Stimme: »Herein!«

Maries Herz machte einen Hüpfer, als sie hinter dem Intendanten den Raum betrat. Sie wankte und griff unwillkürlich nach dem Türrahmen, denn es war dies das erste Mal seit dem Mord an ihrem Vater, dass sie sich wieder in die ihr vertrauten Räume einer Künstlergarderobe begab. Als sie jedoch bemerkte, dass Julien einzig und allein Augen für sie hatte, vergaß sie alles um sich her und genoss die Wärme seiner Arme. Zärtlich flüsterte er ihr ins Ohr: »Für mich gibt es nichts Schöneres, als dich heute im Theater zu wissen, meine geliebte Prinzessin. Und du wirst sehen, alles wird gut!«

Gerührt spürte sie dem Gefühl nach, das sein Körper auf ihrem auslöste, und sie war froh, dass ihr vom Krankenhaus dieser Ausflug gestattet worden war, denn ein wenig fühlte sie sich allein durch Juliens Gegenwart gestärkt. Da hörte sie das vertraute erste Läuten, und Monsieur Leroux räusperte sich leise, sodass Marie Julien nur noch schnell alles Gute für seinen vorerst letzten Parsifal in Wien wünschte, bevor sie sich am Arm des Intendanten und in Begleitung des Polizisten durch die Gänge des Opernhauses zur Proszeniumsloge bewegte, die ganz nah an der Bühne lag und wo für sie Plätze reserviert worden waren.

Marie machte es sich auf dem samtenen Stuhl bequem, so gut es mit ihren Verbänden ging, denn sie wusste, vor ihr lag keine kurzweilige Puccini-Oper, sondern ein fünfstündiges Bühnenweihfestspiel. Nur wenig später, sie hatte den Blick über die Orchestermusiker schweifen lassen auf der Suche nach bekannten Gesichtern, da betrat auch schon Arnold Scherenberg die Szene, begleitet von enthusiastischem Applaus.

»Die Wiener wissen ihren Chefdirigenten wohl wirklich zu schätzen«, dachte Marie erfreut, denn auch ihr Vater hatte nur in lobenden Worten von dem bereits in die Jahre gekommenen Kollegen gesprochen.

Da sie wusste, dass Julien die Bühne vorerst nicht betreten würde, schloss Marie die Augen und ließ sich von den Tönen des Orchesters in eine andere Welt entführen. Die Schwerkraft schien ihre Macht über sie verloren zu haben. Es fühlte sich an, als dürfte sie ihren geschundenen Körper für kurze Zeit hinter sich lassen. Eine tiefe Dankbarkeit breitete sich in ihr aus, während sie den heiligen Worten von Gurnemanz, dem ältesten der Gralsritter, lauschte. Dann zuckte eine Erkenntnis durch sie, genau in dem Moment, als Julien die Bühne betrat, und Marie öffnete die Augen und sah Parsifal vor sich. Sie konnte den Blick nicht von ihm losreißen, denn sie konnte es kaum fassen, welch Licht von ihm ausging. Sie hatte schon des Öfteren seine leuchtende Aura gespürt, doch nie zuvor hatte sie diese mit eigenen Augen wahrgenommen. Es war, als wäre er von einem Kranz aus goldenen Strahlen umgeben, einer Art Heiligenschein, der jedoch nicht nur Juliens Kopf, sondern seinen gesamten Körper umschloss.

Als die ersten Worte aus seinem Mund erklangen, war es vollkommen um Marie geschehen. Die Töne trafen sie auf eine Weise mitten ins Herz wie nie zuvor ein von Menschen erzeugter Ton. War sie es wirklich wert, von diesem Mann geliebt zu werden?

Marie lehnte ihre Arme auf die Brüstung der Loge, um dem Geschehen näher zu sein. Da hob Julien den Kopf und blickte ihr eine Sekunde lang tief in die Augen, und ein überbordendes Glücksgefühl durchströmte jede einzelne Faser ihres Seins, denn sie spürte seine Liebe zu ihr überdeutlich und wusste endgültig, dass es ihrer beider Bestimmung war, in diesem Leben zusammen zu sein. Sie war von dem Geschehen auf der Bühne derartig gefangen genommen, dass sie ihre Wunde vollkommen vergessen hatte und auch nichts mehr von der Verletzung spürte.

Marie war froh, dass für sie ein Ruhezimmer freigemacht worden war, und sie legte sich kurz hin, erfüllt von der Kraft, die ihr die Musik geschenkt hatte. Erholt gelangte sie rechtzeitig zurück in ihre Loge, und sobald die Musik einsetzte, vergaß sie vollkommen, wo sie war, wer sie war. Nur eines wusste sie: Die Worte des Parsifal berührten sie in der Tiefe ihrer Seele, und sie sah, wie man es von Todesmomenten sagte, wie ihr ganzes Leben vor ihrem inneren Auge vorbeizog. Sie spürte die Gegenwart ihrer geliebten Eltern rechts und links neben sich und vernahm deren vertraute Stimmen: *»Geliebte Tochter, wie wundervoll, dass du verstehst, dass alles, wirklich alles, genauso ist, wie es von langer Hand von uns allen in den lichten Sphären geplant worden ist. Sei dir gewiss, wir sind immer an deiner Seite! Und aus diesen Ebenen ist es viel leichter für uns, dich auf deinem Weg zur Erfüllung der Prophezeiung zu unterstützen und zu beschützen. Jetzt fragst du dich vielleicht, weshalb wir nicht verhindern konnten, dass du lebensgefährlich verletzt worden bist. Doch auch dies ist Teil des höheren Plans, den du freiwillig mit uns verfolgst. Nur indem du erlebt hast, dass Julien sein Leben für dich geben würde, hast du verstanden, dass du ihm wahrhaftig vertrauen kannst, was zur Erfüllung deiner Mission unerlässlich ist.*

Doch nun sollst du dich für deine Heilung öffnen und innerlich bereitmachen. Auf dass dir die Kraft zuteilwird, die du auf deinem weiteren Weg so dringend benötigst.«

Ehe sich Marie versah, waren ihre Eltern verschwunden und mit unendlicher Liebe dankte sie ihnen für ihr Dasein. Sie begann ihren Geist zu öffnen, wie Véronique es sie einst gelehrt hatte; und just in diesem Augenblick betrat Parsifal mit dem heiligen Speer in der Hand erneut die Szene.

Marie war wie gebannt und konnte ihre Augen nicht von ihm wenden. Das Licht um ihn herum erstrahlte heller als zuvor, und sie konnte Jesus Christus und unzählige Engel an seiner Seite ausmachen. Die Atmosphäre begann sich merklich zu verändern.

Es war, als würden alle den Atem anhalten, ob des heiligen Moments, dessen sie teilhaft wurden. Marie spürte, wie sie leicht und immer lichter wurde, dass ihr Herz nur mehr schwebte.

Und dann war es soweit: Eine Lichtsekunde, bevor Parsifal den heiligen Speer auf Amfortas' blutende Wunde richtete, blickte ihr Geliebter sie voller Intensität an, und als sein Blick sich mit dem ihren verband, durchfuhr es sie mit einer Wucht, dass sie dachte, es explodierten leuchtende Sterne in ihrem Herzen, und mit einem Mal war aller Schmerz von ihr gewichen. Gleichzeitig kehrten all ihre Kräfte zu ihr zurück.

Beim Erklingen der Worte

»Höchsten Heiles Wunder:
Erlösung dem Erlöser!«

hatte sie das Gefühl, auf Wolken zu schweben. Eine Wunderheilung war ihr zuteilgeworden. Doch sie war nicht die einzige, die zu Tränen gerührt dasaß und lauschte. Marie sah sich um. Auch die anderen Zuschauer schienen vollkommen überwältigt von dem heiligen Geschehen auf der Bühne. Und erst nachdem sekundenlang absolute Stille geherrscht hatte, brandete ohrenbetäubender Applaus auf.

Als Julien schließlich als letzter der Sänger hinter dem Vorhang hervortrat, um den Beifall zu empfangen, konnte Marie nicht anders, und sie warf ihm eine Kusshand zu, die er augenblicklich erwiderte. Schüchtern lächelte sie aus ihrer Loge heraus in die Runde, als ihr bewusst wurde, dass sich nun die Augen der Zuschauer auf sie richteten. Sie schluckte tapfer und erlaubte sich, gemeinsam mit Julien den Beifall zu genießen. Ja, sie waren mit einander verbunden.

Erst als der samtene Vorhang sich das letzte Mal schloss, erhob sich Marie freudestrahlend von ihrem Stuhl, sie staunte, dass sie die Wunde kaum spürte und formulierte in Gedanken einen Gruß an ihre Ärzte. Sie war ihnen unendlich dankbar, dass sie ihr erlaubt hatten, »Parsifal« zu sehen.

»Mir geht es so viel besser! Ich fühle mich so gut, wie schon lange nicht mehr!«, sagte sie zu Julien, als dieser sie in der Garderobe fest in die Arme schloss. Vor Freude hob er sie hoch und küsste sie voller Leidenschaft, nachdem er sie wieder sanft auf dem Boden abgesetzt hatte. Sich noch immer in den Armen haltend, blickten sie sich aus glückstrahlenden Augen an, jedes Wort war zu viel, denn sie verstanden sich auch so, waren in diesem Moment beide welt-hellsichtig und befanden sich außerhalb von Raum und Zeit. Sie wussten beide, dass Marie geheilt worden war und dass sie soeben ihre Liebe für dieses Leben besiegelten; und dass es mit großer Wahrscheinlichkeit von nun an nichts mehr geben konnte, was sie zu trennen vermochte.

Viele der karmischen Lasten der vergangenen Jahrhunderte, die noch zwischen ihnen gestanden hatten, waren durch Parsifal ein und für alle Male erlöst worden.

Zärtlich nahm Julien Maries Gesicht in die Hände und sprach die ersten Worte: »So hat unser geliebter Freund erneut Wort gehalten. Ich glaube, nie zuvor in diesem Leben war ich dankbarer als in diesem Augenblick, meine über alles geliebte Prinzessin!«

»Mir geht es ganz genauso, liebster Held.« Marie genoss das Gefühl, als sich seine Lippen ein weiteres Mal auf die ihren pressten.

MARIE / VÉRONIQUE

NANS-LE-PINS/WIEN, 15. AUF 16. SEPTEMBER 2013

Véronique hatte den Geschmack des leckeren Essens noch auf der Zunge, als sie aus dem Restaurant »L'Eveil des Sens« trat und sich auf den Rückweg zum Château de Nans machte. Im Rückspiegel nahm sie eine schwere, schwarze Maschine mit einem Fahrer in schwarzer Motorradkluft wahr, der ihr schon in der Nähe des Restaurants aufgefallen war. Konnte es sein, dass sie schon wieder verfolgt wurde? Ihr wurde ganz mulmig zumute.

So war sie sehr dankbar, dass Frédéric, der Hausherr des Schlosses, das sehr hohe Parktor hinter ihr abschloss, kaum dass sie ihren Wagen auf dem Schlossparkplatz abgestellt hatte. Sie hatte noch gesehen, wie der Motorradfahrer merkwürdig langsam weitergefahren war, obwohl er ihr zuvor in ziemlich rasantem Tempo gefolgt war. Irgendetwas stimmte da nicht, dessen war sich Véronique sicher. Dennoch wagte sie sich an den Pool und legte sich auf eine der Liegen am Rande des Wasserbeckens, um den unendlichen Sternenhimmel zu betrachten und die nächtliche Stille in der Natur zu genießen. Sie atmete tief ein und aus, um wieder innerlich zur Ruhe zu kommen.

Da vibrierte plötzlich ihr iPhone, und Marie war am Apparat. Ihre Stimme überschlug sich vor Freude, als sie ins Telefon rief: »Chérie, stell dir vor, ich war in der Oper und habe Julien singen hören. Und während er den Speer in der Hand hielt, hat sich meine Wunde endgültig geschlossen, jetzt weiß ich, dass ich wieder ganz gesund werde. Ist das nicht unglaublich? Und gleichzeitig diese Liebe zu Julien zu spüren. Ein Wunder ohnegleichen! Ich könnte tanzen vor Glück! Ist Julien nicht ein Geschenk des Himmels?«

Véroniques Herz floss über vor Dankbarkeit. Ihre geliebte Freundin würde bald gesund sein, vielleicht mit ihr Nachforschungen anstellen. Und ihr Herz war in guten Händen bei Julien, das fühlte sie. »Oh, liebste Marie, das macht mich überglücklich! Mein Herz tanzt vor lauter Freude!«

»Ich dachte, ich muss dir sofort die wundervolle Botschaft mitteilen. Julien strahlt auch und lässt dich grüßen. Ich bin gerade bei ihm in der Künstlergarderobe.«

Véronique konnte regelrecht fühlen, wie die Funken, die Marie vor Enthusiasmus versprühte, bei ihr ankamen. Ihr ganzer Körper begann regelrecht zu vibrieren. »Ich danke dir von ganzem Herzen, dass du mich gleich angerufen hast. Aber nun erzähl schon, wie sieht es jetzt mit deinem Vertrauen in Julien aus, ma chère?«, fragte Véronique scherzend, denn sie konnte bereits die Antwort erahnen.

»Das musst du nun wirklich nicht mehr fragen!«, erwiderte Marie scheinbar empört. Dann lachte sie und meinte: »Neben dir ist Julien inzwischen definitiv der Mensch, dem ich am meisten vertraue.«

»Das habe ich vermutet, und das ist eine kluge Entscheidung.«

Die beiden Freundinnen unterhielten sich noch eine Weile, bis Julien sich umgezogen hatte und Marie dringend zurück in das Krankenhausbett musste.

Beim Verabschieden versprach Véronique, Marie gleich nach dem für den nächsten Tag geplanten Besuch in der Grotte von Maria Magdalena anzurufen, sie wollte schon morgens dorthin aufsteigen …

VÉRONIQUE

SAINT-MAXIMIN-LA-SAINTE-BAUME, 16. SEPTEMBER 2013

Véronique erwachte mit einer Freude im Herzen, die noch von der guten Botschaft des Abends herrührte – und gleichzeitig war sie erfüllt von Vorfreude, denn sie wusste, der Besuch in der Grotte würde ihr Leben verändern. Schließlich war auch dies Teil ihres Schicksalsplanes, dessen war sie gewiss.

Wie gut sie geschlafen hatte in dem runden Turmzimmer des Châteaus. Sie genoss den Ausblick aus dem Fenster, dann ging sie beschwingt die Wendeltreppen hinunter, um auf der Restaurantterrasse zu frühstücken. Abrupt hielt sie inne: »Das darf doch nicht wahr sein«, murmelte Véronique, »Lohengrins Schwan hier an diesem Ort!« Ein wunderschöner, weißer Schwan lief über den Rasen vor der Terrasse. Mit Glück im Herzen, setzte sie sich an den Platz, der für sie eingedeckt war, und erneut entfuhr ihr ein: »Wie wunderschön!«, als sie bemerkte, dass auf dem Teller vor ihr ein zauberhaftes Einhorn abgebildet war. An was für einem magischen Ort sie übernachtet hatte! Kein Wunder, dass sie sich erfrischt fühlte, unternehmungslustig und energiegeladen wie lange nicht. Bereits am Vorabend war ihr an der Rezeption ein kleines Kissen aufgefallen, auf das ein Ausschnitt des berühmten mittelalterlichen Gobelins »Das gefangene Einhorn« aufgestickt war. Wenn das keine Zeichen waren! Véronique war sich absolut sicher, dass sie sich zur richtigen Zeit am richtigen Ort befand. Gestärkt und guter Dinge bereitete sie sich anschließend im Turmzimmer für den Aufstieg zur Grotte vor, suchte eine warme Jacke heraus, denn sie ahnte, dass es kalt werden würde, wenn sie sich dort länger aufhielte – und das hatte sie vor. In der Basilika am Vortag war die Zeit vergangen wie im Fluge, wie erst an dem eigentlich heiligen Ort!

Als Véronique in den Leihwagen stieg, lachte sie spontan auf: Wie am Tag zuvor zeigte die Digitaluhr des GPS exakt 10:44 Uhr.

»Das ist ja unglaublich!«, rief sie aus. »Ihr lieben Engel wollt mir wohl noch einmal klar zeigen, dass ich mich in Einklang mit der göttlichen Zeit befinde. Ich danke euch!«. Sie genoss jeden Moment auf dem Weg zu dem Ort, an dem Maria Magdalena wohl die letzten dreiunddreißig Jahre ihres Lebens in Abgeschiedenheit von der Welt verbracht hatte. Erst ging es durch Nans-le-Pins, dann über Haarnadelkurven den Berg hinauf, der zum Parkplatz führte, von dem aus man den Aufstieg zur Grotte beginnen konnte. Auf der Höhe hatte man eine wunderbare Aussicht auf das Massif de la Sainte-Baume. Den Blick in die Ferne gerichtet, drehte sie sich, als sie mit Schrecken bemerkte, dass in einiger Entfernung zwei sportlich gekleidete Männer mit dunklen Sonnenbrillen und Sneakers an den Füßen aus einem schwarzen Mercedes stiegen. Gänsehaut überlief ihren Körper, aber sie riss sich zusammen. Für so etwas war sie ausgebildet worden, jetzt nur keine Panik, auch wenn außer ihr und den beiden Männern niemand sonst in Sicht war. Seltsam, sie hätte wesentlich mehr Autos auf dem Parkplatz erwartet. Aber Véronique wusste, es würde kommen, was kommen musste, denn es gab keinen anderen Weg für sie. Es war ihre Bestimmung, an diesem Tag zu dem heiligen Ort zu gelangen, den sie aus alter Zeit kannte. So rief sie alle Wesen an, die ihr Schutz gewähren konnten.

Allein die energetischen Gedanken schenkten ihr Zuversicht, und Véronique fühlte sich bereit, den Aufstieg zu wagen. Als sie vor dem Aussteigen auf die Uhr geschaut hatte, hatte diese 11:11 Uhr angezeigt, und sie wusste, alles war genauso, wie es sein musste. Sie folgte einem göttlichen Plan, und für den Moment ignorierte sie bewusst, dass die beiden Männer noch in Sichtweite waren, zwar bereits einige hundert Meter vor ihr, nicht hinter ihr, aber sie waren noch da.

Véronique beschloss, sich auf gar keinen Fall davon verunsichern zu lassen, denn alle Zeichen sprachen dafür, dass sie das Richtige tat, sondern jeden einzelnen Schritt auf diesem heiligen Pfad mit allen Fasern ihres Seins aufzusaugen.

Als sie wenige Meter vor sich eine hölzerne Tafel mit weißer Aufschrift

»Grotte Sainte Marie Madeleine –
Haut lieu de Prière et de Pèlerinage –
Ouvert de 7h 30 à 18h 30 –
40mn par le Chemin des Rois«

sah, machte ihr Herz einen Satz vor Freude. Und unweit davon entdeckte sie an einem Baum auf einem kleinen hölzernen, quadratischen Schild die berühmte dreiblättrige Lilie, die sogenannte »Fleur de Lys«, die nicht nur ein Zeichen der Könige, sondern auch eines der heiligen Blutlinie war. Darunter standen wieder die Worte »Chemin des Roys«, nur dieses Mal waren sie anders geschrieben. So lief sie nun auf dem Weg der Könige hinauf zu Maria Magdalenas letzter Heimat.

Véronique genoss den Aufstieg durch den märchenhaften, von Sonnenstrahlen durchfluteten und mystisch anmutenden

Mischwald. Sie bestaunte wohl über tausend Jahre alte Eiben, und lauschte der fast vollkommenen Stille, zu dem der Gesang der Vögel einen flirrenden Kontrapunkt setzte. Innerlich kam sie immer mehr zu Ruhe. Kein Mensch war weit und breit zu sehen.

Da entdeckte Véronique zu ihrer Linken eine Art Wasserquelle im Felsen, die mit den Worten »La Source de Nans« bezeichnet wurde. Sie wusste, dass dies heiliges Wasser war und füllte die Flasche, die sie mitgebracht hatte. Sie konnte sich gut vorstellen, wie erfreut Marie wäre, ebenfalls von dem Wasser etwas zu erhalten, auch wenn die Freundin erst seit so kurzer Zeit an die Magie ihrer Blutlinie glaubte. Wie gut, dass sie selbst hatte ausgebildet werden wollen. Sie wusste, was sie als nächstes tun wollte und gehorchte ihrer Intuition. Erfüllt von Andacht, benetzte sie ihre Stirn, insbesondere jedoch ihr Drittes Auge, mit dem kostbaren Nass. Es fühlte sich an, als würde das kühle Wasser die Schleier zu ihrer Inneren Sicht durchdringen und ihre Visionen verstärken, denn plötzlich war sie in der Lage, Baumwesen, Feen und Elfen in ihrer Nähe zu sehen, deren Anwesenheit sie zuvor nur gespürt hatte. Sie alle begrüßten Véronique wie alte Freunde, sodass sie sich während des Aufstiegs zur Grotte in Sicherheit wusste. Von den Männern fehlte inzwischen jede Spur. Vermutlich waren sie einfach schnell aufgestiegen, ohne sich dem Zauber der Umgebung hinzugeben.

Kurz darauf erreichte Véronique die hundertfünfzig Treppenstufen, die zur Grotte führten. Hundertfünfzig, die magische Zahl. Die Menge der Stufen entsprach den Ave Marias des Rosenkranzes. Véronique machte kurz Rast auf einem Stein am Wegesrand. Da erschien wie aus dem Nichts eine Elster und setzte sich nicht weit von ihr auf einen Ast, und Véronique wusste, dass es nun an der Zeit war, sich ihrer Vergangenheit zu stellen.

Voller Andacht stieg sie die Treppenstufen empor und trat durch das eiserne Gitter, das die Grotte schützte. Als sie auf dem Vorplatz vor der Grotte ankam und feststellen musste, dass es 11:55 Uhr war und sie genau 44 Minuten für den Aufstieg gebraucht hatte, musste sie an sich halten, Freude durchdrang sie bis in den kleinsten Finger, wie gut man auf sie aufpasste, wie sehr alles zusammenpasste. Nur ein Gedanke war da, wie es noch perfekter hätte sein können: Sie hätte diesen Weg zu gern gemeinsam mit Marie unternommen. Und doch konnte kein Zweifel daran bestehen, dass sie genau in diesem Moment zur rechten Zeit am Platz war. Sie trat an die halbhohe Mauer gegenüber dem Portal und ließ den Blick andächtig über die Ebene der Provence schweifen. Sie sammelte sich, denn sie war sich sicher, dass das Betreten dieses Heiligtums anders sein würde als alles, was sie in ihrem bisherigen Leben erlebt hatte. Sie wusste, sie würde sich endgültig der Vergangenheit stellen müssen. Véronique nahm einige tiefe Atemzüge. Und als sie sich bereit fühlte, überquerte sie den Vorplatz und stieg die wenigen Stufen empor, die in die Grotte führten. Kaum aber setzte sie den Fuß auf den heiligen Boden, begann ihr Körper zu zittern.

In diesem Moment erschien Maria Magdalena vor ihr, gehüllt in ein gleißendes, rosa-golden-farbenes Licht, und schloss sie schwesterlich in die Arme. Da konnte Véronique nicht mehr an sich halten und ließ ihren Tränen freien Lauf. Maria Magdalena wiegte sie und strich ihr sanft über das Haar. Maria Magdalena aber geleitete sie zu einer der Bänke vor dem Altar, und Véronique betrachtete verwundert und erfüllt von Andacht eine Skulptur der Maria Magdalena, vor dem Kreuze kniend und betend. Dieser Anblick öffnete das lange verschlossene Tor in die vergangene Zeit, und Véronique sah sich in einiger Entfernung von Maria Magdalena knien. Sie spürte und wusste mit einem

Mal, dass die heutigen Tränen sich mit den damaligen vermischten, die sie geweint hatte über den unendlichen Verlust und aus dem übergroßen Schmerz über Jesu Christi grauenvollen Tod. Nie hatte sie diesen überwunden, nicht bis zu diesem Tag. Und auf einmal wusste sie, dass es endgültig an der Zeit war, die Trauer zu überwinden, es war ihre Mission in diesem Leben. Allein, sie brauchte dazu göttliche Kraft und Hilfe. Kaum hatte sie diesen Gedanken zu Ende gedacht und ihre Bedürftigkeit erkannt, nahm sie ihre Umgebung wieder wahr und spürte Maria Magdalenas mitfühlenden Blick auf sich ruhen.

Maria Magdalena sagte, und ihre Stimme war von solcher Anmut, dass es Véronique zutiefst rührte:

»Sei gegrüßt, geliebte Schwester! Endlich bist du hier! Wie lange schon habe ich auf dich gewartet!
Seit Anbeginn deines Lebens begleiten Jesus Christus und ich dich, denn du bist unsere geliebte Freundin Sarah, nach der wir unsere einzige leibliche Tochter benannt haben – unsere Sarah-Tamar, die reine Prophetin, deren Energie heute in dir ist.«

Diese Worte trafen Véronique mitten ins Herz. Dieses Mal wurde sie jedoch von einem Schluchzen tiefster Dankbarkeit geschüttelt. Maria Magdalena und Jesus Christus hatten tatsächlich ihre geliebte Tochter nach ihr benannt! Gab es ein kostbareres Geschenk?

Ein unendlich tief empfundenes »Merci« entschlüpfte ihren Lippen, bevor Maria Magdalena fortfuhr:

»Ist dir bewusst, was es mit dem Namen Tamar auf sich hat?
Unter anderem beinhaltet er ›T'amare‹ – ›dich lieben‹, was bedeutet, das eine der Aufgaben von Sarah-Tamar beinhaltete,

jegliches du, jeglichen Menschen zu lieben, egal, was derjenige oder diejenige ihr oder uns angetan hat.
So bist auch du eine Mittlerin zwischen den Welten und den Menschen, geliebte Freundin. Auch du hast diese Fähigkeit, bedingungslos zu lieben, und diese Gabe ist von unendlicher Wichtigkeit für das, was vor dir liegt.
Du bist erwählt, gemeinsam mit Marie Madeleine und Julien diesen Weg zu gehen, den Weg der vollkommenen Hingabe an das Göttliche, denn ihr wart und seid aus der reinsten aller Blutlinien entsprungen.
Aus diesem Grunde werde ich, werden wir, Jesus, der Christus und ich, das heilige Gefäß, dich und deinen Körper heute in eine Energie einweihen, welche du aus alter Zeit kennst, die jedoch höher ist als alles, was dir in deinem bisherigen Leben begegnet ist. Einer Energie, die in der Lage ist, all deine Zellen, deine DNA, dein gesamtes Sein zu durchdringen und zu erhöhen.
Du wirst es noch nicht heute, auch nicht in naher Zukunft in Worte fassen können, was du empfängst, denn diese Gnade kennen allein jene, die auf höherer Ebene sehen. Doch der Tag wird kommen, an dem auch du bereit bist.
All die Jahre bist du von den Engeln unterrichtet worden, um für die gemeinsame Mission mit Marie Madeleine und Julien geweiht zu sein, welcher du dich schon damals verschrieben hattest, als du hier in dieser Grotte mit mir warst – in tiefer Andacht und Einheit, um Kranke zu heilen oder sie auf ihrem Weg zu Gott zu begleiten. Erinnerst du dich?«

Véroniques Körper durchlief ein Schauer, und sie konnte sich nicht rühren.

»Ja, ich sehe, du erinnerst dich, geliebte Schwester!

Wie damals liegt auch heute die Gabe der Heilung in deinen Händen, du weißt es wohl. Diese wird jedoch in göttlicher Zeit noch verstärkt werden, damit du in noch größerem Maße dazu beitragen kannst, die Welt im Innersten zu verwandeln.
Doch nun mache dich bereit für die Einweihung, welche deiner harrt. Nimm dir jede Zeit, wir warten auf dich.«

Mit diesen letzten Worten schien Maria Magdalena zu entschwinden, wenngleich Véronique ihre Präsenz weiterhin deutlich wahrnehmen konnte. Wie Eis so kalt aber fühlte sie ihren Körper, ausgekühlt von der steinernen Grotte. Véronique sehnte sich nach Wärme, nach Sonne, und so folgte sie dem Impuls und trat hinaus in das Sonnenlicht, schritt eine Stufe nach der anderen die hundertfünfzig hinunter. Seltsam war nur, dass die Schatten anders fielen als erwartet. Es war viel Zeit vergangen dort in der Höhle, dass der Stand der Sonne sich derart verändert hatte.

Da war er, der Stein am Rand des mystischen Waldes.

Véronique setzte sich, reckte ihr Gesicht in die Sonne, schloss die Augen und ließ die kostbaren Momente in der Grotte noch einmal in ihrem Inneren an sich vorbeiziehen. So viel Schmerz sie einerseits verspürt hatte, so viel Glückseligkeit war ihr andererseits zuteilgeworden, und sie fühlte, wie ein Lächeln ihr Gesicht verwandelte.

Die Sonne wärmte sie und schenkte ihr Kraft, sodass Véronique sich erneut auf den Weg zu Maria Magdalenas Heiligtum machte. Beschwingten Schrittes lief sie die Stufen empor und hatte das Gefühl, dass sie mit jeder Treppenstufe eine Last nach der anderen hinter sich ließ, die auf ihrer Seele lag. Befreit und erfüllt von Dankbarkeit blieb sie stehen vor dem heiligen Ort, als sie ein Bild vor sich sah, das sie erneut verwandelte, denn vor ihr standen in einem einzigen riesigen, golden schimmernden Strahlenkranz sie beide, Maria Magdalena und Jesus Christus, und sie standen nebeneinander und erwarteten sie mit offenen Armen.

Véronique sank auf die Knie, so sehr war sie sich der Gnade bewusst, die ihr soeben zuteilwurde – nach über 2000 Jahren die beiden endlich wieder vereint vor sich sehen zu dürfen, und sie war sicher, dass sie dies mit ihren eigenen Augen tat. Bald aber zog sich ein Schleier vor das Bild, ein Schleier aus Tränen.

Schließlich trat Jesus Christus zu ihr und reichte ihr die Hand, um ihr beim Aufstehen behilflich zu sein. Sein Blick ruhte mit solch tiefer Liebe auf ihr, dass sie sich einfach in seine Arme werfen musste. Nach unendlich langer Zeit durfte sie sich einmal wieder anlehnen an ihn, der die Lebenskraft selbst war. Und sie genoss jede einzelne Sekunde, denn sie war von dem Glück erfüllt, wieder mit ihrer Ursprungsfamilie vereint zu sein.

Da hob Jesus Christus ihr Kinn und sagte voller Inbrunst:

»Geliebte Schwester, endlich bist du zurückgekehrt in den Schoß der Familie! Wie lange schon haben wir auf dich gewartet, doch erst jetzt ist die Zeit gekommen, deinen Auftrag in diesem Leben zu erfüllen. Wisse, was auch immer geschieht, wir sind an deiner Seite, und du bist geschützt! Nichts kann dir geschehen, denn jedem Tode wohnt eine Auferstehung inne!«

Bei Jesu letzten Worten wurde Véronique plötzlich von einem innerlichen Grauen geschüttelt, als lauerte irgendwo eine große Gefahr. Da strich ihr Jesus sanft übers Haar und drückte sie ein weiteres Mal liebevoll an sein Herz. Als sie seinen Herzschlag so nah an ihrem hörte, beruhigte sie sich augenblicklich.

Erst nach einer Weile, die Véronique wie eine Ewigkeit vorkam, schob Jesus Christus sie sanft von sich und bedeutete ihr auf telepathische Weise, dass sie nun bereit wäre, für die Einweihung, der sie durch Maria Magdalena und Jesus Christus selbst unterzogen werden sollte. Er führte sie zurück zu den Bänken vor dem Altar und bat sie, sich hinzusetzten. Während er Véroniques linke Hand in seine wunderschönen Hände nahm, tat Maria Magdalena das gleiche mit Véroniques rechter Hand. Véronique hatte das unbestimmte Gefühl, als würde sie von einem Strom reinster Liebe durchflutet. Sie glaubte, von ihrem Sitz abzuheben, als die Energie sich mehr und mehr verstärkte. Und während sie mit ihrem Dritten Auge unendliche geometrische Formen in allen Farben des Regenbogens sah, die in Lichtgeschwindigkeit an ihr vorbeizuziehen schienen, hörte sie Maria Magdalena und Jesus Christus in heiligen Worten zu ihr sprechen. Sie wusste, dass ihr Heilung der allerhöchsten Ebene geschah, denn es fühlte sich an, als würde ihr ganzer Körper aufgelöst und neu zusammengesetzt. Es war ganz so, als würde sie neugeboren. Ihr ganzes Sein vibrierte in den höchsten Oktaven des Urklanges, aus welchem Gott einst die Welt erschaffen hatte.

Véronique wusste nun wahrlich mit allen Fasern ihres Wesens, was ALL-EINS-SEIN bedeutete. Wie gern hätte sie den Lauf der Welt für immer angehalten, um dieses in ihr pulsierende erhöhte göttliche Liebesbewusstsein für immer aufrecht erhalten zu können, doch in diesem Moment erkannte sie, dass es Zeit war, die Augen wieder aufzuschlagen. Maria Magdalena und Jesus Christus vor ihr waren ebenfalls zutiefst berührt, und so umschloss sie beide mit den Armen, und so verharrten sie atemlos in einer tiefen Umarmung der Unendlichkeit.

VÉRONIQUE

SAINT-MAXIMIN-LA-SAINTE-BAUME, 16. SEPTEMBER 2013

Stunden waren vergangen, als Véronique die heilige Grotte von Maria Magdalena verließ. Sie befand sich innerlich noch immer in einer höheren Dimension und bewegte sich in einer Art Trance über den Vorplatz. Allmählich aber kam sie wieder zu sich, mit jedem Schritt, und erst jetzt fiel ihr eine Skulptur auf, die Pietà von Marthe Spitzer, wie sie aus den Reiseführern wusste, die sich genau gegenüber vom Eingang der Grotte befand. Neben diesem Kunstwerk von himmlischer Schönheit saßen zwei Männer auf der Brüstung. Sie waren schwarz gekleidet.

Véronique zuckte die Achseln, irgendwie gelangte die Bedrohung, die in dem Wissen mitschwang, dass die Kerle noch da waren, nicht zu ihr durch. Sie war noch immer erfüllt von dem Wunder, das ihr zuteilgeworden war.

Leichtfüßig lief sie den Berg hinab mit einem Gefühl der Dankbarkeit, die ihr fast das Herz zerspringen ließ. Am liebsten hätte sie die ganze Welt umarmt vor lauter Glückseligkeit, doch ihr größter Wunsch war, ihr himmlisches Erlebnis augenblicklich mit Marie zu teilen, denn eigentlich hätten sie all dies gemeinsam erleben sollen.

Véronique sah in ihre Tasche, um das Handy herauszufischen, als ein heftiger Schmerz sie aufschauen ließ. Der Lauf einer Waffe wurde ihr mit Schwung in die Seite gerammt, und links und rechts neben sich spürte sie die beiden Männer, die sie im gleichen Moment unterhakten. »Komm brav mit, meine Schöne! Sonst ist dein Leben nichts mehr wert.«

Véronique aber wurden die Knie weich, was nur sollte sie tun? Sich wehren oder weglaufen, dazu war sie nicht in der Lage, zumal ihr noch der Kopf schwirrte vom gerade Erlebten. Dass aber auch so ein Moment innerer Erfüllung abgelöst werden musste von einer solchen Angst. Sie zitterte, unfähig auch nur einen Ton herauszubringen.

Da erschien auf einmal Jesus Christus vor ihrem geistigen Auge und sie hörte erneut deutlich seine Worte:

»Wisse, was auch immer geschieht, wir sind an deiner Seite und du bist geschützt!«

Véronique atmete sofort ruhiger. Gegen die beiden Männer konnte sie erst einmal nichts ausrichten. Auch war kein anderer Wanderer in Sicht, der ihr vielleicht hätte helfen können. Also entspannte sie den Körper, was die beiden sofort bemerkten und daraufhin ihre harten Griffe an Véroniques Armen lockerten.

»Gut, nur die Ruhe!«

Wenn sie nur wüsste, was die Kerle von ihr wollten. Marie hatte sich auch einer Killerin gegenübergesehen. War auch sie jetzt in Lebensgefahr? Véronique tat automatisch, was ihr schon immer geholfen hatte in Momenten innerer Verzweiflung: Sie rief Erzengel Michael zu sich, um ihrer Angst Herr zu werden. Sie versuchte, mehrmals tief durch die Nase ein- und auszuatmen, um ihr parasympathisches Nervensystem zu aktivieren, damit sie selbst in dieser herausfordernden Situation, Botschaften aus den höheren Dimensionen empfangen konnte. Als sie wieder in der Lage war, sich mit ihrer Umwelt zu beschäftigen, erkannte sie, dass sie bereits auf dem Parkplatz angelangt waren.

Der größere der beiden stieß sie unsanft auf die Rückbank der schwarzen Limousine und ließ sich neben ihr auf die Polster fallen. Ehe sie sich versah, hatte er ihre beiden Hände vor ihrem Körper zusammengebunden. Eine Augenbinde verhinderte, dass sie sehen konnte, wohin sie gebracht werden sollte.

»So, mein Täubchen, komm nur nicht auf dumme Gedanken«, flüsterte er ihr ins Ohr.

Sie zuckte zusammen, als er ihr seinen warmen Atem in den Nacken blies.

Schließlich startete der andere den Motor. Unfähig, sich mit den gebundenen Händen abzufangen, presste die Schwerkraft in den Kurven sie immer wieder gegen den Mann, der das sichtlich genoss. Zum Glück dauerte die Fahrt nicht lang. Véronique schätzte, dass sie nicht viel weitergekommen sein könnten, als bis irgendwo in Saint-Maximin-la-Sainte-Baume. Die Augenbinde verhinderte, dass sie etwas sehen konnte, und kaum war sie aus dem Auto gestiegen, spürte sie schon den kühlenden Schatten eines Hauseingangs.

Kaum hatte sich die Haustür mit einem schweren Schlag hinter ihnen geschlossen, riss man ihr die Augenbinde ab, und sie wurde strauchelnd eine steile Steintreppe hinunter in eine Art Verlies geführt wurde. Der Besitzer des Hauses schien auf seine Sammlung mittelalterlicher Folterinstrumente sehr stolz zu sein. Véronique grauste es allein bei dem Anblick.

In der Mitte des Raumes stand ein alter Holzstuhl, der auch schon antik zu sein schien, aber für Véronique fühlte er sich erschreckend stabil an. Darauf banden die zwei sie fest, und dann schrie sie auf vor Schmerz. Man hatte ihr eine metallene Dornenkrone aufgesetzt. Sie spürte, wie ihr warmes Blut übers Gesicht rann …

Wie durch einen Nebel hörte sie die Worte: »Dir soll es auch nicht besser ergehen als dem Messias, wenn du die Wahrheit um ihn verhöhnst, indem du der Sünderin Maria Magdalena huldigst!« Sie konnte deutlich hören, dass sich eine Menge Wut in ihm aufgestaut hatte, als er fortfuhr: »Nun erzähle uns brav, du Hure, was Marie im Stephansdom gefunden hat. Der Meister will es wissen.«

»Marie? Was hat denn Marie damit zu tun? Was wollen Sie überhaupt von mir? Ich bin hierher gepilgert, um die heilige Grotte zu besuchen. Nehmen Sie alles Geld, was ich bei mir habe aber …«

»Du willst uns wohl für dumm verkaufen. Der Meister weiß genau, dass Marie dich ins Vertrauen gezogen hat. So oft, wie ihr miteinander telefoniert.«

In Véronique machte sich Verzweiflung breit, als sie erkannte, dass die Kerle Marie beobachtet und auch sie selbst einige Zeit im Auge behalten haben mussten.

»Sie müssen verrückt sein, wenn Sie glauben, ich sei aus einem anderen Grund hier, als …«

»Warum bist du hier, habt ihr einen Hinweis bekommen?«

In Véroniques Kopf schwirrte es. »Einen Hinweis?« Sie bekam den Gedanken nicht aus dem Kopf, dass in der Grotte tatsächlich ein Hinweis verborgen gewesen sein könnte, wie sie mit Marie weitersuchen sollte nach Informationen zu ihrem Erbe. »Sie sind verrückt, ganz bestimmt. Ich bin doch nur als Touristin hier.«

»Und warum dann dieser glückliche Ausdruck auf dem Gesicht? Beim Rauskommen aus der Grotte? Gib es zu, dass du was gefunden hast.«

Der andere tastete sie ab, dann flucht er genervt: »Bei sich hat sie jedenfalls nichts, nur so ein Portemonnaie, einen Kalender und ihr Handy.«

Der Größere der beiden stampfte unwillig mit dem Fuß auf: »Ich ruf mal den Maître an, so kriegen wir nichts aus ihr raus. Soll er uns doch sagen, was wir mit ihr anfangen sollen. Komm. Wir lassen sie hier eine Weile schmoren, bis sie zur Vernunft kommt und freiwillig redet.«

Ehe sie gingen, knebelten sie Véronique.

Sie blieb allein zurück in der Dunkelheit, die sie wie ein dicker Mantel einhüllte. Sie wollten sie also zermürben. Aber was konnte sie ihnen sagen? Es gab doch nichts, klar, sie wusste von dem Kistchen, aber auch diese Hinweise waren so unkonkret, warum sonst hätte sie die Idee weiterverfolgen sollen, erst einmal auf den Spuren von Maria Magdalena zu suchen, um vielleicht dadurch etwas zu erfahren, was ihnen weiterhalf.

Nun, immerhin wussten sie jetzt, dass es einen französischen Meister gab, der Maître genannt wurde. Und sie hatten den Beweis, dass sie tatsächlich verfolgt wurden, weil jemand unterbinden wollte, dass sie etwas über Maria Magdalenas Leben und Wirken herausfanden. Jetzt, wo die Männer fort waren, ließ die Anspannung nach, Véronique zitterte, und sie wusste, dass es der Schock genauso war wie die plötzliche Kälte in diesem Verlies.

»Was soll ich nur tun?«, schrie es in ihrem Inneren. »Wie soll mich hier nur jemals irgendeine Menschenseele finden?« Voller Verzweiflung ruckelte sie mit ihren Armen, um zu sehen, ob irgendeine Chance bestand, sich von ihren Fesseln zu befreien. Doch der Schmerz, der von den sich in ihre Handgelenke einschneidenden Fesseln ausging, war so heftig, dass es ihr fast die Sinne raubte. »Wie konnte ich nur derartig naiv und dumm sein und mich alleine auf diese Reise begeben, nach allem, was Marie passiert ist?«, fragte sie sich entsetzt.

Normalerweise war sie ein Mensch, der alles andere als unüberlegt handelte. Wie hatte ihr nur dieser grobe Fehler unterlaufen können.

Dann aber sammelte sie ihren Verstand und ihre Kräfte und dachte ganz fest an ihre Freundin Marie. Sie versuchte, ihr die Botschaft zu senden, dass sie in Gefahr war, dass sie Hilfe brauchte. Dann holte sie tief Atem und versuchte, auf das zu vertrauen, was Maria Magdalena ihr in der Grotte gesagt hatte. Vielleicht verlief ja wirklich alles nach einem höheren Plan. Es musste so sein. Sie wollte fest daran glauben.

MARIE

WIEN, 16. SEPTEMBER 2013

Marie konnte es kaum glauben, endlich durfte sie das Krankenhaus verlassen. Wie gut das roch, selbst so ein Hotelzimmer. Nicht mehr nach Antiseptikum und Krankenhausessen, sondern nach Reisen und Ankommen und – irgendwie lebendig roch es, genau das war es.

Julien sah sie an: »Du bist so still, ist alles in Ordnung mit dir?«

Julien hatte sie in ihr Hotelzimmer begleitet, während der Polizist, der noch immer über sie wachte, vor der Tür im Gang stehen geblieben war.

Marie lachte auf, dann zuckte sie kurz, so ganz schmerzfrei gelang ihr das noch nicht, so ein herzhaftes Lachen. »Ja, es ist alles so wunderbar, endlich in Freiheit. Ich komme mir vor wie eine Gefangene, die man endlich freilässt.«

Julien umarmte sie, und die beiden genossen es, dass sie einmal nicht befürchten mussten, dass gleich eine Schwester oder ein Arzt ins Zimmer käme.

»Willst du hier bleiben heute Nacht? Oder wollen wir in mein Hotel gehen? Das Zimmer ist größer, weißt du, die Staatsoper hat eine kleine Suite für mich gemietet.«

Marie überlegte nur kurz: »Weißt du, Julien, ich könnte mir vorstellen, dass man mich dort nicht so schnell findet.« Den Gedanken an die Killerin verdrängte sie rasch. »Aber besser du trägst meine Tasche, ich glaube, das schaffe ich noch nicht.« Als sie seinen besorgten Blick bemerkte, fügte sie hinzu: »Keine Angst, es geht mir viel besser. Ich könnte tanzen vor Glück – « Ein Schmerz durchzuckte sie plötzlich, aber auch ein erschreckender Gedanke. Sie wurde ganz blass.

»Was ist los mit dir?«, fragte er entsetzt.

»Ich weiß es nicht«, antwortete Marie tonlos. »Das heißt, ich glaube, es ist gar nicht mein Herz, sondern es ist irgendetwas Furchtbares mit Véronique geschehen.«

Marie war unfähig, ihm mehr zu erzählen, so sehr bedrängte sie dieses Gefühl, dass etwas mit Véronique nicht stimmte.

Julien sah sie an und erkannte, wie ernst es ihr war mit ihrer Sorge um die Freundin. Er griff nach seinem Handy und wählte die Nummer. Hoffentlich ging sie ans Telefon und war lustig und munter wie sonst auch.

Es klingelte und klingelte, aber niemand hob ab.

»Vielleicht ist sie ja noch in der Grotte, dort wollte sie heute doch hin, oder? Bestimmt gibt es dort kein Netz, oder vielleicht ist sie schwimmen, das hat sie doch erzählt, dass sie mit ihrem Bruder schwimmen gehen wollte, später am Tag, wenn sie den Besuch in der Grotte hinter sich hat.« Als er Maries Gesicht sah, machte sich auch in ihm Unruhe breit, wie eine Eiseskälte, die alles durchdrang.

VÉRONIQUE

SAINT-MAXIMIN-LA-SAINTE-BAUME, 16. SEPTEMBER 2013

Véronique seufzte innerlich. Wenn sie mit diesem Knebel nur hätte richtig atmen können, dann hätte ihre Kraft bestimmt ausgereicht, um bis zu ihrer Freundin durchzudringen mit ihrem Hilferuf, aber so konnte sie sich nicht sicher sein. Still saß sie da, und während die Kälte und die Dunkelheit ihr ins Herz zu kriechen suchten, sah sie wieder die hellen und lichten Bilder des Tages vor sich. Die guten Gedanken und die unglaubliche Begegnung mit Jesus Christus und Maria Magdalena. Nein, sie würde jetzt nicht verzagen. Sie würde darauf vertrauen, dass auch diese Stunden in dem finsteren Kerker zu ihrem Lebensplan gehörten. Es machte einfach keinen Sinn, dass ihr erst die größte Gnade ihres Lebens widerfuhr, wenn dies so bald darauf bereits ihr Ende sein sollte. Außerdem hatte Maria Magdalena eindeutig gesagt, dass sie ausgewählt war, diesen Weg gemeinsam mit Marie Madeleine und Julien zu gehen. Also konnte diese Entführung nicht ihren Tod bedeuten.

Erleichtert lehnte sich Véronique auf dem hölzernen Stuhl so weit zurück, wie es möglich war, um ihre angespannten Gliedmaßen wenigstens ein wenig zu entspannen. Wie sie es hasste, zum Stillsitzen gezwungen zu sein.

Ein Geräusch, ein leises Scharren, dann klang es wie Füße, die über die Stufen zu ihr herunterkamen. Panik drohte, sie wieder in diesen Zustand der Verzweiflung zu reißen, doch das waren keine Stimmen, nicht die Tritte der beiden Kerle.

Véronique spürte, wie ihr die Hände feucht wurden vor Aufregung. Dann ein helles Licht wie von einer Taschenlampe, die ihr direkt in die Augen schien. Der Lichtkegel wanderte weiter, aber das Blendgefühl blieb.

»Still.«

Véronique schnaufte vor Aufregung, denn auch dieser Mann vor ihr war ganz in Schwarz gekleidet. Aber es war eher ein strahlend schöner Racheengel in schwarzer Motorradkluft und mit leuchtend blondem Haar, nicht einer dieser beiden grobschlächtigen Kerle. Véroniques Herz setzte einen Schlag aus, als sie erkannte, wer es war: Lucius, der Geheimnisvolle.

Dann war ihr, als würde eine eiserne Faust ihr Herz umklammern. Hätte sie auch nur einen Laut von sich geben können, wäre ihren Lippen in diesem Moment ein schmerzliches Wimmern entschlüpft, denn ihr war augenblicklich klar, dass er zu ihren Entführern und somit zu ihren Feinden gehörte, denn weder Marie noch Julien hatten nach der »Parsifal«-Generalprobe auch nur die kleinste Nachricht von ihm erhalten, was nur bedeuten konnte, dass er in Wahrheit zu den Feinden gehörte. War er Mitglied der Octavianer? Véronique starrte ihn aus geweiteten Augen an und wartete furchtsam ab, was wohl als nächstes kam. Eine Bedrohung von ihm stellte sie sich schlimmer vor, als alles, was die Kerle zuvor ihr hätten antun können. Woher diese Gewissheit kam, hätte sie nicht sagen können. Aber er war gefährlich, dieser Lucius.

Mit geschickten Fingern befreite er sie von dem unerträglichen Knebel.

Eindringlich sah er sie an, dann kam die Frage, vor der sie sich gefürchtet hatte: »Bist du bereit, mit mir zu reden?«

Véronique stotterte: »Du weißt doch, sie war zu krank, um mir irgendetwas Wichtiges zu verraten. Ich – sie ist auf dem Weg der Besserung, und – ich kann es einfach nicht glauben, dass du zu diesen Verrätern gehörst.«

Flehend schaute sie ihn an und hoffte, dass noch ein Funken Menschlichkeit in diesem Ungeheuer wohnte, dessen Gegenwart ihr sonst so willkommen gewesen war.

Lucius aber stutzte, sah ihr intensiv in die Augen. Und dabei war Véronique als könnte sie in ihm eine zarte, verletzte, jedoch wunderschöne Seele sehen. Ihr Herz machte einen Sprung. Hatte sie vielleicht eine Chance, zu ihm durchzudringen?

In diesem Moment kam er langsam auf sie zu, und sie versuchte, ihre Angst, dass er ihr doch etwas antun könnte, ihm Zaum zu halten.

Da spürte sie auf einmal, wie er ihr die Dornenkrone abnahm und mit seinen feingliedrigen Fingern zart über die Verletzungen an ihrer Stirn fuhr.

»Was hat das nun zu bedeuten?«, fragte sie sich verwirrt, und konnte es sich beim besten Willen nicht erklären.

Lucius durchschnitt die Fesseln und sagte belustigt: »Hast du ihn mir abgenommen, den grausamen Entführer? Das muss ich wohl auf meine Kappe nehmen. Aber ich gehe trotzdem davon aus, dass du nicht schreien wirst, wenn ich dich aus diesem Folterkeller heraushole.«

Ungläubig starrte Véronique ihn an.

Lucius zog sie auf die Füße, und sie schwankte, als es kribbelte wie von tausend Ameisen. Sie war kurz davor, umzukippen, da hielt er sie an den Schultern fest und blickte ihr tief in die Augen.

Véronique wusste nicht, was sie tat, als sie, ohne nachzudenken, ihre Arme um seinen Hals schlang. Überrascht drückte Lucius sie fest an sich. Dann hielt er sie sanft auf Abstand und sagte mit belegter Stimme: »Wir sollten weg, bevor die anderen zurückkehren, um nachzusehen, ob ich dich zum Reden gebracht habe. Los, komm!«

Und schon nahm er sie bei der Hand und zog sie hinter sich die Stufen empor.

In Véroniques Kopf überschlugen sich die Gedanken: War er doch Agent der Octavianer? Sie hatten erwartet, dass er etwas aus ihr herausbekäme. Hatte er das schon öfter gemacht? Gefangene gefoltert? Ihre Fantasie ging mit ihr durch, und sie war froh, dass sie auf der Flucht war und in der Gegenwart bleiben musste. Sie durfte nicht stolpern, nicht fallen auf ihrem Weg durch die Dunkelheit hinter dem kleinen Lichtkegel, den die Taschenlampe an die Wand malte. Sie hatten den Kerker schon verlassen und die Tür hinter sich verschlossen, da hielt Lucius neben ihr inne, und dann zerschmetterte er mit einem einzigen gezielt ausgeführten Fußtritt die Tür.

Was sollte denn das?

»Naja, irgendwie muss dich ja jemand aus dem Kerker befreit haben, oder nicht?«, grinste Lucius.

Nachdem er sich davon überzeugt hatte, dass alles danach aussah, als hätten Dritte sie aus dem Haus befreit, führte er Véronique zu seiner Maschine, die nicht weit von dem Haus entfernt geparkt war, und bat sie, hinter ihm aufzusteigen.

Véronique klammerte sich an ihm fest, und schon ging die rasante Fahrt los.

Nach einer ganzen Weile bog er in einen kleinen Weg ein, der von einer Allee aus Bäumen gesäumt war und zu einem Haus führte, das ihr in der Dunkelheit vorkam wie ein Schloss. Er parkte die Maschine hinter dem riesigen Gebäude. Wortlos nahm er Véronique bei der Hand und geleitete sie zum Hintereingang. Er klopfte in einem bestimmten Rhythmus an die hölzerne Tür, und schon wurde ihnen von einer älteren Frau geöffnet, die Lucius herzlich in die Arme schloss.

Liebevoll sagte er zu ihr: »Nana, ich habe dir hier jemand mitgebracht. Bitte pass gut auf sie auf. Sie heißt Véronique und ist mir sehr wichtig. Ich muss sofort wieder los. Véronique, du hörst von mir!«

Ohne sich erst lange umzusehen, hatte Véronique diese Nana gefragt, ob sie telefonieren dürfe. Wie gut das tat, mit Marie zu sprechen, die wirklich ihre Botschaft erhalten und sich gesorgt hatte. Auch Richard suchte nach ihr, und sie erreichte ihn an seinem Handy vor der Polizeistation. Zum Glück hatte er noch niemanden benachrichtigt, all diese Machenschaften der Octavianer ließen sich auch kaum der Polizei erklären. Sie wollten erst überlegen, ob sie tatsächlich Alarm schlagen sollten. Nun war Richard auf dem Weg zu ihr, und gleich schmeckte auch der Kakao, den ihr die Nana in ihrer gemütlichen Küche zubereitet hatte. Zurück blieb ein schales Gefühl in ihrem Herzen. Lucius gehörte zu den Octavianern, so viel war klar, aber warum hatte er sie gerettet? War er auf ihrer Seite? Wie sollte sie das verstehen?

Sie versuchte, Nana über Lucius auszufragen, und war froh, dass diese gerne von ihm erzählte, wie er als kleiner Junge gewesen war, wie er im Schloss herumgetobt hatte. Seit dem Tod seiner Eltern aber sei er seltener bei ihr gewesen.

»Doch im Grunde ist er immer noch ein guter Bub«, meinte Nana ihn verteidigen zu müssen.

»Ja, das ist er«, antwortete Véronique überzeugt, »und er hat sich meiner Freundin Marie und auch mir gegenüber wahrlich als Retter gezeigt.«

»Ja, das ist er, ich traue ihm da alles zu! Aber nun essen Sie etwas, Sie sind ja viel zu dünn, meine Liebe!«, entrüstete sich Nana.

»Ich bin Balletttänzerin und schlanke Männer müssen mich mit ihren bloßen Händen in die Luft heben. Da darf ich nicht viel schwerer sein, sonst muss ich umgehend den Beruf wechseln«, erklärte Véronique schmunzelnd.

Kopfschüttelnd machte sich Nana an ihrem alten gusseisernen Herd zu schaffen. Eine Balletttänzerin in ihrem Haus, man sah es ihr an, dass das für sie merkwürdiger war als die Tatsache, dass Lucius vielleicht einer Geheimorganisation angehörte, die junge Frauen entführte.

LUCIUS / VÉRONIQUE

PARIS/NÄHE VON NANS-LE-PINS/WIEN, 16. AUF 17. SEPTEMBER 2013

Lucius hörte dem Toben des Maître zu. Erst hatte dieser Stewart und Clément ausgefragt, wie ihnen die Geisel hatte entkommen können. Und nun musste selbstverständlich er de la Fontaine Rede und Antwort stehen. Er hielt den Hörer ein Stück vom Ohr weg, als es herausschallte: »Was hast du dem hinzuzufügen, Lucius? Sagen die beiden die Wahrheit?«

Dies brachte Lucius alles andere als freundliche Blicke von seinen Kollegen ein. Er lächelte sie beschwichtigend an.

»Ja, es ist offensichtlich, dass die beiden nichts falsch gemacht haben. Wer auch immer sie da rausgeholt hat, wusste, was er tat. Ich habe mir diese Tür mal genauer angesehen, und wir sollten uns umsehen nach einem Mann, der was von asiatischer Kampfkunst versteht oder vom Kick-Boxen. Aber auch davon gibt es inzwischen viele …«

»Aber wie war es überhaupt möglich, dass jemand so schnell von Véroniques Verschwinden erfahren hat?«, überlegte Maurice laut. »Habt ihr am Ende vergessen, Véronique das Handy abzunehmen, ihr dämlichen Idioten?«

»Wir sind keine Anfänger, Monsieur de la Fontaine«, erwiderte Stewart so ruhig wie möglich. »Ich halte es jetzt hier in der Hand. Soll ich es Ihnen schicken?«

»Nein, zerstör es. Und Lucius, ich möchte, dass du herausfindest, ob jemand sie bewacht hat aus der Ferne. Hatte sie außer uns noch einen anderen Verfolger? Klemm dich dahinter, ich erwarte Antworten.«

Lucius nickte den beiden Kollegen noch einen Gruß zu. Er musste Abstand gewinnen. Es war ein gutes Gefühl, als er seine Maschine unter sich über die Serpentinen wegfahren konnte, einfach nur weg. Vom Verfolgen verstand er genug, um klarzustellen, dass er allein war, als er schließlich anhielt und zu seinem abhörsicheren Privathandy griff. Zufrieden registrierte er, dass Véronique ihm soweit vertraute, dass er sie noch bei Nana antraf. Sie war nicht sofort weggelaufen, sondern hatte ihm geglaubt, als er ihr sagte, dort sei sie sicher.

»Bist du okay? Was hast du jetzt vor?«, fragte er.

»Ich bin noch etwas durch den Wind, aber Nana kümmert sich um mich, und gleich kommt Richard und holt mich ab«, vertraute Véronique ihm an.

Der Name Richard versetzte Lucius seltsamerweise einen Stich in der Herzgegend. War er etwa Véroniques Freund?

»Ich könnte dich bei Nana abholen und anschließend mit dir zum Parkplatz fahren, denn ich muss sowieso dort hinauf.« Er schnaufte durch die Nase, als wäre das ein Witz: »Ich soll rausfinden, ob dein Auto noch dasteht oder es jemand abgeholt hat. Die haben Angst, dass du die Polizei auf uns ansetzt.«

Véronique hörte sich nachdenklich an, als sie sagte: »Hast du gerade ›uns‹ gesagt? Schwamm drüber, ich weiß, du meinst es gut mit mir. Ich muss nur meinem Bruder Bescheid geben, der auf dem Weg hierher ist. Wo soll er mich am besten treffen?«

»Können wir ja gleich besprechen, ich mache mich auf den

Weg«, Lucius lachte. »Bin gleich da.« Das war mal eine gute Nachricht, dieser Richard war nur der Bruder. Er horchte in sich hinein. War es doch von Anfang an Véronique gewesen, für die er sich interessierte, und nicht Marie? Er verdrängte den Gedanken und konzentrierte sich wieder auf die unruhige Piste.

Leicht nervös nahm Lucius Véronique unter Nanas wachsamen Augen wieder in Empfang. Immerhin hatte sie jetzt Zeit gehabt, über seine Rolle bei der Entführung noch einmal nachzudenken. Aber ihr Lachen war echt. Und auch er war froh, dass er jetzt nicht mehr so viel zu verbergen hatte. Er nannte ihr einen Treffpunkt, wo Richard sie abholen konnte. Doch viel Zeit hatte er nicht, er wusste, der Maître duldete kein Zögern, er erwartete seinen Anruf.

Der Gedanke an de la Fontaine konnte allerdings nicht sein Vergnügen beeinträchtigen, das ihm das Gefühl bereitete, Véronique hinter sich auf dem Motoradsattel zu fühlen. Sie war eine gute Beifahrerin, legte sich mit ihm in die Kurven, es war klar, dass ihr durchtrainierter Körper sich instinktiv anpasste, und das gefiel ihm.

So kam es, dass sie leicht wankte, als sie abstieg, doch Lucius, der als Fahrer nicht unter dieser Desorientierung litt, fing sie auf – und schloss sie noch einmal in die Arme, wie bereits zuvor an diesem Tag. Véronique fügte sich in seine Umarmung, als gehöre sie genau dorthin. Ihre Lippen waren zu verführerisch, er drückte seine zu einem Kuss darauf und bemerkte sehr wohl, dass sie es bedauerte, als er sich wieder von ihr löste. Ihr Auto stand auf dem Parkplatz, und Lucius wusste, der Maître erwartete seinen Anruf. Er zog sich kurz zurück und überließ de la Fontaine den Hauptanteil am Gespräch. Ob noch etwas im Wagen lag? Lucius zögerte nur kurz, seine Kollegen hatten Véronique die

Autoschlüssel und das Handy abgenommen, auch ihre Tasche war fort. »Nein«, sagte er – wie immer blieb er bei der Wahrheit, wenn er mit de la Fontaine sprach, der Maître hörte stets, wenn er ihn belog. Aber er erzählte ihm nicht, wie gut es getan hatte, Véronique an seiner Seite zu wissen. Wie sie ihn gerade anlächelte, genau in dem Moment, als sich der Maître verabschiedete und abrupt auflegte wie immer.

»Ich werde den Schlüsselverlust melden müssen.«

»Ja, ich glaube nicht, dass ich ihn dir besorgen kann. Komm, ich bringe dich zum Treffpunkt, wir wollen deinen Bruder nicht warten lassen.«

Als sie abstieg, legte Véronique ihm die Hand auf die Schulter und sagte: »Ich danke dir von ganzem Herzen, dass du mich gerettet hast. Ich weiß nur nicht, warum du es getan hast und wie ich das je wieder gut machen kann.«

»Indem du mich eines Tages zu dir einlädst«, grinste Lucius, sich seiner Wirkung auf Frauen wieder vollkommen bewusst.

Véronique erwiderte ernsthaft: »Natürlich lade ich dich ein, aber dafür musst du mir deine Nummer geben. Oder wie soll ich dich sonst erreichen.«

Da durchfuhr es Lucius wie ein Blitz und ihm wurde bewusst, dass er sie nicht in Gefahr bringen durfte. »Du solltest besser keinen Kontakt zu mir aufnehmen. Das ist für uns beide zu gefährlich.«

»Oh, verstehe«. Véronique sah ihn an, als täte ihr das leid.

»Ich werde nicht verhindern können, dass man dich weiterhin beschattet, ich kann dir da nichts versprechen … aber sobald ich einen Weg sehe, melde ich mich. Vertrau mir!«

Richards Wagen bog auf den einsamen Platz, den Véronique ihrem Bruder als Treffpunkt beschrieben hatte, und Lucius wusste, er durfte nicht der Versuchung nachgeben und ihn kennenlernen. »Ich muss los«, sagte er zu Véronique, die automatisch einen Schritt zurücktrat, dann gab er Gas.

MARIE

WIEN, 17. SEPTEMBER 2013

Marie legte ihr Handy weg. Das Gespräch mit Véronique hatte ihr gutgetan. Ihr war ein Stein vom Herzen gefallen, und als sie Julien davon erzählte, fiel auch von ihm die Erstarrung ab, die ihn im Griff gehabt hatte.

»Ich glaube, nun können wir beruhigt schlafen gehen«, meinte Julien.

»Ja, du hast recht«, erwiderte Marie und erhob sich von der Chaiselongue in Juliens Suite. »Ich sollte mich ein wenig ausruhen vor meinem ersten Flug nach dem Krankenhausaufenthalt. Ich freue mich schon darauf, mal wieder in meiner eigenen Wohnung zu sein. Du kennst das bestimmt, du Opern-Reisender.«

»Absolut«, antwortete Julien, und die Erleichterung war ihm anzuhören, dass Marie ihren Humor wiedergefunden hatte.

Marie jedoch hörte kaum zu, ihr war bewusst geworden, dass dies die erste Nacht war, die sie gemeinsam mit Julien in einem Bett verbringen würde. Aufgeregt ging sie in Gedanken durch, was sie in die Tasche gepackt hatte. Zum Glück hatte sie im Hotelzimmer noch etwas im Schrank gehabt. Sie wollte zumindest reizvoll aussehen, auch wenn sie sich nicht danach fühlte.

»Möchtest du zuerst ins Bad, chérie? Oder soll ich den Anfang machen«, riss Julien Marie aus ihren Überlegungen.

»Oh, geh doch du schon einmal«, meinte Marie, denn sie mochte das Gefühl nicht, jemanden aufzuhalten. Wenn sie als zweite ins Bad ging, konnte sie sich die Zeit nehmen, die sie brauchte. Und sie wusste, mit ihrer verheilenden Wunde war sie noch immer langsamer bei allem als gewohnt.

Als sie anschließend in ihrem cremeweißen Seidennegligé, auf das Bett zukam, in dem es sich Julien bereits gemütlich gemacht hatte, hörte sie, wie er förmlich die Luft anhielt. Er schaute sie mit großen Augen an, und sie war sich ihres Körpers sehr bewusst. Unsicher schlug Marie die Bettdecke zurück und legte sich auf ihre Seite des Bettes. Auch sie war nicht in der Lage zu sprechen, da ihr das Herz bis zum Halse schlug. Dann aber sah sie den Ausdruck in seinen Augen, und sie ließ sich fallen. Sie vertraute Julien, volkommen, das fühlte sie.

Julien nahm ihr Gesicht liebevoll in seine Hände und berührte ihren Mund mit den Lippen. Da war es um Marie geschehen, und sie zog den Geliebten an sich, ohne auf ihre noch schmerzende Narbe zu achten. So fanden sie sich in dem leidenschaftlichsten Kuss ihres Lebens wieder und konnten es nicht lassen, ihre Körper mit den Händen auf das Zärtlichste zu erforschen.

Als Julien Marie gerade von ihrem Nachtgewand befreien wollte, hielt er plötzlich inne und meinte: »Für einen kurzen Moment habe ich vergessen, dass du erst heute aus dem Krankenhaus entlassen worden bist. Doch ich glaube, wir sollten es beim ersten Mal nicht gleich übertreiben.«

Bestürzt schaute ihn Marie an und flüsterte: »Stößt dich meine Narbe ab?«

»Um Gottes willen, nein!«, rief Julien entsetzt aus.

»Aber warum möchtest du dann nicht weiter machen?«, fragte Marie zaghaft.

»Weil ich dich so sehr liebe, weißt du, ich habe Angst, ich könnte dir wehtun.«

»Das tust du doch nicht!«

»Das wissen wir nicht, meine geliebte Marie, denn wir können nicht einschätzen, was es mit deiner Narbe macht, wenn wir uns vergessen und uns völlig unserer Leidenschaft füreinander hingeben.«

Julien zog er ihr das Negligé behutsam über den Kopf und begann, die noch geschwollene und rot schimmernde Narbe unterhalb ihrer Brust mit seinen Lippen zu liebkosen, so wie er es ihr bereits in der Klinik versprochen hatte. Marie konnte nicht mehr anders, als sich zu entspannen und voller Lust zu stöhnen. Als Juliens Mund sich auch noch ihrer Brüste annahm, war es endgültig um sie geschehen, und sie wollte nur noch eines – vollkommen mit ihm verschmelzen.

Schließlich warf Julien all seine Bedenken über Bord und ließ zu, dass sie wahrhaftig Eins wurden.

In diesem Augenblick erstrahlten ihre beide Körper in überirdischem Licht, sodass beide wussten, dass diese Vereinigung von allerhöchster Ebene gesegnet war. Sie gestanden sich gegenseitig, dass sie immer davon geträumt hatten, einst eine derartige Liebe erleben zu dürfen. So hielten sie sich die ganze Nacht über eng umschlungen und flüsterten einander Liebesworte zu, die in ihren Seelen ein Echo fanden. Es war, als hätten sie ihr Leben lang nur auf diesen Moment gewartet.

LUCIUS

PARIS, 18. SEPTEMBER 2013

Einfach nach Paris zurückbeordert zu werden, hatte an Lucius genagt. Doch er hatte dem Maître nicht widersprochen. Natürlich hätte er liebend gerne die Observation von Véronique übernommen. Auf diese Weise wäre er ihr nahe gewesen, und vielleicht hätte er die Möglichkeit gefunden, mit ihr zu sprechen. Jetzt aber saß er in Paris auf seiner Dukati – und steckte im Stau. Wie sinnlos dies alles doch war. Gleich würde er Monsieur de la Fontaine treffen, der sich selbst aus dem Krankenhaus entlassen hatte. Im Hauptquartier wartete er schon auf seinen »Speculator«, wie der ranghöchste Agent der Octavianer genannt wurde. Doch Lucius wusste nicht, wie er weiter machen sollte, nun, da er offensichtlich nicht mehr in der Lage war, allen Menschen neutral zu begegnen. »Weniger neutral, du warst eiskalt«, sagte eine Stimme in seinem Hinterkopf, und Lucius musste sich selbst zustimmen. »Du hast dich in sie verliebt«, sagte die Stimme weiter.

»Das ist nicht wahr!«, erwiderte er heftig.

»Doch das ist es! Wenn du wirklich ehrlich zu dir selbst bist, wirst du es wissen«, sein Unterbewusstsein ließ sich nicht so leicht zum Schweigen bringen.

»Hm, vielleicht liegt mein Ich damit gar nicht so falsch«, überlegte Lucius. »Schließlich wäre ich alles andere als begeistert gewesen, hätte sich Richard als Véroniques Freund herausgestellt. Was soll ich nur tun?«

Gedankenverloren saß er auf seiner im Sonnenlicht glänzenden Maschine. Dann fasste er einen Entschluss. De la Fontaine würde etwas warten müssen. So ein Stau war unberechenbar. Aber ein Motorrad war beweglich. Lucius fuhr ein Stück über den Bürgersteig, dann wich er einem Zeitungsstand aus und bog ab in eine Nebenstraße.

Trotz des Morgenverkehrs gelangte er so recht zügig zum Haus von Xiao Lin im Stadtviertel Marais. Hoffentlich wusste er Rat – und war zu Hause. Kaum hatte Lucius geklopft, sah er ihn schon vor sich, den drahtigen Mann, der sich vor ihm verbeugte, nicht zu tief, immerhin war er der Meister, und doch mit einer gewissen Ehrfurcht, die er sich mit hartem Training verdient hatte, wie Lucius sehr wohl wusste.

»Ich habe dich schon erwartet, mein Sohn«, begrüßte Xiao Lin ihn herzlich. »Komm herein.«

Lucius folgte ihm ungeduldig, doch als er sich im Lotussitz gegenüber von Xiao Lin niedergelassen hatte, begann die intensive Reinigungszeremonie, die er sich wohl mit seiner Unruhe verdient hatte.

»Atme in heiligem Rhythmus, wie ich es dich gelehrt habe, und bewege dich nicht, denn ich werde mein Schwert zur Hand nehmen, um dich von dem gewaltigen Sturm in deinem Kopf zu befreien. Nur die kleinste falsche Bewegung deinerseits kann zu einer lebensgefährlichen Verletzung führen. Du weißt, du musst deine innere Ruhe finden – und beweisen.«

Lucius' Herzschlag beschleunigte sich augenblicklich, denn er wusste, wie nahe Xiao Lin seinem Körper mit dem tödlichen

Schwert kommen würde, und er bemühte sich mit allen Fasern seines Seins, sich einzig und allein auf die heilige Atemübung zu konzentrieren, ohne sich dabei zu bewegen.

Währenddessen hörte er, wie Xiao Lin die mörderische und dennoch so heilige Klinge mit schnellen Bewegungen um ihn herum tanzen ließ. Gleichzeitig spürte er, wie sich das Gedankenchaos in seinem Kopf immer mehr aufzulösen begann und sich ein strahlendes Licht in seinem Inneren ausbreitete. Lucius hatte den Eindruck, immer mehr von innen heraus zu leuchten, er glaubte, sie zu sehen, die Strahlen, die von seinem Körper aus in alle Richtungen strebten. Fast hatte er das Gefühl, er schwebte über der Matte, als Xiao Lin das Schwert am Ende der Zeremonie vor ihm in die Matte stieß.

Erfüllt von Dankbarkeit öffnete er die Augen, denn er wusste, dass Xiao Lin diese Reinigung nur in äußerst seltenen Momenten ausüben durfte.

»Was hat dies zu bedeuten, mein Lehrer?«, fragte Lucius ehrfürchtig.

»In dem Moment, als du Véronique das Leben gerettet hast, bist du wahrhaftig wieder zu einem von uns geworden«, erklärte ihm Xiao Lin feierlich.

»Woher weißt du davon? Und wer ist »uns«?«, fragte Lucius verblüfft.

»Ich darf dir noch nicht meine wahre Aufgabe in diesem Leben enthüllen. Dafür ist es zu früh. Doch ich begleite verschiedene Menschen, darunter dich. Ich behalte euch, wie soll ich dir das erklären, auf meinem hellsichtigen Radar, und so habe ich gesehen, was du getan hast. Auch weiß ich, dass du von nun an nicht mehr in der Lage bist, unschuldige Menschen zu foltern oder gar zu töten, denn du weißt wieder, was es heißt zu lieben.«

»Wie bitte?«

»Du hast ganz richtig gehört. Jetzt weiß ich, dass du wieder in der Lage bist, deine Mitmenschen zu lieben, eine Fähigkeit, die dir seit dem Tod deiner Eltern verloren gegangen war. Und somit gehörst du wieder zu denen, welche die Welt durch Liebe und nicht durch Kampf verwandeln wollen«, sagte Xiao Lin.

Mit großen Augen und offenem Mund starrte Lucius den weisen Mann an, und er wusste, er hatte recht. Seit er sich der Liebe zu Véronique bewusst geworden war, konnte er auf seine Gefühle zugreifen – und er wusste, er würde sein Leben für sie wagen wie Julien im Stephansdom es für Marie getan hatte.

»Meister, ich bringe Véronique in Gefahr, was kann ich tun?«

»Noch ist der Zeitpunkt nicht da, an dem ihr zusammen kommen dürft. Deine Aufgabe ist jetzt, weiterhin bei den Octavianern zu bleiben, wie einer von ihnen und doch eigentlich unserer Sache zu dienen.«

»Das ist doch der reine Wahnsinn! Undercover soll ich mich weiterhin dieser Mörderbande anschließen? Du weißt nicht, was du von mir verlangst.« Lucius wütete innerlich, er war zwar auch zu diesem Schluss gekommen, doch der Gedanke entsetzte ihn.

»Beruhige dich, mein Lieber«, antwortete Xiao Lin besänftigend. »Uns geht es doch nur darum, weiterhin über alle Vorhaben und Schritte von Maurice de la Fontaine informiert zu bleiben, denn nur so kannst du Véronique und auch die anderen beiden Menschen, die dir nahestehen, schützen. Ich weiß, dass dies nicht leicht für dich sein wird, doch dies ist deine wahre Mission. Dies ist dein Lebensweg.«

»Und ich muss ihn gehen bis zum Ende«, ergänzte Lucius bedrückt, denn ihm war nicht klar, wie er das aushalten sollte. »Darf ich Véronique denn gar nicht sehen?«

»Nein.«

Lucius seufzte, doch er wusste Xiao Lin hatte recht. Er nickte.

»Du wirst es schaffen, nicht umsonst bist du mein Schüler«, fügte Xiao Lin hinzu, und wenn Lucius es nicht besser gewusst hätte, er hätte ein Lächeln auf dem Gesicht des Weisen vermutet. Ein wunderbarer Gedanke, der ihm half zu verarbeiten, was auf ihn zukam. Lucius stand auf und verbeugte sich, denn er wusste, er hatte bei Xiao Lin mehr erfahren, als er zuvor gehofft hatte.

VÉRONIQUE

PARIS, 18. SEPTEMBER 2013

Véronique konnte es kaum erwarten, dann öffnete sich endlich die Tür von Maries Appartement, und sie stand der Freundin gegenüber. Es war ein rührendes Wiedersehen, und es dauerte eine Weile bis Véronique bewusst wurde, dass Julien neben ihrer Freundin stand und sie beide liebevoll betrachtete. Da löste sie sich aus der Umarmung und drückte auch ihn fest, denn er hatte gelitten – und gesiegt. Sie strahlten sich an, bis Richard neben ihr sich räusperte und sagte: »Stellst du ihn mir vor?«

Da erst erinnerte sie sich wieder daran, dass ihr Bruder sie nach Paris begleitet hatte. Natürlich kannte er ihre beste Freundin, aber er war Julien noch nicht begegnet, und es war ein gutes Gefühl, diese beiden Männer auf ihrer Seite zu wissen. Marie und sie waren nicht länger allein bei ihrer Suche nach Maries Erbe, und vielleicht war da noch ein fünfter Mann auf ihrer Seite, aber Véronique traute sich kaum, so etwas auch nur von ihm zu denken. Hoffentlich war er wirklich auf ihrer Seite und spielte nicht nur ein grausames Spiel im Auftrag de la Fontaines.

»Mein Gott, Marie, wie gut dich wiederzusehen. Du wärst beinahe ermordet worden!« Véronique war erschüttert, wie blass ihre Freundin war, aber sie sah auch, dass sie ein wenig glühte innerlich. Nicht alles, was in den letzten Tagen und Wochen passiert war, war schlecht.

»Mir geht es nicht anders, Véronique, ich glaube, wenn wir alle vorher geahnt hätten, wie gefährlich die Suche nach den Botschaften von Maria Magdalena und Jesus Christus ist, wir hätten uns gar nicht erst darauf eingelassen.«

»Das glaube ich nicht, liebe Marie Madeleine«, mischte sich Julien mit sanfter Stimme ein, »denn eine uralte Prophezeiung spricht davon, dass wir auserwählt worden sind, diesen Weg zu gehen.«

»Das weiß ich doch inzwischen, Julien, aber trotzdem, hättest du mir das vorher gesagt, ich hätte euch alle für verrückt erklärt«, erwiderte Marie.

»Und ich sage dir, dass dich noch nie jemand von einer aufregenden Aufgabe abhalten konnte.«

»Das ist absolut wahr«, schmunzelte Richard. »Wer war denn die erste, die bei uns buchstäblich über die Dächer von Nizza gelaufen ist, als sie zum ersten Mal zu Besuch war?!«

»Dass du dich daran noch erinnerst!«, musste nun auch Marie lachend zugeben.

Langsam wichen die Schatten der jüngsten Vergangenheit von ihnen, und sie setzten sich lachend um den Tisch. Jeder hatte noch etwas erlebt oder zu erzählen, was er zuvor nicht dem Handy anvertraut hatte.

Als es an der Zeit war, neuen Tee aufzugießen, nutzten die beiden Freundinnen die Gelegenheit für ein vertrauteres Gespräch.

»Trotz all der furchtbaren Dinge, die du erleben musstest, strahlst du aus deinem Inneren heraus auf eine Weise, die ich nie zuvor gesehen habe. Du bist sehr glücklich mit Julien, richtig?«, vergewisserte sich Véronique.

»Ja, das ist wohl wahr, chérie. Wie du weißt, war ich Beziehungen gegenüber äußerst skeptisch. Ich hätte nie geglaubt, dass ich je eine solche Art von Liebe erleben würde«, antwortete Marie überschwänglich und konnte nicht anders, als der Freundin einiges anzuvertrauen, was sie zuvor verschwiegen hatte.

Véronique drückte sie an sich, denn die Freude war zu groß, als dass sie das für sich hätte behalten können: »Ich freue mich riesig für dich! Du hast es so sehr verdient, nach allem, was dir widerfahren ist.«

»Ich danke dir! Aber du ebenso«, erwiderte Marie. »Sag mal, was hat es eigentlich mit Lucius auf sich? Wieso hat er dich gerettet, wenn er doch offensichtlich zu unseren erklärten Feinden gehört?«

Eine leichte Röte überzog Véroniques Gesicht, als sie seltsam erregt antwortete: »Wenn ich das wüsste! Ich zerbreche mir ständig den Kopf darüber.«

Marie kannte ihre Freundin gut genug, um zu spüren, dass sie noch nicht alles erzählt hatte. Daher hakte sie nach: »Du hast aber bereits einen Verdacht, richtig?«

»Ja, das stimmt. Irgendwie scheint er mich zu mögen«, druckste sie herum.

»Was ist passiert? Los, erzähl schon!«, drängte Marie.

»Er hat mich plötzlich aus heiterem Himmel geküsst«, stieß Véronique hervor.

»Hab ich's doch geahnt. Aber erzähl: Wie ist denn das passiert?«

Da holte Véronique aus und berichtete von all den seltsamen Momenten mit Lucius.

»Und wie fühlst du dich jetzt? Ich sehe dir doch an, dass dir dieser Mann nicht gleichgültig ist«, bohrte Marie nach.

»Nein, das ist er nicht. Doch er sagte, wir könnten uns nicht mehr sehen, da es für uns beide zu gefährlich sei«, erwiderte Véronique traurig.

»Das kann doch nicht wahr sein!«, entrüstete sich Marie. »Zuerst rettet er dir das Leben und küsst dich. Und dann lässt er dich im Regen stehen?«

»Er sagt, das sei sicherer für mich.«

»Na, uns fällt bestimmt was ein!«, rief Marie aufgebracht. »Du wirst sehen, wir finden eine Lösung!« Als sie ins Wohnzimmer kamen, sprachen Julien und Richard gerade darüber, wie sie die beiden Frauen am besten bei ihrer Suche begleiten konnten.

Bei einer weiteren Tasse Tee kamen die Vier zu dem Schluss, dass Marie und Véronique vorerst gemeinsam in Paris bleiben sollten, während Richard zurück nach Nizza fliegen würde. Denn noch hatte die Gesellschaft ihn nicht im Blick. Es war gut, jemanden in der Hinterhand zu haben, der eingreifen konnte, wenn die anderen um Hilfe riefen. Julien aber hatte in Kürze eine Probenphase in Dresden, und er stimmte mit Marie darin überein, dass sie besser zur Erholung noch in den eigenen vier Wänden in Paris blieb. Dort konnte Véronique sich wenigstens um sie kümmern, sodass sie ihre Freundin in dem Gedanken bestärkte.

Marie aber betonte noch einmal: »Ich komme nach Dresden nach, sobald ich das Gefühl habe, wieder gerne zu reisen. Ich möchte dich so gerne wieder singen hören.«

»Das glaube ich dir, meine Liebste«, erwiderte Julien und drückte ihr einen zärtlichen Kuss auf die Stirn. »Solltest du mich jedoch in deiner Nähe brauchen, sage ich den »Lohengrin« auf der Stelle ab. Das weißt du. Bitte sei ganz ehrlich! Du bist das Wichtigste für mich.«

»Ich danke dir! Natürlich hätte ich dich am liebsten in meiner Nähe, doch irgendein unbestimmbares Gefühl in mir sagt, dass der ›Lohengrin‹ in Dresden ein weiterer Schlüssel zur Lösung unseres Rätsels sein könnte. Parsifal hat uns weitergebracht. Und sagte nicht Maria Magdalena selbst, dass nur ein Sänger von Gottes Gnaden, einer der letzten wahren Troubadoure, in der Lage ist, das Rätsel zu entziffern?«

»Ja, das stimmt«, antwortete Julien bescheiden.

»Also wirst du das Rätsel nur lösen helfen, indem du singst«, erklärte Marie überzeugt.

»Da ist was dran«, fügte Richard nachdenklich hinzu. »Also gehst du in jedem Fall nach Dresden. Sollte ich nicht in Paris bleiben und auf die beiden Mädchen aufpassen?«

»Mädchen!«, empörten sich Véronique und Marie wie aus einem Mund. Und Véronique fügte hinzu: »Bruderherz, jetzt übertreib mal nicht.«

»Spaß muss sein, wenn das Leben schon gar so ernst ist wie zurzeit«, meinte Richard.

»Zu zweit schaffen wir das schon. Sobald Julien abreist, ziehe ich zu Marie. Und wenn ich das richtig sehe, ist auch die Polizei alarmiert, dass auf Marie in Wien ein Anschlag verübt wurde, die Patrouillen hier in der Gegend wurden verstärkt. Na, von meiner Entführung ahnen die nichts, aber das ist besser so, noch mehr Aufsehen will ich nicht riskieren, das heißt, auf der Bühne bin ich so im Rampenlicht, dass mir bestimmt wiederum nichts passieren kann.« Und nachdenklich fügte sie hinzu: »Lucius würde mir vielleicht auch Bescheid sagen, wenn es gefährlich wird für mich.«

»Dafür könnte ich ihm fast dankbar sein, geliebtes Schwesterherz«, sagte Richard, während er zärtlich Véroniques Hand drückte. »Hoffentlich hast du recht mit deiner Hoffnung.« Und Véronique las die Sorge in seinen Augen.

JULIEN

PARIS/DRESDEN, 20. SEPTEMBER 2013

Schweren Herzens macht sich Julien auf den Weg nach Dresden. Wenn er ehrlich zu sich war, hätte er lieber »Lohengrin« abgesagt, als seine kostbare Marie in Paris zurückzulassen. Natürlich war sie nicht wirklich einsam, doch irgendwie fühlte er sich wie amputiert ohne sie. Wie sollte er es nur Tage und vielleicht sogar länger ohne sie aushalten, ohne sie zu spüren und berühren zu können?

»Was ist nur auf einmal in mich gefahren?«, fragte sich Julien, bereits im Flieger sitzend. »Aber vermutlich ist das so, wenn man die Liebe seines Lebens getroffen hat.«

Um sich zu trösten, öffnete er das Tagebuch seiner Mutter, das er seit Beginn der Bekanntschaft mit Marie immer bei sich trug, wenn er auf Reisen ging.

Paris, 30. Januar 1990

Geliebter Sohn,
wie du mittlerweile erkannt hast, war mir die Gabe der Schau in die Zukunft gegeben, was nicht immer leicht zu ertragen war. Doch ich bin auch unendlich dankbar dafür, denn ohne diese

Fähigkeit wüsste ich nicht, was auf dich zukommen wird und könnte dich viel weniger unterstützen.
Julien, ich bitte dich, mache dich darauf gefasst, dass ihr, Marie und du, Steine in den Weg gelegt bekommen werdet, wenn Ihr ein Paar seid, da die dunklen Mächte alles tun werden, um eure so reine Liebe zu zerstören. Wundere dich über nichts!
Sei jedoch bereit, alles zu tun, um für diese Verbindung zu kämpfen.
Auch wenn Lohengrin seine Elsa verlassen musste, weil sie nicht in der Lage war, ihm restlos zu vertrauen, gilt das nicht für dich, egal, was geschieht. Hörst du, mein Sohn?

Julien war erschüttert. Also war »Lohengrin« in verschiedener Hinsicht ein bedeutsames Stück. Er würde aufpassen müssen, dass ihm die Botschaft nicht entging, er hoffte so sehr, endlich das Rätsel zu lösen und vielleicht an der Seite von Marie glücklich zu werden. Hatte seine Mutter eine neue Gefahr vorhergesehen? Natürlich würde er für sie kämpfen, für seine Liebe zu Marie und für Marie selbst.

Erregt wandte er sich wieder ihrem Tagebuch zu:

Marie wird erneut an dir und deiner Treue zweifeln, doch du musst sie davon überzeugen, dass sie jeden Grund der Welt hat, dir vollkommen zu vertrauen. Verstehst du, geliebter Julien? Du musst alles dafür tun!
Fühle meine Arme, welche dich voller Liebe umfangen und wisse, ich bin immer bei dir, wo auch immer du bist …

Marie würde zweifeln an seiner Liebe? Julien horchte in sich hinein, nein, nie wieder würde eine andere Frau ihm gefährlich nahekommen. Er würde sie am Ende überzeugen. Hoffte er.

MARIE

PARIS, 20. SEPTEMBER 2013

Marie war glücklich, als Véronique mit Gepäck vor ihrer Tür stand: »Ehrlich gesagt, freue ich mich richtig auf die Zeit mit dir. Wie schön es wäre, wenn wir uns keine Sorgen machen müssten.«

Doch Véroniques Augen verrieten, dass ihr noch etwas auf der Seele lag.

»Was ist los?«, fragte Marie.

»Ich würde Lucius zu gerne wiedersehen.«

»Warte mal, mir fällt bestimmt was ein.« Und während Véronique es sich mit ihren Sachen in der Wohnung gemütlich machte, saß Marie auf ihrem Lieblingsplatz und dachte nach. Immer wieder kam ihr eine Idee, doch gleich darauf gab es Vorbehalte dagegen, sodass sie eine Weile still dasaß.

Dann aber spürte sie, wie sich ein Lächeln auf ihr Gesicht stahl, sie öffnete die Augen und sagte zu Véronique, die inzwischen neben ihr saß und sie gespannt beobachtete: »Ich schreibe Lucius eine SMS und frage ihn, ob er sich mit mir trifft. Das ist nicht gefährlich. Schließlich hat er Julien und mich offiziell gerettet, was man weltweit in den Zeitungen lesen kann. Also ist es nur naheliegend, dass ich mich persönlich bei ihm bedanken will.«

»Das ist eine großartige Idee, chérie!« Véronique sprang auf, um Marie spontan zu umarmen, als sie auf einmal mitten in der Bewegung innehielt. »Aber es ist keineswegs ungefährlich, denn wenn sein Handy gecheckt wird, wissen sie, dass du ihn sehen willst, die werden euch beschatten und dich am Ende foltern, um an die Informationen zu kommen.« Ihre Stimme klang mit jedem Wort weniger glücklich.

»Véronique, Lucius ist alles andere als dumm! Er wird einen Weg finden, mir zu antworten, ohne uns in Gefahr zu bringen. Vertraue mir!«, und schon tippte sie in ihr Smartphone:

Lucius,
ich möchte dich dringend sehen bzw. sprechen,
um dir nochmals in aller Ruhe zu danken.
Melde dich bitte!
Bises
Marie

Bevor sie die SMS abschickte, zeigte sie diese Véronique und erklärte ihr, dass Lucius zwischen den Zeilen lesen konnte und sie verstehen würde.

»Was habe ich nur für eine kluge Freundin!«, rief Véronique erfreut aus: »Schick sie so ab, bevor ich es mir noch anders überlege!«

Wenig später klingelte es an Maries Haustür, und ein Fahrradkurier brachte einen handgeschriebenen Brief für Marie. Noch im Gang riss Marie das Kuvert auf. Die Nachricht war von Lucius.

»Siehst du, wie schnell dein Freund antwortet!«, rief Marie triumphierend, als sie mit Lucius' Botschaft in die Küche zurückkam.

»Ist das wahr?«, Véronique sprang von ihrem Stuhl auf und musste sich ernsthaft zusammennehmen, um Marie den Brief nicht zu entreißen. »Was schreibt er denn?«

»Hier, lies selbst!«, und Marie reichte Véronique die Zeilen von Lucius.

Liebe Marie,

es ist zu gefährlich für uns alle, Dir via Handy zu antworten,
deswegen auf diese Art und Weise.
Du weißt vermutlich, dass ich Véronique befreit habe …
Wir sollten uns an einem unverfänglichen Ort treffen.
In zwei Stunden auf einer Bank am Lac Inférieur
im Bois de Boulogne?
Wenn das ok für Dich ist, ziehe bitte den Vorhang von
deinem Zimmer, das auf die Straße hinausgeht, zu.
Ich bin ganz in der Nähe.

Alles Liebe und pass auf Dich auf!
Lucius

»Was sagst du dazu?« Marie starrte die Freundin an. Das war ja viel durchdachter und vorsichtiger, als sie auf die Schnelle erwartet hätte.

»Das ist unglaublich! Wirst du hingehen?«

»Wo denkst du hin! Du wirst hingehen!«, antwortete Marie. »Deswegen habe ich das Ganze doch inszeniert!«

»Wie jetzt? Ich?«, fragte Véronique atemlos.

»Ja, du! Nun lass uns den Vorhang zuziehen, damit Lucius Bescheid weiß – und keine Widerrede, chérie«, erwiderte Marie schmunzelnd.

VÉRONIQUE

PARIS, 20. SEPTEMBER 2013

Véronique rutschte unruhig auf der Bank hin und her, warum nur hatte Marie sie auf so eine Idee gebracht, das war doch viel zu gefährlich. Wenn Richard davon wüsste. Oder Julien. So ein Treffen hätten die beiden bestimmt nicht gutgeheißen. Misstrauisch musterte Véronique alle Menschen, die in Sicht waren. Niemand kam ihr bekannt vor, aber das musste ja nichts heißen, ein jeder konnte ein Spion de la Fontaines sein. Hoffentlich wusste Lucien, was er tat. In der Ferne tauchte eine Gestalt auf, deren Bewegungen ihr seltsam vertraut waren. Nie zuvor war ihr so bewusst geworden, dass auch Lucius durchtrainiert und beweglich war wie nur ein Tänzer oder – Sportlich war er, das war ganz eindeutig so. Worauf hatte sie sich da nur eingelassen?! Véronique saß starr wie in Trance da, bis er vor ihr stand, seine Sonnenbrille abnahm und sie aus strahlenden Augen anblickte. Ihr kam es vor als blickten sie sich minutenlang in die Augen, bevor sie in der Lage war, ihre Umwelt wieder wahrzunehmen.

Es war Lucius, der das Schweigen brach. Zart strich er über die Spuren der Metallkrone auf ihrer Stirn und sagte leise: »Eigentlich hätte ich es mir denken können, dass ich dich und nicht Marie hier treffe.«

»Und bringt uns das in Gefahr?«, fragte Véronique vorsichtig, um nicht den Zauber des Moments zu zerstören.

»Das muss in Ordnung gehen!«, hörte sie ihn sagen. Und ehe sie sich versah, schloss er sie leidenschaftlich in die Arme und flüsterte ihr ins Ohr: »Ich habe mich seit unserem letzten Treffen danach gesehnt, dich in den Armen zu halten. Doch wie du weißt, ist dies sehr gefährlich, nicht nur für dich und mich, sondern auch für Marie und Julien. Bitte vertraue mir! Ich werde alles tun, was in meiner Macht steht, um euch vor weiteren Anschlägen zu bewahren. Deshalb darf niemand auch nur den geringsten Zweifel an meiner uneingeschränkten Loyalität der Gesellschaft gegenüber hegen.« Er schob sie ein Stück von sich: »Verstehst du das?«

Und ob sie das verstand. Véronique nickte, zu diesem Schluss waren sie schließlich auch gekommen.

»Das bedeutet, dass du und auch Marie nicht mit mir in Kontakt treten dürft, außer ich schicke euch eine persönliche Nachricht über einen Kurierdienst. Falls irgendein Verdacht auf mich fallen sollte, werden all meine Handys kontrolliert. Reagiert bitte nur auf eine handschriftliche Botschaft von mir, in die ich das Wort – er überlegte, dann lachte er auf – Lohengrin einfüge, denn man weiß nie, was meinem Maître alles einfällt. Er ist mit allen Wassern gewaschen, aber das hast du ja am eigenen Leib erfahren müssen.«

»Richard hat ein wenig recherchiert, bei der Gesellschaft handelt es sich um die Octavianer, oder?«, hakte Véronique nach.

Erstaunt blickte Lucius sie an. »Ja, richtig, aber das solltest du nicht laut sagen. Diese Geheimgesellschaft tut alles, um wirklich geheim zu bleiben.«

»Lucius, ich werde nicht schlau aus dir. Du warst kurz davor, alles aus mir herauszupressen, und dann hast du mich gerettet. Bist du sicher, dass du auf unserer Seite bist?«, fragte Véronique weiter nach, denn sie wollte um alles in der Welt Klarheit.

»Ehrlich gesagt, stehe ich noch nicht lange auf eurer Seite. Dass ich Marie und Julien in Wien gerettet habe, war Teil des Plans, damit sie mir vertrauen und ich ganz leicht Herr ihrer Geheimnisse werde«, antwortete Lucius wahrheitsgemäß, während er sich von Véronique löste, um ihr in die Augen schauen zu können.

Véronique nickte, den Verdacht hatte sie Marie gegenüber auch schon geäußert. »Aber was in Himmels Namen hat dich dann dazu gebracht, auf einmal die Seiten zu wechseln?«

»Julien.«

»Wie bitte?« Véronique glaubte sich verhört zu haben.

»Du hat richtig gehört.« Lucius sah sie an, als wollte er jede ihrer Regungen ablesen, als er leise fortfuhr. »Als Julien sich im Stephansdom über Maries Körper geworfen hat, um ihr Leben mit seinem zu schützen, war das ein unglaublicher Moment für mich. Meine Eltern, sie sind brutal getötet worden. Und lange Jahre habe ich so etwas wie Mitleid nicht gefühlt. Aber als ich das gesehen habe, diese Liebe, die aus seiner Reaktion sprach. Ich …«, Lucius seufzte. »Ich war überzeugt, dass ich auf der richtigen Seite war. De la Fontaine hat mir immer erzählt, das Blutlinienanhänger meine Eltern getötet hatten. Ich habe das erst hinterfragt, als ich gesehen habe, wie selbstlos Julien gehandelt hat für die Frau, die er liebt.«

Véroniques Herz klopfte wie wild, um nichts hätte sie ihn unterbrechen mögen.

»Und dann war ich in der Generalprobe des ›Parsifal‹. Es hat mich umgehauen, die Art, wie er gesungen hat, das hat mir die

Augen geöffnet, ich musste erkennen, dass ich zum Monster geworden war.«

Lucius hielt plötzlich inne, um zu sehen, was für eine Wirkung seine Worte auf Véronique hatten. Es war Mitgefühl, was er in ihrem Blick sah, und so wagte er es, ihr weiter seine Gefühle zu gestehen.

»Als Parsifal am Ende die Worte sang ›Sei heil, entsündigt und gesühnt!‹, da hat er mich direkt angesehen, und ich wusste, ich war von all meiner Schuld erlöst.«

Bei diesen letzten Worten wurden Lucius' Augen feucht.

»Und das war der Moment, in dem du erkannt hast, dass du auf unserer Seite sein möchtest.«

»Ja, genau so ist es. Doch glaube mir bitte, es gibt keine Minute am Tag, in der ich es nicht bedaure, so lange wie ein Schoßhund hinter de la Fontaine hergelaufen zu sein. Doch keiner durfte mir das anmerken. Ich wollte wissen, wie ich euch helfen konnte. Also bin ich euch gefolgt. Und dass ich hinter dir hergekommen bin – das war auch im Auftrag der Gesellschaft.«

»Dein Blick war aber nicht sehr freundlich, bevor du mich losgebunden hast!« Véronique erinnerte sich an den Moment und fand seine Gedankenkette nicht ganz überzeugend.

»Ich war sauer auf mich, die ganze Welt, ich wollte einfach nur, dass es ein Ende hat mit diesem Hin und Her, und ein wenig wollte ich das nicht, es hat mich Überwindung gekostet, dir zu helfen, weil du ja dann – also jetzt – erfahren würdest, dass ich ein schlechter Mensch bin. Hätte ich dich in dem Moment getötet, du hättest es nie erfahren. Ich will ehrlich sein, das war für eine Sekunde verlockend«, gestand er und sein Blick wurde immer intensiver. »Aber ich habe dir in die Augen gesehen, und ich habe darin etwas gesehen, was mich – ich konnte es nicht mehr.«

»Wie meinst du das?«, wollte Véronique wissen.

»Unter deinem Blick hat es sich angefühlt, als wäre ich noch da, ich der Lucius von früher, der noch an das Gute glaubt und an … die –« Sein Blick wanderte zur anderen Seeseite, und er zuckte zusammen.

»Da, sie kommen«, drüben waren zwei Männer zu sehen.

»Ihr werdet noch immer beschattet. De la Fontaine sagt mir nicht alles. Ich muss fort, bevor sie mich erkennen.« Lucius setzte die Sonnenbrille auf und war zwischen zwei Büschen verschwunden, ehe Véronique reagieren konnte. Sie hing immer noch an seinen letzten Worten. Was er wohl gesagt hätte, wenn sie nicht unterbrochen worden wären?

Marie stand plötzlich neben ihr.

»Alles ok?«, fragte sie besorgt. »Lucius hatte es plötzlich so eilig.«

»Ja, wir werden überwacht, er hat die Verfolger entdeckt.«

»Oh nein! Hört das denn nie auf!«, rief Marie entsetzt aus und ließ sich auf die Bank sinken.

Véronique setzte sich augenblicklich neben sie und legte einen Arm um Maries Schultern: »Das scheint wohl unser Schicksal zu sein. Aber du, Marie, merci, dass du dieses Treffen arrangiert hast.«

»Wirklich?«, Maries Augen leuchteten auf.

»Ja, Lucius wollte mich wohl auch sehr gerne wiedersehen«, erwiderte Véronique und erlaubte sich, ein wenig Glück zu empfinden bei dem Gedanken.

»Das freut mich von ganzem Herzen für dich!«, strahlte Marie und lauschte atemlos Véroniques Erzählung über ihr Gespräch mit Lucius.

»Hm, er hat es auch nicht leicht«, meinte Marie erschüttert. »Es wird Zeit, dass wir dem Ganzen ein Ende machen. Was hat er erzählt? Seine Eltern wurden getötet. Aber niemals von uns! Da steckt doch wieder dieser de la Fontaine dahinter. Ich hoffe sehr, dass Julien in Dresden zu neuen Erkenntnissen gelangt.«

»Ja, das wäre wundervoll. Aber Marie, wir sollten hier weg, ich will einfach nicht stillsitzen und abwarten, während ich weiß, dass mich zwei Kerle beobachten«, sagte Véronique und zog die Freundin mit sich fort.

JULIEN

DRESDEN, 22. SEPTEMBER 2013

Auch wenn Julien Marie sehr vermisste, war er doch glücklich, wieder in seinem geliebten Dresden zu sein. Er liebte es in der Semperoper zu singen und ließ dafür gerne lukrativere Angebote auch von größeren Häusern sausen. Das Opernhaus war für ihn wie eine altvertraute Freundin.

Mit großem Enthusiasmus stürzte er sich in die Proben zu »Lohengrin«, da diese Wagner-Oper eng verwandt mit »Parsifal« war, ihm aber weite Entwicklungsmöglichkeiten bot. Auch die Tatsache, dass »Elsa« von der unvergleichlichen Ekaterina Kurkova verkörpert werden sollte, begeisterte Julien ungemein, denn in seinen Augen gab es keine Sängerin, die ihr derzeit annähernd gleichkam. Ihre Stimme war von derart ausgeprägter Schönheit, hinzu kamen ihr atemberaubendes Charisma und eine immense Ausdruckskraft, die ihn immer wieder beeindruckten, wenn er mit ihr arbeitete. Und sie sah sehr gut aus. Aber das betonten eher die anderen Frauen, weniger Ekaterina selbst. Für ihn war es jedenfalls leicht, als ihr Partner auf der Bühne das Publikum glauben zu machen, dass ihre Liebe wahrhaftig sei. Er genoss es sehr, eine gleichwertige Sängerin an seiner Seite zu haben, nur so konnte er weiter über sich selbst hinauswachsen. Ekaterina Kurkova empfand dies ganz ähnlich, sie standen einander so nahe, dass sie sich darüber verständigt hatten, und so verbrachten sie auch die Freizeit zwischen den Proben gerne zusammen.

Ekaterina hakte sich ein, als Julien den Bühneneingang erreichte. »Ich gehe nur schnell was essen, kommst du mit?«, fragte er sie.

»Ja, ein Salat wäre mir recht, heute wird die Probe noch lange dauern«, Ekaterina lachte, und man hörte ihrer Stimme an, dass sie sich warm gesungen hatte. Ihre hochhackigen Schuhe waren allerdings für das Kopfsteinpflaster vor dem Opernhaus denkbar ungeeignet, und Julien half ihr gerne über die Unebenheiten hinweg. Sie waren schon oft so Arm in Arm ausgegangen. Er dachte sich auch nichts dabei, als sich immer mehr Leute nach ihnen umdrehten. Er schrieb es einfach der Tatsache zu, dass sie beide bekannte Persönlichkeiten waren und bestimmt ein schönes Paar abgaben.

Zum Glück fand sich draußen vor dem Café noch ein etwas abseitsstehender Tisch, die Herbstsonne wärmte sie, und Julien freute sich, einmal wieder im Herzen dieser alten Stadt zu sein – mit dem prachtvollen Zwinger zu ihrer Linken und der Semperoper direkt vor ihnen.

»Ist die Inszenierung nicht ein wenig zu altmodisch?«, fragte Ekaterina.

»Ehrlich gesagt bin ich darüber sehr froh, denn der Regisseur hat wenigstens den Text verstanden und lässt mich nicht wild zappelnd über die Bühne rollen.«

»Erstaunlich, was man als ›Lohengrin‹ so alles tun soll. Aber im Ernst, du bist dabei schon mal rumgerollt?«, empörte sich Ekaterina mit weit aufgerissenen Augen.

»Ja, genau so war es. Ich habe mich alles andere als wohl gefühlt. Entschuldige bitte, aber Lohengrin ist Parsifals Sohn, der dazu auserkoren ist, den bösen Zauber mit der Kraft des Grals zu durchbrechen und Elsa und ihren tot geglaubten Bruder zu erretten! Wie kann man einen hehren Ritter wild rumzappeln lassen? Aber das ist Vergangenheit«, beruhigte er sich selbst, denn noch immer brachte ihn die Erinnerung daran ein wenig aus der Fassung.

Ekaterina aber wusste genau, was er meinte: »Manchmal habe ich das Gefühl, gewisse Regisseure versuchten gezielt, jeden tieferen Sinn in den Kunstwerken auszumerzen. Dabei dienen die Geschichten dahinter der Seelenbildung, schließlich haben sie einen tieferen Sinn.«

Sichtlich erstaunt blickte Julien Ekaterina an. Konnte es sein, dass auch sie mehr wusste?

»Was schaust du mich so merkwürdig an? Habe ich etwas Dummes gesagt?«

»Nein! Ganz im Gegenteil«, rief Julien aus. »Ich bin vollkommen deiner Meinung.«

»Tatsächlich?«

»Ja, absolut«, erwiderte Julien. »Doch ich glaube nicht, dass wir dieses Gespräch in aller Öffentlichkeit weiterführen sollten. Man weiß nie, wer uns gerade beobachtet.«

»Verstehe! Nach allem, was du hinter dir hast, kann ich das nur allzu gut nachvollziehen. Hast du eigentlich irgendeine Ahnung, wer Marie Chevalier aus dem Weg haben wollte? Geht es um irgendeinen geheimen Nachlass ihres Vaters, auf den die bösen Buben scharf sind?«

»Ich bitte dich, Ekaterina, nicht hier!«, stöhnte Julien auf.

»Schon gut, mein Lieber. Entschuldige bitte! Manchmal gehen mein Temperament und meine Fantasie mit mir durch.«

Julien strich ihr beschwichtigend über den Arm. »Was hältst

du davon, vor der Probe noch eine Runde durch den herrlichen Garten des Zwingers zu drehen?«

»Wunderbare Idee!«, und schon war Ekaterina von ihrem Stuhl aufgesprungen.

Nur die Tatsache, dass Julien noch zahlen musste, hielt sie davon ab, sofort loszulaufen. Ekaterina hakte sich wieder bei Julien ein, und die beiden liefen durch die Gartenanlage.

»Wollen wir uns einen Moment setzen?«, fragte Ekaterina mit Blick auf ihre Schuhe, und die beiden nahmen auf dem Rand eines der vier symmetrisch angelegten Wasserbassins im Herzen dieser Oase mitten in der Stadt Platz. Mit geschlossenen Augen reckten sie das Gesicht zur Sonne, um ein wenig Wärme zu tanken, bevor es zurück ging auf die Bühne. Als alte Hasen im Geschäft ignorierten sie, dass sie unentwegt von Passanten fotografiert wurden, die sie erkannten, aber auch von Medienvertretern.

Julien fühlte sich jedenfalls wohler denn seit langem, da er Marie in Paris in Obhut von Véronique wusste. Obwohl er sich wünschte, sie wäre bei ihm. Er wollte unbedingt versuchen, sie zu überreden, noch vor Beginn der Vorstellungen herzukommen, er vermisste sie schrecklich.

MARIE / VÉRONIQUE

PARIS, 22. SEPTEMBER 2013

»Meinst du, Lucius bekommt Probleme? Hoffentlich hat ihn niemand erkannt.« Véronique machte ihrer Sorge erneut Luft, und Marie lächelte sie verständnisvoll an.

»Er ist viel zu klug, als dass er sich da nicht rausreden könnte. Ihr standet doch nur bei einander und habt euch unterhalten. Da kann de la Fontaine doch nichts dagegen haben.«

»Ich hoffe, du hast recht.«

Als es klingelte, sprang Véronique auf. »Uff, ich hätte nicht eine Minute länger stillsitzen können.« Sie nahm dem Kurier an der Tür ein großes Kuvert ab.

»Hier, Marie, für dich.« Dann fiel ihr Blick auf die Adresse und sie bekam große Augen. »Nein, es ist für mich, Lucius hat geschrieben.«

»Worauf wartest du noch? Nun mach schon auf!« Marie lachte die Freundin an.

Voller Begeisterung riss Véronique den Umschlag auf, doch nur eine Sekunde später schwand jegliche Farbe aus ihrem Gesicht.

»Was ist los?«, fragte Marie besorgt.

»Wie ist das möglich, diese Paparazzi, warum nur hat Lucius das weitergeleitet?« Véronique zeigte Marie den Inhalt des Umschlags und starrte die Freundin fassungslos an, als sie sich auf das Sofa sinken ließ.

Die Fotos aber verteilten sich auf dem Boden, und so konnte Véronique sie alle genauer betrachten.

»Kennst du die Frau? Sie sieht wirklich außergewöhnlich gut aus.«

Marie aber war ganz blass um die Nase: »Ach, wenn ich doch nur mit Julien gefahren wäre.« Wer wohl diese Frau an Juliens Seite war?« Marie fühlte sich ganz schwach. Mit zittrigen Fingern schnappte sie sich den Brief, der ihr zuvor aufgrund des großen Schrecks entglitten war. Es war eine auffallend selbstbewusste Schrift, groß, aufrecht und gut lesbar:

Liebe Marie,

ich darf Sie doch so nennen, bin ich doch ein großer Verehrer von Ihnen!
Nun gut, lassen Sie mich zur Sache kommen:
Da Sie mir so sehr am Herzen liegen, möchte ich Sie nicht in Ihr bereits vorprogrammiertes Unglück rennen lassen.
Wie Sie auf den Fotos sehen können, ist Ihnen Julien de la Tour alles andere als treu ergeben.
Damit Sie wissen, dass es sich nicht nur um Bilder älteren Datums handelt (natürlich sind die Bilder auf der Yacht nicht in den letzten Tagen in Deutschland entstanden), habe ich einige Bilder hinzugefügt, die heute in Dresden aufgenommen wurden. Wie Sie sehen, trägt Julien das Halstuch, das Sie ihm erst kürzlich geschenkt haben.
Ich hoffe, ich kann Sie auf diese Weise vor einer riesigen

Dummheit bewahren, nämlich diesen Schürzenjäger zu heiraten!

In tiefer Verbundenheit verbleibe ich,
Ihr ergebenster Diener

Die Unterschrift aber war unleserlich. Marie sah zu Véronique: »Das hat nie im Leben dein Lucius geschrieben! Bestimmt war es der widerliche de la Fontaine! Trotzdem, ich, ich kann nicht mehr.« Véronique nahm wahr, dass ihre Freundin kurz davor war, ohnmächtig zu werden, und sie begann rasch zu beten und fühlte, wie in ihr eigenes Herz die Zuversicht zurückkehrte, die sie der Freundin so sehr wünschte:

Geliebte Maria, geliebte Mutter unser aller,
aus tiefstem Herzen bitte ich dich, nimm dich deines Kindes an.
Lass deine göttliche Gnade walten, um Marie wieder ihren Lebensmut zurückzugeben.
So gebe ich nun meine geliebte Marie in deine Obhut.
Ich danke dir!

Irgendwie musste sie der Freundin Mut einflößen, das wusste sie. Ein neuer Plan und Ablenkung – und warum nur konnte sie nicht an Juliens Treue glauben? Véronique sah Marie fest in die Augen und sagte: »Das kommt nicht von Lucius. Du weißt, wer es auf dich abgesehen hat.«

Marie blieb stumm, doch ihre Augen verrieten ihren Schmerz. Véronique wusste, sie musste allein handeln. Sie gab Marie ein Beruhigungsmittel und blieb bei ihr, bis sie eingeschlafen war. Dann aber schrieb sie Julien eine SMS.

JULIEN

DRESDEN/PARIS, 22. AUF 23. SEPTEMBER 2013

Erst am Abend nach Ende der langen Probe war Julien endlich allein in seinem Hotelzimmer. Die intensive Arbeit am »Lohengrin« hatte ihn erschöpft, doch er genoss das Gefühl. Jetzt fehlte nur eines zu seinem Glück: Ein langes Telefonat mit Marie. Er zog sein Handy hervor und sah, dass Véronique eine SMS geschrieben hatte. Marie ginge es nicht gut? Wegen Fotos von ihm und Ekatarina? Julien schüttelte den Kopf, überlegte kurz, und dann schrieb er Véronique:

Aber Véronique, du glaubst doch nicht etwa,
dass ich wieder mit Ekaterina zusammen bin?
Du weißt doch ganz genau, dass unsere Beziehung
seit knapp drei Jahren beendet ist und die Fotos von
unserem gemeinsamen Urlaub im Sommer 2010
an der Côte d'Azur stammen müssen.
Wir haben heute die Mittagspause zusammen verbracht.
Sie ist eine alte Freundin, mehr nicht!
Bitte zeig diese SMS meiner Marie, ich liebe sie über alles!
Julien

Es kam ihm wie Stunden vor, bis die Antwort mit einem Ping endlich aufleuchtete.

Das ist richtig, Julien.
Aber was ist mit den neuen Fotos,
die eindeutig in den letzten Tagen
in Dresden aufgenommen worden sind?
Ihr beide scheint definitiv sehr vertraulich
miteinander umzugehen.
Auf einem der Fotos küsst dich Ekaterina
ganz offensichtlich …

Entsetzt starrte Julien auf Véroniques Zeilen. Das konnte beim besten Willen nicht sein. Natürlich gingen Ekaterina und er sehr freundschaftlich miteinander um, aber Ekaterina hatte ihn definitiv nicht geküsst!

Julien hatte das Gefühl, den Boden unter den Füßen zu verlieren, doch er musste alles tun, um Marie und Véronique von seiner Unschuld zu überzeugen.

Liebe Véronique,
bitte glaube mir, zwischen Ekaterina und mir
besteht heute nur noch eine gute Freundschaft.
Nichts weiter!
Ich schwöre es dir beim Namen von Jesus Christus!
Ich habe sie nicht geküsst. Das muss eine Fotomontage
sein …
Glaubst du wirklich, ich hätte mein Leben für Marie riskiert,
wenn ich noch mit Ekaterina zusammen wäre?
Hast du schon daran gedacht, dass uns vielleicht
jemand auseinanderbringen will?

Nachdem es nicht gelungen ist, Marie unschädlich zu machen, ist das doch eine logische Konsequenz!
Und schließlich gibt es Photoshop!

Véronique seufzte erleichtert auf, denn eigentlich hatte sie nichts Anderes von Julien erwartet.

Mein Lieber,
ich glaube dir doch!
Ich selbst hatte eine ähnliche Vermutung.
Doch um mich geht es hier nicht,
sondern um Marie.
Und sie scheint davon besessen zu sein,
dich aus ihrem Leben zu streichen …
Es tut mir so leid …
Wir können nur beten,
dass irgendwie die Wahrheit herauskommt!
Sei gewiss, ich werde versuchen,
deine Worte zu übermitteln.

Als Julien Véroniques Botschaft las, hatte er das Gefühl, ein Dolch durchbohre ihm das Herz. Genauso entsetzlich musste sich Lohengrin gefühlt haben, als Elsa ihm nicht vertrauen konnte und von ihm verlangte, seinen Namen preiszugeben, obwohl er sie immer wieder bat, dies nicht zu tun, weil das bedeute, dass sie für immer voneinander getrennt sein würden.

Was hatte er nur verbrochen, dass Marie ihm derart misstraute?

Sein Herz war schwer, und Julien wusste, dass er dringend etwas tun musste, um seinen Schmerz loszuwerden. Auch wenn es schon sehr spät war und er in einem Hotel wohnte, wusste er keinen anderen Ausweg als zu singen. Dieses Mal stand ihm der Sinn jedoch nicht nach einer Opernarie, sondern dem Chanson »Je suis malade«, den er als Student immer dann gesungen hatte, wenn etwas ihn bedrückte.

Juliens Stimme klang wie ein einziges Flehen, als wolle er Marie mitteilen, wie sehr er litt. Und als er die Worte sang »Cet amour me tue« – »Diese Liebe bringt mich um«, hätte die Intensität seines Gesangs auch den härtesten Stein erweicht.

Das Singen hatte ihm Erleichterung verschafft, aber auch die Erinnerung daran, dass seine Mutter ihm angekündigt hatte, es werde noch eine schwierige Zeit auf ihn und Marie zukommen. Sollte er nicht Trost finden in dem Gedanken, dass auch dieser Kummer zu seinem vorgezeichneten Schicksalsweg gehörte?

Er nahm das Tagebuch seiner Mutter vor und fand tatsächlich einen Eintrag, der sich auf seine Situation bezog:

> *Julien, ich bitte dich, mache dich darauf gefasst, dass ihr, Marie und du, Steine in den Weg gelegt bekommen werdet, wenn ihr ein Paar seid, da die dunklen Mächte alles tun werden, um eine solch reine Liebe zu zerstören.*
> *Wundere dich über nichts!*
> *Sei jedoch bereit, alles zu tun, um für diese Verbindung zu kämpfen.*
> *Auch wenn Lohengrin seine Elsa verlassen musste, weil sie nicht in der Lage war, ihm restlos zu vertrauen, gilt das nicht für dich, egal, was geschieht. Hörst du, mein Sohn?*

Wie konnte es nur sein, dass seine Mutter bereits vor 23 Jahren gewusst hatte, was alles auf ihn einstürmen würde? Julien war fest entschlossen, seine geliebte Marie nicht aufzugeben.

Er schrieb Véronique impulsiv eine weitere SMS:

Ich breche hier alles ab und komme zu euch nach Paris.
Marie ist mir tausendmal mehr wert als »Lohengrin«.

Diesmal kam die Antwort schneller:

Lieber Julien,
bitte tu das nicht! Ich flehe dich an!
Marie würde dich auf der Stelle rauswerfen,
denn schnell herzukommen beweist gar nichts.
Außerdem ist »Lohengrin« vielleicht ein Schlüssel
für eure weiteren Nachforschungen.
Bitte bleib in Dresden, bis ich neue Nachrichten
für dich habe!
Und nun lass uns versuchen zu schlafen …
Bonne nuit!
Bises

VÉRONIQUE

PARIS, 23. SEPTEMBER 2013

Véronique aber war wieder aufgeschreckt. Es musste doch einen anderen Weg geben, Juliens Unschuld zu beweisen. Wenn das Kuvert doch nur wirklich von Lucius gekommen wäre. Sie nahm den Begleitbrief noch einmal vor und las ihn genauer. Vielleicht stand ja etwas darin, was ihr helfen würde. Dann betrachtete sie die Fotos, eins nach dem anderen. Tatsächlich, da war es, das Halstuch, das Marie Julien vor der Abfahrt gekauft hatte. Das war ein Indiz, was dafür sprach, dass ihre Feinde das Kuvert an Marie geschickt hatten, um sie zu verwirren. Der Schreiber des Briefes hatte Informationen von den Personen, die sie beschatteten. Lucius musste doch etwas darüber wissen, bestimmt wusste er etwas. Véronique setzte sich im Bett auf und verband ihren Geist mit Hilfe von Erzengel Michael mit ihrem eigenen Höheren Selbst. Sie trat in Verbindung mit Lucius und hoffte, dass er ihren Hilferuf spürte. Sie wusste keinen anderen Weg, an ihn heranzutreten, ohne dass die Beobachter es mitbekämen. Aber Lucius musste doch ihr Drängen wahrnehmen. Bestimmt war es so. Véronique blieb so lange sitzen, bis sie sicher war, dass die Botschaft angekommen war.

MARIE

PARIS/DRESDEN, 23. SEPTEMBER 2013

Eine Taube gurrte, und Marie setzte sich benommen auf. Das Gurren war nicht in ihren Träumen, da war sie wirklich, eine weiße Taube auf ihrem Fenstersitz. Vielleicht war ja noch nicht alles verloren. Hatte sie das nur geträumt von Julien und dieser, dieser anderen Frau? Marie weigerte sich, den Namen auch nur zu denken. Sofort stand ihr Gesicht wieder vor ihrem inneren Auge, und sie verfluchte den Überbringer der Bilder aus ganzem Herzen. Das Gegurre der Taube lenkte sie ab, und ihr Blick fiel auf die Gestalt im Bett neben sich. Véronique, die treue Seele, lag neben ihr. Selbst im Schlaf noch sah sie ihr an, dass auch sie die Nachricht von Juliens Untreue mitgenommen hatte.

»Véronique, bist du schon wach?«, flüsterte Marie zaghaft.

»Ja«, seufzte Véronique und zwinkerte im Licht der Sonnenstrahlen. »Marie, sag, hast du denn einigermaßen geschlafen?«

»Die Taube hat mich geweckt«, Marie deutete auf das Fenster. »Wenn ich nur wüsste, was ich jetzt tun soll.«

»An deiner Stelle würde ich als Erstes mit Julien sprechen«, setzte Véronique an.

»Nein! Das kommt überhaupt nicht in Frage!«, sagte Marie

entschieden, und als habe der Klang ihrer Stimme sie aufgeschreckt, flatterte die Taube auf.

Beruhigend strich Véronique über Maries Arm:

»Nun hör mir doch einfach einmal zu. Ich verstehe, dass du verletzt bist. Aber hast du bisher ein einziges Mal an Julien gedacht? Er hat dich gestern verzweifelt versucht anzurufen.«

Marie wurde hellhörig: »Hat er das?«

»Ja, du brauchst nur auf dein Handy zu schauen. Jedenfalls hat er daraufhin mich kontaktiert, da er nicht verstehen konnte, weshalb du dich gestern nicht mehr bei ihm gemeldet hast. Er war vollkommen geschockt, als ich ihm von dem Brief und den Fotos erzählt habe. Er hat mir geschworen, dass er nicht mit Ekaterina zusammen ist. Er ist sich ebenso wie ich sicher, dass diese Fotos manipuliert und zusammengeschnitten wurden. Überhaupt, ich wollte dich gestern Abend damit nicht belasten, aber ist dir nicht aufgefallen, dass der Schreiber des Briefes bestens über jeden deiner Schritte informiert ist? Woher sollte der sonst wissen, dass du Julien ein Halstuch gekauft hast?«

»Oh mein Gott!«, stöhnte Marie auf. »Du meinst, das ist ein perfider Plan, um Julien und mich auseinander zu bringen?«

»Davon gehe ich aus«, erwiderte Véronique sichtlich erleichtert, dass Marie mit sich reden ließ.

JULIEN

DRESDEN, 23. SEPTEMBER 2013

Julien betrat den Frühstücksraum des Grand Hotels wie in Trance, nach einer Meditation am frühen Morgen, war es ihm gelungen, seine Privatprobleme aus dem Kopf zu bekommen. Er hatte sich die Partitur vorgenommen, und nun waren sie wieder lebendig in ihm, die Melodien und Sätze, die er zum Glück erst am nächsten Tag auf der Bühne verkörpern sollte. Am liebsten hätte er das Frühstück ganz ausfallen lassen und sich gleich in die Arbeit gestürzt, aber er war mit Ekaterina verabredet und wollte sie nicht versetzen. Erst musste er noch klären, was sie über diese infame Lüge dachte, sie beide wären wieder zusammen. Vielleicht konnte sie ja Marie schreiben und ihr erklären …

Julien zuckte zusammen, als er den Frühstücksraum betrat und sie vor sich sah. War er doch in Gedanken wieder abgedriftet zu der Frage, wie seine Beziehung zu Ekaterina aussah, statt sich auf Lohengrin zu konzentrieren. Ihr Lächeln war angespannt, oder kam ihm das nur so vor? Kaum hatte er sich hingesetzt, da reichte sie ihm wortlos eine Zeitung.

Entgeistert starrte Julien auf die Schlagzeile »*Star-Tenor verlässt Marie Chevalier*«. Dann sah er Ekaterina in die Augen und suchte Bestätigung, dass er sich nicht verlesen hatte und dass es tatsächlich dastand.

Ekaterina aber nickte, lachte laut auf, als sie sein verdattertes Gesicht sah, und sagte: »Die müssen sich mal wieder sehr langweilen, hier bei der Zeitung. Aus einer harmlosen Mittagspause in der Sonne so ein Lügenmärchen zu dichten …«

Juliens Lächeln war weniger froh: »Ach, Ekaterina, so einfach ist das nicht. Marie hat Wind davon bekommen, gestern schon, dass man uns das andichtet. Und wir kennen uns noch nicht gut genug, als dass sie sofort wüsste, dass das nur ein böser Scherz ist.«

Ekaterina sah ihn betroffen an. »Wenn ich da irgendetwas für dich tun kann?«

Julien wischte sich über die Augen und schluckte. Er musste einen Plan machen. Erst aber musste er loswerden, was ihm auf der Seele lag:

»Das ist eine absolute Katastrophe.«

Besorgt legte ihm Ekaterina einen Arm um die Schultern und hob fragend die Augenbrauen.

»Marie hat gestern von einem anonymen Absender Fotos von uns bekommen, weißt du, von unserer gemeinsamen Zeit an der Côte d'Azur. Außerdem Fotomontagen von den letzten Tagen. Und jetzt will sie nichts mehr mit mir zu tun haben. Wenn sie auch noch diese Zeitung zu Gesicht bekommt, ist alles aus und vorbei, bevor es richtig angefangen hat.« Juliens Stimme verriet, wie sehr ihn der Gedanke bedrückte.

»Verstehe, aber gib nicht auf, Julien! Wir beide wissen, dass an diesen neuen Gerüchten über uns nichts dran ist.« Und nach einer Pause sagte sie: »Was hältst du davon, wenn ich mit Marie spreche und ihr erkläre, dass sie sich keinerlei Sorgen zu machen braucht, da wir seit Jahren nur noch gute Freunde sind?«

Überrascht schaute Julien auf. »Das würdest du für mich tun?«

»Aber natürlich!«, rief Ekaterina. »Ich sehe doch, wie sehr du leidest, und ich habe außerdem in den letzten Tagen deutlich mitbekommen, was dir diese Frau bedeutet.«

»Ich danke dir von Herzen.« Juliens Stimme klang bereits wieder ein bisschen hoffnungsvoller. »Doch ich muss erst einmal innerlich zur Ruhe kommen und nachdenken. Das verstehst du doch? Wie sollte ich sonst morgen singen können?«

»Selbstverständlich!«

Julien schloss die Augen, dann griff er nach der Kanne und schenkte sich von dem grünen Tee ein. Etwas zu Essen hätte er nicht heruntergebracht. Nach einigen Schlucken Tee aber wusste er auf einmal, was er zu tun wollte.

»Ekaterina, ist es in Ordnung, wenn ich dich alleine lasse? Ich muss dringend einen Spaziergang machen. Ich möchte mir den Kopf freimachen.«

»Klar, mein Lieber! Allerdings solltest du dich besser gut verkleiden. Draußen vor dem Hotel wartet vermutlich bereits eine Horde Reporter.«

»Mein Gott! Du hast ja recht! Daran hätte ich jetzt überhaupt nicht gedacht …«

»Ich habe eine Idee.« Ekaterina sah ihn munter an: »Komm mit ins Foyer, da kaufen wir dir eine Sonnenbrille und auch noch ein Käppi, und mit ein bisschen Gel in den Haaren, siehst du bestimmt gleich ganz anders aus. Wie gut, dass du Bühnenerfahrung hast. Spiel ihnen den amerikanischen Touristen vor, dann bleibst du unerkannt.«

VÉRONIQUE

PARIS, 23. SEPTEMBER 2013

Véronique öffnete zögernd die Tür. Sie hatte sich rasch einen Morgenrock übergeworfen, als es klingelte, aber am liebsten wäre ihr gewesen, sie hätte ganz in Ruhe mit Marie frühstücken können ohne jede weitere Störung.

Ein Fahrradkurier stand da und reckte ihr einen Umschlag entgegen. Wie automatisch unterschrieb sie mit dem Stift, den er ihr hinhielt, und dann zog sie sich wieder in die Wohnung zurück. Schon wieder eine Nachricht ohne Absender. Véronique überlegte, ob sie überhaupt in den Umschlag schauen wollte. Aber er war an Marie adressiert, sie musste entscheiden.

»Am besten, du wirfst das gleich weg«, sagte sie und gesellte sich zu Marie, die in der Küche gerade Wasser aufsetzte.

»Wer war das denn?« Marie drehte sich um, doch Véronique hätte sie unmöglich aufhalten können, denn kaum hatte sie den Umschlag gesehen, lag er schon aufgerissen auf dem Boden, und Marie starrte auf die Zeitung, die sie herausgezogen hatte.

Véronique sah ihr über die Schulter und las entsetzt die Schlagzeile. Sie konnte Marie gerade noch auffangen, die neben ihr zu Boden sackte. Véronique war gut geschult, sie wusste, mit einer Ohnmacht umzugehen. Doch Marie war so blass und kam nicht wieder zu sich. Beine hochlegen, einen kalten Lappen auf die Stirn – das alles half nichts. Véronique legte der Freundin noch ein weiches Kissen unter den Kopf, dann checkte sie die Narbe. Zum Glück sah alles normal aus, sie hatte sich die Wunde nicht wieder aufgerissen. Das war schon mal was. Dann aber rief sie den Hausarzt an, der gleich vorbeikommen wollte. Véronique kniete sich neben Marie und begann zu beten.

LUCIUS

PARIS, 23. SEPTEMBER 2013

»Mein Plan ist also perfekt aufgegangen.« Monsieur de la Fontaine lachte sich ins Fäustchen.

Lucius, der gerade in sein Büro getreten war, sah ihn erstaunt an. Der Maître und ein herzhaftes Lachen – das schien so gar nicht zu ihm zu passen.

»Was macht dich so glücklich?«, fragte er neugierig.

»Ich habe soeben von Simon und Gérard erfahren, dass gerade der Hausarzt bei Marie aufgetaucht ist. Er war in Eile, und Véronique soll beunruhigt gewirkt haben. Ich freue mich richtig, dass ich endlich mal wieder Erfolg hatte mit einer Aktion. Dabei war das so simpel diesmal.«

Lucius lief ein Schauer über den Rücken, aber er versuchte, sich nichts anmerken zu lassen. »Was hast du denn gemacht, dass Marie krank geworden ist?« Die schrecklichsten Gedanken stürmten durch Lucius' Kopf. Dann aber reagierte er und drückte bei seinem Handy auf Aufnahme. Er hatte sich längst entschieden. Und bestimmt konnte er das Material einmal gegen de la Fontaine verwenden.

»Ich habe alte Fotos von Julien de la Tour und Ekaterina Kurkova herausgesucht und bearbeiten lassen. Gestern hat ein Kurier Fotos abgeliefert bei dieser Marie, auf denen die beiden sich küssen. Und gerade war wieder ein Kurier bei ihr mit einer deutschen Zeitung. Laut der Schlagzeile hat Julien sie für Ekaterina verlassen. Ein genialer Schachzug. Und so simpel wie effektiv. Das war ein Kinderspiel, die Information der Presse unterzujubeln. Prompt klappt sie zusammen, Notarzt her.«

Maurice de la Fontaine lächelte selbstzufrieden und schien gar keine Reaktion zu erwarten, doch Lucius wusste, noch vor einem Monat hätte er sich nichts dabei gedacht, den Maître für die Aktion zu gratulieren. »Kompliment, Maurice!« Er hörte selbst, wie unecht er klang, und enthusiastischer fuhr er fort: »Das ist eine fantastische Idee, erst bringst du die beiden auseinander, und dann ist Marie ein leichteres Opfer.«

»Ja, das ist unsere Chance, sie sind zu zweit zu selbstsicher. Wenn sie endlich mürbe ist, wird sie zu Wachs in meinen Händen, und ich kann mit ihr machen, was ich will.«

»Verstehe!«, erwiderte Lucius lächelnd. »Das nutze ich doch gerne aus, du wirst entschuldigen, aber dann kann ich ja beruhigt eine Runde trainieren gehen, oder?«

»Ja, ja! Geh du nur«, meinte Monsieur de la Fontaine leichthin. »Ich habe absolut alles im Griff.«

»Das denkst auch nur du!« Lucius knurrte grimmig. Dann verabschiedete er sich mit dem gewohnt freundlichen »Bonne chance!«

Lucius grübelte hin und her, sollte er sich direkt an Marie wenden, ihr alles erzählen? Oder sollte er Véronique einweihen? Das Herz schlug ihm höher bei dem Gedanken. Er könnte auch Julien anrufen. Die Handynummer hatte er ja jetzt. Oder aber – er behielt alles noch für sich und wartete ab, die beiden waren ein unglaubliches Paar, die ließen sich doch nicht so leicht auseinanderbringen. Lucius war froh, als er bei Xiao Lin ankam, er wusste, während des Trainings könnte er alle Intrigen vergessen.

Xiao Lin hatte ihn nur kurz gemustert und ihn dann zu seinem heiligen Ort geführt. Er goss ihm eine Schale Tee ein und sagte: »Du brauchst Klarheit für deine Gedanken. Wer den rechten Weg kennt, der handelt recht.«

Lucius spürte, wie er innerlich zur Ruhe kam. In Xiao Lins Gegenwart schien kein Zweifel möglich, dass es wirklich so etwas gab wie einen richtigen Weg.

Xiao Lin blickte ihn über den Rand seiner Teeschale an und sagte mit lachenden Augen: »Ich bin stolz auf dich, mein Sohn! Du bist wahrhaftig dabei, den richtigen Weg wiederzufinden.«

Erstaunt schaute Lucius seinen geliebten Lehrer an. Hatte er gerade wirklich seine Gedanken gelesen: »Ich habe doch gar nichts Besonderes getan.«

»Das denkst du«, schmunzelte Xiao Lin. »Ich sehe das anders. Marie aber braucht unsere Hilfe. Der Schock ist für sie zu gefährlich.«

Lucius nickte und starrte ihn an. Er würde sich nie ganz daran gewöhnen, dass der Meister so viel wusste.

»Ich kenne den Weg. Doch handeln musst du.«

»Was soll ich deiner Meinung nach tun?«, fragte Lucius.

»Ich habe einen guten Freund. Er ist Priester in Sacré-Cœur. Er wird dir helfen, das Rechte zu tun.«

Lucius stammelte: »… das Rechte. Ja.« Was nur war es, was der Meister von ihm wollte, er selbst hatte sich den Kopf zerbrochen, aber die Entscheidung, was jetzt das Richtige war, erschien ihm nicht so leicht.

»Bleib und komm zur Ruhe. Ich bereite alles vor.« Xiao Lin erhob sich in einer fließenden Bewegung, dann verließ er den Raum.

Lucius setzte sich im Lotussitz auf die Matte und begann, seinen Geist zu entleeren, indem er im Stillen das Mantra rezitierte, das Xiao Lin ihm vor Jahren übergeben hatte. Es gelang ihm nicht immer, Ruhe zu finden. Lieber wäre ihm gewesen, der Meister hätte mit ihm gekämpft. Ausgepowert konnte er leichter den Sinneszustand hervorrufen, der zur Erleuchtung des Geistes führte, das wusste er. Lucius seufzte, dann aber spürte er, wie er innerlich immer mehr zur Ruhe kam und sich eine kristalline Klarheit in ihm ausbreitete.

JULIEN

DRESDEN, 23. SEPTEMBER 2013

Dem Touristen mit der auffallenden Sonnenbrille folgte niemand. Julien drehte sich ein paarmal um, dann lächelte er zufrieden. Wenigstens dieser Trick hatte geklappt, gut, dass Ekaterina die Idee gehabt hatte. Wohin er wollte, hatte er ihr allerdings nicht verraten. Er wusste, sie hielt nichts von seiner Spiritualität, hatte ihn oft beim Meditieren gestört oder sich darüber lustig gemacht. Das war einer der Gründe, warum er sie verlassen hatte.

Nachdem sich Julien vergewissert hatte, dass ihm weiterhin niemand nachkam, bog er links an der Rückseite der Hofkirche vorbei auf den schnellsten Weg zu der Brühlschen Terrasse. Im Laufschritt nahm er die Stufen, lief durch den kleinen Hain, der sich vor ihm auftat, um sich an das Geländer zu lehnen und auf die Elbe zu blicken. Langsam setzte er seinen Weg an der Elbe entlang fort, vorbei an der Kunstakademie, deren Hauptkuppel mit dem wunderschönen goldenen Erzengel Gabriel darauf er besonders liebte, dann ging er die Treppen rechter Hand hinunter und bog nochmals rechts ab. Bald lag das Gotteshaus vor ihm, in dem er mit seinen Sorgen Zuflucht finden wollte.

Das beeindruckende Gebäude der Frauenkirche erhob sich

vor ihm, und Julien hielt inne, um den vertrauten Anblick mit seinem ganzen Sein in sich aufnehmen. Sein Blick wanderte von unten hinauf gen Himmel und schwebte eine Weile mit einer weißen Taube über dem goldenen Kreuz der Kuppel. Er blinzelte kurz, um sich zu vergewissern, dass ihm seine Augen keinen Streich spielten. Als er sich davon überzeugt hatte, dass es tatsächlich eine Friedensbotin war, stieg ein tiefes Gefühl der Dankbarkeit in ihm auf, für die Gnade dieses Zeichens, das ihm zuteilgeworden war. Denn er wusste nun, dass alles gut werden würde.

Zu seiner Freude hielten sich nur wenige Touristen in der Kirche auf. Er setzte sich direkt am Gang in die siebte Reihe, denn dort hatte man, wie er wusste, das Gefühl, als würde man direkt unter der Kuppel mit dem Auge Gottes sitzen, jedenfalls hatte er das immer so empfunden. Er lächelte unwillkürlich, denn er liebte die Frauenkirche über alles, war dies doch das einzige Gotteshaus, das er kannte, in dem kein leidender Christus am Kreuz zu finden war. Seine Mutter hatte ihm früh anvertraut, dass dies vollkommen im Sinn von Jesus Christus war, schließlich ging es in Wahrheit um seine Auferstehung und nicht um die Kreuzigung.

Andächtig blickte Julien hinauf zu dem strahlenden, himmelblauen Auge, dessen schwarze Pupille von einem goldenen Rand umkränzt war. Es fühlte sich an, als würde sich sein Sternentor auf unbekannte Art und Weise öffnen.

In diesem Augenblick erschien eine Gestalt in einem leuchtenden, tiefroten Mantel vor ihm, die ebenfalls zu schweben schien. Als sie sich ihm zuwandte, erkannte er Maria Magdalena, die ihn voller Mitgefühl anschaute. Da hob sie anmutig die linke Hand und strich ihm sanft über die Wange, bevor sie mit ihrer melodiösen Stimme zu ihm sprach:

»Mein geliebter Bruder, glaube mir, ich verstehe deinen Schmerz, doch mache dir keine Sorgen! Es wird alles gut werden, denn auch wir verstehen es, im Hintergrund unsere Fäden zu ziehen. Widme du dich dem Lohengrin, und meines Rätsels Lösung wird sich dir von selbst enthüllen.«

Mit einem zauberhaften Lächeln, das ihre wunderschönen, vollen Lippen umspielte, entschwand sie ebenso licht, wie sie gekommen war.

Mit einem heftigen Ruck, wurde er sich seines Körpers erneut bewusst. Und auch die Erkenntnis durchströmte ihn, dass er darauf vertrauen durfte: Marie und er gehörten zusammen, und sie würden wieder zusammenkommen. Wie von selbst, blickte er empor zu dem Auge Gottes und dankte ihm in einem inbrünstigen Gebet dafür, dass er ihm zu Hilfe gekommen war. Dankbar erkannte er, dass Véronique recht gehabt hatte: Seine Aufgabe erwartete ihn hier in Dresden, und er freute sich auf den »Lohengrin«. Was für ein Geschenk des Himmels war es, dass Véronique sowohl ihm als auch Marie eine treue Freundin war und dass sie immer den richtigen Rat zu geben wusste. Bald würde er zu neuen Erkenntnissen gelangen, wenn er nur mit Inbrunst den Lohengrin verkörperte. Nichts sollte ihn von dieser Aufgabe ablenken.

VÉRONIQUE

PARIS, 23. SEPTEMBER 2013

Véronique ärgerte sich über sich selbst. Sie hatte angenommen, der Arzt sei noch einmal zurückgekommen, als es an der Tür läutete. Marie ging es schon besser, der Arzt hatte ihr ein Mittel zur Kreislaufstabilisierung gegeben, und daher war Véronique eigentlich recht beschwingt zur Wohnungstür gelaufen. Und nun dies: Ein Kurier stand da und hielt ihr ein kleines Kuvert hin.

Véronique zögerte, atmete ein und wieder aus, dann aber sah sie noch einmal genauer hin: Der Umschlag sah genauso aus wie der, den Lucius vor wenigen Tagen hatte überbringen lassen. Ihr Herz machte einen Sprung, und sie nahm den Umschlag mit einem Nicken an sich.

Sofort riss sie das Kuvert auf: Tatsächlich, der Brief stammte von Lucius, denn sie erkannte seine Handschrift wieder.

»Marie«, rief sie, »Stell dir vor, Lucius hat geschrieben!«

»Schön für dich.« Marie hörte sich noch immer viel zu kraftlos an.

»Willst du denn gar nicht wissen, was er schreibt?«, versuchte Véronique, die Freundin neugierig zu machen, die im Bett saß und müde zu ihr herüber blinzelte.

Inzwischen hatte Véronique die Zeilen überflogen und wusste, dass ihre telepathische Botschaft bei Lucius angekommen war.

»Jetzt sag schon, was er schreibt! Will er dich wiedersehen?«

»Ja, schon möglich«, erwiderte Véronique lächelnd.

»Nun lass dir doch nicht jedes Wort aus der Nase ziehen! Ich sehe doch, dass du glücklich bist«, rief Marie ungeduldig.

»Ich lese dir den Brief vor:

Liebe Marie und meine liebe Véronique,
es tut mir leid, was in den letzten Tagen geschehen ist.
Ich wusste wirklich nichts davon, sonst hätte ich euch vorgewarnt.
Ich kann nur ahnen, was Marie durchgemacht hat.
Marie, ich hoffe sehr, dass du nicht glaubst, was in den Zeitungen über Julien und diese andere Frau verbreitet wurde. Ich kann dir beweisen, dass alles ein von der Gesellschaft eingefädelter Plan war. Denke an Lohengrin.

Véronique unterbrach sich und sagte:

»Das klingt doch wunderbar, ma chère! Was meinst du?«

»Lies bitte weiter«, bat Marie mit Tränen in den Augen.

»Willst du mich heute um einundzwanzig Uhr in dem Beichtstuhl in der Chapelle des confessions in unserer Basilika treffen? Ich werde dort anstelle des Priesters auf dich warten und dir beweisen, dass es keinen Grund gibt, Julien zu verurteilen. Ich würde mich freuen, wenn du, Véronique, deine Freundin begleiten und über sie wachen wolltest, während wir sprechen. Ihr wisst ja, dass Ihr nach wie vor beschattet werdet. Aus diesem Grund werde ich lange

vor euch eintreffen, damit mich niemand mit euch in Verbindung bringt. Seid vorsichtig! Wenn das alles für euch passt, zieht bitte wieder den Vorhang zu.

Alles Liebe
Lucius

Marie schlug sich die Hände vors Gesicht und begann, bitterlich zu weinen. »Oh mein Gott, was habe ich Julien nur angetan! Ist das nicht entsetzlich?«

»Nun beruhige dich doch!«, versuchte Véronique Marie zu besänftigen.

»Nein, weder dir noch Julien wäre das jemals passiert, weil euer Vertrauen viel größer ist als meines.«

Zärtlich strich Véronique Marie übers Haar und meinte: »Chérie, darum geht es doch jetzt gar nicht, sondern einzig und allein darum, dass sich alles klären wird. Also was ist? Treffen wir nun Lucius oder nicht?«

»Natürlich gehen wir in die Basilika. Zieh sofort den Vorhang zu, bitte.«

LUCIUS

PARIS, 23. SEPTEMBER 2013

Erleichtert beobachtete Lucius, dass der Vorhang in Maries Wohnung zugezogen wurde. Er freute sich, dass es Marie wohl besser gehen musste, wenn sie tatsächlich die Wohnung verlassen und in die Kirche kommen konnte. Hoffentlich würde Véronique sie begleiten.

Bei diesem Gedanken begann sein Herz schneller zu schlagen. Er rief sich jedoch augenblicklich zur Vernunft, denn schließlich ging es im Moment weder um ihn noch um Véronique, sondern einzig und allein um die entsetzliche Lüge, die Monsieur de la Fontaine und seine Handlanger in die Welt gesetzt hatten. Er sah Xiao Lin vor sich und wusste, er war auf dem rechten Weg.

Lucius ließ das Motorrad nicht weit von Maries Zuhause stehen und machte sich auf den Weg zur Basilika Sacré-Cœur, wo er mit einem Priester namens Auguste verabredet war. Nie hätte er zuvor gedacht, dass Xiao Lin ausgerechnet mit einem katholischen Priester befreundet war, auf der anderen Seite diente sein Meister allem Spirituellen, gewiss fanden sie gemeinsame Themen. Lucius hatte sich allerdings gefragt, was die wahre Aufgabe seines Lehrers in dieser Welt war. Er schien offensichtlich mehr Fäden in den Händen zu halten, als ihm zuvor bewusst gewesen war. Waren denn alle älteren Männer in seinem Leben, de la Fontaine, Xiao Lin, von Geheimnissen umgeben?

Nachdenklich stieg Lucius die endlosen Treppen empor, vergaß darüber aber nicht, routiniert die Umgebung zu checken. Er musste absolut sicher sein, dass ihm niemand folgte, schließlich wollte er weder Marie noch Véronique gefährden.

Wie mit Xiao Lin und Auguste vereinbart, schlenderte er ganz unbefangen durch die Kirche, bis es an der Zeit war, in der zur Chapelle des confessions zu verschwinden, vorgeblich um dort zu beichten.

Dort wurde er bereits erwartet. Er ließ eine Frau in Ruhe fortgehen, dann aber schüttelte er dem Priester die Hand, der ihn herzlich willkommen hieß:

»Ich bin Auguste, und ich freue mich sehr, der reinen Sache dienen zu dürfen!«

Verwundert blickte Lucius ihn an. Was hatte das alles zu bedeuten? Was meinte Auguste wohl mit »der reinen Sache«? Konnte es sein, dass sowohl er als auch Xiao Lin vertraut waren mit dem Gedanken an eine Blutlinie? Waren sie heimliche Unterstützer der Sache? Was wusste der Mann über seine Suche nach den Eltern, seiner Herkunft und über seine Angehörigkeit zur Geheimgesellschaft?

Auguste hatte seinen fragenden Blick wohl bemerkt, denn er sagte leichthin: »Wie ich sehe, hat dir Xiao Lin nicht viel über mich erzählt, Lucius, aber das macht nichts. Es geht nicht um uns, sondern darum Marie Madeleine Chevalier und Julien de la Tour in ihrer Mission zu unterstützen. Also lass uns zur Sache kommen. Hier ist ein Priestergewand, das dir passen müsste. Auch eine Perücke habe ich für dich organisiert für den Fall, dass noch jemand vor oder nach Marie in den Beichtstuhl kommen sollte. Du kennst dich aus?«

Lucius nickte und unterdrückte ein Grinsen. Ausgerechnet ein Mann der Kirche verhalf ihm dazu, sich als falscher Priester auszugeben. Er war Verkleidungen gewohnt und setzte sich geübt die dunkelhaarige Perücke auf. Um das Bild komplett zu machen, reichte ihm Auguste schmunzelnd eine dunkle Hornbrille.

»Ich denke, nun würde Sie nicht einmal mehr Ihre Mutter auf den ersten Blick erkennen, Lucius!«

Lucius zuckte unwillkürlich zusammen, als der Priester seine Mutter erwähnte.

»Oh, es tut mir leid. Ihre Mutter weilt wohl nicht mehr unter den Lebenden?«

»Sie konnten das ja nicht wissen.«

»Das ist zwar richtig, dennoch sollte man mit seinen Äußerungen achtsamer sein, als ich es in diesem Augenblick gewesen bin«, erwiderte Auguste demütig.

»Kein Wunder, dass dieser Mann ein Freund von Xiao Lin ist!«, dachte Lucius und nickte dankbar.

Auguste wiederholte ihm noch einmal alles, was er über das Beichtverfahren wissen musste, aber Lucius versicherte ihm, mit dem Ablauf vertraut zu sein.

»Fühlen Sie sich bereit? Kann ich Sie ab jetzt alleine lassen?«, fragte Auguste freundlich.

»Ja. Und Auguste: Ich danke Ihnen von Herzen, dass Sie mir helfen.«

Mit einer kurzen Umarmung verabschiedeten sich die beiden Männer voneinander, und Auguste verließ den Raum.

Die nächste Person, die den Vorhang vor der Chapelle beiseite zog, war niemand anders als Marie. Lucius registrierte erfreut, dass sie vor Aufregung gerötete Wangen hatte, aber sonst wirkte sie gesund und munter, sie duftete nach ihrem Parfum und hatte wie gewohnt hochhackige Schuhe an. Er war froh, dass sie nicht ernsthaft an den Folgen des Schocks litt, die ihr die üblen Nachrichten versetzt hatten. Marie aber zuckte zurück, und es dauerte eine Schrecksekunde, bis Lucius sich erinnerte: Er sah ja vollkommen anders aus.

Er lächelte sie an und legte den Finger an die Lippen. Dann zog er eine Strähne seines blonden Haars unter der Perücke hervor und versteckte sie gleich wieder. Marie aber hatte ihn erkannt und nickte eifrig.

Lucius vertiefte sich wieder in seine Rolle und sprach die normalen Worte einer Beichte, während er unter dem Gewand eine dünne schwarze Mappe hervorzog und Marie sein Handy ans Ohr drückte. Er ließ die Aufnahme aus de la Fontaines Büro laufen und verfolgte, wie Maries Augen groß und immer größer wurden.

Lucius hörte ein Schnaufen und erkannte, dass Marie wütend war, als sie das Ausmaß des Betrugs erkannte. Er riet ihr im ruhigen Tonfall des Priesters, weiter ein- und auszuatmen. Er nahm sein Handy wieder an sich und forderte sie auf, ihm nachzusprechen:

»Mein Gott, ich habe an dir und meinen Brüdern gesündigt,
aber in deiner Nähe finde ich Vergebung.
Siehe meine Reue und gib mir die Kraft
gemäß deiner Liebe zu leben.«

So merkwürdig es Marie auch erschien, diese Worte zu Lucius zu sagen, wusste sie doch, dass sie eigentlich einem Höheren galten – und wundersamer weise beruhigte sich auch ihr Herz. Dankbar blickte sie Lucius an, als er mit seiner verstellten Stimme die letzten Worte sprach: »Ich vergebe dir alle deine Sünden«, denn sie wusste, dass sie Julien gegenüber große Schuld auf sich geladen hatte.

Lucius flüsterte: »Ich wusste einfach, der reine Held aus ›Parsifal‹, den ich nach unserer Missetat im Stephansdom in Wien auf der Bühne erleben durfte, konnte niemals etwas derart Schändliches getan haben. Ich konnte das nicht auf ihm sitzen lassen, und ein Freund hat mir geholfen, den Priester hier zu ersetzen. Vergiss nicht, es gibt Menschen, denen du vertrauen kannst.« Als er sie musterte, erkannte Lucius, dass Marie mit ihren Gefühlen kämpfte, und er hoffte, dass sie die Kraft hatte, den Anschein einer Beichte aufrecht zu erhalten.

»Ach, du weißt gar nicht, wie dankbar ich dir bin und wie schlecht ich mich Julien gegenüber fühle«, schniefte Marie.

Tröstend strich ihr Lucius über den Arm. Er wagte nicht, Marie in den Arm zu nehmen, denn er hatte beobachtet, dass die Fenster der Chapelle dunkle Schatten zeigten, wenn sich im Beichtstuhl jemand bewegte. Dann bat er sie zu gehen, allerdings nicht ohne Véronique einen Gruß auszurichten. Lucius war überwältigt, wie viel mehr es ihm bedeutet hatte, seinen Freunden zu helfen, als für de la Fontaine etwas zu tun. Oft schon hatte er sich in Gefahr begeben, es war nichts Neues für ihn, Verfolger abzuschütteln oder in Verkleidung zu arbeiten. Als aber Marie die Chapelle verließ, da wusste er, was wahre Freundschaft heißt.

JULIEN

DRESDEN/PARIS, 23. SEPTEMBER 2013

Julien war beim besten Willen nicht in der Lage, sich zu konzentrieren, da seine Gedanken ständig um Marie kreisten.

Schließlich beschloss er, es doch noch einmal zu wagen und griff zu seinem Telefon. Er wollte gerade wählen, als es klingelte und Maries Profilbild auf seinem Handy erschien.

»Hallo! Bist du es?«, riefen sie beide gleichzeitig in den Hörer, um dann lachend innezuhalten.

»Marie, ich bin so froh, dass du endlich anrufst!«

»Ach, Julien, kannst du mir bitte vergeben, dass ich an dir gezweifelt habe?«, Julien konnte hören, wie ernst es ihr war. »Aber die Fotos und die Schlagzeile waren einfach zu viel für mich.«

»Marie, das verstehe ich doch! Ich begreife nur nicht, warum du nicht mit mir gesprochen hast. Dann hätte sich das alles bestimmt aufgeklärt.«

»Du hast ja recht, doch manchmal geht mein Ego mit mir durch, entschuldige, bitte, ich habe mich wie ein kleines Kind benommen. Das tut mir entsetzlich leid!«

»Ich bin nur froh, chérie, dass die Sache aus der Welt ist!«, warf Julien ein. »Hat Véronique dich doch noch überzeugt?«

»Leider nein, ich – habe ihr einfach nicht zugehört, weil ich wusste, sie ist mit dir befreundet. Ich, ich hätte auch auf meine Freundschaft zu ihr bauen sollen.«

Julien nickte, vom Verstand her konnte er das alles nachvollziehen, aber sein Herz tat noch weh von der Kränkung, dass sie ihm – so etwas unterstellt hatte.

»Alles in Ordnung, Julien? Du bist so still«, Marie hielt vor lauter Sorge den Atem an.

»Ja, alles okay«, erwiderte Julien viel zu schnell, als dass Marie ihm wirklich glauben konnte.

»Wirklich?«

»Ja. Aber jetzt verrat mir, was dich am Ende überzeugt hat, dass ich unschuldig bin?«

»Lucius.«

»Wie bitte? Du glaubst Lucius mehr als deiner besten Freundin?« Julien war entsetzt, bis Marie ihm erzählte, dass er sogar eine Tonaufnahme aus dem Büro von de la Fontaine für sie gehabt hatte.

»Der ist mutig!«, sagte Julien anerkennend.

»Ja, er hat für uns so viel gewagt, sich mit uns getroffen, also mit mir, Véronique hat Wache gestanden. Aber er hat noch mehr Argumente gehabt«, Marie zögerte, wie sie das beschreiben sollte, dann sagte sie: »Er konnte nicht an deine Schuld glauben, weil du für ihn der reine Held Parsifal bist.«

»Zumindest einer hat nicht an mir gezweifelt!«, entfuhr es Julien.

»Véronique war ebenfalls von deiner Unschuld überzeugt. Einzig und allein ich habe an dir gezweifelt«, erwiderte Marie kleinlaut. »Und ich hatte am wenigsten Grund. Es tut mir so unendlich leid, Julien! Kannst du mir das jemals verzeihen?«

Julien wurde es ganz eng ums Herz, wenn es ums Verzeihen

ging, musste Marie ihm doch so viel mehr vergeben. Und er erinnerte sich, wie er sich an Jeanne d'Arc in einem früheren Leben versündigt hatte. Er antwortete im Brustton tiefer Überzeugung: »Ja, meine Liebste, das kann ich, wenn du so schnell wie möglich nach Dresden kommst!«

Marie versicherte ihm, dass sie genau das vorhabe. Sie war schon einmal mit ihrem Vater in der Stadt gewesen, und erinnerte sich noch daran, wie die Akustik in der Frauenkirche sie verzaubert hatte. Ihr fehlten die Worte, als sie versuchte, Julien davon zu berichten. Da fühlte Julien sie erneut, die enge Verbindung zu seiner Marie, die Musik auf ähnliche Weise wahrnahm und liebte wie er selbst; und er konnte sich beim besten Willen nicht mehr vorstellen, sein Leben mit einem Menschen zu teilen, dessen emotionales Spektrum seinem völlig unähnlich war. Er hatte das mehrfach versucht, wenn ihm eine Frau gefallen hatte, doch hatte er immer ziemlich schnell festgestellt, dass er sich nach wenigen Tagen zu langweilen begann, wenn die Frau Musik, Literatur und Kunst einfach nur als angenehme Unterhaltung empfunden hatte, statt sie wie er mit dem ganzen Sein zu erleben. Er fragte sich oft, wie es möglich war, dass man sich nicht dafür begeistern konnte, diesen Ausdruck der Vielfalt von Gottes Schöpfung.

»Wunderbar«, riss ihn Marie aus den Gedanken. »Schlaf gut, Julien! Je t'aime.« Wie sehr hatte Julien in den letzten beiden Tagen gehofft, diese Worte noch einmal aus Maries Mund zu hören! »Ich liebe dich auch! À bientôt!«

VÉRONIQUE

PARIS, 23. SEPTEMBER 2013

Véronique sah lächelnd auf die schlafende Marie. Endlich war sie wieder glücklich, sie hatte ihr mit Feuer in den Augen von der bevorstehenden Reise erzählt. Véronique aber war nicht nur von dem Glück erfüllt, dass so viel Gutes geschehen war an diesem Tag. Ihr Blick hing sehnsüchtig am nächtlichen Sternenhimmel. Was hätte sie darum gegeben, selbst Lucius begegnet zu sein. Zu gerne hätte sie gewusst, wann sie wieder mit Lucius in Kontakt treten konnte. Wie seltsam, ihn in derselben Stadt zu wissen – und doch war er so weit entfernt.

Natürlich hatte sie einige Zurückweisungen erlebt und gelitten wie jede andere Frau auch, doch in diesem Fall war alles anders. Sie spürte deutlich, dass sie Lucius nicht gleichgültig war, hatte jedoch nicht den blassesten Schimmer, ob aus ihrer gegenseitigen Anziehung jemals mehr werden konnte. Schließlich ging es bei der Aufgabe, die es zu erfüllen galt, weder um sie noch um Lucius, sondern einzig und allein um das Versprechen von Marie und Julien, das diese in einem anderen Leben Maria Magdalena gegeben hatten. Natürlich unterstützte sie diese heilige Mission, aber da waren mehr Gefühle als sonst in ihrem Herzen. Sie musste sich endlich darüber klarwerden, was es war, was sie da fühlte. Dann aber war sie sicher: Sie sehnte sich nach einer Liebesbeziehung, wie sie sie sonst nur in einem Ballett erlebte.

Als Véronique sich dies eingestand, sank sie ermattet vor dem Fenster auf die Knie, legte die Hände in Gebetshaltung an ihre Brust und begann, inbrünstig zu beten:

Lieber Gott,
hiermit gebe ich mich in deine Hand …
Ich weiß, was Teil meiner Seelenmission in diesem Leben ist,
und ich werde alles daran setzen, dies zu erfüllen,
wie ich es dir einst versprach,
denn der Dienst an dir und den Deinen ist mir kostbarer
als alles andere, wie du weißt.
Dennoch bitte ich dich auch, mir in diesem Leben noch die
wahre Liebe zu schenken, welche ich so tief in mir ersehne,
wenn dies in deinem Sinne ist.
Ich hingegen werde mich weiterhin in tiefem Vertrauen
in deine Weisheit und deine Güte üben,
denn ich weiß, dass alles, was wahrhaftig geschehen muss,
geschieht, wenn ich den Weg des Vertrauens beschreite.
Ist ein Ritter für mich gedacht, wird es auch so sein.
Ich danke dir in großer Demut.

Mit den letzten Worten beugte Véronique ihr Haupt und berührte sanft den Boden damit, indem sie »Amen« sagte. Sie verblieb noch einige Minuten in dieser Haltung, bis sie sich vollständig beruhigt hatte.

JULIEN

DRESDEN, 24. SEPTEMBER 2013

Julien zählte die Stunden, bis Marie endlich bei ihm sein würde. Noch eine Probe, dann stand die Aufführung an – und Marie wäre dabei. Er konnte sein Glück kaum fassen. Es war nicht leicht, die innere Ruhe zu finden und sich wieder hineinzufinden in den Lohengrin. Diesmal gelang es ihm erst, als die ersten Noten des Vorspiel zur Oper »Lohengrin« aus dem Orchestergraben erklangen. Julien spürte, wie sich seine Seele weitete, um die überirdische Schönheit dieser Musik zu empfangen. Liszts Worte kamen ihm in den Kopf: »... mit Lohengrin nimmt die alte Opernwelt ein Ende, der Geist schwebt über den Wassern, und es wird Licht«. Julien schmunzelte, in seinem Herzen war es licht, seit Marie ihm wieder vertraute, nun konnte er sich der Musik hingeben. Er wurde wieder zu Lohengrin, dem hehren Gralsritter, welcher die wahre Liebe kennenlernt und dennoch von dannen ziehen muss, um seine höhere Pflicht dem Gral gegenüber zu erfüllen, als die geliebte Elsa sich nicht an ihr Versprechen hält und nach seinem Namen fragt. Julien atmete tief in die Musik. Dann stand er da im Nachen und wurde durch das schimmernde Blau des Wassers auf der Bühne in die Mitte des Geschehens gezogen. Mit einem Piano, das nicht von dieser Welt zu sein schien, begann er zu singen:

Nun sei bedankt, mein lieber Schwan!

Er selbst ist Lohengrin in dem Moment, und Elsa in ihrem Lichtkranz ist die Frau, für die er lichterloh brennt.

Julien war erschüttert, als er bemerkte, auch Ekaterina ging ganz in ihrer Rolle auf. Sie sank ihm zu Füßen und bekannte:

Mein Held, mein Retter! Nimm mich hin!
Dir geb' ich alles, was ich bin!

Lohengrin ist voller Hoffnung, dass sie keinen Beweis seiner Herkunft mehr verlangen würde, und nie zuvor hat er die Worte in dieser Weise gesungen.

Elsa, ich liebe dich!

Der Vorhang fiel, und Julien spürte es wie einen Schmerz. Die eine Welt wurde versperrt, die Welt, in der er über den Vertrauensbruch von Elsa klagte, und er musste sich erst wieder zurechtfinden in der Realität hinter der Bühne. Ekaterina folgte ihm in die Garderobe, denn sie hatte bemerkt, dass er anders reagierte als sonst. Sie riss, ohne anzuklopfen, die Tür auf und rief mit durchdringender Stimme: »Ist alles in Ordnung mit dir, Julien?«

»Ja, alles gut«, murmelte Julien, der selbst nicht wusste, wie ihm war.

»Schau mich an, Julien!«

»Was ist denn los? Was regst du dich denn so auf?« Julien wollte nur noch allein sein.

»Ich rege mich nicht auf, sondern mache mir Sorgen um dich!«, stellte Ekaterina klar.

»Warum denn?«

»Das fragst du mich? Du wurdest ganz grün im Gesicht, als ich dich nach Nam' und Art gefragt habe und hast mich dabei angeschaut wie einen Geist. Mir ist es dabei ganz unheimlich geworden. Als du dann noch voll tiefster Verzweiflung zu singen begonnen hast, hatte ich nicht mehr den Eindruck, als würdest du nur eine Rolle verkörpern.«

»Das ist es! Genau das ist es!«, entfuhr es Julien.

»Was ist was?«, fragte Ekaterina vollkommen irritiert.

»Du hast mir gezeigt, wo mein Problem liegt.«

»Das muss ich jetzt aber nicht verstehen, oder?«

»Nein, meine Liebe, das musst du nicht«, antwortete Julien sichtlich erleichtert.

»Na, dann ist ja gut!«, seufzte Ekaterina. »Ich bin froh, dass du wieder bei dir bist. Falls du noch was brauchst, melde dich.«

»Nein, danke. Alles ist gut.«

»Auf jeden Fall habe ich nie zuvor einen überzeugenderen Lohengrin als heute gehört!«

»Danke«, erwiderte Julien mit einem traurigen Lächeln.

»Ich meine das ernst!«

»Ich weiß!« Julien lächelte sie kraftlos an, in Gedanken längst bei Marie und der Tatsache, dass er ihr Lohengrin war und immer sein würde.

Ekaterina drückte ihm noch einen kräftigen Kuss auf die Stirn, raffte ihre Gewänder und verschwand mit dem lichterloh funkelnden blonden Haar in ihrer eigenen Garderobe.

JULIEN

PARIS, 25. SEPTEMBER 2013

Das Klingeln seines Weckers riss ihn aus dem Schlaf, und Julien wurde erneut aus einer Welt in die andere katapultiert, diesmal aus der Traumwelt in die Realität seines Hotelzimmers. Unter der Dusche erinnerte er sich an seine Erkenntnis vom Vorabend. Es war so offensichtlich gewesen – und hatte ihn gleichzeitig verletzt und getröstet –, als er erkannt hatte, dass Maries Zweifel an ihm sich genauso angefühlt hatten, wie Lohengrin unter Elsas Verrat litt. Jetzt wusste er, wie das war, und aus diesem Grund hatte er die Szene überzeugender gesungen als je zuvor. Es fühlte sich tatsächlich an wie ein Todesstoß ins Herz, wenn der Mensch, den man über alles liebte, solches Misstrauen offenbarte. Julien aber wusste, er würde in ein paar Stunden seiner Marie gegenüberstehen. Er wusch sich den Kopf, dann ließ er Wasser darüber fließen, er brauchte Klarheit. Angekündigt durch seine Mutter, hätte ihm der Verrat nicht so zusetzen dürfen. Nun aber wollte er Marie ohne Vorbehalte gegenübertreten. Wie gut, dass ihm Lohengrin gezeigt hatte, wer er war und was er wollte in diesem Leben. Julien setzte sich auf sein Bett und atmete bewusst. Er stellte sich vor, dass er anstelle von Luft reine, goldene Energie einatmete und diese beim Ausatmen seine gesamte Wirbelsäule hinunterfließen ließ.

Anschließend visualisierte er, dass dieses sogenannte göttliche Prana beim Einatmen von seinem Erdstern, dem Energiezentrum unter seinen Füßen, über die Rückseite seines Körpers emporstieg bis zu dem Sternentor weit über seinem Kopf, und dann ließ er es beim Ausatmen über die Vorderseite seines Körpers nach unten zurück zum Erdstern fließen.

Diesen Vorgang wiederholte Julien insgesamt sechsmal, bis er sich innerlich ruhig fühlte.

Daraufhin stellte er sich ganz bewusst seinen Gefühlen. Er begann mit der Enttäuschung, dass Marie tatsächlich von ihm gedacht hatte, er habe sich auf eine Affäre eingelassen. Dabei hatte er ihr in Wien versichert, sein Leben mit ihr verbringen zu wollen. Ein weiteres Mal spürte Julien einen stechenden Schmerz in seinem Herzen und bat auf der Stelle Erzengel Raphael zu kommen und ihn mit seinem heilsamen, smaragdgrünen Licht zu durchfluten. Bereits beim Einatmen dieser Heilenergie wurde es Julien leichter ums Herz, doch er wusste, dass es damit längst nicht getan war. So rief er auch noch Raziel, den sogenannten Magier unter den Erzengeln, zu sich und bat ihn, das gesamte Trauma und alles, was damit zusammenhing, im Einklang mit seinem Seelenplan aus seinem Inneren zu löschen.

Kaum begann der machtvolle Engel seine heilige Arbeit, schüttelte es Julien am ganzen Leib. Es fühlte sich förmlich an, als würden Teile seines Körpers auseinander genommen und neu zusammengesetzt. Um dem Prozess besser standhalten zu können, atmete Julien neunmal tief ein und aus.

Eine Zentnerlast fiel ab von ihm, als plötzlich ein strahlend helles Licht in seinem Hotelzimmer aufleuchtete. Wie gebannt blickte Julien darauf und sah, wie es immer näher kam und am

Rande seines Bettes Platz zu nehmen schien. Er konnte jedoch nichts Genaueres erkennen. Julien schloss die Augen, da ihn das irisierende Licht in seiner Nähe zu sehr blendete. Doch er war nicht in der Lage, sie geschlossen zu halten, denn er wollte wissen, was es damit auf sich hatte. Nie zuvor war ihm etwas Ähnliches widerfahren. So blinzelte er vorsichtig und glaubte seinen Augen nicht zu trauen. Er blinzelte erneut und kniff sich selbst in den Arm, um sicher zu gehen, dass er nicht träumte; denn was er sah, war nichts Anderes als das überirdisch schöne Antlitz von Jesus Christus. Seine Augen leuchteten voller Mitgefühl. Julien wusste nicht, wie ihm geschah. Sein Drittes Auge sowie sein ganzer Körper begannen zu vibrieren, als Jesus Christus sprach:

»Geliebter Bruder, auch wenn bereits eine große Last von dir abgefallen ist, weil du dich wahrhaftig deinen Emotionen zu stellen wusstest, liegt noch die wichtigste aller Aufgaben, um zu heilen, vor dir, nämlich die ›göttliche Vergebung‹.
Möchtest du ein weiteres Unglück vermeiden, so nimm dir die Zeit für ein tiefgehendes Vergebungsritual, bevor du deine geliebte Marie in Empfang nimmst.«

Julien musste erst begreifen, was geschehen war, als die Erscheinung vor ihm verschwand. Er blinzelte mehrmals, um wieder ganz in der Realität anzukommen. Tiefe Dankbarkeit erfüllte sein Herz für die Gnade, die ihm widerfahren war, und er wusste, was zu tun war. Marie zu vergeben war wichtiger, als pünktlich am Flughafen zu sein und sie in Dresden zu empfangen.

MARIE

PARIS/DRESDEN, 25. SEPTEMBER 2013

Marie ging noch einmal alles durch, sie hatte ihre Handtasche und das Gepäck vom Band, sich kurz frisch gemacht, das Haar gekämmt, und jetzt blieb ihr nur noch, die Aufregung zu unterdrücken. Ihr Herz klopfte bis zum Hals, gleich würde sie Julien gegenüberstehen. Hoffentlich war es wirklich so, wie ihr seine Stimme am Telefon gezeigt hatte. Hoffentlich war er wirklich in der Lage, ihr zu vergeben. Gedankenverloren eilte sie den Gang entlang, da war die Glastür, gleich wäre sie bei ihm.

Blitzlicht blendete, Rufe hallten. Marie blickte sich verwirrt um. Ein einzelner Mensch war nicht auszumachen, es war eine Meute, die sie umringte, Fotografen, Journalisten, Gaffer, sie wäre am liebsten umgedreht und wieder hinter der Glastür verschwunden.

»Wie fühlt man sich, wenn der eigene Freund eine Affäre mit der schönsten und besten Sängerin der Welt hat?« – »Marie, sind Sie nach Dresden gekommen, um Ihre Beziehung zu retten?« – »Glauben Sie, dass Sie gegen Ekaterina Kurkova eine Chance haben?« Marie schwirrte der Kopf. Der Boden schwankte, aber ihr Stolz gewann die Oberhand: Sie würde ihre Würde bewahren, war Aufruhr gewohnt als Tochter ihres Vaters. Sie versuchte sich an seinem Blick, der die Journalisten auf Abstand gehalten hatte, dann sagte sie, so souverän sie konnte: »Meine Damen und Herren, lassen Sie mich bitte durch, denn Julien erwartet mich!«

Im selben Augenblick teilte sich die Menschenmenge und am Ende sah sie Julien dastehen, einen wunderschönen Strauß aus weißen Rosen und Lilien in Händen.

Da ließ sie einfach ihren Koffer stehen, rannte die letzten Meter auf Julien zu und fiel ihm um den Hals. Er ließ sich darauf ein, hob sie hoch und drehte sich mit ihr mehrmals um die eigene Achse. Dann setzte er sie sanft auf dem Boden ab und umschloss ihren Mund mit einem zärtlichen Kuss, während der Blick aus seinen Augen sie willkommen hieß.

Es war, als befänden sie sich in einer leuchtenden Luftblase außerhalb der Zeit.

Kaum ließen sie einander los, war es mit der Stille um sie herum vorbei. Kameras wurden wieder gezückt und sie mit Fragen bedrängt.

Julien aber legte beschützend den Arm um Marie und antwortete mit seinem strahlendsten Lächeln: »Sehr verehrte Damen und Herren, wie Sie soeben gesehen haben, sind wir beide bis über beide Ohren ineinander verliebt und überglücklich, uns endlich wiederzusehen. Andere Nachrichten über uns waren infame Lügen. Doch nun bitte ich Sie alle, unsere Privatsphäre zu respektieren und uns nicht weiter zu verfolgen. Schließlich sind wir keine Hollywood-Stars!«

»Was nicht ist, kann ja noch werden! Bei Ihrem Aussehen und Ihrem Schauspieltalent, Monsieur de la Tour!«, meldete sich eine forsche, weibliche Stimme aus dem Hintergrund, was Julien nur mit einer abwehrenden Handbewegung quittierte.

Marie aber war glücklich: Julien hatte sich öffentlich erneut zu ihrer Beziehung bekannt, und er schaffte es mit seiner Bestimmtheit, ihnen einen Weg zu bahnen, sodass sie weitgehend ungehindert das Flughafengebäude verlassen konnten.

LUCIUS

PARIS, 25. SEPTEMBER 2013

Auf diese Weise hatte Maurice de la Fontaine noch nie die Fassung verloren. Lucius musste sich zusammenreißen, damit sein Gesicht nicht die Zufriedenheit widerspiegelte, die er empfand. Der Plan des Meisters war gescheitert, als Marie und Julien einander vor der Presse ihre Liebe und Treue bezeugt hatten. Was für ein Desaster – jedenfalls für die Gesellschaft. Lucius konnte nur ahnen, was für eine Wirkung das auf die weltweiten Zirkel der Octavianer haben würde. Sein Maître hatte auf einen Schlag einiges von seinem Ruf eingebüßt.

Vom Nachbarbüro aus hörte er eine Weile still zu, wie der Maître tobte, Dinge gingen zu Bruch, lautes Geschrei ließ die anderen Mitglieder unruhig im Gang auf und ab laufen, Hektik brach aus.

»Was geht denn hier vor?«, fragte Lucius, als er auf den Gang hinaustrat, der sein Büro mit dem von Maurice de la Fontaine verband. Er wiederholte die Frage, als er das riesige Zimmer betrat, in dem de la Fontaine seine Intrigen spann. »Ist alles in Ordnung bei Ihnen?«

»Nein, gar nichts ist in Ordnung!«, schrie Monsieur de la

Fontaine in einer Lautstärke, dass sich Lucius instinktiv duckte. Er wusste, er durfte sich nicht anders verhalten als sonst, daher hielt er die Stellung, harrte im Türrahmen aus, bis eine Welle des Zorns über ihn hinweggebrandet war.

»Was stehst du da so dumm herum?«, schnauzte Maurice de la Fontaine ihn an. »Tu was, statt mich anzustarren. Lass dir was einfallen! Dieses unmögliche Liebespaar muss aufgehalten werden. Du weißt, es ist unsere Lebensaufgabe und wir haben geschworen, den Kräften des Lichts zu widerstehen, die uns mit Lug und Trug blenden. Und jetzt müssen sich ausgerechnet diese beiden finden, ich fasse es nicht!«

»Wer denn? Von wem sprechen Sie? Doch nicht von der Chevalier und diesem de la Tour?«

»Von wem sonst! Mein Plan, die beiden an der Eifersucht zerschellen zu lassen, ist nicht aufgegangen, diese Chevalier hat ihm verziehen! Ich fasse es nicht! Die gesamte internationale Presse war Zeuge, als die beiden sich in Dresden am Flughafen begegnet sind, als wäre nie was gewesen. So eine Heuchelei!«, der Maître kochte, dann hielt er Lucius ein Handy unter die Augen und scrollte durch die Pressemitteilungen. Beinahe hätte Lucius spontan gelächelt, als er sah, mit welcher Liebe sich die beiden anblickten, doch dann besann er sich, wie gefährlich jeder Hinweis für ihn war, dass er mehr über die beiden wusste, als der Maître ahnte.

Der hatte seine gewohnte Ruhe wiedergefunden und sagte leise zu sich »Sowas ist mir noch nie passiert, dass aber auch alle Pläne scheitern. Es ist wie verhext!« Er fuhr sich mit Daumen und Zeigefinger über den Bart, eine Geste, die Lucius an ihm kannte und die bewies, wie nervös er war. »Wir müssen verhindern, dass sie weitere Hinweise über die eigene Abstimmung entdecken. Fällt dir dazu was ein? Komm, Lucius, lass mich nicht im Stich.«

»Nein, so auf Anhieb nicht«, erwiderte Lucius mit besorgtem Blick, »es ist fast, als würde jemand seine schützende Hand über die drei Musketiere halten.«

»Wie meinst du das?«, fragte sein Maître befremdet.

»Naja, erst wird der Mordanschlag in der Klinik vereitelt, dann kann Véronique den Entführern entwischen, und jetzt das, ihr Angriff über die Medien geht ins Leere, das sind drei Niederlagen in Folge. Ich verstehe schon, dass dich das nicht kalt lässt«, antwortete Lucius und beobachtete sorgfältig die Reaktion de la Fontaines.

»Willst du andeuten, dass dabei höhere Mächte im Spiel waren?«

»Ich bin mir nicht sicher, denn das Erlebnis mit Julien im Stephansdom sitzt mir immer noch in den Knochen. Dieser Mann hat eindeutig nicht allein gegen die vier Männer gekämpft.«

»Wenn das so ist, müssen wir einen Weg finden, auch mit überirdischen Kräften zu arbeiten, Lucius«, überlegte Maurice laut. »Du hast doch auf meine Anregung hin vor Jahren bei diesem Meister der Kampfkunst gelernt, diesem, na, irgendein chinesischer Name, weißt schon. Sprich doch mal mit dem. Und sieh zu, dass das heute noch passiert. Aber verrate nicht, worauf das hinausläuft, einfach mal so aushorchen, was noch klappen könnte außer Angriff und Entführung und Rufmord.«

»Ich habe schon verstanden, Maître! Ich mach mich gleich auf den Weg.« Lucius schüttelte den Kopf, als er auf dem Gang vor dem Büro des Maître stand. Ausgerechnet Xiao Lin sollte ihm bei dunklen Plänen helfen, dieser Meister des Lichts. Erneut hatte er einen Beweis dafür, dass de la Fontaine nur Erbe der Macht war und kein Genie aus sich heraus. Aber auch Dummheit konnte seinen Freunden und ihm selbst gefährlich werden. Er würde sich tatsächlich an Xiao Lin wenden, allerdings aus einem ganz anderen Grund, als de la Fontaine ahnte. Und er würde nicht allein dorthin gehen. Lucius musste sich zusammenreißen, um nicht laut herauszulachen. Er hatte einen wirklich guten Gedanken, und er würde nicht zögern, ihn umzusetzen.

VÉRONIQUE

PARIS, 25. SEPTEMBER 2013

Véroniques Muskeln schmerzten, es war eine anstrengende Probe gewesen. Aber zum Glück klappte endlich alles, und sie freute sich darauf, bald wieder als Odette und Odile auf der Bühne zu stehen, jetzt wo die nächsten Aufführungen von »Schwanensee« auf dem Plan standen. Sie schwang die Tasche mit ihren Trainingssachen über die Schulter. Die Füße schmerzten, aber ein paar Schritte auf dem Weg nach Hause, und sie hatten sich wieder an normales Gehen gewöhnt. Véronique hatte langjährige Erfahrung mit Schmerzen und Muskelkater, ein einzelner Probennachmittag reichte nicht, um sie richtig auszulaugen. Munter blickte sie nach links und rechts und wollte gerade die Straße überqueren, da fiel ihr Blick auf eine schwere Maschine am Straßenrand gegenüber. Auf dem Fahrersitz saß ein Mann in schwarzer Kluft, unter dem Helm lugte blondes Haar heraus und – Véroniques Herz begann höher zu schlagen: Kein Zweifel, es war Lucius. Hatte er den Auftrag, sie zu beobachten? Sollte sie einfach an ihm vorbeigehen? Unsicher zögerte sie und blieb wie erstarrt auf der Stelle stehen, bis Lucius ihr durch ein Zeichen zu verstehen gab, dass sie ruhig zu ihm kommen sollte. Eilig hüpfte sie die wenigen Schritte über die Straße zu ihm. Ohne etwas zu sagen, reichte er ihr einen Helm und bedeutete ihr, hinter ihm auf das Motorrad zu steigen.

Véronique schlang die Arme um Lucius' Körper, obwohl sie keine Ahnung hatte, wohin es ging. Doch nach allem, was sie in der letzten Zeit mit ihm erlebt hatte, war es ein gutes Gefühl, denn sie vertraute ihm blind und war glücklich über seine Nähe.

Wie immer raste Lucius in hohem Tempo durch die Straßen von Paris, als wollte er Verfolger abschütteln.

Lucius bremste so abrupt, dass Véronique noch enger an ihn gepresst wurde. Verdutzt schaute sie sich um, die Nähe der Seine, im Hintergrund sah sie die Ile de France, sie mussten irgendwo im Marais sein, einem Stadtviertel, das sie sehr mochte.

Lucius' Stimme klang seltsam gedämpft durch den Helm: »Véronique, wie schön, dass du mitgekommen bist. Steigst du bitte ab und gehst da vorne links in die Straße? Dann klingelst du bei Xiao Lin Zhen. Er wohnt im zweiten Haus auf der rechten Seite. Ich möchte erst sichergehen, dass uns niemand gefolgt ist, komme aber in Kürze nach.«

»Wer ist Xiao Lin Zhen, Lucius?«, fragte Véronique leicht überrascht. Was wollte er dort mit ihr? Véronique versuchte durch den spiegelnden Helm seine Augen zu erkennen, aber sie sah nur ihr eigenes Gesicht.

»Mein Lehrer. Bitte geh jetzt. Ich erkläre dir alles später.«

Véronique glitt vom Rücksitz, nahm den Helm vom Kopf und lief los, ohne sich noch einmal nach Lucius umzudrehen. Sie bog um die Ecke und fand das fragliche Haus wie von selbst, denn es übte eine geradezu magische Anziehungskraft auf sie aus. Plötzlich erinnerte sie sich daran, dass sie den Namen des Mannes schon einmal gehört hatte. Julien hatte ihn genannt, es war um Meister gegangen, die in ihren Zeiten auf der Erde lebten. Gleich also würde sie ihn kennenlernen.

Véronique hatte gerade die Hand ausgestreckt, um zu klingeln, da öffnete sich die Tür und vor ihr stand der Mann mit der strahlendsten Aura, die sie in diesem Leben um einen Menschen erblickt hatte.

Unwillkürlich verbeugte sie sich leicht und wollte sich gerade vorstellen, als der Mann abwinkte und sie, ohne ein Wort mit ihr zu wechseln, ins Haus zog. Er warf noch einen Blick die Straße hinauf und hinunter, und dann schloss er die Haustür hinter ihnen, sagte er lächelnd zu ihr: »Ich weiß, wer Sie sind, meine Liebe. Sie sind mir herzlich willkommen. Entschuldigen Sie bitte mein rüdes Verhalten, doch man weiß nie, wann die Wände Augen und Ohren bekommen.«

»Ja, das ist wohl wahr. Lucius meinte, er wolle sichergehen, dass uns niemand gefolgt ist, bevor er nachkommt.«

»Weise ist das, insbesondere wenn es darum geht, einen heiligen Plan zu erfüllen. Aber was sage ich da!«, unterbrach sich Xiao Lin. »Das wissen Sie ja bereits aus eigener, leidvoller Erfahrung.«

Erstaunt schaute Véronique den alten Chinesen an und musterte ihn unauffällig, das schlichte Gewand, das alterslose Gesicht. Konnte es sein, dass Lucius dem Meister etwas über ihre Rettung erzählt hatte?

»Ja, das hat er«, beantwortete Xiao Lin die Frage, bevor Véronique auch nur daran gedacht hatte, sie laut zu stellen.

»Sie können meine Gedanken lesen?« Véronique warf ihm einen fragenden Blick zu.

»In diesem Fall war das nicht weiter schwierig«, schmunzelte er und nickte freundlich. »Doch jetzt muss ich Lucius öffnen.«

Lucius erschien tatsächlich in genau diesem Moment an der Tür. Schweigend trat er ins Haus, zog die Tür ins Schloss, und die beiden Männer umarmten sich herzlich zur Begrüßung.

»Was für einen schönen Gast du mir mitgebracht hast, mein Lieber!«, strahlte Xiao Lin.

Verlegen blickte Lucius zu Boden, was Véronique amüsiert verfolgte. Ja, ihr blonder Engel war auch nur ein Mann aus Fleisch und Blut.

»Maurice ist vollkommen außer sich, weil alle Pläne gescheitert sind. Ich soll ausgerechnet dich, Xiao Lin, um Hilfe bitten. Er muss ganz schön verzweifelt sein, wenn er Rat von dir will, ich hätte nie gedacht, dass er dich zur Gesellschaft zählt.« In Lucius Worten lag eine unausgesprochene Frage.

»Listenreich muss man sein, auch wenn man kein Fuchsgeist ist.« Xiao Lin verneigte sich mit gespielter Bescheidenheit. »Uns wird schon etwas einfallen, womit wir ihn beschäftigen.«

Véronique aber sah von einem zum anderen. Hatten sie also doch recht vermutet, als sie Maurice de la Fontaine als Kopf der Octavianer vermutet hatten. Er allein trug die Schuld an allem, was in den letzten Wochen passiert war. Und wohl auch am Tod von Jean Chevalier. Als sie bei dem Gedanken angekommen war, presste sie sich unwillkürlich die Hand auf den Magen, denn ihr war schlecht.

Sofort war Lucius bei ihr und nahm ihr Gesicht vorsichtig in die Hände: »Was ist los, ma belle? Du bist mit einem Mal so blass?«

»Mir ist gerade klargeworden, dass wir recht hatten. Maurice de la Fontaine steckt hinter allem. Das ist einfach grauenvoll!«

»Du weißt, er ist nur die Speerspitze, die Gesellschaft ist groß, es gibt Mitglieder auf der ganzen Welt, und sie alle sind bereit, alles zu tun, um Marie und Julien aufzuhalten. Aber keine Angst, Véronique, du weißt, ich bin auf deiner Seite. Und Xiao Lin wird uns den besten Weg zeigen, dass die beiden ihr Ziel erreichen.«

»Es steht so geschrieben, Véronique«, mischte sich nun auch Xiao Lin mit einem liebevollen Lächeln ein.

Dankbar blickte Véronique von einem Mann zum anderen. Es fühlte sich gut an, mit den beiden gemeinsam an einem Strang zu ziehen. Wenn ihnen das gelang, würde auch alles andere sich zum Guten wenden.

Da nahm Lucius sie bei der Hand und folgte seinem Lehrer durch den Hinterhof zu dessen »Tempel«.

Véronique atmete still ein. Sie konnte erkennen, wie rein dieser Ort war, und mit allen Fasern ihres Seins sog sie die lichte Atmosphäre auf. Als Xiao Lin neben sie trat, ergriff sie seine Hände und sagte, während ihr das Herz überlief vor Gefühl: »Xiao Lin, ich danke Ihnen aus tiefsten Herzen, dass Sie mich an diesem kostbaren Platz willkommen heißen. Ich bin mir der Gnade zutiefst bewusst und werde alles tun, um mich als würdige Schülerin zu erweisen.« Sie machte Anstalten niederzuknien, doch Xiao Lin hielt sie auf.

Er sagte: »Meine Liebe, eine so würdige Schülerin wie du, ist hier ewig willkommen. Dein Herz ist von solcher Reinheit, dass ich mich vor dir verbeuge und mich glücklich schätze, dich ein wenig auf deinem Weg begleiten zu dürfen.«

Ohne auch nur darüber nachzudenken, war Xiao Lin einfach zum Du übergewechselt, was sowohl Véronique als auch Lucius sofort erfreut realisierten. Lucius nickte Véronique anerkennend zu, er hatte den Meister noch nie so zugänglich erlebt.

Xiao Lin aber lächelte die beiden an und sagte: »Lasst euch nieder, ich will uns noch einen Tee holen.«

Sobald Xiao Lin sich entfernt hatte, ignorierte Lucius die Matten. Er sah Véronique an und dann zog er sie in die Arme, als wollte er sie niemals wieder loslassen.

»Ich hatte solche Sehnsucht nach dir und konnte nicht länger warten, dich wiederzusehen«, flüsterte er zärtlich in Véroniques Ohr. »Ich hoffe, das war in deinem Sinn!«

Vorsichtig befreite sich Véronique ein wenig aus seiner Umarmung, um ihm in die leuchtenden blauen Augen blicken zu können: »Du hast keine Ahnung, wie sehr!«

Ehe sie sich versah, berührten Lucius' Lippen vorsichtig ihren Mund, und sie fand sich wenige Sekunden später in dem leidenschaftlichsten Kuss ihres Lebens wieder. Es fühlte sich an, wie sie es sich immer heimlich erträumt hatte, wenn sie auf der Bühne eine der unzähligen Liebesszenen der großen Ballette getanzt hatte.

Plötzlich wurden sich die beiden der Anwesenheit von Xiao Lin bewusst, der auf leisen Sohlen wieder zu ihnen getreten war, und ließen verlegen voneinander ab.

»Es gibt keinerlei Grund sich zu schämen, ihr beiden, denn es gibt nichts Kostbareres als eine erwiderte Liebe zwischen zwei Menschen, die einander komplettieren. Ich bin sehr glücklich, dass ihr zueinander gefunden habt, auch wenn es noch eine Weile dauern wird, bis ihr eure Liebe in der Öffentlichkeit zeigen könnt«, ließ sich Xiao Lin vernehmen.

»Wie lange?«, fragte Lucius ungestüm.

»Das wird sich zeigen, mein Lieber«, erwiderte Xiao Lin mit ruhiger Stimme. »Doch du wirst dich noch eine Weile gedulden müssen.«

Mit fragenden Augen blickte Véronique von einem zum anderen.

»Liebe Véronique, zu gewissen Zeiten ist mir die Gabe der Zukunftsschau gegeben«, setzte Xiao Lin zu einer Erklärung an.

Véronique aber unterbrach ihn mit leiser Geste: »Ich verstehe.«

»Dann wollen wir uns gemeinsam überlegen, wie wir Maurice de la Fontaine auf eine falsche Fährte locken. Aber Lucius, wir müssen aufpassen, die Dinge sind nie, wie sie scheinen«, fügte er mit einem Mal hinzu, und diesmal war den Falten um seine Augen das Alter anzumerken. Was befürchtete Xiao Lin? Véronique sah ihn forschend an.

»Wie meinst du das?«, hakte Lucius nach.

»Ein wenig Geduld, mein Junge.«

Ohne sich weiter um die beiden zu kümmern, machte sich Xiao Lin daran, dampfenden Tee in hauchdünne Schalen zu gießen, die er andächtig in Form eines heiligen Dreiecks im Zentrum der Matte arrangierte. Er sprach leise ein Mantra, faltete die Hände vor der Brust und lud Véronique und Lucius ein, sich gemeinsam mit ihm auf dem Boden niederzulassen.

Für die beiden war es nichts Besonderes, auf einer Matte zu sitzen, und doch sahen sie einander an, denn dies war das erste Mal, dass sie es gemeinsam taten. Die drei setzten vorsichtig die Tassen an die Lippen und tranken einen ersten Schluck des kostbaren weißen Tees, den Xiao Lin ihnen serviert hatte. Véronique schloss genüsslich die Augen, als der duftige Geschmack sie erreichte.

»Véronique, du bist aus einem ganz bestimmten Grund hier, den ich dir noch nicht enthüllen darf«, begann Xiao Lin leise zu sprechen. »Erlaub mir bitte zuvor, dich endgültig von dem Trauma deiner Entführung zu befreien.«

»Ich lasse die Schrecken gern hinter mir«, erwiderte Véronique kaum hörbar, die Erinnerung hatte ihr abrupt die Sprache verschlagen. Sie wusste, es war Xiao Lins Gegenwart, die alles Erlebte wieder präsent machte.

»Dann lass uns sofort beginnen.« Schon war Xiao Lin mit einer geschmeidigen Bewegung aufgestanden und hinter sie getreten.

Voller Zartheit berührte er Véroniques Hinterkopf, chantete kaum wahrnehmbar ein heiliges Mantra und begann, die vergangenen, schmerzhaften Erfahrungen aus all ihren Systemen zu lösen. Véronique atmete während des gesamten Prozesses fließend durch die Nase ein und aus, um sich auf tiefster Ebene zu entspannen, während Lucius die beiden Menschen, die seinem Herzen am nächsten standen, liebevoll betrachtete.

Nach einer geraumen Weile nahm Xiao Lin die Hände von Véroniques Kopf und fragte: »Wie fühlst du dich nun, meine Liebe?«

»Leicht wie eine Feder! Ich danke dir aus tiefstem Herzen, Xiao Lin.«

Schon wollte sie die Augen öffnen und sich auch mit einer Geste bedanken, doch Xiao Lin hielt sie zurück, indem er fortfuhr: »Und nun begib dich wieder zurück in die heilige Grotte der Maria Magdalena im Massif de la Sainte Baume, denn du wirst dort bereits erwartet.«

Véronique spürte die Wahrheit seiner Worte und tat, wie ihr geheißen worden war. Sie hörte Lucius scharf einatmen, doch sie entließ ihn aus ihren Gedanken und begab sich auf den Weg und folgte den Stufen, die in die Grotte führten.

Véronique aber sah in einem strahlend hellen Lichtkegel aus schimmerndem rosa-goldfarbenen Licht nicht nur Maria Magdalena und Jesus Christus, sondern neben ihnen die Tochter der beiden, die da Sarah-Tamar hieß und die sie nie zuvor gesehen, sondern bisher nur gefühlt hatte. Sie war wunderschön mit ihrem ovalen, olivfarbenen Gesicht, und ihre Augen schimmerten im Licht der Kerzen in Grautönen, wie Véronique sie nie zuvor wahrgenommen hatte. Das lange Haar umfloss Sarah-Tamars zarte Gestalt wie ein Mantel. Sie wirkte zerbrechlich und ihre Aura war rein, doch gleichzeitig strahlte sie eine beinahe unmenschliche Kraft aus, als sie nun auf Véronique zutrat und sie sanft in den Arm nahm. Véronique hatte das Gefühl, mit ihr zu verschmelzen, als wären sie eins. Da vernahm sie Sarah-Tamars glockenhelle, freudig erregte Stimme an ihrem Ohr: »*Sei gegrüßt, Véronique, geliebte Schwester, göttlicher Teil von mir!*«

Véronique seufzte unwillkürlich. Doch Sarah-Tamar ließ sich nicht irritieren, sondern sie sagte:

»Ja, du hast richtig vernommen, wir beide sind Teil ein- und derselben Energie. Darum haben meine Eltern mich nach dir benannt.«

Vorsichtig löste sich Véronique von ihr und blickte Sarah-Tamar in die Augen. Sie musste sich versichern, dass sie das richtig verstanden hatte.

Doch Sarah-Tamars Augen konnten nicht lügen, Véronique aber antwortete ihr dankbar: »Ich bin dankbar, dass deine Eltern dir meinen Namen gegeben haben. Umso mehr berührt es mich, es nun auch von dir zu erfahren. Ich danke dir!«

»Es ist nur scheinbar eine andere Zeit, Schwester! In Wahrheit geht es jedoch um dieselbe Botschaft wie vor über 2000 Jahren; und so bin es nun ich, die dir einen Blick in die Zukunft enthüllen darf. Wie Julien von meiner Mutter bereits erfahren hat, ist er einer der letzten, wahren Troubadoure und wird in kürzester Zeit Gelegenheit haben, das Rätsel zu enthüllen, damit eure Reise nicht fehlt und ihr die Prophezeiung erfüllt. Aber lasst Lucius seinem Maître davon berichten, er soll aus seinem Mund den Namen des Ortes erfahren, zu dem die Reise geht. Denn Maurice de la Fontaine soll Lucius weiter vertrauen.«

Véroniques Herz war von Angst erfüllt, als de la Fontaine erwähnt wurde. Sarah-Tamar aber strich ihr beruhigend über das Haar und sagte:

»Keine Sorge, geliebte Schwester, auch dies ist Teil des Plans, der vor langer Zeit in die Akasha-Chronik eingewebt wurde. Erinnere dich immer daran, die Dinge sind nie wie sie scheinen! Doch mehr darf ich dir jetzt nicht enthüllen, wisse nur, dass ich von nun an nicht mehr von deiner Seite weiche.« Mit einem schelmischen Lächeln fügte sie hinzu: *»Es sei denn, du willst mich los sein und schickst mich fort.«*

»Nie im Leben!«, entrüstete sich Véronique spontan, woraufhin Sarah-Tamar sie erneut umarmte.

Véronique wollte ihr danken und auch den Eltern, denn Maria Magdalena und Jesus Christus standen neben ihnen. Doch ein Sog erfasste sie, und sie fand sich zurückkatapultiert in Xiao Lins Heiligtum.

Véronique atmete erst einmal durch, dann öffnete sie die Augen. Lucius und Xiao Lin beobachteten sie aufmerksam, und in Lucius Blick las sie Sorge, allein Xiao Lins Blick war von großer Ruhe erfüllt, die auch Véronique Mut verlieh. Dann reichte ihr Xiao Lin schweigend eine Schale mit frischem Tee.

Nach einigen Minuten richtete sie sich, ganz Balletttänzerin, mit einer anmutigen Bewegung auf und erklärte mit tragender Stimme: »Ich weiß jetzt, was zu tun ist«, woraufhin sie erzählte, was sie erlebt hatte und was sie zu tun hatten. Sie war konzentriert, denn die Botschaft drängte, und doch nahm sie aus dem Augenwinkel wahr, dass Lucius sie sprachlos anstarrte. Xiao Lin aber nickte, und da wusste sie, dass er all dies bereits vorausgesehen hatte. Ein telepathischer Dank, und der Meister verbeugte sich. Er warf Lucius einen Blick zu, als wollte er sie auffordern, doch Véronique wusste, was sie tun wollte.

An Lucius gewandt, sagte sie: »Ich danke dir aus tiefster Seele, dass du mich hierher gebracht hast. Du weißt nicht, wie viel mir dies bedeutet!« Sie stand auf, reichte Lucius die Hand und zog ihn ebenfalls hoch zu sich. Sie sah ihn an, legte ihre Hände um sein Gesicht und sagte: »Ich liebe dich, so wie ich dich immer geliebt habe.«

Lucius aber schluchzte wie ein kleiner Junge, und Véronique spürte, dass ihre Worte etwas in ihm geöffnet hatten, was jahrelang verschlossen gewesen war. Véronique aber verstand dies alles und wiegte ihn sanft in ihren Armen, bis er seine Ruhe wiedergefunden hatte.

»Weißt du, dass ich diese Worte seit dem Tod meiner Mutter nie mehr gehört habe? Dass ich das Gefühl hatte, keine Liebe mehr zu verdienen, nachdem ich mich der dunklen Seite verschrieben hatte? Und nun erscheinst du, ein reiner Engel in Menschengestalt, eine Frau von überirdischer Schönheit, vor mir und sagst mir, dass du mich liebst! Das ist mehr als ich je zu hoffen gewagt habe, und ich werde alles tun, um mich deiner würdig zu erweisen, denn auch ich liebe dich so sehr, dass ich für dich in den Tod gehen würde.«

Véronique war gerührt, sie hielt ihn fest, und als ihr auffiel, wie liebevoll Xiao Lin sie betrachtete, musste sie auf einmal so schallend lachen, dass sie die beiden anderen ansteckte. So endete dieser bewegende Moment mit ungeahnter Leichtigkeit.

Lucius riss sich zusammen, denn er wusste, dass er nicht mochte, was er als nächstes tun sollte. So verging ihm das Lachen als erstem.

»Ich sollte los und Maurice Bericht erstatten, damit er beruhigt ist.«

Véronique sah ihn besorgt an.

»Keine Angst, mein Engel!« Lucius sah sie zärtlich an. »Es ist nicht das erste Mal, dass ich als Agent unterwegs bin. Nur ist mein Herr diesmal ein anderer, und er ist endlich der richtige.«

»Du weißt viel besser, was zu tun ist als ich.« Véronique wollte nicht zu besorgt erscheinen.

»Nein, Véronique, es ist anders, du hast die Gabe, Dinge zu erschauen, während Lucius' Verstand scharf ist wie ein frisch gewetztes Messer. Erst gemeinsam seid ihr in der Lage zu erkennen, wohin euch der Weg führen muss und was dabei zu beachten ist. Aus diesem Grund hat dich Lucius zu mir gebracht. Und deshalb werdet ihr euch den kommenden Gefahren gemeinsam stellen.« Er sah die beiden voller Mitgefühl an: »Doch nun ist es an der Zeit, euch vorerst zu trennen. Eure Zeit wird noch kommen. Habt Geduld!«

MARIE

DRESDEN/PARIS, 26. SEPTEMBER 2013

Marie lächelte Julien an. Sie war sicher, dass auch er den Zauber einer unvergesslichen, heiligen Liebesnacht erlebt hatte. Wie gut, dass sie sich zuvor in aller Ruhe ausgesprochen hatten, denn so hatten sie Liebe genießen können, wie sie nur den Menschen gegeben ist, die ihre Seele bis in den letzten Winkel zu entblößen wissen. Als er das Frühstückstablett neben ihr auf der Bettkante abstellte, freute sie sich darauf, die Nacht noch ein wenig durch ein ausgiebiges gemeinsames Frühstück im Bett auszudehnen.

Irgendwann aber wurde Julien unruhig, und Marie erkannte, dass er es nicht gewöhnt war, am Aufführungstag nicht alleine zu sein. Sie hatte genug Erfahrungen mit ihrem Vater gesammelt, und so sagte sie: »Julien, ich denke, ich sollte mich anziehen und dich allein lassen, damit du dich in Ruhe auf die Aufführung heute Abend vorbereiten kannst.«

Sein Blick wurde froh, als er sagte: »Wie schön, dass ich dir nichts erklären muss! Bisher sind meine Beziehungen genau an diesem Punkt gescheitert und ich habe es vorgezogen, Single zu bleiben. Weißt du, ich muss einfach in der Lage bleiben, auf der Bühne alles zu geben, was in mir ist. Gelingt mir das nicht, schäme ich mich, denn ich habe das Gefühl, das Publikum zu verraten. Aber du scheinst das nachvollziehen zu können.«

»Ja, schon mein Vater hat mir immer wieder erklärt, dass er niemals in der Lage sein würde, ein Stück wie ein Beamter abzuarbeiten, sondern alles dafür tut, der Musik, dem Stück und dem Publikum, mit allen Fasern ihres Seins gerecht zu werden.«

»Wohl wahr«, seufzte Julien.

»Sonst hättest du bei mir nie eine Chance gehabt!«, ereiferte sich Marie, während sie Julien spielerisch in die Seite boxte.

»Na ja, wenn du ganz ehrlich bist, warst du bereits in mich verliebt, bevor du mich singen gehört hast«, schmunzelte Julien.

»Das ist nicht wahr!«, empörte sie sich.

»Das erste Ich-liebe-Dich habe ich vor dem ›Parsifal‹ noch im Krankenhaus von dir gehört«, korrigierte Julien.

»Ja, das stimmt«, gab Marie kleinlaut zu, »aber ich wusste von meinem Vater, dass du die Stücke nicht nur abspulst. Du bist kein Bürohengst.«

Daraufhin lachte Julien laut auf, zerzauste Maries Haar und drückte ihr einen leidenschaftlichen Kuss auf.

Marie hatte das Gefühl, erneut in seinen Armen zu zerschmelzen, aber sie erinnerte sich an das Gespräch, beherrschte sich und schob ihn sanft von sich: »Nun lass uns vernünftig sein, auch wenn es mir schwer fällt. Aber ich möchte auf keinen Fall schuld sein, wenn du heute Abend nicht in bester stimmlicher und körperlicher Verfassung sein solltest.«

Ein Ping verkündete die Ankunft einer Nachricht. Sie beugten sich beide über das Handy, denn sie war von Véronique:

Lieber Julien,
bitte sei heute Abend sehr achtsam,
wenn du »Lohengrin« singst!

Ich habe gestern eine Botschaft von Sarah-Tamar,
der Tochter von Jesus und unserer Maria,
empfangen, in der sie mir mitgeteilt hat,
dass du in Kürze Maria Magdalenas Rätsel
lösen wirst.
Heute während meiner Meditation habe ich dich
als Lohengrin mit einer weißen Taube
über dem Kopf gesehen, und so glaube ich,
dass du im Laufe der Aufführung eine Erkenntnis
haben wirst, die uns weiterbringt.
Toi toi toi für die Vorstellung!
Wir sprechen morgen in Ruhe, doch jetzt
bereite dich in aller Ernsthaftigkeit vor!
Ich grüße dich und Marie, in tiefer Verbundenheit!
Bises
Véronique

Mit großen Augen sahen sich Marie und Julien an und sagten wie aus einem Munde: »Was für eine Synchronizität!« Marie rieb sich die Arme, die von Gänsehaut überzogen waren, dann bemerkte sie, dass sich auch bei Julien die Haare aufgestellt hatten. Marie sprang auf und verschwand unter der Dusche.

Während sie im Bad war, hörte sie Julien erste Stimmübungen machen, und als sie die Suite verließ, saß er in tiefer Meditation vor dem Bett auf der Matte.

Marie lächelte darüber, dass es ihr wirklich egal war, ohne einen Abschied zu verschwinden. Sie hatte ein eigenes Ziel, und als sie die Frauenkirche betrat, sprach sie im Kopf bereits ein Gebet. Ich bitte für Lohengrin, begann sie in Gedanken und wusste, wie wichtig ihr das war, dass Julien bei der Aufführung von den guten Mächten unterstützt wurde.

Marie konnte nicht sagen, wie lange sie in der Kirche verweilte. Als ihr Magen sich knurrend meldete, lief sie zu einem nahe gelegenen Supermarkt, und mit den wichtigsten Dingen versorgt, kehrte sie in Juliens Hotelsuite zurück. Er nickte nur zur Begrüßung und fuhr dann fort mit Übungen, während sie einen kleinen Imbiss vorbereitete. Bis zum Abschied verharrten sie in diesem Schweigen des Einverständnisses.

Zum Glück hatte Marie schon am Vorabend daran gedacht, ihre guten Sachen aus dem Koffer zu holen. Ihre schönste Abendrobe aus glänzender smaragdgrüner Seide hatte sich mittlerweile wieder ausgehängt. Marie wusste, wie gut sie ihr stand, denn sie verwandelte ihre fahle Krankenhaushaut in so etwas wie vornehme Blässe – und wann immer sie die Robe trug, war sie für das Schimmern ihres kastanienbraunen Haares gelobt worden. Alles war perfekt – nur vermisste sie Véronique, damit sie nicht allein in der Königsloge sitzen musste, schutzlos allen Blicken ausgesetzt, während ihr Herz verfolgte, wie Julien Musik in Erkenntnis verwandelte. Sie seufzte, dann lächelte sie sich Mut zu. Maria Magdalena hatte es gesagt: Sie würde niemals allein sein.

Noch in der Loge, Marie hatte längst neben dem Intendanten der Semperoper, Hervé Schneiderhahn, Platz genommen, atmete sie wie Véronique es sie gelehrt hatte in der festen Überzeugung, Julien Energie zukommen zu lassen. Marie stellte sich vor, wie Julien in der Garderobe meditierte. Ein heiliger Moment stand bevor. Sie kannte die Abläufe hinter der Bühne, wie oft hatte sie als Kind dort sitzen und zusehen dürfen, wenn ihr Vater am Dirigentenpult probte. So war Marie in Gedanken bei Julien, als er in der Rolle und verwandelt in Lohengrin in den Nachen sprang. Bestimmt hatte er vorher gebetet, um Beistand gefleht. Es war, als hörte sie seine leise Stimme kristallklar bis in Königsloge: »Ich widme euch und eurem Geheimnis meinen Lohengrin mit Leib und Seele, auf dass das Rätsel mir enthüllt werde!«, obwohl sie wusste, dass er die Worte nur im Stillen sprach.

JULIEN ALS LOHENGRIN

DRESDEN, 26. SEPTEMBER 2013

War es Lohengrin oder war er selbst es, der Elsa seine Liebe gestand? Am Boden zerstört, vernahm er ihre Fragen – den Verrat. Und als Lohengrin fügte sich Julien in sein Schicksal, gab Wort für Wort, das er sang, seine wahre Bedeutung, wie er sie nie zuvor erfasst hatte:

In fernem Land, unnahbar euren Schritten,
liegt eine Burg, die Montsalvat genannt;
ein lichter Tempel stehet dort in Mitten,
so kostbar, wie auf Erden nichts bekannt:
drin ein Gefäß von wundertät'gem Segen
wird dort als höchstes Heiligtum bewacht,
es ward, dass sein der Menschen reinste pflegen,
herab von einer Engelschar gebracht;
alljährlich naht vom Himmel eine Taube,
um neu zu stärken seine Wunderkraft:
es heißt der Gral, und selig reinster Glaube
erteilt durch ihn sich seiner Ritterschaft.
Wer nun dem Gral zu dienen ist erkoren,

den rüstet er mit überirdischer Macht;
an ihm ist jedes Bösen Trug verloren,
wenn ihn er sieht, weicht dem des Todes Nacht.
Selbst wer von ihm in ferne Land' entsendet,
zum Streiter für der Tugend Recht ernannt,
dem wird nicht seine heil'ge Kraft entwendet,
bleibt als sein Ritter dort er unerkannt:
so hehrer Art doch ist des Grales Segen,
enthüllt – muss er des Laien Auge fliehn;
des Ritters drum sollt Zweifel ihr nicht hegen,
erkennt ihr ihn, dann muss er von euch ziehn. –
Nun hört, wie ich verbotner Frage lohne!
Vom Gral ward ich zu euch daher gesandt:
Mein Vater Parzival trägt seine Krone,
sein Ritter ich – bin Lohengrin genannt.

Juliens Herz floss über, als er die Botschaft in dieser Weise laut vor allen Zuhörern kundtat, und er wurde erhellt von einem inneren Licht, von dem er hoffte, auch auf den Rängen könnte man sehen, in welcher Weise die Gralserzählung zu neuer Wahrheit gelangte. Gefangen in diesem überirdischen Strahlen gelangen ihm Töne, die er selbst kaum wahrnahm, und doch wusste er, noch vor Ende des Stücks, dass er die Aufführung seines Lebens gesungen hatte. Julien zwinkerte im Licht der Scheinwerfer, und als eine weiße Taube über dem Nachen erschien, der ihn forttrug, fiel er auf die Knie und sein Gebet kam von Herzen, als der Nachen, von der Taube gezogen, von der Bühne glitt und ihn wieder in die Realität brachte.

Kaum fiel der Vorhang, begann das Publikum zu toben. Doch als Julien de la Tour alias Lohengrin schließlich als Letzter auf der Bühne erschien, gab es kein Halten mehr. Das gesamte Publikum der Dresdner Semperoper stand auf den Füßen und die Ovationen machten, dass der Boden förmlich bebte. Auch Marie klatschte, doch in ihr selbst herrschten Ruhe und Stille. Friede war eingezogen in ihrem Herzen, Mut und der feste Glaube daran, dass ihre Schicksalsmission erfüllt werden könnte.

JULIEN

DRESDEN, 27. SEPTEMBER 2013

Julien blickte über die Elbe und genoss den Ausblick. Es war richtig gewesen, an diesem sonnigen Tag nicht in der Suite auszuharren – so verlockend das Alleinsein mit Marie auch war. Aber in dieser Stadt, die er so sehr mochte, hielt ihn nichts im Dunkel eines Hotels. Die Sonne würde auch Marie guttun, denn so wunderschön sie in dem grünen Kleid am Vorabend auch ausgesehen hatte, Julien war ihre Blässe aufgefallen. Nach dem langen Krankenhausaufenthalt waren frische Luft und diese Sonnenstrahlen bestimmt das richtige für seine geliebte Marie. Wie verwandelt saß er ihr gegenüber, im Herzen noch die Worte Lohengrins – und auch das war ein Grund, aus einem vielleicht verwanzten Zimmer zu entfliegen: Er wollte Marie endlich erzählen, zu welchen Erkenntnissen er gekommen war, während er auf der Bühne stand. Ob er ihr auch gestehen würde, dass ihn Jesus und Maria Magdalena hinter der Bühne aufgesucht und bestärkt hatten? Er würde es drauf ankommen lassen. Erst einmal wollte er den unbändigen Hunger stillen, der ihn quälte, seit er bis spät in die Nacht die Schar Gratulanten gesprochen hatte, die sich in der Semperoper eingefunden hatte. Da war keine Zeit gewesen auch nur für einen Bissen. Jetzt aber würde er es genießen, dieses Frühstück mit Marie.

Es war angenehm, mit ihr zu schweigen, das war ihm bereits am Vortag aufgefallen, und fast bedauerte er es, die angenehme Stille zu durchbrechen, doch die Botschaft war zu wichtig, und so begann er, ihr alles zu erzählen. Was er gefühlt hatte, wie die Erkenntnis über ihn gekommen war.

»All die Jahre hatte ich geglaubt, dass mit Montsalvat die Burg Montségur, die Burg der Katharer, gemeint sei, denn immer wieder wiesen die verschiedensten Menschen darauf hin, dass sowohl ›Montsalvat‹ als auch ›Montségur‹ die gleiche Bedeutung, nämlich ›geretteter‹ bzw. ›sicherer Berg‹, haben. Somit war für mich klar, dass mit Montsalvat in Wahrheit Montségur gemeint war. Doch gestern, als ich darüber sang, erschien mir Jesus Christus und übertrug mir ein Bild sowie ein Gleichnis, indem er sagte ›*Siehe dies Bildnis, mein geliebter Bruder, und erkenne den Ort, welchen du einst als Kind mit deiner holden Mutter aufgesucht, deren Name einen Wegweiser zu dem Geheimnis, welches du enthüllen sollst, in sich birgt.*‹«

»Oh mein Gott!«, Marie schlug sich die Hand vor den Mund. »Der Name deiner Mutter war immer schon das Zeichen, sichtbar und doch unsichtbar, vor unser aller Augen verborgen. Es scheint wohl wirklich keine Zufälle zu geben auf dieser Welt. Alles ist von langer Hand geplant.« Nachdenklich betrachtete sie Julien. »Meinst du, dass deine Mutter wusste, weshalb sie diesen Namen trug? Dass es sich bei der Burg Montsalvat in Wahrheit um Montserrat handelt?«

»Das kann ich dir beim besten Willen nicht sagen, Marie«, erwiderte Julien wahrheitsgemäß. »Aber vielleicht gibt uns ihr Tagebuch darüber Auskunft. Sobald wir zurück im Hotel sind, werde ich nachschauen. Doch etwas Weiteres ist mir aufgefallen.

Im ›Parsifal‹ ist als Ort der Handlung notiert, dass sich ›Montsalvat‹ im nördlichen Spanien befinde. Das bedeutet demnach, dass mit der Gralsburg im ›Parsifal‹ sowie im ›Lohengrin‹ niemals die Burg Montségur gemeint sein konnte. Zudem ist es mit Sicherheit kein Zufall, dass das erste Gastspiel der Bayreuther Festspiele ausgerechnet im Teatro del Liceu, der Oper in Barcelona, stattfand. Im letzten September gab es dann nach siebenundfünfzig Jahren zum ersten Mal wieder drei konzertante Aufführungen der Bayreuther Festspiele, nämlich ›Lohengrin‹, ›Tristan und Isolde‹ sowie den ›Holländer‹. Ist das nicht auffällig?«

»Ja, du hast recht«, meinte Marie. »Mein Vater hat mich immer wieder darauf aufmerksam gemacht, dass in dem katalanischen Opernhaus die Musik von Wagner von jeher einen ganz besonderen Stellenwert einnimmt, wenn ich mich wieder einmal darüber amüsiert habe, dass es ihm so wichtig war, Wagner ausgerechnet in Spanien zu dirigieren.«

»Sei vorsichtig, was du sagst, ma chère!«, unterbrach sie Julien. »Barcelona ist nicht wirklich Spanien, sondern die Hauptstadt von Katalonien. Es ist scheinbar auch kein Zufall, dass die katholische Kirche dort nicht annähernd so viel Macht auf die Menschen auszuüben verstand wie in Spanien. Zudem, sofern ich mich recht erinnere, hat Ignacio de Loyola sein Schwert, das Zeichen seines Rittertums, ausgerechnet auf den Altar der heiligen Jungfrau in Montserrat gelegt, um seinem alten Leben abzuschwören, dem Weltlichen zu entsagen und sich voll und ganz dem Göttlichen widmen zu können. Wie wir alle wissen, die wir in der Geschichte der Blutlinie erzogen worden sind, war Loyola einer von uns. Nicht umsonst hatte ihn die Inquisition aufgrund seiner Fürsorge für Frauen unter Verdacht.«

»Das wird ja immer spannender!«, rief Marie voller Aufregung. »Lass uns so bald wie möglich nach Barcelona und auf den

Berg Montserrat fahren.« Ihr Blick schweifte einen Moment in die Ferne, dann sagte sie mit leuchtenden Augen: »Und du bist sicher, dass Véronique uns begleiten will? Sie hat es dir versprochen, mit zu kommen, wohin dich deine Erkenntnisse führen?«

»Ja, und vielleicht sollte auch ihr Bruder Richard mitkommen, denn unser machtvoller Gegner wird uns dieses Mal mit Sicherheit nicht nur fünf Agenten seiner skrupellosen Meute auf den Hals hetzen. Ich habe lange mit Véronique gesprochen, und die Botschaft, die Xiao Lin uns sendet und die sie erhalten hat, ist eindeutig. Wir müssen unseren Gegner mit Hilfe von Lucius einweihen. Aber das wichtigste ist, dass wir nach Barcelona fahren.«

»Du meinst wirklich, wir sollten unsere Pläne einfach Lucius anvertrauen? Wieso sollten wir de la Fontaine helfen, diesem Verräter.« Maries Stimme zitterte verräterisch, und Julien griff nach ihrer Hand.

»So beruhige dich doch, chérie«, versuchte Julien Marie zu besänftigen.

»Ich will mich aber nicht beruhigen!«, rief Marie aufgewühlt. »Ich habe nachts immer noch Albträume und sehe wieder und wieder, wie ich mit dem Dolch im Stephansdom niedergestochen werde. Da kann ich nicht ruhig bleiben bei dem Gedanken, dass Véronique mit deiner Zustimmung unsere Pläne an den Mörder meines Vaters weitergibt.«

»Marie, so vertraue uns doch! Du hättest dabei sein müssen. Aber du weißt, wie Véronique ist: Sie würde dir doch niemals schaden wollen.«

»Das weiß ich doch«, gab Marie kleinlaut zu. »Ich habe einfach Angst, Julien! Deswegen rege ich mich so auf.«

»Das kann ich doch nachvollziehen! Aber nun hör mir bitte zu.«

Marie nickte zögernd.

Julien erzählte weiter, und seine Stimme war eindringlich, obwohl er Acht gab, dass sie nicht weit trug: »Xiao Lin, der Mann, der Véronique und Lucius geraten hat, unser nächstes Ziel Maurice de la Fontaine zu verraten, ist nicht nur Lucius' Lehrer. Ich kann es zwar noch immer kaum glauben, dass er auch Lucius unterrichtet hat. Aber ich vertraue ihm mein Leben an, denn er ist der Meister. Ein derart heiliger Mann ist mir nie begegnet. Er hat mich nicht nur in den Kampfkünsten unterrichtet und mir das Meditieren beigebracht, sondern er hat mich auch den neungliedrigen Pfad zum reinen Menschen gelehrt.«

Marie blickte Julien mit großen Augen an. »Das hast du mir noch gar nicht erzählt. Jetzt wird mir so manches klar.«

»Was meinst du damit?«

»Deswegen bist du in der Lage, auch in schwierigsten Momenten eine solche Ruhe auszustrahlen. Doch erzähle bitte weiter!«, drängte Marie.

»Dieser Mann ist auf seine Art und Weise ebenso einzigartig wie es dein Vater auf seinem Gebiet war. Er ist wahrhaftig ein Meister, der sowohl die Vergangenheit als auch die Zukunft zu sehen vermag. Das bedeutet, er kann die Akasha-Chronik lesen wie ein normales Buch. Er greift ein in das Schicksal der Menschen, wenn Gott es will. Er hat erkannt, dass Lucius dem Anführer der Octavianer ruhig verraten soll, was wir planen. Es ist der richtige Weg. Wir müssen ihm einfach vertrauen.«

»Langsam beginne ich zu verstehen, wie das alles zusammenhängt«, murmelte Marie.

»Ich vertraue Véronique, und auch Lucius vertraue ich. Wer hätte das gedacht.«

Mit einem Mal hielt Julien besorgt inne und betrachtete Marie zärtlich: »Bist du sicher, dass du diese Reise mitmachen willst, nach allem, was du bereits ausgestanden hast?«

»Du glaubst doch nicht im Ernst, dass ich dich alleine gehen lasse?«, empörte sich Marie, und voller Fatalismus fügte sie noch hinzu: »Falls wir sterben müssen, um das Geheimnis zu enthüllen, tun wir es jedenfalls gemeinsam.«

Sie hatte Juliens Hände ergriffen und sah ihm in die Augen: »Weißt du, auch ich habe gestern während deines Lohengrins so Manches begriffen; und es tut mir unendlich leid, dass ich dich mit meinem schrecklichen Misstrauen auf ähnliche Weise im tiefsten Inneren verletzt habe wie Elsa ihren Lohengrin.«

Als Marie spürte, dass Julien sie unterbrechen wollte, legte sie ihm einfach einen Finger auf die Lippen. Sie fuhr fort: »Du darfst gleich sprechen, mon amour. Ehrlich gesagt hatte ich immer wieder Schwierigkeiten, dir zu vertrauen, aber nur, weil in mir noch eine tiefe Angst aus einem alten Leben steckte. Du weißt, du hättest mich vor dem Scheiterhaufen retten können, damals.«

Juliens Körper begann zu zittern, doch seine Stimme blieb fest. »Geliebte Jeanne, das ist mir schmerzlich bewusst. Bis heute kann ich mir das nicht vergeben. Ich weiß, welche Schuld ich damals auf mich geladen habe.«

Marie sah seine Rührung und küsste ihn. Julien aber fühlte, dass sie ihn wirklich meinte, und da verwandelte sich in ihm etwas, denn der reine Kuss von Marie Madeleine war wie heilendes Balsam für seine geschundene Seele. Endlich waren sie vereint.

LUCIUS

PARIS/DRESDEN, 27. SEPTEMBER 2013

Zum ersten Mal seit Lucius' geplantem Zusammentreffen mit Marie Chevalier in Sacré-Cœur vor einem Monat fanden sich erneut neun Mitglieder der geheimen Gesellschaft der Octavianer zur altbekannten Zeit in dem finsteren Kellergewölbe einer kaum mehr bekannten Kirche aus der Templerzeit ein, um gemeinsam Rat zu halten, wie sie im Fall »Marie Madeleine Chevalier und Julien de la Tour« weiter verfahren sollten.

Nie zuvor war es Lucius schwer gefallen, eine Sitzung zu eröffnen, doch heute musste er sich sehr stark zusammenreißen, um die Worte des offiziellen Gebets der Fraternité ohne Stocken sprechen zu können. Mit einigen bewussten Atemzügen versuchte er, innerlich neutral zu werden, bevor er mit kalter Stimme zu rezitieren begann:

»Herr, lass uns gute Diener deiner selbst sein,
indem wir dafür sorgen, dass alle Unwahrheiten,
welche über deinen einzigen wahren Sohn
verbreitet werden, endgültig vernichtet werden.
Wir werden nicht eher ruhen, bis nicht die letzte

aller häretischen Schriften dem Erdboden gleich
gemacht ist.
Herr, gib uns deinen Segen – heute wie an allen Tagen!
Amen.«

Wie immer so auch heute wiederholten alle neun Männer das Wort »Amen« unisono als Schwur, die gemeinsame Sache nicht eher ruhen zu lassen, bis sie in ihrer göttlichen Angelegenheit gesiegt hatten.

Kaum war das Gebet in dem hallendem Raum endgültig verklungen, richteten sich alle acht Augenpaare auch schon voller Neugier auf Lucius, denn Monsieur de la Fontaine hatte bereits bei der Einberufung der Versammlung verlauten lassen, dass Lucius spannende Neuigkeiten mitzuteilen habe.

Mit einem kaum sichtbaren Nicken seines Kopfes gab Maurice Lucius zu verstehen, dass er anfangen könne.

»Nun, meine Mitstreiter, ich denke, ich habe gute Neuigkeiten für uns«, setzte Lucius zu sprechen an.

»Jetzt rede schon Klartext und lass dir nicht erst jedes Wort aus der Nase ziehen«, unterbrach ihn Gérard genervt.

»Bist du still, du Lümmel!«, fuhr Maurice de la Fontaine wütend dazwischen und mit einem Lächeln zu Lucius gewandt, »Nun fahre schon fort, Lucius.«

»Also gut! Mir ist es gelungen, Zugang zu einer Nachricht zu bekommen, die Véronique von Marie und Julien erhalten hat. Darin geht es eindeutig darum, dass die Auflösung des Geheimnisses, das in der uns bekannten, Jahrtausende alten Prophezeiung genannt wird, irgendwie mit Barcelona zu tun hat. Das heißt die drei werden sich, sobald Juliens Vorstellungen in Dresden vorbei sind und Véronique frei hat, auf den Weg nach Barcelona machen, wo anscheinend ein Schatz verborgen liegt, der mit Maria Magdalenas und Jesus Christus' angeblicher Geschichte in Zusammenhang steht. So liegt es nun an uns, den dreien zu folgen und ihnen das häretische Vermächtnis an Ort und Stelle zu entreißen, bevor die Welt auch nur ein Sterbenswörtchen davon erfahren kann.«

»Wie sind Marie Madeleine und Julien nur auf Barcelona gekommen?«, fragte sich Monsieur de la Fontaine, während er seinen Kopf mit einer Intensität rieb, als würde ihm das irgendwelche Geistesblitze bescheren.

»Das weiß ich beim besten Willen nicht, Maurice,« antwortete Lucius, »aber ich denke, viel wesentlicher ist, dass wir nun wissen, in welche Richtung wir weiter forschen müssen.«

»Allerdings, mein Lieber!«, erwiderte sein Maître augenzwinkernd. »Ich weiß schon, warum du mein bestbezahlter Agent bist.«

Lucius fühlte sich alles andere als wohl in seiner Haut, seine neuen Freunde quasi ans Messer geliefert zu haben, doch es blieb ihm nichts Anderes übrig, als seinem Lehrer Xiao Lin zu vertrauen, der scheinbar den höheren Plan zu kennen schien. So lächelte er Maurice gezwungenermaßen an und bedankte sich für das Lob. Er wusste jedoch auch, dass er damit noch weniger Freunde unter den anderen Agenten hatte als je zuvor, aber das war nur gut so, denn über kurz oder lang würde sich seine wahre Identität offenbaren.

Nachdem sie gemeinsam noch Pläne gewälzt hatten, wie sie in den nächsten Tagen vorgehen wollten, schlossen sie ihre Begegnung erneut mit dem von Lucius gesprochenen Gebet und zerstreuten sich in alle Himmelsrichtungen.

VÉRONIQUE

PARIS, 27. SEPTEMBER 2013

Kaum war Véronique nach ihrer Probe an der Bastille nach Hause zurückgekehrt, klingelte es bei ihr. Verwundert drückte sie auf die Fernsprechanlage, um zu hören, wer das sein konnte, denn sie erwartete niemanden und sie konnte sich auch beim besten Willen nicht vorstellen, wer sie um diese nächtliche Zeit besuchen wollte, denn weder Marie und Julien noch Richard waren in Paris. Hoffentlich war dies nicht ein neuer Anschlag dieses de la Fontaine.

So fragte sie vorsichtig: »Hallo, wer ist da?«

»Ich bin es, Lucius.«

Vollkommen überrumpelt drückte Véronique auf den Türöffner und öffnete wie ferngesteuert die Wohnungstür ihres Penthauses. Doch als Lucius aus dem Aufzug trat und auf sie zukam, sah sie seine selbstsicheren Bewegungen, den Motorradhelm unter dem Arm. Er legte den Finger an den Mund, um ihr zu bedeuten zu schweigen.

»Niemand soll ahnen, dass ich hier bin. Wir wollen doch deine Nachbarn nicht in Versuchung führen, bei einer Befragung auszusagen, du bekämst junge Männer in Motoradkluft zu

Besuch – die du liebevoll im Treppenhaus begrüßt.« Er sah sie mit diesem unwiderstehlichen Lächeln an, das sie so an ihm liebte.

Véronique warf sich ihm in den Arm, und im selben Moment schien sich Lucius zu verwandeln. Seine Stimme nahm einen völlig anderen Klang an, als er Véronique ins Ohr flüsterte: »Ich musste dich einfach sehen und spüren, meine Liebste!«

»Ist das nicht zu gefährlich, Lucius?«, wisperte Véronique zurück.

»Nein, nicht wirklich, denn nachdem ich aus einer Quelle, die mit dir zu tun hat, erfahren hatte, dass eure nächste Reise nach Barcelona gehen soll, bin ich wieder auf dich angesetzt worden, d.h. ich verfolge jetzt wieder jeden deiner Schritte.«

Er schüttelte sich unwillkürlich und trat einen Schritt zurück, um ihr in die Augen zu sehen. Scherzend fügte er hinzu: »Also sei vorsichtig, was du tust, denn ich sehe alles!«

Lachend boxte Véronique ihn in die Seite: »Du möchtest wohl meine anderen Verehrer unschädlich machen! Das sehe ich doch richtig?«

»Genau, denn von nun an gehörst du mir!«, und auf seine Worte folgte ein leidenschaftlicher Kuss, er nahm sie auf den Arm und trug sie durch die Wohnung mit einer Sicherheit, als bewegte er sich Tag für Tag durch ihre Räume.

Vor dem breiten weißen Ledersofa im Wohnzimmer blieb Lucius stehen und bettete Véronique sanft darauf, legte sich neben sie, und Véronique genoss jeden Moment, der folgte. Ihr war, als stünde ihr ganzer Körper in Flammen, und sie wünschte sich nichts sehnlicher, als sich diesem Mann vollends hinzugeben. Da sagte Lucius mit vor Leidenschaft rauer Stimme: »Mein geliebter Engel, ich weiß genau, was du dir wünschst, nur ist jetzt nicht der richtige Zeitpunkt dafür.«

Véronique war bestürzt, denn nie zuvor hatte sie alle Schranken vor einem Mann fallen lassen und sich derartig verletzlich gemacht.

Konnte es sein, dass er anders empfand als sie? Wieso hatte er nur von ihrem Wunsch gesprochen und nicht gesagt, dass es ihm ähnlich erging, schoss es Véronique durch den Kopf.

Lucius bemerkte im selben Moment den schmerzlichen Ausdruck in Véroniques Augen und fügte eindringlich hinzu: »Sei bitte nicht traurig! Glaub mir, ich würde nur zu gern die Nacht mit dir verbringen, doch ich könnte nicht verhindern, dass unser Band für andere, auch für nicht so hellsichtige Menschen sichtbar wird. Ich könnte dich nie in dieser Weise in Gefahr bringen.«

Véronique nickte und stellte sich vor, wie sie vergeblich zu verbergen suchte, wie sehr sie ihn liebte. »Ich liebe dich.«

Lucius sah sie an, als habe sie ihm die Welt zu Füßen gelegt. Ernst sagte er: »Du weißt, dass ich dich liebe, wie ich nie zuvor eine Frau geliebt habe! Doch genau aus diesem Grund muss ich an alles denken, um ja keinen Fehler zu machen.«

Dann bedeckte er ihr Gesicht mit Küssen, und für einen Moment vergaßen sie alles um sich herum.

Wie viel Zeit verging, bis sie sich voneinander lösten, hätte Véronique nicht zu sagen vermocht. Aber irgendwann setzte Lucius sich auf. Er fischte zwei abhörsichere Handys aus seiner Lederjacke und drückte ihr eines davon in die Hand.

Véronique ließ sich die Geheimzahl nennen, froh, dass sie nun miteinander in Kontakt bleiben konnten. Endlich hatte sie wieder ein wenig Macht über den nächsten Schritt. Sie sah Lucius an und sagte: »Merci, aber jetzt musst du gehen.« Lucius nickte. »Ich verspreche dir, es wird niemand sehen, wie ich das Haus verlasse. Du bist sicher.« Er zuckte bei diesem Satz und ein schiefes Lächeln zeigte ihr, dass auch er nicht einverstanden war mit seinem Schicksal, sie und ihre Freunde verraten zu müssen …

Er flüsterte: »Da ich nicht weiß, ob wir in diesem Leben noch einmal unter vier Augen miteinander reden können, möchte ich, dass du weißt, dass du das Kostbarste bist, was mir in dieser Zeit auf Erden widerfahren ist. Dank dir habe ich erkannt, wie falsch es war, de la Fontaine zu vertrauen. Mit deiner Hilfe kann ich zumindest einen kleinen Teil meiner karmischen Schuld wieder gut machen. Sei gewiss, ich werde Marie und Julien unter allen Umständen verteidigen – und du bist nicht mehr und nicht weniger als mein Leben, sei dessen sicher.«

Véronique atmete rhythmisch, um nicht zusammen zu brechen, sie wusste, sie musste stark sein für Marie, für Julien und auch für Lucius.

Nach seinen Worten drückte Lucius ihr noch einen letzten Kuss auf den Mund, und ehe Véronique sich versah, hatte er sich den Motorradhelm geschnappt und war durch die Tür entschwunden.

Véronique aber schloss die Tür und lehnte sich mit der Stirn dagegen. Sie hatte panische Angst, Lucius zu verlieren, wo sie ihn doch gerade erst gefunden hatte. Sie lauschte, ob seine Schritte sich entfernten, stattdessen hörte sie ein leises Rascheln, und ein weißer Umschlag wurde unter der Tür durchgeschoben. Véronique zögerte kurz, es waren zu viele Kuverts im Umlauf in der letzten Zeit. Doch dann hörte sie die Schritte von Motorradstiefeln auf dem Treppenabsatz und griff nach dem Umschlag.

Im Schlafzimmer ließ sie sich auf das Bett fallen, und mit klopfendem Herzen zog sie ein dünnes Blatt handgeschöpften Papiers hervor, das sowohl mit lateinischen als auch hebräischen Buchstaben beschrieben war:

Meine geliebte Véronique,
vielleicht hat dir Marie erzählt, dass ich einst Hebräisch, diese heilige Sprache,
gelernt habe, um mehr zu verstehen.
Bis zu meinem Zusammentreffen mit Marie und dir habe ich jedoch nicht begriffen,
wie sehr doch alles zusammenhängt.
Da ich glaube, dass die Berechnung deines Namenswertes mit Hilfe der Gematria (der hermeneutischen Technik der Interpretation von Worten mit Hilfe von Zahlen) eindeutig aussagt, dass du die »Operation Barcelona« überleben wirst, möchte ich
sie dir zeigen, um dir Mut zu machen für das Bevorstehende:

Véronique Valois

ורוביקַ ולואה
Gematria: 372

Denselben Zahlenwert hat auch:
כֿחול ארבה ימים
Ke chol arbe iamim = »Ich werde meine Tage vermehren wie der Phoenix« (Buch Hiob)

Verstehst du nun, was ich meine? Du wirst wie der Phoenix aus der Asche steigen, egal, was geschehen wird.
Vielleicht beruhigt dich das ja ein wenig!

Ich liebe dich – mehr als mein Leben.
Nun küsse ich dich in den Schlaf, mein geliebter Engel!
Dein Lucius – auf ewig

Sie war froh, dass er ihr Energie gab für das Abenteuer in Barcelona. Wie gern hätte sie dies alles mit Marie durchgesprochen, aber sie gönnte der Freundin eine gemeinsame Nacht mit Julien. Sie freute sich, dass die beiden einmal ungestört in Juliens Hotelsuite waren – hoffentlich konnte Julien sich am nächsten Tag darauf konzentrieren, erneut den Lohengrin zu singen. Ihr wurde warm ums Herz bei dem Gedanken an ihre Freunde, und Véronique kniete sich neben das Bett. Es gab so viel, was sie in ihrem Herzen trug und was sie Mutter Maria anvertrauen wollte. Und da war noch mehr, um das sie bitten würde, so brachte sie sich zur Ruhe und suchte vertrauensvoll Zwiesprache mit Mutter Maria.

LUCIUS

PARIS, 27. AUF 28. SEPTEMBER 2013

Lucius schwang sich auf seine Maschine und verharrte kurz. Dann schob er das Kinn entschlossen vor und fuhr los ins Headquarter der Octavianer, da ihm klar war, dass er vorerst sowieso keinen Schlaf finden würde. Außerdem war er ziemlich sicher, dass er zu dieser nachtschlafenden Zeit dort niemanden mehr antreffen würde. Vielleicht ergab sich ja nun die Gelegenheit, etwas über den Tod seiner Eltern herauszufinden. Auch wenn andere Menschen nach unzähligen Fehlschlägen längst aufgegeben hätten, erhöhte sein bisheriges Versagen nur die Intensität, mit der sich Lucius dieser von Xiao Lin auferlegten Aufgabe stellte. Denn nach allem, was in den letzten Tagen geschehen war, war Lucius überzeugt, dass de la Fontaine zu viel Dreck am Stecken hatte, als dass er nicht auch bei diesem furchtbaren Schicksalsschlag seine Finger im Spiel gehabt hatte. Lucius schüttelte den Kopf und bemerkte, dass ihn ein Autofahrer an der Ampel fragend musterte. Er nickte ihm zu, machte ein paar Dehnübungen der Halsmuskulatur, und dann brauste er gleich los, als die Ampel Grün zeigte.

Lucius lief einmal durch die Räume der Zentrale. Kein Mensch war da. Ein seltener Moment der Ruhe in diesem Haus, wo es sonst vor Octavianern wimmelte.

Dann aber setzte er sich aufrecht vor den Zentralcomputer, versenkte sich – wie ihn Xiao Lin gelehrt hatte – in einen Zustand höchster Achtsamkeit und überlegte, wonach er suchen sollte. Die Suchworte waren entscheidend. Seine Finger bewegten sich wie von selbst, und er hatte die Worte »Operation Nizza« schon getippt, als sich wie von Geisterhand eine Akte öffnete. Ein Ordner mit Fotos, dazu einige Textdateien. Als er die Fotos ansah, musste er sich kurz an der Tischkante festhalten, denn die festgefügte Welt, in der er aufgewachsen war, geriet ins Wanken: Er sah sich mit unzähligen Fotos konfrontiert, die sowohl seine Eltern als auch ihn als kleinen Jungen in den unterschiedlichsten Situationen zeigten. In diesem Augenblick wusste Lucius mit Gewissheit, dass die Octavianer und nicht die Blutlinien-Anhänger seine Eltern auf dem Gewissen hatten, zu welchem Zweck sonst hätten sie diese Fotos in einer Datei sichern sollen. Sie waren observiert worden, seine Eltern und auch er selbst, lange bevor seine Mutter und sein Vater gestorben waren. Lucius war von einer Sekunde auf die andere eiskalt, obwohl der Raum, in dem er sich befand, alles andere als kalt war. Er war nicht mehr in der Lage, seine Finger zu bewegen, um die Akte weiter nach unten zu scrollen. Er befand sich in einem akuten Schockzustand. Krampfhaft überlegte er, was er nur tun konnte. Doch er konnte nicht mehr klar denken. Er atmete, und dann tat er das, was Xiao Lin ihm beigebracht hatte: Er flehte um höheren Beistand und hörte sich flüstern: »Dein Wille geschehe …«

Ihm war, als stünde Xiao Lin neben ihm, denn er hörte deutlich die Worte: »Lucius, versuche, innerlich ruhig zu werden, indem du das Mantra ›Sat Nam‹ in sieben Wellen durch die Chakras chantest. So wirst du aus deiner Erstarrung erwachen und dich wieder bewegen können, denn damit verbindest du dich mit der Wahrheit deiner göttlichen Essenz und deine Kraft wird zu dir zurückkehren.«

»Sat Nam«, er rezitierte die Worte und spürte eine Welle der Wärme durch seinen kalten Körper strömen. Es gelang ihm, seinen Körper zu überwinden, und mit der Geisteskraft, die ihm das Mantra schenkte, konnte er sich erneut der Akte über seine Eltern zuwenden. Ein Ordner mit Briefen zog ihn an, und er öffnete den ersten:

Paris, Karfreitag, 9. April 1982

Mittlerweile bin ich davon überzeugt, dass Lucius Grimaldi, der Sohn von Lucielle und Bartolomé Grimaldi, der Junge ist, von dem uns erzählt worden ist und den wir schon so lange unter allen Siebenjährigen im Land suchen.
Sein Aussehen entspricht dem eines Engels, und seine Fähigkeiten mit Pfeil und Bogen sowie im Umgang mit Pferden sind in seiner Alterskohorte unvergleichlich. Außerdem ist sein IQ überdurchschnittlich hoch, was die von mir angeordneten Untersuchungen an seiner Schule in Montpellier eindeutig bestätigt haben. Seine Furchtlosigkeit wird für unsere Unternehmungen von höchstem Nutzen sein.
Somit ist er eindeutig identifiziert als derjenige,
den uns das Medium aus Moskau ans Herz gelegt hat;
derjenige, welcher maßgeblich daran Teil haben wird,
dass sich die Prophezeiung um Marie Madeleine Chevalier
und Julien de la Tour nicht erfüllen wird.
Nun ist es an uns, dafür zu sorgen, seine Eltern aus der Welt zu schaffen, sodass er einer unserer Diener wird. Bitte achtet bei seiner Ausbildung darauf, dass ihm seine Verbindung zur

Blutlinie nicht als positive Kraft bewusst wird. Ich werde den Jungen zum Agenten ausbilden, so lange er noch formbar ist. Die Schuld am Tod seiner Eltern werde ich den Anhängern der Blutlinie zuschieben.

Gezeichnet von Maurice de la Fontaine, dem stellvertretenden französischen Oberhaupt der Octavianer

Lucius hatte das Gefühl, als würde ihm das Herz in der Brust zerspringen, denn seit dem tödlichen Anschlag auf seine Eltern in Nizza im Jahr 1983 hatte er sich nicht mehr an seinen Nachnamen erinnern können, und Maurice de la Fontaine hatte ihn immer damit beruhigt, dass es zu seiner eigenen Sicherheit sei, wenn er seinen Familiennamen nicht mehr wüsste, denn so könnten die Anhänger der Blutlinie, die mit Sicherheit auch seinen Tod wünschten, ihn weniger leicht finden und ebenfalls töten.

Lucius kämpfte mit allen von Xiao Lin gelernten Mitteln dagegen an, dass ihn der Gedanke nicht lähmte, er selbst trage am Tod der Eltern Schuld, nur weil dieser Teufel in Menschengestalt in ihm etwas gesehen hatte. Wie hatte er nur jahrzehntelang so blind sein können, de la Fontaine zu folgen? Wieso hatte seine Intuition ihn nicht früher verraten? Lucius wurde ganz elend zumute: Wie sollte er nur einen einzigen Tag, geschweige denn eine Sekunde länger für die Octavianer arbeiten, die seine Eltern einfach »ausgerottet« hatten, um ihn in ihre Fänge zu bekommen und ihn als eiskalte Tötungsmaschine zu trainieren?

Lucius barg sein Gesicht in den Händen und dann sah er es vor sich, das Gesicht von Véronique, und für einen Moment wusste er, dass er für sie stark sein und seinen Weg weitergehen musste, der sein Schicksal war.

So versuchte er erneut sein Glück mit »Sat Nam« und kam

langsam wieder zur Ruhe, sodass er wieder klar zu denken vermochte.

Es war ein Leichtes für ihn, die Akte auf einen USB-Stick zu kopieren. Dann löschte er alle Spuren vom Rechner. Als er den Eindruck hatte, dass alles an seinem Platz war, verließ er den Raum seines persönlichen Grauens schnellen Schrittes, ohne sich noch ein einziges Mal umzudrehen. Er wusste ja, die Gefahr folgte ihm schon sein Leben lang. Und er hoffte inständig, dass er den Seinen nicht noch mehr Unglück brachte.

VÉRONIQUE

PARIS/DRESDEN,
27. AUF 28. SEPTEMBER 2013

Kaum war Véronique von Maria behütet ins Reich der Träume gelangt, wurde sie auch schon wieder aus dem Schlaf gerissen. Sie hatte das Gefühl, als würde ihr Herz in der Brust zerspringen, sodass sie sich alarmiert in ihrem Bett aufsetzte.

Was war nur los mit ihr? Sie konnte sich beim besten Willen nicht erinnern, einen Alptraum gehabt zu haben, doch ihr Herz hörte nicht auf zu schmerzen, sodass sie es mit der Angst zu tun bekam. War Marie am Ende erneut in Gefahr?

Véronique musste sich auf der Stelle Gewissheit verschaffen, egal wie spät es war. So griff sie zu ihrem Handy, das auf dem Nachttisch lag und wählte Maries Nummer.

Sie war erleichtert, als ihre Freundin an das Handy ging und sagte: »Véronique, was ist los? Ist alles okay?« Sie konnte hören, wie besorgt Marie war.

»Gott sei Dank bist du am Apparat, Marie!«, stöhnte Véronique. »Mir war, als müsse dir erneut etwas zugestoßen sein.«

»Wie kommst du denn auf diese Idee? Ich bin doch bei Julien«, antwortete Marie verwundert.

»Bisher ist immer etwas Schlimmes passiert, wenn ich in dieser Weise aus dem Schlaf hochschreck –« Véronique hielt inne.

»Lucius, ihm muss etwas zugestoßen sein. Ich habe ihm heute erzählt, wo ihr hinwollt, und jetzt dieser Alp – der so gar kein Traum ist! Hoffentlich hat de la Fontaine ihn nicht …«

»Chérie, Lucius hat seinen Leuten gerade verraten, dass unsere nächste Reise nach Barcelona geht. Warum sollte ihm auch nur ein einziger dieser schrecklichen Menschen misstrauen?«

Véronique nickte und dann fiel ihr ein, dass Marie das ja gar nicht sehen konnte. »Marie, ist schon okay, du hast recht. Weißt du, ich werde ihm eine SMS schicken. Er hat mir ein Handy gegeben, das nicht nachverfolgt werden kann. Ich simse dir dann, wenn alles mit ihm okay ist, einverstanden?«

Diesmal nickte Marie, es entstand eine Pause, bis sie flüsterte: »Ich freue mich, dass du ihn erreichen kannst! Melde dich auf jeden Fall gleich noch und nicht erst morgen früh!«

Véronique atmete erst einmal durch und versuchte, sich zu beruhigen. Erst als ihr Herzschlag wieder normal ging, formulierte sie eine SMS an Lucius. Der Moment bis die Antwortnachricht einging, erschien ihr wie eine halbe Ewigkeit.

Liebste,
merci, dass du fragst, ich habe zu tief gegraben
und mehr erfahren über meine Herkunft.
Das bringt nur mich in Gefahr, nicht euch.
Bete für mich bitte!
Ewig dein
Lucius

»Um Gottes Willen, was mag das bedeuten?«, entfuhr es Véronique. Sofort rief sie Marie an und las ihr die Nachricht vor.

»Was er wohl meint damit?« Auch Marie klang besorgt. Dann sagte sie: »Wenn ich du wäre, ich würde ihm schreiben, was du für ihn tun kannst.«

»Wenn ich dich nicht hätte.« Véronique legte auf und tippte zitternd die Frage an Lucius in ihr Handy. Auch die daraufhin eingehende Antwort las sie sofort Marie vor:

Véronique, bitte fahr jetzt gleich noch zu Xiao Lin.
Ich danke dir, mein Engel!
Bisous
Lucius

»Ich denke, du solltest hinfahren, Véronique«, meinte Marie. »Ich vermute, Lucius wird auch kommen.«

»Oh, das hoffe ich«, erwiderte Véronique. »Ich danke dir von ganzem Herzen für deine Unterstützung mitten in der Nacht! Ich hoffe nur, wir haben Julien nicht geweckt, denn er braucht morgen all seine Kräfte für die nächste Vorstellung!«

»Mach dir deswegen keine Sorgen! Julien wäre der Erste, der dir auch geholfen hätte! Und nun ziehe dich an und sieh zu, dass du zu Xiao Lin kommst! Ich bete für euch.«

»Das tue ich! Merci et à bientôt chérie!«

LUCIUS

PARIS, 27. AUF 28. SEPTEMBER 2013

Lucius traf als erster bei Xiao Lin ein. Als wäre es irgendwann am Tag, öffnete der Meister ihm die Tür, bevor er noch geklopft hatte.

Ohne ein Wort schob Xiao Lin Lucius an sich vorbei in den nächsten Raum, dann sagte er:

»Véronique wird noch etwas brauchen.« Xiao Lins Lächeln glich einem Buddha. »Du bist sicher, dass dir niemand gefolgt ist?««

»Ja! Ich würde dich nie in Gefahr bringen«, antwortete Lucius.

In Xiao Lins Küche sagte Lucius nachdenklich: »Sag mal, dann weißt du auch, was ich heute herausgefunden habe?«

»Ich nehme an, es hat mit dem Attentat auf deine Eltern zu tun?«

»Ja, das hat es«, bestätige Lucius und klammerte sich taumelnd an der Anrichte fest. »Mir ist nicht gut.«

Xiao Lin erkannte das Ausmaß seines Schocks und nahm ihn sofort in die Arme, als wäre er sein Sohn.

Da war es um Lucius' Selbstbeherrschung geschehen und ein herzzerreißendes Wimmern entrang sich ihm, dass Xiao Lin sofort begann, heilige Worte zu rezitieren, wo Menschenworte nicht ausreichten, um Lucius zu helfen, den Schmerz zuzulassen.

Er flüsterte leise in Lucius Ohr: »Véronique ist in der Nähe«, dann zog er Lucius mit sich zur Tür.

Als Lucius Véronique sah, schluchzte er auf und warf sich in ihre Arme. Véronique erkannte, dass Lucius all ihre Erfahrung und Kraft brauchen würde. Glücklich, dass er sich von ihr helfen ließ, drückte sie ihn an sich und strich ihm über den Kopf. Dann sagte sie: »Lucius, mon amour, ich bin hier.«

Xiao Lin aber zog sich in die Küche zurück, um die beiden allein zu lassen.

»Lucius, bitte vertrau mir an, was dich in diesen Zustand versetzt hat.« Véronique gab ihm einen Kuss auf die Stirn. »Doch bitte lass uns zuerst zu Xiao Lin in die Küche gehen, denn ich bin sicher, nicht nur ich brauche dringend eine Stärkung nach diesem Schreck!«

In der Küche stand er schon bereit, der weiße Tee, und Xiao Lin übergoss die zarten Teeschalen mit Wasser, um sie zu wärmen. Dann füllte er Tee ein und reichte Lucius und Véronique die Schalen mit beiden Händen wie ein Geschenk.

Kaum hatte Véronique einen Schluck davon genommen, fühlte sie sich stabil genug, um den beiden anzuvertrauen, wie sie ein Gefühl furchtbarer Sorge geweckt hatte. »Mir war, als risse es mir das Herz entzwei.«

Fassungslos starrte Lucius Véronique an, denn die Uhrzeit, die sie nannte, war der Moment, in dem ihn die Lektüre des Berichts aus dem Jahr 1982 selbst in einen Schockzustand versetzt hatte.

Als die beiden erkannten, wie eng sie miteinander verbunden waren, dass sie Gefühle auch über große Entfernung hinweg teilten, brauchte es die erfahrene Fürsorge Xiao Lins, um sie wieder zu stabilisieren. Er nahm sie in den Arm und erst als er sie wieder losließ, erkannten sie, welch Geschenk ihnen zuteilgeworden war.

Sie tranken in stiller Verbundenheit noch ein paar Schlucke Tee, und als Xiao Lin Lucius fragend ansah, konnte auch Véronique ihre Neugier nicht länger unterdrücken: »Bitte Lucius, erzähl genau, warum du so entsetzlich verzweifelt warst.«

Lucius wusste, er durfte ihr alles anvertrauen, und wie sehr Xiao Lin mitdachte, bewies er mit der Frage, ob Lucius die Datei habe kopieren können.

Lucius zog den USB-Stick hervor und reichte ihn Xiao Lin: »Hier ist die gesamte Datei.« Xiao Lin nahm den Stick an und sagte: »Wir müssen dringend den gesamten Inhalt der ›Operation Nizza‹ kennen, um möglichst alle Zusammenhänge zu verstehen.« Er dirigierte seine beiden Gäste in sein Arbeitszimmer. Véronique staunte, wie modern alles war, nur die neuste Technik, das hatte sie sich bei dem alten Meister nicht so vorgestellt. Xiao Lin, der ihren Blick sah, schmunzelte und lud sie ein, Lucius in die Mitte zu nehmen und sich mit ihm an den Computer zu setzen. Lucius nahm Platz, um sich der Datei anzunehmen.

Véronique atmete, um sich innerlich zu wappnen, während Xiao Lins Lippenbewegungen verrieten, dass er still ein Mantra sprach. Als die ersten Bilder auftauchten, fasste Véronique Lucius Hand, und Xiao Lin ergriff die andere. Gleich das erste Bild zeigte einen jungen de la Fontaine mit einem Achtjährigen neben sich, die genau in dem Moment auf der Straße verharrten, als vor ihren Augen ein Auto explodierte. Lucius wusste, es war der Wagen seiner Eltern, er sah das Hotel »Méridian«, vor dem die schreckliche Tat geschehen war – und er erkannte, dass de la Fontaines Grausamkeit weitaus größer war, als er geahnt hatte. Er hatte sich die Freundschaft der Grimaldis erschlichen, um im rechten Moment mit ihrem Sohn dazustehen, als das Auto explodierte. Lucius schrie, und der Schrei fraß sich tief in Véroniques Seele. Sie starrte fassungslos die Bilder an, die Lucius weiterlaufen ließ. Nie im Leben hätte sie gedacht, jemals in die unmittelbare Nähe solcher Grausamkeit zu geraten, und die Angst und Sorge um Lucius verbunden mit dem Schrecken und der zerstörerischen Energie der Bilder waren zu viel für ihre empfindsame Seele. Als sie stumm vom Stuhl glitt, bemühten sich beide, Lucius und Xiao Lin um sie, der eine flüsterte ihr Liebesworte zu, der andere drückte die Akupressurpunkte.

Sie riss sich zusammen, als ihr klar wurde, was geschehen war. Denn sie wusste, Lucius war weitaus schlimmer betroffen als sie selbst.

Bevor sie noch ein Wort sagen konnte, erklärte Xiao Lin: »Véronique, du hast die Stärke, die Bilder zu überwinden. Lucius, du musst dir nicht die Last auferlegen, sie ihr gezeigt zu haben. Die Kraft eines Engels überwindet auch das Böse.« Dann lud er die beiden in sein Gästezimmer, und Véronique sah erfreut, dass auch Lucius die Einladung gerne annahm. Kaum waren sie allein, sagte Lucius:

»Nach allem, was inzwischen geschehen ist, habe ich nur noch einen Wunsch, nämlich in deinen Armen zu liegen und hoffentlich ein wenig Schlaf zu finden. Wir müssen beide Kraft schöpfen für das, was uns allen noch bevorsteht.«

Ohne sich zu entkleiden, legten sich die beiden, so wie sie waren, ins Bett und hielten sich eng umschlungen fest. Ihre Seelen aber bedurften einzig und allein der liebenden Nähe des anderen, um Energie zu sammeln, und der erlösende Schlaf schenkte ihnen die Kraft, die sie so dringend benötigten.

MARIE

DRESDEN/PARIS, 28. SEPTEMBER 2013

In aller Herrgottsfrüh erwachte Marie aus einem tiefen, traumlosen Schlaf. Als erstes tastete sie nach dem Handy und sah nach, ob Véronique ihr noch eine Nachricht geschickt hatte. Sie war so voller Sorge, dass Julien wach wurde, weil er ihre Unruhe spürte. Marie erzählte ihm von ihrem Kummer und dass Véronique sich nicht gemeldet hatte, nachdem sie bei Xiao Lin eingetroffen war. Julien fragte zweimal nach, ob sie tatsächlich seinen Xiao Lin meinen konnte, dann wählte er die Nummer seines Meisters. Er schaltete den Lautsprecher an, sodass Marie mithören konnte.

Schon nach dem ersten Klingelzeichen hob Xiao Lin ab und eine Stimme klang ausgeglichen, als er ruhig sagte:

»Julien, keine Sorge, sie sind hier. Und ja, ich freue mich, dass du anrufst. Wir müssen dringend sprechen.«

»Geht es Véronique gut? Und Lucius auch?«, unterbrach ihn Marie.

»Hallo meine Liebe, Sie müssen Marie Chevalier sein«, begrüßte Xiao Lin sie heiter.

»Ja, das bin ich«, erwiderte Marie erstaunt.

»Ihre Stimme erinnert mich an Ihren Vater, als er noch jung war.«

»Sie kannten meinen Vater?«, fragte Marie voller Verwunderung.

»Oh ja, wir waren sehr enge Vertraute, aber nun zu Lucius. Er hat gestern einen großen Schock erlitten und ist bei mir. Genau wie Véronique, die sich um ihn gekümmert hat. Aber Julien, ich weiß, du hast in Dresden noch Verpflichtungen. Trotzdem möchte ich dich einladen, zu mir zu kommen. Am Michaeliabend, wenn es dir irgendwie möglich ist. Es ist sehr wichtig.«

Marie sah, wie bewegt Julien war, und sie antwortete für ihn: »Xiao Lin, ich werde ihn sofort zu Ihnen schicken, wenn wir wieder in Paris sind. Julien freut sich sehr über Ihre Einladung.«

»Ja, das tue ich, und Xiao Lin, ich war viel zu lange nicht mehr bei dir.«

»Du bist mir immer willkommen. Bis zum Abend des Michaeli-Tags. Ich freue mich.« Xiao Lin legte auf, und über das stumme Handy hinweg, starrte Marie Julien an: »Er kennt meinen Vater? Wie kann das sein?«

»Meine Liebste, dein Vater hatte Verbindung zu allen guten Geistern auf der Welt. Und er hat die Kräfte des Guten um sich geschart, um deine Mutter und dich zu schützen!« Marie musste schlucken, und Julien zog sie in seinen Arm und flüsterte: »Wir sollten dankbar sein, dass Véronique und Lucius ausgerechnet bei ihm sind. Dort sind sie in Sicherheit.« Julien küsste Marie und streichelte sie, bis sie jeden Gedanken an ihre Freunde vergaß.

LUCIUS / VÉRONIQUE

PARIS, 28. SEPTEMBER 2013

Xiao Lins Klopfen an der Tür war so leise, dass zunächst nur Véronique reagierte. Dann wachte auch Lucius auf und musterte erstaunt die Umgebung. Als er Véronique neben sich entdeckte, kniff er sich, und Véronique lachte auf.

»Ihr seid wach, höre ich«, drang die Stimme des Meisters zu ihnen. »Véronique, einen schönen Gruß von Marie und Julien, sie sind froh, dass du hier in Sicherheit bist genauso wie Lucius. Aber Lucius, ich glaube, du solltest zu den Octavianern. Ich habe soeben in der Meditation gesehen, dass jemand im Headquarter entdeckt hat, dass die Datei über den Mord an deinen Eltern von jemand Unbefugtem geöffnet worden ist. Und Maurice de la Fontaine ist kurz davor, den Tobsuchtsanfall seines Lebens zu bekommen.«

Mit einem einzigen Satz sprang Lucius aus dem Bett und öffnete Xiao Lin die Tür. Ob sie bekleidet waren oder nicht, was zählte das, »Was soll ich jetzt nur tun?«

»Zieh dich an, trink einen Tee, und dann fährst du ins Hauptquartier, als sei nichts. Du hast genug Stärke und Erfahrung«, erwiderte Xiao Lin ruhig.

Lucius blickte Véronique an, und erst jetzt erkannte er, dass er etwas verpassen würde, wenn er schon wieder den Octavianern gehorchte. Aber er wusste, sein Schicksal erforderte dieses Opfer. Er ließ den Blick über Véronique wandern, die auf den Kissen im Bett lag, und sagte bedauernd: »Es tut mir so leid, dass ich schon wieder einfach so sang- und klanglos fortmuss von dir«, und mit einem letzten Kuss auf Véroniques Mund war er schon aus dem Zimmer verschwunden.

LUCIUS

PARIS, 28. SEPTEMBER 2013

Lucius war froh, dass er durch Xiao Lins Voraussicht darauf vorbereitet war, denn noch nie hatte man ihn bei den Octavianern mit solchem Misstrauen behandelt. Er musste warten, wurde auf Waffen abgetastet, und zuerst wollte man ihn nicht in de la Fontaines Büro vorlassen. Ein Teil von ihm amüsierte sich königlich, dass man ihn – nach all den Sicherheitsmaßnahmen – dann doch vorließ und ihm weiterhin vertraute. Auf seine Frage, warum der ganze Aufwand betrieben wurde, erhielt er jedoch keine Antwort.

Als Lucius vor de la Fontaines Büro ankam, stand ein Mann Wache. Natürlich kannte er ihn. Und normalerweise hätte man ihn einfach durchgewunken. An diesem Morgen wurde er jedoch abgewiesen. »Monsieur de la Fontaine ist in einer Telefonkonferenz und möchte nicht gestört werden. Von niemandem.«

Lucius überlegte nur kurz. Entweder er setzte sich jetzt durch, oder er musste sich von dem Gedanken verabschieden, nun im Gegenzug die Octavianer zu observieren. Also lächelte er nur verständnisvoll, klopfte und trat ein, bevor, die Wache noch reagieren konnte.

Lucius war vorbereitet, und doch traf ihn der Blick des Maître wie ein glühendes Messer. De la Fontaine hatte wirklich nicht gestört werden wollen, sagte dieser Blick. Gerade als Lucius sich umdrehen und gehen wollte, winkte der Maître ihn jedoch zu sich, legte dabei den Finger an die Lippen – und reichte ihm ein Headset, wie er selbst eines trug. Lucius setzte sich geräuschlos auf den Bürostuhl neben Maurice de la Fontaine, und als er erkannte, wer alles zugeschaltet war bei dieser Konferenz, wurde ihm bewusst, wie unverfroren er gehandelt hatte. Das war nun wirklich ungewöhnlich: Alle Oberhäupter der Octavianer starrten ihn an – und Lucius starrte zurück, denn bisher hatte er nicht gewusst, wer die anderen Abteilungen führte. Er hatte die Hauptstädte gewusst, doch nun war er offensichtlich der einzige Speculator der Octavianer, dem dieses Wissen anvertraut wurde. Lucius schluckte kurz, konnte es sein, dass de la Fontaine ihn vorführen und vor den Augen der Hauptmänner in New York, Moskau, Wien, Rom und London entlarven würde. Er spürte einen einzelnen Schweißtropfen, der ihm langsam den Rücken hinunterrann. Lucius erlaubte sich, so erstaunt auszusehen, wie wohl jeder Speculator, der bei solch einer Konferenz zugegen sein durfte. Insgeheim aber freute er sich, dass er nun vielleicht wichtige Informationen erhielt, die ihm helfen konnten seine geliebte Véronique und Marie und Julien zu schützen. Er atmete bewusst, bis er spürte, wie sich Ruhe und Frieden in ihm ausbreiteten. Dann erst gelang es ihm wahrzunehmen, was weiter vor sich ging. De la Fontaines Englisch war rustikal, aber Lucius verstand ihn – wie wohl die anderen Zuhörer auch. Der französische Akzent machte, dass de la Fontaine fast schon charmant klang bei den ersten Worten, die Lucius bewusst mitbekam:

»… ist mein Mündel Lucius. Ihm ist es gelungen, die Verdächtigen zu observieren und in Erfahrung zu bringen, dass sie wohl in den nächsten Tagen nach Spanien aufbrechen werden. Ihm verdanken wir, dass unser Plan nicht gescheitert ist, die drei nicht sofort auszuschalten, sondern erst zu observieren und unschädlich zu machen, wenn sie uns zu den verräterischen Artefakten geführt haben, damit in Zukunft dieses unerträgliche Geheimnis weiter gewahrt werden kann.« De la Fontaines Ton wurde schärfer: »Wir müssen zunächst jedoch einen Spion in unseren eigenen Reihen finden. Die Sicherheitsmeldung ist an alle herausgegangen, als unser Computer gehackt wurde. Wir haben Maßnahmen ergriffen. Und ich versichere Ihnen, wir werden den Kuckuck in unseren Reihen finden und vernichten.«

Lucius beobachtete die Reaktionen der Konferenzteilnehmer auf dem gesplitteten Bildschirm. Sie alle machten ihrem Ärger Luft oder meldeten sich, um einen eigenen Beitrag zu leisten. Mit Sorge erkannte er, dass der Mann in Moskau sich eifrig Notizen machte, und da Lucius geschult war, konnte er mitlesen, was Grigori Solokov schrieb: »Verdächtiger Nr. 1: Lucius. Geforderte Maßnahme: Observieren und Ausschalten.« Dann blickte der Mann in Moskau auf, sah ihm direkt in die Augen und verzog das Gesicht zu einem bewusst freundlichen Lächeln.

Lucius erkannte, dass Angriff hier die beste Verteidigung war. Mit fester Stimme sagte er, während sein Blick weiterwanderte, als habe er ihn die ganze Zeit über zwischen den Bildschirmausschnitten hin und her wandern lassen: »Ich habe weitere Informationen für Sie alle: Unsere Teams sollten sich in den nächsten Tagen auf Barcelona konzentrieren. Dort werden Marie Chevalier, Julien de la Tour und auch diese Véronique in den nächsten Tagen eintreffen. Sobald ich ihre genauen Flugdaten kenne, nehme ich den Flieger und bereite alles vor. Danke für Ihre Aufmerksamkeit.« Lucius nickte de la Fontaine zu, nahm das Headset ab und verließ das Zimmer. Sie würden bestimmt als nächstes Maßnahmen treffen, auch ihn zu observieren, das stand außer Frage, er war hier der Hauptverdächtige. Wer sonst sollte sich für Informationen über seine Eltern interessieren. Aber er würde das Spiel mitspielen.

JULIEN

DRESDEN/PARIS, 28. SEPTEMBER 2013

Julien sah Marie an und nickte nachdenklich. »Ich verstehe, dass du dir um Véronique Sorgen machst. Sag nichts, ich weiß, du wärst am liebsten schon bei ihr. Darf ich dir einen Vorschlag machen: Ich singe heute Abend, und in den beiden Pausentagen begleite ich dich nach Paris, morgen hin, übermorgen zurück, dann bin ich für die Vorstellung am ersten Oktober wieder hier und fit genug. Wäre das eine gute Idee? Was meinst du?«

Julien hatte sie beobachtet und wahrgenommen, dass die Sorgenfalten auf ihrer Stirn sich langsam geglättet hatten, während er gesprochen hatte. Daher war er nicht überrascht, als Marie ihm jetzt um den Hals fiel und lächelnd sagte: »Du kannst Gedanken lesen, chéri. Merci, das ist wundervoll! Ich gebe Véronique umgehend Bescheid«, und schon hatte sie ihn losgelassen und tippte eine SMS an die Freundin.

Eine Antwort warteten sie nicht ab, sondern schlenderten weiter durch die Straßen. Die Luft und das Licht lenkten sie ab, und irgendwann seufzte Marie und sagte: »So könnte es immer bleiben.«

Julien nickte, dann aber lenkte er seine Schritte wieder zurück zum Taschenbergpalais. »Ich ruhe mich gleich etwas aus, aber du, Marie, könntest du die Flüge buchen?«

Sie nickte, und sobald sie in der Suite angekommen waren, beugte sich Marie über ihren Laptop. Julien drückte ihr einen Kuss aufs Haar, dann verschwand er im Schlafzimmer, doch nicht um sich hinzulegen: Er holte das sorgfältig eingewickelte Tagebuch seiner Mutter hervor, schloss den Safe und legte sich bäuchlings aufs Bett. Es konnte gefährlich werden in den nächsten Tagen, und sie mussten alle Informationen haben, die sie nur bekommen konnten. Bisher hatte seine Mutter alles vorausgesehen, bis hin zu den kleinsten Regungen seines Herzens. Julien hoffte, dass sie etwas über Barcelona geschrieben hatte, er wünschte sich irgendeinen Hinweis, um die furchtbare Spannung abzubauen, die sich in ihm breitgemacht hatte, als er erkennen musste, dass auch Xiao Lin längst für die Zukunft vorbaute – und trotzdem der Anschlag auf Marie im Stephansdom nicht hatte verhindert werden können:

Paris, 22. Februar 1990

Geliebter Sohn,
ich vermute, dass Marie Madeleine und du eure Schwierigkeiten miteinander inzwischen wieder beigelegt habt, denn ihr seid beide klar denkende, erwachsene Menschen. Dennoch ist die Gefahr noch nicht gebannt, ganz im Gegenteil, der wichtigste Teil eurer Mission steht euch noch bevor.

Eine dunkle Ahnung machte sich in ihm breit. Um nicht tiefer in diesen Sog der Furcht gezogen zu werden, atmete er rhythmisch, versenkte sich in eine Kurzmeditation und erlaubte sich erst dann weiterzulesen, als er innerlich gewappnet war.

Es ist dringend notwendig, dass du dein Training in den Kampfkünsten wieder aufnimmst, um vorbereitet zu sein, wenn es um den letzten Kampf geht.

Erschrocken blickte Julien auf die letzten Zeilen. Was meinte seine Mutter mit dem letzten Kampf? Das Training war kein Problem, sobald er in Paris war, würde er Xiao Lin aufsuchen, das hatte er sowieso vorgehabt, um von ihm zu erfahren, wie es sein konnte, dass sowohl er selbst als auch Lucius Schüler von Xiao Lin waren. Aber er musste es ganz selbstverständlich aussehen lassen. Marie durfte auf keinen Fall wissen, dass es für sie alle gefährlich würde. Sie war nach dem Durchlebten noch immer in einer Alarmstimmung, die sie kostbare Kraft kostete. In Gedanken ging er einige der Übungen durch, die ihn so lange Zeit seines Lebens wie eine tägliche Routine begleitet hatten. Sein Körper würde sich an die Bewegungen erinnern, das wusste er. Und Xiao Lin hatte ihn gelehrt, den Schmerz zu überwinden. Denn es würde wehtun, auf einmal wieder in dieser Weise aktiv zu sein. Plötzlich konnte er nicht länger still liegen, und mit einem Satz sprang er aus dem Bett, ging zu Marie und fragte, ob sie bereits die Flüge für den nächsten Tag gebucht hatte.

Erstaunt blickte sie von ihrem Laptop hoch.

»Ja, wieso?«

»Mir ist klar geworden, dass ich dringend zu Xiao Lin möchte. Mein alter Meister ist wichtig für das Gelingen unseres Vorhabens, das ist mir gerade bewusst geworden. Außerdem hat er mich gebeten, am Michaeliabend zu ihm zu kommen. Das hast du ja gehört.«

»Kann ich da mitkommen?«, fragte Marie neugierig.

»Nein, ich möchte in Ruhe und ohne Zuschauer trainieren.

Ich hoffe, du verstehst das.« Julien lächelte in sich hinein, denn das war nicht nur eine Ausrede, er scheute sich ja sogar vor dem Gedanken, vor Xiao Lin eingestehen zu müssen, wie eingerostet er war.

»Das verstehe ich! Kein Thema! Wir landen morgen um 16:20 Uhr in Paris«, sagte Marie in seine Gedanken.

»Merci mon amour.« Julien zog sich ins Schlafzimmer zurück und wählte aus dem Kopf die Nummer seines alten Meisters.

Wieder hob Xiao Lin bereits nach dem ersten Klingelzeichen ab und sagte: »Salut Julien, ich habe deinen Anruf bereits erwartet. Kommst du morgen Abend, um mit Lucius zu trainieren?«

Julien entglitten die Gesichtszüge. Trainieren, ja, das hatte er erwartet. Aber mit Lucius? Er war wichtig, das durfte er nicht länger vor sich selbst verleugnen. Mit sicherer Stimme sagte er:

»Bonjour Xiao Lin! Morgen Abend bin ich in Paris, muss aber übermorgen wieder zurück, da ich sowohl am ersten als auch am dritten Oktober noch einmal ›Lohengrin‹ an der Semperoper singen werde.«

»Verstehe! Dann sei doch morgen Nacht kurz vor Mitternacht hier. Ich gebe Lucius Bescheid. Für euch beide ist es sicherer, nur im Schutz der Dunkelheit zu mir zu kommen. Pass bitte auf, dass dir niemand folgt. Du weißt, du wirst beobachtet.«

»Alles klar! Versprochen!« Julien zögerte nur kurz, als das Gespräch beendet war. Dann gab er sich einen Ruck und simste Véronique, dass er morgen mit Marie in Paris sein würde. Er schrieb darunter: »Gib Lucius Bescheid. Vielleicht ist es wichtig, den Octavianern noch eine Information über uns zukommen zu lassen. Es soll doch so aussehen, als hätte er Insiderinformationen.« Er drückte auf Senden, während sich ein mulmiges Gefühl in seinem Bauch ausbreitete: Er war es eindeutig nicht gewohnt, sein Schicksal in die Hände eines anderen Mannes zu legen.

Dann fiel im Xiao Lin ein, der selbstverständlich davon ausging, dass er mit Lucius trainieren würde. Bestimmt war es in Ordnung, was er getan hatte.

Julien fühlte sich aufgehoben bei dem Gedanken, dass Xiao Lin ihm zur Seite stand. Sein Blick fiel auf das Tagebuch, das er auf dem Bett hatte liegen lassen. Er zog es zu sich heran und las weiter:

Du musst gut gerüstet sein, wenn es so weit ist, mein Sohn!
Ich werde mein Bestes tun, um von der anderen Seite des Schleiers aus über dich und die anderen zu wachen. Ihr alle liegt mir am Herzen.
Doch nun genug! Zeit ist kostbar! Gehe und trainiere!

Ich umarme dich, wie es nur eine liebende Mutter zu tun vermag …

Julien wischte sich eine Träne aus dem Augenwinkel. Wie wunderbar, dass er immerhin auf diese Weise seiner Mutter nahe war. Als er Maries Schritte hörte, die sich der Schlafzimmertür näherten, wickelte er das Tagebuch wieder ein und verstaute es im Safe. Er schloss gerade die Tür, da trat sie ein, und er spürte ihren fragenden Blick auf sich ruhen. Aber nein, sie wolle etwas anderes wissen:

»Und? Hast du Xiao Lin erreicht?«

»Ja, ich werde ihn morgen um Mitternacht besuchen.«

»Was für eine seltsame Uhrzeit, um zu trainieren«, wunderte sich Marie.

»Es geht darum, möglichst nicht gesehen zu werden; und nachts ist das etwas einfacher«, erklärte Julien. »Doch jetzt muss ich mich wirklich endlich ausruhen, wenn ich heute Abend einigermaßen singen will.«

»Ja, natürlich mon amour! Ich gehe schon wieder.«

Marie drückte ihrem Geliebten noch schnell einen zärtlichen Kuss auf die Stirn, bevor sie lächelnd das Schlafzimmer verließ.

LUCIUS

PARIS, 29. AUF 30. SEPTEMBER 2013

Lucius blickte sich um und blieb einen Moment lang in einem schattigen Hauseingang stehen. Es hatte seinem Ansehen bei den Octavianern nicht geschadet, dass er dort die Nachricht hatte verbreiten können, Julien und Marie würden noch einmal nach Paris kommen. Nur als de la Fontaine nachhakte, weil er wissen wollte, aus welchem Grund de la Tour seine Lohengrin-Stadt verließ, konnte Lucius nichts schlüssiges Vorbringen. Dann hatte er gestottert: »Er hatte schon mal Probleme mit dem Knie, und jetzt ständig in diesem Nachen herumzustehen – Vielleicht sollte er auch mal Kampftraining machen. Ich gehe heute hin, falls sie mich vermissen, bin ich auf dem Handy erreichbar.«

De la Fontaine hatte ihn auf seine unnachahmliche Weise angesehen, dass es Lucius eiskalt den Rücken hinuntergelaufen war. Dieser durchdringende Blick … Aber mit einem Wink war er aus dem Büro entlassen worden. Und wenn er das richtig sah, wurde er zumindest nicht observiert. Niemand kam hinter ihm her, die Straße vor Xiao Lins Haus lag ganz ruhig da.

Kaum näherte sich Lucius dem Haus des Meisters weiter, war es aus mit seiner Ruhe, denn er wusste, er konnte sich auf sein

Bauchgefühl verlassen: Er wurde beobachtet, das spürte er deutlich. Er blickte sich unauffällig um, ja, dort war ein Passant, den er normalerweise nicht weiter beachtet hätte. Doch jetzt fiel ihm auf, dass der Mann im selben Tempo unterwegs war, wie er selbst. Und trotzdem machten seine Schuhe kein Geräusch. So leise aber ging nur jemand, der durchtrainiert war. Lucius wusste, sein Instinkt war geschult genug, um den Mann abzulenken. Aber das sollte er besser nicht. Er hatte angekündigt zu Xiao Lin zu gehen. Er ging zu Xiao Lin, das war also vollkommen unauffällig. Wenn nur diese Aura nicht gewesen wäre, der Mann hatte etwas Bedrohliches an sich, und dieser Mantel – Lucius zuckte unwillkürlich, das war ganz typisch für osteuropäische Spione, sich so anzuziehen, dunkler Wollmantel, egal, um welche Jahreszeit observiert wurde, dazu ein Hut und Lederschuhe mit leisen Sohlen. Hatte sich der russische Zweig der Octavianer also nicht täuschen lassen, sie waren ihm auf den Fersen. Lucius klopfte bei Xiao Lin, und er wusste, der Mann würde anschließend berichten, dass er ordnungsgemäß zum Training gegangen war.

Doch als Xiao Lin ihm öffnete, gab er ihm zu verstehen, dass sie beobachtet wurden. Sie umarmten sich freundschaftlich, und die Begrüßung fiel französischer aus als sonst. Enorm wie schnell Xiao Lin reagierte.

Erst als die Tür hinter Lucius geschlossen war, sagte Xiao Lin: »Du wirkst erschrocken, Lucius. Was ist los?«

»Ich habe jemanden gesehen, die russischen Männer von Grigori Solokov lassen nicht locker. Maurice habe ich vielleicht täuschen können, aber nicht die Russen, sie sind hinter mir. Bisher unauffällig, ich habe mich nicht verraten, das weiß ich.«

Xiao Lin aber zögerte, und als Lucius sah, dass die Neuigkeiten für Xiao Lin eine Bedeutung hatten, fragte er nach: »Was ist los, inwiefern betrifft es dich?«

»Julien wird gleich hier sein.«

Lucius glaubte, sich verhört zu haben. »Julien de la Tour? Kommt hierher?«

»Ja, Julien«, erwiderte Xiao Lin mit leiser Stimme. »Ich will dir alles erklären, aber erst muss ich Julien warnen. Er muss sich tarnen.«

Xiao Lin wandte sich kurz ab und tippte etwas in sein Handy. Lucius fand es beeindruckend, dass der alte Meister mit den neuen technischen Geräten so vertraut war. »Deins ist abhörsicher, oder?«

Xiao Lin lächelte ihn nur wissend an, und bat Lucius, ihm in die Küche zu folgen. Sobald er ihnen beiden weißen Tee eingeschenkt hatte, begann er in seinem singenden Tonfall zu sprechen: »Wie du weißt, ist heute ein besonderer Tag, nämlich der des mächtigen Erzengels Michael. Dieser ist nicht nur der größte Schutzengel unter dem Herrn, sondern auch der Schutzpatron aller heiligen Kampfkünste, denn auch er ist ein Krieger unter dem Firmament, so wie du und auch Julien.«

Lucius runzelte die Augenbrauen und sagte: »Worauf willst du hinaus?«.

»Da ihr beide für den großen Kampf gerüstet sein müsst, der vermutlich auf Montserrat stattfinden wird, habe ich euch heute in dieser von Michaelsenergie durchwirkten Nacht zu mir bestellt, um euch noch weiter zu unterweisen.«

Lucius, der sicher war, aus eigenem Antrieb hergekommen zu sein, blickte ihn fragend an. Xiao Lin aber war schon halb aus der Küche: »Ich mache eben die Tür auf.« In dem Augenblick läutete es an der Tür.

Lucius folgte dem Meister unwillkürlich. Doch als Xiao Lin öffnete, stand ein Obdachloser vor der Tür, der so verwahrlost aussah, dass Lucius die Luft anhielt, weil er dem Gestank des ungewaschenen Körpers entgehen wollte. Xiao Lin half allen, und das war in diesem Stadtviertel bekannt.

Wie sonst auch, sagte Xiao Lin: »Was kann ich für Sie tun?«

»Haben Sie etwas zu essen für einen hungrigen Mann?«

»Aber natürlich«, erwiderte Xiao Lin voller Mitgefühl. »Kommen Sie herein und folgen Sie mir!«, und ein zweites Mal fiel die schwere Tür ins Schloss.

Lucius staunte, denn wer immer das Haus beobachtete, hätte nichts Ungewöhnliches beobachtet. Und doch war es Julien gelungen, hereinzukommen, ohne Aufsehen zu erregen. Denn es war Julien, der ihn lächelnd begrüßte.

»Es freut mich sehr, dich endlich näher kennenzulernen, Lucius.« Spätestens am Klang der Stimme hätte er ihn erkannt, sagte sich Lucius und antwortete automatisch:

»Ganz meinerseits.« Die leichte Verbeugung aber zeigte deutlich seine Bewunderung für den großen Sänger.

»Doch nun muss ich mich erst einmal meiner Karnevalsverkleidung entledigen.« Juliens Lachen klang silberhell, und als Xiao Lin einstimmte, spürte auch Lucius, wie sich die aufgestaute Spannung entlud und er mitlachte.

Julien legte den schäbigen Hut ab und zog den schmierigen Mantel aus. Als er sich dann mit den Händen durch das Haar fuhr, dass es schwarz über den Rücken fiel, war er wieder ganz er selbst. Als er Lucius neugierigen Blick bemerkte, sagte er: »Wer hätte gedacht, dass mir mein jahrelanger Schauspielunterricht auch außerhalb der Bühne helfen würde!« Ein jungenhaftes Grinsen erschien auf seinem Gesicht.

»Wie ihr beide wisst, sind die Dinge niemals so, wie sie scheinen«, erwiderte Xiao Lin lächelnd, und Lucius stimmte mit einem Nicken zu. »Doch nun sollten wir uns anderen Dingen widmen. Julien, bitte setze dich zu Lucius auf die Küchenbank. Ich bringe dir gleich Tee, und dann erkläre ich euch, warum ich euch hergerufen habe.«

Lucius bemerkte, dass Julien kurz zuckte. War also auch der Tenor der Meinung, aus eigenem Antrieb hergefunden zu haben. Er lächelte in sich hinein.

Und dann stellte er die Frage, die ihm auf den Lippen brannte: »Seit wann kennt ihr euch eigentlich? Ihr scheint mir vertraut miteinander zu sein, obwohl ich Julien zu meiner Zeit nie hier gesehen habe.«

»Julien kam damals als kleiner Junge zu mir, denn wer ein wahrhaftiger Kämpfer des Shaolin Kung Fu werden will, sollte in ganz jungen Jahren intensiv trainieren. Das heißt, Julien war schon lange vor dir beinahe täglich bei mir.«

»Aber woher wusste er schon als Kind, dass er ein Kämpfer werden sollte?«, hakte Lucius nach.

»Ich wusste davon nichts«, mischte sich Julien ein, »doch meine Mutter hat mich am Tag nach meinem vierten Geburtstag zum ersten Mal zu Xiao Lin geschickt, mit der Ermahnung, alles zu tun, was dieser von mir verlangte.«

»Hast du deine Mutter gefragt, weshalb sie auf diese Idee gekommen ist?«

»Nein, Lucius, das habe ich nicht, denn sie ist schon lange tot.«

»Oh, das tut mir leid zu hören.«

»Ist schon in Ordnung! Doch ich glaube, wir sollten uns wichtigeren Dingen zuwenden, nicht wahr, Xiao Lin?«

Xiao Lin lächelte sanft und sagte: »Ich weiß, ihr habt Fragen. Mittlerweile ist euch beiden klar, dass ihr auf derselben Seite steht, auch wenn Lucius nach außen hin den Schein wahren muss, um unserer Sache dienen zu können.«

Mit einem tiefen Blick in Juliens Augen fügte er hinzu: »Was du jedoch noch nicht weißt, ist, dass Lucius in dem Glauben aufgewachsen ist, Angehörige der Blutlinie hätten seine Eltern neunzehnhundertdreiundachtzig ermordet. Das ist der Grund, warum de la Fontaine ihn auf seine Seite ziehen konnte. Lucius hat erst kürzlich erkannt, dass er kein Mörder ist und Rache ihm nur Kraft nimmt. Erst vor wenigen Tagen hat Lucius ein Dossier über seine Eltern öffnen können und erkannt, wie de la Fontaine ihn manipuliert hat.«

Der Blick, den Julien auf Lucius gerichtet hielt, war voller Mitgefühl.

»Julien, du kannst dir vorstellen, wie entsetzt Lucius war, als er erkennen musste, dass sein selbsternannter Gönner Maurice de la Fontaine persönlich den Tod der Eltern beauftragt hatte. Véronique war hier, als wir eine Fotodatei aufgemacht haben, die beweist, er stand Hand in Hand mit dem kleinen Lucius da und hat dem Mordanschlag zugesehen …«

»Ich weiß, was du denkst, Julien«, fuhr Xiao Lin fort. »Lucius ist von nun an mit Haut und Haar auf der Seite des Lichts!«

»Worauf du Gift nehmen kannst!«, erwiderte Lucius mit eiskaltem Blick.

»Ich weiß gar nicht, was ich sagen soll, Lucius«, erwiderte Julien bestürzt. Er legte Lucius anteilnehmend die Hand auf die Schulter. Lucius fühlte, wie gut das tat, und dankbar lächelte er Julien an. Jetzt konnte er verstehen, warum Véronique so große Stücke auf ihn hielt.

Xiao Lin nickte, als er die Freundschaft sah, die aus beider Augen sprach. »Wir sollten uns vorbereiten, und genau deshalb sind wir heute Nacht hier versammelt.«

Julien und Lucius erhoben sich gleichzeitig von der Küchenbank, als der Meister den Raum verließ. »Lasst uns Erzengel Michael um Hilfe bitten.«

In stiller Übereinkunft begaben sich die drei Männer über den Hinterhof in das Allerheiligste des Hauses. Schweigend entledigten sie sich ihrer Schuhe, bevor sie den heiligen Ort betraten, und dann verharrten sie in stiller Andacht.

Xiao Lin erhob sich und nickte ihnen auffordernd zu. Im Dojo angekommen, reichte der Meister ihnen zwei dunkelblaue Anzüge. Lucius staunte, wie durchtrainiert Julien war. Das hatte er nicht vermutet, war er nicht nur Sänger? Und hatte er nicht irgendwann gehört, dass Sänger auf keinen Fall zu harte Bauchmuskeln haben durften, um ihr Zwerchfell beim Singen nicht zu beeinträchtigen? Wieder ein Beweis dafür, dass die Dinge nie so waren, wie sie zunächst schienen. Der Spruch des weisen Xiao Lin ging Lucius durch den Kopf, und schon standen sie voreinander, sammelten sich und verbeugten sich.

Xiao Lin sagte: »Auch wenn Ihr auf Montserrat nicht gegeneinander antreten werdet, hilft es euch sicher, hier miteinander zu kämpfen, denn ihr werdet euch dadurch erkennen und wissen, wie es um euch steht, äußerlich und innerlich.«

Bereits bei den Aufwärmübungen, spürte Lucius einen Unterschied. Er machte sich wie immer mit eiserner Disziplin daran, seine Übungen zu absolvieren. Julien hingegen schien in sich hineinzuhorchen, bis der Körper beweglich und warm seinen Befehlen gehorchte. Lucius stutzte, ein anderer Ansatz, dabei hatten sie beide denselben Lehrer. Jetzt war er wirklich neugierig, wie sich diese Unterschiede im Kampf auswirken mochten.

Er bemerkte, wie aufmerksam Xiao Lin seine beiden so unterschiedlichen Zöglinge beobachtete. Sobald sie still wurden, bat er sie, den ersten Kampf ohne Waffen zu eröffnen. Lucius sah Julien an, verbeugte sich, und dann warteten sie auf Xiao Lins Zeichen.

Lucius spürte sehr rasch, dass er in weit besserer Form war als Julien. Er nickte stumm in sich hinein, etwas anderes hatte er nicht erwartet, er wusste, Kämpfen war eine ernste Sache, er widmete sich jedem Kampf mit seiner ganzen Konzentration. Lucius beobachtete Julien genau, war da nicht ein Hinken? Das war ihm schon einmal aufgefallen, als er den Tenor observiert hatte, er musste einmal am Knie verletzt worden sein, das war seine Schwachstelle. Lucius überlegte, wie er das zu seinen Gunsten nutzen konnte – und ob Xiao Lin das wirklich wollte. Egal, er drehte sich mit einem Schwung, sein Fuß traf Julien an der Hüfte und brachte ihn zu Fall.

Schwer atmend hielten die beiden inne, als Xiao Lin wieder zu ihnen trat und gelassen den Blick auf Lucius richtete: »Lucius, du kämpfst, als gelte es um dein Leben, doch du hast dich nicht mit deiner höheren Kraft verbunden. Du hast nur gewonnen, weil sich Julien derzeit körperlich nicht in Topverfassung befindet. Das bedeutet, du musst mehr an deiner inneren, als an deiner äußeren Stärke arbeiten.«

Lucius wusste, Xiao Lin hatte recht. Das hatte er immer. Trotzdem schmerzte ihn die Kritik, aus der er herauslas, dass ihm Julien eigentlich überlegen war. Neu war ihm das nicht, er hatte ihn im Stephansdom kämpfen sehen. Nun lauschte er gespannt, was Xiao Lin wohl Julien sagen würde, der sich gerade aufrappelte.

»Ich weiß, dass dein Knie dich schmerzt, doch dies hält einen wahren Krieger nicht davon ab, eisern zu trainieren. Mein Lieber, du musst in den nächsten Tagen mit allergrößter Disziplin an deiner Körperkraft arbeiten, egal, wie groß deine Schmerzen sind. Nur so lernst du, die Schmerzen mit deiner inneren Kraft zu überwinden und bereit zu sein für den großen Kampf, denn es gilt, auf allen Ebenen fit zu sein.«

Demütig neigte Julien sein Haupt und antwortete: »Das will ich tun, mein Meister.«

»Ich weiß, mon petit«, erwiderte Xiao Lin mit einem warmen

Lächeln. Lucius wurde klar, dass er sich wohl an den kleinen Jungen erinnerte, der einst bei ihm trainiert hatte, und auch er lächelte unwillkürlich mit, denn er sah ihn vor sich, den jüngeren Xiao Lin, und er hörte dessen Stimme, die ihm ein Leitlicht gewesen war in der Dunkelheit seines Lebens nach dem Tod der Eltern.

»Nun sammelt euch erneut, doch dieses Mal fordere ich euch auf, euch innerlich vorzubereiten. Anschließend werdet ihr euch dem Kampf mit Stöcken stellen.«

Auf einen Wink von Xiao Lin, setzte sich Lucius neben Julien auf den Boden wie zur Meditation, und mit geschlossenen Augen fokussierten sie sich auf ihren Atem sowie den Fluss des Chis.

Lucius schwirrte der Kopf, da waren so viele Eindrücke zu verarbeiten, Juliens Atem neben sich ging viel ruhiger als sein eigener, und während er darum rang, in Einklang mit sich selbst zu kommen, spürte er an Juliens Aura eine viel größere Sammlung.

Nach einer kleinen Weile holte Xiao Lin die beiden in die Realität zurück und reichte ihnen zwei Stöcke.

Lucius griff nach seinem, dann stellte er sich Julien gegenüber hin und wartete auf Xiao Lins Zeichen – und war gleich wieder abgelenkt, denn seine Gegner signalisierten nie den Beginn eines Kampfes, er selbst musste entscheiden, wann er angriff. Mit einem Mal wurde ihm bewusst, wie oft schon er der Angreifer gewesen war. Im Dom war das anders gewesen. Und in Montserrat wäre das bestimmt auch anders, sie würden angegriffen werden – Von der ersten Bewegung an ahnte Lucius, dass er diesmal gegen Julien keine Chance haben würde. Er selbst war schnell, wendig, aber die Ruhe, die sein Gegner diesmal ausstrahlte, war enorm. Julien parierte die Stockhiebe, und während Lucius mit immer größerer Kraft agierte, waren Juliens Bewegungen von einer Leichtigkeit, die ihn einschüchterte. Er spürte, er hatte keine Chance gegen die tänzerische Anmut der Bewegungen. Kaum hatte er den Gedanken gefasst, musste er sich geschlagen geben. Von großer Hochachtung erfüllt, verbeugte er sich und gratulierte Julien zu seinem Sieg: »Du bist wahrlich Parsifal, der reinen Herzens gegen das Böse in der Welt antritt und sie im Kern verwandelt. Ich danke dir aus tiefstem Herzen dafür, dass ich an deiner Seite kämpfen darf.«

Julien aber nahm ihn in den Arm und drückte ihn fest. Er flüsterte: »Merci de tout mon cœur, mon frère!« – »Danke aus ganzem Herzen, mein Bruder!«

XIAO LIN

PARIS, 29 AUF 30. SEPTEMBER 2013

Xiao Lin wusste, es war ein Wagnis. Einen so ehrgeizigen Menschen wie Lucius damit zu konfrontieren, dass es Männer mit größeren Talenten gab – er beobachtete jede Regung der beiden. Doch als er sah, wie Lucius selbst nach der Niederlage aus reinem Herzen dem Gegner gratulierte, wusste er, die Lehrjahre waren nicht spurlos an Lucius vorbeigegangen. Xiao Lin nickte und traf den Entschluss: Dies war der rechte Zeitpunkt, und sie beide waren bereit, Lucius genauso wie Julien. Er würde sie einweihen in die höchste Michaelsenergie. Auch wenn er zu den wenigen wahren Shaolin-Kampfmönchen auf der Erde zählte und von vielen als eine lebende Legende betrachtet wurde, hatte er Zugang zu weitaus höheren Ebenen der größten Mysterienlehren des Universums. Doch davon wussten nur die wenigsten, vieles war nur für auserwählte Ohren bestimmt, und Xiao Lin wusste, die Entscheidung, die er nun traf, würde er nie rückgängig machen können. Er atmete und spürte die Energie der Welt, dann aber wusste er, es war an der Zeit, das geheime Wissen auf die beiden zu übertragen.

Er räusperte sich, trat er auf die beiden zu und begleitete sie in das Allerheiligste. Dort segnete er sie, wie es seine Art war und er es schon oft getan hatte. Dann aber sprach er mit feierlicher Stimme: »Geliebte Söhne, nun ist der Moment gekommen, auf den ich seit Urzeiten vorbereitet worden bin. Ich habe die Befugnis, die höchste Michaelsenergie auf euch zu übertragen. Denn Erzengel Michael trägt wie Jesus Christus die reinste Gottesenergie und vermag euch mit überirdischer Macht zu rüsten.«

Xiao Lin sah, wie die beiden von Rührung erfasst wurden, und er wusste, sie waren wirklich bereit.

Wie von einer höheren Macht geleitet, knieten sie sich einander gegenüber auf den Boden des heiligen Tempels, fassten sich an den Händen und blickten einander tief in die Augen, als Xiao Lins sich genau dahin begab, wo ihre Hände ineinander lagen. Daraufhin schaute er auf, hob die Arme, dass die Handflächen gen Himmel deuteten und rief in der Stille seines Geistes die Macht Michaels an. Die Energie im Raum verwandelte sich blau-violett-goldene Lichtwellen gingen in Spiralen von oben herab auf sie nieder, und Xiao Lin spürte bewegt, dass sie seine Handflächen durchdrangen. Xiao Lin aber legte ihnen beiden je eine Hand aufs Haupt, und die elektrische Energie, deren Überträger er war, ging auf die beiden über. Er spürte, wie sie wankten, dann erkannte er, dass sie einander nicht nur in die Augen sahen und daraus Kraft schöpften, sondern sie passten den Atemrhythmus an, wie Xiao Lin es sie gelehrt hatte. Gespannt verfolgte er, wie sie intuitiv ihre beide Herzen verbanden, bis diese im Gleichklang schlugen und dadurch den hohen Schwingungen der Energie von Erzengel Michael standzuhalten vermochten.

Tief berührt erkannte Xiao Lin, dass die beiden Männer aus der heiligen Prophezeiung wahrlich in der Lage sein würden, ihre Aufgabe zu erfüllen, da sie auch nun ohne jede weitere Anleitung durch ihn das Richtige taten. Diese beiden waren würdig.

Als die Energiewellen allmählich abebbten, wurden sich

Lucius und Julien vor Xiao Lins Augen des Erlebten bewusst, und sie standen auf und bewegten vorsichtig Arme und Beine, als müssten sie ihren Körper neu entdecken.

Xiao Lin aber kniete in ein Dankgebet versunken vor ihnen. Da ließen sie sich nieder und fanden selbst Worte des Dankes. Es war Julien, der zu ihm sagte: »Merci, dass du mich hast loslassen können, als ich keine Zeit mehr hatte für das Training.« Und Lucius sagte: »Merci, dass du an mir festgehalten hast, auch als ich mich zur falschen Seite gewendet habe.«

Ohne weitere Worte fielen sich die drei Männer in die Arme und blieben eine ganze Weile fest umschlungen stehen, bis Xiao Lin ankündigte, dass er mit ihrer Unterweisung noch nicht fertig war. Erneut bat er Julien und Lucius, sich in Kampfpositur aufzustellen, und lehrte sie ausgewählte Kampftechniken, schlicht in der Bewegung, doch mächtig in der Wirkung, die nur den wenigsten Schülern anvertraut worden waren. Doch Xiao Lin wusste, dass dies Teil des höheren Plans war, damit sich die jahrtausendealte Prophezeiung erfüllen konnte.

Die Geschwindigkeit, mit der sowohl Lucius als auch Julien die neuen Schlagtechniken, Atemübungen und Drehungen erlernten, war enorm. Xiao Lin nickte anerkennend. »Hier seht ihr, wie die Michaelikraft in euch zu wirken vermag. Auch ich bin einst in dieser Weise unterrichtet und geweiht worden. Ihr aber werdet auf die Probe gestellt werden. Daher darf ich euch diese beiden Schwerter anvertrauen, die in euren Händen für uns geschwungen werden.« Er selbst hatte sich diese Schwerter mit seiner Meisterschaft verdient, und nun sah er ihn wieder vor sich, den Shaolin-Meister, als er ihm die scharfen Klingen anvertraut hatte. Xiao Lin sagte feierlich:

»Wie ihr beide wisst, besagt ein chinesisches Sprichwort ›Um den Säbel zu beherrschen, braucht man hundert Tage, aber um das Schwert zu beherrschen, reichen zehntausend nicht.‹ Und doch weiß ich, ihr seid heute bereit für den Kampf gegen die Kräfte, die uns hemmen.«

Lucius und Julien griffen nach den Waffen, ehrfürchtig und sich ihrer Schärfe sehr wohl bewusst. Dies war etwas anderes, als mit Holzstöcken zu trainieren. Xiao Lins Haltung aber ließ keinen Zweifel zu, sie sollten einander mit den Waffen messen. Sie harrten nur noch auf sein Zeichen, und dann brach er los, ein Kampf der Meister.

Xiao Lin verfolgte andächtig jede ihrer Bewegungen. Sie waren fast gleich stark, die Kämpfer vor ihm, beherrschten die Fußarbeit ebenso wie die rasend schnellen Drehungen, und vor seinen Augen entfaltete sich ein anmutiger Tanz der Schwertmeister. Nichts erinnerte daran, dass es sich gleichzeitig um eine tödliche Mutprobe handelte.

Die Energieübertragung wirkte, und doch merkte man den beiden bald an, dass es inzwischen tiefe Nacht war. Xiao Lin winkte ab, bevor sich einer verletzen konnte. Er beglückwünschte sie und dankte ihnen, und sie verbeugten sich vor ihm. Ihre Freundschaft aber wuchs von diesem Tag an, und sie hätten nicht zu erklären vermocht, was die Michaelisenergie wirklich in ihnen gewandelt hatte. Xiao Lin aber sah es und verbeugte sich bis zum Boden, als er sie in die Nacht entließ – den einen im Gewand eines Obdachlosen.

VÉRONIQUE

PARIS, 30. SEPTEMBER 2013

Zu Véroniques Überraschung begrüßte sie ein ihr unbekannter Tänzer im Ballettsaal des Palais Garnier, als sie sich zum morgendlichen Training einfand. Während sie wie alle anderen Tänzer auch zur Musik von Chopin die üblichen Pliés absolvierte, spürte sie, dass der fremde Mann sie aus den Augenwinkeln beobachtete. Auch wenn sie zugeben musste, dass der Neuzugang äußerst gutaussehend war und sein Körper den Idealmaßen eines Tänzers entsprach, konnte sie sich nicht des Gefühls erwehren, dass irgendetwas mit diesem Herrn nicht stimmte. Und tief in ihrem Herzen verglich sie ihn mit Lucius und lächelte in sich hinein. Sie war vor solcherlei Versuchungen gefeit.

Ballettdirektor Marcel Chagrin persönlich hieß den Neuzugang willkommen:

»Guten Morgen, meine Lieben! Ich hoffe, ihr habt einen schönen Sonntag hinter euch. Doch nun möchte ich euch einen berühmten Kollegen vom Bolschoi-Theater vorstellen, den Principal Sascha Marakov. Unserem verehrten Sponsor Maurice de la Fontaine ist es gelungen, ihn für ein paar Tage nach Paris einzuladen, sodass er mit euch an eurer Technik sowie eurer Virtuosität arbeiten kann, denn dafür wurde ihm vor einigen Jahren der Preis des ›Tänzers des Jahrzehnts‹ in St. Petersburg verliehen.«

Bei der Erwähnung von de la Fontaine lief es Véronique eiskalt den Rücken hinunter. So also war das, dieser Marakov stand in dessen Diensten. Sie würde gute Miene zum bösen Spiel machen müssen. Sie starrte ihn an, diesen Sascha, und ihr wurde bewusst, dass sie ihn wohl doch kannte. Vor Jahren hatte sie eine Aufführung des legendären Bolschoi-Balletts live erlebt, Richard hatte sie auf der Reise nach Moskau begleitet. Damals hatte Sascha Marakov den Korsaren in dem gleichnamigen Ballett von Marius Petipa mit einer solchen Bravour getanzt, dass sie noch wochenlang ins Schwärmen geraten war, wenn sie auch nur daran dachte. Richard hatte sie immer wieder damit aufgezogen, dass sie in Sascha Marakov verliebt sei.

Während Véronique diesen letzten Gedanken nachhing, spürte sie, wie sie bei der Erinnerung an ihre Jungmädchenschwärmerei rot wurde. Ausgerechnet in diesem Augenblick trat Sascha vor sie hin und bat mit einem spöttischen Lächeln darum, mit ihr etwas vorführen zu dürfen. Véronique fühlte sich ertappt und am liebsten wäre sie im Boden versunken, denn sie hatte keine Ahnung, wovon Marcel Chagrin und vermutlich auch Sascha Marakov in den letzten Minuten gesprochen hatten.

Ehe sie sich versah, spielte der Ballettpianist die ersten Takte des Weißen Adagios aus »Schwanensee« von Tschaikowsky, und Sascha Marakov vollführte bereits die einleitenden Bewegungen. Wie immer, wenn sie diese Musik hörte, war es um Véronique geschehen und sie konnte nicht anders, als zu tanzen. Voller Anmut bewegte sie sich auf Sascha zu und nahm den ihr dargebotenen Arm, wie es die Choreographie vorsah. Ohne auch nur für den Bruchteil einer Sekunde zu zögern, gab sie sich mit all ihrem Sein dem Tanz hin, während Sascha sie auf eine Art und Weise führte und hob, als hätten sie ihr Leben lang miteinander getanzt. Véronique wurde immer mehr zu Odette, sodass sie vollkommen vergaß, dass sie nicht auf der Bühne stand, sondern sie nur vor den Augen der Compagnie tanzte.

Kaum befanden sie sich in der Schlussposition, in der Odette in einer Art tiefer Verneigung verharrt, brachte Véronique der spontan ausbrechende Applaus ihrer Kollegen wieder in die Realität zurück. Langsam richtete sie sich wieder auf und lächelte Sascha dankbar an, der nicht umhinkonnte, Véronique kurz, aber dafür umso heftiger an sein Herz zu drücken. Verwundert blickte sie ihren einstigen, heimlichen Schwarm an, als er, sie immer noch an einer Hand haltend, schon zu ihr und auch den anderen gerichtet zu sprechen begann: »Ma chère, ich bin beeindruckt.« Er zog sie zu sich, bis er ihr ins Ohr flüstern konnte: »Lass uns heute Mittag gemeinsam essen gehen.«

Daraufhin verneigte er sich vor ihr auf eine Art und Weise, dass es ihr erneut die Röte ins Gesicht trieb.

Vor lauter Verlegenheit wusste Véronique nicht wirklich etwas zu sagen, sodass nur ein leises »Einverstanden.« über die Lippen kam. Sascha quittierte dies mit einem durchdringenden Blick.

Véronique floh aus dem Saal. Erst als sie in der Garderobe saß und ihr Handy in der Hand hatte, erinnerte sie sich daran, dass Marie am Vortag eingetroffen war. Wie gut, dass sie sich bei der Freundin würde aussprechen können. Sie wusch sich die Hände, und dann beschloss sie, dass ein Tänzer, und sähe er noch so gut aus, sie nicht zu einer Verbündeten von de la Fontaine machen würde. Véronique sah wieder vor sich, wie Lucius gelitten hatte, als er die Bilder vom Todestag seiner Eltern vor Augen hatte. Nein, sie würde ihm nicht nachgeben, diesem Drängen ihres Körpers, der durchaus gerne weitergetanzt hätte mit Sascha Marakov. Sie würde – wie Lucius – ein Spiel spielen, der Gefahr ins Auge sehen.

VÉRONIQUE

PARIS, 30. SEPTEMBER 2013

Es wurde eine harte Probe, aber als habe er mit der Einladung alles erreicht, konzentrierte sich Marakov auf die anderen Mitglieder der Compagnie. Erst ganz am Schluss kam er zu ihr, und er erinnerte Véronique an ihre Verabredung. Véronique zog sich hastig um, wenn sie schon mit dem Mann ausgehen musste, in dem sie einen Spion der Octavianer vermutete, dann wollte sie es so schnell wie möglich hinter sich bringen. Wie sie vermutet hatte, wartete Sascha bereits im Restaurant »L'Opéra« auf der Terrasse an einem der Tische unter den riesigen weißen Sonnenschirmen auf sie. Zugegeben, er war ein attraktiver Mann, das musste sie ihm lassen. Und wie er tanzte – nie zuvor hatte sie sich mit einem fremden Tänzer gleich beim ersten Pas de deux derart sicher gefühlt.

Er lächelte sie an und nahm die verspiegelte Sonnenbrille ab. Sein Blick wanderte über ihren Körper und schien sie auf den Platz gegenüber zu dirigieren, und Véronique fragte sich, wie dieser Mann es schaffte, sie dermaßen aus der Ruhe zu bringen. Wo war sie hin, ihre Kraft, ihre Ruhe? Sie sah in die Ferne und ihm bewusst nicht in die Augen, sondern konzentrierte sich auf ihre Atmung.

»Ma belle, darf ich dich auf ein Glas Champagner einladen, damit wir auf unsere Partnerschaft anstoßen können?«, fragte Sascha mit einem charmanten Lächeln.

Fragend hob Véronique die Brauen, denn sie konnte sich beim besten Willen nicht erklären, wieso Sascha nach einem einzigen Pas de deux von einer Partnerschaft sprechen konnte. Doch das schien ihr Gegenüber nur zu amüsieren.

»Ich werde statt Jan van der Walt sowohl am zweiten als auch am vierten Oktober Prinz Siegfried tanzen. Hat man dir das nicht gesagt? Wir müssen nachher noch proben, und ich freue mich schon darauf.«

Véronique fühlte sich über den Tisch gezogen. Normalerweise regelte man so etwas im Einvernehmen. Es war eine Unverschämtheit, dass Marcel Chagrin es nicht für nötig gehalten hatte, sie selbst darüber zu informieren, dass sie sich bei einer der schwierigsten Rollen oder besser gesagt, bei einer der herausforderndsten Doppelrollen des klassischen Balletts so kurzfristig mit einem neuen Partner auseinandersetzen musste. Selbst wenn dieser Tänzer eine Legende war – und sie es vermutlich genießen würde, an seiner Seite zu tanzen …

»Das ist doch wirklich ein Grund zu feiern!« Marakov strahlte sie an.

»Ja, du hast recht«, pflichtete Véronique ihm bei und schenkte ihm ein strahlendes Lächeln. Oh ja, sie wusste, wie man gute Miene zum bösen Spiel machte. »Lass uns darauf anstoßen!«

Als habe ihm der Champagner die Zunge gelockert, begann Sascha sie über ihr Privatleben auszufragen.

Véronique nahm noch einen Schluck und überlegte. Lucius durfte sie nicht erwähnen. Und wenn sie herausfinden wollte, was dieser Sascha im Schilde führte … Sie lächelte ihn strahlend an und sagte: »Zurzeit gibt es niemanden in meinem Leben. So lange ich Primaballerina bin, werde ich meine Freiheit bis ins Letzte auskosten.«

Er hob die Augenbrauen, und der Blick der folgte, war eindeutig: »Diese Antwort ist ganz nach meinem Geschmack. Was für ein Geschenk des Himmels, dass ich meinen vielleicht letzten Siegried mit der engelsgleichen Véronique Valois tanzen darf!«, und ehe sich Véronique versah, hatte er ihre linke Hand ergriffen und sie an den Mund geführt.

Sie errötete und entzog ihm die Hand. Hoffentlich war Lucius nicht auf sie angesetzt, sie konnte sich lebhaft vorstellen, wie er sie observierte und verfolgen musste, wie dieser Marakov … Véronique wusste nicht, wie sie sich verhalten sollte. Was sie auch tat, es wäre falsch.

LUCIUS

PARIS, 30. SEPTEMBER 2013

Lucius kannte sie zu gut, seine Véronique. Er konnte das Leuchten in ihren Augen sehen, mit dem sie diesen Marakov anstrahlte. Nie aber hatte er es für möglich gehalten, dass er tatsächlich ein so eifersüchtiger Mensch war, er wäre am liebsten hingegangen und hätte diesen Marakov mit ein paar gezielten Schlägen zu Boden geschickt. Und Véronique lachte und tat, als sei der etwas Besonderes. Wenn er nur mit ihr hätte sprechen und sie warnen können. De la Fontaine war den ganzen Vormittag über gut gelaunt gewesen, und als Lucius ihn gefragt hatte, warum, war ihm der ganze Plan anvertraut worden: Der russische Speculator Sascha Marakov sollte sich an Véronique herantanzen und sie aushorchen. Lucius hatte seine ganze Selbstbeherrschung gebraucht, um de la Fontaine nicht auf der Stelle zur Rede zu stellen und zu töten. Rachedurst und Eifersucht gepaart lieferten sich eine Schlacht in Lucius Herz, doch er fühlte in sich noch die Stärke Michaels, und so gelang es ihm, sich zu beherrschen, bis er sein Motorrad unter sich fühlte, den Helm aufhatte – und einige Verkehrsregeln übertrat auf dem Weg zu Véronique. Er wollte sie warnen, aber wie, bestimmt trug sie keine zwei Handys mit sich herum. Und so war es auch, er konnte sie nicht erreichen, einfach eine Warnung zu tippen, wäre ihm aber auch falsch vorgekommen. Und dann sah er sie dort sitzen, zusammen mit diesem … Er musste unbedingt Ruhe in seine Gefühle bringen. Lucius atmete durch, als er mit dem Motorrad davon brauste.

Julien musste nicht observiert werden, der trat gerade den Rückflug nach Dresden an, Marie war bestimmt mit ihm zum Flughafen gefahren. Lucius nickte, endlich wusste er, was er tun wollte.

Xiao Lin öffnete die Tür und sagte: »Zum Abreagieren sollte dir das Training zu schade sein.«

»Wenn du wüsstest!« Lucius vertraute dem Meister an, was ihn beschäftigte.

»Dann zieh dich um, aber du solltest erst zur Ruhe kommen, bevor du trainierst.«

»Meister, wie ist es möglich, dass man innerhalb weniger Stunden von himmlischer Energie erhoben gleich darauf in ein solches Loch fallen kann? Ich muss zugeben, dass ich dachte, nach der Weihung nicht mehr so anfällig zu sein für – Eifersucht, Rache, all dies …«

Xiao Lin blickte ihn nur schweigend an, dann legte er ihm sanft einen Finger auf den Mund, um ihn zum Nachdenken anzuregen.

Endlich verstand dieser die Botschaft, schloss die Augen und legte seine Hände im Anjali Mudra an sein Drittes Auge, um sich einer Atemtechnik zu widmen, die ihm innerliche Ruhe schenken sollte.

Nach einer ganzen Weile öffnete Lucius seine Augen wieder und schien sich deutlich ruhiger zu fühlen. Wiederum suchte er den Blick seines Lehrers und fragte: »Liege ich richtig damit, dass uns diese Dinge passieren, damit wir in unserer Spiritualität nicht überheblich werden?«

»Ja, mein Sohn, so ist es«, erwiderte Xiao Lin. »Die Gefahr zu glauben, man sei erleuchtet, wenn man ein gewisses Stadium der Entwicklung erreicht hat, ist derart groß, dass Gott uns immer wieder Herausforderungen schickt, damit wir erkennen, dass wir bei aller uns innewohnenden Göttlichkeit immer demütig bleiben müssen, um ein wahrhaftig reines Herz zu erlangen.«

Betreten schaute Lucius bei diesen Worten zu Boden, denn er schämte sich, dass er es nicht besser geschafft hatte, seine überschäumende Wut in den Griff zu bekommen. Xiao Lin meinte mitfühlend: »Sei bitte nicht so streng zu dir, du hast einen Ausweg gefunden und bist zu mir gekommen. Erlaube deiner Seele, all diese Erlebnisse der letzten Stunden zu verkraften.«

»Ich bin also nicht unrettbar verloren? Ich fürchte so sehr, dass die ständige Gegenwart böser Gedanken in meinem Leben mich unaufhaltsam auf die Seite des Bösen ziehen könnte.«

»Nein, ganz im Gegenteil! Ich bin stolz auf dich«, lautete Xiao Lins prompte Antwort. Und er führte seinen Schüler in den Dojo zum Training.

MARIE

PARIS, 30. SEPTEMBER 2013

Marie genoss die Fahrt durch Paris. Wie gut, dass Véronique zwischen den Proben Zeit für ein gemeinsames Abendessen gefunden hatte. Natürlich war nur das L'Opéra in Frage gekommen, dort konnten sie schnell essen und auch ein wenig reden. Endlich einmal wieder wären sie beide allein. Es gab so viel zu erzählen, Marie hatte sich lange mit Julien über die Ereignisse der Nacht unterhalten und freute sich darauf, Véronique zu berichten, dass auch Lucius von heilsbringender Michaelienergie geweiht worden war.

Dort vorne war ein Parkplatz, Marie fuhr rechts heran. Beim Blick über die Schulter sah sie eine allzu vertraute Gestalt, es war unverkennbar Véronique, die da in Begleitung eines ihr unbekannten, jedoch extrem gutaussehenden Tänzers aus dem Opernhaus kam. Ihre Freundin schien mit dem fremden Mann in ein angeregtes Gespräch vertieft zu sein, denn sie nahm ihre Umgebung überhaupt nicht war, was völlig untypisch für sie war.

»Wer kann denn das sein?«, fragte sich Marie und steuerte auf die beiden zu.

Sie wollte ihnen gerade die Hände auf die Schultern legen, da hob Véronique den Kopf und entdeckte Marie.

Mit einem entschuldigenden Lächeln in Richtung des Mannes sagte sie: »Pardon Sascha, ich muss ganz schnell meine Freundin begrüßen!«, und schon fiel sie Marie um den Hals und drückte sie, als wollte sie sie gar nicht mehr loslassen.

Etwas lauter als gewöhnlich sagte Marie: »Ich wollte euch beide keineswegs stören«, was Sascha offensichtlich gefiel, denn er sah sie freundlich an.

Véronique löste sich von ihr, und dann war sie förmlich, wie Marie sie nur selten gesehen hatte: »Darf ich dir meine beste Freundin Marie Chevalier vorstellen? Marie, und das ist Sascha Marakov vom Moskauer Bolschoi, der übermorgen und am vierten an meiner Seite tanzen wird.« Ihre Gesten waren verkrampft, und Marie fragte sich, was mit Véronique wohl los war. »Der Plan wurde geändert?« Marie wandte sich Sascha zu und nickte grüßend.

Marakov kniff die Augen zusammen und musterte Marie forschend: »Sie sind doch nicht etwa die Tochter von Jean Chevalier?«

»Doch genau die«, erwiderte Marie trocken.

»Enchanté!«.

Nun, Konversation machen hatte Marie gelernt, gerade auch mit begeisterten Anhängern ihres Vaters, und so fragte sie Marakov, wie lange er vorhabe, in Paris zu bleiben.

»Nur noch ein paar Tage, um mit der hinreißenden Véronique Valois zu tanzen«, antwortete er bereitwillig. »Anschließend führt mich meine Reise weiter nach Barcelona.«

Marie stellten sich die Nackenhaare auf. Und sie sagte: »Barcelona?« Natürlich hatte sie ihn verstanden, aber sie durfte ihr Entsetzen nicht zeigen, das konnte doch kein Zufall sein. Wenn sie je gedacht hätte, einfach weiterleben zu können, ohne weiterzuforschen nach dem, auf was das Kästchen aus dem Dom sie hingewiesen hatte, es wäre ihr nicht möglich, das wusste sie jetzt.

Es würde immer jemand kommen und sie verfolgen und beobachten und bedrohen. Véronique beobachtete die Reaktion ihrer Freundin und hoffe, es würde ihr möglich sein, die Fassung zu wahren.

Als keine von den Zweien Anstalten machte, etwas zu sagen, fragte Sascha: »Wollen wir uns nicht vielleicht ins Restaurant setzen?«

Marie dachte nur, so einfach machen wir es ihm nun auch wieder nicht. Und Véronique sagte mit künstlichem Lachen: »Ich habe Marie ewig nicht gesehen und möchte dringend, alleine mit ihr sprechen. Das verstehst du doch?«

»Natürlich verstehe ich das! Wir sehen uns ja sowieso nachher in der Hauptprobe«, und mit einer formvollendeten Verbeugung verabschiedete er sich von den Freundinnen. Véronique führte Marie zur Lounge des Restaurants. Auf einem der Sofas könnten sie nebeneinander sitzen, und es wäre nicht leicht, sie zu belauschen. Marie konnte es kaum erwarten. »Wieso tanzt der auf einmal bei euch mit? Das ist doch ungewöhnlich, oder? Ich kann mich nicht von dem Gedanken befreien, dass es der Kerl auf dich abgesehen hat.«

Véronique sah sie dankbar an und sagte: »Ich dachte schon, ich hätte allmählich Verfolgungswahn. Ausgerechnet jemand, auf den ich fliegen muss, du weißt, dass er eines meiner großen Ballett-Vorbilder ist. Ich war so verliebt in ihn als junges Mädchen. Als er heute aufgetaucht ist …«

»Erzähl!«, Marie machte große Augen.

»Nein, das Wichtigste zuerst: De la Fontaine hat ihn aus Moskau hierher gelockt. Das stinkt doch, das ist nie im Leben ein Zufall.«

»Chérie, pass auf dich auf! Hast du Lucius heute schon gesehen? Hoffentlich geht es ihm gut«, auf einmal sah Marie Zusammenhänge überall. »Julien hat ihn bei Xiao Lin angetroffen gestern. Und es war …« Marie fehlten die Worte. Dann versuchte sie es noch einmal: »Xiao Lin hat ihnen die höchsten Weihen erteilt, sie sind jetzt – Véronique ich bin sicher, dass Lucius zu uns gehört.« Véronique lächelte in sich hinein, sie hatte Lucius vor Augen, wie er sie ansah, sich bewegte. »Marie, aber wenn er weiterhin auf mich angesetzt ist und uns ausspioniert im Dienst dieses de la Fontaine, dann wird er bemerken, wie dieser Marakov mich anmacht.«

»Am besten du warnst ihn vor. Du hast doch dieses Handy. Schick ihm eine Nachricht. Dass wir rausgefunden haben, Marakov steht vermutlich bei de la Fontaine in Diensten. Dann kann er sich ja dazu äußern. Stell dir vor, wir hätten Unrecht.«

»Das wäre schön, dann könnte ich ganz unbefangen tanzen«, Véronique sah die Freundin sehnsüchtig an.

»Ich würde dir das gerne gönnen, ›Schwanensee‹ mit deinem Jugendschwarm … Aber er wird auch in Barcelona sein! Du weißt doch, Lucius wollte de la Fontaine den Namen der Stadt nennen, in der wir weitersuchen wollen. War das nicht sogar deine Idee?«

»Und du meinst, de la Fontaine hat sofort reagiert? Marie, mir macht das Angst, wir haben da einen mächtigen Feind.«

»Der sich nicht scheut, einen Mörder auf mich anzusetzen.«

Schweigend starrten die beiden sich an.

LUCIUS

PARIS, 30. SEPTEMBER 2013

Lucius war wieder er selbst, das Training hatte ihm den eigenen Körper bewusst gemacht, er kannte seine Grenzen, seine Ausdauer – und wann es genug war, das wusste er auch. Er verließ das Haus von Xiao Lin mit einem Glücksgefühl im Bauch, und das Abendlicht über Paris wärmte ihm das Herz. Er musste einfach Véronique vertrauen, sie war als Balletttänzerin ebenso eine Schauspielerin wie Julien, der ihn als Obdachloser am Vorabend vollkommen überzeugt hatte. Lucius schwang sich auf die Ducati. Solange sie ihm nichts Gegenteiliges sagte, würde er an dem Gedanken festhalten, dass Véronique ihm zugetan war. Wie sehr er sie liebte, hatte ihm nicht zuletzt seine Eifersucht bewiesen. Jetzt war sein Kopf wieder klar.

Er musste sich mal wieder im Hauptquartier sehen lassen und de la Fontaine ins Auge blicken. Dafür brauchte er nicht nur Mut, sondern auch Konzentration. Der Gedanke gefiel ihm, dass sie alle inzwischen eine Rolle spielten, er als Doppelagent hatte es wohl am schwersten. Nur Véronique war immer sie selbst gewesen, außer wenn sie auf der Bühne stand. Er wünschte ihr, dass sie immer so echt sein konnte, wie sie war. Ihm war das nicht erlaubt, er musste sich als Doppelagent überall vorsehen. Aber er war genau dafür ausgebildet worden.

Während er alleine in dem Hightechglasaufzug zum Büro von Maurice de la Fontaine hochfuhr, zückte er das zweite Handy. Er sehnte sich nach einer Botschaft von Véronique. Einer Erklärung, irgendetwas.

Ziemlich enttäuscht las er folgende Zeilen:

Cheri,
merci für deine Nachrichten.
Kann gerade gar nicht.
Melde mich später!
Baisers tendres
Véronique

Gerade rechtzeitig, bevor sich die Türen des Aufzugs öffneten, ließ Lucius das geheime Telefon wieder in den Tiefen seiner schwarzen Motorradjacke verschwinden.

Er hatte keine Zeit, weiter über Véroniques knappe Botschaft nachzudenken, denn Maurice de la Fontaine kam ihm bereits entgegen – und er war in bester Laune.

»Bonsoir Lucius, ich habe großartige Nachrichten für dich«, und schon packte er ihn am Arm und führte ihn in sein Büro. Er schloss die Tür und deutete auf einen der schweren, schwarzen Ledersessel.

Lucius setzte sich und sah de la Fontaine erwartungsvoll an.

»Im Auftrag unserer russischen Freunde ist, wie du weißt, ab heute Sascha Marakov in der Stadt. Eine Aufgabe weniger für dich: Er kümmert sich ab jetzt um Véronique Valois.«

»Ja, das habe ich gesehen.« Lucius ließ seinen Ärger sehen.

»Ich observiere, halte mich im Hintergrund, und da kommt der Kerl aus der Ballettprobe. Du hättest mich anrufen können.«

De la Fontaine machte eine wegwischende Handbewegung. Kritik perlte immer an ihm ab, dachte Lucius verärgert. Dann riss er sich zusammen und spielte wieder den braven Jungen. Wie hatte er es nur so lange ausgehalten, sich auf so einen Menschen einzulassen?

»Stell dir vor, der gefeierte Star Sascha Marakov wird als Prinz Siegfried neben Véronique Valois in ›Schwanensee‹ auftreten. Das wird DAS Highlight der Ballett-Saison, von dem ganz Paris sprechen wird! Und gleich danach –«

Lucius riss sich zusammen, als seine Fantasie ihm zeigte, wie Marakov seine Geliebte an allen möglichen wie unmöglichen Stellen berühren durfte, ja sogar musste, um sie bei den Hebungen nicht fallen zu lassen. Er spielte gelangweilt mit dem Reißverschluss der Motoradjacke und starrte de la Fontaine an.

»Na, was sagst du dazu? Der fährt danach nach Barcelona. Ist das nicht absolut genial?«

Lucius riss sich zusammen, er durfte sich nicht anmerken lassen, dass er nicht zugehört hatte. Die Neuigkeit traf ihn ins Mark. Ausgerechnet dieser Marakov in Barcelona. Er wusste, der Kerl konnte nicht nur tanzen, er war in allen Waffengattungen geschult, der perfekte Spion. Lucius lenkte sein Entsetzen um und machte Enthusiasmus daraus, als er sagte: »Gratuliere, besser als wir hoffen durften!«, und er erhob sich spontan von seinem Sessel und klopfte Maurice de la Fontaine anerkennend auf die Schulter. »Dieses Mal wird uns keiner daran hindern, ihnen rechtzeitig ihr Geheimnis abzujagen.«

»Es wird nie an die Öffentlichkeit gelangen, nicht solange ich hier in Paris etwas zu sagen habe.«

Lucius lenkte das Augenmerk des Maître auf praktischere Fragen, wann er Tickets buchen sollte, für wie viele, an so einer Aktion hing noch viel mehr, als nur die Frage, welcher russische Killer ihm im Weg stehen würde. Lucius merkte, wie sich ihm die Nackenhaare aufstellten.

VÉRONIQUE

PARIS, 30. SEPTEMBER AUF 1. OKTOBER 2013

Die Orchesterhauptprobe dauerte schier endlos. Véronique war erschöpft und freute sich, dass Marie ein wenig Fingerfood für sie vorbereitet hatte. So etwas Leichtes tat gut – und die Tatsache, umsorgt zu werden ebenfalls.

»Ist alles in Ordnung, ma chére?«, fragte Marie mitfühlend.

»Nicht wirklich«, erwiderte Véronique und dachte mit Schaudern an Marakovs gierige Finger. »Danke für das Essen, ich bin wirklich hungrig.« Véroniques Blick wanderte über Schälchen und Teller, geschnittenes Gemüse, eine Schüssel bunten Salat. Marie hatte sogar frischen Lachs gebraten, sie wusste, wie sehr die Freundin nach der körperlichen Herausforderung diese Proteine brauchte. Nährstoffe en masse, aber wenig Kalorien, das war die Devise, wenn Véronique die berühmten 32 Fouettés en tournant im 3. Akt meistern wollte. Sie wusste, mit welch gierigen Augen die anderen hinter der Bühne zuschauten und schon jetzt während der Proben jede Schwäche kommentierten. Es war ein hartes Geschäft.

Sie schwiegen und genossen es, einmal wieder zusammen zu sein. Da waren Worte nicht nötig, und Véronique wusste, dass

Marie ihn gar nicht wollte, den Dank, der ihr über die Lippen drängte. So drückte sie der Freundin nur schweigend die Hand, und als die Spülmaschine eingeräumt war, setzten sich die beiden ins Wohnzimmer.

»Merci von Herzen für dein Verständnis, mich erst einmal in Ruhe hier ankommen zu lassen.« Véronique lächelte Marie an.

»Das ist doch selbstverständlich!«

»Nein, das ist es nicht. Ich kenne niemanden außer dir, der genau weiß, was ich brauche, ohne dass ich auch nur ein Wort darüber verlieren muss.«

»Das kann ich nur zurückgeben. Du weißt auch immer, was ich brauche.«

Plötzlich schüttelte Marie lachend den Kopf. »Und wenn ich daran denke, wie unausstehlich ich teilweise in den letzten Wochen war, ist es ein viel größeres Wunder, dass du immer genau wusstest, was du tun musstest!«

»Das stimmt doch gar nicht!«, entrüstete sich Véronique. »Du bist durch die Hölle gegangen, da warst du vergleichsweise – lammfromm.«

Marie lachte laut auf. »Merci für das Kompliment, chérie. Danke, dass du bereit bist, mir das nachzusehen. Wie ging es dir mit Sascha Marakov?«

»So ein Charmeur, ich musste mich sehr zusammen reißen. Ich musste dauernd daran denken, dass Lucius vor ihm warnt, er sei ungemein gefährlich. Versuch du eine Liebeszene zu tanzen, wenn dir das nicht aus dem Kopf geht …« Marie seufzte. »Ich bewundere dich, mit einem Kerl zu tanzen, dessen Chef beim KGB ausgebildet wurde.«

»Ich habe weniger Angst davor, dass er eine Knarre ziehen könnte wie deine Killerin in Wien. Er braucht mich ja nur fallenlassen bei einer Hebefigur, und aus ist es mit mir.«

Marie schlug entsetzt die Hand vors Gesicht. »Ich weiß nicht, wie du heute den Tag durchgehalten hast.«

»Ich vertraue auf das, was Maria Magdalena mir gesagt hat. Wir sind nicht allein, Marie.« Véronique strahlte die Freundin an.

»Véronique, ich weiß nicht, ob wir ihn in Barcelona sehen werden, aber willst du nicht Lucius anrufen und mit ihm reden? Du hast doch dieses Handy, dann nutze es auch.« Marie lächelte, denn sie dachte an die Anrufe von Julien. Er hatte sich gleich nach der Landung in Dresden bei ihr gemeldet.

Marie zog sich in die Küche zurück, und Véronique griff nach dem Handy. Doch anstatt Lucius anzurufen, starrte sie gedankenverloren aus den riesigen Glasfenstern und auf das Panorama, den nächtlichen Eifelturm, die Straßenbeleuchtung, ihr geliebtes Paris.

Véronique hätte nicht zu sagen vermocht, was ihr durch den Kopf gegangen war, als Marie nach einer Viertelstunde ins Zimmer kam.

»Ich habe dich gar nichts sagen hören.« Marie verstummte, denn Véronique hatte sich nicht einen Millimeter bewegt. »Ist alles okay mit dir?«

»Nicht wirklich, chérie«, seufzte Véronique. »Ich schaffe es nicht, Lucius anzurufen. Ich würde ihm so gerne sagen, dass ich nicht tanzen werde, aber –« Sie schwieg betreten.

»Verstehe«, erwiderte Marie. Sie reichte der Freundin ein wenig von ihrer Lieblingsschokolade. »Wirst sehen, er liebt dich. Egal, was du tust und wofür du dich entscheidest.«

Erst als die dunkle Schokolade in ihrem Mund geschmolzen war, gab sich Véronique einen Ruck und wählte die Nummer von Lucius Handy. Lächelnd verließ Marie den Raum.

»Mon amour, wie geht es dir?« Seine Stimme klang so liebevoll, dass Véronique ein Stein vom Herzen fiel.

»Ehrlich gesagt, geht es mir nicht wirklich gut, Lucius.«

»Was ist los? Hätte ich dir lieber nicht sagen sollen, wie gefährlich Sascha Marakov ist?«

»Das ist nicht das eigentliche Problem«, tastete sich Véronique vorsichtig vor.

»Bitte vertrau mir an, was dich bedrückt.«

Véronique fasste ihren ganzen Mut zusammen, dann erzählte sie Lucius, wie seltsam es sich anfühlte, gemeinsam mit Marakov zu proben und zu wissen, dass er sie nur fallen lassen musste …«

»Du musst mit ihm auf die Bühne, das weißt du doch. Aber keine Sorge«, lauteten die erlösenden Worte. Véroniques Herz setzte einen Schlag aus und fand dann in den gleichmäßigen Rhythmus, der so typisch für sie war.

»Was weißt du? Was haben die vor?«

»Maurice de la Fontaine hat das nicht allein eingefädelt, und wir müssen gute Miene zum bösen Spiel machen. Ich glaube nicht, dass sie so etwas geplant haben. Bisher war immer die Rede davon, dass Marakov sich in Barcelona mit euch treffen soll. Und das geht nur, wenn auch du dort bist, du bist schließlich seine Verbindung zu Marie und Julien. Keine Angst, er wird dir nichts tun.«

»Das heißt, ich brauche vorerst keine Angst zu haben?«

»Nein, Sascha wird in den Tagen hier in Paris alles daran setzen, dein Vertrauen zu gewinnen und dir so nahe wie möglich zu kommen.«

»Oh nein!«, stöhnte Véronique, die sich nur allzu gut daran erinnerte, wie Sascha jede noch so kleine Gelegenheit nutzte, um ihr Avancen zu machen.

»Ist es so schlimm?«, fragte Lucius mitfühlend und ein klein wenig erleichtert.

»Ja, du kannst es dir nicht vorstellen«, flüsterte Véronique, sodass Lucius sie kaum verstand.

»Kann ich dir irgendwie helfen, ma chère?«, fragte er beinahe ebenso leise.

»Indem du weißt, dass ich das alles nur spiele, solltest du mich je in einer verfänglichen Situation mit Sascha sehen.«

»Aber natürlich! Das ist doch selbstverständlich.«

Véronique spürte, wie Zentnerlasten von ihrer Seele abfielen.

»Gehe ich richtig davon aus, dass du in keine der Vorstellungen kommen wirst?«, wollte sie wissen.

»Das weiß ich noch nicht, denn Maurice ist absolut unberechenbar in manchen Entscheidungen. Ich muss ihm da zu Willen sein, damit ich nicht auffallen werde. Aber Véronique, bitte versprich mir eins.«

»Was?«, unterbrach ihn Véronique atemlos.

»Dass du wirklich gut auf dich aufpasst, mon amour, denn diese Russen sind in jeglicher Hinsicht besser trainiert als wir.«

»Wie meinst du das?«

»Sie sind in der Lage, mit gewissen energetischen Methoden unsere Gedanken zu infiltrieren.«

»Wie bitte?«, entsetzt schlug sich Véronique die Hand vor den Mund. »Das ist ja grauenvoll!«

»Ja, das ist es, doch ich bin mir sicher, wenn du diszipliniert deine Meditationsübungen machst, schaffst du es, klar im Kopf zu bleiben«, versuchte Lucius Véronique zu beruhigen.

»Ich werde mein Bestes tun«, versprach Véronique schweren Herzens.

»Sehr gut! Außerdem wird dich Xiao Lin aus der Ferne unterstützen.«

»Gott sei Dank! Das beruhigt mich.«

Plötzlich entstand ein Schweigen, und Véronique hatte das Gefühl, dass Lucius gedanklich nicht mehr bei ihr war.

»Alles ok?«, fragte sie nach einer Weile.

»Ich weiß nicht«, erwiderte Lucius, »Maurice verlangt mich zu sprechen.«

»Oh! Dann müssen wir wohl auflegen.«

»Richtig! Au revoir, chérie.«

»Au revoir, mon amour.«

»Und denke immer daran, ich liebe dich über alles, egal, was geschieht«, und schon hatte Lucius aufgelegt.

»Je t'aime aussi«, flüsterte Véronique daraufhin, obwohl sie wusste, dass Lucius sie nicht mehr hören konnte.

Nachdenklich blickte sie erneut auf den erleuchteten Eiffelturm und versuchte, die heftigen Neuigkeiten zu verdauen.

Schließlich betrat Marie das Zimmer, um nach der Freundin zu sehen. Vorsichtig setzte sie sich neben Véronique auf das weiße Sofa und berührte sie sanft am Rücken.

»Und wie hat Lucius reagiert?«

»Wundervoll«, antwortete Véronique und drehte sich mit einem Lächeln zu Marie um. »Mittlerweile frage ich mich, warum ich mir vorher so große Sorgen gemacht habe. Aber weißt du was, ich erzähle dir alles ausführlich, wenn ich meine Spitzenschuhe nähe.«

Erstaunt hob Marie ihre Augenbrauen, denn es war äußerst ungewöhnlich, dass Véronique Spitzenschuhe zum Nähen mit nach Hause brachte, denn es gab ein ungeschriebenes Gesetz, dass Spitzenschuhe in ihrem Penthouse nichts zu suchen hatten.

»Ja, du hast richtig gehört, Marie«, beantwortete Véronique die unausgesprochene Frage der Freundin. »Bei all dem Trubel und den Aufregungen des heutigen Tages habe ich es beim besten Willen nicht geschafft, meine Schuhe in den kurzen Pausen im Theater zu nähen.«

»Das kann ich definitiv nachvollziehen!«

Gemeinsam erhoben sich die Freundinnen von der Ledercouch und gingen zurück in die Küche. Während Véronique ihre Spitzenschuhe, einen Hammer, Lack und Nähzeug aus ihrer Tasche holte, setzte Marie bereits Teewasser auf.

Kaum hatte Véronique mit dem Nähen begonnen, fing sie auch schon an, von den haarsträubenden Nachrichten zu erzählen. Als Marie von dem Infiltrieren der Gedanken hörte, wurde es ihr am ganzen Körper eiskalt. Sie war sich sicher, dass sie ebenfalls bearbeitet worden war, um Julien zu misstrauen, obwohl sie es eigentlich hätte besser wissen müssen.

Nachdenklich nippte sie an ihrem Kusmi Tea »Be Cool« und wusste, dass auch sie in den nächsten Tagen viel meditieren musste, um innerlich ruhig zu bleiben, egal, was sie hier und vor allem in Spanien erwarten würde.

JULIEN

DRESDEN, 1. OKTOBER 2013

In Dresden genoss Julien die völlige Abgeschiedenheit. Er hatte das eindeutige Gefühl, dass er im Moment von niemandem verfolgt wurde und ließ die Ruhe vor dem Sturm, der sie alle mit Sicherheit in Spanien erwarten würde, auf sich wirken.

Auch wenn er Marie über alles liebte, brauchte er diese kostbaren Augenblicke des Alleinseins, um vollkommen in seine Kraft zu kommen.

Nach langen, ausführlichen Yogaübungen spürte er allmählich, wie die Schmerzen nachließen, die sich aufgrund des harten Trainings bei Xiao Lin seines Körpers bemächtigt hatten. Dankbar begab er sich in den Lotussitz und begann zu meditieren. Er versuchte, sich noch einmal in den Zustand zu versetzen, den er durch die Übertragung der höchsten Michaelsenergie im Haus seines Meisters erlebt hatte.

Als diese ihn gemeinsam mit einem tiefen Frieden erfüllte, wusste Julien, dass er für den Tag bereit war.

Langsam erhob er sich von seiner Yogamatte, ging ins Bad und stellte sich unter die Dusche. Während der harte Wasserstrahl auf seinen Körper prasselte, wurde ihm mit einem Mal klar, dass er heute auf keinen Fall mehr trainieren durfte, wenn er abends in der Vorstellung topfit sein wollte. Selbst wenn er sich vorgenommen hatte, jeden Tag in Dresden zu nutzen, um seine alten Fähigkeiten wieder heraufzubeschwören, durfte er das Singen nicht vernachlässigen, was durchaus auch Hochleistungssport war, wenn man in seiner Liga spielte.

Beim Abtrocknen blickte er nachdenklich in den Spiegel und fragte sich ernsthaft, wie sie es schaffen sollten, das Geheimnis zu lüften, ohne dass es in die falschen Hände geriet, wenn Männer wie Sascha Marakov auf sie angesetzt waren. Zumal, wenn sie ebenfalls nach Barcelona reisen würden, wie Julien längst von Marie erfahren hatte. Weder sie noch Véronique hatten die geringste Ahnung von Kampfkunst. Nur Lucius war wirklich in der Lage, sich solchen Profis entgegenzustellen. Er selbst war keineswegs so fit wie sein neuer Freund, auch wenn er den Kampf in Paris für sich hatte entscheiden können. Also musste es einen anderen Weg geben, schließlich sprach die jahrtausendealte Prophezeiung davon, dass Marie und er sie erfüllen und den Schatz von Jesus Christus bergen konnten.

In Dresden gab es außer der Bühne der Semperoper nur einen einzigen Ort, der ihm Antworten liefern konnte, und so machte sich Julien nach einem ausgedehnten Frühstück erneut auf den Weg zu seiner geliebten Frauenkirche.

VÉRONIQUE

PARIS, 1. OKTOBER 2013

In der Opéra Garnier stand Véronique klopfenden Herzens in der Seitengasse und wartete auf ihren ersten Einsatz während der Generalprobe. Obwohl ihre Augen offensichtlich auf das Geschehen auf der Bühne ausgerichtet waren, nahm sie nicht wirklich wahr, was dort vor sich ging. Sie konnte sich beim besten Willen nicht vorstellen, wie sie gemeinsam mit Sascha Marakov alias Prinz Siegfried ein homogenes Paar verkörpern sollte. Nie zuvor hatte sie einem Tanzpartner so wenig vertraut. Doch als Schwanenprinzessin Odette musste sie in der Lage sein, bedingungsloses Vertrauen darzustellen.

Vor lauter Nachdenken hätte Véronique beinahe verpasst, sich rechtzeitig ihrer wärmenden Klamotten zu entledigen, um als anmutiger Schwan auf der Bühne zu erscheinen. Obwohl sie sich ernsthaft bemühte, spürte Véronique, dass sie die Bewegungen zwar technisch relativ perfekt, jedoch ohne jegliches Gefühl absolvierte. Sie fühlte sich wie eine Marionette, welche hölzern die von ihr erwartete Choreographie vorführte. Es war geradezu grauenvoll!

Sascha schien es ebenfalls zu bemerken, denn sein zuerst

strahlendes Lächeln fror beim berühmten weißen Adagio regelrecht ein. Und in einem unbeobachteten Moment zischte er ihr zu: »Mein Gott, was ist nur los mit dir?«, worauf ihm Véronique einen glühenden Blick zuwarf, als wollte sie sagen: »Das weißt du ganz genau!«

Leicht irritiert wäre Sascha bei der nächsten Hebung beinahe ein Fehler unterlaufen, was Véronique instinktiv mitbekam. Sie musste sich ernsthaft zusammenreißen, um daraufhin nicht am ganzen Körper zu zittern, denn nichts war schlimmer, als die Angst von einem unachtsamen Partner fallen gelassen zu werden. Mit aller Gewalt versuchte sich Véronique daran zu erinnern, was Lucius gesagt hatte: Das würde unter keinen Umständen der Fall sein, denn Marakov brauchte sie noch. Und so gelang es ihr, ihren Körper unter Kontrolle zu behalten.

Dennoch war sie äußerst froh, als sie nach dem langen Pas de deux erst einmal von der Bühne abgehen konnte und einen Augenblick Zeit hatte, sich zu beruhigen, bevor sie nach den verschiedenen Variationen der Schwäne wieder an der Reihe war. In einem kurzen Stoßgebet bat sie Mutter Maria um Hilfe. Sobald sie sich für ihre eigene Variation wieder auf die Bühne bewegte, spürte sie, wie sie von neuer Energie durchströmt wurde, die ihre Bewegungen wieder anmutiger werden ließen. Doch sie tat sich ungeheuer schwer, die Liebe darzustellen, die sie angeblich für Prinz Siegfried empfand. Nie zuvor war Véronique so dankbar gewesen, als sich der Vorhang nach dem zweiten Akt schloss.

Kaum stieg die Tänzerin jedoch in das Tutu des Schwarzen Schwans, schien sie regelrecht eine Verwandlung zu durchlaufen. Sie schlüpfte nicht nur in die Rolle, sondern wurde zu Odile. Und sie hatte nur noch eines im Sinn, war regelrecht von dem Wunsch besessen, Prinz Siegfried oder vielmehr Sascha durch die Verführung zu zerstören und ihm seine wahre Liebe Odette zu nehmen, indem sie ihn dazu bringt, seinen Treueschwur zu brechen.

Sie konnte es kaum erwarten, endlich auf dem Ball anlässlich von Prinz Siegfrieds Brautwahl auf der Bühne zu erscheinen.

Als sie hinter dem riesigen, schwingenartigen Mantel von Baron Rotbart hervortrat und auf Prinz Siegfried und seine Mutter zu tanzte, glaubte Sascha seinen Augen nicht zu trauen. Denn aus der ihm bisher immer nur als engelsgleich erschienenen Véronique war ein derartig verführerisches Wesen geworden, dass sein Körper bei ihrem Anblick auf unziemliche Art und Weise reagierte. Er musste all seine mentale Disziplin aufbringen, um sich weiterhin auf seine Rolle zu konzentrieren. Eine kurze Pause zwischen den Divertissements genügte für ihn, um sich wieder etwas zu sammeln. Und er war überzeugt, dass es ihm alles andere als schwer fallen würde, nun, im Pas de deux mit dem schwarzen Schwan, darzustellen, wie er dem gefährlichen Charme von Odile und vor allem dem der Tänzerin dahinter verfällt.

Nie zuvor war Véronique eine derart überzeugende Odile gewesen.

Wie in Trance verließ sie die Bühne nach den berühmten und haarsträubend schwierigen 32 Fouettés en tournant und dem anschließenden Liebes- und Treueschwur von Prinz Siegfried und wurde erst durch die vor Staunen weit aufgerissenen Augen der anderen Ballerinen in der Seitengasse langsam wieder in die Realität zurückgeholt. Sogar ihrer ärgsten Konkurrentin, der technisch geradezu perfekten Svetlana Sergeeva, entfuhren die Worte: »So gut warst du ja noch nie!«

Véronique war nur in der Lage, freundlich zu nicken, da sie Angst hatte, ihre Stimme könnte sie im Stich lassen.

Sobald der Vorhang nach dem vierten Akt ein letztes Mal gefallen war, betrat Ballettdirektor Marcel Chagrin die Bühne und wandte sich vollkommen erstaunt an seine Primaballerina: »Normalerweise hatte ich immer den Eindruck, dass dir der weiße Schwan viel mehr entspricht, Véronique! Doch heute hast du mich vom Gegenteil überzeugt. Deine Odile war von atemberaubender Kraft und Perfektion sowie größter Verführungskunst. Die Fouettés habe ich auf dieser Bühne nie besser gesehen!«

»Dem kann ich nur zustimmen«, mischte sich Sascha ungefragt ins Gespräch. »Selbst in Moskau gibt es nur sehr wenige Primaballerinen, die eine derartig überzeugende Odile darstellen und tanzen können«, und ehe sich Véronique versah, fand sie sich in einer engen Umarmung mit Sascha wieder.

Zum Glück hüstelte Monsieur Chagrin, um sich nochmals bemerkbar zu machen, sodass sich Véronique ganz schnell wieder aus den Armen ihres Feindes herauswinden konnte, ohne dass es einem Zurückstoßen gleichkam.

»Aber eines noch.«

»Ja?«, fragend hob Véronique ihre schön gezeichneten Augenbrauen.

»Ich hoffe sehr, dass deine Odette in den Vorstellungen ebenso kraftvoll und mit Leben erfüllt sein wird wie Odile. Heute war dies leider nicht der Fall. Keine Sekunde lang habe ich ihr abgenommen, dass sie sich unsterblich in Prinz Siegfried verliebt hat. Auch glichen deine Bewegungen eher einer Marionette als einem anmutigen Schwan.«

Beschämt neigte Véronique ihren Kopf, denn sie wusste, dass Chagrin die Wahrheit sprach, aber sie hatte es beim besten Willen nicht geschafft, in die Rolle der Odette zu schlüpfen mit dem Wissen, wer Sascha in Wahrheit war.

»Ich werde mein Bestes tun. Das verspreche ich dir, Marcel«, flüsterte Véronique, auch wenn sie keine Ahnung hatte, ob es ihr gelingen würde.

»Das weiß ich, ma chère! Aber nun geh nach Hause und ruhe dich aus, damit du für die morgige Jahrhundertvorstellung fit bist«, und mit zwei Küsschen auf die Wangen verabschiedete er sich.

Sascha hingegen sah seine Chance gekommen und legte Véronique vertraulich einen Arm um die Schultern. Mit einem tiefen Blick in ihre Augen fragte er sie: »Was hältst du davon, wenn wir uns gemeinsam entspannen? Ich habe eine phänomenale Suite im Ritz mit einem riesigen Bett.«

Mit all ihrer antrainierten Schauspielkunst erwiderte sie seinen Blick und meinte: »Sascha, das ist wirklich lieb von dir, aber ich möchte einfach nur nach Hause und schlafen«, und mit einem klimpernden Augenaufschlag fügte sie noch hinzu: »Das verstehst du doch?«

JULIEN

DRESDEN, 1. OKTOBER 2013

Feierliche Orgelmusik erklang just in dem Augenblick, als Julien die Frauenkirche betrat. Er schritt durch das Kirchenschiff nach vorne und suchte sich einen seiner Lieblingsplätze unter der Kuppel, dem strahlenden Auge Gottes, wie er die von goldenen Fäden durchwirkte schwarze Pupille im Rund des leuchtenden Blaus immer empfand.

Andächtig lauschte er den ersten Tönen des Bach-Chorals »Jesu, bleibet meine Freude«, denn er empfand dies als ein Zeichen von oben, dass er sich zur richtigen Zeit am richtigen Ort befand.

Schließlich faltete er seine Hände vor der Brust, schloss die Augen und betete zu Gott:

> Lieber Gott,
> mache mich zu deinem Werkzeug bei dieser heiligen Mission,
> welche ich voller Demut zu erfüllen suche.
> Lass uns bitte erkennen, was dein Plan für uns in Spanien ist,
> wo uns ein so mächtiger Gegner bereits auf den Fersen ist.

Ich gebe mich ganz in deine Hände und weiß,
dass du mich und uns alle wundersam lenken wirst!
In tiefer Dankbarkeit
Amen

Kaum hatte Julien sein stilles Gebet vollendet, wurde er mit einem Schlag aus seinem Körper herauskatapultiert und fand sich über einem steinernen Sarkophag in einer Art Felsenhöhle schwebend wieder. Obwohl sich Julien in einem erhöhten Zustand befand, wusste er, dass er diesen Ort in seinem bisherigen Leben noch nie gesehen hatte. Er vermochte noch zwei Skulpturen zu erkennen, die eines Engels und vermutlich eine der Maria Magdalena, die sich über einen Steinsarg zu beugen schien.

»Ob dieser Platz wohl etwas mit der Lösung unseres Rätsels zu tun hat?«, fragte sich Julien nachdenklich, worauf auf einmal eine männliche Stimme klar und deutlich ertönte:

»Mein Sohn, alles wird sich dir zur rechten Zeit offenbaren. Vertraue!«

Erschrocken schaute sich Julien um. Hatte er vielleicht seine Gedanken laut ausgesprochen?

Im nächsten Augenblick nahm er wahr, dass er wieder in seinen Körper zurückgekehrt war und in einer der Bänke der Frauenkirche saß.

Die Stimme war weder die seines verstorbenen Vaters noch eines anderen Bekannten. So lag die Vermutung nahe, dass es ein höheres Wesen gewesen sein muss.

Konnte das vielleicht Gott selbst gewesen sein?

Aber warum sollte Gott persönlich ausgerechnet zu ihm sprechen?

Kurz darauf hörte er erneut dieselbe klare männliche Stimme:

»Du bist mein Sohn, wie es auch Jesus Christus ist.
Mache dich nicht geringer, als du bist!«

Diese Worte gingen Julien durch Mark und Bein, während sein ganzer Körper von einer Gänsehaut überzogen wurde.

Mittlerweile war er beinahe gewillt zu glauben, dass Gottvater selbst zu ihm gesprochen hatte.

Intuitiv blickte er hoch zum Auge Gottes und hatte das Gefühl, als hätte es gezwinkert. Natürlich wusste er, dass dies auch eine optische Täuschung durch den Einfall des Sonnenlichts sein konnte, dennoch nahm er es als ein Zeichen wahr und erhob sich, nachdem er ein kurzes Dankgebet gen Himmel geschickt hatte, glücklich von der Kirchenbank.

LUCIUS

PARIS, 2. OKTOBER 2013

Lucius Gedanken drifteten immer wieder zu Véronique, die sich mit diesem Sascha Marakov herumschlagen musste, während er sich selbst darauf konzentrieren musste, gute Miene zum bösen Spiel zu machen, denn mittlerweile rief Maurice täglich irgendwelche Versammlungen in Bezug auf die »Operation Barcelona« aus.

Außerdem hatte sich inzwischen auch Solokovs Mann Alexander offiziell in Paris gemeldet, der Agent, der die meisten hochrangigen Toten auf dem Gewissen hatte.

Noch vor kurzem hätte es Lucius sogar genossen, Zeit in der Gegenwart eines derartig abgebrühten Menschen zu verbringen, doch nun ließ ihm die Energie dieses eiskalten Killers nahezu das Blut in den Adern gefrieren, wenn er an Véronique, Marie und Julien dachte.

Sein einziges Glück war, dass er sogar auf Befehl seines Maître jede freie Minute bei Xiao Lin verbringen konnte, denn sonst wären seine Nerven wohl mit ihm durchgegangen.

Sein Meister nahm Lucius härter ran als je zuvor und er hatte in den Stunden des Trainings keine Chance, auch nur eine Sekunde lang seinen eigenen Gedanken nachzuhängen.

Wenn er abends ins Bett fiel, war er derartig erschöpft, dass ihm die Augen schon zufielen, ehe er das Licht seiner Nachttischlampe gelöscht hatte, und morgens wachte er dann mit so zerschlagenen Gliedern auf, als hätte er die ganze Nacht um sein Leben gekämpft.

Lucius wusste nur eines: Sein eigener Geist musste so stark werden, dass dies nicht mehr möglich war. Gemeinsam mit Xiao Lin arbeitete er mit eiserner Disziplin daran. Ohne zu murren, wiederholte er Übung um Übung auf der körperlichen wie auf der geistigen Ebene so lange, bis sie ihm in Fleisch und Blut übergegangen waren.

Und am Mittag des 2. Oktobers hatte Lucius zum ersten Mal in seinem Leben das Gefühl, dass ihn seine eigenen Emotionen nicht mehr kontrollieren konnten, denn sein Geist war stärker als sein Ego.

In tiefer Dankbarkeit verneigte er sich vor seinem Meister und wusste, dass er in der Lage sein würde, Véronique am Abend in den Armen von Sascha Marakov zu sehen, ohne dass ihm das noch allzu viel ausmachen würde. Maurice de la Fontaine hatte nämlich darauf bestanden, dass er den Star des Bolschoi-Theaters tanzen sehen musste. Schließlich handelte es sich um eine Jahrhundertvorstellung!

VÉRONIQUE

PARIS, 2. OKTOBER 2013

Nachdem Véronique von ihrem täglichen Morgentraining zurückgekommen war, tat Marie alles, um sie nach Strich und Faden zu verwöhnen.

Als Véronique sich nach einem leckeren Salat zum Mittagessen noch mit ihrem geliebten Tee Vert à la Menthe aufs Sofa ins Wohnzimmer begab, ließ Marie ihr die Badewanne ein und schmückte das Badezimmer mit Kerzen. Sie hoffte sehr, dass dies und der Duft von Lavendelöl Véronique wenigstens ein bisschen zur Entspannung brachte, denn sie spürte, dass sie innerlich alles andere als ruhig war.

»Merci, dass du alles so schön vorbereitet hast. Du bist wirklich ein Goldschatz, Marie!«

»Das ist doch selbstverständlich, chérie! Möchtest du alleine sein?«

»Ja, bitte«, bat Véronique mit einem entschuldigenden Blick.

»Dann lass es dir gut gehen«, und schon entschwand Marie aus dem Bad und Véronique ließ sich in die Wanne gleiten, bis auch ihr Kopf ganz unter Wasser war. Sie wäre lieber im Erdboden versunken als sich am Abend auf die Bühne zu wagen. Doch sie wusste, dass sie nicht so einfach davon kam, denn man musste sich den Herausforderungen stellen, die das Leben einem bot, denn sie holten einen früher oder später ohnehin wieder ein.

Nachdenklich tauchte sie wieder auf und blickte in die Flamme einer der Kerzen, die Marie am Badewannenrand platziert hatte. Es fühlte sich an, als würde sie in das Licht hineingezogen, sodass sie auf einmal alles um sich herum vergaß und sich in einer Traumwelt wiederfand.

Sie sah sich selbst als eine junge Amazone, die an einem See, der in dichte Nebel gehüllt war, Halt machte, um sich von den Strapazen der letzten Kämpfe zu erholen, als plötzlich einer der Schwäne im Wasser ihre Aufmerksamkeit auf sich zog. Sie trat näher, um ihn genauer in Augenschein zu nehmen. Da schwamm dieser plötzlich ans Ufer und ließ sein Gefieder fallen, wodurch ein wunderschöner Jüngling zum Vorschein kam, der Lucius wie ein Haar aufs andere glich.

In dem Augenblick, als dieser der Amazone in die Augen blickte, war es um die sonst so unnahbare Kriegerin geschehen. Sie wusste tief in ihrem Herzen, dass dieser junge Mann ihr Schicksal war, und schwor ihm nach einem leidenschaftlichen Kuss ewige Liebe und Treue. Doch daraufhin verschwand dieser wieder im Wasser.

Verwundert blickte sich die junge Frau um, als sie einen unerwarteten Sog spürte, der sie durch die Nebel schweben und in einer großen, feierlich geschmückten Halle landen ließ. Sie konnte sich beim besten Willen nicht erklären, was da gerade geschehen war.

Plötzlich aber tauchte der Jüngling inmitten der Hofgesellschaft ihres Vaters in kostbare Gewänder gekleidet auf und hielt in aller Form um ihre Hand an.

Ehe sie sich versah, befand sie sich bereits in einem höfischen

Tanz mit ihm und versprach ihm die Ehe, ohne auch nur noch ein einziges Mal darüber nachzudenken.

Im selbigen Moment erklang ein Donnerschall und ein schauderhaftes Lachen, das ihr das Blut in den Adern gefrieren ließ, und die Amazone erkannte, dass sie dem Falschen die Ehe versprochen hatte. Hinter den kostbaren Gewändern kam nämlich ein Mann zum Vorschein, der nicht aussah wie Lucius, sondern wie Sascha und sie mit aller Gewalt an sich riss, um mit ihr in Lichtgeschwindigkeit davonzufliegen, ohne dass irgendjemand etwas dagegen unternehmen konnte.

Vor lauter Entsetzen machte sich ein Schrei in Véroniques Kehle breit, der Marie ins Badezimmer stürzen ließ.

»Ist alles in Ordnung bei dir, Véronique?«

Diese saß wie erstarrt in der Badewanne und blickte immer noch in die Kerze, doch Marie hatte das Gefühl, dass sich ihr Blick im Nirgendwo verlor.

Vorsichtig näherte sie sich der Freundin und sprach sanft auf sie ein, bis sie das Gefühl hatte, gehört zu werden.

Langsam drehte sich Véronique und wandte sich der Freundin zu. Stockend erzählte sie von der Vision.

»Heißt das etwa im übertragenden Sinn, dass Sascha mich Lucius entreißen wird?«, fragte sie am ganzen Leib zitternd.

»Nein, das glaube ich nicht, ma chère«, versuchte Marie die Freundin zu beruhigen.

»Komm doch erstmal aus der Badewanne. Dann sehen wir weiter.«

Daraufhin reichte sie Véronique ein großes Handtuch, in welchem diese fast versank. Vorsichtig half sie dabei, diese trocken zu rubbeln, als ihr eine glänzende Idee kam.

»Weißt du was? Ich massiere dir jetzt deine Füße mit Nardenöl, wie es einst Maria Magdalena getan hat, denn du hast mir erklärt, dass sie diese Handlung nicht nur vorgenommen hat, um Jesus Christus tiefe Ehrerbietung zu zeigen, sondern um ihn energetisch auf den Schock vorzubereiten, der ihm durch die Kreuzigung zugefügt werden würde. Folglich sollte es ja auch die Macht besitzen, einen Schock aufzulösen.«

Mit großen Augen blickte Véronique Marie an und wusste, dies war die Lösung.

Dankbar ließ sie sich in ihr Schlafzimmer führen, legte sich aufs Bett und wartete, bis Marie mit dem heiligen Öl zurückgekehrt war.

Ganz sanft nahm Marie zuerst den linken Fuß der Freundin in ihre Hand und begann ihn mit dem kostbaren Öl zu salben. Schnell spürte sie, wie Véronique sich zu entspannen begann. Kaum war sie mit dem rechten Fuß fertig, fiel Véronique in einen tiefen Schlaf.

Auf Zehenspitzen verließ Marie daraufhin den Raum, um die Schlafende auf keinen Fall wieder aufzuwecken.

Auch wenn sie sich Véronique gegenüber gelassen gezeigt hatte, war Marie innerlich ziemlich aufgewühlt: Sie hatte große Angst davor, zum ersten Mal nach dem Tod ihres Vaters wieder in Paris ins Theater zu gehen, auch wenn es sich um ein Ballett und nicht um eine Oper handelte, insbesondere da weder Julien noch Véronique sie begleiten konnten. Unter normalen Umständen hätte sie auf Juliens Rückkehr gewartet und wäre erst in die zweite Vorstellung von »Schwanensee« gegangen. Doch aufgrund der extremen Situation mit Sascha, konnte Marie Véronique auf keinen Fall im Stich lassen, selbst wenn sie nicht wusste, ob Maurice de la Fontaine wieder eine Art Attentat auf sie geplant hatte. Lucius hatte zwar gemeint, dass in Paris nichts mehr geschehen würde, doch wer wusste schon, ob Monsieur de la Fontaine Lucius wirklich alles mitteilte.

In Gedanken versunken saß Marie lange auf dem Sofa und vergaß völlig, Véronique zu wecken, wie sie es versprochen hatte. Zum Glück funktionierte Véroniques innere Uhr perfekt, sodass sie einen unsichtbaren Wecker hörte und rechtzeitig wieder zu sich kam.

Kaum war Véronique ganz wach, schlüpfte sie unter der Decke hervor und kniete sich vor ihren kleinen Altar am Fußende des Bettes. Inbrünstig bat sie Mutter Maria, ihr während der Vorstellung beizustehen, sodass sie trotz aller inneren Widerstände gegen Sascha in der Lage war, eine anmutige und tief empfundene Odette zu verkörpern.

Da hörte sie eine liebevolle Stimme erklingen:

»Geliebte Tochter, sorge dich nicht! Du wirst auf wunderbare Weise tanzen. Dies verspreche ich dir!«

»Merci de tout mon cœur!«, antwortete Véronique erleichtert. »Doch mir lastet noch etwas Anderes auf der Seele. Wird mir Sascha Lucius entreißen?«

»Auf wundersame Weise wird sich das Verhältnis klären. Vertraue und tue alles, um in deiner Mitte und in deiner Kraft zu bleiben!«

Sichtlich getröstet erhob sich Véronique und zog sich an, bevor sie sich auf dem schnellsten Weg ins Theater machte, denn sie wollte genügend Zeit für ihre Vorbereitungsrituale haben, die neben der Maske und dem Aufwärmen noch Atemübungen und das Essen von mindestens einem Powerriegel beinhalteten.

MARIE

PARIS, 2. OKTOBER 2013

Sobald Véronique das Penthouse verlassen hatte, machte sich Marie auf den Weg nach Hause, denn sie hatte nichts Passendes für die Oper zum Anziehen dabei. Schon im Taxi hatte sie wieder das Gefühl, verfolgt zu werden, doch in diesem Moment konnte sie sich nicht an ihre Freunde wenden, war auf sich allein gestellt.

Trotz ihrer High Heels rannte Marie die Treppen zu ihrer Dachwohnung hinauf, als würde sie vom Teufel persönlich verfolgt, ließ die Wohnungstür mit einem Krachen ins Schloss fallen und rutschte mit dem Rücken entlang der Wohnungstür auf den Boden. Vor lauter Panik schien ihr Herz Saltos zu schlagen. Marie wusste beim besten Willen nicht, was sie tun sollte. Also fing sie an zu beten:

Lieber Gott,
bitte hilf mir in meiner Angst!
Ich fühle mich vollkommen hilflos
und verloren.
Ich habe im Augenblick niemanden,
der mich unterstützen kann.

Also bitte ich dich und deine Engel –
Helft mir!
BITTE!

Das letzte Wort ihres Gebets klang derartig herzzerreißend, dass es auch den unterkühltesten Menschen nicht kalt gelassen hätte.

Im selben Moment hob Marie den Kopf und sah, wie wieder eine weiße Taube auf dem Sims ihres Küchenfensters landete, und sie wusste, Gott hatte ihr mit einem Zeichen geantwortet.

Als sie sich ein wenig beruhigt hatte, erhob sie sich langsam vom Boden, ging in die Küche und kochte sich ihren obligatorischen Tee, bevor sie sich daran machte, ihre Abendgarderobe auszuwählen.

VÉRONIQUE

PARIS, 2. OKTOBER 2013

Mittlerweile saß Véronique nach der Maske in warmer Trainingskleidung in ihrer Künstlergarderobe, die sie mit zwei anderen Étoiles teilte. Sie war gerade dabei, das abhörsichere Handy aus ihrer Tasche zu ziehen, um zu sehen, ob Lucius ihr vielleicht toi toi toi für die Vorstellung gewünscht hatte, als es an der Tür klopfte. Noch ehe sie antworten konnte, stand Sascha bereits in der Tür. Geistesgegenwärtig ließ sie das Telefon wieder in die Handtasche sinken, denn ohne zu fragen, nahm Sascha in der ihm eigenen Unverfrorenheit und mit einer lasziven Eleganz auf Véroniques Schminktisch Platz, sodass seine Beine sie berührten.

»Alles gut bei dir, mein Täubchen?«, begann Sascha zu flirten.

Am liebsten wäre Véronique auf der Stelle von ihrem Stuhl aufgesprungen, doch sie wusste, sie musste gute Miene zum bösen Spiel machen, wenn sie sich nicht verraten wollte.

»Ja, alles bestens, Saschenka!«, flötete sie zurück.

Erfreut registrierte der russische Startänzer, dass Véronique ihn sogar bei seinem in Moskau durchaus bekannten Kosenamen nannte.

»Na, dann wollen wir dem Publikum und der gesamten Ballettwelt mal zeigen, wie ›Schwanensee‹ wirklich auszusehen hat, meine Prinzessin!«, und ehe sich Véronique versah, drückte ihr Sascha schon den zweiten ungewollten Kuss auf den Mund.

Daraufhin sprang er vom Tisch, drehte sich mit einer vierfachen Pirouette aus ihrer Garderobe heraus.

Kopfschüttelnd blickte Véronique ihm nach und säuberte ihre Lippen mit einem Kosmetiktuch von der unerwünschten Berührung.

Sascha hingegen lachte sich ins Fäustchen und war sich sicher, dass er noch vor der Reise nach Barcelona eine heiße Nacht mit der bildschönen Ballerina verbringen würde. Dass sie unter Kollegen als äußerst unnahbar in diesen Dingen galt, spornte ihn und seinen Eroberungsdrang nur umso mehr an. Und bisher war es niemals vorgekommen, dass ihn eine Frau, die er haben wollte, abgewiesen hatte. Wieso also sollte Véronique Valois eine Ausnahme sein?

Kaum war sich Véronique sicher, dass Sascha nicht noch einmal zurückkehren würde, zog sie das Handy erneut aus ihrer Handtasche, denn sie hoffte sehr, noch ein Lebenszeichen von Lucius zu erhalten, bevor sie auf die Bühne musste. Und tatsächlich fand sie folgende Nachricht vor:

Mon ange,
in Kürze werde ich in der Opéra Garnier sein
und freue mich von ganzem Herzen,
dich endlich einmal tanzen zu sehen!
Ich bin bei dir in jeder Sekunde!
Je t'embrasse fort

Als Véronique die letzten Zeilen las, wurde es ihr ganz warm ums Herz und sie drückte das Telefon spontan an ihre Brust.

Ja, Lucius war bei ihr und sie würde sich einfach vorstellen, dass er Prinz Siegfried war, solange sie den weißen Schwan Odette tanzte. Wenn sie sich jedoch in die Rolle der Odile verwandelte, würde sie diese Vorstellung fallen lassen und ihren realen Tanzpartner an der Angel zappeln lassen.

Endlich hatte sie die Lösung für den Abend gefunden.

Vor lauter Erleichterung hätte sie beinahe nicht bemerkt, dass Lucius noch eine weitere Message geschickt hatte, nämlich:

Übrigens werden Maurice und ich genau gegenüber
von der Bühne in den 1er Loges De Face sitzen,
so weißt du wenigstens, wo ich sein werde …
Je t'aime

P.S.: Ich weiß, dass du hinreißend tanzen wirst!!!

Am liebsten hätte Véronique Lucius auf der Stelle angerufen, um sich zu bedanken, doch es war dringend an der Zeit, dass sie sich endlich im Foyer de la danse aufwärmte, bevor sie in ihr weißes Tutu schlüpfte. Also sandte sie ihm nur ein kurzes Dankeschön und einen Kuss via SMS.

MARIE

PARIS, 2. OKTOBER 2013

Im Palais Garnier angelangt, hatte Marie ihren Mantel abgegeben und war gerade dabei, die große Treppe hinaufzugehen, als sie den Eindruck hatte, oben hinter einer Säule das Gesicht des Mannes zu sehen, der damals, kurz bevor sie ihren Vater in Salzburg tot aufgefunden hat, aus dem Dirigentenzimmer geeilt war. Obwohl sie damals nur einen Teil seines Profils gesehen hatte, hätte sie ihn, den vermeintlichen Mörder Jean Chevaliers unter Tausenden wiedererkannt.

Am ganzen Leib zitternd blieb sie stehen und musste sich am marmornen Geländer festhalten. Alles um sie herum schien sich zu drehen, sodass sie sich nicht mehr vergewissern konnte, ob sie sich vielleicht getäuscht hatte.

Nach diesem Schock wäre Marie am liebsten wieder nach unten gelaufen und hätte sich ins nächstbeste Taxi gesetzt, um wieder nach Hause zu fahren. Doch das konnte sie Véronique an diesem Abend einfach nicht antun. So versuchte Marie tief ein- und auszuatmen, wie es ihre Freundin sie gelehrt hatte, um sich innerlich und auch äußerlich zu beruhigen.

Da spürte sie plötzlich eine Hand auf ihrer Schulter und hätte beinahe losgeschrien, wenn der dazugehörige Mann nicht gleichzeitig mit einer ihr äußerst bekannten Stimme gesagt hätte: »Ist alles okay, Marie?«

Dankbar drehte sie sich um und fiel Richard, Véroniques Bruder, um den Hals.

»Es könnte besser sein«, stöhnte Marie, »aber was machst du denn hier? Weiß Véronique, dass du da bist?«

»Nein, sie hat nicht die geringste Ahnung. Sie denkt, ich würde euch erst am Flughafen in Barcelona treffen«, erwiderte Richard mit einem spitzbübischen Grinsen. »Doch bei dieser Jahrhundertaufführung musste ich einfach dabei sein. Schließlich tanzt mein Schwesterherz mit ihrem Jugendschwarm.«

Überrascht blickte Marie Richard an.

»Weißt du denn nicht, wer sich wirklich hinter Sascha Marakov verbirgt?«

»Natürlich! Véronique hält mich seit ihrer Entführung immer auf dem Laufenden, da ich mir sonst noch mehr Sorgen machen würde.«

»Verstehe!«

Im selben Moment ertönte eine Klingel, und Marie und Richard mussten schauen, dass sie rechtzeitig zu ihren Plätzen kamen. So kam Marie nicht mehr dazu, Richard mitzuteilen, welchen Schock sie zuvor erlitten hatte.

»Wo sitzt du überhaupt?«, fragte Richard im Laufen.

»Ich sitze in den 2es Loges De Face und du?«

»Ich auch! Das ist ja perfekt!«, rief Richard vor lauter Freude aus, nahm Maries Hand und bewegte sich gemeinsam mit ihr auf dem schnellsten Weg zu den Logen.

Gerade noch rechtzeitig erreichten sie ihre Plätze, die direkt hintereinander lagen.

Kurz bevor sich der Vorhang hob, sandte Marie noch ein

Dankgebet gen Himmel, denn offensichtlich hatte Gott sie erhört: Dadurch, dass Richard hinter ihr saß, fühlte sie sich keineswegs mehr allein und schutzlos. Gleichzeitig spürte sie, wie Richard sanft ihre rechte Schulter berührte, und wusste, alles würde auch für Véronique gut gehen.

LUCIUS

PARIS, 2. OKTOBER 2013

Lucius saß mit Maurice de la Fontaine und dem anderen Russen namens Alexander Tschernakow in den 1er Loges De Face. Direkt unter sich, konnte er Marie erkennen. Als Lucius sich nach einem belanglosen Geplänkel mit seinem Sitznachbarn Alexander dem bezaubernden Deckengemälde von Marc Chagall in der Kuppel des Zuschauerraums zuwandte, bemerkte er mit einem Mal, wie er nervös wurde. Woran konnte das bloß liegen? War irgendeine Gefahr im Gange? Oder spürte er Véroniques Lampenfieber an seinem Leib?

Ehe er weiter darüber nachdenken konnte, erklangen bereits die ersten Töne aus dem Orchestergraben, und die Musik von Peter Tschaikowsky zog Lucius in ihren Bann.

Da erschien auch schon Sascha Marakov alias Prinz Siegfried auf der Bühne, zuerst allerdings nur vor sich hinträumend. Doch als er die Gäste begrüßte, die zu seinem einundzwanzigsten Geburtstag erschienen waren, musste sich Lucius, ob er wollte oder nicht, eingestehen, dass das Charisma des russischen Startänzers alles übertraf, was er bisher bei männlichen Tänzern gesehen hatte. Einerseits bewegte er sich mit einer beinahe ätherischen Anmut und Eleganz, die man seinem muskelbepackten Körper gar nicht zugetraut hätte, und andererseits ging von ihm etwas Poetisches, fast Mystisches aus, was Lucius vorher nie in ihm hatte sehen können, da er ihn nur als eiskalten Agenten kannte.

Wieder einmal musste er seinem weisen Lehrer recht geben, dass die Dinge nur selten so waren, wie sie schienen.

Völlig gebannt beobachtete er jede noch so kleine Bewegung von Sascha, denn dieser war nicht nur ein genialer Tänzer, sondern noch dazu ein hervorragender Schauspieler.

VÉRONIQUE

PARIS, 2. OKTOBER 2013

Auch Véronique, die das Geschehen aus der Seitengasse verfolgte, musste sich eingestehen, dass sie nie zuvor einen überzeugenderen Prinz Siegfried auf der Bühne gesehen hatte, denn Sascha bewegte sich mit einer Magie, die sie in den Proben nicht beobachtet hatte, die jedoch jeden im Saal und auch hinter der Bühne beinahe das Atmen vergessen ließ.

Entgegen jeglicher Annahme konnte sie es kaum mehr erwarten, selbst zu tanzen, mit Sascha und niemandem sonst.

Véronique wusste, dass dies in Anbetracht der Lage völlig verrückt war, doch sie war zu sehr Ballerina, als dass sie sich diese Ausnahmesituation entgehen lassen konnte. Ihr ganzer Körper fieberte nur danach, endlich mit diesem Mann zu tanzen, der sie in den Proben besser geführt und gehoben hatte als jeder andere Tanzpartner je zuvor und von dem gerade ein Zauber und eine Unschuld ausgingen, denen sich niemand zu entziehen wusste.

Als er nach seiner Variation kurz hinter die Bühne kam, konnte Véronique nicht anders, als ihm von Herzen gratulieren. Erstaunt hob Sascha eine seiner perfekt geschwungenen Augenbrauen, als hätte er mit so einer Reaktion beim besten Willen nicht gerechnet.

»Diese Worte von dir zu hören, bedeutet mir wirklich viel!«, und im Vorbeigehen drückte er Véronique einen Kuss auf die Stirn, bevor er für den Danse du Prince, das große Solo der Nurejewschen Choreographie, zurück auf die Bühne musste.

Zum ersten Mal, seit Véronique Sascha in Paris getroffen hatte, fühlte sich sein Kuss ehrlich an. Konnte das denn sein? Oder war er einfach nur so ein herausragender Schauspieler?

Darauf würde sie vermutlich nie eine Antwort bekommen, doch heimlich wünschte sie sich, dass seine Worte ernst gemeint gewesen waren, denn auch wenn sie inzwischen von seiner dunklen Seite wusste, war er als Tänzer noch immer eines ihrer großen Idole.

Obwohl Véronique sich eigentlich innerlich auf ihren ersten eigenen Auftritt vorbereiten musste, konnte sie die Augen nicht von Sascha wenden. Nie zuvor hatte sie diesen Tanz auf ähnliche Art und Weise gesehen. Saschas Bewegungen gingen weit über die eigentlichen Schritte hinaus. Es war, als wenn die Schichten seiner Aura, die in hellem Schein erglänzten, mittanzen würden.

Konnte es tatsächlich sein, dass beim Tanzen seine wahre Seele zum Ausdruck kam?

Doch bald wurde sie aus ihren Gedanken gerissen, denn der Zauberer Rotbart, welcher Odette und ihre Mädchen in Schwäne verwandelt hatte, die nur in der Nacht ihre menschliche Gestalt annehmen dürfen, bewegte sich bereits zur Kulisse der Gestaden des mystischen Waldsees, und Véronique schlüpfte aus ihren wärmenden Trainingsklamotten. Wenige Augenblicke später bewegte sie selbst sich mit anmutigen Schritten auf die Bühne. Von der ersten Sekunde an wurde Véronique zur Prinzessin Odette, der Schwanenkönigin, und vergaß vollkommen, dass es sich nur um eine Aufführung handelte.

Plötzlich vernimmt sie eine große Angst vor dem unbekannten Armbrustschützen, der sie nur allzu leicht töten könnte. Doch als sie die Zartheit spürt, mit der Prinz Siegfried sie umgarnt, entbrennt sie bei der ersten zärtlichen Berührung in Liebe zu ihm. Zwischen den Tanzschritten versucht sie mit allem Gefühl, das sie aufbringen kann, ihm mitzuteilen, dass nur der Mann, der einzig und allein ihr sein Herz schenkt, ihr ewige Liebe und Treue schwört, sie aus ihrer Schwanengestalt erlösen konnte. Siegfried versteht, doch da tritt bereits Rotbart ein, da er Odette unter keinen Umständen an einen Menschen verlieren will. Die Liebenden fliehen in entgegengesetzten Richtungen, noch bevor Rotbart die anderen Schwäne herbeieilen lässt.

Als Prinz Siegfried zurück zu dem märchenhaften See kommt, findet er einen Schwarm von Schwanenmädchen vor, kann Odette jedoch nirgends entdecken. Suchend und voller Sehnsucht betrachtet er jedes einzelne von ihnen, in der Hoffnung, seine Prinzessin könnte sich hinter dem vom Mondschein erleuchteten Antlitz befinden.

Erst, als er schon fast alle Hoffnung aufgegeben hat, erscheint sie erneut und bittet ihn, dass er auch ihren Artgenossen nichts antun möge. Natürlich signalisiert Siegfried sogleich, dass er nicht als Jäger dort ist, in dem er seine Armbrust beiseitelegt.

Nur wenig später ertönen die berühmten Harfenklänge, welche das unvergleichliche Weiße Adagio in der Choreographie von Lew Iwanow einleiten, deren Poesie bis heute unübertroffen ist.

Vom ersten Moment an, als Odette den Arm von Prinz Siegfried berührt, scheinen die beiden auf eine sehr besondere Art und Weise miteinander verbunden zu sein, ganz so, als würden sie gleichzeitig atmen. Die Anmut und der Gleichklang ihrer Bewegungen sind so einzigartig, dass sie selbst den Kaltherzigsten im Publikum zu erweichen vermögen. So manche Träne stiehlt sich über die Wangen der Zuschauer, während Odette und Siegfried ihrer Liebe zueinander innigsten Ausdruck verleihen.

LUCIUS

PARIS, 2. OKTOBER 2013

Lucius klopfte das Herz bis zum Halse, als er die beiden so ineinander verschlungen tanzen sah. Alles sah so überaus echt aus. Konnte es sein, dass beide, Véronique und Sascha, dermaßen gute Schauspieler waren? Oder empfanden sie doch etwas füreinander?

Es war offensichtlich, dass die Herzen der beiden Tänzer im Augenblick im Gleichklang schlugen, denn eine derartige Symbiose auf der Bühne bekam man nur in seltensten Ausnahmefällen zu sehen. Maurice de la Fontaine hatte recht behalten, dies war definitiv eine Jahrhundertvorstellung!

Dennoch wusste Lucius nicht so genau, was er davon halten sollte. Einerseits war er ungemein stolz auf Véronique, die seine Erwartungen noch bei weitem übertroffen hatte, andererseits jedoch spürte er einen leichten Stich in der Brust und musste sich eingestehen, dass es doch nicht so ganz einfach für ihn war zu sehen, wie nahe sich Sascha und seine Geliebte auf der Bühne waren. Er konnte nur hoffen, dass nichts davon echte Gefühle waren. Auch wenn er Véronique für eine äußerst treue Seele hielt, war er nicht so blauäugig zu glauben, dass man sich nicht in jemand anderen verlieben konnte, insbesondere wenn man mit demjenigen das, was man über alles liebte, gemeinsam ausleben konnte.

Lucius musste sich ernsthaft zusammenreißen, um seine Gedanken nicht in eine falsche, ungesunde Richtung laufen zu lassen. Zum Glück hatte ihn Xiao Lin gelehrt, wie er schnell seine Gedanken in eine andere Richtung umlenken konnte, und ehe er sich versah, erschien Véronique alias Odette zum Danse de la Reigne des Cygnes auf der Bühne. Die magischen Bewegungen Véroniques als Odette waren von so überirdischer Schönheit, dass Lucius vollkommen verzaubert wurde.

SASCHA

PARIS, 2. OKTOBER 2013

Auch Sascha, der jeden Schritt von Véronique aus der Seitengasse verfolgte, musste sich eingestehen, dass Véroniques schwanenähnliche Armbewegungen ihn in ihrer beinahe transzendenten Anmut an die große Maja Plissezkaja erinnerten. Véroniques Aussehen jedoch war noch viel engelsgleicher als das der berühmten Primaballerina assoluta. Der perfekte weiße Schwan. Diese Frau konnte ihm wirklich gefährlich werden. Und schon musste er wieder auf die Bühne und der dort tanzenden Odette ewige Liebe und Treue schwören.

Nie zuvor hat sich diese Szene ähnlich real für Sascha angefühlt.

Entsetzt musste er zuschauen, wie seine geliebte Schwanenkönigin kurz darauf auf Befehl des Zauberers entschwand, und er blieb zerrissenen Herzens am Gestade des Waldsees zurück.

Erst die Bravosalven des Publikums holten ihn langsam wieder in die Realität zurück. Schnellen Schrittes verließ er die Bühne, denn er wollte Véronique unbedingt auf der Stelle mitteilen, wie sehr er ihren gemeinsamen Tanz genossen hatte. Als er sie in der Seitengasse fand, drückte er sie einfach nur wortlos an sich, weil ihm zum ersten Mal seit seiner Kindheit die Worte fehlten.

MAURICE DE LA FONTAINE

PARIS, 2. OKTOBER 2013

Maurice de la Fontaine hingegen lachte sich ins Fäustchen, denn er war sich sicher, dass Sascha einfach ein hochprofessioneller Schauspieler war, der mit seiner grandiosen Vorstellung Véronique so genial geködert hatte, dass sie sich einfach in seinem Netz verfangen musste.

»Was für einen genialen Coup habe ich da nur gelandet!«, dachte er bei sich und vergaß dabei ganz, dass Grigori Solokov die Idee gehabt hatte, Sascha nach Paris zu schicken. Da es auffällig gewesen wäre, in Gesellschaft von Lucius und Alexander gesehen zu werden, nutzte er die Pause dazu, andere Honoratioren der Oper im Großen Foyer in ein Gespräch zu verwickeln.

Erstaunt musste er feststellen, dass Marie Chevalier nicht ohne Begleitung anwesend war. Wer war bloß der gutaussehende, an D'Artagnan erinnernde Jüngling an ihrer Seite?

Zum Glück entdeckte er Lucius am anderen Ende des Saales. Er würde ihn darauf ansetzen, herauszubekommen, wer dieser neue Mann in Maries Leben war. Vielleicht war sie ja doch einer Affäre nicht abgeneigt?

Innerlich wurmte es ihn noch immer, dass er weder Marie

Chevalier noch Véronique Valois ins Bett gekriegt hatte. Doch was zu seinem Entsetzen weder er noch Lucius geschafft hatten, würde Sascha endlich in die Tat umsetzen. Monsieur de la Fontaine zweifelte nicht eine Sekunde daran, dass Sascha noch vor Barcelona mit Véronique schlafen würde, denn das Charisma dieses Mannes war noch viel gefährlicher für die Frauen als dasjenige von Lucius. Denn im Gegensatz zu Lucius war Sascha nicht nur umwerfend schön, sondern auch ein Star. Und für eine Berühmtheit ließen Frauen auch jeden noch so gutaussehenden Mann links liegen. Das war nur allzu bekannt.

MARIE

PARIS, 2. OKTOBER 2013

Marie hatte Lucius zwar im Großen Foyer zwischen all den Leuten entdeckt, doch sie tat so, als hätte sie nur Augen für Richard. Ihr war nur allzu bewusst, dass Maurice de la Fontaine sie sowohl selbst beobachtete als auch beschatten ließ. Also durfte sie sich auf keinen Fall verraten, indem sie sich zu vertraulich mit Lucius gab. Heute Abend durfte es keinen Aufruhr geben, denn sie hatte den Eindruck, dass ihre Freundin sich gerade selbst übertraf. Nie zuvor hatte sie derartig überirdisch getanzt. Auch Richard sprühte vor lauter Begeisterung über die außergewöhnliche Leistung seiner großen Schwester.

»Findest du nicht auch, dass Sascha der beste Partner ist, den sie je hatte?«, wollte er von Marie wissen.

»Oh ja!«, rief diese aus. »Einen besseren männlichen Balletttänzer habe ich wirklich nie zuvor gesehen. Ich kann absolut nachvollziehen, dass er Véroniques Jugendschwarm war!«, und mit einem Schmunzeln fügte sie hinzu: »Dieser Mann lässt wahrlich die Herzen der Frauen und auch so mancher Männer höherschlagen.«

Leider fragte sie sich unwillkürlich auch, ob nicht sogar Véroniques Herz höher schlug. Das Weiße Adagio und die Liebesszenen hatten gar zu real gewirkt. Doch diese Gedanken wollte sie nicht mit Richard teilen.

Zum Glück läutete es schon zum Ende der Pause und kaum hatten sie wenig später ihre Plätze eingenommen, ertönte auch schon die Eröffnungsmusik des 3. Aktes aus dem Orchestergraben, und Marie spürte, wie ihr Herz schneller zu schlagen begann, denn sie wusste, dass bald die berühmten 32 Fouettés en tournant des Schwarzen Schwans an der Reihe waren, die jeder noch so herausragenden Tänzerin eine gewisse Nervosität bereiteten. Und so sandte Marie jeglichen Beistand, der ihr in den Sinn kam, zu Véronique. Nur wenig später öffnete sich der Vorhang.

SASCHA / VÉRONIQUE

PARIS, 2. OKTOBER 2013

Saschas Darstellung von Siegfrieds Leid war so überzeugend, dass Véronique ein heftiges Ziehen in ihrer Brust wahrnahm, ganz so, als wäre sie wirklich an Odettes Stelle, denn die Odile hatte sie nur »gespielt«. Sie blickte zu Sascha. War er wirklich ein so überdurchschnittlicher Schauspieler?

Viel Zeit zum Überlegen blieb ihr nicht, denn sie musste schleunigst wieder in das Kostüm des Weißen Schwans schlüpfen.

Erst als die Schwanenmädchen auf die Bühne kommen und sich in wundervoller Formation um den Prinzen sammeln, kommt er langsam wieder zur Besinnung, erhebt sich und entschwindet suchenden Blickes, da Odette nirgends zu sehen ist.

Dann, als die Musik immer sehnsuchtsvoller wird, erscheint sie wieder inmitten der weißen Schwäne. Gemeinsam mit acht anderen Schwänen tanzt sie voller Wehmut inmitten eines großen Vs von weißen Schwänen, welche in anmutiger Haltung am Boden liegen. Odette sieht keinerlei Hoffnung mehr, ergibt sich jedoch tapfer ihrem Schicksal und legt sich in ebendieser Haltung mit dem ganzen Oberkörper vornübergebeugt auf den Boden.

Just vor einem Trommelwirbel erhebt sie sich, Böses ahnend, aus ihrer vornübergebeugten Position und schon erscheint der Zauberer Rotbart. Als die Situation für ihn gewonnen scheint, schließlich hat er alle weißen Schwäne durch seine Mächte erstarren lassen, verlässt er den unseligen Ort. Indessen erscheint Prinz Siegfried wehenden Schrittes und erlöst die Schwäne mit seiner sanften Berührung. Als letztes trifft er auf Odette und in einem schmerzlich-schönen Pas de deux gestehen sie sich erneut ihre Liebe. Doch Odette weiß, dass sie keinerlei Chance haben, nachdem Siegfried aufgrund der Täuschung von Rotbart und Odile seinen Schwur ihr gegenüber gebrochen hat.

In einer herzzerreißenden, letzten Szene befindet sich Odette zwischen den beiden Männern, Rotbart und Siegfried, die – jeder auf seine Weise – um sie kämpfen. Da lässt Rotbart, der gegen eine solche Liebe ohnmächtig ist, den See über die Ufer treten, um endgültig böse Rache zu nehmen.

Während Odette wieder vollkommen zum Schwan wird, geht der verzweifelte Prinz in den Fluten des tobenden Waldsees unter.

Noch bevor der Vorhang fiel, begann das Publikum zu toben. Bereits als der Zauberer Rotbart zum Verbeugen auf der Bühne erschien, begannen laute Bravosalven durch den Zuschauerraum zu schallen, doch als Odette und Siegfried alias Véronique und Sascha sich an der Hand haltend von hinten über die Bühnenmitte nach vorne kamen, gab es kein Halten mehr. Das gesamte Pariser Publikum sprang auf die Füße und feierte das neue Traumpaar des Balletts mit Standing Ovations.

Marie liefen die Tränen ungehalten über die Wangen, denn die beiden hatten sie mit ihrer Darstellung im tiefsten Inneren berührt. Sie konnte sich nicht erinnern, jemals zuvor »Schwanensee« oder auch ein anderes Ballett auf ähnliche Art und Weise erlebt zu haben. Ob sie nun wollte oder nicht, sie musste zugeben, dass Sascha Marakov daran keinen unerheblichen Anteil hatte, denn mit keinem anderen Partner hatte Véronique je so getanzt.

Auch Lucius musste sich wohl oder übel eingestehen, dass er nie zuvor etwas auch nur annähernd so Genialisches auf der Ballettbühne gesehen hatte wie am heutigen Abend – und dass Sascha auf allen Ebenen ein ernst zu nehmender Gegner war.

Véronique konnte nicht fassen, was da gerade geschah. Nie zuvor hatte sie das Pariser Ballettpublikum derart aus dem Häuschen erlebt. Sie war sich vollkommen sicher, dass dies einzig und allein daran lag, dass der langjährige Star des Bolschoi-Balletts den Prinzen getanzt hatte. Doch als sie ihren ersten Solovorhang bekam, musste sie feststellen, dass die Zuschauer bei ihr nicht weniger tobten und brüllten als bei Sascha. Zutiefst berührt blieb sie lange Zeit unbeweglich in einer anmutigen Verbeugung am Bühnenrand stehen, um ihre große Dankbarkeit auszudrücken, ehe Sascha zu ihr trat, sie sanft berührte und daraus erlöste.

Insgesamt 30 Minuten dauerten die Ovationen an, was alles andere als alltäglich war. Die gesamte Compagnie des Ballet de l'Opéra de Paris befand sich im Rausch. Nachdem sich der Vorhang ein letztes Mal gesenkt hatte, lag jeder jedem in den Armen, und so kam es auch, dass sich Véronique natürlich irgendwann in den Armen von Sascha wiederfand.

»Das war dank dir die schönste ›Schwanensee‹-Vorstellung, die ich je getanzt habe, lieber Sascha«, kam es überschwänglich aus Véroniques Mund, und ehe sie sich versah, drückte der Russe einen innigen Kuss auf ihren Mund. Kaum löste er sich wieder von ihr, schaute sie ihn erschrocken an, doch sie sah nichts Herausforderndes in seinen Augen, nur tiefe Zuneigung und eine Aura voller Licht: »Auch für mich war dies die schönste ›Schwanensee‹-Aufführung meines Lebens Prinzessin!«

Sie konnte sich beim besten Willen nicht erklären, wie dieser Mann vor ihr ein und derselbe wie der eiskalte Killer sein sollte, von dem Lucius gesprochen hatte.

»Ich würde viel dafür geben, deine Gedanken zu erfahren, Prinzessin!«, unterbrach Sascha ihre Überlegungen.

Ertappt biss sie sich auf die Zunge, doch Sascha bohrte nicht weiter, sondern zog sie erneut zärtlich an sich.

Da hörte sie plötzlich eine vertraute Stimme aus nicht allzu weiter Ferne »Herzlichen Glückwunsch, ma chérie!« rufen. War das möglich? Schlagartig öffnete sie ihre Augen und sah tatsächlich ihren geliebten Bruder gemeinsam mit Marie in der Seitengasse stehen. Ohne nachzudenken, löste sie sich aus Saschas Umarmung und lief leichtfüßig auf Richard zu, der sie umgehend hochhob und um die eigene Achse schwenkte.

Nachdenklich näherte sich Sascha der überschwänglichen Szene, stupste Marie von hinten an und fragte: »Wer ist denn dieser stürmische Mann? Véroniques Geliebter?«

Überrascht drehte sich Marie um. Erstaunt erkannte sie, dass Sascha hinter ihr stand.

»Etwa eifersüchtig?«, erwiderte sie die Frage kokett.

»Nein, nein, überhaupt nicht!«, versuchte Sascha die Situation zu entspannen. »Ich bin nur ein ausgesprochen neugieriger Mensch.«

»Verstehe«, antwortete Marie mit einem Zwinkern. Doch kaum fühlte sich Sascha unbeobachtet, hatte Marie nicht mehr den Eindruck, dass er besonders glücklich darüber war, Véronique und Richard so vertraut miteinander zu sehen.

Schließlich hatte sich Véronique wieder eingekriegt und drehte sich in Maries und Saschas Richtung.

»Darf ich vorstellen: Sascha, mein Tanzpartner, sowie Richard, mein Bruder.«

Während sich die beiden Männer freundschaftlich die Hände schüttelten, registrierte Marie, dass Sascha wieder deutlich entspannter wirkte. Ist ihm Véronique vielleicht doch nicht egal?

»Alles gut?«, fragte Véronique flüsternd ihre Freundin, nachdem sie deren nachdenklichem Blick gefolgt war.

»Ja, alles bestens!«, antwortete Marie, »Was für eine hinreißende Vorstellung! Meine allerherzlichsten Glückwünsche, ma chère! Ich konnte meine Tränen der Rührung gar nicht mehr zurückhalten, so sehr hat eure Vorstellung mich ergriffen.«

»Ist das wahr, Marie Chevalier?«, mischte sich Sascha ungefragt ins Gespräch.

»Ja, das ist es, Monsieur Marakov.«

»Nennen Sie mich doch Sascha, bitte!«, ertönte es daraufhin poetisch aus seinem Mund, und ehe sich Marie versah, nahm dieser ihre rechte Hand, beugte sich anmutig darüber und gab ihr einen formvollendeten Handkuss.

»Aber sicher doch! Und für Sie bin ich Marie!«

Nur mühsam konnte sie ein Grinsen unterdrücken.

»Selbstverständlich, meine Teure!«

Daraufhin prusteten alle vier gemeinsam los.

Als sie sich langsam wieder beruhigt hatten, beschlossen sich Véronique und Sascha umzuziehen, um dann gemeinsam mit den beiden anderen zum festlichen Empfang zu gehen, der aufgrund dieser Jahrhundertvorstellung kurzfristig angesetzt worden war.

LUCIUS

PARIS, 3. OKTOBER 2013

In aller Herrgottsfrüh hatte Maurice de la Fontaine die Pariser Mitglieder sowie Sascha Marakov und Alexander Tschernakow zu einem Treffen der Octavianer im Kellergewölbe der altbekannten Kirche einberufen, denn Sascha durfte auf keinem Fall beim Morgentraining an der Oper fehlen.

Lucius staunte nicht schlecht, als Sascha das von unzähligen Kerzen illuminierte Gewölbe betrat, denn man sah ihm weder seine 41 Jahre noch die Anstrengung der gestrigen Vorstellung samt anschließender Feier an. Ganz im Gegenteil, er wirkte äußerst erholt und sehr zufrieden.

»Ich hoffe mal nicht, dass dies etwas Schlechtes zu bedeuten hat!«, ging es Lucius schlagartig durch den Kopf. Doch er kam nicht weiter dazu, sich irgendwelche Sorgen zu machen, denn er musste wie immer die Versammlung mit dem dafür eigens kreierten Gebet eröffnen. Allerdings brachte ihn Sascha, der ihm mit einem siegesgewissen Lächeln gegenüber saß, so sehr aus dem Konzept, dass er sich beinahe versprochen hätte.

Kaum hatte er mit den Worten »Herr, gib uns deinen Segen – heute wie an allen Tagen! Amen« geendet, worauf aus allen

Kehlen ebenfalls »Amen« ertönt war, wandte sich Maurice de la Fontaine auch schon mit einem strahlenden Lächeln an Sascha: »Zuallererst möchte ich unserem großartigen Kollegen aus Moskau zu seiner absolut formidablen Leistung in ›Schwanensee‹ gratulieren. Ich bin davon überzeugt, dass die gestrige Aufführung in die Annalen der Ballettgeschichte eingehen wird.«

»Aber nicht doch!«, gab sich Sascha Marakov mit einem Mal ganz bescheiden, was Lucius einfach nur lächerlich fand, denn er war sich sicher, dass dieser eitle Geck mehr als nur von sich selbst überzeugt war.

Nachdem sich Monsieur de la Fontaine in weiteren Lobhudeleien ergangen hatte, kam er endlich auf das für ihn Wesentliche zu sprechen: »Was ich da gestern auf dem Empfang nach der ›Schwanensee‹-Vorstellung gesehen habe, lässt mich sicher sein, dass dir Véronique mittlerweile aus der Hand frisst, so wie ihr beiden gestern Abend miteinander getanzt und geflirtet habt, richtig, lieber Sascha?«

»Absolut, Maître! Véronique ist mir bereits mit Haut und Haaren verfallen«, erwiderte Sascha mit einem süffisanten Grinsen, und fügte, während er elegant die Beine übereinanderschlug, er hinzu: »Mehr Details gefällig?«

»Nein, nein!«, kam es wie aus der Pistole geschossen aus de la Fontaines Mund. Dabei hob er abwehrend die Hand. Vermutlich um nicht noch schmerzlicher an seine eigene Niederlage erinnert zu werden.

Lucius hingegen wäre Sascha am liebsten an die Gurgel gesprungen. Wie konnte er nur so abfällig über die engelsgleiche Véronique sprechen! War es tatsächlich möglich, dass dieser schwul-erscheinende Schönling *seiner* Freundin nähergekommen war?

Nie zuvor war es Lucius schwerer gefallen, Véronique nicht

treffen zu können. Denn er konnte sie schlecht am Telefon zur Rede stellen, wo sie alle sowieso schon wegen Barcelona äußerst angespannt und alle Kräfte vonnöten waren, um ihre Mission lebendig zu überstehen. Um Sascha nicht anzubrüllen, ballte er seine Hände unter dem riesigen Tisch so fest zusammen, dass seine Fingerknöchel weiß zu schimmern begannen. Er musste Véronique dringend warnen, denn nach der gestrigen Aufführung war er sich nicht mehr so sicher, ob sie noch vor Augen hatte, mit wem sie da eigentlich tanzte.

Er bekam gerade noch mit, dass Sascha in Barcelona im selben Hotel logieren sollte wie seine drei Freunde.

Das durfte doch nicht wahr sein!

»Ist das nicht ein bisschen sehr auffällig?«, mischte er sich ein.

»Nein, ich denke nicht«, antwortete Maurice, »denn schließlich ist es nur naheliegend, dass man im Urlaub in der Nähe des Meeres untergebracht sein will. Du hingegen wirst gemeinsam mit Alexander und mir mit dem W Barcelona vorliebnehmen müssen.«

»Wäre das nicht ein geeigneterer Ort für unseren Startänzer?«, warf Lucius ein.

»Nein, das ist es nicht! Ende der Diskussion.«

Damit war die Sache für den Maître erledigt, und er wandte sich weiteren Planungen zu.

Sascha hingegen war Lucius Unmut nicht entgangen, und er fragte sich, weshalb dieser offensichtlich nicht wollte, dass er wie die anderen drei im Hilton wohnte. Er nahm sich vor, Lucius im Auge zu behalten, denn sein Gefühl sagte ihm, dass irgendetwas im Busch war.

Lucius war Saschas kurzer Blick jedoch nicht entgangen. Ab jetzt durfte er wirklich keine Fehler mehr machen, die seine Freunde in Gefahr bringen könnten.

VÉRONIQUE

PARIS, 3. OKTOBER 2013

Etwa zur gleichen Zeit saß Véronique vor Glück strahlend gemeinsam mit Marie und Richard an der Küchentheke und frühstückte, denn beide hatten bei ihr übernachtet. Sie schwebte immer noch in anderen Sphären nach dieser überirdisch anmutenden Vorstellung.

Marie und Richard jedoch betrachteten Véroniques Gemütszustand mit einiger Sorge, denn sie hatten beide nicht vergessen, wer sich hinter der schönen Visage von Sascha Marakov verbarg. Allerdings wussten sie auch nicht so recht, wie sie dies zur Sprache bringen sollten, denn sie wollten Véroniques so offensichtliche Freude nicht gleich wieder zerstören.

Véronique bekam von den sorgenvollen Blicken, die Marie und Richard sich hinter ihrem Rücken zuwarfen nichts mit. Als es an der Wohnungstür klingelte, sprang sie sofort leichtfüßig von ihrem Barhocker, konnte durch den Spion aber nur einen riesigen Blumenstrauß erkennen. Von wem der wohl war?

Voller Freude riss sie die Wohnungstür auf und nahm das kostbare Gebilde aus himmlisch duftenden weißen Lilien entgegen. Sie bedankte sich noch schnell bei dem Überbringer, bevor sie aufgeregt das den Blumen beigefügte Kuvert aufriss.

Dort standen nicht viele Worte, doch diese berührten ihr Herz:

Für die wundervollste Tänzerin der Welt ...
Je t'adore
S.

Als Véronique mit dem traumhaften Strauß in der Küche erschien, fragten Marie und Richard wie aus einem Munde: »Von Lucius?«

»Nein«, antwortete Véronique und grinste.

»Von wem denn dann?«, wollte Marie wissen.

»Von wem wohl? ... Von Sascha.«

»Von Sascha?«, echoten Marie und Richard wie im Chor.

»Ja, ihr beide habt ganz richtig gehört, und zwar für die wundervollste Tänzerin der Welt, nämlich mich!«, fügte Véronique noch hinzu.

»Das darf doch nicht wahr sein!«, schrie Marie innerlich auf. »Dieser Kerl schafft es noch, sie völlig zu verblenden.«

Als auf ihre großartige Eröffnung keine weiteren Worte folgten, schaute Véronique fragend von einem zum anderen.

»Stimmt etwas nicht? Habe ich irgendetwas verpasst?«

»Ja, sieht ganz so aus«, wagte Richard den ersten Schritt.

»Wie meinst du das?«, sichtlich empört stemmte Véronique ihre zarten, jedoch sehnigen Arme in die Hüften.

»Du hast offensichtlich vergessen, dass Sascha nicht nur ein begnadeter Tänzer ist, Schwesterherz.«

»Nein, das habe ich nicht, Bruderherz«, gab Véronique mit gekränkter Stimme zurück. »Und auch wenn ihr beide mir das jetzt nicht glaubt, gestern war in Saschas Aura nicht die geringste Dunkelheit zu sehen, sondern er war die ganze Zeit pures Licht. Ich glaube definitiv, dass mir von ihm keinerlei Gefahr mehr droht.«

»Wenn du dich da mal nicht täuschst«, flüsterte Marie kaum wahrnehmbar, doch Véroniques Ohren waren geschult.

»Nein, das glaube ich nicht, ma chère«, antwortete Véronique schon wieder besänftigt. »Doch jetzt muss ich los, sonst komme ich noch zu spät zum Training. Adieu ihr Zwei!« Sie warf beiden noch Kusshände zu, ehe sie anmutig aus der Küche schwebte und Marie und Richard ihr verdutzt hinterher schauten.

»Was sollen wir nur mit ihr machen?«, seufzte Marie.

»Da bleibt uns nur beten«, erwiderte Richard achselzuckend.

Erstaunt blickte Marie ihn an.

»Ja, du hast recht! Und inzwischen weiß sogar ich, dass Beten etwas bringt«, woraufhin sie Richard umgehend von ihrer gestrigen Angst, ihrem Gebet und seinem überraschenden Erscheinen erzählte.

Den restlichen Tag verbrachten sie damit, gemeinsam über Barcelona und Montserrat zu recherchieren, wie Julien sie gebeten hatte. Schließlich hatte er selbst kaum Zeit, doch so eine wichtige Reise, sollte gut vorbereitet sein.

JULIEN / MARIE

PARIS, 4. OKTOBER 2013

Mit vielen Einkaufstüten bepackt, schnappte sich Marie das erstbeste Taxi, das an ihr vorbeifuhr, denn sie wollte keineswegs zu spät am Flughafen sein, wenn Julien endlich zu ihr zurückkam. Doch der Verkehr meinte es nicht gut mit ihr. Innerhalb kürzester Zeit steckte ihr Taxi in einem ausgewachsenen Stau, und es war offensichtlich, dass sie es niemals rechtzeitig schaffen würde.

Als sie endlich den Charles de Gaulle Airport erreicht hatte und durch die nächstbeste der Glastüren des Flughafengebäudes nach innen lief, kam ihr Julien schon leicht hinkend entgegen.

Erschrocken ließ Marie ihre Taschen fallen und rief: »Mein Gott, was ist denn mit dir passiert?«

»Nicht weiter schlimm, chérie«, versuchte Julien sie mit einem etwas misslungenen Lächeln zu beruhigen.

»Wie bitte? Das glaube ich jetzt nicht! Du hast offensichtlich Schmerzen, und tust so, als wenn nichts wäre?«, empörte sich Marie.

»Nun beruhige dich doch! Was hältst du denn davon, wenn wir uns erst einmal begrüßen? Und danach erkläre ich dir alles der Reihe nach«, versuchte Julien einzulenken.

»Du hast ja recht! Entschuldige bitte, mon cher«, antwortete sie kleinlaut, woraufhin Julien sie liebevoll in seine Arme schloss und seine Nase in ihr atemberaubend duftendes Haar tauchte.

Marie beruhigte sich augenblicklich in den Armen des Geliebten und flüsterte: »Es tut mir so leid, ich bin nur schrecklich erschrocken, als ich dich sah. Ich dachte, dir hätte jemand etwas angetan.«

»Es ist alles gut, Prinzessin, aber lass uns erstmal gehen, denn ich bin ziemlich erschöpft und brauche dringend ein Bad.«

Auf der Stelle sammelte Marie alle Tüten ein, die sie einfach hatte fallen lassen, und ging mit Julien langsam Richtung Ausgang. Im Taxi lehnten sie sich händchenhaltend in die Polster, und Julien begann mit verhaltener Stimme zu erzählen.

»Wie du weißt, hat mich Xiao Lin ermahnt, für Spanien so viel wie möglich zu trainieren, um fit zu sein. So habe ich mir in Dresden einen Kung-Fu-Club gesucht, in dem ich trainieren konnte. Vermutlich habe ich es dabei ein bisschen übertrieben«, gestand Julien mit einem jungenhaften Grinsen.

»Ein bisschen nur?«, echauffierte sich Marie.

»Keine Sorge, ma chère! Das kommt nicht vom Training.«

»Weswegen dann?«

»Ich hatte gestern einen Unfall auf der Bühne.«

»Wie bitte? Während der Vorstellung?«, Marie glaubte, nicht richtig gehört zu haben.

»Ja, genau. Und zwar habe ich mir während unserer wilden Liebesumarmungen am Boden einen rostigen Nagel ins Knie gezogen. Und zwar ausgerechnet in das Knie, das mir seit meinem anderen Bühnenunfall vor ein paar Jahren immer wieder zu schaffen macht.«

Vollkommen entsetzt schaute Marie ihren Geliebten an.

»Warst du beim Arzt? Und hast du eine Tetanusspritze bekommen?«

»Ja, der Theaterarzt hat mich gleich nach der gestrigen Aufführung professionell verarztet. Nicht destotrotz fühle ich mich etwas mitgenommen.«

»Das glaube ich dir!«

Nachdenklich betrachtete sie den etwas blass erscheinenden Julien an ihrer Seite.

»Was denkst du?«, fragte dieser.

»Ich überlege, ob der Nagel absichtlich für dich bestimmt war?«

»Du meinst, Maurice de la Fontaine hat jemanden extra damit beauftragt?«, noch während er die Frage aussprach, bekam Julien Gänsehaut am ganzen Körper, was normalerweise ein Zeichen dafür war, dass seine Gedanken der Wahrheit ziemlich nahekamen.

»Das wäre doch durchaus möglich.«

»Schon, aber kein Mensch hätte davon ausgehen können, dass ausgerechnet ich den Nagel erwische.«

»Das ist auch wieder wahr«, konstatierte Marie, doch sicher war sie sich nicht. »Könnte vielleicht nicht auch schwarze Magie im Spiel gewesen sein?«, spann sie den Faden weiter.

»Ja, absolut möglich«, meinte auch Julien. »Dann wäre es auch kein Wunder, dass der Nagel mich getroffen hat. Und wie wir wissen, sind unsere Gegner mit allen Wassern gewaschen.«

»Da hast du leider recht«, stöhnte Marie und ließ sich an Juliens Brust sinken, ganz egal, was der Taxifahrer auch denken mochte. Sie hoffte nur, dass er kein Paparazzi war.

MARIE

PARIS, 4. OKTOBER 2013

Nur wenige Stunden später, nachdem sich Julien zumindest ein wenig ausgeruht hatte, saßen die beiden schon wieder im nächsten Taxi, denn Julien wollte sich auf keinen Fall die »Schwanensee-Jahrhundert-Vorstellung« mit Véronique in der Hauptrolle entgehen lassen. Insbesondere nach allem, was Marie ihm auch über Sascha berichtet hatte.

Mit Julien an ihrer Seite fühlte sich Marie indessen wesentlich besser als beim Auftritt vor zwei Tagen, zu dem sie sich alleine auf den Weg gemacht hatte.

Kaum stiegen sie an der Opéra Garnier aus dem Taxi, liefen sie auch schon Richard über den Weg, der sich über alle Maße freute, Julien endlich besser kennenzulernen; und ehe sich Marie versah, waren die beiden Männer in ein angeregtes Gespräch über Barcelona und Montserrat verwickelt und schienen ihre Anwesenheit darüber beinahe zu vergessen. Zum Glück hatte sie jedoch kein Aufmerksamkeitsdefizitsyndrom und konnte den Redefluss der zwei Herren einfach nur genießen, während sie ein weiteres Mal die große Treppe im Palais Garnier nach oben liefen. Es war irgendwie immer ein erhebendes Gefühl, in einer schönen Abendrobe die marmornen Stufen hinauf zu schreiten, um sich den Musen der unterschiedlichen Künste zu widmen.

Achtsam schaute sich Marie um, doch heute konnte sie keinen verdächtigen Mann hinter den majestätischen Säulen oder auch sonst wo entdecken. Vielleicht war die Erscheinung des Mörders ihres Vaters doch nur eines ihrer Hirngespinste gewesen, die sie seit dem traumatischen Ereignis immer wieder einmal überfielen?

Nachdem sie weder etwas Unheimliches sah noch spürte, entspannte sie sich und war wieder ganz Ohr. Glücklich lauschte sie Julien und Richard, die sich prächtig zu verstehen schienen. Doch eigentlich hatte sie nach dem kurzen, aber herzlichen Treffen im Anschluss an Véroniques Entführung in ihrer Wohnung auch nichts Anderes erwartet.

Plötzlich verstummte Julien mitten im Gespräch, und sowohl Richard als auch Marie blickten ihn erstaunt an.

»Alles okay mit dir?«, fragte Marie verwundert.

»Ja, ja alles bestens«, erwiderte Julien automatisch und schaute auf seine Armbanduhr. »Sagt mal, wäre es in Ordnung für euch, wenn ich euch kurz alleine lasse und noch schnell zu Véronique hinter die Bühne schaue?«

»Na klar!«, antworteten Marie und Richard wie aus einem Munde. »Sie wird sich riesig freuen, dich zu sehen.«

»Prima! Dann sehen wir uns nachher in der Loge«, und weg war er.

JULIEN

PARIS, 4. OKTOBER 2013

Im Gegensatz zu vielen anderen, hatte Julien keinerlei Probleme, sich in den vielen Gängen der Opéra Garnier zurechtzufinden, und stand in kürzester Zeit vor Véroniques Garderobe. Er wollte gerade anklopfen, als sich die Tür von selbst öffnete und niemand Anderes als Sascha Marakov vor ihm erschien.

»Das glaube ich jetzt nicht!«, rief dieser offensichtlich erfreut aus und klatschte in die Hände. »Der große Startenor persönlich steht vor mir. Darf ich mich vorstellen?«

Julien brach in schallendes Gelächter aus, das bei seiner Stimme nur so durch die Gänge hallte.

»Ich glaube, das ist nicht nötig, werter Kollege Marakov«, und schon schüttelte er dem Tänzer die Hand.

Véronique, von dem nur allzu bekannten Lachen magnetisch angezogen, erschien ebenfalls in der Tür.

»Ich glaube, ich sehe nicht recht!«, rief sie aus und fiel Julien in voller Montur um den Hals, während Sascha verdutzt von einem zum anderen schaute.

»Wie schön, dass du hier bist, mon cher!«, Véronique war ganz außer sich.

»Ich dachte eigentlich, Julien de la Tour ist der Geliebte von Marie Chevalier«, fragte sich Sascha, »oder habe ich da irgendetwas verpasst?«

Da hörte er Véronique plötzlich sagen: »Sind Marie und Richard auch irgendwo in der Nähe?«

»Ja, das sind sie. Die beiden sind im Foyer, doch ich wollte dir noch schnell persönlich toi toi toi wünschen – von Künstler zu Künstler sozusagen.«

»Oh, das ist lieb von dir, Julien!«, und Véronique drückte ihm zwei schmatzende Küsse auf die Wangen, worauf sich Sascha nicht wirklich einen Reim machen konnte. Aber bei Künstlern wusste man ja sowieso nie.

In diesem Augenblick wandte sich Julien wieder ihm zu: »Ihnen wünsche ich natürlich auch alles Gute für die Vorstellung. Ich bin sicher, es wird hinreißend werden, nach allem, was ich schon über Sie beide als neues Traumpaar des Balletts gehört habe.«

»Aber nicht doch«, winkte Sascha mit einem Mal bescheiden ab.

Véronique glaubte, nicht richtig gehört zu haben. Sascha und bescheiden, das passte überhaupt nicht zusammen. Oder hatte der große Tenor ihn etwa eingeschüchtert? Möglich war alles, schließlich waren auch bildschöne und erfolgreiche Männer nur Menschen.

Da ertönte auch schon der erste Aufruf für die Tänzer, auf der Bühne zu erscheinen, und Julien verabschiedete sich schleunigst von den beiden.

Erstaunlicherweise kam ihm Sascha viel sympathischer vor als er erwartet hatte. Doch wie er aus eigener Erfahrung wusste, konnte man sich in Menschen durchaus täuschen. Die Zeit würde schon zeigen, wie die Dinge lagen.

Nun freute er sich jedenfalls auf eine außergewöhnliche »Schwanensee«-Aufführung. Leider ließen es seine Knieschmerzen nicht zu, dass er durch die Gänge zurück sprintete, so landete er erst im allerletzten Moment neben Marie, die sich schon Sorgen um ihn gemacht hatte. Doch als er freudestrahlend auf seinen Platz glitt, wusste sie, dass alles in Ordnung war. Fragen wollte sie nicht mehr, denn das Orchester hatte bereits die ersten Töne zu spielen begonnen, und dabei zu sprechen wäre ihr wie ein Sakrileg vorgekommen, auch wenn sie nur allzu neugierig war, was hinter der Bühne geschehen war.

Gebannt blickte Julien auf die Bühne, auf welcher Sascha Marakov den auf einem goldenen Thron schlafenden Prinz Siegfried verkörperte, der von einem bezaubernden Mädchen träumte, das von einem bösen Zauberer in einen Schwan verwandelt wurde. Julien war alles andere als leicht zu beeindrucken, war er doch selbst ein ebenso großer Schauspieler wie Sänger. Doch was sich auf Saschas Gesicht in dieser Traumszene abspielte, war derartig reich an Nuancen, dass Julien augenblicklich wusste, was für einen großartigen Künstler er vor sich sah.

Als dieser schließlich sein Solo tanzte, musste Julien zugeben, dass er nie zuvor etwas Ähnliches von einem männlichen Balletttänzer gesehen hatte. Abgesehen von der außerordentlichen technischen Präzision, mit welcher Sascha jede noch so kleine Bewegung ausführte, war sein Ausdruck von solcher Magie, oder vielmehr Poesie, dass Julien sich beim besten Willen nicht mehr vorstellen konnte, dass sich hinter diesem Mann ein eiskalter Killer verbergen sollte.

Auch Véronique tanzte besser denn je, und Julien hatte sie weiß Gott oft tanzen sehen und konnte dies beurteilen. Was zwischen Sascha und ihr geschah, während sie das berühmte Weiße Adagio darboten, war nicht mehr von dieser Welt. Julien hatte wirklich das Gefühl, zwei strahlenden Engeln beim Tanzen zu zusehen. Seine Seele wurde zutiefst berührt, sodass ihm sogar stille Tränen die Wangen hinab liefen – etwas, was das Ballett bisher noch nie bei ihm vermocht hat.

Ohne nachzudenken, nahm er Maries Hand und führte sie an seinen Mund, um einen leisen, zärtlichen Kuss darauf zu drücken, woraufhin ihn diese aus ebenfalls tränennassen Augen anblickte. Die Liebe auf der Bühne erinnerte sie beide so sehr an ihre eigene kostbare Liebe, die niemand jemals zerstören sollte.

Als der zweite Akt zu Ende war und der Beifall erloschen, schlossen sich Marie und Julien in die Arme und waren erst einmal nicht in der Lage zu sprechen. Richard wartete diskret, bis die beiden bereit waren, mit ihm in die Pause zu gehen.

Nach einer Weile wandten sie sich Richard zu und Julien meinte: »Du kannst wirklich stolz auf deine große Schwester sein! Wenn sie so weiter macht, gehört sie in Kürze zu den größten Ballerinen aller Zeiten.«

»Ja, da ist etwas dran«, erwiderte Richard, »auch wenn ich leider zugeben muss, dass dies zu einem großen Teil Saschas Verdienst ist.«

»Meint Ihr wirklich?«, mischte sich Marie nun ein.

»Oh ja«, antwortete Julien. »Nie zuvor habe ich einen ähnlich genialen Tänzer wie Sascha live gesehen. Und die beiden scheinen wie für einander gemacht zu sein. Sie atmen ja regelrecht zusammen.«

»Wie unpassend«, stöhnte Marie.

»Wie meinst du das?«, fragte Julien.

»Du weißt genau, was ich meine! Wer sich hinter Sascha verbirgt!«

»Ja, das ist mir klar, dennoch muss ich die Leistung des Tänzers objektiv betrachten.«

Nachdenklich fügte er noch hinzu: »Richard, was denkst du? Könnte Véronique Sascha verfallen?«

»Ehrlich gesagt, weiß ich das nicht so genau«, erwiderte Richard achselzuckend, »denn sie schweigt mir gegenüber darüber.«

»Hm, verstehe.«

Leider wurde Julien im selben Augenblick von weiblichen Fans erkannt, die zu ihm strömten wie Bienen zum Honig, sodass er nicht umhin kam, für den Rest der Pause Autogramme zu schreiben. Marie und Richard unterhielten sich währenddessen über ihre anstehende Reise, der sie alle mit ziemlich gemischten Gefühlen entgegenblickten.

Sie waren alle drei froh, als das Ende der Pause eingeläutet wurde und sie wieder zu ihren Plätzen zurückkehren konnten.

Auch der dritte und vierte Akt nahm Julien sowie auch die anderen beiden völlig gefangen, denn die Verwandlung von der engelhaften Odette zur verführerischen Odile gelang Véronique noch besser als bei der ersten Vorstellung zwei Tage zuvor. Wenn man es nicht gewusst hätte, wäre man nie auf die Idee gekommen, dass ein und dieselbe Person die beiden so gegensätzlichen Charaktere verkörperte. Der Engel Véronique war auf einmal Verführung pur. Diese Facette hatte er noch nie in Véronique gesehen, nicht auf der Bühne und schon gar nicht im realen Leben. Ob das wohl an Sascha lag? Hatte er dies aus ihr herausgekitzelt? Oder war es ganz anders und Véronique war in der Lage, so zu tanzen und zu spielen, weil sie wusste, wer sich hinter Sascha verbarg?

Julien konnte es nicht sagen, aber er wusste selbst nur allzu gut, wie es ist, sich vollkommen mit einer Rolle identifizieren zu wollen: Man beschwor alle möglichen Erlebnisse, Gefühle und Vorstellungen hervor, um in seine Rolle zu schlüpfen und sie vollkommen einzunehmen. Doch wie Véronique es in diesem Augenblick mit solcher Perfektion geschafft hatte, war ihr alleiniges Geheimnis.

Umso spannender war es für Julien zu sehen und zu spüren, mit welch großem Schmerz Véronique das Leid von Odette verkörperte, als diese realisierte, dass der Prinz seinen Schwur ihr gegenüber gebrochen hatte.

Das anschließende Pas de deux war so berührend, dass Julien nichts gegen die Tränen tun konnte, die ihm erneut die Wangen herunterliefen.

Normalerweise war er nicht so nah am Wasser gebaut. Doch Véronique und Sascha schienen ihre Rollen nicht zu spielen, sondern mit allen Fasern ihres Seins Odette und Siegfried zu sein, deren Liebe bis über den Tod hinaus zu gehen schien. Wohin das wohl noch führen würde?

Julien war froh, dass Lucius das nicht miterleben musste, denn wenn man selbst nicht auf der Bühne stand, konnte man manchmal nicht mehr zwischen Realität und Kunst unterscheiden, war es doch schon für die Künstler selbst nicht immer einfach zu durchschauen.

VÉRONIQUE

PARIS, 4. OKTOBER 2013

Kaum erklangen die letzten Töne aus dem Orchestergraben, begann das Publikum bereits seiner großen Begeisterung Ausdruck zu verleihen, indem es augenblicklich auf die Füße sprang und den Tänzern für ihre atemberaubende Vorstellung Standing Ovations bescherte.

Véronique konnte nicht fassen, was sie da sah. Nie zuvor, wenn sie getanzt hatte, war das Publikum bereits vor Ende der Musik auf den Füßen gestanden und hatte »Bravo« gebrüllt.

Vor lauter Rührung begannen ihr Tränen übers Gesicht zu laufen, als sie sich verbeugte. Sascha, ganz aufmerksamer Partner, sah dies sofort und strich ihr die Tränenspuren mit einer zärtlichen Geste von den Wangen, als sie sich ihm zuwandte, um sich erneut gemeinsam mit ihm zu verbeugen. Wie im Traum absolvierte sie unzählige Verbeugungen und wusste nicht, wie ihr geschah.

Als sich schließlich der Vorhang zum letzten Mal senkte, fand sie sich in den Armen von Sascha wieder, der sie mit vor Dankbarkeit strahlenden Augen anblickte, ehe er sie küsste. Es fühlte sich in diesem Moment so richtig an, dass Véronique nicht anders konnte, als seinen Kuss zu erwidern.

Erst die Stimmen der Kollegen, die ganz in ihrer Nähe ausriefen »Ah, jetzt wissen wir endlich, warum ihr zwei gar so überzeugend getanzt habt!«, brachten Véronique in die Realität zurück.

Beschämt, dass alle Zeuge dieses ungeplanten Kusses geworden waren, befreite sie sich aus Saschas Umarmung und lief von der Bühne, geradewegs in die Arme von Marie, die das Geschehen verwirrt von der Seitengasse aus beobachtet hatte.

»Ist alles okay mit dir?«, fragte sie ihre Freundin besorgt, welche sich regelrecht an sie klammerte.

»Ich weiß es nicht«, gestand Véronique flüsternd. »Meine Gefühle fahren gerade Achterbahn.«

Doch ehe sie weitersprechen konnte, stand Sascha auch schon hinter ihr und berührte vorsichtig ihre rechte Schulter.

»Véronique, entschuldige bitte, dass ich dich in eine unangenehme Situation gebracht habe. Das wollte ich wirklich nicht!«

Saschas Stimme klang alles andere als ironisch. Véronique löste sich von Marie und drehte sich zu ihm um. Auch der Blick aus seinen Augen schien die Wahrheit seiner Worte zu unterstreichen, und so erwiderte Véronique dankbar: »Das weiß ich. Außerdem bin ich ja selbst daran beteiligt, dass es so ausgeartet ist.«

»Das stimmt«, antwortete Sascha lächelnd, »und nun lass uns das ganz schnell vergessen und einfach unseren grandiosen Erfolg genießen. Was meinst du, Prinzessin?«

»Ja, du hast recht!«, stimmte Véronique mit ihm überein. »Bei so einem Gefühlschaos kann man schon mal sich selbst vergessen.«

Als Sascha sah, dass Véronique wieder etwas entspannter war, wagte er es, sie nochmals kurz an sich zu drücken und ihr ins Ohr zu flüstern: »Du warst göttlich heute Abend! Und ich bereue es keine Sekunde, dich geküsst zu haben. Wir sehen uns gleich im Restaurant«, und etwas lauter fügte er noch hinzu: »Kommen deine Freunde mit?«

»Ich weiß es nicht, Sascha«, woraufhin sie sich zu Marie und Julien umwandte, der auch ganz in der Nähe stand. »Kommt ihr mit ins L'Opéra Restaurant, meine Lieben?«

Fragend schaute Marie zu Julien, da sie ihm die Entscheidung überlassen wollte. Schließlich hatte er die letzten Wochen hart gearbeitet und sein Knie war zudem noch verletzt.

»Ich denke, die Entscheidung liegt bei dir, Véronique«, antwortete dieser. »Du hast heute Abend Unvergessliches geleistet und wir als deine Freunde sind an deiner Seite, wenn du dies wünschst.«

Gerührt blickte Véronique von einem zum anderen und meinte dann: »Ich wäre sehr glücklich, wenn ihr diese Nacht mit mir verbringen würdet!«

Erst als die anderen daraufhin losprusteten, wurde Véronique bewusst, wie doppeldeutig ihre Worte ausgelegt werden konnten, und sie stimmte in das herzliche Gelächter mit ein und fühlte sich endlich wieder herrlich entspannt.

LUCIUS

PARIS, 5. OKTOBER 2013

Wenige Minuten vor zwölf Uhr mittags trafen Lucius und Sascha im Glasaufzug zum Office des Headquarters der Octavianer aufeinander.

Sascha schien bestens gelaunt zu sein, während Lucius tief in Gedanken versunken war.

»Salut, Lucius, schön, dich zu sehen!«

»Hallo, Sascha!«

»Sag mal, wie fühlst du dich eigentlich nach eurer Heldentat im Stephansdom?«

Ein wenig irritiert schaute Lucius Sascha an, denn er war sich nicht sicher, ob dessen Bemerkung ironisch oder ernst gemeint war, schließlich hatte er den Dom einfach verlassen, während sich jemand anderes darum gekümmert hatte, die vier Männer aus der Welt zu schaffen.

Sascha hingegen fuhr unbeirrt fort: »Ich meine das ernst. Das hätte auch meine Handschrift sein können, obwohl es eigentlich schade um das durchaus ansehnliche Frauenzimmer gewesen wäre, wenn sie die Welt so frühzeitig verlassen hätte.«

Ehe Lucius klären konnte, dass es sich dabei um ein Missverständnis handeln musste, waren sie schon in der neunten Etage angelangt, und so wurde er einer Antwort enthoben, denn sie wurden bereits sehnlichst von ihrem Maître erwartet.

Kaum traten sie durch die schwere Tür, kam dieser auch schon mit vor Stolz geschwellter Brust auf sie zu und begrüßte insbesondere Sascha überschwänglich.

Anerkennend legte er ihm die Hände auf die Schultern: »Mein Lieber, du hast wahrlich den Ballett-Olymp nach Paris gebracht! Davon wird die Welt noch lange sprechen, und niemand kann auch nur im entferntesten ahnen, welche Doppelrolle du in Wahrheit spielst.«

»Merci, mein Maître«, erwiderte Sascha mit einer formvollendeten Verbeugung.

Doch Maurice de la Fontaine war noch nicht fertig.

»Liege ich richtig mit der Annahme, dass du die gestrige Nacht mit unserer bezaubernden Ballerina verbracht hast?«

Vor lauter Anspannung hielt Lucius den Atem an, schließlich hatte er in der Zwischenzeit nichts von Véronique gehört.

»Ja, damit liegen Sie ganz richtig«, antwortete Sascha mit unverschämter Gelassenheit, während ihm Lucius am liebsten an die Gurgel gesprungen wäre. Deswegen also hatte sie sich nicht bei ihm gemeldet.

Höchst erfreut klatschte Monsieur de la Fontaine in die Hände.

»Das ist ganz nach meinem Geschmack! Ist es dabei auch zum Vollzug gekommen?«

»Nein, Monsieur de la Fontaine, das ist es nicht, denn einem solchen Engel sollte man nicht zu schnell zu nahekommen. Doch in Barcelona könnte es so weit sein.«

»Ja, natürlich! Du hast vollkommen recht. Es wäre nicht zu unseren Gunsten, wenn du etwas überstürzen würdest.«

Langsam begann sich Lucius wieder ein wenig zu entspannen,

denn Véronique hatte es wohl verstanden, sich diesen eitlen Ballett-Star vom Leibe zu halten.

»Und was meinst du, Lucius? Nach den herausragenden gemeinsamen ›Schwanensee‹-Aufführungen gibt es doch niemand Besseren als Sascha, um Véronique um den Finger zu wickeln?«

Erstaunt blickte Sascha daraufhin zu Lucius.

»Heißt das, du warst in der Vorstellung?«

»Ja, war ich.«

»Und?«

»Was und?«

»Na, wie hat es dir gefallen? Du hast ja bisher keinen Ton darüber verlauten lassen!«

Peinlich berührt musste Lucius zugeben, dass ihm damit definitiv ein weiterer Fehler unterlaufen war. Er musste wirklich achtsamer sein, wenn er sein Gesicht bei den Octavianern wahren wollte.

»Es war die großartigste Ballettaufführung, die ich je gesehen habe. Meine herzlichsten Glückwünsche, Sascha.«

Um seine Worte noch zu bekräftigen, klopfte Lucius Sascha kameradschaftlich auf den Rücken.

Sascha nickte daraufhin mit Genugtuung, und die Sache war für ihn erledigt.

Mittlerweile waren auch alle anderen Agenten im Headquarter eingetroffen, die an der »Operation Barcelona« beteiligt waren, und so konnte die eigentliche Sitzung beginnen.

JULIEN

PARIS, 5. OKTOBER 2013

Unterdessen saß Julien im Lotussitz bei Xiao Lin, obwohl sein verletztes Knie höllisch schmerzte, denn er wusste, er musste wie Jesus Christus den Schmerz überwinden, wenn er seine Mission in Montserrat im höchsten Sinne erfüllen wollte. Während seiner letzten »Lohengrin«-Vorstellung in Dresden hatte sich ihm noch so Manches enthüllt, was er jedoch nicht mit den anderen teilen durfte, um niemanden zu überfordern.

Er hatte erkannt, dass er den Weg in gewisser Weise alleine gehen musste, auch wenn Marie, Véronique und Richard ihn auf seiner Reise begleiten würden. Ganz ähnlich wie Jesus Christus, der in seinen schwersten Stunden allein war. Jesus hatte durch Richard Wagners erhebende Töne hindurch zu ihm gesprochen, genau, als er selbst die Worte »alljährlich naht vom Himmel eine Taube, um neu zu stärken seine Wunderkraft: es heißt der Gral, und selig reinster Glaube erteilt durch ihn sich seiner Ritterschaft« sang und mit klarer und gleichzeitig äußerst eindringlicher Stimme gesagt: *»Folge mir nach auf meinem Weg, indem du alles reinen Herzens tust, selbst wenn dein Ego dir etwas Anderes vorgaukeln möchte.«*

Julien hatte von diesem Augenblick an gewusst, dass er wahrlich lernen musste, seine niederen Instinkte zu überwinden und seine bzw. ihre Feinde zu lieben, hießen sie nun Sascha Marakov, Maurice de la Fontaine oder wie auch immer, denn nur dann wurde er zu dem Menschen, den Jesus Christus in ihm erkannt hatte und sehen wollte.

Gleichzeitig war ihm jedoch bewusst, dass ihn derzeit nur Xiao Lin in dieser Geisteshaltung unterstützen konnte, denn sowohl Lucius als auch Marie und Véronique waren emotional viel zu sehr in die Geschichte verstrickt, als dass sie sich in diesem Sinne verhalten konnten. Also teilte er nur dem weisen Meister mit, worum ihn Jesus Christus gebeten hatte, denn er wusste, er würde das Rätsel der Maria Magdalena nur endgültig lüften können, wenn er mit sich und der Welt vollkommen in Frieden war, komme, was wolle. Nur auf diese Weise würde er den Schatz von Jesus Christus bergen können, selbst wenn er dabei in höchster Lebensgefahr sein sollte.

Xiao Lin verstand ihn auch ohne viele Worte und tat alles, um Julien dabei zu unterstützen, an die innersten Kräfte seines Seins zu gelangen und ihn so mit der wahren Ritterschaft in seinem Inneren zu einen.

Dabei erschien ein Licht, so strahlend hell, das Julien vollkommen einhüllte, sodass er selbst nur mehr als bloße Lichtgestalt wahrnehmbar war, und Xiao Lin wusste, dass Julien bereit war, die jahrtausendealte Prophezeiung zu erfüllen.

VÉRONIQUE

PARIS/BARCELONA, 6. OKTOBER 2013

Ganz knapp vor Schließen des Business-Check-In-Schalters trafen Marie, Julien, Véronique und Richard am Flughafen Paris-Orly ein, insgeheim hoffend, dass sie dadurch vielleicht wenigstens einmal ohne Verfolger in den Flieger steigen konnten. Ein äußerst naiver Wunsch, denn bereits als sie in die kleine Maschine stiegen, die sie nach Barcelona bringen sollte, stellten sie fest, dass Sascha offensichtlich denselben Flug gebucht hatte, denn er saß bereits auf seinem Platz in der Business Class.

Véronique wurde es ganz heiß und kalt, als sie ihn sah und sie wusste beim besten Willen nicht, wie sie sich verhalten sollte. Zum Glück war ihr Bruder, wortgewandter als sie und beugte sich mit einem Grinsen zu Sascha hinunter.

»Hallo Sascha, na, das ist ja eine Überraschung! So schnell sieht man sich wieder.«

»Hallo Richard, ja, das stimmt«, erwiderte dieser offensichtlich erfreut, woraufhin er sich von seinem Sitz erhob, um die vier Freunde nacheinander mit Küsschen zu begrüßen. Véronique war es alles andere als wohl in ihrer Haut, denn sie hatte mit niemanden darüber gesprochen, was in der vorletzten Nacht vorgefallen war. Ursprünglich hatte sie Marie im Flugzeug einweihen wollen, doch nachdem Sascha nun in absoluter Hörweite saß, war daran beim besten Willen nicht zu denken.

Sie rutschte so nah ans Fenster, wie es ihr nur möglich war und wickelte sich fest in ihren aquamarinfarbenen Pashmina-Schal, als könnte sie dieser vor irgendetwas schützen. Marie beobachtete die Freundin mit erstaunten Augen, denn normalerweise war sie selbst in den herausforderndsten Situationen immer die Ruhe selbst. Was war nur los mit ihr? Leider konnte sie Véronique auf keinen Fall danach fragen. Daher drückte sie ihr nur heimlich, still und leise die Hand, was Véronique mit einem dankbaren Lächeln quittierte.

Julien und Richard, die genau hinter Sascha saßen, wirkten da wesentlich entspannter. Scheinbar ohne sich auch nur das Geringste zu denken, unterhielten sich die beiden über die Sehenswürdigkeiten von Barcelona. Vor allem Richard war in seinem Element und erzählte beinahe mehr über den berühmten Antoni Gaudí, seine berühmten Bauwerke und sein Leben, als man in einem Lexikon hätte nachlesen können. Als er erwähnte, dass dieser berühmte Künstler und Visionär auch eine der Kreuzwegstationen im Gebirge von Montserrat gestaltet hatte, wurde Juliens ganzer Körper mit einem Mal von einer Gänsehaut überzogen, denn er erinnerte sich an seine Vision in der Frauenkirche. Er versuchte jedoch, sich nichts anmerken zu lassen, sondern hörte Richard einfach nur weiter aufmerksam zu. Schließlich saß einer ihrer Verfolger direkt vor ihnen.

Mittlerweile hatte sich auch Véronique wieder beruhigt, und unterhielt sich mit Marie über Gott und die Welt, während Sascha scheinbar Musik hörte, denn er hatte seit Beginn des Fluges seine Kopfhörer auf.

Nur wenig später wurde bereits der Landeanflug angekündigt,

und sie konnte es nicht erwarten, das Flugzeug endlich zu verlassen und wieder unbeobachtet zu sein.

Am Gepäckband verabschiedeten sie sich herzlich von Sascha, hatten jedoch keine Ahnung, dass sie ihm schon ganz bald wieder über den Weg laufen würden.

MARIE

BARCELONA, 6. OKTOBER 2013

Nachdem sie sich alle vier gemütlich in ihren Zimmern bzw. Marie und Julien in ihrer Suite im Hilton Diagonal Mar Barcelona eingerichtet hatten, trafen sie sich auf der Terrasse der Executive Lounge wieder, um ihre nächsten Schritte zu planen. Während sie den Blick übers Meer und Barcelona genossen, nahmen sie kleine Happen zu sich und kamen zu dem Schluss, dass sie, da es schon spät war, heute erst einmal die Stadt unsicher machen wollten. Obwohl sie sich für die Zeit in Spanien ein Auto gemietet hatten, beschlossen sie, mit dem Taxi zur berühmten Sagrada Família zu fahren, da sie keine Zeit mit dem Suchen von Parkplätzen verlieren wollten.

Als Marie die Menschenmassen vor dem riesigen, unvollendeten Gotteshaus entdeckte, bekam sie es mit der Angst zu tun: Seit dem beinahe tödlichen Überfall im Wiener Stephansdom suchten ihre Augen immer zuerst nach einem Fluchtweg, den sie hier nirgends erkennen konnte. Da sie jedoch wusste, dass es Richards größter Wunsch war, die Sagrada Família endlich einmal von innen zu betrachten, stellte sie sich gemeinsam mit den anderen in die endlose Schlange von schwitzenden Touristen, die sich lauthals in allen Sprachen des Planeten unterhielten und versuchte, sich mit Atemübungen zu beruhigen.

Nach einer halben Ewigkeit näherten sie sich endlich den modernen Kassenhäuschen und ergatterten ihre Tickets für die Besichtigung der Basilika. Gemeinsam mit Véronique begab sich Marie noch schnell auf die Toilette, denn sie wollte das einzigartige Bauwerk in aller Ruhe auf sich wirken lassen.

Kurz vor dem Eingang der Kirche unter der noch unvollständigen Passionsfassade entdeckte Marie plötzlich den Mann unter den Besuchern, den sie in der Opéra Garnier erkannt zu haben glaubte und der sie noch immer in ihren Träumen verfolgte, seit sie ihn am Todestag ihres Vaters aus dessen Garderobe hatte kommen sehen. Ohne jegliche Vorwarnung schnürte es Marie die Kehle zu und sie rang um Luft, als würde sie im nächsten Moment ersticken. Véronique konnte sie gerade noch auffangen, ehe Marie in ihren Armen ohnmächtig wurde.

Entsetzt blickte Véronique um sich, denn sie brauchte dringend Hilfe, wollte aber unter keinen Umständen die allgemeine Aufmerksamkeit auf sie beide lenken. Zum Glück hatte Julien bereits etwas gespürt und eilte mit schnellen Schritten zu den beiden Frauen. Behutsam nahm er Marie in seine Arme und begann beruhigend auf sie einzusprechen, während Véronique in ihre Handtasche griff, um ihr Pfefferminzöl hervorzuholen. Vorsichtig hielt sie es der Freundin unter die Nase, worauf diese wenig später zu husten begann und mit den Augen blinzelte. Fragend blickte Marie von einem zum anderen, ehe sie sich wieder daran erinnern konnte, was geschehen war. Erschrocken versuchte sie, sich aus den Armen von Julien zu befreien, um zu sehen, ob sie den Fremden noch irgendwo entdecken konnte. Doch er schien wie vom Erdboden verschluckt.

»Was ist geschehen, chérie?«, fragte Julien besorgt, doch ihre

Stimme versagte, als sie zur Antwort ansetzte. Geistesgegenwärtig zog Richard eine Wasserflasche aus seiner Umhängetasche, die er immer bei sich trug, und reichte sie Marie auffordernd.

Nachdem sie einige kleine Schlucke getrunken hatte, war sie endlich in der Lage zu erklären, was geschehen war.

Vollkommen schockiert wussten die vier Freunde erst einmal nicht, wie sie weiter vorgehen sollten. Nur eines war klar, Marie wollte unter keinen Umständen die Sagrada Família besichtigen.

»Wo willst du denn am liebsten hin, ma chère?«, fragte Véronique besorgt.

»Irgendwo ins Grüne? Ich brauche dringend Luft zum Atmen.«

»Das verstehe ich«, antwortete Véronique und blickte fragend zu Richard und Julien. »Jungs, habt ihr vielleicht eine Idee? Ich kann gerade nicht klar denken.«

»Ja«, erwiderte Julien, »vielleicht wäre der Parc del Laberint d'Horta mit dem romantischen Garten und dem wunderschönen Labyrinth eine gute Wahl, denn dort ist es sicherlich viel ruhiger als sonst wo in der Stadt. Was denkst du, Marie?«

»Ja, das klingt gut, solange ihr mich so schnell wie möglich von hier wegbringt.«

Das ließen sich die Freunde nicht zweimal sagen: Die beiden Männer hakten Marie unverzüglich unter, während Véronique ihnen einen Weg durch die Menschenmassen hindurch bahnte.

Zum Glück bog im selben Moment, als sie aus der Einzäunung heraus wieder auf die Straßen traten, ein Taxi um die Ecke, sodass sie sofort den Ort des traumatischen Wiedersehens verlassen konnten. Im Auto gestand Marie schließlich Véronique mit Tränen der Verzweiflung in den Augen, dass sie nicht nur den Mann gesehen hatte, der mit größter Wahrscheinlichkeit ihren Vater auf dem Gewissen hatte, sondern dass sie im selben Moment zurück in ihr früheres Leben als Jeanne d'Arc versetzt worden war, wo sie genau diesen Mann als einen ihrer Folterer wiedererkannt hatte.

Marie bemerkte den erschrockenen Blick, den sich ihre Freunde zuwarfen.

»Ich weiß wirklich nicht, wie ich das mit Montserrat schaffen soll, wenn das hier jetzt nur der Anfang war!«, stöhnte Marie auf.

Ganz sanft zog Julien daraufhin Marie an sich, sodass ihr Kopf an seiner Brust lag, während er leise eine beruhigende Melodie summte. Und tatsächlich schien Marie mit der Zeit ruhiger zu werden.

Als das Taxi unweit von dem Park, der außerhalb der touristischen Pfade lag, anhielt, half Julien Marie behutsam aus dem Taxi. Zwar war sie noch etwas wackelig auf den Beinen, konnte aber ihr Gleichgewicht wiederfinden. Dankbar lächelte sie und hakte sich bei Julien und Véronique unter, die soeben die Eintrittskarten in Empfang nahmen, die Richard bereits für sie gelöst hatte.

VÉRONIQUE

BARCELONA, 6. OKTOBER 2013

Kaum passierten sie das Eingangstor des Parks, hatte Marie das Gefühl, als würden Zentnerlasten von ihr abfielen. Dankbar blickte sie von einem zum anderen und meinte tapfer lächelnd: »Ich glaube, jetzt geht es wieder.«

»Sehr gut, mon amour«, antwortete Julien sichtlich erleichtert. Doch Véronique ließ sich davon nicht täuschen, denn ihr war nur allzu bewusst, dass jederzeit wieder ein Backflash ausgelöst werden konnte, solange die Traumata aus Maries altem Leben als Jeanne d'Arc nicht aus ihrem System gelöscht waren.

»Auch ich bin froh, dass es dir besser geht, Marie. Aber wir sollten dennoch sofort etwas unternehmen, um dich davon zu erlösen, immer wieder in diese vergangene Inkarnation zurückzufallen«, mischte sich Véronique ein.

»Du meinst, du möchtest jetzt eine Past-Life-Regression mit ihr machen?«, fragte Julien entsetzt.

»Ja, das wollte ich damit sagen.«

»Na, ob das eine so gute Idee ist!«, entfuhr es ihm.

»Das ist sogar eine hervorragende Idee«, mischte sich nun Marie selbst mit fester Stimme in das Gespräch ein, »denn ich möchte die Geister der Vergangenheit so schnell wie möglich loswerden. Sonst kann ich mit denen der Gegenwart erst recht nicht umgehen.«

»Wenn das so ist, bin ich damit einverstanden«, gab Julien nach.

»Also gut. Dann lasst uns einen ruhigen Platz finden, am besten in Wassernähe, an dem wir vier uns niederlassen können«, meinte Véronique bestimmt.

»Alles klar. Ich weiß, wohin wir gehen können. Ziemlich am Ende des Parks gibt es einen klassizistischen Pavillon, der den neun Musen gewidmet ist. Dahinter befindet sich ein großes Wasserbecken mit einem Springbrunnen, welcher der Nymphe Egeria gewidmet ist. Das ist mit Sicherheit ein guter Ort für euer Vorhaben«, und schon übernahm Julien mit Marie an der Hand die Führung.

Ohne im geringsten auf die Schönheit der zauberhaft angelegten Parklandschaft zu achten, geleitete Julien seine Geliebte sowie Véronique und Richard auf dem schnellsten Weg in den hintersten Teil der riesigen Gartenanlage zur Statue der berühmten Nymphe. Ganz in ihrer Nähe ließen sie sich auf einem Steinbänkchen nieder.

Ohne die geringste Zeit zu verlieren, begann Véronique Marie zu erklären, wie sie vorgehen würde. Da sie wusste, dass Marie in Kürze in eine tiefe Trance fallen und dabei abkühlen würde, hüllte sie die Freundin vorsichtshalber in ihren aquamarinfarbenen Pashmina-Schal ein. Just, als sie Julien und Richard bitten wollte, Marie und sie selbst in ihre Mitte zu nehmen, landete aus heiterem Himmel eine weiße Feder auf Maries Schoß. Und als Marie nach oben blickte, sah sie gerade noch, wie eine weiße Taube davonflog.

Dankbar schauten sich die vier Freunde an, denn sie wussten, dies war ein Zeichen des Himmels, dass sie auf dem richtigen Weg waren.

Marie stupste ihre Freundin glücklich an und meinte mit einem strahlenden Lächeln auf ihrem Gesicht: »Worauf wartest du noch? Nun fang schon endlich an! Ich bin bereit.«

»Bitte gib mir einen Moment, um mich innerlich darauf einzustimmen«, und Véronique erhob sich von der steinernen Bank. Anmutigen Schrittes näherte sie sich dem Springbrunnen, schloss die Augen und verband sich mit ihrem Höheren Selbst und den himmlischen Welten. Innerhalb kürzester Zeit fühlte sie sich getragen und kehrte zu den anderen zurück. Véronique nahm ihren Platz an Maries linker Seite ein, umrahmt von den beiden Männern, und meinte lächelnd: »Nun bin ich auch bereit! Also, liebe Marie, schließe deine Augen und atme tief ein und aus.«

Es dauerte nicht lange, und Marie sank in eine tiefe Trance, wozu das sanfte Plätschern des Wassers sowie die leise zwitschernden Vögel in ihrer Nähe nicht unwesentlich beitrugen.

Während Véronique Marie mit ruhiger Stimme in die Vergangenheit geleitete, entspannte sich Marie immer mehr.

Als Véronique fragte: »Wo befindest du dich?«, begann Marie wie Espenlaub zu zittern und berichtete davon, dass sie sich soeben nach misslungener Flucht durch einen Sprung aus dem Turm des Schlosses Beaurevoir wieder als Gefangene in den Mauern eines anderen düsteren Verlieses befand.

Julien blickte entsetzt von Marie zu Véronique, doch die bedeutete ihm mit einem Zeichen, sich noch zu gedulden.

Als Jeanne d'Arc konnte sie es nicht fassen, dass ihr in Rouen niemand zur Hilfe kam. Sie war vollkommen verzweifelt, insbesondere als sie zu hören bekam, dass Pierre Cauchon den Vorsitz des Tribunals gegen sie führen und ihr Hauptrichter sein würde, denn sie begann zu ahnen, dass sie bald zu den Toten gehören würde. Sie stöhnte herzzerreißend, als sie von den Demütigungen im Kerker berichtete, sodass allen drei Freunden die Tränen kamen.

Doch Véronique unterbrach die Reise in die Vergangenheit noch immer nicht. Wenn Julien nicht bewusst gewesen wäre, dass Véronique genau wusste, was sie tat, hätte er dem Ganzen längst ein Ende gesetzt. So betete er nur, dass Marie aus all dem erlöst hervorgehen würde.

Auf einmal schien sie sich zu beruhigen, und sie erzählte hoffnungsvoll davon, dass zehn Doktoren aus Paris zu ihrem Prozess hinzugezogen werden würden. Als sie jedoch erkannte, dass Thomas de Courcelles unter ihnen sein sollte, ein gefährlicher Anhänger Cauchons, wusste sie, dass ihre letzte Stunde bald geschlagen hatte.

Sie versuchte nun, Marie bzw. Jeanne vorsichtig zu ihren letzten Lebensmomenten zu geleiten, um sie davor zu bewahren, allzu viele Qualen immer wieder erleben zu müssen.

»Es fühlt sich an, als hätte mich Gott endgültig verlassen!«, rief Jeanne mit Maries Stimme, als sie davon erzählte, wie sie in einem polternden Karren vom Schloss in Rouen zum Alten Markt gebracht wurde. Als sie den überhohen Reisighaufen erblickte, der ihr den Flammentod bringen sollte, bat sie händeringend um ein Kreuz. Doch niemand schien eines griffbereit zu haben. Da trat auf einmal ein namenloser Soldat aus der Reihe ihrer Peiniger, der ihr aus einem Stock, den er zerbrochen hatte, mit Hilfe eines Stricks ein Kreuz zusammengebunden hatte, und reichte es ihr. Heiße Tränen der Dankbarkeit begannen über ihr Gesicht zu fließen, denn sie wusste: Gott war doch an ihrer Seite, auch wenn er sie offenbar nicht vor dem Scheiterhaufen bewahrte. Und so begab sie sich vollkommen in seine Hände, betete das

»Vater unser« und rief voller Inbrunst »Jesus! Jesus! Jesus! Ich bin keine Ketzerin! Oh Heilige im Himmel! Sankt Michael! Heilige Katharina! Heilige Margaretha! Meine Stimmen waren von Gott. Alles, was ich tat, war von der Ordnung Gottes. Meine Offenbarungen waren von Gott. Jesus!«, und sie übergab sich dem Flammentod.

Bei diesen letzten Worten vergoss Julien bittere Tränen, denn er wusste, er hätte in seinem früheren Leben Jeanne vermutlich retten können, wenn er nicht so feige gewesen wäre.

Sanft streichelte Véronique seinen Arm, ehe sie damit begann, Maries Traumata aus dem Leben als Jeanne d'Arc mit Hilfe des überaus mächtigen Erzengel Raziel aufzulösen. Marie stöhnte noch einige Male heftig, schien sich jedoch immer mehr zu beruhigen, bis sie völlig zur Ruhe kam.

Trotzdem holte sie ihre Freundin noch nicht aus der Trance zurück, sondern bat sie, noch zu dem Augenblick in Jeannes Leben zu reisen, indem sie voller Kraft war. Und mit einem Mal erschien ein überirdisches Leuchten auf Maries Gesicht, das alle drei Freunde voller Erstaunen wahrnahmen und sie sprach mit klarer, durchdringender Stimme: *»Ich habe keine Angst! Ich bin geboren worden, um dies zu tun!«*, und etwas leiser fügte sie noch hinzu: »Nun weiß ich, dass ich auch in meinem Leben als Marie die Kraft habe, alles durchzustehen, was Teil meiner göttlichen Mission in diesem Leben ist.«

JULIEN

BARCELONA, 6. OKTOBER 2013

Julien hatte das Gefühl, als würde ihm ein Stein vom Herzen fallen. Am liebsten hätte er Marie auf der Stelle überschwänglich in seine Arme geschlossen, doch aus eigener Erfahrung wusste er, dass Marie sanft wieder ins Hier und Jetzt zurückgeführt werden musste, und genau diese Rückführung hatte Véronique bereits eingeleitet.

Schließlich begann sich Marie langsam zu recken und zu strecken, und als sie die Augen öffnete, strahlten diese wie leuchtende Sterne am Firmament. Sie war noch nicht in der Lage, zu sprechen, so umarmte sie Véronique einfach nur ganz fest, während Julien ihr zärtlich über den Rücken strich.

Als sie wieder ganz in der Realität angelangt war, rief Marie glücklich: »Ich fühle mich wie neugeboren! Du bist einfach genial, Véronique! Merci von ganzem Herzen.«

Daraufhin legte sie kurz die Stirn in Falten, als würde sie nach etwas suchen, das ihr entfallen war. Abwartend blickten die anderen drei sie an, bis es ihr wieder einfiel.

»Übrigens, Thomas de Courcelles, dieses von Cauchon geschaffene Ungeheuer, ist übrigens in der heutigen Zeit der Mann, den ich vorher vor dem Portal der Sagrada Família gesehen habe und der meinen Vater auf seinem Gewissen hat. Schon spannend, dass er auch in diesem Leben wieder gemeinsame Sache mit Pierre Cauchon alias Maurice de la Fontaine macht«, und nach einer kleinen Pause fügte sie trocken hinzu: »Er hat wohl ebenfalls noch immer nichts dazugelernt«, woraufhin alle herzlich lachen mussten.

Nachdem sie sich alle mit etwas Wasser und dunkler Schokolade, die Véronique immer bei sich trug, gestärkt und noch eine Weile über die Rückführung gesprochen hatten, schlug Julien vor, dass sie sich doch noch das einzigartige Labyrinth anschauen und sich in dessen Mitte ein wenig von den Strapazen des Tages erholen könnten, ehe sie ins Hotel zurückkehrten.

Als sie dort anlangten und gemütlich auf einer der Steinbänke saßen, meinte Marie plötzlich: »Ist es nicht verrückt, dass sich vor meiner Lieblingskirche in Paris ausgerechnet eine riesengroße Bronzestatue von Jeanne d'Arc befindet, die Hippolyte Lefèbvre erschaffen hat? Jeanne sitzt da auf einem edlen Pferd, dessen Brustblatt-Geschirr mit einer Fleur de Lys geschmückt ist.«

»Das ist allerdings erstaunlich«, erwiderte Véronique, »aber eigentlich auch nicht weiter verwunderlich, denn alles hängt mit allem zusammen.«

»Wie recht du doch wieder hast!« Freundschaftlich boxte Marie der Freundin in die Seite und alle waren erleichtert, Marie nach all den Aufregungen so entspannt zu erleben.

SASCHA

BARCELONA, 6. OKTOBER 2013

»Wie ist das nur möglich, dass ihr jegliche Spur von den vieren verloren habt?«, donnerte Maurice de la Fontaine los, als sich alle in Barcelona befindlichen Agenten in seiner exorbitanten »Extreme WOW Suite« im »Hotel W Barcelona« eingefunden und auf den vier cremeweißen Ledersofas im Wohnbereich niedergelassen hatten.

»Habt ihr denn alle Tomaten auf den Augen?«, tobte er weiter.

Die Ader auf seiner vor lauter Anspannung bleichen Stirn schwoll immer mehr an, als er hinter den Sofas ruhelos auf und ab lief, sodass Lucius beinahe Angst um ihn hatte, obwohl er insgeheim stolz auf seine Freunde war, die selbst Alexander Tschernakow entkommen waren. Schließlich war Alexander der gefährlichste Killer der russischen Octavianer.

Alle bis auf Sascha schienen aufgrund des berechtigten Donnerwetters die Köpfe einzuziehen und niemand wagte es einzugreifen, während der Maître weitere Tiraden von sich gab.

Erst als er nichts mehr zu sagen wusste, meldete sich Sascha gelassen zu Wort. Indem er den Maître einfach duzte: »Maurice, ich verstehe dich nur allzu gut, doch ich denke, es besteht kein

Grund zur Sorge, denn ich werde Véronique heute ohnehin noch einen Besuch im Hotel abstatten.«

»Weiß sie schon von ihrem Glück?«, fragte Maurice de la Fontaine ein wenig besänftigt nach.

»Nein«, erwiderte Sascha ehrlich, »aber ich bin absolut sicher, dass es klappt.«

Erleichtert durch diese Aussage, begann sich Lucius wieder zu entspannen. Interessanterweise hatten Saschas Worte die gleiche Wirkung auf den Maître, was alle verwunderte. Doch Sascha wirkte so überzeugend, dass niemand außer Lucius auch nur den geringsten Zweifel daran hegte, dass er Véronique am selben Abend noch sehen würde.

Eine Weile lang berieten sich die Männer, wie sie am nächsten Tag vorgehen sollten, ehe sie sich wieder voneinander verabschiedeten und sich auf die verschiedenen Hotels verteilten. Lucius und Alexander hingegen blieben im »W«, da sie ebenfalls dort untergebracht waren.

Als Sascha wenige Zeit später durch die Drehtür des Hiltons ging, entdeckte er Véronique und die anderen im Foyer. Ohne dass sie ihn bemerkten, näherte er sich ihnen und rief freudig: »Das ist ja eine Überraschung! Heißt das etwa, dass wir alle im selben Hotel logieren?«

»Du wohnst auch hier?«

Erschrocken wirbelte Véronique herum und wäre beinahe mit Sascha, der hinter ihr gestanden hatte, zusammengestoßen.

»Ja, das tue ich«, grinste Sascha, »das heißt, wir werden uns in den nächsten Tagen sicher noch öfters begegnen.«

»Mit Sicherheit«, meinte Julien entspannt.

»Dann lass ich euch mal in Ruhe. Noch einen schönen Abend und bis demnächst.«

Sascha deutete noch eine lässige Verbeugung an, ehe er in Richtung der Aufzüge entschwand.

»Ich fasse es einfach nicht!«, stöhnte Véronique, »Habe ich denn nie Ruhe vor diesem Mann?«

»Sieht leider nicht so aus«, erwiderte Marie und ergriff mitfühlend die Hand der Freundin.

»Und was möchtest du jetzt tun?«

»Ich muss dringend versuchen zu meditieren, und anschließend werde ich im Pool des Hotels einige Bahnen schwimmen. Ich brauche dringend Bewegung«, erklärte Véronique. »Ich hoffe, das ist in Ordnung für euch!«

»Natürlich!«, antworteten die anderen drei wie aus einem Munde.

»Du hast heute schon genug geleistet, mit der Rückführung und der Trauma-Auflösung.

Melde dich einfach, sobald du wieder in deinem Zimmer bist, und dann planen wir, wie wir es mit dem Abendessen machen, ok?«, bot Marie an.

»Ja, das ist eine gute Idee«, stimmten auch die anderen zu, und so machten sie sich alle vier auf den Weg zu den Aufzügen.

Véronique fühlte sich innerlich vollkommen zerrissen. Einerseits war sie unendlich dankbar, dass sie Marie hatte helfen können, andererseits jedoch brachte sie die Gegenwart von Sascha ernsthaft in Schwierigkeiten, denn wenn sie ganz ehrlich zu sich selbst war, musste sie sich eingestehen, dass sie mehr für ihn empfand. Und das, obwohl sie wusste, wer sich hinter seinem schönen Äußeren verbarg.

Entsetzt über sich selbst, barg sie das Gesicht in ihren Händen und fragte sich, was sie nur tun sollte.

Als ihr nichts einfiel, fiel sie auf die Knie und bat um Hilfe, denn sie wusste, alleine war sie nicht in der Lage, einen Weg aus diesem Dilemma zu finden: »Wer auch immer mir helfen kann, tue es bitte!«

Es dauerte nicht lange und sie vernahm eine helle Stimme:

»Véronique, geliebte Schwester, warum fragst du erst jetzt? Du weißt doch, dass wir dir nur helfen können, wenn du darum bittest, da wir deinen freien Willen respektieren müssen.«

Erstaunt darüber, wie sie das hatte vergessen können, hob Véronique ihren Kopf und blickte in die lichten Augen von Sarah-Tamar.

»Du hast ja recht! Doch es war einfach zu viel los in letzter Zeit.«

Sarah-Tamar strich mit einem wissenden Lächeln sanft über Véroniques Kopf.

»Ich weiß, chérie. Erinnere dich an die Worte meiner Mutter, die sagte, dass du hier auf der Erde eine Mittlerin zwischen den Welten, zwischen Licht und Dunkelheit bist, denn du besitzt die Gabe, bedingungslos zu lieben. Aus diesem Grunde mache dir bitte keinerlei Vorwürfe, dass du Sascha liebst.«

Véronique glaubte, sich verhört zu haben und schaute Sarah-Tamar fragend an.

»Ja, du hast richtig gehört. Du liebst diesen Mann, auch wenn dir das in vollem Ausmaße noch nicht bewusst war. Verurteile dich deswegen nicht, sondern akzeptiere, was ist«.

Noch ehe Véronique etwas fragen konnte, entschwand Sarah-Tamar wieder.

Obwohl die Worte sie noch mehr aufgewühlt hatten, war sie erleichtert, dass sie nicht gegen ihre Gefühle für Sascha ankämpfen musste.

VÉRONIQUE

BARCELONA, 6. OKTOBER 2013

Nachdem sich Véronique bei einer längeren Meditation wieder beruhigt hatte, entledigte sie sich ihrer Kleidung, schlüpfte in ihren aquamarinfarbenen Bikini, flocht ihr langes Haar zu einem Zopf und wickelte sich in einen dunkelblauen, seidenen Kimono. Sie konnte es nicht erwarten, endlich in dem chlorfreien Pool auf der Dachterrasse des Hiltons ihre Bahnen zu ziehen. Sie schnappte sich noch schnell ein Handtuch im Bad sowie ihre Schwimmbrille und schlüpfte in ihre mit Svarowski-Steinen verzierten Flip-Flops, ehe sie ihr Zimmer verließ.

Als sie auf dem Dach des Hotels anlangte, war sie erstaunt über die wenigen Hotelgäste, die am Pool saßen. Noch mehr darüber, dass niemand das Wasser genoss.

»Umso besser für mich!«, dachte Véronique dankbar, »So kann ich ohne Rücksicht nehmen zu müssen, genauso schwimmen wie ich will.«

Leichtfüßig lief sie über den dunkelbraunen Holzboden zu einer der Teakholz-Liegen am Rand des Schwimmbeckens, legte ihr Handtuch darauf und zog mit einer außergewöhnlichen Anmut ihren Seidenkimono aus, wodurch sie – von ihr unbemerkt

– alle Blicke auf sich zog. Was hätte sie nur dafür gegeben, Lucius treffen zu können. Doch war das beim besten Willen nicht möglich, wenn Sascha sogar im selben Hotel logierte wie sie.

Nachdenklich tauchte sie einen Zeh in das im Abendlicht blaugolden schimmernde Wasser. Die Wassertemperatur schien genau richtig zu sein, nicht zu kalt, aber auch nicht zu warm, was Véronique als äußerst unangenehm empfunden hätte, denn sie mochte es nicht, beim Schwimmen zu schwitzen.

Da sie niemanden nass spritzen wollte, machte sie keinen Kopfsprung, sondern ließ sich einfach sanft ins Wasser gleiten, bevor sie mit kraftvollen Zügen durch das Becken zu schwimmen begann. Sie genoss es sehr, dass kein Chlor im Wasser war. Stattdessen war es mit Salz angereichert, sodass sie sich ein bisschen wie im Meer fühlen konnte.

Mit jeder weiteren Bahn spürte sie, wie sie sich immer wohler fühlte, da ihr Körper, der intensives tägliches Training gewöhnt war, die Bewegung zum Entspannen brauchte.

Véronique war bereits mehr als dreißig Bahnen geschwommen und wollte gerade ihre Abschlussrunde drehen, als ihr Blick auf zwei unverschämt gut geformte Männerbeine fiel.

Sie hätte es ahnen müssen: Niemand Anderes als Sascha selbst konnte der Besitzer dieser muskulösen und dennoch eleganten Beine sein. Als ihr Blick seine Augen traf, lächelte er auf eine Art und Weise, dass es Véronique ganz anders wurde, und ehe sie sich versah, war Sascha ebenfalls im Wasser und kam auf sie zu. Ohne zu fragen, schob er ihre Schwimmbrille nach oben und küsste sie auf den Mund. Sie befreite sich vorsichtig von Sascha, denn sie wollte vor den wenigen Anwesenden keine Szene riskieren, und hob den Blick über den Beckenrand. Dabei erkannte sie, dass sie von ihrem Publikum entzückt betrachtet und mit Ausrufen wie »¡Que pareja más bonita!« bedacht wurden.

»Nach außen hin sehen wir vermutlich tatsächlich wie das absolute Traumpaar aus, beide blond mit vom Ballett gestählten und perfekt modellierten Körpern«, überlegte Véronique.

Sascha betrachtete sie amüsiert, denn er war durchaus in der Lage, ihren Gedanken zu folgen.

»Siehst du, diese Spanier, oder vielleicht sollte ich besser sagen, diese Katalanen sind genau wie ich der Ansicht, dass wir beide ein wunderschönes Paar abgeben«, hörte Véronique Sascha mit sanfter Stimme sagen. »Jetzt muss ich nur noch dich davon überzeugen, Prinzessin!«

»Lass das bitte, Sascha«, versuchte sich Véronique zu wehren, obwohl sie wusste, dass es eigentlich zwecklos war.

»Nein, das werde ich nicht, chérie, denn du weißt so gut wie ich, dass du mir alles andere als neutral gegenüberstehst.«

Betroffen schaute Véronique ihr Gegenüber an, denn er hatte die Wahrheit ausgesprochen, die sie sich selbst gerade erst eingestanden hatte, ihren Freunden jedoch beim besten Willen nicht sagen konnte.

»Also, was ist? Gehen wir heute Abend zusammen essen?«, wiederholte Sascha seine Frage, die Véronique vor lauter Emotionen nicht richtig gehört hatte.

»Nein, das geht nicht, denn ich bin mit meinem Bruder und Freunden verabredet, aber wir können uns danach treffen.«

Véronique konnte nicht fassen, was sie da soeben gesagt hatte, aber sie konnte schlecht einen Rückzieher machen.

»Das ist ja noch besser!«

Sascha strahlte über das ganze Gesicht.

»Melde dich einfach, wenn du soweit bist. Ich wohne in einer Suite, wir können es uns also gut bei mir gemütlich machen«, und er bedachte Véronique mit einem Blick, der ihr unter die Haut ging.

»Alles klar!«, erwiderte Véronique schnell, »Ich muss jetzt los.«

Sie drückte Sascha noch ein Küsschen auf die Wange, ehe sie den Pool verließ. Während sie sich abtrocknete, zog er bereits seine Bahnen, als ob nichts geschehen wäre.

»Das darf doch nicht warf sein!«, stöhnte Véronique innerlich auf. »Ich bin schon wieder völlig durcheinander, und der schwimmt, als könnte nichts sein Innenleben aus der Bahn werfen!«

Schaudernd wickelte sie sich in ihren Kimono und bekam nicht mit, dass Sascha sie keineswegs aus den Augen ließ, denn auch er war innerlich aufgewühlt.

LUCIUS

BARCELONA, 6. AUF 7. OKTOBER 2013

Lucius konnte sich bestens vorstellen, wie seine Freunde gemeinsam in der Suite von Marie und Julien zu Abend aßen. Da er irgendwie den ungeheuerlichen Gedanken abschütteln musste, dass Véronique sich möglicherweise tatsächlich mit Sascha Marakov verabredet hatte, lenkte sich Lucius mit Aufnahmen von »Lohengrin« ab. Schließlich interessierte es ihn, weshalb Julien beim Singen des Lohengrin auf die Idee gekommen war, zur Lösung des Rätsels nach Barcelona zu reisen.

Er hatte sich extra dafür das Textbuch sowie die berühmte »Lohengrin«-Aufnahme mit Jean Chevalier sowie natürlich Julien de la Tour in der Rolle des Protagonisten besorgt. Und nun lag er mit Kopfhörern bäuchlings auf seinem Hotelbett, lauschte der Musik und verfolgte den Text Zeile für Zeile. Wie er es auch schon bei »Parsifal« erlebt hatte, ging von dieser Musik ein Sog aus, dem man sich nur schwerlich zu entziehen vermochte.

Lucius konnte durchaus nachvollziehen, wie Franz Liszt bei diesen Klängen zu dem Schluss gekommen war, dass die alte Opernwelt ein Ende genommen hatte und durch Lohengrin das Licht auf die Welt kam.

Als Julien alias Lohengrin schließlich die Worte sang:

»*Wer nun dem Gral zu dienen ist erkoren,*
den rüstet er mit überirdischer Macht;
an ihm ist jedes Bösen Trug verloren,
wenn er ihn sieht, weicht dem des Todes Nacht …

liefen nur noch so die Tränen über Lucius' Wangen, und er wusste, er würde alles in seiner Macht stehende tun, um dem Gral der Blutlinie zu dienen, wenn dies auch heißen mochte, seine geliebte Véronique zu verlieren, denn er wusste mit einem Mal, dass sein Seelenplan war, zu seinem höchsten Selbst zu werden, bar jeglicher Begierden und niederen Instinkte.

Aus einem tiefen Bedürfnis heraus erhob er sich von seinem Bett, kniete sich am Boden nieder und betete:

Lieber Gott,
lass mich dir dienen, so wie ich es einst versprach
in heiliger Runde der hehren Ritterschaft,
derer ich mich erinnere, heut', hier an diesem Tag.
Was auch immer es bedeutet, ich will es tun.
Hilf mir, Herr, ich bitte dich, auf dass es mir gelingen möge.
Amen

Er blieb noch eine Weile auf Knien und spürte, wie sich ein tiefer Frieden seiner bemächtigte, und er wusste, was auch immer geschehen würde, er war gewappnet.

SASCHA / VÉRONIQUE

BARCELONA, 6. AUF 7. OKTOBER 2013

Etwa zur selben Zeit klopfte Véronique bangen Herzens an die Tür von Saschas Suite in der obersten Etage des Hotels. Als hätte er bereits dahinter gewartet, öffnete sie sich binnen weniger Sekunden, und Sascha empfing Véronique mit einer galanten Verbeugung.

»Sei willkommen Prinzessin!«

»Ich danke dir«, erwiderte Véronique schnell und bewegte sich anmutig an ihm vorbei ins Wohnzimmer der Suite, denn sie wollte ihm auf keinen Fall zu nahekommen. Erschrocken stellte sie fest, dass unweit der gemütlichen beigefarbenen Sitzecke ein riesiges Bett stand. Sie versuchte sich nichts anmerken zu lassen und setzte sich so auf das Sofa, dass sie das Bett im Rücken hatte.

»Champagner gefällig?«, fragte Sascha und strahlte Véronique aus seinen schimmernden grünen Augen an.

»Nein, lieber nicht«, antwortete sie befangen. Sie wollte auf keinen Fall Alkohol trinken, da sie für den Ausflug nach Montserrat am nächsten Morgen einen klaren Geist haben wollte. Doch das konnte sie Sascha auf keinen Fall mitteilen.

»Was möchtest du dann? Etwas Härteres?«

»Guter Witz. Ein stilles Wasser tut's auch.«

Erstaunt zog Sascha eine seiner Augenbrauen hoch, kommentierte es jedoch nicht weiter, sondern ging zum Kühlschrank und holte eine Flasche Wasser heraus.

Er reichte Véronique ein Glas davon und schenkte sich selbst einen Wodka ein, ehe er sich neben ihr auf der samtigen Couch niederließ.

»Lass uns anstoßen, auch wenn es sich eigentlich mit Wasser nicht gebührt, aber ich finde, wir haben wirklich etwas zu feiern«, erklärte Sascha ernst.

Verwundert blickte Véronique ihn an.

»Wir beide sind das neue Traumpaar der Ballettwelt, schon vergessen Prinzessin?«

»Natürlich nicht«, beeilte sich Véronique zu sagen. »Wer hätte damit schon gerechnet.«

»Das ist allerdings wahr«, gab Sascha zu. »Ich hatte zwar von einer bezaubernden französischen Primaballerina gehört, doch ich hätte niemals gedacht, dass diese Person tatsächlich hinreißender ist als all die russischen Diven, mit denen ich je getanzt habe.«

Véronique versuchte zu spüren, ob Sascha auch meinte, was er da sagte. Ihr Gefühl sagte ihr, dass er nicht log.

»Merci Sascha, das bedeutet mir wirklich sehr viel aus deinem Mund.«

Daraufhin hob Véronique ihr Glas, um mit Sascha anzustoßen.

»Auf uns!«, rief Sascha freudig aus.

»Auf uns«, erwiderte Véronique.

Nachdem Sascha einen großen Schluck zu sich genommen hatte, stellte er sein Glas ab und drehte seinen Oberkörper zu Véronique und schaute sie aufmerksam an.

»In den wenigen Tagen, in denen ich dich kenne, bist du mir sehr wichtig geworden, und ich habe den Eindruck, dass es dir nicht anders ergangen ist«, setzte er an zu reden.

Er räusperte sich und fuhr sich rasch durchs Haar, fast, als sei er unsicher, was Véronique antworten würde, ehe er fortfuhr.

»Ich würde dich sehr gerne auch privat kennenlernen und wer weiß, was sich daraus entwickelt.«

Während Véronique vor Verlegenheit die Röte ins Gesicht schoss, nahm Sascha Véroniques rechte Hand beinahe schüchtern in seine beiden Hände, bevor er fragte.

»Was meinst du dazu?«

»Sascha, was soll ich nur sagen?«

»Ist das so schwer?«, hakte Sascha offenbar besorgt nach. »Was spricht dagegen, es mit mir zu versuchen?«

»Rein theoretisch wohl gar nichts«, antwortete Véronique, »doch ich bin einfach nicht so weit.«

»Bist du dir sicher?«

»Ja, das bin ich, Sascha. Es tut mir wirklich leid«, seufzte Véronique. »Du hast dir den Abend sicherlich anders vorgestellt.«

»Das stimmt«, gestand Sascha, »doch ich ziehe es vor, dass du ehrlich zu mir bist. Und vielleicht gibt uns die Zeit ja irgendwann doch noch eine Chance.«

Plötzlich nahm er Véroniques Gesicht ganz vorsichtig in seine Hände, ganz so, als würde er etwas äußerst Kostbares berühren und küsste sie zärtlich. Véronique konnte nicht anders, als diesen Kuss zu erwidern.

Schließlich löste sich Sascha von ihr, schaute sie aus melancholischen Augen an und meinte leise: »Du solltest jetzt gehen, Prinzessin, sonst kann ich für nichts mehr garantieren«, und er erhob sich von dem Sofa.

Véronique blieb wie angewurzelt sitzen. Sie konnte sich beim besten Willen nicht bewegen.

»Véronique?«

»Ja, ich habe dich gehört, aber es fällt mir so schwer.«

Erstaunt schaute Sascha auf die sitzende Véronique, ehe er ihr seine Hand reichte und sie nach oben zog.

»Also, was willst du?«, fragte er heiser, und Véronique wusste, sie musste gehen, wenn sie keinen Fehler begehen wollte, den sie am nächsten Morgen bitter bereuen würde.

»Ich gehe, aber ich möchte, dass du weißt, dass auch du mir ebenfalls etwas bedeutest.«

Sie hauchte ihm noch einen schnellen Kuss auf den Mund, ehe sie sich seinen Händen entzog und aus der Suite flüchtete.

Nachdenklich und durchaus enttäuscht blieb Sascha zurück, doch er hatte es nicht übers Herz gebracht, diese Frau zu verführen, die ihm in gewisser Weise nähergekommen war als je eine Frau zuvor, selbst wenn Maurice das von ihm erwartete.

Er würde schon einen Weg finden, den Maître glauben zu machen, dass er Véronique in der Hand hatte.

MARIE

BARCELONA/MONTSERRAT, 7. OKTOBER 2013

In aller Herrgottsfrüh machten sich die vier Freunde mit ihrem Leihwagen, einem dunkelblauen BMW X3, auf den Weg nach Montserrat. Jeder war in seine Gedanken versunken, so fuhren sie die meiste Zeit schweigend dahin.

Marie spürte, dass Véronique etwas auf dem Herzen hatte, doch in Gegenwart der beiden Männer würde sie vermutlich nichts erzählen. Deswegen drückte sie einfach nur die Hand ihrer Freundin, die neben ihr auf dem Rücksitz des Wagens saß. Dankbar lächelte Véronique sie an und meinte leise: »Es geht wirklich alles drunter und drüber!«

»Da ist was dran«, erwiderte Marie, und anschließend hing wieder jeder seinen eigenen Gedanken nach.

Als sie sich langsam ihrem Zielort näherten und Julien die kurvige Straße hoch zum Kloster Montserrat fuhr, durchbrach er das fast lähmende Schweigen: »So wie es scheint, werden wir wieder verfolgt«, und mit einem Schlag waren alle hellwach.

»Bist du dir sicher?«, fragte Marie erschrocken, obwohl sie eigentlich wusste, dass sie am Tag zuvor einfach nur Glück gehabt hatten, dass ihnen nach ihrem fluchtartigen Verschwinden vor der Sagrada Familia niemand hinterhergeschlichen war.

»Ja«, antwortete Julien, »denn mir ist der blaue Mercedes seit Barcelona immer wieder aufgefallen, doch er hat uns nie überholt, obwohl ich zwischendurch extra langsam gefahren bin, um ihn zu provozieren.«

»Es hätte mich gewundert, wenn wir uns auf einmal frei bewegen könnten«, konstatierte Richard trocken.

»Das stimmt«, entgegneten die beiden Frauen wie im Chor.

»Und was machen wir jetzt?«, fragte Marie.

»Wir schauen uns Montserrat an wie normale Touristen und sprechen nur über Unwesentliches, denn wer weiß, wie viele Agenten sich dort tummeln. Ich vermute, dass Maître de la Fontaine uns nicht nur ein Auto hinterhergeschickt hat«, erwiderte Julien.

»Du liegst mit Sicherheit richtig«, stimmte ihm Richard zu.

Gleich darauf wandte er sich nach hinten zu Véronique und wollte wissen, ob sie irgendwelche Informationen von Lucius erhalten hatte.

»Ja, er meinte, dass Maurice de la Fontaine außer sich war, dass uns gestern alle aus den Augen verloren hatten und dass er sein Aufgebot an Agenten noch verdoppeln wollte.«

»Das hatte ich vermutet«, meinte Julien ganz entspannt, »aber das sollte uns jetzt nicht weiter interessieren. Im Gegenteil, wir sollten so gelassen sein wie nur irgendwie möglich, denn dann fällt es ihnen am schwersten, etwas aus unseren Bewegungen oder Gedanken herauszulesen.«

»Du meinst, sie analysieren jede Bewegung und selbst die Gedanken von uns?«, hakte Véronique nach.

»Ja, das glaube ich, denn diese Herren verfügen über gewaltige Ressourcen, die wir einerseits keinesfalls unterschätzen sollten, andererseits sollten wir aber genau aus diesem Grund alles tun, um vollkommen bei uns und in unserer Kraft zu sein.«

»Ich habe keine Angst! Ich bin geboren worden, um dies zu tun!«, zitierte Marie mit einem Mal Jeannes Worte mit glasklarer Stimme. »Ich werde alles tun, um mich an meinen damaligen Mut anzubinden.«

Sie spürte wie die Kraft in ihr wuchs und auch den erstaunten Blick ihrer Freundin, der sich gebannt auf sie gerichtet hatte.

»Auch ich werde mich mit meinem stärksten Sein verbinden.«

»Und ich bin ja sowieso d'Artagnan«, warf Richard schelmisch ein und brachte damit alle zum Lachen. »Wenn ich es mir recht überlege, sind wir sowieso die vier Musketiere – einer für alle und alle für einen, richtig?«

»Richtig!«, antworteten die anderen drei wie aus einem Munde, und ehe sie sich versahen, parkte Julien den BMW auf dem riesigen Parkplatz, der zur Anlage des Klosters Montserrat gehörte.

Als sie aus dem Auto stieg, war Marie tief erstaunt, denn das Massiv von Montserrat war in seinen Ausmaßen viel gewaltiger als es die Fotos im Internet hatten vermuten lassen. Auch das von Wasser, Sonne, Regen, Frost und Wind geformte Profil, dem das Massiv den Namen »gesägter Berg« verdankte, war unvergleichlich in seiner Art.

Marie hatte das Gefühl, an einem archaischen Ort angekommen zu sein. Ohne sich Gedanken darüber zu machen, was die sie umgebenden Touristen von ihr denken mochten, öffnete sie die Arme und streckte sie nach oben, um die Energie von Montserrat in sich aufzunehmen. Julien betrachtete sie aus glücklichen Augen, denn er spürte deutlich, dass sie seit der Rückführung die Angst, die sie seit dem beinahe tödlichen Anschlag im Stephansdom immer wieder überfallen hatte, endlich hinter sich gelassen hatte und wieder ganz sie selbst war.

Auch Véronique nahm die Energie von Montserrat mit all ihren Sinnen wahr und wusste auf einmal, dass sie einst vor langer Zeit bereits an diesem Ort gewesen war. Nur Richard erschien wie ein kleiner Junge, der es nicht erwarten konnte, sich in ein aufregendes Abenteuer zu stürzen. Doch er war auch der einzige, der bisher noch nicht wirklich in Gefahr gewesen war. Am liebsten wäre er sofort zur berühmten Basilika gestürmt, doch Julien brauchte dringend einen Kaffee zur Stärkung, so kehrten sie noch kurz in eine kleine Bar mit dem Namen »Bar de la Place« ein, ehe sie durch den steinernen Torbogen schritten, auf dem eindrucksvoll das Wappen von Montserrat prangte. Als sie schweigend durch das Tor hindurchgingen, hatten sie alle das Gefühl, eine energetische Grenze überschritten zu haben, die kein Zurück ermöglichte.

JULIEN

BARCELONA/MONTSERRAT, 7. OKTOBER 2013

Innerlich angespannt liefen sie am Museum vorbei zu dem großen Vorplatz des Klosters, der »Plaça de Santa Maria«. Von dieser aus hatte man einen großartigen Ausblick auf das einzigartige Gebirge. Julien hatte den Eindruck, als würden die Berge zu ihm sprechen, und ohne dass er selbst es bemerkte, begann er in überirdischem piano zu singen:

In fernem Land, unnahbar euren Schritten,
liegt eine Burg, die Montsalvat genannt;
ein lichter Tempel stehet dort in Mitten,
so kostbar, wie auf Erden nichts bekannt:
drin ein Gefäß von wundertät'gem Segen
wird dort als höchstes Heiligtum bewacht,
es ward, dass sein der Menschen reinste pflegen,
herab von einer Engelschar gebracht …

Erstaunt blickten die anderen sich an, denn Julien schien irgendwo ganz anders zu sein. Als er geendet hatte, blickte er noch immer in weite Ferne, sodass Marie ihn sanft an der Schulter berührte.

»Ist alles in Ordnung?«

Langsam kehrte Julien wieder zurück, er musste jedoch erst begreifen, wo er war.

»Ja, alles ist gut. Ich weiß jetzt, was zu tun ist. Kommt!«, und ohne Näheres zu erklären führte er die Freunde durch die eher modern erscheinende Hauptfassade des Klosters in das anschließende Atrium. Er hielt erst vor dem in den Boden eingefassten Medaillon inne und bat die anderen drei sich ebenso wie er in eine der Flammen zu stellen, die durch Meerestiere geziert wurden, und sich miteinander auf einer höheren Ebene zu verbinden.

Alle vier hatten auf einmal das Gefühl, dass sie über ihre Fußsohlen von einer unbekannten Kraftquelle mit göttlicher Energie versorgt würden. Schließlich bewegten sie sich in absolutem Einklang, wie von einer nur für sie hörbaren Musik begleitet, in das Zentrum des Medaillons, das von der Inschrift *»Christus ist das Haupt der Kirche auf der ganzen Welt (Alpha und Omega)«* umrundet war, und blickten andächtig hoch zu den wunderschönen Skulpturen von Jesus Christus und seinen Aposteln, die an der Fassade der Basilika angebracht waren. Ein tiefer Friede überkam sie alle in diesem Moment, und sie wussten, dass sie geführt werden, was auch immer ihnen bevorstehen sollte.

Während sie warteten, scannte Julien die Umgebung, ohne dass es für irgendjemanden wahrnehmbar war, denn von Xiao Lin hatte er gelernt, einen 360° Blickwinkel einnehmen zu können, und er erkannte, wie zu erwarten war, eindeutig einige Gestalten, die garantiert keine Touristen waren. Da er seine Freunde nicht ablenken wollte verschwieg er ihnen seine Beobachtung, denn je mehr sie in ihrer Kraft blieben, desto leichter würden sie alle die Führung von oben wahrnehmen, die sie dringend brauchten, um ihre gemeinsame Mission erfüllen zu können.

Die vier Freunde standen beinahe zwei Stunden in dem Kreuzgang, der zum Seiteneingang der Basilika führte, ehe sie an der Reihe waren einzutreten.

In dieser Zeit sprachen sie kaum miteinander, denn jeder von ihnen hing seinen eigenen Gedanken nach. Als sie schließlich in den dunklen Vorraum eintraten und ihr Ticket lösten, dachten sie, sie wären ihrem Ziel ganz nahe. Doch dank des Schneckentempos, in dem sie auch danach noch vorankamen, sollte es noch beinahe eine Stunde dauern, ehe sie die Schwarze Madonna erreichten.

MARIE

BARCELONA/MONTSERRAT, 7. OKTOBER 2013

Marie musste sich immer wieder bewusst mit der Energie von Jeanne d'Arc verbinden, um eine weitere Panikattacke in der Menschenmasse, die sich durch die engen Räume drängte, zu unterdrücken. Doch indem sie Jeannes Motto »*Ich habe keine Angst! Ich bin geboren worden, um dies zu tun!*« im Geist immer wieder rezitierte, spürte sie, dass sie mehr und mehr in sich zu ruhen begann. Sie konnte sich nicht sattsehen, an den leuchtenden Farben der wunderschönen Glasfenster, die weit oben prangten und verschiedene Szenen aus dem Evangelium repräsentierten. Besonders begeisterte sie das Fenster, welches die Geburt Jesu zeigte. Sowohl Maria als auch Josef blickten tief berührt auf ihren in Licht gebadeten Sohn, während zwei Engel über ihren Häuptern schwebten. Als Maries Blick noch weiter nach oben wanderte, zuckte sie vor Erstaunen zusammen, denn im oberen Drittel des Glasfensters erkannte sie das selbige Symbol, welches Julien in dem in Wien geborgenen Kästchen gefunden hatte und das auch den dazugehörigen Ring zierte. Möglichst unauffällig und ohne Worte versuchte sie Julien auf das Zeichen aufmerksam zu machen. Der reagierte, in seinem erhöhten Geisteszustand, sofort und lächelte Marie dankbar an, denn er hatte das Symbol zuvor nicht wahrgenommen. Nun hatten sie aber ein Zeichen, dass sie sich tatsächlich auf dem richtigen Weg und am richtigen Ort befanden.

Langsam näherten sie sich endlich der breiten Marmortreppe, die durch ein einzigartiges, mit marianischen Allegorien geschmücktes Alabasterportal in die beiden Vorzimmer zum Thronsaal der Marienfigur führte.

All die kostbaren Kunstwerke, die sie umgaben, versetzten Marie beinahe in einen Rausch, so dass sie bisweilen beinahe ihre eigentliche Mission vergaß.

Als sie schließlich durch die mit Silber ziselierten Türen hindurchtraten und sich auf den letzten Stufen der Schwarzen Madonna, wegen ihrer dunklen Färbung auch »La Moreneta« genannt, näherten, war eine derartige Spannung – oder vielleicht besser eine derartige Erhöhung – der sie umgebenden Schwingung zu spüren, dass die vier Freunde förmlich den Atem anhielten. Erst jetzt sahen sie, dass Mutter und Kind hinter Plexiglas verborgen waren, die Touristen jedoch ihre Hände nach der ungeschützten Erdkugel, welche in der rechten Hand von Maria lag, ausstreckten.

Marie sollte als erste von ihnen den Erdball berühren. Schon als sie ihre linke Hand nur in deren Richtung ausstreckte, spürte sie die starke Energie, die von der berühmten Statue ausging.

Als ihre Finger schließlich ehrfürchtig auf die Erdkugel trafen, war es, als würde ein Stromschlag durch ihren Körper gehen und innerhalb von Sekunden wurde sie in der Zeit zurückkatapultiert: Sie sah Maria Magdalena vor dem leeren Grab stehen. Bestürzt, Jesus nicht vorzufinden, fiel sie auf die Knie und weinte. Während ihr die Tränen über die Wangen liefen, nahm sie auf einmal die Präsenz von zwei Engeln innerhalb der Grabkammer wahr. Diese beiden himmlischen Gestalten vermochten sie zu trösten. Als sie sich etwas beruhigt hatte, nahm sie plötzlich noch eine weitere Präsenz wahr – niemand anderes als den auferstandenen Christus. In diesem Augenblick begann Maria Magdalena auf ähnliche Art und Weise zu leuchten wie Jesus selbst, und Marie landete wieder im Hier und Jetzt.

Nur wenige Sekunden hatte es gedauert und doch war Marie im tiefsten Inneren berührt. Die wundersame Szene hatte sie noch nie zuvor in ihren Träumen gesehen, obwohl sie darin oft in die Zeit von Jesus versetzt wurde. Dankbar verließ sie ihren Platz vor der Heiligen Madonna, und so war Richard an der Reihe. Im Gegensatz zu Marie hatte er keine Vision, aber bei der Berührung durchströmte ihn ein tiefes Glücksgefühl, das ihn veränderte.

VÉRONIQUE

BARCELONA/MONTSERRAT, 7. OKTOBER 2013

Mit großem Staunen hatte Véronique gesehen, wie sich sowohl die Aura von Marie als auch die von Richard durch die Begegnung mit dieser außergewöhnlichen Statue, die von Pilgern aus der ganzen Welt aufgesucht wurde, verändert hatte. Sie war mehr als gespannt, was ihr selbst widerfahren würde, wenn sie den Erdball berührte, zumal sich ihr doch schon zuvor, als sie der Statue von Ignacio de Loyola gegenüberstand, die Gewissheit aufgedrängt hat, schon einmal an diesem Ort gewesen zu sein.

Es war, als würden elektrische Wellen durch ihren Körper fließen. Plötzlich erkannte sie, dass sie einst als Mönch im Kloster Montserrat gedient und miterlebt hatte, wie Ignacio de Loyola seine Lebensbeichte ablegte, wofür er drei Tage und Nächte benötigte. Und mit einem Mal wusste sie, dass er damals von mehreren Visionen der Maria Magdalena heimgesucht worden war.

Véronique wäre liebend gerne länger vor der Madonna verweilt, doch sie spürte, dass die Menschen hinter ihr und auch Julien unruhig wurden. So trat sie zur Seite und machte den Weg frei für Julien.

JULIEN

BARCELONA/MONTSERRAT, 7. OKTOBER 2013

Schon seit Marie vor der »Moreneta« gestanden hatte, wurde Juliens Körper von seltsamen Empfindungen heimgesucht.

Als er schließlich als letzter der vier Freunde die Kugel berührte, flossen Heilströme aus der Kugel direkt in sein linkes Knie. Und zum ersten Mal seit seinem Bühnenunfall vor einigen Jahren verspürte Julien keine Schmerzen mehr. Es war, als wäre er Zeuge einer Wunderheilung geworden.

Tränen tiefster Dankbarkeit begannen ihm die Wangen hinab zu laufen, während er sich den anderen schweigend wieder anschloss und sich mit ihnen in die runde Altarkapelle begab, die sich genau hinter der Schwarzen Madonna befand. Wie sie zuvor gelesen hatten, war der berühmte Architekt Antoni Gaudí an der Leitung der Arbeiten an diesem Schrein nicht unwesentlich beteiligt gewesen.

Ohne ein Wort zu wechseln, setzten sie sich nebeneinander in die hinterste Stuhlreihe. Marie ergriff Juliens Hand, da ihm immer noch Tränen übers Gesicht liefen und reichte ihm ein Taschentuch. Dankbar lächelte er sie an und trocknete die Tränen, die immer noch nicht versiegen wollten, denn auch diese Kapelle war von einer ganz besonderen Schwingung durchdrungen. Dies war der perfekte Ort, um ihre bewegenden Erlebnisse mit der Schwarzen Madonna nachklingen zu lassen.

VÉRONIQUE

BARCELONA/MONTSERRAT, 7. OKTOBER 2013

Während die anderen mit offenen Augen da saßen, um die Schönheit dieses heiligen Schreins zu betrachten, hatte Véronique das Bedürfnis, ihre Augen zu schließen. Mit einem Mal spürte sie eine Gestalt neben sich stehen. Véronique hob den Blick und sah eine anmutige Frau mit getönter Haut und glänzendem schwarzen Haar, deren grüne Augen sie anstrahlten, während sie zu ihr sprach:

»Sei gegrüßt, ICH BIN Sarah, die Ägypterin.
Die Madonna ist nicht diejenige, für die sie alle halten.
Sondern es ist Unsere liebe Frau, die Magdalena!
Und das Kind auf ihrem Arm ist Sarah-Tamar,
ihre Tochter.«

Bei diesen Worten begann Véronique wie Espenlaub zu zittern, denn sie wusste, dass die Frau die Wahrheit sprach, auch wenn in allen Büchern dieser Welt etwas anderes behauptet wurde. Erschrocken schaute Richard, der neben ihr saß, sie an und fragte flüsternd: »Ist alles in Ordnung mit dir, Schwesterherz?«

Véronique, die nicht in der Lage war zu sprechen, nickte nur, woraufhin er sich erneut den unzähligen Kunstwerken widmete, die sich in diesem alles andere als großen Raum befanden.

Véronique hingegen nahm noch immer die Präsenz von Sarah wahr, deren Enthüllung für sie und ihre gemeinsame Mission mehr als Sinn machte. Weshalb um alles in der Welt hätten sie sonst nach Montserrat reisen sollen, wenn dieser Ort nicht in einer ganz besonderen Verbindung zu Maria Magdalena stand?

Sie konnte es kaum erwarten, den anderen mitzuteilen, was sie erfahren hatte. So öffnete sie die Augen und schaute erwartungsvoll von einem zum anderen. Alle verstanden ihren Blick und erhoben sich gleichzeitig von den Stühlen. Sie beschlossen, den Raum noch zu umrunden und blieben alle erstaunt vor einer riesigen Statue von Erzengel Michael stehen, denn auf seinem Schild war ein Kreuz abgebildet, dessen vier Enden jeweils in eine Art stilisierte Fleur de Lys mündeten. Für Véronique war dies nur ein weiteres Zeichen dafür, dass Montserrat nicht nur die Energie von Mutter Maria innewohnte, auch wenn der Weg, auf dem sie die Altarkapelle verließen, Ave-Maria-Weg hieß.

JULIEN

BARCELONA/MONTSERRAT, 7. OKTOBER 2013

Dieser durch die dicke Kirchenmauer und den Felsen natürlich begrenzte und mit einem Acrylglasdach geschützte Gang war mit einigen sogenannten Majoliken geschmückt, farbig bemalte und glasierte Keramik, auf welcher Maria angerufen wird. Außerdem gab es viele Möglichkeiten, aus Dankbarkeit oder der Bitte um Hilfe heraus, Kerzen aufzustellen.

Julien verspürte das dringende Bedürfnis, eine smaragdgrüne Kerze zu kaufen und sie Maria als Dank für seine wundersame Heilung anzuzünden, denn sein Knie war noch immer schmerzfrei.

Die anderen schlossen sich ihm an.

Noch immer schweigend liefen sie durch das Atrium zurück zur »Plaça de Santa Maria«. Dort begaben sie sich zu der großen steinernen Mauer zu ihrer Linken und setzten sich in eines der torbogenartigen offenen Fenster, die einen großartigen Blick auf die sie umgebende Landschaft boten.

Es sollte noch eine ganze Weile dauern, ehe sie wieder in der Lage waren zu sprechen. Zudem waren sie sich alle bewusst darüber, dass sie mit großer Sicherheit beobachtet wurden und von ihren Lippen gelesen werden würde, sollten sie sich über das in der Basilika Erlebte austauschen. So entschied sich Julien für etwas Alltägliches, als er sich wieder zu Wort meldete: »Na, ihr Lieben, wie sieht es aus? Habt ihr ebenso großen Hunger wie ich?«

»Absolut!«, antworteten alle wie aus einem Mund.

»Dann lasst uns zu dem Restaurant beim Mirador del Apostols gehen, an dem wir auf unserem Weg vom Parkplatz hierher vorbeigekommen sind«, schlug Julien daraufhin vor.

»Ja, das machen wir«, waren sich alle einig, und schon machten sie sich auf den Weg zurück.

Als die Freunde unter den kleinen Olivenbäumen entlangliefen, die zur »Plaça del Abat Oliba« führten, kam ihnen ein altes, verhutzeltes Weib entgegen, das überhaupt nicht zu den übrigen Touristenerscheinungen passte. Die Kleidung der Alten sah äußerst altertümlich und sehr ärmlich aus, doch von ihren schwarzen Augen ging ein Leuchten aus, das niemand bei ihrem Anblick erwartet hätte.

Fast grob packte sie Marie am Arm und sprach in schnellem Katalanisch auf sie ein. Marie verstand nicht eine einzige Silbe, doch Julien, der neben ihr lief und fließend Spanisch sprach, hörte verschiedene Worte heraus und konnte sich einen Reim auf die Botschaft machen, welche die Alte ihnen soeben überbrachte.

Mit den Worten »Tenir bona cura de vostè!« (»Passt gut auf euch auf!«) verabschiedete sie sich und war ebenso schnell verschwunden, wie sie aufgetaucht war.

»Was war denn das?«, entfuhr es Marie, ehe sie sich erinnerte und sich auf die Lippen biss, dafür, dass sie nicht den Mund gehalten hatte.

»Ist schon gut«, erwiderte Julien grinsend, »sie wollte uns nur einen schönen Aufenthalt hier auf Montserrat wünschen.«

An Maries Blick konnte er erkennen, dass sie ihm zwar kein

Wort glaubte, ihm aber doch Respekt dafür zollte, dass seine Worte so glaubwürdig herüberkamen.

Nachdem sie sich mit Salat und Tapas gestärkt hatten, beschlossen sie, zur Funicular de la Santa Cova zu gehen, der Standseilbahn, die zur Heiligen Höhle fahren sollte. Julien löste vier Tickets und sie setzen sich auf ein Bänkchen in der kleinen Wartehalle, da sie bis zur Abfahrt noch ein wenig warten mussten.

Schließlich war es soweit, und sie traten als erste durch die Absperrung hindurch und liefen die wenigen Stufen hinab zu der berühmten Seilbahn. Gemeinsam betraten sie das oberste Abteil des sogenannten Zuges und waren begeistert, denn dies war kein normaler Zug. Er hing sozusagen regelrecht abwärts in den Seilen, und gleichzeitig konnten sie durch ein gläsernes Dach den Himmel betrachten.

Während sich Marie, Véronique und Richard leise unterhielten, scannte Julien wiederum mit geübtem Blick den Rest der Seilbahn ab und erkannte, dass ihnen die Verfolger natürlich längst wieder auf den Fersen waren. Einzig und allein in der Altarkapelle waren sie unbeobachtet gewesen.

Als sich die Bahn in Bewegung setzte, begann Julien zu beten, denn aufgrund der Worte des alten Weibes war er sich fast sicher, dass sich des Rätsels Lösung entweder in der Höhle, der »Santa Cova«, oder auf dem Weg dorthin befand. Doch wie sollte er den Freunden mitteilen, was er ahnte, wenn sie dauernd beschattet wurden und jede noch so kleinste Bewegung und jedes Wort, das sie untereinander sprachen, mit Sicherheit analysiert wurde. So bat er wieder einmal den himmlischen Vater um Hilfe:

Lieber Gott,
mache mich zu deinem Werkzeug auf dieser heiligen
Mission.

Lass mich bitte erkennen, wann ich den anderen ohne Gefahr mitteilen kann,
was ich aus der Botschaft des alten Weibes herauszulesen glaube,
damit wir des Rätsels Lösung finden können, die an diesem Ort verborgen liegt.
Ich gebe mich ein weiteres Mal ganz in deine Hände und weiß,
dass du mich und uns alle wundersam lenken wirst!
In tiefer Demut bin ich dein Diener …
Amen

Während Julien im Stillen betete, musste das alte Weib sein Leben lassen, denn Alexander Tschernakow hatte, verborgen hinter dem Torbogen und mit einer blonden Perücke sowie einer dunklen Sonnenbrille bestückt, beobachtet, wie diese Marie und Julien eine Botschaft hatte zukommen lassen. Im Gegensatz zu den beiden hatte der Agent sehr wohl mitbekommen, wohin die Alte hatte entschwinden wollen, doch aufgrund jahrzehntelanger Übung war er ihr zuvorgekommen und hatte sie mit einem eisernen Griff am Handgelenk in seine Gewalt gebracht. Gleichzeitig hatte er ihr seine schallgedämpfte Waffe, für Außenstehende unsichtbar, in die Seite gedrückt und sie davor gewarnt, auch nur einen Mucks zu machen. Ohne auch nur einmal zu zucken, hatte sich die stolze Katalanin in ihr Schicksal gefügt, ganz so, als hätte sie gewusst, was geschehen würde.

Mittlerweile hatten die vier Freunde die untere Station der Standseilbahn erreicht und verließen hintereinander den Zug. Langsam stiegen sie die Stufen hinab, die zu dem Weg mit den fünfzehn Mysterien des Rosenkranzes führten, der letztlich in die Heilige Höhle münden sollte. Obwohl der eigentliche Pfad unterhalb der Treppenstufen rechts abging, befand sich das erste Mysterium zu ihrer Linken. Ohne zu sprechen, gingen sie alle darauf zu. Es zeigte die Verkündigung der Empfängnis Jesu durch den Erzengel Gabriel an die Jungfrau Maria. Als Julien die lichte Taube, deren Strahlen auf Maria herabfielen, im obersten Abschnitt des Marmorreliefs sah, schaute er sich vorsichtig um, da er wissen wollte, ob die Luft rein war. Scheinbar waren alle bereits weitergegangen. Daher nutzte er die Gelegenheit und sagte: »Ich muss euch dringend etwas mitteilen. Das alte Weib wusste von der Prophezeiung. Sie hat Marie und mich als diejenigen erkannt, die bereits vor fast 2000 Jahren angekündigt worden waren. Selbst unsere Geburtsdaten, den 1.4.1983 sowie den 22.7.1970, kannte sie.«

»Das ist ja unglaublich!«, entfuhr es Marie lauter als gewollt.

Erschrocken blickte sie um sich, ob jemand ihren Ausruf bemerkt hatte, doch sie schienen tatsächlich alleine zu sein.

»Ja, das ist es«, fuhr Julien fort. »Doch sie hat noch mehr gesagt, nämlich ›Und das habt zum Zeichen: Maria Magdalena war die erste, welcher der auferstandene Christus am Grab erschienen ist!‹«

Bei diesen Worten spürten alle vier Freunde eine starke Gänsehaut am ganzen Körper und wussten, dass sie diesem Zeichen definitiv folgen mussten.

Sie standen noch eine Weile schweigend vor dem wunderschönen Relief, jeder seinen eigenen Gedanken nachhängend, ehe sich Richard zu Wort meldete: »Nach den Worten der Alten zu schätzen, könnte ich mir vorstellen, dass des Rätsels Lösung etwas mit dem Mysterium zu tun hat, das von Gaudí mitgestaltet wurde. Schließlich zeigt es nicht nur Jesus Christus' Auferstehung, sondern auch Maria Magdalena sowie die beiden anderen Marien an seinem Grab.«

»Das ist es! Du bist genial«, rief Julien begeistert.

»Bitte beruhige dich! Das ist nur eine Idee, jedoch noch längst nicht die Lösung«, versuchte Richard den Enthusiasmus des Sängers zu dämpfen.

»Nein, das ist nicht nur eine Idee«, widersprach Julien, »denn die alte Katalanin hat in einem Nebensatz noch Gaudí erwähnt, nur den Rest habe ich einfach nicht verstanden. Katalanisch ist doch eine ganz eigene Sprache .«

»Worauf warten wir dann noch?«, mischte sich Véronique ein. »Lasst uns gehen und diese Skulptur finden.«

»Nur eines noch«, warf Julien ein, »wir werden seit unserer Abfahrt in der Tiefgarage des Hiltons beschattet, das bedeutet, auch hier sind unsere Verfolger nicht weit. Wir müssen also allen Skulpturen auf dem Weg gleichviel Wertschätzung und Zeit widmen, sodass niemand auf die Idee kommen kann, dass es mit irgendeiner von ihnen etwas Besonderes auf sich haben könnte. Und das heißt auch, dass wir uns auch nirgends länger oder kürzer aufhalten dürfen. Verstanden?«

»Alles klar, Maître!«, scherzte Marie und boxte Julien liebevoll in die Seite.

MARIE

BARCELONA/MONTSERRAT, 7. OKTOBER 2013

Und schon setzten sich die Freunde wieder in Bewegung. Kaum näherten sie sich dem zweiten Mysterium, erkannten sie, dass einige Männer in dessen Betrachtung versunken waren oder zumindest so taten. Richard, der die Lage ebenso durchschaute wie die anderen drei, begann zu erklären, wie man es von einem Kunstexperten durchaus in einer solchen Situation erwarten würde, dass die beiden Bronzestatuen ein Werk von Enric Sagnier i Villavecchia waren. Dass es jedoch nicht das ursprüngliche Mysterium sei, denn das wiederum sei aus weißem Marmor gewesen und leider von einem Steinschlag zerstört worden.

Nicht nur Marie, Véronique und Julien hörten Richard aufmerksam zu, auch die drei fremden Männer schienen andächtig zu lauschen.

»Was für einen klugen Bruder ich doch habe!«, dachte Véronique stolz, denn ihr wäre nichts eingefallen, worüber sie mit den anderen unverfänglich hätte reden können. Ihr Bruder hingegen erzählte und bewegte sich auf so natürliche Art und Weise, dass sie durchaus einfach nur aus künstlerischem Interesse den »Camí de la Santa Cova« entlanglaufen konnten.

Während sie die beiden weiblichen Bronzestatuen noch weiter in Augenschein nahmen, bewegten sich die drei Herren bereits weiter, dennoch waren sich die Freunde sicher, dass sie es mit einem Teil ihrer Verfolger zu tun hatten. Sie ließen sich davon jedoch nicht aus der Ruhe bringen, sondern genossen jede einzelne Skulptur auf diesem so mystisch anmutenden Weg in vollen Zügen, denn auch wenn Marie und Richard die eigentlichen Kunstexperten waren, so waren Véronique und Julien den bildenden Künsten nicht weniger zugetan. Ganz im Gegenteil, sie waren ihnen eine unerschöpfliche Inspirationsquelle für ihre eigene Form der Kunst.

Immer wieder begegneten sie den drei Männern, und Marie wartete fast darauf, irgendwann von ihnen in ein Gespräch verwickelt zu werden, doch nichts dergleichen geschah. Stattdessen begann ihr Herz plötzlich auf eigentümliche Art und Weise zu rasen, und sie warf Julien einen raschen Blick zu, den dieser augenblicklich erwiderte, denn ihm erging es sehr ähnlich. Sie verständigten sich ohne Worte, dass sie von nun an ganz besonders achtsam sein wollten.

Auch Véronique wurde plötzlich von einer ganz besonderen Stimmung erfasst, und so öffnete sie all ihre Sinne noch ein wenig mehr.

Als die vier Freunde um die nächste Kurve bogen, verschlug es ihnen die Sprache, denn vor ihnen tat sich das Kunstwerk auf, das sie aufgrund der Botschaft der alten Katalanin gesucht hatten: Eine kleine Höhle im Felsen mit dem Grabmal Jesu, Maria Magdalena, die verzweifelt über dem Sarkophag hing, Mutter Maria auf Maria Salomé gestützt, ein Engel, der über das Grabmal wachte sowie über allen am Felsrand schwebend der auferstandene Christus. Natürlich waren die anderen Männer bereits zur Stelle, und so mussten sich Marie, Julien, Véronique und auch

Richard schleunigst zusammenreißen, damit man ihnen nicht ansah, dass sie gerade dabei waren, eine einmalige Entdeckung zu machen. Wieder war es Richard, der die Situation rettete, indem er ganz beiläufig erklärte, dass dieses erste Mysterium der Glorie ein gemeinschaftliches Werk des Architekten Antonin Gaudí und der beiden Bildhauer Josep Llimona und Dionís Renart war, wobei Dionís Renart die drei Marien und Josep Llimona den auferstandenen Christus sowie den Engel, der über den Sarkophag wachte, geschaffen hatte. Außerdem wusste Richard zu berichten, dass das Kunstwerk in den ersten Tagen des spanischen Bürgerkriegs zahlreiche Verstümmelungen erlitten hatte. Sowohl die Flügel des Engels als auch die Köpfe, Arme und Beine der Skulpturen waren zerstört worden und die Inschrift »Resurrexit, no est hic« (»Er ist auferstanden, er ist nicht hier«) war sogar vollständig verschwunden. Erst nach dem Krieg war das Geheimnis innerhalb der Restaurierungsarbeiten der Wallfahrtsstätte wiederhergestellt worden. Die Einweihung des Monuments fand schließlich am 7. und 8. Juni 1947 anlässlich der Feiern zur Inthronisierung Unserer Lieben Frau von Montserrat statt.

Während Richard sein Wissen an den Mann brachte, versuchte Julien so viele Details wie möglich in sich aufzunehmen, denn er konnte das riesige Kunstwerk, das sich innerhalb einer in den Felsen geschlagenen Höhle befand und von einem eisernen Zaun umgeben war, schlecht aus allen Perspektiven fotografieren, denn das wäre definitiv zu auffällig gewesen. Doch alle Fasern seines Seins sagten ihm, dass sich hinter dem Zaun, der von Alpha und Omega sowie einem gleichschenkligen Kreuz dazwischen geschmückt war, des Rätsels Lösung verbarg. Er hatte nur nicht den blassesten Schimmer, wie er es schaffen sollte, unbeobachtet über den Zaun zu steigen und sich dem Steinsarg und den Gestalten zu nähern, um Genaueres herauszufinden.

Marie spürte deutlich, was in Julien vorging, und ihre Angst wuchs, dass es vielleicht auch für andere sichtbar sein könnte.

Fieberhaft überlegte sie, was sie nur tun konnte, bis sie sich erinnerte, dass Lucius zu Julien gesagt hatte, dass die Agenten sie für eine Zicke hielten. Und so gedachte sie, sich als solche zu verhalten.

»Leute, so langsam tun mir meine Füße weh«, begann sie zu jammern. »Können wir nicht schauen, dass wir endlich zu dieser sogenannten Heiligen Höhle, der Santa Cova, kommen?«

Julien begriff augenblicklich, warum Marie sich plötzlich so untypisch verhielt.

»Ja, sicher«, erwiderte er schnell, »wir sollten schließlich den Ort gesehen haben, an dem ›La Moreneta‹ angeblich aufgefunden wurde.«

Auch Véronique und Richard verstanden, was es mit Maries Gejammer auf sich hatte, und so machten sie sich wieder auf den Weg.

Während die Freunde nacheinander die Mysterien des Rosenkranzes bewunderten, wurde das alte Weib von Alexander nach allen Regeln der Kunst gefoltert, denn er wollte unbedingt erfahren, was sie Marie Chevalier und Julien de la Tour mitgeteilt hatte. Doch sie gab nur preis, dass sie die beiden als diejenigen aus der jahrtausendealten Prophezeiung erkannt und ihnen ihre Geburtsdaten genannt habe, um ihre Vermutung zu bestätigen. Alexander glaubte ihr kein Wort, doch wie grausam auch immer er war, die Katalanin schwieg stolz, jedem noch so unerträglichen Schmerz standhaltend.

Kaum erreichte Marie das vierte Mysterium der Glorie, das Maria Himmelfahrt darstellen sollte, durchbohrte sie mit einem Mal ein heftiger Schmerz, der sie sich zusammenkrümmen ließ. Julien konnte sie gerade noch in seinen Armen auffangen, ehe sie auf den Boden gefallen wäre. Aus ihrem Mund begann dunkles Blut hervorzuquellen, und Julien bekam es mit der Angst zu tun. Erschrocken schaute er und die anderen beiden sich um, doch niemand war in diesem Moment in ihrer Nähe.

Während Julien Marie verzweifelt in seinen Armen hielt, kniete sich Véronique neben sie und hob ihre beiden Hände, um Marie mit Hilfe der Engel heilende Energie zu senden. Richard indessen schirmte die Szene mit seiner Präsenz ab, indem er sich breitbeinig hinter die drei stellte und ganz in den Anblick des überirdisch schönen Marmorreliefs versunken schien. In Wahrheit betete er jedoch zu Jesus, der über dem Bildnis wachte und flehte ihn um seine Hilfe für Marie an.

Binnen kurzer Zeit schaffte es Véronique, den Blutfluss zu stoppen. Erleichtert wischte sich Julien die Stirn, um sich von seinem Angstschweiß zu befreien, als Marie die Augen wieder aufschlug und leise wimmerte: »Irgendetwas Furchtbares ist soeben geschehen.«

»Ja, du bist zusammengebrochen, mon cœur«, erwiderte Julien.

»Nein, das meine ich nicht«, stöhnte Marie. »Ich habe nur die energetischen Auswirkungen von etwas viel Grausameren gespürt. Ich kann nur nicht fassen, was es genau war.«

Mit Hilfe von Richard richtete Julien sie wieder auf und die beiden Männer nahmen sie in ihre Mitte, während Véronique die Nachhut bildete.

Sie hatte recht gehabt, sie passierten nur mehr eine Skulptur, die der Krönung Mariens, und schon tauchte der Eingang der Santa Cova auf, die mittlerweile keine Höhle mehr war, sondern eine kleine Kapelle, die im 17. Jahrhundert erbaut worden war. Der Legende nach hatte man hier das berühmte Gnadenbild »La Moreneta« im Jahr 880 nach Christus gefunden.

Kaum betraten die vier Freunde den heiligen Ort, ließ sich Marie auf einem der schlichten Holzstühle nahe dem Altar nieder, hinter dem sich in einer Art kleinen Felshöhle eine stilisierte Kopie der Schwarzen Madonna befand. Dort kam sie langsam innerlich zur Ruhe und spürte die feine Schwingung, die dieser mystische Platz verströmte, und wusste wiederum, dass alles genauso geschah, wie es der höhere Plan vorsah, und ein tiefer Friede kehrte in ihr ein. Auch die anderen nahmen eine Veränderung ihrer Frequenz wahr und erkannten, dass Marie wieder ganz bei sich war. Dennoch blieben sie noch eine Weile an dem ruhigen, abgeschiedenen Ort, um ihre Kräfte zu sammeln, für das, was nun auf sie wartete.

MARIE

MONTSERRAT/BARCELONA, 7. OKTOBER 2013

Auf dem Rückweg zur unteren Seilbahnstation achteten die vier Freunde kaum mehr auf die sie umgebende Schönheit der Natur sowie der Skulpturen, denn sie hatten nur eines im Sinn: So schnell wie möglich zu ihrem Auto zu gelangen. Bei ihrem zügigen Tempo erreichten sie in weit weniger als zwanzig Minuten die Stufen, die zur Station der Standseilbahn führten. Dort trafen sie auch wieder auf die drei Männer, die ihnen freundlich zunickten, als sie sich zu ihnen in den Warteraum gesellten.

Marie war heilfroh, dass sie nichts von ihrem Zusammenbruch mitbekommen hatten. Oder täuschte sie sich da etwa?

Daran konnte man nun ohnehin nichts ändern. Hauptsache, sie war wieder fit und in ihrer Kraft. Ihr neues bzw. »altes« Mantra »Ich habe keine Angst! Ich bin geboren worden, um dies zu tun!« schien jedenfalls wahre Wunder zu wirken.

Als die Freunde aus der Seilbahn stiegen, beschlossen sie, sich noch schnell in der kleinen »Bar de la Plaça« zu stärken, ehe sie nach Barcelona zurückfahren und beratschlagen wollten. Zum Glück ahnten sie nicht im Geringsten, was sie nur kurze Zeit später erwarten würde, sonst wären ihnen die Bissen im Halse stecken geblieben.

»Was meint ihr? Sollen wir uns nicht noch die Basilika anschauen, bevor wir zurück nach Barcelona fahren?«, fragte Richard, während er den letzten Schluck Kaffee zu sich nahm. »Bisher haben wir ja nur die Madonna und die Altarkapelle gesehen.«

»Normalerweise sehr gerne«, antwortete Marie an Stelle der anderen, »doch ich habe das untrügliche Gefühl, dass wir so schnell wie möglich zu unserem Auto zurück müssen.«

»Auch wenn ich es sehr bedaure, vertraue ich dir voll und ganz«, gab Richard augenblicklich nach, und die vier Freunde betrachteten noch ein letztes Mal die unglaublichen Felsformationen, die gen Himmel reichten und nicht umsonst »Els Frares« (»Die Mönche/Die Brüder«) genannt wurden, denn sie erinnerten an freundliche, jedoch standhafte Wächter, die das Heiligtum über die Jahrtausende bewahrt hatten.

Auf dem Weg zum Auto verstärkte sich Maries ungutes Gefühl und so drängte sie die anderen, schneller zu gehen. Sie selbst legte fast einen Laufschritt an den Tag und erreichte den BMW als erste. Ein markerschütternder Schrei entfuhr ihrer Kehle, als sie eine verstümmelte Hand sah, die unter dem Auto hervorlugte, das neben dem ihren parkte. Innerhalb von Sekunden waren die anderen drei an ihrer Seite und nicht minder entsetzt. Julien, dem sich ein schrecklicher Verdacht auftat, ging in die Knie, sodass er unter den dunkelgrünen Rover schauen und die ganze Leiche sehen konnte. Wie vermutet lag dort die alte Frau, die ihnen nur wenige Zeit vorher die Botschaft überbracht hatte. Leichenblass erhob er sich vom Boden.

»Da haben die anderen wohl ganze Arbeit geleistet. Wir können nur hoffen, dass Marie nicht mit dem Mord in Verbindung gebracht wird, denn vermutlich war sie abgesehen von den Folterern eine der letzten Personen, die Körperkontakt zu der Katalanin hatten«, erklärte Julien erschüttert. »Auf jeden Fall müssen wir diesen schrecklichen Fund auf der Stelle melden.«

Ohne sich mit den anderen abzusprechen, wählte er umgehend die Nummer der Polizei und berichtete dem Leiter der Mordkommission, an den er weitergeleitet worden war, dass er soeben eine Leiche entdeckt hatte.

Binnen kürzester Zeit wimmelte es auf dem Parkplatz von Montserrat nur so von Polizisten und Schaulustigen, während sich der Chef der Mordkommission, ein drahtiger, jugendlich wirkender Mann mit welligem schwarzen Haar, den vier Freunden widmete, die ganz in der Nähe des Mordopfers standen.

»Bon dia, ich heiße Ruben Castell und bin der Leiter der Mordkommission in Barcelona. Wer Sie sind, ist mir natürlich weitestgehend bekannt, da ich selbst ein großer Opernfan bin. Dennoch hätte ich mir ein Kennenlernen lieber unter anderen Umständen gewünscht, Madame Chevalier, Monsieur de la Tour und ich vermute Véronique Valois?«, stellte er sich freundlich vor. »Leider kann ich den zweiten Herrn nicht zuordnen. Bitte verzeihen Sie mir, Monsieur.«

»Nicht schlimm! Ich bin Richard Valois, der Bruder von Véronique«, erklärte Richard leichthin. »Sie haben hier definitiv andere Sorgen, Sr Castell.«

»Das ist allerdings wahr, Monsieur Valois. Also, kommen wir gleich zum Thema: Kannten Sie die Frau besser?«

»Nein, nicht wirklich«, antwortete Julien, »Wie ich Ihnen schon am Telefon mitgeteilt habe, hatten wir die alte Frau nur heute vor unserer Fahrt mit der Seilbahn kurz gesehen und sie erzählte uns von einer jahrtausendalten Prophezeiung, die scheinbar Marie und mich einschloss. Doch ehrlich gesagt, habe ich die Worte mehr erahnt als verstanden, denn leider kann keiner von uns Katalanisch.«

Ruben Castell ließ seine durchdringenden Augen von einem zum anderen wandern, um zu erkennen, ob sie auch alles sagten, was sie wussten.

»Sie schien ziemlich aufgeregt zu sein«, mischte sich Marie ein, »denn sie packte mich am Arm, ehe sie in hoher Geschwindigkeit auf uns einsprach. Aber wie Julien schon gesagt hat, ich konnte sie leider nicht verstehen.«

»Gut«, antwortete Sr Castell nachdenklich. »Wissen Sie etwa, wie lange das her ist? Ich meine, erinnern Sie sich, wann genau sie mit Ihnen gesprochen hat?«

»Ich schätze, es ist mehr als zwei Stunden, doch weniger als drei Stunden her«, versuchte Marie das Zeitfenster einzugrenzen.

»Und ich gehe davon aus, dass die arme Frau zu diesem Zeitpunkt noch all ihre Finger hatte, richtig?«, meinte Castell sarkastisch.

»Definitiv!«, entfuhr es Marie, »Sie wirkte quicklebendig und ihre Augen strahlten auf eine ganz besondere Art und Weise.«

»Wie meinen Sie das? Stand sie vielleicht unter Drogen- oder Medikamenteneinfluss?«, hakte der Kommissar nach.

»Nein, das glaube ich nicht«, antwortete Marie. »Im Gegenteil, mir kam es eher wie ein inneres Leuchten vor, das Menschen ausstrahlen, die einen tiefen Glauben haben.«

»Das mag durchaus sein, wenn sie von der berühmten Prophezeiung wusste.«

»Heißt das, Sie haben auch davon gehört?«, fragte Véronique mit leiser Stimme aus dem Hintergrund.

Wie in Zeitlupe drehte sich Ruben Castell zu Véronique um und schaute sie mit intensivem Blick an, ohne dass sie daraus schlau wurde.

»Gegenfrage: Kannten Sie die Prophezeiung bereits, bevor Sie hier auf Montserrat ankamen?«

»Ja«, bekannte Véronique.

»So so.«

Kommissar Castell schien zu überlegen, was er davon halten sollte.

Jedenfalls ließ er die Freunde kurz stehen und wandte sich der Pathologin zu, die mittlerweile ebenfalls am Tat- oder vermutlich eher Fundort der Leiche eingetroffen war.

Als Véronique schon keine Antwort mehr auf ihre Frage erwartete, kam der Kommissar auf einmal zurück und meinte: »Bereits meine Großmutter hat mir von der Prophezeiung erzählt, und ich wusste, dass ich ihre Erfüllung vielleicht erleben würde, doch bis heute war mir nicht klar, dass die Auserwählten wohl Marie Chevalier und Julien de la Tour heißen.«

Bei diesen letzten Worten wurde Marie rot, was Ruben Castell nicht entging.

»Sie wissen also schon länger davon«, stellte er einfach und sachlich fest. »Was wissen Sie noch?«

»Nicht viel mehr«, bekannte Julien, denn auch wenn er nicht lügen wollte, konnte er dem Kommissar nicht preisgeben, dass er des Rätsels Lösung auf Montserrat oder vielleicht in dem Mysterium von Gaudí, Llimona und Renart vermutete.

»Nun gut, ich will Sie nicht länger quälen, denn mir ist klar, dass Sie die alte Frau, die übrigens manchen hier in der Gegend noch als Wunderheilerin bekannt war, nicht auf dem Gewissen haben. Vielmehr vermute ich, dass dieselbe Bande, die Sie im Stephansdom überfallen hat, auch hier zugeschlagen hat. Mir können Sie nämlich nicht erzählen, dass Sie dort einfach nur überfallen worden sind«, merkte Sr Castell an.

Erstaunt hatten die Freunde seinen Schlussfolgerungen gelauscht, denn bisher war noch niemand auf diese Idee gekommen. Dieser Mann wusste definitiv mehr als alle anderen, die bisher mit ihrem Fall betraut gewesen waren.

»Gràcies, dass Sie uns etwas derartig Schändliches nicht zutrauen«, ließ sich Marie daraufhin erleichtert vernehmen, denn sie wusste nur allzu gut, dass man an der Kleidung der Heilerin Spuren von ihr selbst finden konnte, die man nur allzu leicht auch anders hätte auslegen können.

»Wie hieß eigentlich die gute Frau?«

»Montserrat Castell.«

Entsetzt schlug sich Marie die Hand vor den Mund. »Um Gottes willen!«, entfuhr es ihr. »War sie vielleicht ihre Großmutter?«

»Nein, die Schwester meines Großvaters väterlicherseits. Sie hat nie geheiratet, daher heiße ich ebenso wie sie.«

»Das ist ja furchtbar, dass eine Verwandte von Ihnen wegen uns sterben musste!«

Marie fühlte sich ganz elend, doch Ruben Castell schien sehr gefasst.

»Damit sich wahrhaft Großes zu erfüllen vermag, müssen viele Seelen Opfer darbringen, denn nur durch tiefe Demut vermag man dem göttlichen Plan in allen Ehren zu dienen«, sprach er tief in sich gekehrt. »Machen Sie sich keine allzu großen Sorgen. Montserrat wusste, dass sie eines Tages auf unnatürliche Art und Weise von uns scheiden würde. Wir haben schon immer damit gerechnet.«

»Dennoch tut es uns von Herzen leid, Sr Castell«, musste Julien einfach sagen.

»Danke, doch nun muss ich weiter, um hoffentlich herauszufinden, wer meine Tante so grausam gefoltert und anschließend mit einem sehr gekonnten Griff ins Jenseits befördert hat. Ihnen ist klar, dass Sie weiterhin zu meiner Verfügung stehen müssen, nicht wahr?«

»Selbstverständlich«, antworteten die vier Freunde im Chor.

»Wir wohnen im Hilton Diagonal Mar in Barcelona, falls Sie uns suchen sollten«, fügte Julien hinzu, »und außerdem haben Sie ja meine Handynummer für alle Fälle.«

»Richtig!«, erwiderte der Kommissar. »Wir bleiben in Kontakt und halten uns gegenseitig auf dem Laufenden. Au revoir!«

»Warten Sie bitte«, hielt Julien ihn auf. »Können wir einfach so vom Parkplatz fahren und die Absperrung passieren?«

»Nein, Sie haben recht. So einfach geht das nicht.«

Er wandte sich an einen jungen Polizisten, der ganz in der Nähe stand und sprach in schnellem Tempo auf diesen ein.

Dann drehte er sich wieder zu Julien und meinte freundlich: »Joan wird Sie aus dem Tumult hinaus leiten.«

»Moltes gràcies«, bedankte sich Julien herzlich. »A reveure!«

Dankbar lächelte Ruben Castell den Tenor an, ehe er sich endgültig verabschiedete.

Mit Hilfe von Joan gelang es Julien anschließend sehr schnell, den Wagen von diesem Unglücksort wegzusteuern.

Kaum hatten sie den Parkplatz verlassen, zog Véronique aus einer Intuition heraus ihr abhörsicheres Handy aus der Tasche und erkannte, dass Lucius sich mehrmals gemeldet hatte. Erschrocken las sie seine erste SMS:

Mon ange,
ich muss dich leider warnen.
Euer Auto sowie eure Hotelzimmer sind verwanzt,
d.h. ihr dürft dort auf keinen Fall über wichtige Dinge sprechen.

Es tut mir leid!
Je t'embrasse fort

Ohne irgendetwas zu sagen, reichte Véronique ihr Handy an Marie weiter, die wieder neben ihr auf der Rückbank des BMW X3 saß. Julien, der im Rückspiegel längst gesehen hatte, dass etwas nicht stimmte, streckte seine rechte Hand nach hinten, um gleich nach Marie ebenfalls lesen zu können, was Véronique so bestürzt hatte. Dann reichte er das Telefon an Richard weiter, sodass alle vier Freunde innerhalb kürzester Zeit im Bilde waren, ohne irgendeinen Mucks zu machen.

»Was für ein Tag!«, rief Richard aus, um irgendetwas Unverfängliches zu sagen. »Da fährt man nach Montserrat, um einen heiligen Ort zu besuchen und sich zu entspannen, und dann passiert ausgerechnet ein Mord.«

»Wirklich erschreckend«, stimmte ihm Julien zu. »Aber heutzutage weiß man einfach nie, wann sich das nächste Unglück ereignet.«

»Meinst du nicht, dass der Tod der alten Frau etwas mit uns zu tun hatte?«, stellte sich Marie dumm.

»Nein, ganz bestimmt nicht«, antwortete Julien gelassen, »sie wusste ja nur, wann wir Geburtstag haben und dass wir wohl die beiden aus der Prophezeiung sein müssen. Das ist definitiv kein Grund, um jemanden umzubringen.«

»Da hast du auch wieder recht«, schien Marie überzeugt. »Dann muss es sich wohl um einen seltsamen Zufall gehandelt haben.«

Auf diese und ähnliche Weise unterhielten sich die vier auf dem ganzen Weg nach Barcelona, während Véronique noch die anderen Nachrichten von Lucius las, in denen er ihr mitteilte, dass Alexander Tschernakow die Heilerin auf dem Gewissen hatte und dass Maurice de la Fontaine tobte, weil nicht mal dieser russische Ausnahmeagent in der Lage gewesen war, trotz Folter, aus der Alten herauszuholen, was sie hatten wissen wollen.

MAURICE DE LA FONTAINE

BARCELONA/MONTSERRAT, 7. OKTOBER 2013

Unterdessen hatte die Hälfte der in Spanien anwesenden Octavianer in Maurice de la Fontaines Suite im Hotel W Barcelona voller Anspannung gelauscht, was ihre vier Opfer im Auto zu besprechen hatten.

»Zu dumm, dass ich nicht Lucius nach Montserrat schicken konnte!«, redete sich der Maître in Rage. »Ihm wäre es mit Sicherheit gelungen, die Alte zum Reden zu bringen. Ganz im Gegenteil zu dir, Alexander! Ich bin auf ganzer Linie enttäuscht, insbesondere, nachdem du mir von Solokov als sein bester Mann verkauft worden bist. Dass ich nicht lache!«, und ein schreckliches Gelächter stieg aus seiner Kehle empor, das selbst den sonst so kaltblütigen Sascha frösteln machte.

Alexander jedoch ließ die Beleidigung nicht auf sich sitzen. Mit leiser, jedoch umso schneidender Stimme verteidigte er sich: »Da täuschst du dich gewaltig, Maurice! Diese Frau war von ihrem Glauben so beseelt, dass ich sie in eine Löwengrube hätte schicken können und sie wäre noch immer nicht eingeknickt. Bei all den Folterungen kam nicht ein Schmerzensschrei von ihren Lippen, und glaube mir, ich verstehe mein Handwerk und habe schon die hartgesottensten Spione zum Reden gebracht. Doch gegen einen solchen Glauben sind wir alle machtlos.«

Und bevor Monsieur de la Fontaine auch nur reagieren konnte, lief Alexander auf die Tür der Suite zu und drehte sich nur noch einmal kurz um:

»Und egal, was du denkst, ich ruhe mich jetzt aus, denn im Gegensatz zu euch allen habe ich heute hart gearbeitet und bin der einzige, der in den Knast wandern könnte, wenn dieser Ruben Castell so brillant ist, wie man sich in einschlägigen Kreisen in Barcelona zuraunt.«

Zum ersten Mal seit langem bekam es der Maître mit der Angst zu tun, denn wenn der Kommissar wirklich so intelligent war, wie es hieß, würde er vielleicht sogar Rückschlüsse auf Wien und Salzburg ziehen; und dann könnte es brenzlig werden, obwohl die Octavianer Verbindungen bis in die allerhöchsten Kreise hatten.

Es sollte sehr lange dauern, bis er in dieser Nacht endlich seinen Schlaf fand, denn auch in den heimeligen vier Wänden des Hotels unterhielten sich seine vier Zielpersonen über nichts, was ihn auch nur einen einzigen Schritt weiterbringen konnte. Es war wie verhext.

VÉRONIQUE

BARCELONA, 8. OKTOBER 2013

Am nächsten Morgen wachte Véronique vollkommen gerädert auf, denn sie hatte extrem schlecht geschlafen. Dunkel erinnerte sie sich daran, irgendetwas Furchtbares geträumt zu haben. Während sie noch im Bett ihre schmerzenden Glieder streckte, kamen plötzlich einige Bilder zurück in ihr Bewusstsein, und sie wusste, dass Lucius in ihrem Traum in Lebensgefahr gewesen war.

Augenblicklich griff sie zu ihrem abhörsicheren Handy und tippte eine Nachricht an ihn, in der sie ihm mitteilte, dass sie ihn schrecklich vermisste und dass sie sich Sorgen um ihn machte. Sie bat ihn inständig, bloß keinen Fehler zu machen, der seine Tarnung auffliegen lassen könnte, denn sie wusste, dass Maurice de la Fontaine in einem solchen Falle keine Gnade kennen würde.

Seufzend ließ sie sich danach wieder zurück in die Kissen fallen. Am liebsten hätte sie sich für den Rest des Tages die Decke über den Kopf gezogen, um nichts mehr von der Welt wissen zu müssen, denn der Anblick der von der Folter entstellten alten Heilerin sowie die dunkle Ahnung, dass ihr Traum vielleicht etwas mit der Zukunft zu tun haben könnte, nahmen Véronique für einen kurzen Moment jegliche Hoffnung, dass ihre Reise noch ein glückliches Ende nehmen könnte.

Zum Glück war Véronique jedoch alles andere als ein Mensch, der sich selbst bemitleidete, sondern verfügte über genügend Selbstdisziplin, um sich wieder aus ihrer trostlosen Stimmung herauszuholen. Nur wenige Minuten später beschloss sie herauszufinden, ob sie vielleicht im Gran Teatre del Liceu eine Runde an der Stange trainieren konnte, denn nichts half ihr, schneller wieder in ihre Mitte zu kommen, als ihre durcheinander geratenen Emotionen im Tanz herauszulassen.

Sie hatte Glück. Als sie beim Theater anrief, erfuhr sie, dass gerade das English National Ballet zu Gast in Barcelona war, sodass Véronique gemeinsam mit der englischen Compagnie zum Morgentraining erscheinen konnte.

Ehe sie ihr Hotelzimmer mitsamt ihren Ballettklamotten verließ, sandte sie noch schnell eine Nachricht an Marie und ihren Bruder und unterrichtete sie über ihr Vorhaben. Sie wusste, die anderen würden ihr das nicht übel nehmen, denn sie alle wollten den heutigen Tag ohnehin etwas gemütlicher angehen.

Als Véronique bei den berühmten Ramblas aus dem Taxi stieg, wurde sie plötzlich von freudiger Erregung ergriffen. Man konnte nie wissen, wem man an einem fremden Ort im Ballett- oder wie hier im allgemeinen Probensaal begegnete. Sie ließ sich vom Pförtner erklären, wie sie zu den Garderoben der Tänzerinnen und anschließend zum »Sala d'asseig Mestres Cabanes« kommen würde.

Sie fand die Garderobe auf Anhieb und klopfte, da sie schließlich nicht zur derzeit am Liceu auftretenden Compagnie gehörte. Ehe sie sich versah, öffnete sich die Tür und ein fröhlicher Blondschopf kam heraus.

»Lisa, das ist ja eine Überraschung!«

Voller Freude fiel Véronique der alten Freundin aus Wiener Staatsopernzeiten um den Hals.

»Bist du jetzt im English National Ballet?«

»Hallo Véronique, ja, das bin ich«, antwortete Lisa strahlend. »Aber was machst du denn hier? Der neue, leuchtende Stern am Ballethimmel!«

»Nun übertreib bitte nicht«, versuchte Véronique die Freundin zu bremsen.

»Na na, nun komm aber erstmal rein und zieh dich um, das Training beginnt gleich.«

Innerhalb kürzester Zeit stand Véronique in Trainingsklamotten neben Lisa und ging mit ihr zum »Sala d'asseig Mestres Cabanes«, dem großen Raum, der sowohl für Opern- als auch für Ballettproben genutzt wurde. Auf dem Weg dorthin erzählte sie noch schnell, dass sie als Touristin in Barcelona war.

Als Véronique gemeinsam mit Lisa den riesigen Saal betrat, richteten sich alle Augenpaare auf sie und die Tänzer begannen spontan zu klatschen.

Véronique, die alles andere als arrogant war, wurde rot, denn damit hatte sie beim besten Willen nicht gerechnet.

Als sie dann auch noch vom Ballettmeister aufs Herzlichste willkommen geheißen wurde, konnte sie sich kaum mehr erinnern, dass sie eigentlich nur gekommen war, um sich ihre Verwirrung und ihren Schmerz vom Leib zu tanzen. Mittlerweile fühlte sie sich nämlich alles andere als schlecht.

Véronique hatte gerade einen freien Platz an einer der Stangen gefunden, als die Tür zum Probensaal erneut aufging. Sie glaubte ihren Augen nicht zu trauen, und ebenso erging es wohl all den anderen im Raum, denn niemand anderes als der strahlend schöne Sascha Marakov betrat den Saal.

»Das ist vielleicht eine Überraschung! Zuerst taucht die neue

Primaballerina assoluta Véronique Valois hier auf und dann auch noch ihr Star-Partner«, sprach Ballettmeister Thomas Wilson aus, was alle dachten. »Herzlich Willkommen in Barcelona, Sascha Marakov!«

Freundschaftlich reichte Wilson dem Startänzer die Hand, die dieser kräftig drückte.

»Danke, Thomas«, antwortete Sascha lässig. »Ehrlich gesagt habe ich mich ganz spontan dazu entschieden, heute trainieren zu gehen.«

»Ich glaube dir kein Wort«, dachte Véronique bestürzt, denn ihr wurde plötzlich klar, dass ihr Gespräch mit dem Teatre del Liceu abgehört worden war und sich Sascha nur deswegen ebenfalls hier im Ballettsaal befand. Wie hatte sie auch nur einen Moment glauben können, dass sie diesem Mann vertrauen konnte.

Und wie es der Teufel wollte, befand sich der letzte freie Platz an der Stange ihr direkt gegenüber. Obwohl das Training eigentlich längst beginnen sollte, ließ es sich Sascha nicht nehmen, zuerst noch Véronique mit Küsschen zu begrüßen, während er für alle vernehmbar sagte: »Wie schön, dich auch hier anzutreffen!«, was vermutlich nicht einmal gelogen war.

»Definitiv eine Überraschung«, murmelte Véronique, der es äußerst peinlich war, derartig im Mittelpunkt des Interesses zu stehen. »Doch nun lass uns das Training nicht weiter stören.«

Wieder einmal hatte es Sascha geschafft, Véronique aus dem Gleichgewicht zu bringen. Was hatte es nur mit diesem Mann auf sich?

Während ihre Gedanken ratterten, führte ihr Körper beinahe automatisch die Pliés im Einklang mit der Klaviermusik von Frédéric Chopin aus. Gleichzeitig suchte Sascha ständig ihren Blick. Auf Dauer konnte sie ihm schlecht ausweichen, ohne sich verdächtig zu machen, also lächelte sie ihn an, was seine grünen

Augen sofort noch mehr strahlen ließ. Erneut musste sich Véronique eingestehen, dass ihr Sascha alles andere als gleichgültig war. Sie hasste sich beinahe dafür, denn sie war ein äußerst treuer Mensch und liebte Lucius aus tiefstem Herzen. Was hätte sie nur darum gegeben, ihn endlich wiedersehen zu können. Doch daran war unter den derzeitigen Umständen nicht im Geringsten zu denken, wenn sie nicht ihr aller Leben noch mehr in Gefahr bringen wollte.

Nach dem knapp eineinhalbstündigen Morgentraining fühlte sich Véronique trotz Saschas Gegenwart wieder relativ gut, und als er sie anschließend bat, noch eine Kleinigkeit mit ihm zu essen, sagte sie nicht Nein, denn Lisa musste sich für die Vorstellung am Abend dringend ausruhen und hatte daher keine Zeit.

Sascha wartete bereits vor dem Haupteingang, als Véronique aus dem Theater kam, und hakte sie – als wäre es das normalste auf der Welt – sofort unter, um sie von den Ramblas weg in eine kleine Seitengasse zu führen. Er schien sich bereits bestens in Barcelona auszukennen, denn er erklärte Véronique beim Gehen, was er alles schon besichtigt hatte. Vor einem Lokal mit Namen »Restaurant Organic« blieb er stehen und meinte, dort gäbe es leckere Salate. Verwundert schaute Véronique ihn an, denn sie hätte nie vermutet, dass Sascha mit einem relativ schlichten Ambiente zufrieden war.

Als sie sich an einen der quadratischen Holztische setzen wollten, fiel Véroniques Blick auf die Titelseite der Zeitung, die auf dem Nebentisch lag, und sie musste zu ihrem großen Entsetzten feststellen, dass der Mord an Montserrat Castell einschließlich eines Fotos von ihr selbst sowie Marie, Julien und Richard auf der Titelseite der »La Vanguardia«, der berühmten katalanischen Tageszeitung, prangte.

Sascha, der Véroniques Blick wohl zu deuten wusste, fragte

sofort fürsorglich: »Ist alles okay mit dir?«, während er ihr einen Arm um die Schultern legte.

»Nicht wirklich«, antworte sie ehrlich.

»Was ist denn da gestern auf Montserrat passiert?«

»Wir sind Zeugen eines Mordfalls geworden«, erklärte Véronique bereitwillig, obwohl sie natürlich wusste, dass Sascha vermutlich sogar mehr Details kannte als sie selbst.

»Das ist ja grauenvoll! Habt Ihr gesehen, wie es passiert ist?«

»Nein, wir, oder besser gesagt, Marie hat nur die Leiche gefunden.« Véronique erzählte der Reihe nach, was geschehen war, ohne die ausschlaggebenden Details natürlich. Sie tat dies ganz bewusst, denn sie wollte sehen, wie sich Saschas Aura bei ihren Worten veränderte.

Erstaunlicherweise nahm sie Schmerz in seinem Energiefeld wahr, als sie erzählte, dass die Frau grausam gefoltert worden war. Das passte wiederum überhaupt nicht zu der Beschreibung von Lucius, dass Sascha als eiskalter Killer bekannt war. Véronique wurde beim besten Willen nicht schlau aus ihrem neuen Tanzpartner. Ihre Intuition sagte ihr, dass Sascha sich verändert hatte, seit sie ihn kennengelernt hatte, aber sie war sich sicher, dass ihr weder ihr Bruder noch Marie und Julien glauben würden. Nur die Zeit würde letztendlich die Wahrheit ans Licht bringen.

Nachdem sie beide ihren Salat aufgegessen hatten, fuhren sie gemeinsam mit dem Taxi zurück zum Hotel, denn es machte nicht wirklich Sinn, sich alleine eines zu nehmen, wenn sie denselben Weg hatten.

MARIE

BARCELONA, 8. OKTOBER 2013

Marie war etwas erschrocken, als sie Véroniques Zeilen las, denn sie wusste, ihre Freundin musste innerlich sehr aufgewühlt sein, wenn sie in den wenigen freien Tagen unbedingt tanzen wollte.

»Irgendetwas muss passiert sein, Julien, sonst würde Véronique nicht einfach das Hotel verlassen, ohne mit uns zu frühstücken.«

»Da hast du vermutlich recht … aber es ist, wie es ist. Also lass uns wenigstens in aller Ruhe frühstücken, wenn wir heute schon mal nicht unter Zeitdruck stehen.«

Erst als sie ihre Suite verließen, wurde ihnen bewusst, dass sie den Octavianern soeben eine kostbare Nachricht zugespielt hatten, nämlich, dass Véronique ohne sie unterwegs war.

»Das darf doch nicht wahr sein!«

Marie konnte es nicht fassen, dass sie so unbedacht gehandelt und damit vielleicht Véronique in Gefahr gebracht hatte.

»Mach dir keine allzu großen Sorgen, mon amour. Sie werden Véronique nichts tun, denn nachdem mittlerweile die Polizei eingeschaltet ist, können sie es sich nach dem gestrigen Zwischenfall nicht leisten, Véronique in die Mangel zu nehmen«, erklärte Julien leise, während sie den Hotelgang entlang zu den Aufzügen liefen.

»Dein Wort in Gottes Ohr«, war alles, was Marie dazu einfiel.

Dementsprechend einsilbig verlief auch das gemeinsame Frühstück mit Richard.

VÉRONIQUE

BARCELONA, 8. OKTOBER 2013

Kaum war Véronique zurück im Hotel, berief sie ein Treffen mit den anderen in der Suite ein. Als sie den Raum betrat, bemerkte Véronique die Erleichterung auf dem Gesicht ihrer Freundin und sie begrüßten sich mit Küsschen, ehe diese fragte: »Na, wie geht es dir, ma chère?«, denn beide wussten genau, dass die Geheimgesellschaft jedes Wort mitschnitt, und so mussten sie sich so natürlich wie möglich verhalten.

»Herrlich! So ein Balletttraining wirkt einfach Wunder«.

Véronique strahlte über das ganze Gesicht.

»Und weißt du, wen ich dort getroffen habe?«

»Etwa Sascha?«, vermutete Marie.

»Ja, so ist es. Er hatte wahrscheinlich ebenso wie ich das Bedürfnis, sich zu bewegen«, erklärte Véronique. »Aber ich habe nicht nur ihn getroffen, sondern auch eine alte Freundin, die gemeinsam mit mir an der Wiener Staatsoper getanzt hat.«

In diesem Moment kam Julien aus dem Bad und gesellte sich zu den beiden, die bereits auf einem der samtigen Sofas Platz genommen hatten.

»Julien, erinnerst du dich noch an Lisa Nichols?«

»Du meinst die quirlige Blonde aus New York?«

»Genau die! Sie tanzt jetzt im English National Ballet, das gerade am Gran Teatre del Liceu gastiert.«

»Was für ein lustiger Zufall!«, freute sich Julien.

»Ja, und sie hat uns für die heutige Vorstellung von ›Romeo und Julia‹ vier Karten angeboten. Habt Ihr Lust hinzugehen?«

»Warum eigentlich nicht«, meinte Marie, »schließlich haben wir im Augenblick sowieso keine Ahnung, wo wir weitersuchen sollen. Da können wir genauso gut heute Abend ins berühmte Teatre del Liceu gehen, das mein Vater so geliebt hat.«

»Stimmt«, erwiderte auch Julien, »nur ehrlich gesagt bin ich ziemlich müde und würde heute lieber früh ins Bett gehen, aber lasst euch nicht von mir abhalten.«

Marie und Véronique durchschauten sofort, dass Julien etwas anderes vorhaben musste, doch natürlich fragte keine der beiden nach.

»Ihr könnt ja an meiner Stelle Sascha mitnehmen.«

Véronique musste sich ernsthaft zusammenreißen, um nicht »Wie bitte?« auszurufen, und Marie erging es ganz ähnlich. Doch für die Lauschenden sagte sie: »Das ist wirklich eine gute Idee! Ich werde ihn gleich fragen.«

»Sag mal, wo bleibt eigentlich Richard?«

Marie schaute fragend von einem zum anderen.

»Keine Ahnung«, meinte Véronique, »er wollte sofort zu euch kommen. Ich rufe ihn schnell an!«

Noch während sie seine Nummer wählte, klopfte es an der Tür und Richard stand davor.

»Wo bist du denn gewesen, Bruderherz?«

»Ich habe noch schnell geduscht, da ich gerade aus dem Fitnessstudio gekommen bin, als du dich bei mir gemeldet hast.«

»Und wie geht's weiter?«

»Hast du Lust, heute Abend mit uns ins Ballett zu gehen? Das English National Ballet tanzt heute Abend ›Romeo und Julia‹ im Gran Teatre del Liceu.«

»Auf jeden Fall! Im Moment haben wir ja sowieso nichts Besseres zu tun, solange wir keinen Geistesblitz haben, der uns in irgendeiner Weise weiterhilft«, resümierte Richard.

»Also gut! Dann frage ich nur noch schnell Sascha, ob er mitkommt«, erklärte Véronique.

Fragend hob Richard eine Augenbraue, und während seine Schwester schon am Hörer war, klärte Marie Richard kurz auf.

Unterdessen schrieb Julien eine Nachricht für seine Freunde auf das kleine Blöckchen mit dem Hilton-Logo, das an jedem Bett des Hotels lag.

Als Véronique nach ihrem Telefonat wieder zu ihnen stieß, reichte Julien den anderen dreien den Zettel, auf dem folgendes stand:

Ihr Lieben,
da wir hier nichts besprechen können,
sollten wir an den Strand gehen,
denn wenn wir direkt am Meer entlanglaufen
und dabei leise sprechen,
sollte das Rauschen der Wellen unsere Worte
genügend übertönen.
Lasst uns alle in 15 Minuten mit passenden
Schuhen im Foyer treffen.
Merci!

Nachdem alle Juliens Worte gelesen hatten, nickten sie nur, und Véronique meinte geistesgegenwärtig: »Was haltet ihr davon, wenn wir uns gegen 18:00 Uhr im Restaurant ›Purobeach‹ auf der

Dachterrasse zu einem kleinen Imbiss treffen, ehe wir zum Theater fahren?«

»Ja, gerne«, meinte Julien und die anderen beiden stimmten zu, während sie sich alle von den beiden Sofas erhoben.

»Dann bis um 18:00 Uhr auf der Terrasse!«, rief Richard noch, ehe er gemeinsam mit Véronique die Suite verließ.

LUCIUS

BARCELONA, 8. OKTOBER 2013

Maurice de la Fontaine saß zufrieden und selbstgefällig in seiner exorbitanten Suite. Das lief ja wie am Schnürchen. Nun luden sie Sascha schon freiwillig dazu ein, den Abend mit ihnen zu verbringen.

Nur für Lucius, der ebenfalls gelauscht hatte, war diese Aussicht alles andere als ein Grund zur Freude. Véronique schien immer mehr Zeit mit diesem Tänzer zu verbringen. Doch er durfte auf keinen Fall etwas sagen, denn vermutlich handelte sie sogar aus taktischen Gründen auf diese Weise. Ob es wohl stimmte, dass die Freunde noch keinen Schritt weiter waren? »Dieses Mal scheinen sie im Dunklen zu tappen«, unterbrach Maurice die Gedankengänge von Lucius.

»Ja, den Eindruck macht es«, stimmte ihm dieser zu.

»Wenn sie nur wüssten, dass sie nicht einen einzigen Laut von sich geben können, ohne dass wir es mitbekommen!«, sagte Maurice hämisch.

»Das glaubst du!«, dachte Lucius schadenfroh, laut hingegen sagte er: »Tja, sie haben keine Ahnung, auf wen sie sich da eingelassen haben.«

»Wohl wahr, wohl wahr, mein Lieber!«

Mit der Welt zufrieden klopfte der Maître seinem besten Agenten auf die Schultern.

»Hier bei mir herumzusitzen und darauf zu warten, dass irgendeine wichtige Aussage gemacht wird, muss relativ langweilig für dich sein. Doch dein Einsatz wird schon noch kommen!«

»Ganz bestimmt!«

Noch ahnten sie nicht, *wie* schnell es dazu kommen würde.

MARIE

BARCELONA, 8. OKTOBER 2013

Unterdessen hatten sich die anderen im Foyer des Hiltons versammelt und machten sich auf den Weg zum Strand. Sie mussten nur wenige Straßen überqueren, und schon konnten sie das Meer sehen. Nachdem sie noch eine Art Rampe hinunterliefen, befanden sie sich bereits im Sand.

Die anderen konnten gar nicht so schnell gucken, da hatte Véronique sich schon ihrer silbern schimmernden Ballerinas entledigt und tanzte anmutig durch den Sand zum Wasser. Sie konnte beim besten Willen nicht verleugnen, dass sie ein Meereskind war. Richard betrachtete sie nur kopfschüttelnd, doch ließ er sich ebenso wie die anderen von ihrer Lebensfreude anstecken. Sie bespritzten sich lachend mit Meerwasser und fühlten sich wie Kinder, die zum ersten Mal das Meer sahen. Wer auch immer sie beobachten sollte, wäre nie auf die Idee gekommen, dass diese vier Menschen kurz davor waren, sehr bedeutende Dinge miteinander zu besprechen.

Als sie sich genügend ausgetobt hatten, stellte Véronique fest: »Julien, deinem Knie muss es aber inzwischen wieder ziemlich gut gehen, wenn du dich so übermütig bewegst!«

»Das hast du ganz richtig erkannt, Véronique«, antwortete Julien lachend. »Ich muss euch unbedingt noch etwas Wundervolles mitteilen. Lasst uns einfach ganz nah nebeneinander am Wasser entlanggehen.«

Kaum befanden sie sich in einer Reihe, begann er von der wundersamen Heilung zu erzählen, die ihm widerfahren war, als er die Erdkugel der Schwarzen Madonna berührt hatte.

»Es war, als würden lauter Heilströme aus der Kugel bzw. der Hand der heiligen Statue in mein Knie fließen«, versuchte er zu erklären. »Es fällt schwer, in Worte zu fassen, was passiert ist, aber es ist definitiv so, dass ich seit diesem Augenblick der Berührung keinerlei Schmerzen mehr hatte, was seit Jahren nicht mehr der Fall war. Aus diesem Grund kann ich das Ganze nur als Wunderheilung bezeichnen.«

»Das ist ja wirklich phänomenal!«, begeisterte sich Véronique, die sich nur allzu gut vorstellen konnte, wie es war, immer mit Knieschmerzen leben zu müssen, schließlich war auch sie als Balletttänzerin Schmerzen gewöhnt.

»Ja, das ist es«, stimmte Julien ihr glücklich zu. »Mich würde aber interessieren: Was habt ihr erlebt?«

Richard machte den Anfang: »Ich habe nichts so Spektakuläres erlebt wie du, dennoch hatte ich das Gefühl, nicht vor einer Statue, sondern vor einer lebendigen, pulsierenden Energie zu stehen, und ich hatte den Eindruck, dass sich in meinem Inneren so manches geordnet hat, auch wenn ich es noch nicht genau benennen kann.«

»Wie schön!«, rief Véronique aus. »Das freut mich von Herzen für dich.«

»Merci! Und wie ist es dir ergangen, Schwesterherz?«

»Ich hatte den Eindruck, als würden elektrische Wellen durch mich hindurchfließen und ich wusste mit einem Mal, dass ich zu

Zeiten von Ignacio de Loyola als Mönch auf Montserrat war. Außerdem hat sich mir offenbart, dass er dort während seiner etwa 72-stündigen Lebensbeichte mehrere Visionen von Maria Magdalena hatte, weshalb ich vermute, dass sie immer schon sehr präsent auf Montserrat war.«

»Das ist mit Sicherheit so«, bestätigte Julien Véroniques Aussage. »Hast du sonst noch etwas erfahren?«

»Oh ja! Als wir in der Altarkapelle waren, erschien mir plötzlich eine anmutige Frau mit leuchtenden grünen Augen, die sich als Sarah, die Ägypterin, vorstellte.«

»Und was hat sie gesagt?«, fragte Marie ungestüm, denn sie spürte bereits am ganzen Leib, dass es eine bedeutsame Botschaft sein musste.

»Sie sagte ungefähr Folgendes: ›Sei gegrüßt, ICH BIN Sarah, die Ägypterin. Die Madonna ist nicht diejenige, für die sie alle halten. Sondern es ist Unsere liebe Frau, die Magdalena! Und das Kind auf ihrem Arm ist Sarah-Tamar, ihre Tochter.‹«

»Wie bitte? Das ist ja nicht zu fassen«, echauffierte sich Marie. »Eigentlich weiß man doch, dass Maria Magdalena ganz oft als schwarze Madonna dargestellt wird, und dann will uns die ganze Welt glauben machen, dass wir es auf Montserrat mit Mutter Maria zu tun haben! Nichts gegen Mutter Maria, aber es ist wirklich schändlich, wie stiefmütterlich mit Maria Magdalena verfahren wird.«

»Das ist wohl war«, seufzte Véronique, »doch bringt uns das auf unserer Suche auch nur einen Schritt weiter?«

»Ich glaube schon«, erwiderte Marie etwas ruhiger, »denn als ich die Erdkugel der Magdalena berührte, hatte ich eine Vision von ihr und zwar vor dem Grab von Jesus Christus. Sie war unendlich bestürzt, es leer vorzufinden und fiel auf die Knie. Während sie bitterlich weinte, spürte sie auf einmal eine Präsenz in ihrer Nähe und sie erkannte zwei wunderschöne Engel, die da waren, um sie zu trösten, sodass sie in der Lage war, noch eine weitere Präsenz wahrzunehmen, die niemand anderes war als der auferstandene Christus. Als Maria Magdalena den strahlenden Christus sah, begann sie auf ähnliche Art und Weise zu leuchten wie er selbst, und kurz danach wurde ich wieder ins Hier und Jetzt zurückkatapultiert.«

Nachdenklich hatte Julien den beiden Frauen zugehört, ehe er seine Schlüsse daraus zog.

»Ich denke, dass wir somit drei Zeichen empfangen haben und auf der richtigen Spur sind. Erstens, dass die Statue Maria Magdalena mit Sarah-Tamar verkörpert, zweitens dass Maria Magdalena Marie das Grab gezeigt hat, von dem, drittens, auch Montserrat Castell als Zeichen gesprochen hat. Für mich bedeutet dies alles, dass es der Sarkophag von Gaudí sein muss, der die Lösung des Rätsels birgt, denn dieser war mir auch in einer Vision in der Frauenkirche in Dresden gezeigt worden.«

»Das macht alles absolut Sinn«, befand auch Richard. »Außerdem vermuteten auch Schiller und Goethe den Heiligen Gral auf Montserrat, was Wagner mit seinem ›Lohengrin‹ und seinem ›Parsifal‹ endgültig in Worte gefasst hat. Und wenn ich genauer darüber nachdenke, bedeutet das für mich, dass die beiden Herren Schiller und Goethe vermutlich der Blutlinie näherstanden, als ich bisher angenommen hatte.«

»Da magst du durchaus Recht haben«, stimmte Julien ihm zu. »Da fällt mir gerade ein, dass ich vor einigen Jahren eine ganz besondere ›Parsifal‹-Inszenierung gesehen habe, in der Longinus den tödlichen Speer noch auf Golgatha Mutter Maria und Maria Magdalena überreicht. Und später sieht man dann, wie die beiden auf Montsalvat aka Montserrat ankommen. Dort übergibt

Maria Titurel den Speer, während Maria Magdalena ihm den Kelch des letzten Abendmahls schenkt.«

»Das ist ja unglaublich!«

Marie konnte es kaum fassen, dass ein Opernregisseur auf eine solche Idee kam.

»Wer hat das denn inszeniert?«

»Ein Mann namens Peter Simon.«

»Der Name ist ja auch kein Zufall«, meinte Richard lächelnd.

»Nein, mit Sicherheit nicht«, war auch Juliens Meinung. »Ich glaube außerdem, dass dieser Mann mehr weiß, als es scheint. Leider habe ich nicht früher daran gedacht, ihn in unserer Sache zu kontaktieren.«

»Wer weiß, vielleicht ist es besser so«, mischte sich Véronique ein. »Umso weniger Menschen von unserem Vorhaben wissen, desto besser.«

»Ja, das ist auch wahr, doch wie wollen wir jetzt weiter vorgehen, nachdem wir zu wissen glauben, dass wir irgendwie den Sarkophag des Mysterien-Weges öffnen müssen?«

»Eigentlich können wir nur nachts dort herum hantieren«, überlegte Marie laut. »Aber wie kommen wir dort hinunter, wenn die letzte Seilbahn noch bei Helligkeit geht?«

»Ganz einfach, wir fahren mit der letzten Seilbahn runter, aber anschließend nicht mehr zurück«, schlug Richard vor.

»Und wie kommen wir nachts wieder nach oben?«, fragte Véronique besorgt. »In der Nacht sinken die Temperaturen insbesondere im Gebirge extrem nach unten. Das ist definitiv gefährlich.«

»Die ganze Reise ist gefährlich«, merkte Marie an, »aber das wussten wir auch schon, bevor wir aufgebrochen sind.«

»Das ist schon richtig, aber dennoch sollten wir uns nicht unnötig in Gefahr bringen.«

»Da stimme ich dir zu, Véronique, aber unsere einzige Chance, den Sarkophag zu öffnen, ist nachts, denn untertags sind ständig Touristen unterwegs. Mit Hilfe unserer himmlischen Begleiter werden wir schon einen Weg finden«, meinte Julien zuversichtlich.

»Mit Sicherheit«, stimmte Richard Julien zu, »als es noch keine Seilbahn gab, sind die Menschen schließlich auch zu Fuß gelaufen.«

»Ihr habt Recht«, gab sich Véronique geschlagen, »dennoch sollten wir uns gut vorbereiten, uns entsprechende Schuhe und Jacken besorgen ...«

»... sowie das entsprechende Material, um den steinernen Sarg zu öffnen«, vollendete Marie den angefangenen Satz.

»Richtig«, erwiderte Julien. »Das können wir morgen Vormittag machen, denn morgen Nacht sollten wir die Aktion starten.«

»Morgen schon?«, fragte Marie verwundert.

»Ja, morgen ist der 9. Oktober, und neun ist die Zahl der Vollendung. Also der perfekte Tag für unsere Unternehmung«, befand Julien.

»Alles klar«, lachte Richard, »ich bin dabei.«

»Und wir natürlich auch!«, riefen Marie und Véronique wie im Chor.

»Also abgemacht!«

Julien strahlte mit der Sonne um die Wette.

»Und während ihr euch heute Abend ›Romeo und Julia‹ anschaut, werde ich in aller Ruhe meditieren und versuchen, weitere Antworten für uns zu bekommen.«

»Wundervoll!«

Marie war begeistert, denn sie hatte mit einem Mal das Gefühl, dass sie ihrem Ziel näher waren, als sie bisher angenommen hatten.

»Doch nun lasst uns noch ein bisschen die schöne Herbstsonne genießen«, und Marie ließ sich einfach in den Sand fallen, da wo sie war.

Véronique schüttelte lachend den Kopf über die ungestüme Art ihrer Freundin, was sie jedoch nicht davon abhielt, sich neben diese in den Sand zu setzen, wie immer in einer anmutigen Pose, wie es nur eine Balletttänzerin vermochte.

RUBEN CASTELL

BARCELONA, 8. OKTOBER 2013

Ruben Castells Intuition hatte ihn nicht getrogen, denn die Analyse der Haare, die sich auf der Kleidung von Montserrat befunden hatten, hatte ergeben, dass derselbe Mann, der den berühmten Dirigenten Jean Chevalier auf dem Gewissen hatte, auch die Schwester seines Großvaters ermordet hatte. Obwohl dieser, wie Castell vermutete, eine blonde Perücke getragen haben musste, hatte sich wohl ein silbergraues Haar darunter selbstständig gemacht und war auf dem Halstuch der Ermordeten gelandet. Zum Glück hatte er selbst jeden Millimeter der Kleidung, im wahrsten Sinne des Wortes, unter die Lupe genommen, sonst hätte er diesen eindeutigen Beweis niemals finden können.

Entschlossen griff er zum Telefon und wählte die Nummer von Julien de la Tour, der sich gerade mit den anderen beim Essen auf der Dachterrasse des Hiltons befand und umgehend abhob.

»Bona tarda Sr Castell, gibt es irgendwelche Neuigkeiten für uns?«, begrüßte ihn Julien ganz selbstverständlich.

»Bonsoir Monsieur de la Tour«, revanchierte sich der Kommissar ebenso höflich, »ja, die gibt es. Wäre es möglich, Sie irgendwo persönlich zu treffen, denn man weiß nie, wer sonst noch mithört?«

»Natürlich! Nur bitte nicht im Hotel«, antwortete Julien schnell.

»Verstehe! Was halten Sie davon, wenn ich Sie in, sagen wir, zwanzig Minuten dort abhole?«

»Das passt perfekt. Bis dahin sollten wir alle mit dem Essen fertig sein.«

»Prima, ich warte in der Halle auf Sie.«

»Alles klar! Bis nachher. Adéu!«

»Adéu!«

»Das war der Kommissar, richtig? Was wollte er von dir?«, fragte Marie neugierig.

»Das weiß ich nicht so genau, aber offenbar gibt es irgendwelche Neuigkeiten, die er mir nicht am Telefon verraten möchte.«

»Das ist ja spannend! Das heißt, du triffst ihn, wenn wir ins Ballett gehen?«

»Richtig. Irgendwie hatte ich es im Gefühl, dass ich die Vorstellung heute Abend einfach nicht sehen sollte.«

»Sei bitte vorsichtig«, mischte sich Véronique ins Gespräch, »denn ich bin mir sicher, ihr werdet von irgendwelchen Octavianern beschattet und vermutlich auch belauscht werden.«

»Davon gehe ich aus, aber ich nehme an, das weiß Ruben Castell ebenfalls, denn er meinte, man wisse nie, wer mithören würde.«

»Ein intelligenter Mann«, konstatierte Richard, »der mir mehr zu wissen scheint, als er uns gestern enthüllt hat. Aber vielleicht erfährst du ja heute mehr.«

»Mit Sicherheit! Ich werde euch berichten.«

MARIE / VÉRONIQUE

BARCELONA, 8. OKTOBER 2013

Nachdem sie noch ein kleines Dessert zu sich genommen hatten, fuhren sie alle gemeinsam mit dem Aufzug nach unten, wo sowohl Sascha als auch der Kommissar bereits auf sie warteten. Erstaunt beobachtete Sascha, wie sowohl Marie und Julien als auch Véronique und Richard zuerst den offensichtlich katalanischen Mann begrüßten, ehe sie sich zu ihm wandten. Wer war bloß dieser charismatische Typ? Nachdem sie ihn herzlich umarmt hatte, fragte er Véronique neugierig: »Sag mal, wer ist denn dieser Mann, der mit Julien spricht? Er kommt mir so bekannt vor.«

Scheinbar ohne zu überlegen, antwortete sie: »Das ist der Kommissar, der mit dem Mordfall von gestern betraut ist.«

Marie glaubte ihren Ohren nicht zu trauen, doch Véronique zwinkerte ihr unmerklich zu, sodass Marie erkannte, dass Véronique offenbar genau wusste, was sie tat.

»Ah, dann muss ich ihn wohl in der Zeitung gesehen haben«, überlegte Sascha. »Und? Gibt es irgendwelche Neuigkeiten?«

»Vielleicht«, antwortete Véronique, »aber ich weiß noch von nichts. Außerdem müssen wir jetzt los, wenn wir nicht zu spät in die Vorstellung kommen wollen.«

Ohne dass Sascha auch noch irgendetwas hätte sagen können, hakte sie ihn unter und bewegte sich mit ihm in Richtung der Drehtür. Ehe sie an Saschas Arm endgültig nach draußen schwebte, drehte sie sich allerdings nochmals um und warf Julien eine Kusshand zu.

»War das etwa Sascha Marakov, die große Ballettlegende aus Moskau?«, fragte Ruben Castell erstaunt.

»Ja, so ist es«, erwiderte Julien.

»Was macht er denn hier?«

»Das ist eine längere Geschichte, aber lassen Sie uns bitte gehen.«

Véronique wusste, dass sie Sascha auf keinen Fall die Möglichkeit geben durfte, seinen Mitstreitern mitzuteilen, dass Julien sich mit dem Kommissar traf. Daher schmiegte sie sich auf der Rückbank des Taxis regelrecht an ihn, sodass er überhaupt nicht wusste, wie ihm auf einmal geschah. Auch Marie schien nicht zu verstehen, was plötzlich in ihre Freundin gefahren war. Nur Richard, der vorne neben dem Taxifahrer saß, durchschaute sofort, weshalb Véronique sich scheinbar so seltsam verhielt.

Véroniques Taktik schien offenbar aufzugehen, denn Sascha machte nicht die geringsten Anstalten, sein Handy oder irgendetwas dergleichen zu zücken, im Gegenteil, seine ganze Aufmerksamkeit galt der atemberaubenden Frau an seiner Seite, die ihn mehr faszinierte, als er eigentlich wahrhaben wollte. Vielleicht überlegte sie es sich ja doch noch anders und ließ sich eines Tages mit ihm ein.

JULIEN

BARCELONA, 8. OKTOBER 2013

Während Marie und Richard sowie Véronique und Sascha den Ballettabend im Gran Teatre del Liceu in der Proszeniumsloge genossen, unterhielt sich Julien mit Ruben Castell in einer ziemlich heruntergekommenen Kneipe. Julien war sich sicher, dass der Kommissar genau wusste, weshalb er ihn dorthin gebracht hatte. Daher machte er sich keine weiteren, unnötigen Gedanken.

Jedenfalls wurde Julien sofort unterrichtet, dass der Mörder von Montserrat Castell auch Maries Vater auf dem Gewissen hatte, was Julien nicht wirklich wunderte:

»Das ist in der Tat sehr interessant, denn Marie hat diesen Mann erst vorgestern vor dem Haupteingang der Sagrada Familia gesehen, was bei ihr einen Schock ausgelöst hat. Doch er war sofort wieder inmitten der Menschenmassen verschwunden, sodass wir anderen keine Chance hatten, ihm zu folgen.«

»Das heißt, Marie weiß, wie der Mörder ihres Vaters aussieht?«, hakte der Kommissar nach.

»Definitiv!«, bestätigte Julien.

»Dann brauche ich sie dringend auf dem Kommissariat, damit wir ein Phantombild anfertigen können, was in Salzburg offensichtlich unterlassen wurde. Es kann einfach nicht sein, dass der Mörder von Jean Chevalier auf ewig frei herumläuft und weiterhin sein Unwesen treibt.«

»Da muss ich Ihnen Recht geben, insbesondere, da dieser Mann meiner Geliebten immer wieder Albträume beschert!«

»Dann richten Sie ihr bitte aus, dass ich sie morgen früh um zehn Uhr in der Mordkommission sehen möchte.«

»Alles klar! Mache ich.«

Anschließend unterhielten sich die beiden noch eine Weile über die Prophezeiung, ohne dabei die eigenen Karten ganz offen auf den Tisch zu legen. Augenscheinlich war den Anhängern der Blutlinie in Katalonien seit ewigen Zeiten bekannt, dass die beiden Auserwählten irgendwann auf Montserrat erscheinen würden. Und nun war also der Zeitpunkt gekommen … Das hatte Ruben Castell Julien ohne große Emotionen mitgeteilt, was Julien nur weiter in seiner Annahme bestärkte, dass die Lösung von Maria Magdalenas Rätsel dort zu finden war.

MAURICE DE LA FONTAINE

BARCELONA, 9. OKTOBER 2013

»Wie kann es sein, dass uns entgangen ist, dass Julien de la Tour Ruben Castell getroffen hat?«, tobte Maurice de la Fontaine bei der Versammlung der zwölf Agenten in seiner Suite, die er scheinbar aus heiterem Himmel am helllichten Morgen einberufen hatte. »Wem von euch ist nur dieser schwerwiegende Fehler unterlaufen?«

»Mir«, bekannte Sascha, ohne viel Aufhebens darum zu machen.

»Wie bitte?«, schrie der Maître erbost. »Wie kommt es nur, dass Solokovs angebliche Elite hier auf einmal ständig versagt?«

Mit einer angedeuteten Verbeugung entschuldigte sich Sascha und meinte nur wenig schuldbewusst: »Maurice, es tut mir wirklich leid, aber ich war zu der Zeit mit Véronique Valois auf Tuchfühlung.«

In diesem Moment hatte Lucius das Gefühl, als müsste er sich auf der Stelle übergeben. Er brauchte all seine Willensstärke, um sich nichts davon anmerken zu lassen.

Maurice de la Fontaine hingegen schien von einer Sekunde zur anderen wieder versöhnt zu sein.

»Ja, wenn dies so ist, verzeihe ich dir natürlich, Sascha«, flötete er auf einmal. »Das heißt, du hast sie inzwischen herumgekriegt?«

»Sagen wir mal so, sie frisst mir mittlerweile aus der Hand«, bekannte Sascha selbstbewusst.

»Das sind ja ganz wundervolle Nachrichten! Und was den Kommissar betrifft, werden wir schon noch erfahren, was es damit auf sich hat.«

Nur wenige Sekunden später ertönte ein Schrei aus der Ecke der Computerspezialisten, die vor zig unterschiedlichen Bildschirmen saßen, um möglichst alles beobachten zu können.

»Was ist denn nur los? Warum brüllst du einfach so los?«, fragte Maurice ungehalten, denn er konnte es partout nicht leiden, wenn seine Gespräche ungefragt unterbrochen wurden.

Der besagte Mann antwortete umgehend mit angespannter Stimme: »Soeben hat Kommissar Castell in einer Pressekonferenz verlauten lassen, dass sie DNA-Spuren des Mörders der alten Frau von Montserrat sicherstellen konnten und dass diese Spuren ebenfalls mit einem anderen, bisher ungeklärten Mordfall in Zusammenhang stehen würden.«

Für einen kurzen Moment hatte Monsieur de la Fontaine das Gefühl, als würde sich der Boden unter seinen Füßen auftun, denn seine schlimmste Befürchtung schien sich zu bewahrheiten, nämlich, dass Ruben Castell es tatsächlich schaffen würde, die Octavianer aufzumischen.

Auch Alexander stand unter Schock. Innerhalb von Sekunden war sämtliche Farbe aus seinem Gesicht gewichen. Wie war das nur möglich? Er war doch so gründlich wie immer vorgegangen.

Wenn der Kommissar nicht nur bluffte, sondern tatsächlich die Wahrheit sprach, hatte er wohl durchschaut, dass der Mörder

der Alten sowie der Todesbote des berühmten Jean Chevalier ein und dieselbe Person waren.

Er musste definitiv auf dem schnellsten Weg das Land verlassen, ehe Castell herausfand, wer er war; und in Anbetracht der Sachlage konnte das nur mehr eine Frage der Zeit sein.

Maurice de la Fontaine, der zu demselben Schluss gekommen war, setzte augenblicklich alle Hebel in Bewegung, um den russischen Agenten innerhalb der nächsten Stunde in eine Privatmaschine zu setzen und außer Landes bringen zu lassen.

Außerdem ließ er Alexanders Suite von einem Spezialisten-Team, das in solchen Fällen immer mit ihm reiste, auf das Gründlichste säubern, sodass nicht mehr die geringste DNA-Spur darauf hinweisen würde, dass er die letzten Tage dort gewohnt hatte. Damit es jedoch nach außen hin nicht so aussah, als hätte jemand hinter Alexander reingemacht, brachte das besagte Team die Suite derartig in Unordnung und pflasterte sie mit unzähligen Fingerabdrücken, sodass die Mordkommission stundenlang beschäftigt sein würde, falsche Spuren zu sortieren, ehe sie zu dem Schluss kommen würde, dass sie auf diese Weise nicht weiterkamen.

Alexander hingegen zermarterte sich auf dem Weg zu dem Privatflugplatz außerhalb von Barcelona den Kopf: Er konnte beim besten Willen nicht nachvollziehen, was für ein Fehler ihm wohl unterlaufen war, sodass offensichtlich seine Identität in Kürze enthüllt werden würde.

Auch Sascha war mehr als nur überrascht, denn eigentlich galt Alexander als der beste von Solokovs Männern, denn er war durch und durch Perfektionist und schien niemals durch irgendwelche Emotionen aus der Bahn geworfen zu werden. Er hatte nie auch nur die kleinste Mission in irgendeiner Weise gefährdet, da er immer tausendprozentig professionell handelte – bis auf diese Sache mit Jean Chevalier und der Alten.

»Was ist geschehen?«, fragte sich Sascha nachdenklich, konnte es sich jedoch beim besten Willen nicht erklären. War es etwa möglich, dass höhere Mächte über die Blutlinienleute wachten, sodass sich die Prophezeiung erfüllen konnte?

Auch die anderen Octavianer mussten erkennen, dass auf einmal ihre bisher für unantastbar gehaltene Geheimgesellschaft dabei war, ins Licht der Öffentlichkeit gezerrt zu werden, wenn sich tatsächlich bewahrheiten sollte, was der Kommissar angekündigt hatte: Nämlich, dass bald Köpfe rollen würden, die bisher niemand auch nur im Geringsten mit Gewaltverbrechen in Verbindung gebracht hatte.

Inzwischen geisterte sogar schon ein Phantombild von Alexander Tschernakow durch sämtliche Medien. Sie konnten nur beten, dass es Alexander schaffen würde, das Land zu verlassen, ehe seine Identität gelüftet wurde.

Es war nur noch eine Frage von Minuten oder allerhöchstens Stunden, bis jemand vom Hotelpersonal zum Hörer greifen und den Namen von Alexander enthüllen würde.

Während ganz Barcelona durch die unzähligen Nachrichten über den gemeingefährlichen Mörder in ihrer Mitte in Aufregung war, kauften die vier Freunde seelenruhig alles ein, was sie für ihren nächtlichen Ausflug nach Montserrat brauchen würden. Von ihren Verfolgern war weit und breit weder etwas zu sehen noch zu spüren. Vermutlich hatten sie alle Hände damit zu tun, die Identität des mehrfachen Mörders zu vertuschen und ihn so schnell wie möglich außer Landes zu schaffen, nachdem Marie dazu beigetragen hatte, dass sein Gesicht der Öffentlichkeit zugänglich gemacht werden konnte.

So hatte sich auch Lucius die Gunst der Stunde zu eigen gemacht und Véronique in dem ganzen Tumult unbemerkt angerufen, um sie zu warnen. Nach allem, was in den letzten beiden

Tagen geschehen war, war Maurice de la Fontaine zum Äußersten bereit, sollte er die vier in einem günstigen Moment zwischen die Finger bekommen, denn er gab ihnen die Schuld daran, dass es den Octavianern vermutlich über kurz oder lang an den Kragen gehen würde.

Daher riet Lucius ihnen dringend, sich kugelsichere Westen für ihr Vorhaben zu besorgen, denn der Maître würde keine Gnade mehr walten lassen, sobald er den geheimen Schatz in seinen Händen halten würde.

Also besorgten sich die vier Musketiere, wie sie sich seit Richards Bemerkung vor zwei Tagen immer wieder scherzend nannten, auch noch die entsprechenden Westen zum Unterziehen in dem Laden, den Lucius ihnen empfohlen hatte. So konnten sie scher sein, dass niemand ihre Vorsichtsmaßnahmen bemerkte.

In der Zwischenzeit hatte wohl ein Hotelmitarbeiter des W Barcelona bei der Mordkommission eine anonyme Meldung gemacht, dass der gesuchte Mann als Alexander Tschernakow in dem Luxushotel eingecheckt gewesen war, denn inzwischen pfiffen schon die Spatzen seinen Namen von den Dächern.

Doch scheinbar war Tschernakow die Flucht gelungen, denn er war weder im Hotel noch sonst irgendwo aufzufinden, obwohl die ganze Stadt nach ihm durchgekämmt wurde. Spätestens seit bekannt wurde, dass er der Mörder des weltberühmten Dirigenten Jean Chevalier war.

Außerdem wurde in den Nachrichten gemeldet, dass sich Maurice de la Fontaine, ein bekannter Kunstmäzen, der offensichtlich ein Bekannter von Tschernakow gewesen war und sich derzeit ebenfalls in Barcelona aufhielt, entsetzt von diesem distanzierte, indem er sagte: »Hätte ich auch nur im geringsten geahnt, dass Tschernakow etwas mit dem Mord an dem größten Wagner-Dirigenten aller Zeiten zu tun gehabt hatte, wäre dieser Mann nie auch nur in meine Nähe gekommen, denn Jean Chevalier war ein Gott für mich.«

Bei diesen Worten und der Unverfrorenheit dieses Mannes, merkte Marie sofort, wie sich ihr Mageninhalt den Weg nach oben bahnte, doch gleichzeitig hatte sie eine Idee.

RUBEN CASTELL

BARCELONA, 9. OKTOBER 2013

Nur kurze Zeit später trafen Marie und Julien Kommissar Castell in derselben dunklen Kneipe, in der sich die beiden Männer am Abend zuvor unterhalten hatten. Sie suchten sich ein verstecktes Eck in dem alten Kellergewölbe, sodass sie sehen konnten, wer sich ihnen näherte, aber sie selbst nicht so leicht entdeckt werden konnten.

»Was ist denn nun so dringend, Mademoiselle Chevalier, dass Sie mich umgehend sehen wollten?«

»Das ist eigentlich eine viel zu lange Geschichte, aber in Anbetracht der Situation, in der wir uns alle befinden, sollten wir vielleicht gegenseitig die Karten auf den Tisch legen und zusammenarbeiten. Was halten Sie davon?«, eröffnete Marie die Unterredung.

»Sehr viel«, erwiderte der Kommissar, »doch woher rührt der plötzliche Sinneswandel?«

»Die Tatsache, dass Monsieur de la Fontaine in verschiedenen Interviews behauptet hat, nichts davon gewusst zu haben, dass Alexander Tschernakow ein Mörder, und zwar der meines Vaters, ist, obwohl er derselben Geheimgesellschaft angehört wie der gesuchte Russe, hat das Fass einfach zum Überlaufen gebracht.«

»Verstehe«, versuchte Ruben Castell die Ruhe zu bewahren, obwohl diese Enthüllung mehr als nur spektakulär war. »Das heißt, Sie haben den begründeten Verdacht, dass Tschernakow und de la Fontaine unter derselben Decke stecken.«

»Ja, denn Maurice de la Fontaine ist auch schuld an dem Anschlag, der im Wiener Stephansdom auf mich verübt worden ist.«

»Aber wieso haben Sie das damals in Wien niemandem mitgeteilt?«, unterbrach sie der Kommissar.

»Weil ich es selbst noch nicht wusste.«

»Ok, aber das erklärt noch immer nicht, weshalb sie es nicht gemeldet haben, sobald es Ihnen bekannt war«, ließ Castell nicht locker.

Erst nach einem kurzen Seitenblick auf Julien entschloss sich Marie, die ganze Wahrheit auf den Tisch zu legen.

»Wie Sie seit langem wissen, haben Julien und ich eine Mission zu erfüllen, die wir auf keinen Fall gefährden dürfen, egal, wie gefährlich sie auch sein mag. Daher hatten wir uns eigentlich dazu entschlossen, diese erst zu Ende zu führen, ehe wir alles preisgeben, was wir bereits geahnt oder gewusst haben. Nachdem Julien Sie aber nach dem gestrigen Abend für durchaus vertrauenswürdig befunden hat, haben wir beschlossen, Ihnen mitzuteilen, was wir heute Nacht vorhaben, denn es gibt vermutlich keinen günstigeren Zeitpunkt für Sie, Maurice de la Fontaine und seine Männer festzunehmen.«

Ruben Castell spürte, wie sein Adrenalinspiegel stieg.

»Was haben Sie vor?«

»Wie Sie vermutlich schon ahnen, vermuten wir, dass die Erfüllung der Prophezeiung mit Montserrat zusammenhängt, besser gesagt, mit dem ersten Mysterium der Glorie, das von Gaudí, Llimona und Renart gestaltet worden ist.«

»Wie kommen Sie darauf?«

Marie errötete leicht, bevor sie es wagte, weiterzusprechen.

»Montserrat Castell hat uns eine Botschaft überbracht, indem sie sagte: ›Und das habt zum Zeichen, Maria Magdalena war die erste, welcher der auferstandene Christus am Grab erschienen ist.‹«

»Wusste ich es doch, dass sie mir etwas verschwiegen hatten«, dachte sich der Kommissar, war jedoch heilfroh, dass er endlich die ganze Wahrheit erfuhr.

»Und dieses besagte Mysterium«, fuhr Marie indessen fort, »zeigt sowohl das Grab, als auch Maria Magdalena sowie den auferstandenen Christus. Ferner hatten wir noch andere Visionen, die ebenfalls darauf hindeuten, dass sich dort die Lösung eines Geheimnisses befindet, das wir lüften sollen.«

»Ich werde alles tun, damit Sie Ihre Mission erfüllen können, denn wie Sie beide vielleicht schon geahnt haben, bin ich, wie viele andere Katalonier auch, in der Tradition der Blutlinie erzogen worden. Es existieren noch immer viele mündliche Überlieferungen, dass Maria Magdalena einst selbst hier gewesen und dass sie unter anderem Ignacio de Loyola mehrfach erschienen sein soll. Manche behaupten sogar, dass ›La Moreneta‹ gar nicht Mutter Maria mit dem Jesuskind darstellt, sondern Maria Magdalena und ihre Tochter.«

Verblüfft wechselten Marie und Julien einen Blick miteinander, ehe der Kommissar fragte: »Also was haben Sie nun heute Nacht genau vor?«

»Wir wollten mit der letzten Seilbahn nach unten fahren«, begann Julien zu erklären, »und dann abwarten, bis alle Touristen wieder auf dem Weg nach oben sind, ehe wir das erste Mysterium der Glorie genauer untersuchen.«

»Verstehe! Und wie soll Ihnen Maurice de la Fontaine dabei auf die Schliche kommen?«

»Ganz einfach, indem er uns folgt, denn von einem seiner Männer, der mittlerweile auf unserer Seite steht, haben wir erfahren, dass sowohl unser Leihwagen als auch unsere Hotelzimmer mit Wanzen bestückt sind. Das heißt, seine Männer, und vermutlich in diesem Falle sogar er selbst, werden definitiv dort auftauchen und versuchen, uns in die Mangel zu nehmen, denn Monsieur de la Fontaine giert danach, den Schatz, den wir hier angeblich finden sollen, in seinen Besitz zu bringen. Was er danach mit uns vorhat, möchte ich mir lieber nicht vorstellen.«

»Wissen Sie, dass Sie unglaublich mutig sind!«, sagte Ruben Castell bewundernd. »Denn in Wahrheit haben Sie zu viert gegen eine ganze Horde von mordlustigen und kampferprobten Männern nicht die geringste Chance.«

»Das würde ich nicht ganz so sehen«, mischte sich Marie ein.

»Wie meinen Sie das?«, fragte der Kommissar hellhörig.

»Als ich im Stephansdom von vier Männern des besagten Herrn überfallen wurde, die mir beinahe mein Leben ausgehaucht hätten, hat es Julien mit Hilfe der höheren Mächte geschafft, die vier zu überwältigen.

»Sie haben alleine vier ausgebildete Agenten unschädlich gemacht?«

Erstaunt hob Castell eine seiner fein geschwungenen Augenbrauen.

»Nicht ich alleine«, antwortete Julien bescheiden. »Das hätte ich nie geschafft, doch Erzengel Michael ist mir offensichtlich zu Hilfe gekommen.«

»Das ist ja unglaublich!«

Ruben Castell wirkte eindeutig erstaunt, er schien jedoch keinen Moment an den Worten von Marie und Julien zu zweifeln.

»Wenn das so ist, verstehe ich natürlich, dass Sie es auch darauf ankommen lassen, gegen diese Männer zu kämpfen. Doch ehrlich gesagt wäre mir nicht ganz wohl bei der Sache, jetzt, wo ich es weiß. Das heißt, ich werde alles tun, um Sie zu unterstützen, und die richtigen Männer für die heutige Mission zusammenzutrommeln.«

Dankbar strahlten Marie und Julien ihn an, und Marie konnte nicht umhin, ihm dafür herzlich die Hand zu drücken.

»Sie haben keine Ahnung, wie erleichtert ich bin, dass wir unserer Intuition gefolgt sind und uns Ihnen anvertraut haben, denn ganz wohl war es mir nicht bei dem Gedanken zu wissen, dass uns Maurice de la Fontaine seine Folterknechte auf den Hals hetzen würde«, gab Marie ehrlich zu.

»Das kann ich nur allzu gut verstehen! Aber nun lassen Sie uns etwas essen und dabei in aller Ruhe besprechen, wie wir am besten vorgehen wollen. Nur eine Frage habe ich vorher noch: Handelt es sich bei der Geheimgesellschaft um die sogenannten Octavianer?«

»Ja«, antwortete Marie verblüfft, »aber wie sind Sie denn da drauf gekommen?«

»Das ist eine längere Geschichte, aber die ist im Moment unwichtig, denn wir haben eindeutig Wichtigeres zu tun und die Zeit drängt.«

»Wohl wahr!«

Sie saßen noch fast eine Stunde beisammen und besprachen den Ablauf der gewagten Unternehmung, während sie leckere Tapas zu sich nahmen.

Außerdem wollte der Kommissar noch dafür sorgen, dass sich alle vier Freunde bewaffnet in das große Abenteuer stürzten.

LUCIUS

BARCELONA, 9. OKTOBER 2013

Lucius, der mittlerweile wusste, was die vier Freunde geplant hatten, plagten düstere Vorahnungen. In seinem tiefsten Inneren spürte er, dass nach dieser Nacht nichts mehr so sein würde wie vorher. Er war sich auch durchaus bewusst, dass er dabei sein Leben verlieren konnte.

So beschloss er, zurückzublicken und sich auf einer höheren Ebene für alles zu entschuldigen, was er seinen Mitmenschen in seiner grausam verblendeten Phase angetan hatte, denn falls er gehen musste, wollte er das in Frieden tun.

Er setzte sich im Lotussitz vor die Glasfront seiner Suite, die ihm einen Blick auf das Meer schenkte, und begann in einem ganz bestimmten Rhythmus zu atmen, um ganz bei sich selbst anzukommen.

Schließlich schloss er seine Augen und sah vieles, das ihn im Nachhinein vor Grauen schaudern ließ. Er konnte es kaum fassen, wie viele Menschenleben er in seiner Zeit als Speculator ruiniert hatte, sodass ihn eine tiefe Scham überkam.

Ohne dass er es bemerkte, liefen ihm stille Tränen aus den Augen und halfen ihm, mit seinem Schmerz zurechtzukommen.

Im Stillen bat er der Reihe nach jeden einzelnen der Menschen, denen er geschadet hatte, um Vergebung.

Mit einem Mal sah er vor seinem inneren Auge ein leuchtendes weißgoldenes Licht und eine warme, männliche Stimme sprach zu ihm:

»Geliebter Bruder, all deine Sünden sind dir längst vergeben, so wahr ich hier stehe.
Ich danke dir aus tiefstem Herzen, dass du den rechten Weg erkannt hast und ihm mit aller Inbrunst folgst.
Meine Liebe wird dich schützen – auch inmitten des großen Kampfes von Licht und Dunkel.
Sei dir dessen immer bewusst.
Und nun gehe hin, du treuer Gralsritter!«

Nun durchfluteten Schauer tiefer Glückseligkeit Lucius' ganzen Körper, denn er wusste, dass niemand anderes als Jesus Christus selbst soeben zu ihm gesprochen hatte. Ihn beschlich das Gefühl, von einer Liebe eingehüllt zu sein, die weit größer war als alles, was er sich bisher hatte vorstellen können, und er wusste, ihm war göttliche Gnade zuteilgeworden. Egal, was geschehen würde, er war bereit dazu, seinen Teil der Mission zu erfüllen, was auch immer das bedeuten mochte.

Ehe er jedoch seine Suite verließ, schickte er Véronique noch eine Nachricht, denn er wollte ihr nochmals sagen, wie viel sie ihm bedeutete:

Meine geliebte Véronique,
was auch immer heute Nacht geschehen mag,
wisse, dass ich dich mehr als mein Leben liebe.
Ich werde alles in meiner Macht stehende tun,

um euch zu helfen, den kostbaren Schatz zu finden
und um euch zu beschützen.
Ich küsse dich mit all meiner Liebe und Leidenschaft!
Auf ewig dein
Lucius

VÉRONIQUE

BARCELONA, 9. OKTOBER 2013

Als Véronique, die sich mit ihren Freunden nochmals im Parc del Laberint d'Horta befand, um sich in der Natur in aller Ruhe auf ihre große Unternehmung einzustimmen, diese Zeilen las, hatte sie das Gefühl, ihr Herz würde zerreißen. Denn einerseits spürte sie die unendliche Liebe, die Lucius für sie empfand, andererseits bekam sie es mit der Angst zu tun, denn es schien, als hätte Lucius düstere Vorahnungen, was die Zukunft betraf. Und sie musste an den Brief mit der Gematria ihres Namens denken, den Lucius vor nicht allzu langer Zeit auf ihrem Bett hinterlassen hatte. Schon damals hatte sie den Eindruck gehabt, dass er sich nicht sicher war, ob er ihre Mission überleben würde.

Marie spürte sofort, dass mit ihrer Freundin etwas nicht stimmte und fragte flüsternd, da sie Juliens tiefe Meditation nicht stören wollte: »Was ist los mit dir?«

Wortlos reichte ihr Véronique daraufhin ihr iPhone und Marie verstand. Ohne ein Wort zu sagen, drückte sie die Freundin sanft an sich, denn sie wusste, Véronique verstand sie auch so.

Juliens Geist bewegte sich unterdessen durch die Dimensionen und er sammelte Kraft und Einsichten für die Nacht, wohlwissend, dass sich Maurice de la Fontaine und seine Männer ob der Informationen, die sie zuvor mitgehört hatten, die Hände reiben würden.

Als er gerade wieder ins Hier und Jetzt zurückkehren wollte, verspürte er plötzlich eine sanfte Berührung an seiner linken Schulter und er nahm die vertraute Präsenz von Maria Magdalena wahr. Im Stillen begrüßte er sie, ehe er ihre liebliche und dennoch so klare Stimme vernahm:

»Geliebter Bruder, erinnerst du dich des Ringes, den ich dir in Wien überreicht habe?«

Julien nickte stumm.

»Nimm ihn an dich und trage ihn heute Abend. Er ist der Schlüssel zu dem Schatz von Jesus Christus, den zu finden du und Marie Madeleine auserkoren worden seid. Ich schütze euch mit all meiner Macht, so wie es auch mein geliebter Jesus Christus tut. Und nun macht euch bereit für eure große Aufgabe!«

Julien spürte noch, wie sie ihm sanft übers Haar strich, ehe sie wieder entschwand.

Ganz langsam kehrte er in die Wirklichkeit zurück und musste sich erst sammeln, bevor er in der Lage war, seinen Freunden zu erzählen, was er soeben erfahren hatte.

JULIEN

MONTSERRAT, 9. OKTOBER 2013

Gerade rechtzeitig, um die letzte Seilbahn zu erwischen, erreichten die vier Freunde den Parkplatz von Montserrat.

Als Marie aus dem BMW stieg, hatte sie plötzlich wieder die Leiche der alten Montserrat vor Augen, und kurzfristig überfiel sie eine schreckliche Angst. Doch mittlerweile hatte sie das Mantra von Jeanne d'Arc so stark verinnerlicht, dass sie es ohne darüber nachzudenken, leise vor sich hin murmelte: »Ich habe keine Angst! Ich bin geboren worden, um dies zu tun«, und sogleich spürte sie, wie sie sich wieder beruhigte.

Auch die anderen drei sammelten sich noch, bevor sie zur Funicular de la Santa Cova liefen. In der Seilbahn selbst hielten sie sich alle an den Händen und sprachen für andere unhörbar: »Einer für alle und alle für einen! Möge Gott uns zusammen mit Jesus Christus und Maria Magdalena sowie all den himmlischen Heerscharen den Weg weisen, den wir gehen müssen, um die Prophezeiung zu erfüllen. Mögen wir ohne Furcht sein und möge die reine, göttliche Liebe unser stärkstes Schild sein! Amen.«

Trotz ihrer letzten Worte waren alle vier sehr froh, dass sie auf Lucius' Rat gehört hatten und kugelsichere Westen unter ihrer normalen Kleidung trugen, denn sie waren sich sicher, dass es zu einem Schusswechsel kommen würde, wenn alle Parteien aufeinandertrafen.

Seltsamerweise hatte Julien den Eindruck, dass sich niemand von de la Fontaines Leuten mit ihnen in der letzten Seilbahn des Tages befand. Dies konnte nur zwei Dinge bedeuten: Entweder waren die Männer schon mit der vorletzten Funicular de la Santa Cova nach unten gefahren oder aber Monsieur de la Fontaine hatte wieder einmal all seine Beziehungen spielen lassen, und es fuhr noch eine weitere, nicht offizielle Bahn nach unten. Sie mussten definitiv mit allem rechnen.

Auch wenn sie sich am liebsten sofort zu der Skulpturengruppe von Llimona, Renart und Gaudí bewegt hätten, mussten sich die vier Freunde noch gedulden, denn außer ihnen waren noch unzählige Touristen unterwegs, die ebenfalls den Weg der Mysterien des Rosenkranzes erleben und genießen wollten.

Obwohl ihnen allen das Herz bis zum Halse schlug, versuchten sie, so gelassen wie nur irgendwie möglich zu wirken. Véronique und Julien fiel dies leichter, da sie beide aufgrund ihrer Arbeit in der Lage waren, sich anders zu geben, als sie sich fühlten, Marie und Richard hatten dagegen mehr Mühe, ihre Aufregung zu verbergen.

Da sie es aufgrund von Maries Zusammenbruch bei ihrem letzten Besuch nicht geschafft hatten, die letzten beiden Mysterien in aller Ruhe zu betrachten, beschlossen sie, noch einmal dorthin zu gehen. Außerdem widmeten sie sich dieses Mal genauer der besonderen Landschaft, die sie in ihrer eigentümlichen Schönheit und unglaublichen Schroffheit, umgab, denn diese war beim letzten Mal eindeutig zu kurz gekommen. Die gewaltigen Felsrücken, die rechts von ihnen in den Himmel ragten, strahlten sowohl eine große Erhabenheit als auch eine fast bedrohliche

Mystik aus. Oder lag dieser Eindruck schlicht und einfach daran, dass sie sich in jeder Sekunde der bald drohenden Gefahr bewusst waren?

Schließlich näherten sie sich der »Auferstehung Christi« und mussten sich schmerzlich zusammenreißen, um nicht augenblicklich über den eisernen Zaun zu steigen und den Sarkophag zu untersuchen.

Julien musste Marie bei der Hand nehmen und sie regelrecht wegziehen, so sehr hatten sich ihre Blicke in den steinernen Sarg gebohrt, ohne dass sie es bemerkt hatte. Schuldbewusst schaute sie zu Julien auf, als sie begriff, was sie soeben getan hatte.

Auf einmal fanden sie sich vor dem vierten Mysterium der Glorie wieder, das Maria Himmelfahrt darstellen sollte, doch alle vier Freunde hatten den Eindruck, dass es sich nicht um Mutter Maria handelte, die da zum Himmel aufstieg, sondern um Maria Magdalena.

»Schaut euch nur den Blick an, mit dem Jesus zu ihr herabschaut«, fasste Marie die Gedanken der anderen in Worte. »So blickt kein Sohn auf seine Mutter herab, sondern so schaut ein Mann zu der Frau herab, die seine wichtigste Apostelin und seine geliebte Frau war. Er wirkt deutlich erwachsener als sie. Was meint ihr?«, und Marie drehte sich zu den anderen.

»Ich bin ganz deiner Meinung«, stimmte Richard ihr zu, und auch Véronique und Julien nickten zustimmend.

Sie blieben noch einen Augenblick stehen, versunken in den Anblick des tief berührenden Marmorreliefs, ehe sie sich dem letzten Mysterium zuwandten, das die Krönung der Jungfrau Maria darstellen sollte. Bei dieser Darstellung konnten sie sich schon eher vorstellen, dass es sich tatsächlich um Mutter Maria handelte, doch sicher waren sie sich auch hier nicht.

Bevor sie langsam zur Auferstehungsgruppe zurückkehrten,

wollten sie noch einmal die Santa Cova aufsuchen, denn beim letzten Mal waren sie nicht bis zu dem kleinen Kreuzgang gekommen, der in aller Munde war.

Nachdem sie alle vor der Kopie der Schwarzen Madonna noch einmal im Stillen um Führung von oben gebeten hatten, gingen sie durch die Kapelle hindurch zu der Holztür, die in den Kreuzgang führte, von dem noch weitere abzweigten.

Als sie nur mehr zu viert in dem schlichten Kreuzgang standen, wurde plötzlich eine der Türen einen kleinen Spalt breit geöffnet und die Freunde konnten das vertraute Gesicht von Ruben Castell ausmachen, der in einer eindeutigen Geste einen Finger auf die Lippen gelegt hatte. Doch er wollte sie wissen lassen, dass er und seine Männer wie besprochen bereits seit Stunden in ihrer Nähe waren.

Dankbar nickten sie ihm zu, worauf sich die Tür sofort wieder schloss.

Mit einem Blick auf die Uhr versicherten sie sich, dass sie langsam zurück zu ihrem Zielort laufen konnten, denn wer die letzte Seilbahn nach oben erwischen wollte, musste längst auf dem Weg zur Unteren Station sein.

Also fassten sie sich ein Herz und gingen zu dem Ort zurück, an welchem ihre große Suche vermutlich ihr Ende finden würde.

Auf dem Weg dorthin begegneten sie keiner Menschenseele, was ihnen seltsam erschien, denn irgendwo mussten die Männer von Maurice de la Fontaine doch sein. Schließlich sollten die doch ihren Plan durchkreuzen wollen.

Als die vier erneut vor dem unvergleichlichen Kunstwerk der Auferstehung von Jesus Christus standen, überkam sie eine tiefe Ehrfurcht. Sie fassten sich an den Händen, um jeder für sich ein stilles Gebet zu sprechen und sich von der Liebe und nicht von der Angst leiten zu lassen, was auch immer geschehen mochte.

Schließlich schwang sich Julien behände über den eisernen Zaun und half anschließend Marie hinüber, während die anderen beiden wie besprochen Stellung bezogen, um Marie und Julien warnen zu können, sobald sich ihnen jemand nähern sollte.

Es war ein überwältigendes Gefühl, auf einmal innerhalb der Skulpturengruppe zu stehen, und weder Julien noch Marie waren in der Lage, sich dem Sarkophag zu nähern. Beide wurden wie von einem Sog in die damalige Zeit zurückgezogen und spürten den übergroßen Schmerz von Maria Magdalena, deren Arme den steinernen Sarg umschlungen hielten. Wie versteinert blieben sie stehen und hatten den Eindruck, keine Skulptur, sondern die lebendige Maria Magdalena vor sich zu haben. Und tatsächlich hob sie ihren linken Arm und deutete zum anderen Ende des Sarkophags. Mit einem Mal kam wieder Leben in Julien und er bewegte sich mit schlafwandlerischer Sicherheit in die angedeutete Richtung. Ohne nachzudenken, kniete er sich mit dem Rücken zu dem über dem Grab wachenden Engel auf den Boden und tastete die Rückseite des Sarges ab.

Plötzlich spürte er unter den Fingern seiner linken Hand eine kleine, kreisrunde Öffnung, und er wusste augenblicklich, was er zu tun hatte. Er zog den Ring, den Maria Magdalena ihm in Wien geschenkt hatte, vom Mittelfinger seiner linken Hand und bewegte ihn vorsichtig in die Öffnung hinein, denn er vermutete, dass dieser der Schlüssel zu dem Mechanismus war, der es ihm ermöglichen würde, die Grabplatte anzuheben. Der Ring passte wie angegossen in die Öffnung und ließ sich im Uhrzeigersinn drehen, bis ein seltsamer Laut ertönte und sich die steinerne Sargdecke einen winzigen Spalt breit öffnete.

Mit offenen Mündern starrten die Freunde darauf, denn obwohl sie gehofft hatten, dass es funktionieren würde, hätten sie niemals geglaubt, dass es so einfach gelingen würde.

»Marie, bitte komm und hilf mir«, bat Julien mit verhaltener Stimme, denn ihm war durchaus bewusst, dass ihre Feinde sich nur wenige Meter hinter der Kurve befinden konnten, »alleine schaffe ich es nicht, den schweren Stein anzuheben.«

Marie war sofort zur Stelle, aber auch zu zweit war es nicht möglich, den schweren Sargdeckel mehr als wenige Zentimeter nach oben zu bewegen. Richard kam ihnen zur Hilfe, auch wenn es bedeutete, dass Véronique nun allein vor dem Zaun stand und sich dadurch in größerer Gefahr befand. Sie mussten es riskieren. Und tatsächlich schafften sie es zu dritt, den Deckel so weit anzuheben, dass sie im Inneren des Sarges ein kleines Tongefäß ausmachen konnten, in dem eine Papyrusrolle zu stecken schien. Bei ihrem Anblick verschlug es ihnen den Atem.

Véronique wollte unbedingt wissen, was die anderen gefunden hatten, war sich aber gleichzeitig bewusst, dass sie ihr Position nicht verlassen konnte.

Kaum war es Julien gelungen, das Gefäß aus dem Sarg zu fischen, näherten sich mehrere vermummte in Schwarz gekleidete Gestalten. Véronique schaffte es gerade noch, mit einem großen Sprung über den Zaun zu setzen, als Richard vor lauter Schreck den Sargdeckel losließ, der mit einem ohrenbetäubenden Krachen wieder an seinen alten Platz zurückfiel.

LUCIUS

MONTSERRAT, 9. OKTOBER 2013

Pistolen waren auf die Vier gerichtet, während auf einmal Maurice de la Fontaines schneidende Stimme erklang: »Bleibt, wo ihr seid und rührt euch keinen Zentimeter vom Fleck. Habt ihr verstanden?«

Julien bejahte ruhig, denn er vertraute darauf, dass ihnen mit der Hilfe von Jesus Christus und Maria Magdalena nichts geschehen würde.

»Gut so, denn wenn sich auch nur einer von euch bewegt, seid ihr alle mausetot. Ist das klar?«, setzte der Maître nochmals nach, um sicher zu gehen, dass alles nach seinem Plan verlief.

»Ja, verstanden«, antworteten alle vier wie aus einem Mund.

Das schien den Maître zufriedenzustellen, und er winkte einen der weiter weg stehenden Männer zu sich heran. Als dieser sich näherte, wusste Véronique, dass es sich um Lucius handeln musste, denn sie kannte seine Art sich zu bewegen nur allzu gut.

Leise sprach Maurice de la Fontaine auf ihn ein, ehe Lucius mit einem Satz über den Zaun sprang. Vor lauter Anspannung, was Lucius tun würde, hielt Véronique die Luft an. Wie in Zeitlupe bewegte er sich auf Julien zu und gab ihm mit einem Blinzeln zu verstehen, wer er war.

Sobald er genau vor Julien stand, drehte er sich zu dem französischen Oberhaupt der Octavianer und den anderen, schwer bewaffneten Männern um, breitete seine Arme zur Seite aus, um Julien und das Gefäß mit seinem Körper zu schützen, und sprach mit glasklarer Stimme: »Maître, ich werde meinen Auftrag nicht ausführen, denn inzwischen weiß ich, wo mein wirklicher Platz ist.«

Wenn de la Fontaines Gesicht nicht mit einer schwarzen Maske bedeckt gewesen wäre, hätte man sehen können, wie er bei diesen Worten aschfahl wurde.

Für einen Moment war es mucksmäuschenstill, bis plötzlich Maurice de la Fontaine wie ein angestochener Stier losbrüllte: »Du tust, was ich dir sage, sonst hat für deine Schwester die letzte Stunde geschlagen!«

»Meine Schwester?«, rief Lucius entsetzt.

»Ja, deine Schwester Véronique Valois!«

Bei diesen Worten begann Véronique am ganzen Leib zu zittern, denn sie wusste augenblicklich, dass es die Wahrheit war, die er sprach, während Lucius schrie: »Das ist nicht wahr!«

»Doch das ist es!«, erwiderte Maurice mit einem diabolischen Grinsen, »Hast du dir nie überlegt, weshalb ihr beinahe ausseht wie Zwillinge? Deine Mutter hatte eine Affäre mit dem späteren Vater von Véronique!«

In diesem Moment erkannte Lucius die grausame Wahrheit, denn er selbst hatte sich aufgrund ihrer beinahe unheimlichen, physischen Ähnlichkeit anfangs mehrmals gefragt, ob sie nicht vielleicht seine Schwester sein könnte. Wie hatte er das nur vergessen können?

»Also, was ist los? Wir haben schließlich nicht ewig Zeit!«, riss Maurice Lucius aus seinen Gedanken, »Bring mir jetzt das Gefäß, und ich vergesse, dass du dich soeben gegen mich stellen wolltest.«

»Nein, das werde ich nicht! Ich weiß, dass ihr meine Eltern habt ermorden lassen, um mich in eure Gewalt zu bekommen und mich für eure Zwecke auszubilden«, erklärte Lucius mit gefasster Stimme. »Ich selbst habe die Akte ›Operation Nizza‹ geknackt.«

In diesem Moment erklang ein Schuss, und Lucius fiel zu Boden, während sich Julien mit einem Sprung auf den Sarkophag rettete.

Véronique konnte kaum einen Schrei des Entsetzens unterdrücken, der sich in ihrer Brust hochwand.

»Sascha, führe du zu Ende, was Lucius nicht vollbringen konnte, und bring mir das Tongefäß«, befahl de la Fontaine einem anderen der Männer. »Und Sie, Julien, wagen Sie ja nicht, die Amphore fallen zu lassen, sonst ist Ihre Geliebte auf der Stelle tot!«

Julien nickte nur stumm und konzentrierte sich mit aller Macht darauf, jegliche Angst loszulassen und wieder mit der Kraft der Liebe verbunden zu sein, während Sascha sich mit einer fließenden Bewegung über den Zaun schwang. Er richtete all seine Aufmerksamkeit auf den Russen und versuchte den Mann zu sehen, den er auf der Bühne erblickt hatte – einen hochsensiblen Künstler, der zu tiefen Gefühlen fähig war – und nicht denjenigen, der als eiskalter Killer bekannt war.

In diesem Moment sprang Sascha elegant auf den Sarkophag und landete direkt neben Julien, der das heilige Gefäß schützend vor seinem Herzen hielt. Gleichzeitig erhob sich Lucius trotz seines blutüberströmten Beins, als wenn nichts geschehen wäre und richtete seine Pistole auf Sascha.

»Lass das, Lucius«, flüsterte Sascha, »ich bin doch auf eurer Seite.«

Lucius glaubte ihm kein Wort, doch Julien war in diesem Augenblick welt-hellsichtig und wusste, dass Sascha die Wahrheit sprach.

»Lucius, beruhige dich«, sagte Julien ebenso leise, »lass mich nur machen.«

Sascha, der verstanden hatte, sagte mit deutlicher, befehlsgewohnter Stimme: »Julien, geben Sie mir umgehend die Amphore! Sie wissen ja, was sonst geschieht«, und Julien tat wie geheißen.

Doch Sascha verhielt sich anders, als alle voraussehen konnten. Vorsichtig hielt er das Gefäß in beiden Händen, während er scheinbar leicht wie eine Feder von dem steinernen Sarg sprang. Innerhalb von wenigen Sekunden barg er es hinter dem marmornen Engel, der über allem wachte, drehte sich wieder um und richtete seine Pistole auf Maurice de la Fontaine, der nicht fassen konnte, was sich da vor seinen Augen abspielte.

»Wenn Sie noch einer einzigen Person hier auch nur ein Haar krümmen, sind Sie ein toter Mann!«

Beim eiskalten Klang seiner Stimme, die keinen Zweifel an der Wahrhaftigkeit seiner Worte zuließ, hielten alle Umstehenden den Atem an, denn sie wussten beim besten Willen nicht, wie die Situation ausgehen würde.

RUBEN CASTELL

MONTSERRAT, 9. OKTOBER 2013

Da ertönte auf einmal wie aus heiterem Himmel die vertraute Stimme von Ruben Castell, der rief: »Lassen Sie auf der Stelle die Waffen fallen, allesamt! Sie sind umstellt und haben keine Chance!«, und wie um seinen Worten auf der Stelle Taten folgen zu lassen, erschienen unzählige, schwer bewaffnete Polizisten, die den Überraschungseffekt nutzten und de la Fontaines Männer entwaffneten, während Castell Maurice de la Fontaine gerade noch die Pistole, die er sich in den Mund stecken wollte, aus der Hand schlagen konnte. Der Maître war dadurch so überrumpelt, dass er sich willenlos Handschellen anlegen ließ. Auch seinen Männern erging es nicht anders.

Als alle Octavianer unschädlich gemacht waren, sprang Ruben Castell über den Zaun und näherte sich den Freunden sowie Sascha und dem schwer verletzten Lucius.

»Es tut mir leid, dass wir erst so spät zur Stelle waren, aber ich musste mich an die Worte von Montserrat halten, die sie mir schon als Kind eingebläut hatte: Du darfst erst eingreifen, wenn der Schatz in Sicherheit ist. Es tut mir wirklich leid!«

»Sie sind also auch Teil der Prophezeiung«, stellte Marie

trocken fest, die sich als erste aus der Erstarrung befreite, die sie alle befallen hatte.

»Ja, doch nun müssen wir uns dringend um den Verletzten kümmern«, und schon kniete er neben Lucius, der mittlerweile wieder auf den Boden gesunken war, und untersuchte die Wunde. Mit einer desinfizierten Pinzette, die er für solche Fälle immer bei sich trug, entfernte er die Kugel aus Lucius' Bein und band es ab, während Véronique hinter Lucius kniete und seinen Kopf in ihrem Schoß hielt.

»Sie haben sehr viel Blut verloren, doch ich gehe davon aus, dass Sie es schaffen werden. Ich rufe auf der Stelle die Sanitäter, die nur ein paar Hundert Meter von hier warten.«

Anschließend ging alles ganz schnell. Maurice de la Fontaine und seine Männer wurden abgeführt, Lucius wurde von fachkundigen Händen auf eine Trage befördert und Julien packte die heilige Amphore mit der Papyrusrolle ganz vorsichtig in den Rucksack, den er sicherheitshalber mitgebracht hatte.

Auf Anweisungen von Ruben Castell bewegten sich alle zurück zur Unteren Station und wurden in Etappen von der Funicular de la Santa Cova, die heute ausnahmsweise auch nachts Dienst tat, nach oben befördert, wo bereits ein Hubschrauber wartete, der Lucius und Véronique auf dem schnellsten Weg in das Krankenhaus mit dem wundervollen Namen »Hospital de la Santa Creu i Sant Pau« brachte.

Sascha hingegen fuhr gemeinsam mit Marie, Julien und Richard in deren BMW zurück in die Stadt.

JULIEN

MONTSERRAT/BARCELONA,
9. AUF 10. OKTOBER 2013

Während sie, von einer Polizeieskorte begleitet, zurück nach Barcelona fuhren, schaute Julien im Rückspiegel nach hinten und suchte Saschas Blick trotz der Dunkelheit.

»Wir hatten vor lauter Turbulenzen noch keine Zeit, uns bei dir zu bedanken, Sascha. Ohne dich wären wir alle vermutlich entweder schwer verletzt oder tot, und das heilige Gefäß wäre in den Händen von Monsieur de la Fontaine. Ich denke, ich spreche für uns alle, wenn ich jetzt sage, dass wir alle dir unendlich dankbar sind.«

»Ja, das sind wir«, stimmten Marie und Richard ihm augenblicklich zu.

»Das freut mich, aber ich musste einfach so handeln.«

»Was hat dich eigentlich dazu bewogen, dich auf einmal auf unsere Seite zu schlagen?«, fragte Julien interessiert.

Sascha erwiderte Juliens Blick und dachte einen Moment nach, ehe er antwortete: »Ehrlich gesagt wusste ich heute auf der Fahrt nach Montserrat noch immer nicht, auf welche Seite ich mich stellen sollte, denn von Kindesbeinen an war ich ein bedeutsames Mitglied der Octavianer. Auf der anderen Seite jedoch habe ich mich zum ersten Mal in meinem Leben ernsthaft in eine Frau verliebt, und diese ist Véronique. Sie hat mir zwar angedeutet, dass sie einen anderen liebt, aber ich bin mir nicht sicher, ob diese Liebe eine Zukunft hat. Wie ihr euch sicherlich vorstellen könnt, war ich hin- und hergerissen, was ich tun sollte.«

Die anderen nickten zustimmend.

»Als ich dann jedoch Lucius sagen hörte, dass seine Eltern ermordet worden waren, damit er von den Octavianern für ihre Ziele benutzt werden konnte, wusste ich plötzlich, dass es meinen Eltern ganz ähnlich ergangen sein musste und sie keinesfalls bei einem Autounfall ums Leben gekommen waren.«

Schockiert lauschten die anderen seinen Worten.

»In diesem Augenblick wollte ich nur noch eines, nämlich Maurice de la Fontaine, stellvertretend für alle Oberhäupter der Octavianer, ans Messer liefern!«

Sascha hielt kurz inne, als würde er seinen eigenen Worten nachhören.

»Das erklärt noch immer nicht, weshalb du zuerst dafür gesorgt hast, dass die Amphore aus der Gefahrenzone war«, wollte Julien unbedingt wissen.

Saschas Gesichtsausdruck begann sich zu verwandeln und er schien plötzlich in weite Ferne zu schauen, bevor er erneut beinahe ehrfürchtig sagte: »Als ich mich auf Julien zu bewegte, war er auf einmal von einem strahlend hellen Licht umgeben und das Gefäß in seinen Händen begann rosa-golden zu schimmern. Es war, als würden sich von diesem tönernen Etwas Strahlen eines Heiligenscheines immer weiter ausbreiten, die mich mitten ins Herz trafen.«

Er schien nach den richtigen Worten zu suchen, während die anderen förmlich den Atem anhielten.

»Auch wenn es vollkommen verrückt klingen mag, hatte ich

mit einem Mal das Gefühl, als wenn mein ganzer Körper von einer riesigen Woge aus Liebe durchflutet wird, wie ich es nie zuvor erlebt hatte. Und ich wusste einfach, dass dieses Gefäß etwas unendlich Kostbares bergen musste, wenn es eine solche Wirkung auf mich verübte.«

Juliens Augen füllten sich bei Saschas letzten Worten mit Tränen tiefer Dankbarkeit, denn er wusste, er hatte seine Mission erfüllt, indem er sich wahrhaftig an Jesus Christus' Bitte gehalten und gelernt hatte, selbst seine Feinde zu lieben. Nur auf diese Weise war es ihm gelungen, im Moment größter Gefahr die Todesangst zu überwinden und mit der Kraft der Liebe verbunden zu sein, sodass Sascha erleben konnte, welche Macht dem reinen Gefäß innewohnte.

Plötzlich spürte er, wie Sascha von hinten liebevoll seine rechte Schulter drückte.

»Julien, ich danke dir aus ganzem Herzen dafür, dass du der Mensch bist, der du bist, denn obwohl du wusstest, dass ich eigentlich euer Feind war, konntest du im Moment größter Panik meine Seele sehen und wusstest, ich würde euch nichts tun. Nur dadurch hat mich Lucius nicht erschossen. Das bedeutet, in Wahrheit bist du der Held des heutigen Abends.«

»Der welt-hellsichtige Parsifal«, erklang es leise aus Maries Mund, denn sie begriff in diesem Augenblick, dass Julien nur durch die heiligen Werke von Richard Wagner zu dem Menschen hatte werden können, der er nun war. Einem Mann, der in der Lage war, selbst in größter Gefahr reinen Herzens zu bleiben.

Sie legte ihm die linke Hand auf sein Bein und murmelte: »Ich liebe dich, mein Schirm, mein Engel, mein Erlöser!«

Bewegt schaute Julien kurz in ihre Augen, ehe er seinen Blick wieder auf die nächtliche Straße richtete und mit seiner rechten Hand sanft ihre linke streichelte.

»Ich liebe dich auch, mein Engel!«

Anschließend löste er seine Hand von Maries und legte sie auf Saschas Hand, die noch immer auf seiner Schulter lag.

»Sascha, ich danke dir, doch ich glaube, es geht nicht darum, wer der Held des heutigen Abends ist, denn in Wahrheit war es die Macht der Liebe, die uns alle gerettet hat.«

»Die Liebe von Maria Magdalena und Jesus Christus«, erklang plötzlich Richards Stimme, der sich bisher ganz still verhalten hatte, »denn die Papyrusrolle wird ein Zeugnis ihrer Liebe sein.«

Erstaunt drehte sich Marie zu ihm um.

»Woher weißt du das, Richard?«

»Ich weiß es einfach«, lächelte er still, und alle spürten, dass er die Wahrheit sprach.

LUCIUS / VÉRONIQUE

BARCELONA, 9. AUF 10. OKTOBER 2013

Unterdessen waren Véronique und Lucius sicher in der Klinik angelangt, wo er von einem sehr freundlichen Arzt behandelt wurde, während Véronique im Gang auf ihn wartete. Sie musste die ganze Zeit auf und ab laufen, da ihre Emotionen verrücktspielten. Einerseits war sie unendlich dankbar, dass sie alle mit dem Leben davon gekommen waren und sogar den Schatz hatten bergen können. Aber zu erfahren, dass er ihr Bruder oder besser ihr Halbbruder war, brachte sie fast um den Verstand, denn unter den Umständen wurden sie nie zusammen sein können.

Schließlich wurde Lucius wieder in den Gang geschoben und Véronique durfte ihn in das Zimmer begleiten, das bereits für ihn vorbereitet worden war. Ruben Castell, der mittlerweile ebenfalls im Krankenhaus angekommen war, hatte dafür gesorgt, dass Lucius alleine in einem Zweibettzimmer untergebracht wurde, sodass Véronique an seiner Seite bleiben konnte. Außerdem hatte er zwei Polizisten vor der Tür stationiert, da er nicht sicher war, ob die Gefahr wirklich gebannt war oder ob jemand versuchen würde, Lucius, der zum Verräter geworden war, um die Ecke und zum Schweigen zu bringen.

Als der Kommissar sicher war, dass es Lucius soweit gut ging, verabschiedete er sich von den Geschwistern, denn er musste dringend noch einige Verhöre führen, nachdem ihm ein derartig großer Fisch ins Netz gegangen war. Denn er war sich sicher, dass einige Männer aufgrund des unerwarteten Schocks in der Nacht eher etwas ausplaudern würden als am nächsten Tag.

Kaum hatte Ruben Castell sie verlassen, waren Véronique und Lucius in dieser Nacht der Enthüllungen zum ersten Mal allein.

Wortlos bedeutete Lucius Véronique auf seinem Bett Platz zu nehmen. Aus tieftraurigen Augen schauten sich die beiden an, ehe Véronique nicht mehr an sich halten konnte und zu schluchzen begann. Vorsichtig zog Lucius sie zu sich herab und küsste zärtlich ihr Haar.

»Ich weiß, wie du dich fühlst, geliebtes Schwesterherz, denn mir geht es vermutlich ganz ähnlich«, sagte er leise an ihrem Ohr, »doch wir müssen dankbar sein, dass wir dazu beigetragen haben, dass die heilige Mission erfüllt worden ist.«

»Ja, schon«, seufzte Véronique, »doch manchmal ist es einfach nicht so leicht, den göttlichen Willen zu akzeptieren.«

»Ich weiß, mein wunderschöner Engel, doch nach allem, was ich schon Furchtbares in diesem Leben getan habe, hatte ich geschworen, zur höchsten Version meiner Selbst zu werden, selbst wenn dies bedeuten würde, dich zu verlieren.«

»Aber du wirst mich niemals verlieren, Lucius!«, rief Véronique aufgebracht.

»Das weiß ich doch, aber ich habe die Geliebte verloren, mit der ich mein Leben teilen wollte«, sagte Lucius traurig und in Gedanken fügte er wehmütig hinzu, »während du bereits einen neuen Partner an deiner Seite hast, der dich auf Händen tragen wird, nach allem, was geschehen ist.«

»Ach, sag so etwas nicht!«

»Es ist die Wahrheit, Véronique, und das weißt du ebenso gut wie ich.«

Lange Zeit hielten sie sich schweigend in den Armen, ehe Lucius meinte, er müsste dringend versuchen zu schlafen, um sich von dem hohen Blutverlust zu erholen. Véronique bot an, über Nacht dazubleiben, doch Lucius wollte allein sein, um die neue Situation und den Schmerz zu verarbeiten.

So rief Véronique Marie an und fragte, ob sie und Julien sie im Krankenhaus abholen konnten, da sie in ihrem Zustand unter keinen Umständen Taxi fahren wollte.

Als sie mit den beiden samt einer Polizeieskorte wieder im Hilton Diagonal Mar angekommen war, setzten sie sich noch gemeinsam mit Richard in Maries und Juliens Suite zusammen, die mittlerweile von allen Wanzen gesäubert worden war und ließen die vergangenen Stunden noch einmal Revue passieren.

Marie konnte nur allzu gut nachvollziehen, wie sich ihre Freundin fühlen musste, so saß sie die ganze Zeit neben Véronique auf einem der Sofas und hielt ihre Hand.

Irgendwann meinte Julien, dass sie eigentlich auch Sascha in die Runde bitten sollten, denn schließlich verdankten sie ihm alle sehr viel. Da alle einverstanden waren, sandte Véronique ihm eine SMS, da sie ihn nicht via Telefon wecken wollte, falls er schon schlief.

VÉRONIQUE

BARCELONA, 9. AUF 10. OKTOBER 2013

Es dauerte nicht lange, und Sascha stand vor der Tür. Als er Véronique sah, begriff er auf einmal alles, und ohne etwas zu sagen, zog er sie in seine Arme und streichelte ihr sanft den Rücken, während die anderen sich leise weiter unterhielten.

Irgendwann spürte er, dass Véronique sich entspannte und er hob vorsichtig ihr Kinn an, um in ihre Augen zu schauen.

»Ich habe soeben begriffen, was geschehen ist, und es tut mir unendlich leid für dich und Lucius«, sagte Sascha liebevoll, »doch ich möchte, dass du weißt, dass ich noch nie zuvor eine Frau so geliebt habe wie dich.«

Véronique wollte etwas erwidern, doch Sascha legte ihr einen Finger auf den Mund: »Mir ist bewusst, dass du das im Moment nicht hören möchtest, aber du sollst wissen wissen, dass ich auf dich warten werde, denn ich weiß, dass Lucius sich wünscht, dass du auf Händen getragen wirst, und dass du mich ebenfalls liebst, auch wenn es sich ganz anders anfühlt als bei ihm.«

Erneut begannen die Tränen aus Véroniques Augen zu laufen und sie klammerte sich geradezu an Sascha, der sie sanft in seinen Armen hin und her wiegte.

Nach einer Weile meinte er leise: »Ich denke, du solltest langsam schlafen gehen, Prinzessin, damit sich deine Nerven von dem Schock erholen können. Soll ich dich zu deinem Zimmer bringen?«

Stumm nickte Véronique, und Sascha gab den anderen ein Zeichen, dass sie aufbrechen würden. Sogleich erhoben sich die anderen von den Sofas und sie verabschiedeten sich alle gegenseitig. Richard, Sascha und Véronique verließen gemeinsam die Suite, doch Richard spürte, dass Sascha Véronique im Augenblick besser unterstützen konnte als er selbst und so sagte er den beiden im Hotelflur Gute Nacht.

Sascha wollte sich vor Véroniques Zimmer von ihr verabschieden, doch sie bat ihn inständig, mit ihr zu kommen und sie in dieser Nacht nicht alleine zu lassen.

»Kannst du mich einfach im Arm halten, während ich versuche zu schlafen?«, fragte sie bittend

»Natürlich, Prinzessin! Ich tue alles, was du dir wünschst«, und so kam es, dass Véronique in den schützenden Armen von Sascha endlich in einen tiefen Schlaf des Vergessens sinken konnte.

Als sie am nächsten Morgen aufwachte, war sie zuerst verwundert, den schlafenden Sascha neben sich zu finden. Doch sie spürte auch, dass er ihr mit seiner liebevollen, unaufdringlichen Art in dieser Nacht geholfen hatte, ganz viel Schmerz hinter sich zu lassen.

Sie stützte sich auf ihren Ellenbogen und betrachtete voller Dankbarkeit sein schönes, männliches Gesicht und wusste, dass der Tag kommen würde, an dem sie seine Liebe auf allen Ebenen würde erwidern können. In diesem Augenblick öffnete er seine Augen und musste erst begreifen, wo er sich befand.

Dann begann er übers ganze Gesicht zu strahlen, sodass Véronique nicht umhin konnte, ihn zärtlich zu küssen, was er nur allzu gern erwiderte. Auch wenn er viel dafür gegeben hätte, Véronique seine Liebe auch auf der physischen Ebene spüren zu lassen, wusste er dennoch, dass es noch nicht der richtige Zeitpunkt dafür war. Und so genoss er einfach das, was sie bereit war, ihm zu schenken.

RUBEN CASTELL

BARCELONA, 10. OKTOBER 2013

Nach einem ausgiebigen Frühstück in Maries und Juliens Suite, holte Ruben Castell die vier Musketiere und Sascha ab, um gemeinsam mit ihnen in ein Labor zu fahren, dass sich auf das Öffnen von Papyrusrollen spezialisiert hatte.

Julien spürte, wie ihm das Herz bis zum Halse schlug, als sie den kühlen Flur eines sehr schönen Jugendstilhauses betraten, denn in Kürze sollte sich ihm des Rätsels Lösung wahrhaftig offenbaren. Auch Marie war vor lauter Aufregung ganz still, denn sie wusste, dass dieser Fund ihr Leben für immer verändern würde.

Ruben Castell klopfte an eine weiße Flügeltür, neben der ein Schild mit folgenden Lettern prangte: Prof. Dr. Pablo Puig.

Eine klangvolle Stimme rief: »Herein!«, und sie betraten nach und nach einen hellen, hohen Raum. Entgegen ihrer Erwartungen war der Wissenschaftler kein alter Mann, sondern ein jugendlicher Hüne mit schwarzem, widerspenstigem Haar und einem Dreitagebart, der ihn fast ein wenig verwegen aussehen ließ.

Als Prof. Dr. Puig den Kommissar erkannte, erhob er sich umgehend von seinem antiken Eichenschreibtisch, hinter dem sich eine atemberaubende Auferstehungsszene an der Wand befand, und kam auf sie alle zu.

»Hallo, mein Freund, ich kann es kaum erwarten, mir euren Fund anzusehen«, erklärte er enthusiastisch, ehe er sich erinnerte, dass er die Begleiter des Kommissars noch gar nicht begrüßt hatte.

»Oh, entschuldigen Sie bitte, Madame Chevalier, Monsieur de la Tour, Madame Valois, Monsieur Valois und Monsieur Marakov! Wie konnte ich nur so unhöflich sein!«

Erstaunt über sich selbst schüttelte der junge Professor den Kopf, ehe er alle auf das Freundlichste mit einem kräftigen Händedruck begrüßte.

»Wissen Sie, seit Jahren erwarten wir Sie bereits hier in Barcelona bzw. auf Montserrat, und ich bin ganz aus dem Häuschen, dass ich Ihnen nun dabei behilflich sein darf, die heilige Papyrusrolle zu öffnen.«

»Das bedeutet, auch Sie sind Teil der Blutlinie, richtig?«, wollte Marie sich vergewissern.

»Ja, das bin ich, junge Dame«, antwortete Prof. Dr. Puig nicht ohne Stolz.

Marie amüsierte sich im Stillen, dass ein junger Mann sie so betitelte, denn normalerweise erwartete man solche Worte eher aus dem Mund älterer Semester.

»Es scheint fast so, als wäre dies hier in Katalonien ganz normal«, konstatierte Julien.

»Nein, ganz so ist es nicht«, erwiderte der Professor. »Es gibt zwar einige von uns hier, doch wir wirken ebenso im Verborgenen wie auch unsere Schwestern und Brüder in anderen Ländern.«

»Verstehe«, meinte Marie, »aber nun soll uns nichts mehr davon abhalten, endlich zu erfahren, was auf der Papyrusrolle geschrieben steht.«

»Da bin ich ganz Ihrer Meinung«, stimmte ihr Puig zu. »Also lassen Sie uns keine Zeit mehr verlieren.«

So verließ er gemeinsam mit ihnen sein Büro und führte sie in den Labortrakt. Da er sichergehen wollte, dass er nicht abgelenkt werden würde, während er die Papyrusrolle aus dem Tongefäß befreite, bat er die Freunde und den Kommissar außerhalb des eigentlichen Labors, das mit einer ganz besonders hohen Luftfeuchtigkeit bestückt war, zu warten. Sie konnten jedoch durch eine Glasscheibe jede einzelne seiner Handbewegungen verfolgen, mit der er ihren kostbaren Fund vorsichtig entrollte.

Schließlich war es so weit, und auf einem riesigen Tisch vor ihm lagen zwei Papyrusrollen, die ineinander gerollt gewesen und nicht beschädigt worden waren. Prof. Dr. Puig versuchte zu entziffern, was dort stand, doch er erkannte nur, dass es sich vermutlich um aramäische Schriften handeln musste.

Vorsichtig öffnete er die Tür und fragte: »Ist einer von Ihnen in der Lage, Aramäisch zu lesen?«

»Lucius«, antwortete Véronique wie aus der Pistole geschossen, »doch er ist nicht hier, sondern liegt im Krankenhaus.«

»Dann müssen wir wohl warten, bis er wieder entlassen wird«, meinte Kommissar Castell, »denn ich würde diese Schriften ungern irgendjemand anderem überlassen.«

»Ich kann auch Aramäisch lesen«, meldete sich Sascha bescheiden aus dem Hintergrund zu Wort, worauf sich alle Köpfe zu ihm umwandten.

»Tatsächlich?«, rief Julien fragend aus.

»Ja.«

»Aber worauf wartest du denn dann noch?«, ereiferte sich Marie und knuffte ihn freundschaftlich in die Seite.

»Nun, das ist euer Fund und ihr seid diejenigen, welche in der

Prophezeiung genannt sind«, begann Sascha zu erklären, »also wollte ich mich auf keinen Fall vordrängen.«

»Sehr nobel von dir«, meinte Julien, »aber wir wollen endlich wissen, was wir da entdeckt haben.«

»Richtig«, meinte auch der Professor, »doch da sich die Luftfeuchtigkeit extrem verändert, wenn viele Menschen den Raum betreten, würde ich vorschlagen, dass ich kurz mit Ihnen dreien, wobei er auf Marie, Sascha und Julien deutete, hineingehe, Ihnen die entsprechenden Handschuhe sowie spezielle Pinzetten reiche, denn Sie sollten die Papyrusrollen auf keinen Fall mit bloßen Händen berühren. Dann verschwinde ich wieder hinter die Glaswand. Einverstanden?«

»Ja, natürlich«, antworteten alle wie aus einem Munde.

»Nun gut, dann folgen Sie mir.«

Ohne zu zögern, betraten Marie, Julien und Sascha den speziellen Raum, zogen die Handschuhe über und näherten sich den heiligen Schriftrollen, während Prof. Dr. Puig wieder hinausging und gemeinsam mit dem Kommissar, Véronique und Richard von außen zuschaute. Es gab zum Glück eine Lautsprecheranlage, sodass sie hören konnten, was Sascha dabei war zu übersetzen, während ihm stille Tränen über die schönen Wangen liefen:

Meine über alles geliebte Maria Magdalena,
nun sitze ich hier gefangen und weiß,
dass meine letzte Nacht auf Erden angebrochen ist.
Auch wenn ich von Kindesbeinen an auf den
morgigen Tag vorbereitet worden bin,
fällt es mir alles andere als leicht,
den göttlichen Plan zu erfüllen.
Insbesondere, wo ich weiß, dass du die Frucht
unserer Liebe in deinem göttlichen Leib trägst.

Versprich mir, dass du nach meinem Tod
nicht allzu lang warten wirst,
ehe du das Land verlässt, denn du musst
die Frohe Botschaft verkündigen.
Hier würde nur der Tod auf dich warten und unsere Tochter
würde nicht einmal das Licht der Welt erblicken.
Nenne sie bitte Sarah-Tamar,
wie wir längst besprochen hatten,
ehe wir uns einander in der Nacht unserer heiligen Hochzeit
von Kana hingegeben haben.
Und versprich mir, sie nach Südfrankreich zu bringen,
um ein neues Leben zu beginnen, denn dort werdet ihr
in Sicherheit sein und in Frieden zu wirken vermögen.
Doch nun muss ich schließen,
denn der Hahn wird in Kürze krähen.
Auch wenn ich mein irdisches Gefäß verlassen muss,
um meine Mission auf Erden zu erfüllen, so werde ich doch
für immer an deiner Seite verweilen, mein holdes,
über alle Maßen geliebtes Weib!
Erinnere dich immer daran!
Ich liebe dich heute, morgen und alle Tage –
bis in alle Ewigkeit!
Mögest du meine liebenden Küsse auf immer
auf deinen Lippen verspüren

Auf ewig dein
Jesus, der Christus

Bei diesen Worten war kein Auge trocken geblieben, denn jeder einzelne von ihnen spürte die unendliche Gnade, die ihnen in diesem Augenblick zuteilgeworden war.

Keiner vermochte zu sprechen, zu kostbar war dieser Moment der göttlichen Offenbarung, des heiligen Vermächtnisses.

Schließlich umarmte Julien Sascha dankbar, denn ohne ihn hätten sie noch länger auf die Enthüllung dieser wundervollen Botschaft warten müssen.

Natürlich war ihnen allen klar, dass die Echtheit dieses Vermächtnisses erst noch bewiesen werden musste, doch keiner von ihnen zweifelte auch nur eine Sekunde daran.

Da sagte Sascha plötzlich in die Stille hinein: »Das war noch nicht alles. Hier ist auch noch ein Brief, den Maria Magdalena selbst geschrieben hat«, und er begann erneut zu übersetzen:

Mein über alles Geliebter,
wie schwer ist heute mein Herz,
denn dies ist das letzte Mal,
dass ich dich zu besuchen und zu sehen vermag.
Du beherrschst all meine Träume, all mein Sein,
mein ganzes Wesen, denn was du mich gelehrt hast
in den Jahren, die uns geschenkt waren,
ist tief in meine Seele eingebrannt.
Sei dir gewiss, dass ich alles tun werde,
um deine Lehren der Liebe
und der Vergebung auf Erden zu verbreiten,
um der Menschheit dabei zu helfen,
einst wieder Frieden auf Erden zu erschaffen.
So wie du mich durch dein erleuchtetes Wesen allein
durch deine bloße Gegenwart verwandelt hast,
so werde ich alles tun, um über meine Trauer
hinauszuwachsen und die Menschen alleine
durch mein Dasein zu lehren, was es bedeutet,
in tiefer Demut den eigenen göttlichen Plan auf Erden

zu erfüllen, selbst wenn dieser nicht unseren
eigenen Wünschen entspricht.
Ich verspreche dir, die Menschen zu lehren,
was du vorgelebt hast, nämlich, dass Mann und Frau
einander ebenbürtig sind und nur miteinander
wahrhaft Großartiges zu vollbringen vermögen.
Ich werde die Apostelin der Apostel sein, so wie du mich
immer genannt hast, mein Herr und Gebieter,
mein über alles geliebter Jesus Christus.

ICH BIN auf alle Ewigkeit dein!
Maria Magdalena

Ein weiteres Mal waren alle Anwesenden zutiefst berührt von dem, was Sascha ihnen soeben offenbart hatte. Insbesondere jedoch Marie und Julien, denn sie hatten ihre Mission wahrhaftig erfüllt, der Menschheit etwas unendlich Kostbares zurückzugeben in einer Zeit, in der die Menschen dafür bereit waren. Schweigend fassten sie sich an den Händen und spürten gemeinsam eine tiefe Glückseligkeit.

»Was für eine Gnade, diesem einmaligen Augenblick in der Geschichte der Menschheit leibhaftig beiwohnen zu dürfen«, erklang auf einmal Pablo Puigs tränenerfüllte Stimme in die Stille hinein.

»Ja, so ist es«, pflichtete Ruben Castell ihm sehr leise bei, denn auch er war im tiefsten Inneren berührt und noch nicht fähig, wieder normal zu sprechen.

Es sollte noch eine ganze Weile dauern, bis alle wieder in der Lage waren, aus ihrer inneren Welt aufzutauchen und weitere Entscheidungen zu treffen.

Schließlich kam der Kommissar zu dem Schluss, dass dieser

Fund ohnegleichen an einem sicheren Ort verwahrt werden musste, ehe die Öffentlichkeit davon erfuhr, und so ergriff er das Wort.

»Pablo, gibt es im Institut einen Tresor, in dem wir die Amphore mit den heiligen Briefen in absoluter Sicherheit wissen können?«

»Aber natürlich, mein Freund«, antwortete der Professor. »Wir haben es ja immer wieder mit sehr kostbaren Funden zu tun, die geschützt werden müssen, bevor ihr Inhalt komplett erforscht ist. Dennoch muss ich gestehen, dass mir niemals etwas Heiligeres untergekommen ist als dieses Vermächtnis von Maria Magdalena und Jesus Christus.«

Wieder wurden seine Augen feucht, ehe er mit bewegter Stimme weitersprach: »Auch muss ich zugeben, dass ich diesen Beruf in der Hoffnung gewählt habe, eines Tages mit der jahrtausendealten Prophezeiung zu tun zu bekommen, und so haben Sie mir heute das größte Geschenk meines Lebens beschert.«

Voller Inbrunst drückte er den verdutzten Kommissar an sich, um seiner Freude Luft zu machen, denn Marie, Julien und Sascha befanden sich noch immer in dem speziellen Raum.

»Das ist ja wundervoll!«, rief Marie. »Doch was sollen wir nun tun? Den Raum verlassen und Sie kümmern sich um die Papyrusrollen?«

»Nein, warten Sie! Ich komme zu Ihnen.«

Wenig später stand der Professor neben ihnen und betrachtete ehrfurchtsvoll die einzigartigsten Liebesbriefe, die er jemals gesehen hatte. Langsam wandte er seinen Blick zu Julien und schaute diesem in die beinahe überirdisch leuchtenden blauen Augen.

»Was halten Sie davon, Julien, die Briefe vorsichtig wieder zusammenzurollen und zurück in die Amphore zu schieben?

Schließlich verdanken wir Ihnen, dass sie gefunden worden sind, wie mir Ruben mitteilte.«

Fragend blickte Julien zu Marie, die ihm mit einem Kopfnicken zu verstehen gab, dass sie derselben Meinung wie der Wissenschaftler war.

»Ich mache es«, erwiderte Julien berührt, »doch nur, wenn Sie mir genau erklären, was ich tun muss, um diese heiligen Schriften keinesfalls zu zerstören.«

»Selbstverständlich«, lautete die Antwort, und schon begann der Professor alle Details genauestens zu erklären.

Ehe Julien diesen delikaten Auftrag ausführte, betete er:

Lieber Gott,
ich bitte dich aus tiefstem Herzen,
mache mich erneut zu deinem Werkzeug auf dieser
heiligen Mission.
Ich bin dein demutsvoller Diener und begebe mich voll
in deine Hände.
Dein Wille geschehe!
Amen

Und voller Achtsamkeit tat Julien, wie ihm geheißen. Doch in der Sekunde, als er Maria Magdalenas Brief auch nur berührte, zerfiel er vor ihrer aller Augen zu Staub, und aus Maries Kehle erklang ein herzzerreißender Schrei.

Julien wurde leichenblass und erstarrte inmitten seiner Bewegung. Er vermochte sich beim besten Willen nicht zu erklären, was da soeben geschehen war, was er falsch gemacht hatte.

Sie alle waren wie erstarrt, so entsetzt waren sie von dem, was sich da vor ihren Augen abgespielt hatte.

Schließlich hatte sich Sascha so weit gefasst, dass er sprechen konnte; und das was er zu sagen hatte, war von nicht unwesentlicher Bedeutung.

»Ich weiß nicht, ob euch bewusst ist, dass die Berechnung des Namenswertes von ›Julien de la Tour‹ mittels der Gematria, der hermeneutischen Technik der Interpretation von Worten mit Hilfe von Zahlen, dieselbe Zahl ergibt wie die Gematria von ›Der Messias‹.«

Julien glaubte seinen Ohren nicht zu trauen und hätte fast das Gleichgewicht verloren, hätte er nicht nach der Tischkante greifen können. Sascha ließ sich davon jedoch nicht beirren und fuhr mit seiner Erklärung fort.

»Daher glaube ich, dass Julien der Energie von Jesus Christus näherkommt, als es uns bisher vielleicht bewusst gewesen sein mag. Und ich bin der Ansicht, dass es einen höheren Sinn hat, dass Maria Magdalenas Brief zu Staub zerfallen ist und vermutlich dasselbe mit Jesus Christus' Vermächtnis geschehen wird – und dass Julien keinen Fehler begangen hat. Schließlich geht es nicht darum zu beweisen, was wir erfahren haben. Doch durch das wahrhaftige Lesen der heiligen Schriften wurde die Botschaft für die Welt erneuert, kann jedoch niemals mehr in die falschen Hände gelangen und für unlautere Zwecke genutzt werden. Es liegt nun an uns, die Botschaft zu leben und zu verbreiten. Und ich weiß, Julien wird alles in seiner Macht Stehende tun, um sie mit Leben zu füllen. Das Licht kehrt wahrhaftig zurück!«

Aus tränenfeuchten Augen schaute Julien Sascha an und wusste mit allen Fasern seines Seins, dass dieser die Wahrheit erkannt hatte. Dankbar umarmte er seinen neuen Freund, ehe sich Ruben Castell aus dem Hintergrund zu Wort meldete.

»Ich bin absolut davon überzeugt, dass Monsieur Marakov nicht nur weise Worte gesprochen hat, um Monsieur de la Tour zu trösten. Alleine die Gematria seines Namens spricht Bände.

Doch ich möchte dem noch etwas hinzufügen, was Sie alle vielleicht noch nicht wissen. Dieser mystische Papyrus war schon einmal für die Augen von Auserwählten lesbar, und zwar vor etwa tausend Jahren um 1033 herum. Auch damals war es ein französisches Paar, das in der Lage war, das Geheimnis von Maria Magdalena zu lüften. Damals war jedoch der Zeitpunkt der Erfüllung laut der heiligen Prophezeiung noch nicht gekommen, und aus diesem Grunde wurde alles wieder sorgsam in einer Vertiefung der Felswand von Montserrat verschlossen. Wer auch immer die Amphore in das Grabmal gelegt hat, kann ich mir bisher nicht erklären. Was ich jedoch weiß, ist, dass das damalige Lesen der Botschaft dieser Briefe der Liebe dazu geführt hat, dass die Minnebewegung sowie die besondere Lebensweise der Katharer ausgelöst wurden. Eleonore von Aquitanien muss wohl mehr gewusst haben.«

Bei diesen letzten Worten schnappte Julien hörbar nach Luft. Es war einfach unglaublich, wie alles zusammenhing!

»Das ist gut möglich«, hörte sich Julien sagen, »denn so wie es aussieht, war ich einer ihrer Troubadoure. Und Maria Magdalenas Botschaft an mich lautete, nur einer der letzten wahren Troubadoure wird in der Lage sein, ihr Rätsel zu entziffern.«

Alle anderen schauten ihn sprachlos an, während Julien, wie von einer höheren Macht gesteuert, auch Jesus Christus' Brief berührte, der sich ebenso wie zuvor auch Maria Magdalenas in winzige Staubpartikel auflöste.

»Es ist vollbracht!«, lauteten seine aus den tiefsten Ebenen seiner Seele emporsteigenden Worte.

»Und so ist es«, erwiderten die anderen sechs wie im Chor.

LUCIUS

BARCELONA, 10. OKTOBER 2013

Anschließend machte sich die kleine Gruppe samt einer Polizei eskorte auf den Weg, um endlich Lucius im Krankenhaus zu besuchen und ihm von den Neuigkeiten zu erzählen.

Als sie sein Krankenhauszimmer betraten, war Véronique sehr erleichtert, denn Lucius saß aufrecht in seinem Bett und war weit weniger blass als in der Nacht zuvor.

»Na, wie geht es euch?«, rief er mit munterer Stimme. »Ihr leuchtet ja alle geradezu.«

»Dazu haben wir auch allen Grund«, antwortete Véronique schnell, »aber wie geht es dir?«

»Mir geht es für all das, was gestern passiert ist, erstaunlich gut. Die Ärzte können sich nicht erklären, wie es möglich ist, dass die Wunde schon fast vollständig verheilt ist.«

»Das ist ja großartig!«

Vor lauter Freude fiel Véronique Lucius stürmisch um den Hals, was dieser nur allzu gerne geschehen ließ.

»Doch nun will ich wissen, was ihr herausgefunden habt, und zwar jedes kleine Detail, denn ich weiß, dass es etwas Unvergleichliches sein muss!«

Erwartungsvoll blickte er Julien an, denn auch er wusste, dass es Julien zu verdanken war, dass sie das Rätsel lösen konnten.

Der wiederum schaute von einem zum anderen und als ihm alle zustimmend zunickten, strich er sich mit der für ihn typischen Geste durchs Haar und begann zu berichten, was sich ihnen dank Saschas Aramäisch-Kenntnissen enthüllt hatte.

Atemlos lauschte Lucius dem Bericht, und auch ihm liefen Tränen tiefer Rührung über die Wangen, als Julien die Briefe aus dem Gedächtnis beinahe Wort für Wort wiedergab.

»Auf dass nun endlich bewiesen wäre, dass Jesus Christus und Maria Magdalena wirklich verheiratet gewesen sind«, seufzte Lucius glücklich. »Ich danke dir von Herzen, Sascha, dass du die Botschaft an meiner Stelle übersetzt hast.«

Sascha wollte etwas erwidern, doch Lucius bedeutete ihm zu schweigen.

»Es tut mir leid, dass ich gestern nicht gesehen habe, dass du längst auf unserer Seite warst. Aber aufgrund meiner Schmerzen war ich nicht mehr in der Lage, durch den Schleier der Illusionen zu blicken«, erklärte Lucius ehrlich. »Und außerdem möchte ich dir sagen, dass ich weiß, dass du Véronique von ganzem Herzen liebst.«

Erschrocken schaute diese von einem zum anderen, ehe Lucius mit einem wissenden Lächeln, das seinen schönen Mund umspielte, weitersprach. »Du hast meinen Segen, mein Freund, denn ich weiß als ihr Bruder, dass du der richtige Mann für sie bist.«

Sascha, der wusste, welche Größe Lucius soeben gezeigt hatte, konnte nicht anders, als diesen sofort auf beide Wangen zu küssen.

»Ich danke dir, mein Freund!«

Véronique hatte das Gefühl, als würden sich tausende von Steinen in ihrer Brust in nichts auflösen. Dankbar ergriff sie jeweils eine Hand der beiden Männer und sagte mit glücklicher Stimme: »Und ich liebe euch beide über alle Maßen!«

Im Hintergrund sprach Marie mit tief bewegter Stimme: »Das Licht kehrt wahrhaftig zurück, denn die Liebe von Maria Magdalena und Jesus Christus vermag wirklich ALLES zu verwandeln, wenn wir es nur zulassen – selbst Todfeinde werden zu Freunden!«

»So ist es, mein geliebter Engel«, sprach Julien und küsste sie zärtlich.

Als Lucius sich von all den Gefühlsbezeugungen wieder erholt hatte, wollte er wissen, was nun mit den kostbaren Papyrusrollen geschehen würde, und Julien musste ihm schweren Herzens gestehen, dass sie zu Staub zerfallen waren und er sie nie mehr persönlich zu sehen bekommen würde.

Bei diesen Worten versteifte sich Lucius' Körper schlagartig, denn er war innerhalb der letzten vierundzwanzig Stunden nicht nur angeschossen worden und hatte die Liebe seines Lebens verloren, sondern hatte den heiligen Fund nicht mit eigenen Augen sehen können. Véronique, die wie durch einen unsichtbaren Faden mit ihm verbunden war, spürte augenblicklich seinen großen Schmerz am eigenen Körper.

»Es tut uns so leid, mon cher«, flüsterte sie, während sie ihn liebevoll in die Arme nahm und sanft hin und her wiegte.

Die anderen vier beobachteten das Geschehen mit betroffenen Gesichtern, ehe wieder einmal Sascha das Wort ergriff und mit glasklarer Stimme sprach: »Mein Freund, ich verstehe dich nur allzu gut! Und eigentlich hättest du an meiner Stelle die Briefe übersetzen sollen. Doch die höheren Mächte hatten etwas anderes vor. Du warst schon längst geläutert, während ich erst gestern Nacht begriffen habe, auf welcher Seite ich in Wahrheit stehen sollte. Aus diesem Grund durfte ich das Heiligste vom

Heiligen sehen, damit ich niemals mehr vom rechten Weg abkommen möge.«

Véronique starrte wie gebannt auf Sascha, dessen Worte einen direkten Weg zu ihrem Herzen fanden. Innerhalb der letzten vierundzwanzig Stunden war der wahrhaftige Kern dieses außergewöhnlichen Tänzers immer mehr nach außen getreten, und sie wusste, sie musste sich nicht mehr dafür schämen, intensive Gefühle für diesen Mann zu haben.

Auch Lucius war, ebenso wie die anderen drei, zutiefst berührt von diesem offenherzigen Geständnis.

»Sascha, du bist wirklich großartig, nicht nur als Tänzer! Ich bin ein echter Glückspilz, mit Geschwistern wie Véronique und Richard gesegnet zu sein, genauso wie mit Freunden wie euch! Das muss definitiv gefeiert werden!«

»Da hast du recht!«, stimmte ihm Richard zu, der sich den ganzen Tag mehr oder weniger stumm im Hintergrund gehalten hatte. »Und was ich dir schon die ganze Zeit sagen wollte: Ich bin überglücklich, von nun an einen Bruder zu haben!«

»Und ich erst!« Lucius strahlte. »Dann werde ich mich jetzt mal aus dem Krankenhaus entlassen. Was meint ihr?«, wandte sich Lucius an die anderen.

»Nur, wenn es die Ärzte auch für gutheißen, Bruderherz!«, mischte sich Véronique ein. »Ich möchte nämlich auf keinen Fall, dass du irgendetwas verschleppst.«

»Ist ja gut, Schwesterlein«, grinste Lucius und zog Véronique liebevoll an den Haaren.

Da der behandelnde Arzt jedoch der Ansicht war, dass es besser sei, Lucius noch eine Nacht lang im Auge zu behalten, blieb Lucius schweren Herzen alleine zurück, denn obwohl Véronique und auch Richard angeboten hatten zu bleiben, hatte er sie ins Hotel zurückgeschickt.

VÉRONIQUE

BARCELONA, 11. OKTOBER 2013

Am nächsten Morgen erschien Sascha relativ blass zum Frühstück in Maries und Juliens Suite, sodass Véronique sofort wissen wollte, was denn los sei.

»Ich werde bedroht, da ich die Seiten gewechselt habe«, erklärte er relativ emotionslos. Als er jedoch von den Fotos erzählte, die ihm geschickt worden waren, veränderte sich seine Stimme gewaltig.

»Alexander Tschernakow ist nach seiner Ankunft in Moskau in seiner eigenen Wohnung nach allen Regeln der Kunst gefoltert und grausam hingerichtet worden. Die Details möchte ich euch ersparen. Ich habe jedoch zu jeder einzelnen Aktion unzählige Fotos erhalten, und zwar mit dem Vermerk: ›Sieh dir genau an, wie es unsäglichen Versagern oder hinterhältigen Verrätern unserer Sache ergeht. Auch du wirst bluten. Irgendwann erwischen wir dich. Da kannst du dir sicher sein!‹«

Erschrocken schlugen sich Véronique und Marie beinahe gleichzeitig die Hand vor den Mund. Auch Julien und Richard waren mehr als nur entsetzt, obwohl sie natürlich wussten, mit welchem machtvollen und blutrünstigen Gegner sie es zu tun hatten.

»Ich denke, wir sollten mit Ruben Castell sprechen«, teilte Julien seine Gedanken mit den anderen.

»Das ist mit Sicherheit keine schlechte Idee«, meinte Sascha trocken, »doch irgendwann bin ich dran. Es ist nur eine Frage der Zeit. Und Lucius wird es nicht viel besser ergehen.«

Die Bilder, die durch ihren Kopf wanderten, waren zu viel für Véronique: Ohne einen Mucks von sich zu geben, sank sie einfach zu Boden. Sascha konnte gerade noch dafür sorgen, dass ihr Kopf nicht auf dem Boden aufschlug.

Obwohl Julien genauso geschockt war wie die anderen, bewahrte er die Ruhe und nahm Véroniques Beine nach oben. Nur wenige Sekunden später schlug Véronique die Augen wieder auf und schaute verwundert in die Gesichter ihrer Freunde, die sich um sie herum versammelt hatten.

»Was ist geschehen?«

»Du bist einfach ohnmächtig geworden, Schwesterherz«, meinte Richard lockerer, als es ihm zumute war. »Vermutlich musst du einfach mal was essen.«

»Ja, das mag sein«, und mit Hilfe von Sascha erhob sie sich anmutig vom Boden.

Nachdem sich alle zumindest auf der physischen Ebene gestärkt hatten, sagte Julien: »Ich glaube, wir sollten langsam wieder zurück nach Paris fliegen.«

»Ja, aber hier sind wir dank Ruben Castells Männern besser beschützt, insbesondere Lucius und Sascha«, wandte Véronique ein.

»Das ist mir klar, ma chère, aber wir können nicht auf Dauer in diesem Vakuum leben, sondern müssen die Botschaft, die wir empfangen haben, auch leben.«

»Da gebe ich dir Recht«, stimmte ihm auch Sascha zu. »Du hast sicher schon eine Idee, so wie ich dich kenne, Messias.«

»Nenne mich bitte nicht so«, bat Julien leise.

»In Ordnung«, erklärte Sascha, »doch ich weiß, wer du bist. Also wie lautet deine Idee?«

»Wenn wir in Paris ankommen, müssen wir dich und Lucius augenblicklich zu Xiao Lin in Sicherheit bringen.«

»Xiao Lin, der Shaolin-Meister?«

»Ja, richtig, aber er ist noch vieles mehr, und gemeinsam mit ihm werden wir neue Wege finden«, erwiderte Julien zuversichtlich. »Da bin ich mir vollkommen sicher.«

Nach diesen Worten fühlten sich auch die anderen etwas erleichtert, wenngleich Saschas anfängliche Worte noch immer wie ein Damoklesschwert im Raum hingen.

Da klopfte es an der Tür, und verwundert schaute einer zum anderen.

»Ich gehe nachschauen«, erbot sich Sascha, und schon zog er eine Pistole aus dem Hosenbund. »Man weiß nie, wie sich jemand tarnt.«

Und mit einem Achselzucken lief er zur Tür, blickte durch den Spion und musste lächeln, denn ihm blickten die Gesichter von Lucius und Ruben Castell entgegen. Vor lauter Aufregung hatten sie alle vergessen, dass sich der Kommissar für elf Uhr angekündigt hatte. Freudig riss Sascha die Tür auf und fiel Lucius um den Hals, ehe er die Neuankömmlinge in die Suite bat.

Sr Castell berichtete ausführlich von den neuesten Ereignissen, nämlich, dass sich alle inhaftierten, russischen Octavianer mittels einer Zyankali-Kapsel ins Jenseits befördert hatten, um keinesfalls von anderen hingerichtet zu werden, da sie erfahren hatten, was Alexander Tschernakow zugestoßen war. Maurice de la Fontaine jedoch war willens, auch die anderen Oberhäupter ans Messer zu liefern, um seine Haut zu retten und unter einem Zeugenschutzprogramm eine neue Identität anzunehmen.

Dem Kommissar war natürlich die bedrohliche Situation, in der sich Lucius und Sascha befanden, klar und auch er war der Ansicht, dass es am sinnvollsten sei, dass sie alle am nächsten Tag mit einem Privatjet und einer Polizeieskorte zurück nach Paris gebracht wurden.

»Doch bevor es soweit ist, sollte Monsieur Marakov noch in einer Pressekonferenz Stellung nehmen, die dann in alle Welt ausgestrahlt wird, denn ohne ihn wärt ihr anderen unter Umständen mausetot. Und wenn die Ballettwelt hört, dass ihr größter männlicher Star ein solcher Held ist, wird sie alles tun, um ihm Schutz zu gewähren. Das heißt, es wird nicht ganz so leicht werden, Sie um die Ecke zu bringen«, versuchte Ruben Castell zu scherzen.

»Das ist eine gute Idee«, stimmten Lucius und Julien dem Kommissar zu. »Was meinst du, Sascha?«

»Heißt das, ich muss auch zugeben, was ich früher für ein Monster war?«, hakte Sascha nach.

»Nein, natürlich nicht«, erwiderte der Kommissar gelassen. »Wir können ja mit wenigen Worten sagen, dass Sie von den Octavianern manipuliert worden sind, jedoch die Wahrheit durchschaut haben und längst den Plan hatten, Marie Chevalier und Julien de la Tour zu unterstützen.«

»Das macht Sinn.«

»Aber natürlich gäbe es auch für Sie und Lucius die Möglichkeit, ins Zeugenschutzprogramm aufgenommen zu werden.«

»Das kommt überhaupt nicht in Frage!«, riefen die beiden Männer entrüstet.

»Wir sind keine Feiglinge und vertrauen darauf, dass wir genau dann sterben, wenn Gott es vorgesehen hat«, fügte Lucius noch hinzu.

»Dann sind wir uns ja alle einig«, schmunzelte der Kommissar.

»Ich werde mich jetzt wieder auf den Weg machen, um alles für eure morgige Heimreise zu organisieren. Und Ihnen, Monsieur Marakov, gebe ich noch rechtzeitig Bescheid, wann Sie heute Nachmittag oder Abend zur Pressekonferenz da sein müssen.«

Er war schon auf dem Weg zur Tür, als er sich nochmals umdrehte und meinte: »Wissen Sie was? Ich glaube, es ist auch eine gute Idee, wenn Sie beide, Madame Chevalier und Monsieur de la Tour, mit von der Partie sind, sodass auch die frohe Botschaft in die ganze Welt ausgestrahlt wird. Also bis heute Nachmittag! Adéu.«

XIAO LIN

PARIS, 11. OKTOBER 2013

Um Punkt zwanzig Uhr saß Xiao Lin in seinem Wohnzimmer vor dem Fernseher, um die Nachrichten-Sondersendung zu sehen, die aufgrund der abenteuerlichen Vorgänge in Katalonien einberufen worden war. Schließlich war es keine Kleinigkeit, dass endlich herausgefunden worden war, wer der Mörder des berühmtesten französischen Wagner-Dirigenten gewesen war. Ganz zu schweigen von dem heiligen Fund, den dessen Tochter mit Hilfe des Startenors Julien de la Tour der Welt wieder zugänglich gemacht hatte.

Natürlich wusste Xiao Lin auch, dass die Gruppe am nächsten Tag zu ihm zurückkehren würde. Er konnte es kaum erwarten, die Einzelheiten der Erlebnisse direkt aus ihren Mündern zu erfahren, selbst wenn er sie mittels Remote Viewing fast die ganze Zeit über begleitet hatte.

Und trotzdem liefen ihm Tränen tiefster Rührung über die Wangen, und vermutlich ging es unzähligen Menschen auf der ganzen Welt ebenso.

RUBEN CASTELL

BARCELONA, 11. OKTOBER 2013

Zur selben Zeit saßen Marie, Julien, Sascha, Ruben Castell sowie Prof. Dr. Puig bereits im Scheinwerferlicht in der Mordkommission von Barcelona und bereiteten sich auf ihre Reden vor.

Marie war die erste, die von einem jugendlichen Journalisten namens Jordi Rey in schwarzer Lederjacke befragt wurde, der anscheinend trotz seines jungen Alters bereits eine wichtige Stellung im katalanischen Fernsehen einnahm.

»Mademoiselle, oder sollte ich vielleicht besser sagen, Madame Chevalier, wie ist es für Sie, dass Sie nun endlich wissen, wer Ihren Vater auf dem Gewissen hat?«

»Auch wenn es nichts mehr an der Tatsache ändert, dass mein Vater tot ist, bin ich Kommissar Castell über alles dankbar, dass er die Puzzleteile zusammengesetzt hat. Denn seit ich definitiv weiß, dass ich mit meinen Vermutungen über den Mörder recht hatte, habe ich nachts keine Alpträume mehr. Und alleine das ist unbezahlbar!«

Marie schenkte Ruben Castell ihr strahlendstes Lächeln, was dieser beinahe schüchtern erwiderte.

»Das ist es allerdings«, stimmte der Journalist ihr zu. »Doch nun erzählen Sie uns bitte, wie es zu Ihrer Reise nach Barcelona kam, auch wenn viele der katalanischen Zuschauer schon lange mit Ihrem Eintreffen gerechnet haben.«

»Da mein Vater mich gebeten hatte, seinen Safe zu öffnen, sollte ihm je etwas zustoßen, fühlte ich mich nach seinem Tod dazu berufen, seinen Wunsch zu erfüllen.«

»Das bedeutet, Jean Chevalier hatte damit gerechnet, dass er umgebracht werden könnte?«, unterbrach sie der Journalist.

»Ja, das vermute ich. Dort habe ich jedenfalls etwas gefunden, das mich auf die Spur der jahrtausendealten Prophezeiung gestoßen hat.«

»Und in diesem Moment kam Julien de la Tour ins Spiel, richtig?«, mischte sich der Mann von der Presse schon wieder ein.

»Ja, richtig«, erwiderte Marie mit träumerischem Blick, denn sie musste an ihr erstes Treffen mit Julien im Café de Flore denken.

»Dann werde ich mich jetzt einmal an unseren Startenor wenden. Moltes gràcies für Ihre Offenheit, Madame Chevalier!«

»Gern geschehen, Sr Rey.«

»Nun, Monsieur de la Tour, wie wussten Sie, dass Sie Teil der Prophezeiung waren?«, wandte sich der Journalist an Julien.

»Durch ein Tagebuch meiner Mutter, das sie mir nach ihrem Tod hinterlassen hatte, denn sie wusste schon seit meiner Geburt, dass ich gemeinsam mit der Tochter von Jean Chevalier ein heiliges Vermächtnis zurück in die Welt bringen sollte.«

»Verstehe! Aber wie sind Sie auf die Idee gekommen, dass Sie es auf Montserrat finden würden?«

»Durch einen Fingerzeig von Maria Magdalena, die mir mitteilte, dass sich mir das Rätsel singend erschließen würde.«

»Das ist ja unglaublich!«, rief Jordi Rey erstaunt aus.

»In der Tat«, stimmte ihm Julien zu. »Doch genauso war es.«

»Und was haben Sie gesungen?«

Ohne nachzudenken, schloss Julien die Augen und begann mit atemberaubenden piano zu singen, wie es nur er vermochte: *»In fernem Land, unnahbar euren Schritten, liegt eine Burg, die Montsalvat genannt …«*

Alle im Raum hatten förmlich den Atem angehalten, so sehr wurden sie von dem Gesang und den Worten aus »Lohengrin« berührt.

»Das heißt, Sie wussten auf einmal, dass mit ›Montsalvat‹ Montserrat gemeint sein muss, richtig?«, fragte der Journalist mit leiser Stimme, nachdem Julien geendet hatte.

»Ja, genauso war es.«

»Doch nicht nur Sie waren sozusagen auf den Spuren des heiligen Grals unterwegs, sondern eine geheime Vereinigung mächtiger Männer, auch Octavianer genannt, verfolgte jede ihrer Bewegungen mit Argusaugen, bis es auf Montserrat zum letzten Kampf kam.«

»Richtig, doch nun würde ich gerne das Wort an Kommissar Castell übergeben, denn er ist derjenige, der alle Fäden zusammengebracht hat.«

»Selbstverständlich, Monsieur de la Tour. Und moltes gràcies für Ihren wunderschönen Gesang!« Jordi Rey verneigte sich vor dem Tenor, ehe er weitersprach. »Niemand hatte damit gerechnet, Ihre unvergleichliche Stimme in einer Nachrichtensendung zu hören. Sie haben mit Sicherheit nicht nur mein Herz zutiefst berührt, sondern auch das von Abertausenden von Zuschauern auf der ganzen Welt.«

Julien antwortete einzig und allein mit einem Lächeln, das ihn noch mehr leuchten ließ, als er es sowieso schon tat.

»Und nun, Sr Castell, was hat Sie dazu bewogen, so tief in diesen Fall einzusteigen?«

»Tja, das ist eine längere Geschichte.« Nachdenklich strich sich der Kommissar das Haar aus der Stirn. »Von klein auf lebte ich in dem Bewusstsein, eines Tages alles tun zu müssen, um das heilige Vermächtnis zu schützen, dass von einem jungen Paar aus Frankreich in Katalonien gefunden werden würde. Die Frau, die mich in diesem Wissen erzogen hat, war niemand Anderes als Montserrat Castell, die Schwester meines Großvaters, die vor wenigen Tagen, als Marie Chevalier und Julien de la Tour zum ersten Mal Montserrat besucht haben, von den Octavianern zu Tode gefoltert wurde. In dem Augenblick wusste ich mit absoluter Sicherheit, was ich schon länger vermutet hatte: Bei Marie und Julien musste es sich um das Paar in der Prophezeiung handeln und ich war in absoluter Alarmbereitschaft.

Als die beiden mich schließlich in ihren Plan bezüglich des Geheimnisses einweihten, war ich sofort zur Stelle. Doch ich muss gestehen, selbst mit der Unterstützung all meiner Männer wäre die heilige Amphore mit großer Sicherheit zerstört worden, hätte nicht der große Sascha Marakov den Mut besessen, im wahrsten Sinne des Wortes, rettend einzuspringen, und das Gefäß mit seinem Leben zu schützen. Doch lassen wir ihn selbst zu Wort kommen!«

»Sehr gerne«, erwiderte Jordi Rey und wandte sich Sascha zu. »Unglaublich, wer hätte je vermutet, dass sich hinter der großen Ballettlegende aus Moskau eine wahre Kämpfernatur versteckt?«

»Um ehrlich zu sein, trägt dies nicht gerade zu meinem Ansehen bei. Als Kind verlor ich meine Eltern durch einen Unfall. Was ich jedoch erst heute weiß, ist, dass die Octavianer diesen bewusst verursacht haben, um mich in ihre Fänge zu bekommen und auch für ihre Zwecke zu benutzen. Erst durch das unbeschreibliche Menschsein von Julien de la Tour habe ich begriffen, dass ich auf der falschen Seite stand, und so konnte ich in der alles entscheidenden Nacht meine Vergangenheit nutzen, um das Richtige zu tun!«

Beinahe schüchtern lächelnd blickte der sonst so erfolgsverwöhnte Sascha Marakov in die Kamera, die auf ihn gerichtet war, denn er wusste, sein Outing konnte ihm vieles zerstören. Doch nach allem, was er in der letzten Zeit erlebt hatte, war es das einzig Richtige.

»Ich möchte mich von ganzem Herzen dafür entschuldigen, dass ich die Wahrheit erst vor kurzem durchschaut habe und bitte all die Menschen, denen ich in meinem Leben geschadet habe, um Vergebung. Ich wusste wahrlich nicht, was ich tat.«

Eine Träne lief langsam aus Saschas linkem Auge seine Wange hinab, ehe er darum bat, dass Julien die heiligen Briefe zitieren möge.

Wiederum wiederholte Julien Wort für Wort aus dem Gedächtnis, und im Kommissariat und unter den Fernsehleuten blieb kein Auge trocken.

Zu guter Letzt räusperte sich Prof. Dr. Puig, der in Fachkreisen der Welt eine anerkannte Autorität war, und ergriff das Wort: »Ja, diese Briefe sind ein wahres Wunder, und wer sie mit seinen Augen betrachten und ihre Worte in der Seele und im Herzen bewegen durfte, weiß mit unumstößlicher Sicherheit, dass sie echt sind bzw. waren. Leider müssen wir gestehen, dass sie, nachdem wir, oder besser gesagt, nachdem Sascha Marakov die Botschaften übersetzt hatte, zu Staub zerfallen sind. Ich weiß und kann es förmlich hören, dass jetzt ein Aufschrei durch Ihre Reihen geht, und ich verstehe Sie nur allzu gut, denn uns erging es nicht anders. Dennoch kann ich mit meiner ganzen Autorität auf dem Gebiet alter Schriften mit meinem Namen dafür bürgen, dass die Schriften Originale waren. Auch möchte ich die großartigen Worte von Sascha Marakov zum Verfall der Briefe zitieren, nämlich: Ich bin der Ansicht, dass es einen höheren Sinn hat, dass Maria Magdalenas Brief zu Staub zerfallen ist und vermutlich dasselbe mit Jesus Christus' Vermächtnis geschehen wird – und dass Julien keinen Fehler begangen hat. Schließlich geht es nicht darum zu beweisen, was wir erfahren haben. Doch durch das wahrhaftige Lesen der heiligen Schriften wurde die Botschaft für die Welt erneuert, kann jedoch niemals mehr in die falschen Hände gelangen und für unlautere Zwecke genutzt werden. Es liegt nun an uns, die Botschaft zu leben und zu verbreiten. Und ich weiß, Julien wird alles in seiner Macht Stehende tun, um sie mit Leben zu füllen. Das Licht kehrt wahrhaftig zurück!«

»Mit diesen eindrucksvollen Worten wollen wir die heutige Sondersendung schließen«, ergriff Jordi Rey wieder das Wort. »Auf dass wir alle, die diese unschätzbar kostbaren Worte von Maria Magdalena und Jesus Christus vernommen haben, uns immer daran erinnern mögen, dass Frauen und Männer gleichwertig sind und dass es unser aller Aufgabe ist, Liebe und Vergebung zu verbreiten und zu leben. In diesem Sinne meinen herzlichsten Dank an alle Beteiligten dieses unglaublichen Abenteuers: Madame Chevalier, Monsieur de la Tour, Monsieur Marakov, Monsieur Grimaldi, Madame Valois, Monsieur Valois, Sr Castell und seine Männer sowie Prof. Dr. Puig – und natürlich Maria Magdalena und Jesus Christus! Adéu.«

Im letzten Bild erschienen auch Véronique, Lucius und Richard noch vor der Kamera, ehe sich alle innig umarmten nach dieser mehr als gelungenen Sendung.

VÉRONIQUE

BARCELONA, 11. AUF 12. OKTOBER 2013

In dieser Nacht feierten sie alle gemeinsam in Maries und Juliens Suite, dass die heilige Botschaft in alle Welt ausgestrahlt worden war. Was für ein himmlisches Geschenk!

Man konnte nur hoffen, dass die Menschen sie sich wirklich zu Herzen nehmen und nicht in wenigen Tagen wieder vergessen haben würden. Die Freunde versprachen sich jedoch gegenseitig, alles zu tun, um die Botschaft auf unterschiedliche Art und Weise zu verbreiten.

Trotz all der überschwänglichen Freude allerseits hatte Véronique jedoch keine Sekunde lang vergessen, was Sascha ihnen am Morgen beim Frühstück eröffnet hatte, und so beschloss sie, etwas zu tun, was sie ursprünglich weiter hinausschieben wollte. Doch da man nie wissen konnte, wann das Schicksal erneut unbarmherzig zugriff, wollte sie auf keinen Fall ihre Chance verspielen.

Während sie sich alle überschwänglich voneinander verabschiedeten, flüsterte sie Sascha ins Ohr: »Bitte komm in einer halben Stunde zu mir.«

Vollkommen erstaunt fragte Sascha leise: »Bist du dir sicher, Prinzessin?«

»Ja, das bin ich!«

»Also gut.«

Vor den anderen jedoch taten sie so, als würden sie sich, wie alle anderen auch, erst beim Frühstück wiedersehen, denn sie wollten Lucius nicht verletzen.

Als sich Véronique abgeschminkt und ein wenig meditiert hatte, war sie noch mehr davon überzeugt, dass sie das Richtige tat. In einem seidenen, türkisfarbenen Negligé, das ihren ätherischen Körper noch mehr zum Strahlen brachte, und wallenden Haaren öffnete sie Sascha die Tür.

Diesem fiel beinahe die Kinnlade herunter, als er Véronique so sah, denn instinktiv wusste er, was das zu bedeuten hatte. Er war davon ausgegangen, sie die Nacht über einfach ein weiteres Mal in seinen Armen zu halten. Nicht mehr und nicht weniger.

»Magst du nicht hereinkommen?«, fragte Véronique leise, als Sascha noch immer keine Anstalten machte, über die Türschwelle zu treten.

»Oh doch, mon amour«, erwiderte er mit rauer Stimme. »Dein Anblick hat mir nur für einen Moment die Sprache verschlagen. Deine Schönheit ist einfach unvergleichlich!«

»Merci«, erwiderte Véronique errötend.

Ehe sie sich versah, hatte Sascha die Tür hinter ihnen geschlossen und sie emporgehoben. Zu einer nur für sie beide hörbaren Musik, begann er sich zu bewegen, während Véronique ihre Beine um seine schlanke Taille schloss und langsam die Knöpfe seines weißen Hemdes zu öffnen begann.

Als sie seinen perfekt geformten Oberkörper mit ihren Fingerspitzen zu liebkosen begann, war es mit Saschas Beherrschung vorbei. Seine Augen wurden dunkel vor Verlangen und er küsste Véronique auf eine Art und Weise, dass sie das Gefühl hatte, ihr ganzer Körper stünde unter Flammen.

Noch immer tanzte Sascha mit ihr durch den Raum, als er sie von ihrem seidenen Nachthemd befreite.

Erst in der Nähe der Fensterfront hielt er inne, um ihren fast nackten Körper im silbernen Licht des Halbmondes andächtig zu betrachten. Seine Blicke streichelten ihre Brüste mit einer Intensität, dass Véronique ihn beinahe angefleht hätte, sie endlich zu berühren, doch da begann er, ihren Wunsch zu erfüllen.

Es war, als würden sich mit einem Mal all die seit den »Schwanensee-Aufführungen« zurückgehaltenen Emotionen Bahn brechen, als würde ein Lavastrom an Leidenschaft aus ihnen beiden herausfließen, der sie zu verbrennen drohte, wenn nicht in den letzten Tagen eine tiefe Liebe zwischen ihnen entstanden wäre.

Als sie schließlich vom Liebesspiel erschöpft nebeneinander im Bett lagen, wickelte sich Sascha eine Strähne von Véroniques langem, blonden Haar um den Zeigefinger und fragte beinahe zaghaft: »War das ein einmaliges Erlebnis, weil du dein Verlangen stillen und all die heftigen Eindrücke der letzten Tage loswerden wolltest? Oder hat diese Nacht mehr zu bedeuten?«

»Um Gottes Willen, Sascha!«

Véronique war entsetzt, dass Sascha sie so missverstehen konnte.

»Ich liebe dich, Sascha! Das ist der Grund, warum ich nicht mehr warten wollte. Wer weiß, wie viel Zeit uns bleibt, unsere Liebe zu leben.«

Mittlerweile hatte sich Véronique im Bett aufgesetzt.

»Oder war es für dich einfach nur ein aufregender One-Night-Stand?«, fragte sie erschrocken, nachdem Sascha auf ihre Worte nicht reagiert hatte.

»Hast du gerade wirklich gesagt, dass du mich liebst, Prinzessin? Oder träume ich?«, fragte Sascha mit Tränen in den Augen.

»Ja, das habe ich!«, erwiderte Véronique unruhig. »Aber warum reagierst du nicht?«

»Ich reagiere doch«, und Sascha deutete auf die Tränen, die ihm die Wangen hinunterliefen.

»Ich bringe dich zum Weinen?«

Véronique wusste nicht, wie sie das verstehen sollte, denn Sascha wirkte nicht wie ein Mann, der bei jeder Gelegenheit in Tränen ausbrach.

»Ja, das tust du, denn abgesehen von meiner Mutter hat mir nie eine Frau, die mir mehr als mein Leben bedeutet, gesagt, dass sie mich liebt.«

Mit einem zärtlichen Lächeln streichelte Sascha Véroniques Gesicht, ehe er Worte sagte, die er nie geglaubt hatte, in den Mund zu nehmen: »Du bist die Frau meines Lebens, Véronique. Ich liebe dich über alles. Und wenn ich darf, werde ich alles tun, um dich für den Rest meines Lebens glücklich zu machen. Darf ich?«

Bei Saschas Worten hatte eine Gänsehaut Véroniques ganzen Körper überzogen und sie flüsterte in sein Ohr: »Du darfst«, ehe sie ihn erneut zu küssen begann.

XIAO LIN

BARCELONA/PARIS, 12. AUF 13. OKTOBER 2013

Am nächsten Tag ging auf einmal alles ganz schnell. Kaum hatten sie sich alle von Kommissar Castell verabschiedet und waren mit Polizeieskorte in das als Privatjet getarnte Polizeiflugzeug gestiegen, landeten sie auch schon wieder in Paris. Dort wurden sie von vertrauenswürdigen Männern in Empfang genommen, die der Polizist extra angefordert hatte.

Verteilt auf zwei Wagen wurden Marie, Julien und Sascha sowie Véronique, Richard und Lucius auf unterschiedlichen Wegen zu Xiao Lin gebracht.

Zuerst langten die drei Geschwister im Marais an, doch der Fahrer und ihr sogenannter Bodyguard erlaubten ihnen nicht auszusteigen, ehe sie sich nicht sicher waren, dass ihnen keinerlei Gefahr drohte.

Als Lucius zur Tür humpelte und gerade klingeln wollte, öffnete sich die Tür und er blickte in die leuchtenden Augen von Xiao Lin. Ohne darüber nachzudenken, dass sie alle eigentlich schnellstmöglich im Haus verschwinden sollten, schloss er seinen Lehrer und Freund fest in die Arme und flüsterte: »Endlich bin ich wieder zu Hause!«

»Ja, das bist du, mein Sohn«, erwiderte Xiao Lin voller Liebe, und Lucius musste sich zusammenreißen, seine Tränen zurückzuhalten. »Doch nun kommt alle herein.«

Er begrüßte Véronique und Richard nur ganz kurz, um die Tür sofort wieder schließen zu können; jedoch nicht, ohne die Umgebung vorher noch mit allen Sinnen abzuscannen. Scheinbar war noch niemandem zu Ohren gekommen, dass die Helden von Katalonien heute wieder in Paris eingetroffen waren.

Véronique und Richard nahmen ihren Halbbruder in die Mitte und ließen sich Xiao Lins köstlichen weißen Tee schmecken, ehe dieser wieder zur Tür ging, ohne dass es geläutet hätte.

Richard hob fragend eine Augenbraue.

»Er ist hellsichtig«, meinte Véronique lapidar, als würde das alles erklären.

»Aha«, antwortete Richard nicht sehr überzeugt. Bevor er jedoch noch etwas sagen konnte, hörte er schon die leisen Stimmen von Marie und Julien.

»Alles klar!«, lachte er. »Jetzt verstehe ich, was du sagen wolltest.«

»Genau«, grinste nun auch Lucius, der seinen neuen Bruder in den letzten Tagen bereits sehr ins Herz geschlossen hatte.

Wenig später betraten Marie, Julien sowie Sascha ebenfalls die gemütliche Wohnküche.

Von einem Moment auf den anderen war es auf einmal vollkommen still, denn die Haltung des Meisters hatte sich verändert. Mit anmutigen, fast tänzerischen Schritten bewegte er sich auf Sascha zu und legte diesem seine Hände in Gebetshaltung auf die Stirn, indem er sich andachtsvoll vor ihm verbeugte.

»Sei willkommen, im Kreise der Brüder und Schwestern des heiligen Weges, den uns Jesus Christus mit seinem holden Weibe Maria Magdalena übergeben hat!«

Atemlos lauschten die Freunde seinen Worten, während Sascha ein weiteres Mal innerhalb von 24 Stunden die Tränen über die Wangen zu fließen begannen.

»Ich danke dir aus tiefstem Herzen, Meister Xiao Lin«, antwortete er mit belegter Stimme, »doch ich muss erst noch büßen, nach allem, was ich bereits in meinem Leben verbrochen habe, bevor ich in diesen heiligen Zirkel aufgenommen werden kann.«

»Oh nein«, erwiderte Xiao Lin liebevoll und wischte sanft die Tränen von Saschas schönem Antlitz. »Indem du das heiligste vom Heiligen gerettet und sogar dein Leben dafür gegeben hättest, ist jegliche Schuld von dir abgefallen.«

»Wer sagt das?«, fragte Sascha verwirrt. »Ihr, Meister?«

»Nein, das würde ich mir nie anmaßen. Doch euer Bruder Jesus Christus sprach heute in meiner Morgenmeditation zu mir und bat mich, dir seine Worte, eben diese, sofort nach deiner Ankunft in meinem Hause auszurichten.«

»Ist das wahr?« Sascha konnte nicht glauben, was er da hörte.

»Ja, es ist wahr«, hörte er plötzlich Julien aus dem Hintergrund sagen, »denn auch mir hat unser Bruder aufgetragen, dir diese Botschaft zu überbringen, auf dass du endgültig von deinen Schuldgefühlen erlöst werden kannst.«

»Wenn auch du dies sagst, mein Messias, dann kann ich es glauben!«

Ehrfurchtsvoll verneigte sich Sascha vor Xiao Lin und bedankte sich, ehe er sich Julien zuwendete und ihn fest an sich drückte.

»Du bist wahrhaftig deines Namens würdig, Bruder, und ich werde alles tun, um deine Mission auf Erden zu unterstützen, die weit über dein Singen hinausgeht.«

»Ich danke dir, Sascha! Das bedeutet mir viel mehr, als du dir vorzustellen vermagst.« Julien löste sich aus der Umarmung.

»Und nun lasst uns endlich Xiao Lins wunderbaren Tee trinken!«

Daraufhin mussten alle lachen und Xiao Lin goss noch Tee in vier weitere hauchdünne Teetassen.

Als sich alle ein wenig gestärkt und entspannt hatten, bat Xiao Lin sie, von ihren Erlebnissen in Barcelona und Montserrat zu erzählen, denn auch wenn er vieles hellsichtig wahrzunehmen vermochte, so war es doch etwas Anderes, die Einzelheiten aus dem Munde der Protagonisten zu erfahren.

»Was für eine Reise!«, rief Xiao Lin aus, als Julien mit seinem Bericht, bei der auch die anderen nicht zu kurz gekommen waren, fertig war.

»Ja, das kannst du laut sagen«, meinte Lucius. »Nichts ist mehr wie zuvor.«

»Ich weiß, mein Sohn«, antwortete Xiao Lin mitfühlend, »doch du hast das erreicht, was du dir gewünscht hattest.«

»Wie meinst du das?«, fragte Lucius erstaunt.

»Du bist in jeglicher Hinsicht zur Höchsten Version deiner Selbst geworden«, erklärte Xiao Lin feierlich, und nur für Lucius hörbar fügte er noch hinzu: »Ich weiß, wie schwer dir das in Bezug auf Véronique gefallen ist, und es tut mir sehr leid, dass selbst ich die Zeichen damals nicht richtig gedeutet habe.«

»Ich bin froh, dass du es nicht geahnt hast, Xiao Lin, denn sonst wäre ich um eine kostbare Liebeserfahrung ärmer.«

Lucius' Blick suchte Véronique, und in diesem Augenblick wusste er, dass Sascha und sie bereits ein Paar waren. Er rechnete es ihnen hoch an, dass sie sich zurückhielten, damit es für Außenstehende nicht so sichtbar war. Für ihn jedoch, der Véroniques Gesten zu deuten und in ihrer Mimik zu lesen wusste wie in einem offenen Buch, war es offensichtlich.

Da es sowieso nichts mehr änderte, sagte er: »Véronique, Sascha, danke, dass ihr auf meine Gefühle Rücksicht nehmt, doch ich weiß, dass ihr zueinander gehört. Also versteckt eure Liebe nicht mehr, sondern genießt sie, so lange ihr könnt!«

Erstaunt schauten die beiden Lucius an, ehe sie sich einander zuwandten und Véronique ihr Gesicht in Saschas Hand schmiegte.

»Merci, geliebtes Bruderherz!«, flüsterte Véronique gerührt.

»Womit wir beim nächsten Stichwort wären«, unterbrach sie Xiao Lin, denn er wusste, wenn Lucius mehr Liebesdetails zu sehen bekäme, wäre es zu schmerzhaft. »Mir ist bewusst, dass Lucius und Sascha als Verräter der Octavianer ernsthaft verfolgt werden. Das bedeutet, wir brauchen einen Plan. Doch bevor wir ernsthaft darüber nachzudenken beginnen, sollten wir mit einer heiligen Zeremonie feiern, dass ihr alle gemeinsam die jahrtausendealte Prophezeiung erfüllt habt. Lasst uns in den Tempel gehen.«

Das ließen sich die sechs Freunde nicht zweimal sagen.

Die nahe Kirchturmuhr schlug Mitternacht, als sie Xiao Lins heiligen Raum betraten. Marie, Richard und Sascha, die zum ersten Mal dort waren, verschlug es regelrecht die Sprache, als sie die Energie des Ortes wahrzunehmen begannen.

Es fühlte sich an, als wären sie durch ein Portal in eine andere Welt oder eine höhere Dimension eingetreten. Staunend blickten sie sich um, ehe sie sich wie die anderen von ihren Schuhen befreiten. Auch Julien, Lucius und Véronique spürten, dass sich die Schwingung des »Tempels« seit ihrem letzten Besuch noch erhöht hatte.

Xiao Lin bat die sechs jungen Menschen zu sich auf die Matte, die einen großen Teil des Raumes einnahm, und erklärte ihnen, dass sie sich in einer heiligen, geometrischen Form im Lotussitz niederlassen sollten, während er sich in deren Mitte begab.

Mit geschlossenen Augen hob er seine Arme gen Himmel und begann zu beten:

Lieber Gott, lieber Jesus Christus,
liebe Maria Magdalena und liebe Maria sowie
alle anderen geliebten lichten Wesen,
im Namen aller hier Versammelten möchte ich mich
aus tiefstem Herzen bei euch dafür bedanken,
dass ihr alle Gefährten, die in eurem Namen gereist sind,
in euren heiligen Schutzmantel der höchsten
Liebe eingehüllt habt, sodass alle lebendig und
beinahe unversehrt ihre Mission zu erfüllen vermochten
und nun wie in alter Zeit beim letzten Abendmahl
wieder versammelt sind.
Wir werden alles in unserer Macht Stehende tun,
um die heilige Botschaft der Briefe auf vielfältige
Art und Weise in die Welt hinauszutragen.
In tiefer Demut dienen wir dem göttlichen Plan –
jetzt und bis in alle Ewigkeit.
Amen

Tief berührt hatten die einstigen Jünger den Worten Xiao Lins gelauscht, in dessen Händen sich mit einem Mal ein leuchtender Kelch befand, von dem aus rosa-goldene Strahlen zu jedem ihrer Herzen flossen. Sie alle spürten, wie sie mit der reinsten Liebe verbunden wurden, als Xiao Lin zu ihnen sprach: »Liebe Freunde, als ich mich heute Morgen hier in meiner täglichen Andacht befand, erschienen mir Maria Magdalena und Jesus Christus in all ihrer Schönheit und ihrer überirdischen Macht, und sie baten mich darum, gemeinsam mit euch die originale Botschaft der Briefe auf energetische Art und Weise wieder auf der Erde zu verankern. Ich fragte sie, wie wir dies tun sollten und sie erklärten mir folgendes:

Bitte einen jeden von ihnen sich in der heiligen Formation, die du aus alter Zeit erinnerst, zu setzen, wobei dein Platz in ihrer Mitte ist.
Visualisiert gemeinsam, dass ihr euch im wahren Herzen der Welt befindet, dort, wo die Liebesvortex am stärksten ist.
Sobald ihr die reine, göttliche Liebe in euch und um euch herum in all ihrer himmlischen Kraft spürt, möge Julien meinen, Jesus Christus', Brief rezitieren und Lucius diesen auf Aramäisch übersetzen, sodass die originalen Wortschwingungen wieder auf den heiligen Boden von Mutter Erde fallen und über das Herz der Welt alle Herzen der Menschen zu berühren vermögen.
Auf die gleiche Art und Weise verfahrt auch mit Maria Magdalenas Brief, nur dass Marie sprechen und Sascha diesen übersetzen möge.
Ihr werdet wahrnehmen, wie diese heiligen Worte über höchste Schwingungswellen aus diesem Raum in die Welt hinausgetragen werden, auf dass die Wahrheit der Lehren der Liebe, der Vergebung und der Ebenbürtigkeit von Mann und Frau die Welt von innen heraus verändern möge.«

Kaum hatte Xiao Lin geendet, erklang auf einmal wunderschöne Sphärenmusik, aus dem Nichts. Es war, als würden die himmlischen Klänge sie mit dem Herzen der Erde verbinden, als sie alle zu visualisieren begannen.

Nach einer geraumen Weile schien es, als würden sie nicht mehr auf dem Boden sitzen, sondern über ihm schweben, und Julien hob an mit seiner klangvollen Stimme zu sprechen, als für alle sichtbar eine Lichtgestalt erschien, die niemand anderes war als Jesus Christus selbst.

Alle Anwesenden hatten das Gefühl, dass er durch Julien und Lucius, der die Worte übersetzte, hindurch sprach. Ein jedes

Wort beseelte sie tiefer und verband sie noch mehr mit der ihnen selbst innewohnenden reinen, göttlichen Liebe:

Lucius, der die selbigen Worte in der originalen Sprache sagen durfte, hatte das Gefühl, dass er mit jeder Silbe, die sich in seinem Mund formte, tiefe Heilung seiner inneren Wunden erfuhr, denn die Christuskraft, die sich auf diese Weise jenseits der Worte über deren Schwingung offenbarte, vermochte wahre Wunder zu vollbringen.

Véronique und Xiao Lin sahen gleichzeitig, wie die unendlichen Liebeswellen dieser Worte in heiligen, geometrischen Wellen in die Erde eintraten und sich über den Erdboden in die ganze Welt verbreiteten, um Heilung zu bringen, als auf einmal Maria Magdalena erschien und Xiao Lin den leuchtenden Kelch aus der Hand nahm und ihn Marie reichte, die nicht wusste, wie ihr geschah.

Und wieder war es, als würde Maria Magdalena selbst durch Marie und Sascha hindurch sprechen, als die kostbaren Worte erklangen:

Mein über alles Geliebter,
wie schwer ist heute mein Herz, denn dies ist das letzte Mal,
dass ich dich zu besuchen und zu sehen vermag.

Du beherrscht all meine Träume, all mein Sein,
mein ganzes Wesen,
denn was du mich gelehrt hast in den Jahren,
die uns geschenkt waren,
ist tief in meine Seele eingebrannt.

Sei dir gewiss, dass ich alles tun werde,
um deine Lehren der Liebe

und der Vergebung auf Erden zu verbreiten,
um der Menschheit dabei zu helfen,
einst wieder Frieden auf Erden zu erschaffen.

So wie du mich durch dein erleuchtetes Wesen
allein durch deine bloße Gegenwart verwandelt hast,
so werde ich alles tun, um über meine Trauer
hinauszuwachsen, um die Menschen
alleine durch mein Dasein zu lehren, was es bedeutet,
in tiefer Demut den eigenen göttlichen Plan auf Erden
zu erfüllen, selbst wenn dieser nicht
unseren eigenen Wünschen entspricht.

Ich verspreche dir, die Menschen zu lehren,
was du vorgelebt hast, nämlich,
dass Mann und Frau einander ebenbürtig sind
und nur miteinander wahrhaft Großartiges
zu vollbringen vermögen.

Ich werde die Apostelin der Apostel sein,
so wie du mich immer genannt hast,
mein Herr und Gebieter,
mein über alles geliebter Jesus Christus.

ICH BIN auf alle Ewigkeit dein!
Maria Magdalena

Sascha spürte, als er selbst Maria Magdalenas Worte auf Aramäisch sprach, wie ihre Energie sein Inneres verwandelte und er auf einmal begriff, dass ihm längst vergeben worden war und dass er nur mehr sich selbst vergeben musste.

Bei dieser Erkenntnis liefen ihm Tränen unendlicher Gnade die Wangen hinab.

Die Liebe der Maria Magdalena und die Christuskraft vermochten wahrlich alles zu verwandeln, wenn man sich reinen Herzens darauf einließ …

Was die Freunde nicht sehen konnten, da sie sich im Inneren des Raumes befanden, war, dass im selben Moment eine riesige Lichterscheinung am Himmel über Xiao Lins Tempel sichtbar wurde, die an den Stern von Bethlehem erinnerte und welche die Passanten mit staunenden Gesichtern kommentierten: »Das Licht kehrt wahrhaftig zurück!«

EPILOG

OSTERN 2014

Mittlerweile war ein halbes Jahr vergangen, und die Neuigkeit, dass originale Briefe von Jesus Christus und Maria Magdalena gefunden worden waren, ging um die Welt.

Nicht alle Menschen waren glücklich über diesen einzigartigen Fund, denn er erschütterte ihren alten Glauben.

Dennoch schien die frohe Botschaft für viele etwas verändert zu haben, denn sie begriffen, dass spirituell sein nicht bedeutet, dass alle Wünsche mit Hilfe der geistigen Welt in Erfüllung gehen, sondern über sich selbst hinauszuwachsen, wie es sowohl Jesus Christus als auch Maria Magdalena vorgelebt hatten.

So musste Véronique damit leben, dass sie nie wusste, ob entweder Lucius oder Sascha oder gar beide irgendwann bei einem Autounfall oder dergleichen ums Leben kommen würden, denn nachdem nicht alle Mitglieder der Octavianer gefasst und ihnen der Prozess gemacht werden konnte, schwebten die beiden »Verräter« bis auf weiteres in dauernder Lebensgefahr.

Wann immer sie in Paris waren, lebten Lucius und Sascha bei Xiao Lin, denn aufgrund seiner machtvollen geistigen Fähigkeiten waren sie dort in größtmöglicher Sicherheit.

Sascha war nach ihrer Rückkehr nicht mehr zurück nach Moskau gereist, denn nachdem Alexander Tschernakow in seiner Moskauer Wohnung hingerichtet worden war, wusste Sascha, dass er sein Geburtsland bis auf weiteres nicht mehr betreten konnte.

Aber in Gedanken an das, was Maria Magdalena durch und nach Jesus Christus' Tod durchgemacht hatte, waren sie alle einfach nur dankbar für jeden Moment, den sie gemeinsam verbringen konnten.

An allen wichtigen Orten der Welt tanzten Véronique und Sascha als DAS Traumpaar des Balletts schlechthin, russische Städte ausgenommen, und auch privat waren sie zu einer wahren Einheit verschmolzen.

Lucius hingegen befand sich gemeinsam mit Xiao Lin auf einer langen Pilgerreise zu heiligen Stätten in aller Welt, denn auch wenn er Sascha seine geliebte Véronique von ganzem Herzen gönnte, dauerte es dennoch, bis sein Herz nach diesem weiteren großen Verlust aufhörte zu bluten. Doch wer könnte ihn dabei besser unterstützen als sein Freund und Meister Xiao Lin, dem er so vieles verdankte.

Richard bereitete unterdessen seine erste große Ausstellung in Paris mit Gemälden von Maria Magdalena, Jesus Christus, Sarah-Tamar, Jeanne d'Arc und ihrem engsten Kreis vor, während Julien ein Buch über ihre gemeinsame Reise zum Vermächtnis Maria Magdalenas und Jesus Christus' sowie über seine Christus-Erfahrung schrieb, um seinen Weg vom menschlichen zum reinen Herzen für alle Menschen erfahrbar zu machen.

Gleichzeitig planten Marie und Julien ihre Hochzeit, denn sie erwarteten ihre erste Tochter, die sie Sarah nennen wollten.

Und an jedem einzelnen Tag war es die Liebe, die sie alle leitete …

MUSIKALISCHE WERKE IN »DER BRIEF DER MAGDALENA«

PARSIFAL von Richard Wagner

»Parsifal« wurde bei den 2. Bayreuther Festspielen am 26. Juli 1882 uraufgeführt. Das Stück gilt als letztes musikdramatisches Werk von Richard Wagner. Er selbst bezeichnete es als »Bühnenweihfestspiel«, das nur im Rahmen der Festspiele aufgeführt werden sollte. Wie auch »Lohengrin« basiert das dreiaktige Stück auf dem Versroman »Parzival« des Dichters Wolfram von Eschenbach.

Vorgeschichte

Amfortas, der Gralskönig, hat Klingsor, den Widersacher der Gralsritter, überfallen. Dabei wurde Amfortas von Kundry, die in Klingsors Macht steht, verführt, sodass Klingsor ihm die Heilige Lanze entwenden und Amfortas schwer verwunden konnte. Gurnemanz, der treue Gralsritter, half Amfortas aber, zurück in die Gralsburg zu gelangen.

Seitdem leidet Amfortas an einer nicht heilenden Wunde. Für die Heilung und Erlösung empfing er die Prophezeiung »Durch Mitleid wissend der reine Tor, harre sein, den ich erkor«. Amfortas, Gurnemanz und die Gralsritterschaft erwarten nun den unbekannten rettenden Erlöser. Bis dahin muss Amfortas unter großem Leid seinen Amtspflichten als Gralskönig nachkommen.

1. Aufzug

Früh am Morgen, ein neuer Tag des Leidens und Hoffens beginnt. Gurnemanz weckt die Knappen. Zwischen ihnen entsteht ein Gespräch über die Geschichte der Gralsburg und die Verwundung des Amfortas. Plötzlich erscheint Kundry, die aus Arabien einen Balsam zur Heilung Amfortas bringt, woraufhin dieser unter großen Schmerzen in ein Bad gebracht wird. Plötzlich entsteht große Aufregung, weil ein vom Pfeil tödlich getroffener Schwan zu Boden stürzt. Amfortas begrüßte den am Himmel kreisenden Schwan als gutes Zeichen. Die Gralsritter bringen den Täter. Gurnemanz befragt ihn nach Name und Herkunft, doch der Täter, der sich später als Parsifal entpuppt, weiß dies alles nicht. Amfortas wird aus dem Bad zurückgebracht, um in die Gralsburg zurückzukehren und dort die heilige Abendmahlshandlung zu vollziehen.

Gurnemanz ist die »Unwissenheit« Parsifals aufgefallen und aus einem inneren Antrieb nimmt er ihn mit in die Burg, um der Weihehandlung der Gralsritter beizuwohnen.

Als die Gralsritter mit Amfortas erscheinen, fordert Titurel, der Vater des Gralskönigs, ihn auf, den Gral zur Stärkung von ihm und der Ritterschaft zu enthüllen. Amfortas möchte sich weigern, seine Schmerzen hindern ihn und sein Leiden ist zu groß. Doch die Ritterschaft bedrängt ihn und schließlich vollzieht Amfortas unter großen Schmerzen die Handlung.

Parsifal hat alles beobachtet, scheint den Zusammenhang zwischen Gral, Abendmahl und dem Leid Amfortas nicht zu erkennen. Daher glaubt Gurnemanz enttäuscht, dass Parsifal nicht der erhoffte Retter ist, wirft ihn aus der Gralsburg hinaus und schickt ihn seines Weges.

2. Aufzug

Parsifal zieht weiter durch die Welt und gelangt zu Klingsors Burg mit dem magischen Zaubergarten, in dem die Blumenmädchen seiner harren, um ihn zu verführen. Klingsor weckt Kundry aus ihrem Schlaf und sie muss ihm gehorchen. Er befiehlt ihr, Parsifal zu verführen, denn er erkennt, dass Parsifal die Erlösung für Amfortas bringen kann. Klingsor will die Gralsritter endgültig besiegen und muss dazu Parsifal unter seine Einfluss bekommen.

Parsifal wird von den Blumenmädchen empfangen, dann tritt Kundry auf und widmet sich Parsifal in verführerischem Spiel. Als sie ihn bei seinem Namen nennt, erinnert er sich, dass seine Mutter ihn so genannt hatte. Parsifal geht auf Kundrys Verführungen ein und es folgt der »Liebe ersten Kuss«. Dieser Kuss macht Parsifal sehend, er erinnert sich an das Leiden des Amfortas und erkennt die Bedeutung der Wunde. Parsifal stößt Kundry von sich, als ihm klar wird, dass er zurück zu Amfortas muss. Obwohl sie weiter versucht, ihn zu verführen, bleibt Parsifal standhaft und bittet sie, ihm den Weg zu Amfortas zu zeigen. Kundry weigert sich, verflucht seinen Weg und ruft um Hilfe. Klingsor erscheint mit dem heiligen Speer und schleudert ihn nach Parsifal. Der Speer verharrt schwebend über seinem Haupt. Parsifal ergreift diesen, doch als er das Kreuzzeichen damit schlägt, wird das Zauberreich Klingsors zerstört und versinkt.

3. Aufzug

Lange Zeit ist vergangen, das Gralsrittertum liegt im Sterben, Gurnemanz lebt alleine in den Wäldern. Eines Tages hört Gurnemanz entsetzliches Stöhnen einer verkommenen Gestalt. Es ist

Kundry, die nur noch zwei Worte von sich gibt: »Dienen ... dienen!« Gurnemanz erzählt ihr, wie es der Ritterschaft ergangen ist. Da erscheint ein unbekannter Ritter in vollem Waffenornat. Als der Ritter auf Gurnemanz Befragung hin nicht reagiert, weist er ihn darauf hin, dass es sich am »heiligen Karfreitag« nicht ziemt, Waffen zu tragen, und der Ritter entledigt sich seiner Rüstung und Waffen. Da erkennt Gurnemanz denjenigen, der einst den Schwan erlegte und schließlich auch den Heiligen Speer.

Kundry salbt Parsifal die Füße. Auf Wunsch von Parsifal salbt Gurnemanz ihm das Haupt. Dadurch erlangt er die Königswürde der Gralsritter und kann noch am selbigen Tag, Karfreitag, in die Gralsburg zurückkehren, um Amfortas zu erlösen.

In der Gralsburg sammeln sich die Ritter zur heiligen Handlung. Titurel, der Vater von Amfortas, ist inzwischen verstorben. Sie bringen den Toten als mahnenden Anblick, denn die Ritterschaft benötigt die Leben spendende heilige Handlung. Amfortas, inzwischen immer mehr entkräftet und von Schmerzen verzehrt, bittet, statt an dem Ritual teilzunehmen, die Gralsritter, ihn zu töten, was diese jedoch verweigern. Die Situation droht zu eskalieren. In diesem Moment erscheint Parsifal mit der Heiligen Lanze. Er erlöst Amfortas von der Wunde, vollzieht die heilige Handlung des Abendmahls, und eine neue Generation der Gralsritter mit einem neuen Verständnis der Gralsbotschaft kann sich in der Zukunft entwickeln.

LOHENGRIN von Richard Wagner

»Lohengrin« ist eine romantische Oper in drei Akten, die von Richard Wagner komponiert und am 28. August 1850 unter der Leitung von Franz Liszt in Weimar uraufgeführt wurde. Als Grundlage des Stoffes dient Wagner die Gestalt

des Loherangrîn in Wolfram von Eschenbachs mittelhochdeutschem Versepos »Parzival«, die er mit anderen Epen rund um die Figur »Lohengrin« sowie diversen deutschen Sagen verwoben hat, die er vor den Hintergrund Brabants in der ersten Hälfte des 10. Jahrhunderts setzt.

1. Aufzug

Heinrich der Vogler kommt nach Brabant, um dort Gerichtstag und Heerschau zu halten. Graf Telramund beschuldigt Elsa, die Tochter des verstorbenen Herzogs von Brabant, ihren Bruder umgebracht zu haben, um selbst das herzogliche Erbe antreten zu können.

Heinrich lädt Elsa zu Gericht und fragt sie nach einer Stellungnahme, doch sie antwortet nur »mein armer Bruder«. Da der Fall nicht zu klären ist, wird von Heinrich ein Gottesgericht angesetzt. Das bedeutet, die beiden Parteien kämpfen gegeneinander und Gott lässt denjenigen, der die Wahrheit gesprochen hat, siegen. Da Elsa nicht selbst kämpfen kann, soll sie einen Streiter für sich benennen. Elsa erzählt daraufhin, dass sie im Traum einen Ritter gesehen habe, der sie verteidigen wird und diesen benennt sie.

Vom Heerrufer Heinrichs wird nun mehrmals gefragt, wer für Elsa eintreten möchte. Beim letzten Ruf erscheint ein Ritter, den die Menschen von Brabant und der König als Gott gesandt erkennen. Lohengrin ist von edler Gestalt, jedoch verlangt er von Elsa, dass sie ihn nie nach seinem Namen und seiner Herkunft befragen dürfe. Elsa verspricht dies und will ihn heiraten.

Im Gottesgericht unterliegt Telramund und der fremde Ritter hat das Recht ihn zu töten. Dieser schenkt ihm jedoch das Leben mit dem Rat, seine Taten zu bereuen. König und Volk feiern den Retter mit einem großen Fest.

2. Aufzug

Im Morgengrauen während das Fest noch in vollem Gange ist, beklagen Telramund und seine Frau Ortrud das Gottesgericht. Orturd beschuldigt Telramund der Feigheit und beschließt, das Bündnis zwischen Elsa und dem edlen Ritter zu zerstören, indem sie Elsa dazu bringt, den Unbekannten nach seiner Herkunft zu fragen. Da erkennt Telramund, dass seine Frau ihn als Instrument benutzt hat, weil sie selbst Herzogin von Brabant werden möchte.

Elsa genießt die Morgenstimmung bis Ortrud beginnt, sie in ein schmeichelndes Gespräch zu verwickeln und Schritt für Schritt das Vertrauen von Elsa in ihren Retter zu untergraben.

Am Morgen verkündet der Heerrufer, dass der König über Telramund »Acht und Bann« verhängt habe, das bedeutet, dass Telramund rechtelos ist und ihn jeder töten kann. Der fremde Ritter wird zum »Schützer von Brabant« ernannt.

Elsa begibt sich zur Hochzeit im Münster. Ortrud stellt sich ihr in den Weg und verunsichert sie weiter mit falschen Aussagen und Vorwürfen. Der Ritter erscheint, weist Ortrud in die Schranken und fragt Elsa, ob sie die verbotene Frage nach Name und Herkunft an ihn richten möchte. Noch widersteht Elsa der Versuchung. Telramund tritt überraschend auf und begibt sich dadurch in Lebensgefahr. Er beschuldigt den fremden Mann ebenfalls, denn er möchte rehabilitiert werden. Alle Anschuldigungen werden abgeschmettert, Ortrud und Telramund in ihre Schranken gewiesen, und es folgt der feierliche Kirchgang zum Münster mit der Hochzeit.

3. Aufzug

Festlich wird das Brautpaar zum Brautgemach geleitet, und nun sind Elsa und der Ritter das erste Mal, seit sie sich begegnet sind, alleine. Jetzt zeigt sich, dass das Gift des Zweifels, das Ortrud im

Herzen von Elsa gestreut hat, langsam zu wirken beginnt. Vorsichtig lenkt Elsa das Gespräch immer wieder zur Frage der Herkunft des unbekannten Ritters. Lohengrin spürt und erkennt dies sofort und versucht Elsa abzulenken und dann drauf hinzuweisen, sie solle die Frage nicht stellen. Doch sie wird immer drängender und stellt schließlich die Frage nach seinem Namen und seiner Herkunft.

In diesem Moment dringt Telramund in das Brautgemach ein, um sich an Lohengrin zu rächen, doch dieser tötet Telramund und weiß, dass nun das Glück des Aufenthalts bei Elsa vernichtet ist. Er verlässt das Brautgemach, um am nächsten Morgen vor dem König Rede und Antwort zu stehen.

Der nächste Morgen. Der tote Telramund wird zum erschrockenen König Heinrich gebracht. Elsa kommt hinzu, seelisch tief getroffen, denn ihr ist bewusst geworden, welche Grenze sie überschritten hat, Ortrud scheint zu triumphieren. In der berühmten Gralserzählung »In fernem Land, unnahbar euren Schritten« offenbart Lohengrin das Geheimnis seiner Herkunft, seines Namens und seiner Sendung.

Lohengrin muss Brabant verlassen, schon naht der Schwan, mit dem er in die Gralsburg zurückkehren muss. Berührt vom Leid Elsas und in dem Wunsche, das Böse in Ortrud nicht obsiegen zu lassen, betet Lohengrin. In diesem Moment kehrt Gottfried, Elsas Bruder zurück und Lohengrin kann ihn als Erben und zukünftigen Herzog von Brabant der Gesellschaft übergeben.

Als Lohengrin Brabant endgültig verlässt, ruft das Volk im Wissen um den Verlust »Wehe …«, nur Ortrud scheint gesiegt zu haben. Doch dann wendet sich die Musik zu einem Ausdruck hoffnungsvoller Klarheit. Lohengrin muss gehen, doch das Gralsbewusstsein bleibt bei den Menschen, die sich ändern können.

So drückt die Musik aus, dass dereinst die Menschen erneut die Chance haben werden, ihre Aufgaben für eine friedvolle Welt erfüllen zu können. Das Böse mag für den Moment gesiegt haben, doch die Kraft der Liebe bleibt als Chance, bis sie die Menschen erneut ergreifen.

SCHWANENSEE nach Pjotr Iljitsch Tschaikowski

»Schwanensee« zählt wohl zu den wichtigsten Balletten, die zur Musik von Komponist Pjotr Iljitsch Tschaikowskis entstanden sind, und wurde am 20. Februar 1877 am Moskauer Bolschoi-Theater uraufgeführt. Inzwischen gehört das Stück weiltweit zum Standardrepertoire klassischer Ballettkompagnien.

1. Akt

Prinz Siegfried feiert seinen 21. Geburtstag. Mit diesem Alter tritt er nun in die volle Verantwortung, und so soll er sich vermählen. Sein Sinn schwankt jedoch zwischen Leichtlebigkeit und Melancholie. Seine Mutter ermahnt und erinnert ihn, dass am nächsten Tag der große Hofball stattfindet, auf dem er seine Braut erwählen soll.

Plötzlich sieht Siegfried am Himmel weiße Schwäne und von einem ungewissen Gefühl erfasst, beschließt er auf die Jagd zu gehen.

2. Akt

Siegfried gelangt an die Gestade eines mystischen Sees, des Schwanensees. Auf dem See sieht er einen Schwan, den er mit seiner Armbrust erlegen möchte. In diesem Moment verwandelt sich dieser jedoch in die Schwanenkönigin Odette. Sie erzählt ihm, dass sie eine verzauberte Prinzessin sei. Der Zauberer Rotbart habe sie verwandelt und sie könne nur erlöst werden von demjenigen, der ihr ewige Liebe schwört.

Siegfried, in Liebe zu Odette entflammt, schwört ihr seine ewige Liebe. In ihrer Liebestrunkenheit bemerken sie jedoch nicht, dass sie von dem Zauberer Rotbart beobachtet werden, der auf Rache sinnt.

3. Akt

Der angekündigte Hofball findet statt, auf dem Siegfried seine zukünftige Gemahlin erwählen soll. Siegfried tanzt mit allen jungen Mädchen, hat jedoch nur seine geliebte Odette im Sinn, da wird ein Gast gemeldet. Es ist Baron Rotbart. In seiner Begleitung ist Odile, die Odette täuschend ähnlich sieht. Siegfried glaubt, in Odile seine Geliebte vom Schwanensee zu erkennen, und somit seine zukünftige Gemahlin gefunden zu haben. Er schwört ihr ewige Liebe. Der Betrug Rotbarts ist gelungen: Siegfried hat Odette verraten, wodurch Rotbart sie wieder in seiner Gewalt hat. Siegfried erkennt seinen Fehler zu spät, als Odette am Horizont als verzauberter Schwan erscheint. Rotbart und Odile verlassen das Fest, während Siegfried im Thronsaal zusammenbricht.

Schließlich erhebt er sich und läuft verzweifelt zum See.

4. Akt

Die Schwäne am See erwarten Odette, die Schwanenkönigin. Als sie erscheint, berichtet sie ihnen von dem Verrat Siegfrieds und hat jegliche Hoffnung verloren, denn Rotbart zeigt sich erneut und macht ihnen deutlich, dass er sie alle in seiner Gewalt hat. Mit diesem Wissen lässt er die Schwäne zurück.

In diesem Moment erscheint Siegfried und bittet Odette um Vergebung. Diese verzeiht ihm und sie gestehen sich erneut ihre Liebe. Rotbart, der gegenüber einer solchen Verbindung machtlos ist, lässt den See über die Ufer treten, um endgültig Rache zu nehmen. Während Odette wieder zum Schwan wird und von dannen ziehen muss, geht der verzweifelte Prinz in den Fluten des tobenden Waldsees unter.

Es gibt jedoch auch andere Varianten des Schlusses. Abhängig von der Choreographie stirbt entweder einer von beiden (Siegfried oder Odette), oder beide sterben, oder beide leben glücklich bis an ihr Lebensende.

DANKSAGUNG

In der Nacht vom 24. auf den 25. Dezember 2012 hatte ich eine weitere Nahtoderfahrung, die mein Leben erneut sehr veränderte. In dieser Nacht hatte ich eine Vision, in der mich Jesus Christus, ein treuer Begleiter seit meiner Kindheit, unter anderem darum bat, diesen Roman zu schreiben, den ich zu großen Teilen wie einen Film bereits vor meinem geistigen Auge sah.

Die Recherchen dazu führten mich an viele Orte und bescherten mir die unglaublichsten Begegnungen, wofür ich zutiefst dankbar bin!

Der größte Teil dieses Buches ist in Nizza an meiner geliebten »Baie des Anges« entstanden, doch auch München, die Provence, Barcelona, Wien, Weiler und Hawaii waren wundervolle Orte, die mich beim Schreiben unterstützt und inspiriert haben. Merci, Dankeschön, Gràcies und Mahalo von ganzem Herzen!

Doch nun möchte ich meinen Eltern aus tiefster Seele dafür danken, dass sie mich bereits in jüngstem Kindesalter mit Musik, Kunst und Literatur vertraut gemacht haben. Ich kann mich noch wunderbar daran erinnern, wie ich bereits mit zwei Jahren in mein erstes Konzert gehen durfte – und diese, meine erste große Liebe (zur Musik) ist mir bis heute geblieben! Doch nicht nur sie! Auch Kunst und Literatur gehören nach wie vor zu meinen liebsten Begleitern auf meinem Weg durch dieses aufregende Leben.

Sowohl ohne meine Eltern als auch ohne meinen Mann Hubert wäre dieses Buch nie entstanden. Denn um ein solches Werk überhaupt neben all der anderen Arbeit schreiben zu können, braucht man unendlich viel Verständnis und Unterstützung von seiner engsten Umgebung. Und genau dieses bedingungslose Dasein hat mir Hubert tagtäglich geschenkt! Wahrhaftig ein Geschenk des Himmels! Dafür danke ich ihm aus tiefstem Herzen. MERCIII!

Auch meine Schwiegereltern mit ihrem tiefen Verständnis für das Werk Richard Wagners und in vielerlei anderer Hinsicht waren mir immer wieder eine große Inspirationsquelle, wofür ich ihnen unendlich dankbar bin!

Was ist ein Mensch nur ohne wahre Freunde an seiner Seite? Ich kann es mir beim besten Willen nicht vorstellen, wie es wäre, denn ich bin reich gesegnet mit wundervollen Freundschaften!

Zuallererst möchte ich hier Susanna danken, die mir immer wieder eine zauberhafte Bleibe zum Schreiben in Nizza geschenkt hat und mich auf all meinen Reisen der Recherche durch Südfrankreich chauffiert und begleitet hat. In ihren heiligen Hallen durfte ein Großteil dieses Buches entstehen. Was für ein Segen! MERCI de tout mon cœur!

Auch Johanna war eine grandiose Begleiterin auf meinen Wegen durch Spanien oder sagen wir besser – durch Katalonien! Ohne sie und ihr fließendes Spanisch wäre es niemals so leicht gewesen, all die Orte aufzusuchen, die ich für diesen Roman so unbedingt kennenlernen wollte. Muchísimas gracias de todo corazón!

Auch Angela möchte ich von ganzem Herzen danken, denn ihre Unterstützung und ihr unendliches Verständnis mir und meiner Arbeit gegenüber sind einzigartig. Merci de tout mon âme!

Ganz großer Dank gebührt auch Arne, dessen bedingungslose Unterstützung zu jeder Zeit ein unbezahlbares Geschenk ist. MERCI vielmol!

Und was würde ich nur ohne meine liebe, alte Freundin Tilde tun, selbst einst Opernsängerin, die mir seit Jahr und Tag zur Seite steht, mit mir Stunden über Opernaufführungen und Sänger diskutiert und mich mit all ihrem Wissen auf das Wunderbarste unterstützt! Dafür bin ich ihr unendlich dankbar!

Dem großen Maestro Celibidache verdanke ich mein erstes tiefes Wagner-Erlebnis, durch das ich erkannt habe, dass es mit Wagners Musik etwas ganz Anderes auf sich hat, als was ich bis dato angenommen hatte. Merci de tout mon cœur!

Eine einzigartige Inspirationsquelle für die Szenen aus »Parsifal« und »Lohengrin« waren natürlich Jonas Kaufmanns unvergesslicher »Parsifal« an der MET und in Wien sowie sein tief berührender »Lohengrin« an der Mailänder Scala. Dafür gebührt ihm mein tiefster Dank!

Auch die Magie der Bewegungen der unvergleichlichen, feenhaften Lucia Lacarra sowie des einzigartigen, charismatischen und mystischen Marlon Dino, zweier international sehr bekannter Étoiles, haben mich unglaublich inspiriert. Doch nicht nur dafür möchte ich den beiden von ganzem Herzen danken, sondern insbesondere auch dafür, dass sie mir bereitwillig all meine Fragen zum Ballett und »Schwanensee« geduldig und voller Liebe zu ihrem Beruf beantwortet haben. Muchísimas gracias und shumë të faleminderit!

Falls ich dennoch etwas nicht ganz richtig dargestellt haben sollte, ist es definitiv meine eigene Schuld.

Merci von ganzem Herzen gilt auch der lieben Cristina (Unterberger), die mir nicht nur die Gematria der Namen »Véronique Valois« und »Julien de la Tour«, sondern von allen wichtigen Personen im Buch berechnet hat. Was sich dabei zeigte, war einfach nur »unglaublich«, denn so gut wie jeder Name passt von seiner Bedeutung genau zu der entsprechenden Figur!

Was für ein Geschenk, einen Verleger wie Michael Görden zu haben, der vom ersten Tag (einem Gründonnerstag wohlgemerkt) an die Geschichte, die ich so unbedingt erzählen wollte, geglaubt hat und mir immer mit Rat und Tat zur Seite stand, um dieses Buch so, wie es heute ist, in die Welt zu bringen. Dafür danke ich ihm aus tiefstem Herzen!

Natürlich gibt es noch unzählige Menschen mehr, die direkt oder auch indirekt mit dem Entstehen dieses Buches zusammenhängen, doch sie alle zu nennen, würde definitiv den Rahmen sprengen. So sage ich einfach nur aus tiefstem Herzen MERCI!

Und nicht zuletzt möchte ich Gott, Jesus Christus, Maria Magdalena, Mutter Maria, Sarah-Tamar und den Engeln sowie allen anderen himmlischen Lichtwesen aus tiefster Seele dafür danken, dass sie mich tagtäglich so wundervoll begleiten und ebenso inspirieren wie so himmlische Künstler wie Sandro Botticelli, Richard Wagner, Franz Liszt, Jules Massenet, Peter Tschaikowsky, Frédéric Chopin und viele mehr!